魔高萬丈

楊初升——著

目錄

第1章：〈那個女人〉

　　雨水洗滌後的街道，總有一種自然純粹的潔淨。不過，越南的菜市場就例外。黝黑的瀝青路，配上恆久濕潤的氛圍，是一種洗滌不去的傳統。那些年過半百的竹籮、新鮮得帶有糞味的蔬菜，與喧嘩不輟的噪音，交織成無數的戲碼。

　　而那個女人，把一盤髒水潑出去後，又坐在椅子上整理那些齊齊整整的蔬菜。左望望右望望，總少不免一頓叫喊。汗流下，用手擦一擦沾滿污垢的臉龐，顯得更骯髒不堪。

　　這天，是她最後一天在菜市場賣菜。明天，她有新的安排、新的人生。她看着眼前這批不太暢銷的蔬菜，心中沒有半點焦急。賣不完，可以送給其他攤販；他們不要，也可以全部丟掉。反而，她對蒼穹中那抹夕陽有點留戀。雖說明天的她也能看見夕陽，但此陽不是彼陽，情愫已不同。

　　終於，夜幕低垂。她提着三袋蔬菜走向隔壁的魚攤位。

　　「給你的。」

　　「怎麼好意思呢？留給自己吃吧！」女攤販說。

　　「反正吃不完，不要浪費。」

　　「謝謝！我明天留一條東星斑給你。」

　　接着，她又提着幾袋蔬菜走向其他攤販。她沒有告訴他們，明天這個菜市場裡不會再有她的蹤影。她沒有告訴女攤販，她嚐不了那條東星斑，她只希望那條魚能賣到一個好價錢。

　　打烊後的菜市場漸漸隱沒在黑夜中。她走在回家的路上，街燈昏暗。她加快了步伐，在樓與樓之間的暗巷前駐足，機警地瞥向周遭，沒有發現可疑的人，便立馬竄進暗巷裡。這條巷很狹窄，只有一個身位寬。盡頭處，有一缸水。她小心翼翼地打開缸蓋，清洗雙手和沾滿污垢的臉龐。完成後，再小心翼翼地蓋上缸蓋。接着，又瞥向巷口，沒有異樣，才安心地從偏門進入。

　　她的家在 4 樓，也是這幢建築物的頂層。走進房子，關上大門後，她儼如洩了氣的氣球癱坐在沙發上，不斷喘氣。今天是最後一天，她不想出任何岔子，只希望一切順利。稍息片刻後，她又走到窗邊，從窗簾的隙縫偷窺外面的環境，一切平靜如故。儘管如此，她還是慣性地走到一隅，拿起角落的一塊木地板，把裡面的左輪手槍取出來傍身。然後，她走到大門旁，把耳朵貼在門扉上，諦聽聲音中的異樣。夜裡很靜，大抵只有空氣流竄的聲音。鄰居有的睡了，有的在吃飯、看電視、聊

天，一切都很自然。

折騰過後，她走到桌前坐下。取來紙和筆，開始寫信。信的內容如下：

> 凱蒂（Katie），請你立即取出我當年給你的授權書，拿着它到學校接莉莉（Lily）。然後你們坐飛機到荷蘭，下榻收藏家酒店。我稍後再聯絡你們。

她把同樣的內容重複抄寫了四個副本，再把這五張信箋浸在特製的液體中。10 分鐘後，把信箋拿起，箋上的字已全部湮滅。她用紙巾把箋上的水吸乾，再用吹風機吹乾信箋。

「10 分鐘，最多吹 20 分鐘。」她心想。誠然，鄰居聽見吹風機的聲音，只會聯想到洗頭後把頭髮吹乾；但假如時間多於 20 分鐘，便很容易惹人懷疑。

20 分鐘後，她摸了摸信箋，還是有點濕潤，便爽性讓其自然風乾。藉着這段時間，她檢查了手提包裡的東西。有現金、電話、護照、機票……要帶的東西並不多，但精神上的負擔並沒有減少。她打算今晚通宵達旦，待明午 2 時的航班，才在飛機上補眠。因為她很怕早上起床後那種思緒混沌的狀態，在這樣的狀態下做事，很容易出錯。

半小時後，她再摸摸信箋，乾了。於是她又執筆，信的內容如下：

> 8／25／2025
>
> 凱蒂：
>
> 　　很久不見，別來無恙？
>
> 　　我移居外地多年，最近向公司請了假，想回來休息一下。不如約個時間出來敍舊吧！希望我們的友誼沒有變質，我間或會想起中學時在實驗室與你做實驗的趣事。你還記得那些神奇的溶液嗎？祝你平安，
>
> 阿曼達・加西亞（Amanda Garcia）

她又把同樣的內容重複抄寫在另外四張信箋上。最後，把這些信箋分別放進五個信封內。

一切準備就緒，只等待日出來臨。此時此刻，她又像洩了氣的氣球癱坐在沙發上。閉上眼，回憶來時路的種種歷程。有勇、有謀、有血、有淚，更多的是悔疚。她想來一次真誠的懺悔，她知道胡志明市有個地方不錯，可以去試試。不過在此之前，要先把信寄出。

晨光乍現，是時候啟程。她戴上口罩，穿上連帽外套，戴上帽子，拿起手提包。在踏出大門前，她對房子裡的一切作了最後的瞻仰。走到街上，路過菜市場，看見那些熟悉的人、事、物正隨着時間的巨輪運轉。她追逐着時間的蹤影，同時也在避開那些不知蟄伏在何處的危機。

第一個目標出現。她一邊加快步伐，一邊把手伸進包內，取出一封信，然後在擦肩而過的瞬間，投進郵筒。在拐彎處，順手招來一台摩托車，絕塵而去。然而，她擔憂的那些危機，並非杞人憂天。

當她走到拐彎處時，一個身穿白色運動服，頭戴鴨舌帽的男子點燃一根火柴，投進郵筒裡。筒內剎那間冒出濃煙和火焰。然後，他也招來一台摩托車。

「跟着前面那台車！快！快！」

「哪……哪台？」眼前車水馬龍。

「穿黑色連帽外套的那個！」

「知道。」

雖然街上行人如鯽，但男子總算沒有跟丟目標。他下車時，已看見她把信投進另一個郵筒裡，並上了一輛計程車。他心急如焚，立即衝上前向郵筒投進火柴，火焰瞬間奔騰。然而，卻被街上無數的人目睹事發經過，有的尖叫，有的奔跑；但也有不少正義之士包圍男子，想把他制伏。情況危急，男子已沒法再跟蹤她。他如蠻牛般衝出人群，卻依然無處可逃；只好跳進河裡，向下水道游去。

而她，已下了車，把第三封信投進另一個郵筒裡。然後，立刻跳上即將離開的公車。就這樣，她最終順利把這五封信分別投進五個不同地方的郵筒裡。雖然她不知道剛才發生了火災，但這種做法確實很有保障。

大功告成後，看了看手錶，8 時正。她有點餓，想吃早餐。於是，她走進商場裡的廁所，把口罩和外套脫掉，放進手提包裡。然後離開廁所，找了家餐廳用膳。與此同時，男子好不容易才脫險。雖然任務失敗，但也要立即向上級報告。幸好，他的手機是防水的。

「喂，莉茲（Liz）。對不起，我跟丟了……」

「我很想知道為什麼佛朗哥（Franco）會撿你這件垃圾回來？！」

「對不起。」

「她做了些什麼！？」

「她只是把信放進不同的郵筒裡，似乎想分散風險。」

「你把那些信拿回來給我。」

「但……我把其中兩個郵筒燒了。其他的，我也不知道在哪……」

「算了，你先回來吧！」

男子掛斷電話，心裡不是味兒，覺得自己一無是處。但又想，自己資歷尚淺，況且那個逃掉了的女人也算是半個前輩，鬥不過她也實屬正常。

第2章：〈告解〉

　　上午8時半。她吃過早餐，走到街上看了看，凌晨時掠過腦海的奇想依舊縈繞心頭。不過，她該用什麼名義去呢？今天有沒有開放？是否有什麼限制？她通通不知道。但她知道這只是一件小事，微不足道的小事，不應受到影響，在心理關口面前忐忑不安絕對不是她的風格。

　　她從包內拿出一部智能手機，用電子地圖查閱位置。大抵不算太遠，正好能利用上飛機前的這段時間。然而，她滑動手機屏幕的手指有點僵硬。這也難怪，這些年她很少使用智能手機，即使她用的是頗安全的不記名電話卡。因為她的專業知識和多年的經驗告訴她：所謂的安全其實是糖衣毒藥。她平素只用按鍵式手機，雖然極度落後，且功能不多；但安全性卻不是智能手機能媲美的。打個比方，就像黑客能入侵智能手機裡的鬧鐘，卻很難入侵掛在家中牆上的古董鐘。可是，若要查閱地圖，又是另一個問題了。

　　她上了一輛途經目的地的公車。雖然公車速度較慢，但那裡始終是第一次去的地方，需要買個保險。她的保險法則是：熟悉的地方可以坐摩托車，不熟的要坐公車。目的地的公車站位置並不是靠近那幢建築物，而是要多走兩、三條街道。她自我安慰一番：要朝聖，當然要流一點汗水。

　　說來奇怪，她聽聞這裡是遊客必到的景點，理應人潮如鯽，何以如此冷清？天空一樣的藍，雲絮一樣的白。這幢胡志明市的耶穌聖心堂在唯美的景致下顯得美輪美奐，「粉紅教堂」的美譽並非浪得虛名。然而，寂靜無人的氛圍始終是無法闡明的異象。

　　她走到大門前，看了看兩旁的柱，想知道有沒有門鈴。沒有。她發現鐵閘門虛掩，便輕輕推開，向裡面走去。此時，有一個婦人走了出來，禮貌地向她點頭微笑，再擦肩而過。她截停了那婦人。

　　「不好意思，我想問這裡有沒有告解服務？」

　　「告解？當然有，祭台旁邊有告解室。如果神父不在的話，你可以問問其他人。」

　　「謝謝。」

　　她走進去，發現教堂的內部環境與她所認識的一樣。同樣是很高的天花板、十字架、耶穌像、木椅子。只是那充斥一室的粉紅讓人儼如置身於富家小姐的閨房中，神聖與莊嚴被粉紅稀釋了一些，多了點青春與浪漫。

　　過了片刻，她才從童話世界中甦醒，想起要告解。她沿着祭台緩緩走去，一室無人的窘境讓她覺得連呼吸也有點尷尬。終於，在右邊的一隅看見了告解室。四方形的一個小空間，配上四個三角形的尖頂，雅致盎然。她透過中間那塊朦朦朧朧的，不知是磨砂還是什麼的東西，隱約看見有個人

坐在裡面。她想那必定是神父，便走近了告解室。

「呃……不好意思。我……」

「我的朋友，你是否要告解？」

「是。不過……我是第一次來。」

「沒關係，你先跪下。」

「跪在地上嗎？還是……」

「不！你看看下面，那裡有一張軟墊，你可以跪在上面。」

「知道。」

她照着神父的指示跪在軟墊上，但忐忑不安的心情還沒散去，她害怕在這個神聖莊嚴的地方犯下什麼錯。

「神父，我……我其實……並不是教徒，可不可以告解？」

「放心吧，我的朋友。世人皆是神的兒女，縱然你沒進行洗禮儀式，但神依然願意聆聽你的告解。」

「好的。我……其實我……曾經殺過人，也犯過不少罪。」

「可憐的孩子，這都是撒旦的錯，是它迷惑了你。」

她得知神父沒有責備自己，反而諒解她，便安心地把來時路的種種都娓娓道來。

「其實……大約在十二年前，我加入了一個犯罪組織。我們所做的都是作姦犯科的事，我也因此殺過人。」她微微抬頭，看了看神父那朦朧的身影，又接着說，「後來，大約在六年前，我愛上了一個人，和他組織家庭，又生了一個女兒。不過，我丈夫並不知道我是犯罪組織的成員。而組織的首領也千叮萬囑，叫我不要洩露自己的身分。但很可惜，他還是知道了。首領要求我殺人滅口，我不願意。那是我的丈夫，我怎能忍心下手？！」

「朋友，請冷靜，沒事的。」

「對不起。」她深呼吸，又繼續說，「有一天晚上，我哄完女兒睡覺後，聽到門鈴聲。我正想下去開門，卻聽到我丈夫在叫嚷。原來我丈夫開了門，而衝進來的，就是組織的成員，他們是為了殺我丈夫而來的。當時，我正想衝過去救他，卻聽到幾陣槍聲。我知道為時已晚，便立即衝進女兒的房間，用三氯甲烷迷暈她。然後再把她藏進假天花內，同時發了一條短訊給朋友，請她翌日前來把女兒帶走，代為照顧。而我，則展開了多年的逃亡生涯。」

「我的朋友，你的經歷實在太悲慘。願主永遠守護在你的身旁。」

「謝謝。所以，我今天前來告解，其實也是為了我丈夫。他是一個天主教徒，如果他知道我來

告解，肯定很開心。」

「不過，我的朋友，你為何要選擇逃亡？我相信那個組織的成員未必會趕盡殺絕。」

「神父，你有所不知了。作為一個背叛組織的成員，我已經沒有利用價值。再説，假如我把組織的秘密洩露出去，他們就完蛋了。因此，站在組織的立場，必定要除之而後快。」

「原來如此。看來雨果（Hugo）在你心中是一個邪惡的人。」

「沒錯，他雖然聰明，但……」她遲疑了一會兒，「神父，我……我好像從沒提過雨果這個名字。」

那個朦朧的身影沒有回答，也沒有任何行動。剎那間，時間停止了。

「你到底是誰！？」她立馬站了起來，從腰間取出手槍，向着那身影咆哮。

「阿！曼！達！」一個女聲從告解室傳出來，逐個音節清晰地叫出了她的名字。

「你……你到底……」阿曼達一邊持着手槍，一邊向後挪動。

此時，告解室的門打開了。坐在椅子上的，是一個光頭、穿着西裝的中年男子。而在男子身旁，則蹲着一個女子，女子緩緩地站了起來。雖然久別六載，但阿曼達絕不會忘記，他們就是犯罪組織 Top M 的成員：佛朗哥和莉茲。

霎時，一群人從不同的地方竄出來。有的從祭台後走來，有的從左邊通道跑來，有的從琉璃窗跳進來，有的從大門衝進來，更順手把大門關上。他們同時取出手槍，向着阿曼達。阿曼達持着槍，時而向着這個，時而向着那個，不知所措。她知道自己功敗垂成，掉進了組織的圈套。

「看來多年沒見，你的功夫退步了，居然連佛朗哥的聲音也認不出來。」莉茲説。「當年你神不知鬼不覺地走進浴室的情境，我依舊歷歷在目。為何今天變得如此狼狽不堪？」

「你……你到底是怎樣找到我的！？」

「在回答你的問題前，有一件更重要的事。」

驀地，「噗」的一聲，阿曼達的手槍應聲落地，滑出兩米遠。阿曼達望向開槍的男子，只見他向阿曼達瞪了一眼——很滿足的樣子。

「不好意思，你的槍沒有安裝消音器，我們難得有緣相聚，如果你的槍聲惹來別人注意，便掃了我們的雅興。希望你諒解。」莉茲説。

「看看，我們 TM 多年來又招了不少成員。就好像剛才向你開槍的那位，叫阿倫（Alan），是個神槍手……」佛朗哥説。

「廢話少説！你們到底想怎樣！？」

「小聲點，免得被那些在抽獎的人聽到。」莉茲説。

「抽什麼獎！？」

「你不知道嗎？為了趕走來教堂參觀和徘徊在四周的人，我們在附近的公園舉辦了抽獎活動。有電視、電腦、手機、現金券……林林總總的。你沒發現來的時候一個人也沒有嗎？」

「真的難為了你們，要浪費那麼多錢來設局！」

「錢不是問題，要趕走那隻煩人的母狗才真的麻煩。」

阿曼達用不解的眼神望着莉茲。

「噗哧！」莉茲忍俊不禁。「剛才和你聊天的婦人不就是母狗啊！我告訴她附近有抽獎活動，勸她去，她偏不去，說什麼作為神的女兒不貪圖便宜。我們差點想把她殺了，不過殺了她的話又會打亂部署。所以我告訴她，聽說有中世紀的聖經手抄本，她便搖着尾巴去了。」

就在阿曼達與莉茲對峙時，教堂大門打開了。一個男子走進來，把三個膨脹的麻布袋放在莉茲身旁，然後把裡面的信件倒出來，尋找目標信件。佛朗哥向兩名成員眨眼睛，示意他們幫忙尋找。

「你逃亡了六年，我們就查了六年。」莉茲一邊叉着手，一邊來回踱步。「直到半年前，收到可靠的情報說你在胡志明市。可是在偌大的胡志明市大海撈針也不是辦法，於是，我把焦點集中在宗教聖地。」

阿曼達露出驚恐的神情，而莉茲卻笑了。

「為什麼是宗教？很簡單，因為你的丈夫是天主教徒。更重要的是，你們的女兒在出生後兩個月便進行洗禮儀式。可見，宗教對你確實有一定影響。我們入侵了這座教堂附近的監控系統，想尋找你的蹤影，但沒有結果。根據線人的情報，你似乎還沒離開胡志明市。於是，我派人聯絡了半數出租公寓的業主。囑咐他們，若有租客打算短期內搬走，要立即致電通知，我會付高於市價三倍的租金來租住。」語畢，莉茲露出自信且猙獰的表情。

「而且……」莉茲停頓了兩秒，「我把目標集中在質素最差、最落後的公寓。無需證件、銀行賬戶，或其他個人資料，甚至連租約也不需要簽署。要逃亡的話，那便是最安全的地方。」

莉茲盡情彰顯自己的智慧。而阿曼達，似乎沒有了逃生的欲望，安靜地聽莉茲說話。對她來說，知道自己失敗的原委，可能比垂死掙扎來得更有意義。

「三天前，我們查到你居住的公寓。帕克（Park）主動請纓要去殺你。」正在尋找信件的一位成員站了起來，向前走了幾步，對着阿曼達微笑。莉茲繼續說，「不過，你好歹也是 TM 的前成員，死在一個家徒四壁、骯髒不堪的鬼地方成何體統？既然你的愛人是教徒，你的愛女也是教徒，我相信你死在這裡的話，他們一定很高興。」

「找到了！」成員把三封信遞給佛朗哥，佛朗哥把其中一封遞給莉茲，又把另一封遞給另一名成員。

「要成功找到這三封信，最大的功勞依然是帕克。雖然他不知道信的內容，但他瞥到你所用的白色信封有一個十字架的圖案，是教區生產的信封。看來天主教在你心中真的有一定地位。我決定孤注一擲，打賭你在上飛機前必定會來朝聖，又或是憑弔。」莉茲説。

「的確有異樣。」佛朗哥看完信後對莉茲説。

阿曼達冷笑了一聲，説：「佛朗哥，你好歹也是 TM 的軍師，一人之下，萬人之上。為什麼現在像條狗一樣跟着莉茲的尾巴？！看來你已經今非昔比了！」

「你才今非昔比！」佛朗哥説。

「是隱形藥水？」莉茲嗅了嗅信箋，問阿曼達。

「莉茲。」阿曼達壓低聲線，説：「念在我們相識一場，我不怕死，我只有一個卑微的請求，求你把信燒了。」

「噢！原來是寫給女兒的信！」莉茲提高了聲線。其他成員也忍不住發出嘲諷聲，阿曼達依舊用求饒的目光看着莉茲。

此時，戲碼來到尾聲。莉茲取出手槍，對阿曼達説：「説實話，我一點也不討厭你，也不恨你。反正你又沒有得罪我、傷害我。再説，如果要洩露組織的秘密，又何必等到今天？唉⋯⋯只是幹我們這一行，你應該明瞭一個道理：很多時候，殺一個人，與恩仇無關，與喜惡無關。而是，與任務息息相關。」

「是嗎？不過，你也中計了！信封上的地址是假的！」説罷，阿曼達擠出一個歪嘴笑。

「不要緊，只要走一趟，就知道是真還是假了。」莉茲話聲一落，阿曼達那抹歪嘴笑也蕩然無存了。

「噗」的一聲，莉茲開了槍。阿曼達應聲倒下，那猩紅緩緩流出。此紅與彼紅，在一室之間，互相輝映。

看着眼前的光景，莉茲思緒萬千。阿曼達在莉茲加入組織後的一年，便談戀愛、結婚、生孩子。自從莉茲首個任務成功後，她就獨自執行更多任務。因此，在與阿曼達相處的短暫時光裡，最令她印象深刻的，也只有第一個任務。躺在眼前的這個女人，曾經身手不凡地展示她的實力，讓莉茲覺得自己是整個組織裡最無能的人。但此時此刻，最無能的，卻是這個躺在眼前的女人。

她的血，流成蛇狀，蜿蜿蜒蜒的，一直流到右邊的那扇門前。門打開了，一個衣冠楚楚、穿着黑袍的神父走了進來。

「莉茲？」神父説。

第3章：〈啟程〉

「您好，萊（Lay）神父。」

「你是艾米（Amy）和丹（Dan）的朋友？」

「不是。」

「？？」

「其實，我是來找你聊聊天的。」

「哦，原來如此。來，坐下吧。」莉茲坐在左邊的木椅上，而他則坐在右邊的那張。兩人面對面，中間隔着一條小小的通道。

「不好意思，耽擱了你的工作。」

「沒這回事！反正婚禮已經結束，他們在外面拍照，也不需要我幫忙。」

神父見莉茲默不作聲，好不疑惑。

「是不是發生了什麼事？」

「不是，其實我找了一份工作。」

「那不錯啊！剛剛大學畢業就已經有工作了。」

「不過投身社會後，很多時候都身不由己。」

「我知道，但最重要的是問心無愧。」

「神父，假如有一天，我做錯了事，能否得到原諒？」

「每個人都有可能做錯事，神父也不例外。只要你誠心懺悔，天主必定會寬恕你。」

「知道。」

「是不是下個星期一開始上班？」

「不是，再下個星期一才正式上班。明天我去香港旅行，放鬆一下。」

「那麼我祝你一路順風。」

「謝謝。」

莉茲向神父道別後，步出教堂。抬頭仰望蔚藍的蒼穹，沒有雲絮，只有一條長長的飛機雲劃破天際。剛完成婚禮的新人和他們的親友，聚在一隅，嘻嘻哈哈的。但這一切都和莉茲無關，她有更重要的事要做。

莉茲回到家，看見父親坐在沙發上，一邊吃薯片，一邊看電視。薯片碎渣掉滿一地，但他毫不

在意。間或，用抓過薯片的手抓着脂肪滿滿的肚子。

「到哪兒去了？」父親問。

莉茲沒回應，逕自走向自己的房間。母親從廚房出來，對莉茲說：「真及時，準備吃午飯了。」

「我吃了東西，不吃了。」

莉茲回到房間，打開攔在床上的行李箱，看着那些整理妥當的東西，又忍不住伸手摸了一下。

「咯咯。」傳來敲門聲。

「莉茲。」母親說。

「進來。」

母親徐徐地走過來，坐在她身旁。母親的表情很微妙，關懷中蘊含着絲絲歉疚。

「怎麼了？」莉茲看穿母親的心思，擠出一個笑容。

「收拾好了嗎？」

「嗯。」

母親從口袋取出一疊美元鈔票，遞給莉茲。

「不用了，我有。」

「拿着吧！旅行需要不少錢的。」

莉茲勉為其難地收了。然後，母親又說：「我之前問你找了什麼工作，你都不肯告訴我。」

莉茲嘆了口氣，望向她；母親也望着她，眼神懇切又無奈。莉茲躲開了她的眼神，沒好氣地說：「我在一家公司裡當採購員。」

「採購……？嗯，也挺好的。」母親有點安慰，「採購也不差，反正很多人讀的和做的都是天壤之別。」

「加油。」母親拍了拍莉茲的大腿。

「謝謝。」

母親離開房間，順手把房門關上。正要關上之際，又打開了。她一手扶着門沿，一手捉着門鎖，身子向前微傾，調皮地說：「喂！我要伴手禮。」

莉茲沒答話，笑了笑，把手上的鈔票揚了一下。母親笑着離開。

莉茲收拾心情，換上嚴肅的表情。她撥了通電話。

「雨果，你好。我是莉茲。」

「準備好了嗎？」雨果問。

「準備好了。」

「好的，讓我看看……對不起，我暫時沒空見你。你有平板電腦嗎？」

「有。」

「我有 10 分鐘時間，我們現在開視像會議。」

「知道了。」

掛斷電話後，莉茲取出平板電腦，戴上耳機，然後和雨果開會。

「位於洛杉磯東北方的紅岩峽谷國家保護區，其西北邊陲有一個洞穴，那裡是我們的基地。」雨果說。

「國家保護區？怎麼會在一個由政府管理的地方設立基地？」

「其實並不是在保護區的範圍內，而是貼近保護區的一個邊陲地帶。」

「明白。」

「我剛傳送了一張衛星地圖給你，上面有更詳細的座標。」

「收到。」

「佛朗哥是軍師，他會協助你進行第一個任務。」

「任務？那麼快！？」

「這是一個讓你展示實力的機會，也是為了堵住別人的嘴巴。」

「好的。」

「時間緊迫，你直接提着行李前往基地，已安排了明天下午的航班。」

「知道。」

「在洞穴盡頭處的右邊，有一條用油漆畫的垂直線。線的底部靠左約二厘米的位置，有一個按鈕，只要把表層的泥土挖掉便可看見。按下按鈕後，說出暗語。暗語是：TM 法利（Farley）。」

「還有問題嗎？」雨果再問。

「沒問題，再見。」

「等等！」

「？？」

「以防萬一，我們要再開一次會。這次會議中，我是活特首飾製品有限公司的老闆，而你則是活特首飾製品有限公司採購部的採購員。會議主題是安排工作給你。」

「但是……有這個必要嗎？」

「我們 TM 一向以滴水不漏為傲，即使是蟄伏於數萬光年外的危機，我們也要未雨綢繆。」

「你的意思是，我的任務可能會失敗？」

「就算不是失敗，預先準備不同的方案也是利多於弊。」雨果看着莉茲那疑惑的表情，笑着說，「叫佛朗哥教你視域分析吧！」

「？？」

「事不宜遲，我們先結束這個會議，然後再開會。」

莉茲把視窗關閉後，又打開新的會議視窗。

「你好，莉茲。」

「你好，雨果。」

「歡迎你加入活特首飾製品有限公司！我是公司的創辦人兼行政總裁，雨果·安德森（Hugo Anderson）。本來我不會直接和你開會，也不會直接給你安排工作。但由於我們的採購經理正在放產假，加上公司人手不足，所以連我也要親力親為。哈哈！」

「知道。」莉茲陪笑。

「不過，根據之前簽下的合約，你本來是 3 月 12 日才正式上班。但……不知道你介不介意提前上班，或……當作是實習？」

「當然不介意。」

「我也明白，這要求可能有點過分。因此這段時間的工作，我們依然會給予工資，而且工作時間是彈性的。有沒有問題？」

「沒問題。」

「那麼，你應該知道我們公司是以生產首飾為主的。我們打算推出一款新吊飾，以天然為主題，外形沿用一般首飾的材料，而中間被水晶鏡面覆蓋的部分，則加入各種天然材料，如泥土、岩石、花草，設計大概如此。明白嗎？」

「明白。那麼我要做什麼？」

「根據調查員早前的調查結果，位於洛杉磯東北方的紅岩峽谷國家保護區是一個不錯的地方，其邊陲有各種不同的天然材料。我剛剛傳送了一份文件給你，裡面列出了我們需要的材料，你就每種材料拿一些樣本回來便可以了。不過，你千萬不能在保護區範圍內拿樣本，因為那是一個由政府管理的地方。」

「是哪個方位的邊陲？」

「沒所謂，東南西北都可以。」

「知道。可是我的職責不是負責採購嗎？」

「是的。當你正式上班後，我會安排你到某些地方採購天然材料。」

「那為什麼還要蒐集樣本？」

「因為有些奸商會把人工材料當作天然材料出售。因此，我們公司的實驗室會把你蒐集到的天然材料和打算採購的樣本進行分析，看看目標採購品的天然度是否和你所蒐集到的樣本一致。」

「原來如此。」

「有沒有別的問題？沒的話，會議到此為止。」

「沒有。再見！」

「再見！」

會議結束後，莉茲嘆了一口氣。她感到肩上的擔子越來越重。倏然，平板電腦傳來會議邀請的通知，是雨果。莉茲懷着不解的心情點開。

「給你一些最後提示。」雨果説。

「什麼？」

「到達基地後，請安迪（Andy）替你把第一次會議和這次會議的錄影片段徹底刪除，只保留第二次會議的片段。」

「知道。呃！大事不妙，我忘了把會議錄下來！怎麼辦！？」

「放心，我一早替你開啟了會議錄影功能。」

「什麼時候開的？」

「在你開機時。」

「他媽的！」

「哈哈！……」

「我知道你很厲害，但也不用這樣吧！」

「不！你想一想，如果我沒替你開的話，那麼第二次會議就前功盡棄了。」雨果邊笑邊解釋。

莉茲白了他一眼，雨果還沒止住笑意。

「就算我沒開啟錄影功能，你也可以把你錄影了的影片傳送給我。不是嗎？！」

「這豈不是多此一舉？」

「算了，不聊！」莉茲不想再看到他那雙笑得變了腰果的眼眸，結束了視像會議。然後，回想這荒唐的一切，又忍不住「噗哧」一聲笑了出來。

準備就緒後，莉茲提着行李箱和單肩包離開。踏出房門前，她再次環顧了整個房間。她知道，當悠長的任務結束後，再次回到家時，她必定會肆意地倒在床上，裹着被子，貪婪地睡個一天一夜。

走到客廳，父親躺在沙發上看電視，母親則邊看電視，邊吃水果。

「我要走了。」

父親聞聲別過頭來。母親問：「什麼？！你不是明天才出發嗎？」

「我怕行程緊迫，所以改了今晚的機票。」

「哦……你下個星期會回來，是吧？」

「呃——應該會繼續留在香港。」

「你不是要上班嗎？」

「剛才接到公司的電話，說先安排我在香港的分公司工作。因為要在當地採購一些重要的產品。」

「哦……那麼……」

「我趕時間，不說了！」

「哎！如果你缺錢的話，記得告訴我。」

「知道了！」

　　住在三藩市的莉茲，打開手機的電子地圖。若乘坐汽車，沿着公路走，能直接到達保護區的邊陲地帶，但卻要十多個小時。而乘坐飛機的話，只要一個多小時便可到達麥卡倫國際機場，但需要再轉乘汽車到保護區。不論如何，選擇後者才是明智的決定。

　　由於下一航班在 5 時正，因此到達麥卡倫國際機場時已 6 時半，正值落霞滿天，百鳥歸林。莉茲有點害怕，接着還要召一輛汽車到保護區，假如碰上一個變態司機，把她載到僻靜處施暴，死了也沒人知。不過她已是犯罪組織的成員，要有勇有謀。若體力足夠，便以武力制伏司機；若體力不足，便以智慧應對。她好歹也主修犯罪心理學，對付色魔總有一些方法。

　　也許是撒旦的垂憐，沒讓她在這些地方浪費精神。汽車司機是一個老實的中年漢，不但沒有非分之想，還提醒她夜裡可能有野生動物出沒，更給了她手機號碼，可在回程時召他前來。

　　站在保護區的西北邊陲，眼前漆黑一片，伴隨着濃濃的生態氣息，一種徬徨無助的情愫油然而生。莉茲擔心的並不是匪徒或色魔，皆因這裡夜間四下無人，若要行兇，等於守株待兔。不過，那些兇猛的野獸卻不同，莉茲的出現儼如給牠們飽餐一頓的機會。

　　莉茲取出手機，開啟手機的電筒，並打開了衛星地圖，依據座標尋找目的地。幸好不用披荊斬棘，林中有一小徑能直達洞穴。洞穴的入口呈不規則形狀，且較狹窄；往內走，則越走越寬敞。盡頭處，是一塊巨型的、向外凸出的岩石。這種一整塊的巨型岩石可以是天然的，但莉茲覺得，它像是人工改造的。莉茲一邊喘氣，一邊回憶雨果的話。她把手機照向右邊，果然發現一條用油漆畫的垂直線。接着，她以兩根手指的寬度作推測，鎖定了線的底部靠左約二厘米的位置。可是，她卻感到困惑：要用什麼來挖掉表層的泥土？雖然泥土的質地屬於鬆軟的一類，但莉茲不想沾污雙手。然

而，行李箱、單肩包、手機，已讓她不勝負荷，哪還有心思來尋找合適的工具？於是，只好硬着頭皮，用手挖掉泥土。

按下按鈕後，莉茲以為會有揚聲器之類的東西來要求說出暗語，豈料沒有動靜。過了幾秒，莉茲決定說出暗語。語畢，那塊巨型岩石向後推移十多米，在岩石原本的位置的左右兩方，竟然出現兩條狹小的通道。莉茲不知應選擇哪一條，她又以為會有一個聲音來提示她，卻什麼也沒有。最終，她決定從左邊的通道進入。

通道彎彎曲曲，分為三段。莉茲進入後走了十步，又沿着彎位轉向右方，再走了十步，又沿着彎位轉向右方，再走了十步，終於進入基地的核心範圍。裡面燈光昏暗，光管、各種電子產品滲透出冷色調。莉茲看見前方有一個光頭的男子，穿着一件淡藍色的襯衣。莉茲以為是雨果，因為雨果也是光頭的。

「雨果。」莉茲向他打招呼。

男子轉身，莉茲怔住了，他不是雨果。

「歡迎你，莉茲。」

第4章：〈信息量〉

「你……你好。」

「很意外？我是佛朗哥·特納（Franco Turner）。」

「佛朗哥，你好。」莉茲伸出手，想跟他握手。

「對着我不用那麼拘謹。」佛朗哥揮揮手，示意不用握手。

莉茲對這一切都感到陌生，尤其是眼前這個男人，他和雨果一樣，都是光頭，身高相約。若不仔細觀察，很容易張冠李戴。

「怎樣？覺得我和雨果很像？」

「的確很像，要分辨你們確實有點難度。」

「你喜歡看足球比賽嗎？」

「你覺得呢？」莉茲覺得這問題很突兀。

「如果你有男朋友，會逐漸喜歡看的。」

「很可惜，我沒有男朋友。」

「那麼，你平時喜歡看電影嗎？」

「一般。」莉茲聳聳肩說。

「有一位已退役的法國足球員叫席內丁·席丹（Zinedine Zidane）；又有一位美國演員叫史丹利·圖奇（Stanley Tucci）。你可以想像雨果是前者，我是後者，至少樣貌方面有點像。」

「好的，讓我了解一下。對了，我想問一些事。」

「早就知道你會問。問吧，問題少女。」

莉茲忍不住白了他一眼。

「你們平常進來時，都是直接用手挖掉表層的泥土嗎？」

「對。不過我們會戴上手套，所以你最好自備一些手套傍身。」

莉茲很無奈，覺得自己好像越來越笨。但她深諳這是一個門外漢成為門內漢的必經過程，便繼續發問。

「難道你們不覺得在這種地方設置基地是很危險的嗎？你們該不會相信中國人說的什麼『最危險的地方就是最安全的地方』之類吧？」

「沒錯，最危險的地方就是最安全的地方。」佛朗哥開了一瓶汽水，喝了幾口，「首先，這裡是

紅岩峽谷國家保護區的邊陲，與保護區相比，政府對這裡的管理、監視比較少。其次，不會有商家收購這地段作發展用途。因為任何類型的商業發展、工地施工，都會影響鄰近保護區的生態環境，環保團體必定會施壓。」

「如果有人懷疑這個洞穴是犯罪組織的基地，那怎麼辦？」

「懷疑也沒用。這像你剛才一樣，是不是也懷疑巨型岩石裡面有異樣？」

「沒錯。」

「如果是警方，你覺得他們會如何驗證裡面是否有異樣？」

「首先，這裡鄰近保護區，警方不可能使用任何爆破工具來炸毀岩石。就算這裡不屬於保護區範圍，但周遭生態氣息濃厚，如果警方進行爆破時破壞了這裡的生態，依然會落人口實。」莉茲開始用犯罪學的理性思維來分析，佛朗哥邊聽邊點頭。「我想，警方可能會使用各種探測器來探測岩石的內部情況。比如探測岩石是實心的還是空心的。」

「沒錯，不過探測器也有不同類型。最低級的是依賴聲波的振動來估計內部的情況，但這種探測器往往有距離限制，未必能探測太大的範圍。就算警方採用高級的探測器，例如一些沒距離限制，且能把掃描結果轉化成立體影像的先進技術，都是枉然。」

「為什麼？」

「剛才你按下按鈕後，岩石是不是後退了十多米？」

「是。」

「大約在那個位置，石壁上安裝了一部感應器。那不是普通的感應器，它除了能偵測外來電波的入侵外，更能誤導電波、射線等一切偵測信號，讓警方被錯誤的偵測結果誤導。例如探測器成功探測到裡面有一個基地，但感應器會立即修改信息，顯示裡面是原生岩石群。」

「佩服！」莉茲忍不住鼓掌。「但假如有人發現了按鈕，甚至從秘密渠道得知暗語，又如何？」

「沒用的。可能你不知道，按鈕裡其實有一部針孔攝錄機，能把進入者的樣貌拍下來。假如不是我們的人，機關不會啟動。」

「真的很厲害！看來組織叫做 Top M 是有原因的。」

「果然有點小聰明，想知道原因？」

「當然，快說！」

「不如你猜猜 M 是什麼。」

「該不會是黑手黨吧？」莉茲猶疑了幾秒說。

「答對了！組織的創辦人叫法利，所以暗語中的法利就是這個意思。他當年是美國黑手黨的成

員，後來因為與其他成員不和而出走，獨自創立一個犯罪組織——Top M。他矢志要讓 Top M 成為全球最厲害的犯罪組織，傲視同儕，因而名為 Top M。很多時候，我們會簡稱為 TM。要傲視同儕，就要突圍而出；要突圍而出，每一個任務都要成功；要成功，則要做到滴水不漏。」

「滴水不漏？……啊！我想起了，雨果説過什麼……呃……什麼視域分析之類的……」

「哈哈！雨果又來了。」

「到底是什麼東西？他叫我請教你。」

「請教我？不會吧？！視域分析是雨果教我們的。」

「什麼？」

「過來。」佛朗哥帶領莉茲到一台電腦前。

佛朗哥在電腦中搜尋了一會兒，投影幕布顯示了一張卡通圖片，圖片呈現一片荒山野嶺的景致。

「請告訴我山的另一面有什麼。」

「我怎麼知道？」

「如果山的另一面有危險的東西走來，你怎樣應付？」

「應付不了。」

「真不知道雨果為何要撿你回來！」佛朗哥假裝要掌摑她。

「喂！我又不是神，我沒有透視能力，而且正常人他媽的會擔憂山的另一面有什麼？！」

「對！所以一般的犯罪分子就因為沒法預知未來而落網，而一般的犯罪組織也因為目光短淺而瓦解。」佛朗哥又點開另一張卡通圖片，「但現在，就知道山的另一面有什麼了。」

莉茲看着這張圖，立刻明瞭一切。這張圖是從側面看事物，因此清楚看到山的另一面有若干房子；但前一張圖則是從正面望去，房子被高聳的山巒遮蔽。

「修讀地理的學生必定學過可見範圍、不可見範圍等概念，也學過利用地形剖面圖來進行視域分析，從而判斷兩點是否可互見。」佛朗哥説。

「我明白了。就是説一般犯罪組織在犯罪時每每產生盲點，而我們則要突破盲點，思索所有可能存在的風險，從而立於不敗之地。」

「過來，介紹其他成員給你認識。」佛朗哥拍拍她的肩膀。

基地的左方有一條通道，盡頭有一間房間。佛朗哥帶莉茲進去。莉茲明瞭，這成員應該是負責通訊科技、技術支援的。皆因房內佈滿林林總總的電子設備，僅僅是電腦已多達五、六台，還有各式各樣莉茲不曾見過的先進科技。莉茲感到有點滑稽，一般人眼中的黑客都是一些穿着黑色連帽外套、連樣貌都看不清的人。但大學教授説過，現實的黑客各有不同形象，電影裡的大多是騙人。然

而，眼前這位背對着莉茲的人，卻真的穿了一件黑色連帽外套。

「這是安迪·梅森（Andy Mason），我們的黑客奇才……」語音未落，安迪一邊用右手敲着鍵盤，一邊豎起左手食指，貼向佛朗哥的嘴，示意他不要亂說話。

「我說錯了嗎？當年雨果帶你進來時，是這樣介紹你的。」

莉茲又忍不住「噗哧」的笑了出來。

「小姐，看來你很喜歡『噗哧』的笑。在家裡如是，在這裡又如是。」安迪說。

「你……你怎麼會……知道？」剎那間，莉茲覺得自己的一切都被安迪看透，毛骨悚然之感油然而生。

「雨果入侵你的平板電腦，替你預先開啟了視像會議的錄影功能。同時，我在這邊也看着你們開會的過程。」安迪轉過身來，「不過，我多手多腳，把你電腦的內建麥克風在關機後保持開啟狀態。」

莉茲氣得咬牙切齒。她豎起雙手的中指，向他表示不滿。

「你有的嗎？」

莉茲依舊揮動那兩根繃緊的中指來進行無聲抗議。佛朗哥看在眼內，對他們的幼稚行為搖頭嘆息。

「要操就讓第一個任務裡的那個男人來操你吧！婊子！」安迪似乎很享受和女人吵架。

「操！操你媽的！再操！」莉茲狠踢安迪。安迪一邊叫囂，一邊閃躲。

「夠了！快住手！」佛朗哥說。

「你等我一下！」莉茲忽然想到什麼，一邊指着安迪，一邊離開房間。

「這婊子是雨果撿回來的？」

「別再婊子前婊子後，人家叫莉茲！」

「莉茲？我以前讀書時有一個賣淫的同學也叫莉茲。」

佛朗哥沒好氣地別過頭去。

「接着！」莉茲回來，把她的平板電腦拋向安迪。

「喔！摔壞了可不關我事。」

「摔壞了就賠我一台，反正你這裡那麼多！」

安迪逕自啟動莉茲的平板電腦，然後輸入開機密碼。他儼如先知，不用莉茲道明便知道要做什麼。莉茲越看越氣憤，彷彿所有私隱都蕩然無存。佛朗哥拍拍莉茲的肩膀，勸她別介意。安迪用數據線把他的電腦和平板電腦連接起來，然後點開一些不知名的程式，把平板電腦中的那兩段會議錄影片段刪除。

莉茲邊看邊叉着手，似乎看不起安迪的工作。

「別小覷他，他可是麻省理工學院畢業的。」

「真的？」莉茲目瞪口呆。

「他擁有計算機科學學士學位和碩士學位。精於編寫程式、研發病毒、入侵電腦，是黑客奇才……」

「不要再讓我聽到『黑客奇才』這個詞！」安迪打岔。

「別怪我！雨果怎麼說，我就跟着怎麼說。」

「不過，他不是我見過最厲害的一個。世上最頂尖的那批黑客，大多擁有博士學位，碩士只是入場券而已。」

「博士學位算得上什麼？你知道最頂尖的那批黑客的實力，但那些沒名氣的黑客，你又了解多少？」佛朗哥問。

「難道我有眼無珠，看輕了他的實力！？」

「安迪在修讀碩士期間，理工科的教授都認識他。」

「願聞其詳。」莉茲叉着手，靠在桌沿。

佛朗哥在櫃子上取來一瓶紅酒，倒了一杯給莉茲，又倒了一杯給自己。

「大約三年前，是安迪碩士課程的最後一年，他寫了一篇畢業論文，結果讓其名噪一時。安迪的論文是研究麻省理工學院的電腦保安系統的安全性，主要是挖掘保安系統在安全性方面的罅漏，並針對問題提出解決方法。」佛朗哥喝了一口紅酒。「其實這類型的課題並不罕見，很多修讀計算機科學的學生也曾撰寫過有關學校電腦保安系統的論文。然而，安迪的研究方法卻挺瘋狂。他研發了針對學校電腦保安系統的病毒，讓全校的電腦都感染了病毒，就連學校的無線網絡也無一倖免，很多學生的個人電腦也受到波及。更瘋狂的是……」

「完成了！」安迪已徹底刪除了影片，把電腦還給莉茲。

莉茲聽得入神，對安迪工作的高效率感到詫異，禮貌地說了聲「謝謝」，然後把電腦放在桌上。佛朗哥也順便喝了兩口紅酒。莉茲等待佛朗哥繼續講述安迪那津津有味的往事，卻發現佛朗哥對着她竊笑，令她起了雞皮疙瘩。

「笑什麼笑！？」

「你對他態度那麼好，還是第一次。」

「有病！他……他幫了我，我跟他說聲謝謝有問題嗎？！」

「沒問題。」佛朗哥看着莉茲那尷尬的表情，再一次竊笑。

「趕快說下去！他之後怎麼了！？」

佛朗哥放下酒杯，嘴上的竊笑換回普通的笑容，繼續娓娓道來：「更瘋狂的是，他把整個入侵電腦的過程拍攝下來，作為論文的其中一個部分。」

「不過，論文指導老師不可能會同意這種做法。」

「安迪在論文的研究方法部分，並沒有說明會研發病毒、入侵電腦。即使與老師會面、報告進度，他也沒說自己還有『實戰』部分，因此老師以為論文只是純理論分析。直到遞交論文的前一個星期，他才發動攻勢。校方一直沒法查出黑客的底細，也沒法破解電腦病毒。當指導老師看到論文時，才明白原委。」

動人的故事總要配上紅酒，莉茲一口氣喝了半杯，佛朗哥也淺嚐了一口。

安迪一直在電腦前工作，也仔細聆聽別人如何敘述他的故事，以及回味那一去不返的青春時光。間或，勾起一抹淺笑。

「對了，你主修犯罪學，難道沒看過這則新聞？當年媒體也有報道。」佛朗哥說。

「犯罪學分為不同的專業領域。我當年主攻犯罪心理學，對於網絡犯罪方面不太了解。再說，每天都有黑客的新聞，光是在搜索引擎搜索『黑客』二字，資料已多不勝數，怎能全部都看？」

「原來如此。」

「之後呢？按道理說，學校應該會報警吧。」

「沒有報警，可能管理層擔心會影響校風。這也是正常的，如果公開真相，大學排名必定會下降，他們也希望大學能繼續問鼎全球第一。大學的學術委員會開了三次會議。第一次是討論應否利用安迪在論文中提出的解決方法來修復學校和個別學生的電腦，委員會成員投票一致通過。第二次是討論應否批准論文通過評核，超過 90% 的成員反對通過。皆因入侵、破壞大學和其他學生的電腦系統，屬刑事罪行。換言之，論文撰寫過程涉及犯罪行為，且造成實際、嚴重的傷害。」佛朗哥停下來把最後一口紅酒喝光。

「然後呢？為什麼沒有報警？」

「看來你很希望我坐牢。」安迪說。

「當然希望！如果你坐牢了，我就不用見到你！」

「第三次就是討論應否報警。那次投票不容易，皆因委員會成員一共有四十名，而正反雙方的票數相同，沒法達成共識。後來安迪呈交了一封懺悔信，各成員閱畢後，再重新投票，最終決定不報警。」

「懺悔？哈哈！他寫懺悔信？！」莉茲笑得人仰馬翻。

「很奇怪嗎？！我這是動之以情，讓委員會的人以為我真心悔過。還好意思說自己主攻犯罪心理學，連最基本的猜度人心都不懂！」

莉茲被他氣得滿頭煙，假裝要把杯中的紅酒潑向他。

「你敢？！」

「但是校方怎樣跟大眾和受影響的學生交代？」莉茲問佛朗哥。

「校方說雖然沒法追蹤黑客，但已命人通宵達旦研究，終於研發出破解病毒的程式。」

「那麼他怎樣畢業？」

「校方要求他延遲半年畢業，並撰寫另一篇論文代之。」

莉茲把最後一口紅酒喝光，邊喝邊用微妙的眼神看着安迪。有佩服、安慰、欣賞，也有得意、興奮，諸多情愫共冶一爐。

「出來吧，我們還有其他成員。」

莉茲拿起平板電腦，跟着佛朗哥離開。正要關上房門之際，又調皮地向背對着自己的安迪豎起中指。迅雷不及掩耳，安迪背對着她，也豎起了中指。莉茲嚇了一跳，猜想安迪怎麼會知道。此時，她無意中看到其中一個顯示屏，原來顯示着房間監控的畫面。莉茲覺得自己又成了他的手下敗將，便不敢造次，把房門關上。

回到基地中央，佛朗哥從桌上拿來一台平板電腦，遞給莉茲。上面顯示了一個女人的樣貌——她穿着一件黑色皮衣，有一綹黑色的卷髮。

「暫時只有我們三人在基地裡，所以只能用這種方式介紹。」

「黑種人？」莉茲問。

「對。不過她屬於膚色較淺的黑種人。她叫阿曼達・加西亞，強項是掩人耳目、逃離困境。我正考慮是否讓她協助你進行第一個任務。」

「怎麼？又協助？！別弄得我像個弱者一樣！」

「不是全程協助，只是有些時候你不方便出頭，便要靠她了。」

佛朗哥滑了一下屏幕，又出現另一個女人的照片。

「又是黑種人？」

「不，她是白種人，不過經常曬太陽，令膚色變得越來越黑。」

「我覺得她的膚色很健康。」

「她不啻膚色健康，而且胸部、臀部也很大。」

「又在說我壞話？」一個女聲驀地響起。

「呃……你回來了。」佛朗哥也被她嚇倒。

屏幕上的女人出現在面前，莉茲覺得很意外，只禮貌地説了聲「你好」。她沒有回應，只忙着把手上的東西放下。有三盒意大利薄餅、四盒意大利麵、六罐汽水、六罐啤酒。

「你沒吃東西吧？」佛朗哥問莉茲。

「還沒有。」

此時，那個女人才緩緩走上前，伸出手向莉茲打招呼：「齊娜‧福斯特（Zena Foster）。」

「莉茲‧格里芬（Liz Griffin）。」莉茲跟她握手。

佛朗哥沒説錯，齊娜的身材姣好。莉茲看着她那巨大的乳房和臀部，替她感到辛苦。

齊娜靠在一旁，點起香煙，邊抽邊端詳莉茲。莉茲感到有點尷尬。

「齊娜是組織裡最厲害的殺手，殺人毫不手軟，且性格傲慢。很多人就是死在她那略帶高貴的外表上。」

「喂！」齊娜説。

「我説錯了嗎？你的確性格傲慢。我記得你曾經説過，如果你和一百個男人困在一個密室裡，30 分鐘後，所有男人都會死掉。」

「哈哈！真的嗎？」莉茲問。

「別聽他亂説，現在只需要 15 分鐘。」

莉茲「噗哧」一聲笑了出來。「就是説，連雨果都不是你的對手？」

「噓！」齊娜把食指放在嘴上。

「咦？原來我們的女王回來了。」安迪也走了出來湊熱鬧，雙手分別拿着一杯紅酒。

「香煙當然要配美酒。」安迪把一杯酒遞給齊娜。

「我還以為你的興趣是和女人吵架，原來也不外如是。」莉茲説。

「錯了，我只和婊子吵架，不和女人吵架。」安迪説。

齊娜看了看那杯紅酒，把煙伸向杯口，點了點煙身，把煙灰彈在酒上。然後，又緩緩地抽了一口煙。安迪無奈不已，但為了保持紳士風度，便沒有動怒，只聳聳肩，把那杯酒放在桌上。莉茲看到安迪碰一鼻子灰，笑得歇斯底里，手撫着腹部，半蹲身子，差點連口水也流下來。而佛朗哥卻不想落井下石，但笑意難掩，便只好像吃過東西一樣，用舌頭舔牙齒，藉此掩蓋那若隱若現的嘲笑。

「你再笑我就把這杯酒灌進你的口裡！」安迪拿起那杯沾有煙灰的酒對莉茲説。

「好的，不笑，不笑。」

「廢話少説，我繼續介紹其他成員。」佛朗哥説。

　　平板電腦上顯示了一個華人女子的樣貌。

　　「她是陳妓雯，美籍華人。沒有突出的技能，雖然有前線工作的經驗，但沒有獨立執行過任務，主要是支援的角色。」

　　「妓……雯？哪一個『妓』？」莉茲問。

　　「應該是……『女』和『支』。」佛朗哥說。

　　「據我所知，這個字……在中國人眼裡好像代表……妓女，是吧？」

　　「好像是。」

　　「她父母為何給她取一個這樣的名字？」

　　「可能……希望她的辦公室在床上吧。」

　　莉茲忍不住白了他一眼。

　　「和你一樣，辦公室都是在床上！」安迪說。

　　「你又何嘗不是？！別忘了世上是有男妓的！」莉茲說。

　　「那麼，我的辦公室在哪裡？」齊娜問安迪。

　　「你是我們的女王，你的辦公室當然是在皇座上啊！」安迪擺出一副獻媚的姿態。

　　「雖然她在組織裡的地位不高，但她將會協助你進行第一個任務。」佛朗哥說。

　　「又來？！我想獨挑大樑！」

　　「你不像齊娜或其他成員，他們在加入組織前已有一定經驗。而你經驗匱乏，如果出了什麼岔子，會連累 TM 的。」

　　「知道。」

　　「然後，這是謝玉霞。」佛朗哥又滑了一下屏幕。

　　「開玩笑是吧？！」莉茲對屏幕中的那個人感到驚訝。

　　「你經常大驚小怪是幹不了大事的。」齊娜說。

　　「不，我只是不敢相信組織裡會有這樣的人。」

　　「你覺得她像什麼？」佛朗哥問。

　　「她……和剛才那個一樣，都是華人。但……她穿着一件某酒店的制服，應該是那裡的職員。不過……」莉茲忍不住笑了，「她的外表和普通的中年婦女無異，我想沒有人會覺得她是犯罪組織的成員吧。」

　　「沒錯。雖然她也沒什麼突出的才能，但平庸的外表是一件不錯的武器。很多人有一種誤解，以為犯罪組織裡的人都是目露凶光，臉上鑿着『生人勿近』的字。其實，現在的犯罪組織常有很多

外表看起來平庸不過、人畜無害的人，這些人永遠不會被人懷疑。就好像這個謝玉霞，美籍華人，是一家酒店的房務員，名字普通、樣貌普通。她說她的兒子在大學唸書，別人相信；她說她的丈夫有外遇，別人也相信；她說她吃了半輩子的苦，積蓄不多，別人更相信。」

莉茲看着這個女人，終於明瞭什麼是臥虎藏龍。她對着佛朗哥，心服口服地豎起了大拇指。

「最後，是喬治‧博伊德（George Boyd）。」佛朗哥又滑了一下屏幕。

莉茲看着這個留着鬍子的男人，覺得他像一位慈父。

「他擁有哈佛大學化學博士學位，辭任化學系教授一職後，全職於美國軍方實驗室擔任研究主任，而暗地裡則利用實驗室的資源替 TM 進行秘密研究。」

「他是因為要替組織辦事才不當教授？」

「該怎麼說呢……他不當教授，就算不是為了 TM，也為別的犯罪組織。這是他的私隱，我不方便說太多，你自己問他吧。好了，不如我們先……」

「完了嗎？」莉茲打岔。

「對啊！已經介紹完了。」

「你呢？」

「我？我不就是 TM 的軍師，地位僅次於雨果，職責是指揮各成員工作。」

「不想說就算！那麼雨果呢？」

「我勸你還是改一改問東問西的性格吧！如果日後有機會當臥底的話，你這樣會惹人懷疑。」齊娜說。

「我作為新成員，想知道首領是怎樣的人也很正常吧！」

「你應該很了解。」佛朗哥說。

「基本資料誰都知道。」

「那麼你想知道什麼？」

「其實，以組織的資金，應該有能力把活特首飾製品有限公司打造成大型企業。為什麼公司發展了那麼久，還是中小型企業？」

「我來問你，雨果為什麼要成立這家公司？」

「是為了掩飾他真正的身分。」

「你要知道，世上所有的大型企業、跨國企業，都充滿競爭對手。有的競爭對手在明處，人所共知；有的則在暗處，靜待時機。簡單來說就是槍打出頭鳥，所有競爭對手都在秘密調查這些大型企業，想抓住它的要害，作為把柄，最終將其殲滅。假如雨果把公司發展成大型企業的話，那麼這

個金鐘罩將會被對手擊破，TM 的保密性便危在旦夕。因此，正規公司要永遠掩護犯罪組織的話，其規模不能太大，維持在中小型企業便最理想。」

莉茲極度佩服雨果，假如雨果在面前，她必定會對他豎起大拇指。現在她對着佛朗哥，再一次豎起了大拇指。

「別顧着説！食物都快涼了，快點吃吧！」安迪説。

莉茲看了看手機，現在是晚上 10 時。她這才想起自己還沒吃晚餐，飢腸轆轆之感剎那間湧上心頭。他們四人開始大快朵頤地用餐。莉茲拿了一盒意大利麵和一瓶汽水，找了張椅子坐下。霎時，小腿的酸痛感油然而生。這短短的幾個小時，龐大的信息量湧入她的腦海中，波濤洶湧之況讓她消耗不少精氣神。她現在要好好休息，儼如電腦進入睡眠模式。

第 5 章：〈測試〉

誠然，這頓晚餐對莉茲來說並不豐富，可選的食物不多。她想起平素在家中，母親總會全心全意準備每一頓飯。有前菜、主菜、甜點，而且在淡黃的燈光照耀下，一室溫暖，但這裡的氛圍卻不可同日而語。莉茲也深諳，不論對佛朗哥、安迪、齊娜，或其他成員來說，食物的質素並不重要，重要的是果腹，然後以充沛的精力挑戰無限的可能。因此，她也要開始適應。

飯後，安迪回到房間繼續工作；齊娜也開始為下一個任務作準備，她進入另一個房間。

「那是齊娜專用的房間嗎？」莉茲問佛朗哥。

「並不是專用，只是裡面放了很多武器，空間不大，你想用也沒法用。」

莉茲沒再問問題，她站着，雙手垂下，交握於下腹，微笑地看着佛朗哥。

「怎麼了？」

「我準備好了。」

「準備好什麼？」

「當然是執行第一個任務啊！還明知故問！」

「飽餐一頓後果然精力旺盛。」

「時間不早了，我還要睡覺呢！」

「睡覺？現在才 10 時 38 分而已。」

「那好啊！不如聊聊你的背景吧，或者是私生活！」莉茲靠在一旁，叉着手。

「在正式討論第一個任務前，我想先測試一下你的能力。」

「這到底是雨果的要求，還是你自作主張？」

「我作為組織的軍師，當然要了解每個成員的實力。」

「假如我沒猜錯，整個組織裡應該只有我一人是修讀犯罪心理學。難道還要測試？」

「課本知識是死的，理論也是死的；只有實戰經驗和靈活變通的腦筋才是活的。」

「好吧，你想怎麼做？」

「我會用兩道情境題來測試你的危機意識和佈局嫁禍的能力。」

「挺有趣，就讓你看看我那四年不是白過的。」

「首先，是測試你的危機意識。假如你是一個名人，你有一個臉書專頁。在你生日那天，很多人在你的專頁留下『生日快樂』之類的祝福語。那麼，你會不會點讚那些祝福語，或者留言回應他

們？」

莉茲在思忖，又開了一瓶汽水，喝了兩口說：「基於禮貌，正常是應該點讚或留言回應；但現在關乎危機意識的問題，我想應該不可以點讚或留言。」

「繼續。」

莉茲把汽水放在一旁，閉目沉思片刻。「不，我要修正：我會留言答謝他們的祝福，但……不會點讚。」

「原因呢？」佛朗哥微笑，似乎頗滿意莉茲的答案。

「首先，我是一個名人。那麼除了有粉絲外，也有不少人討厭我。就算不是針對我，世上也有一種人，他們對名人有一種仇恨。可能是因為名人有名有利，而他們什麼也沒有。不論哪一個領域的名人，都可能成為他們攻擊的目標。」語畢，莉茲又喝了三分之二瓶汽水。

「大學教授有沒有教過你什麼是快、準、狠？」

「大哥，說話太多會口乾的！」莉茲又喝了一口，「如果我成為了這類人的攻擊對象，那麼他們的『生日快樂』便是陷阱。首先，如果我點讚，他們可以立即編輯文字，把『生日快樂』改成一些敏感的內容，比如一些政治宣言、口號、種族歧視的言論。一般的名人都很怕捲進輿論風波裡，也有不少名人曾因為敏感議題而弄得身敗名裂。更重要的是，根據臉書的機制，即使對方編輯了文字內容，我點的讚也不會自動取消。那麼，對方便可以截圖，然後向外界混淆黑白，說我點讚了一些具爭議性的留言，那麼我便糟糕了。雖然也有方法證明我清白，但比較複雜。一般網民能夠看到文字的編輯紀錄，而編輯紀錄會清楚列明編輯的年、月、日、時、分，卻沒法看到點讚的準確時間。就算我告訴網民我點讚的是他編輯前的那一段文字，別人也未必相信。當然，我可以查看臉書的動態紀錄。因為動態紀錄除了會顯示我點讚了對方編輯後的文字內容，還同時會顯示我點讚的準確時間。只要我把動態紀錄截圖，發佈到臉書上，便能夠證明我點讚的準確時間是在對方編輯前，而不是編輯後。不過，這方法也不是十全十美。假如有人質疑我截圖中的文字是經過電腦修改的，我也無可奈何。到時候，我可能要聯絡臉書的客戶服務，要求他們替我澄清。不過，有些陰謀論者可能會認為我花費巨款來賄賂客服人員。而且，維基百科中關於我的條目，必定會記載這件事，甚至稱為羅生門。總之，一不小心，便名譽掃地。最安全的做法，就是只留言，不點讚。如果我非常有名，祝福語多不勝數，那麼連留言都不用，直接在生日翌日發佈一帖子來答謝所有人的祝福。」

「果然不錯！」

「怎樣？打多少分？」

「大概……九十九分。」

「老師的要求真高呢！」

「那麼，現在測試佈局嫁禍的能力。」

「放馬過來！」

「由於你的第一個任務是在香港進行，我就以香港作為背景吧。假如你是香港一間報館的娛樂記者，上司要求你尋找一些獨家新聞來刺激報紙的銷量和網上平台的點擊率，你會怎麼做？」

「你以為我不熟悉香港？我曾經去過香港交流。」

「真的？什麼時候？」

「大學三年級的暑假，學系舉辦了交流團。有四個地方供學生選擇：一是到德國參觀食人魔阿明·邁韋斯（Armin Meiwes）的住所；二是到俄羅斯參觀阿納托利·斯利弗克（Anatoly Slivko）殺人的森林；三是到香港參觀林過雲殺人的案發現場；四是到中國內地的青島參觀快遞分屍案的物流公司。我最終選擇了香港。那次除了參觀案發現場外，還參觀了不同樓宇，了解內部結構。」

「看來這個測試對你來說容易不過了。」

「當然！既然是測試佈局嫁禍的能力，那麼要尋找獨家新聞便不能循正常途徑，而是要製造新聞。我是娛樂記者，追蹤的對象當然是明星。大眾喜歡看明星身敗名裂的醜態多於他們風光無限的傲慢，因此，我會設計一則桃色新聞。首先，我會尋找一位已婚，但經濟能力欠佳，住在公共屋邨的男藝人。假如對方是單身的，或談戀愛，震撼性會較低；但已婚的藝人引發桃色風波，則每每動輒得咎。另外，如果對方住在高尚住宅區，其保安措施往往極度嚴密，記者要接近他便困難重重。公共屋邨則不然，可以偽裝成不同身分，如外賣員、送貨員、工人。要嫁禍他，有很多方法，其一是把沾有精液的避孕套放在他棄置的垃圾內。」

「我聽說好像有記者也這樣做過。」

「可能吧，不過大多數的記者只會查看藝人的垃圾裡有什麼，真正栽贓嫁禍的很少，而且他們的佈局不精密，往往破綻百出。如果我要嫁禍的話，首先要掌握他的生活習慣，例如什麼時候倒垃圾。由於這個藝人經濟能力欠佳，因此聘請傭人的可能性較低，大多是親力親為。假如他每天早上 9 時都會倒垃圾，我便要提前到達。同時為了分工合作，我需要多一位記者同行。公共屋邨的樓宇每一層都有垃圾房。假如他居住的單元與垃圾房有一段距離，需要拐向另一條通道的話就更好。另外，為了讓觀眾相信，整個拍攝過程要一鏡到底，不作任何剪輯。那麼，好戲要上演了。當他提着垃圾離開家裡，走向垃圾房時，我會躲在走廊的拐彎處，伸出一個針孔鏡頭來偷拍他，鏡頭要清晰拍到他提着的垃圾袋。當他越走越近時，我便會退到走火通道。防煙門上有一塊玻璃，能拍攝他經過的畫面。當他丟完垃圾後，我會再次來到走廊的拐彎處，拍攝他進入家裡的情況。同時，另一位記者

已一早進入垃圾房候命。公共屋邨的垃圾房大同小異，大多具有雙重門。推開第一扇門後，會進入一個狹小的空間，再推開第二扇門才看見大型垃圾桶。因此嫁禍對象的寓所要具有相同條件。有些香港人沒有公德心，常直接把垃圾丟在兩扇門之間的地上，清潔工人便爽性把大型垃圾桶搬到兩扇門中間的位置，免得他們直接把垃圾丟在地上。言歸正傳，如果大型垃圾桶放在第二扇門裡的話，就要麻煩記者把它搬到兩扇門中間，然後那個記者會躲在第二扇門內。當藝人丟完垃圾後，記者就要立即把沾有精液的避孕套放進那袋垃圾裡。當我在走廊拐彎處拍攝他進入家裡時，記者就要不動聲色地從垃圾房走出來，悄悄回到我身旁。當他進入家裡後，我就會來到垃圾房，更會煞有其事叫另一名記者推開第二扇門，拍攝裡面的情況。——這是重要的心理暗示，讓觀眾知道沒有人預先留在垃圾房裡栽贓嫁禍。然後，我再叫記者打開那袋垃圾。由於拍到藝人從家裡走出來的畫面，所以觀眾會認得鏡頭下的那袋垃圾是屬於該藝人。接着，當記者『發現』那些沾有精液的避孕套時，就會發出震驚、厭惡之聲。為了讓事情更震撼，避孕套的數量大抵要四、五個。當然，這個計劃要在藝人的太太出國工作或旅行時才實行。更重要的是，為了『死無對證』，這則新聞要在行動的翌日才發佈。到時候，就算他想尋回證物以證清白也沒用，因為垃圾早就到了堆填區。我連後續的發展也想好了。就算他訴諸法律，說報館誣衊他也枉然。因為我們不會直接說避孕套是屬於他，或者說他有外遇云云，只是透個鏡頭來暗示觀眾，帶領觀眾走進我們預設的領域。再者，連最重要的證物也消失了，他也沒法證明避孕套不是他的。假如他大發雷霆、惡言相向，大眾只會覺得他是一個敢做不敢當、對愛情不專一的渣滓。此外，他的太太蒙在鼓裡，必定以為他對愛情不忠，甚至鬧到離婚局面，這些飯後甜點也能為報館帶來不少利潤。」莉茲微微一笑，拋下一句：「怎樣？」

「非常好！」佛朗哥鼓掌，「不過，還有一些問題。如果他得到保安公司的授權，把大廈大堂的閉路電視片段公開，來證明他沒有帶別的女人回家又如何？」

「不可能。首先，基於私隱問題，保安公司不可能授權公開片段。就算真的公開，住客和訪客的樣貌也要經過特別處理。其次，如果是機警的人，斷不會和別的女子一起回家，而是一前一後，那依然不能證明他清白。呃！對了，如果真的公開閉路電視片段，反而對我們更有利。因為影片能證明只有兩名偽裝的記者進入大廈。而在那段一鏡到底的影片中，已暗示觀眾，那兩名記者是一同行動的。因此，可排除有第三、四個記者存在並栽贓嫁禍的可能性。」

「但陌生人進入大廈後，保安人員會記錄訪客的姓名、身份證號碼、到訪目的和到訪時間，只要查證到那些訪客與藝人無關，便有機會證明清白。」

莉茲很難得有機靈的時刻，她擺動着食指笑着說：「不可能。如果到訪的女人真的和藝人有染，她決不會對保安人員說實話，因此到訪目的或到訪單元都可以杜撰。而且，有時候保安人員忙於別

的事情，大堂沒人把關的情況比肩皆是。要知道，公共屋邨的保安措施很差勁，要混水摸魚很容易；如果是高尚住宅區則判若雲泥，保安人員會致電到該單元，得到屋主的確認才會放行。」

這次，輪到佛朗哥對她豎起拇指。

「這次多少分？」莉茲問。

佛朗哥沒說話，只豎起了食指。

「一分？！」

「比上次多了一分。」

莉茲調皮地搥了佛朗哥的手臂一下。

「說真的，這些測試太可怕了，我差點把自己當成記者。」

「這證明你非常投入，不是這樣的話，怎能佈下精密的局？就好像一個演員，要別人認同，要得獎，就要全天候投入在角色裡。」

「那麼，可以開始第一個任務嗎？」

第6章：〈雨果的智勇〉

佛朗哥看着這隻初生之犢，既想立刻實現她的願望，又擔心她功力不足。

「你覺得我怎樣？」佛朗哥問。

「什麼？」

「我的能力怎樣？」

「能力？呃……也挺強的。」莉茲覺得這個問題很彆扭。「你該不會自戀到要我來稱讚你吧？！」

「你誤會了！我想說的是，如果你覺得我的能力很強，或認為剛才的測試能彰顯你的實力，也未免太天真了！」

「你到底想怎樣！？繞個圈子來貶低我是吧？！」

「照我看來，你對雨果的認識不夠深。」

「我之前不是說了嗎？！」

「有些犯罪組織的成員經常為了爭權而內訌。TM 跟他們不同，我們是心甘情願服從雨果的。就算他不是首領，我們也一樣敬佩他。因為他聰慧過人，犯罪手法智勇兼備。」

「我走了，再見！」齊娜說。佛朗哥和莉茲陶醉於高智商的對話中，察覺不到齊娜從房裡出來。她背着一個深褐色的大背包，提着一個頗重的黑色手提包，正要離開。

「希望你下次可以帶些更好吃的回來，莉茲在投訴呢！」佛朗哥開玩笑。

「喂！」莉茲用力搥向他的胸脯。「你別聽他亂說，我沒有投訴，是他在誣衊我！」

齊娜從口袋掏出一枚飛鏢，拋給莉茲。「你可以用來報仇。」

「謝謝！」莉茲露出猙獰的目光望向佛朗哥，「看來齊娜並不是那麼好騙。」

「我不是想騙她，只是覺得氣氛有點凝重，才開開玩笑。」

莉茲不接受他的辯解，舉起飛鏢假裝要擲向他。

「住手！」佛朗哥拿起桌上的平板電腦來作擋箭牌。

「你遮得了頭也遮不了身，看來 TM 的軍師不擅長對戰呢！」

「誰說的！」說時遲，那時快。佛朗哥從桌上奪來一把小刀。「這也可以媲美飛鏢。」

「來啊！我不怕你！」

「拜託！別玩了，把飛鏢交給我。」

「這是齊娜給我的，你憑什麼奪人所好？！」

「還有很多重要事情要説呢！」

「你説你的事，我玩我的飛鏢，有什麼問題？」

佛朗哥暫且不管那飛鏢，「剛才説過，我們都很敬佩雨果，知道為什麼嗎？」

「因為他的犯罪手法智勇雙全。這沒什麼了不起，我相信 TM 裡的其他成員也有勇有謀。」

「智謀誰都有，但有層次之分。比如一個喜歡玩飛鏢的人，她的智謀大概是幼稚園的程度。」

莉茲被他氣炸了，「啪」的一聲把飛鏢按在桌上。然後，又笑着問：「你是説齊娜幼稚嗎？」

「齊娜從不玩飛鏢，只會使用飛鏢。」

「好啊！那不如説説你是什麼程度！」

「假如雨果是博士程度的話，我只是中學程度。」

「哎喲！幹嘛那麼謙卑啊？！你好歹也是 TM 的軍師呢！」

「我和你分享一件事，聽後你就會知道雨果的智謀、勇氣與我們的不可同日而語。」

「終於有機會見證雨果的實力。」

「在 2012 年，當時 TM 的規模比較小，成員不多。雖然那時候雨果已經是組織的首領，但也要親自執行任務。那次任務安迪也有參與，雖然……」

「安迪？他不是碩士畢業後才加入 TM 嗎？應該是兩年前才對吧。」

「沒錯。安迪是在兩年前，即 2016 年才正式加入 TM，但雨果一早已認識安迪。安迪在高中時已常常研發電腦病毒或其他具入侵性的程式，產品質素頗高。那時候雨果常常購買安迪研發的產品，所以他以前經常充當組織的僱傭兵，並不是正式成員。因此，雨果稱他為『黑客奇才』並不是指他擁有碩士學位，或在畢業時引發了風波，而是指他中學時已具備驚人的黑客能力。」

「哇！我真的……真的要對安迪做這樣的動作。」莉茲做出五體投地的舉動。

「那時候雨果已成立了活特首飾製品有限公司。公司當年的規模更小，業績一般。雨果還沒成立公司時，曾在香港一家鐘錶公司裡工作。公司老闆叫董國寧，是一個品行惡劣的人，他常在公事上針對雨果。後來雨果成立了公司，與他再沒任何瓜葛；但雨果在香港成立分公司時，他又乘機阻撓。雨果對他恨之入骨，決定除之而後快。有一次，雨果決定和他下榻同一間酒店。他住在高級海景套房，而該酒店的高級海景套房數量不多，雨果也選了相同的套房，因此恰巧住在他隔壁。」佛朗哥開了一瓶蒸餾水，喝了幾口。

「快點説，我想知道雨果怎樣殺人！」

「雨果怎樣殺人並不是重點，重點是他怎樣佈局，從而逍遙法外！」

「你怎麼越説越興奮？」

「沒辦法，因為那宗案件根本就是魔鬼的傑作。每次回憶起來，我都會汗流浹背。」

「看來案件很複雜。」

「沒錯！我問你，如果你殺了人，事後會怎麼做？」

「當然是盡量消滅證據、消除自己的嫌疑。」

「雨果殺了董國寧後，把董國寧的錢包、沾滿血液的匕首放在雨果的房間裡。另外，還把雨果另一個錢包放在董國寧的房間裡。」佛朗哥邊說邊笑，不知是笑雨果瘋狂的行為，還是笑莉茲目瞪口呆的表情。

「我……我不明白。到底……為什麼？」

「簡單來說，雨果要把兇案佈局成栽贓嫁禍的假象。」

「但……好像……」

「別焦急，我慢慢說給你聽。剛才說過，安迪以僱傭兵的身分協助雨果執行任務。在兇殺案的前四天，雨果要求安迪和他演一齣戲。當天，雨果在香港的一家銀行提款後，走在街上，然後拐進了一條人煙稀少的巷道。此時，穿着黑色連帽外套、黑色運動褲，戴着手套、口罩、墨鏡的安迪，悄悄走到雨果身旁。他搶去雨果口袋中的錢包，狂奔而去。雨果大聲吆喝，窮追不捨，可惜安迪還是跑掉了。雨果立即到警署報案，錄了口供後，他再申請臨時證件、購買新的錢包。」

「說了那麼久，難道這只是兇案的前菜？」

「不，這只是侍應生遞給你的一杯水。」

莉茲嘆了一口氣。

「到了案發當天……」

「什麼？！搶錢包的事告一段落？」

「都說了別那麼焦急，我會把拼圖一塊一塊拼給你看。案發當晚，酒店地下的宴會廳舉辦了一個皮草展覽會。除了展示最新的皮草外，還可以即場購買。但這個展覽會並不是對大眾開放，只有貴賓才可以出席。所謂的貴賓是指政、商界名人、明星之類的，雨果也是受邀者之一。」

「不過，雨果的公司不是以生產首飾為主的嗎？為什麼會涉足皮草製品？」

「你有沒有讀過經濟學？」

「沒有。」

「經濟學中有一個課題是關於廠商與生產，闡述了各種合併的特點。有一種合併模式稱為集團合併，是指產品性質完全不同的廠商合併。換言之，是兩家生產不同產品的廠商，它們沒有直接競爭，市場不同，卻因為某些因素而合併。比如雨果的首飾公司與皮草公司合併，就是集團合併。合

併動機是為了分散投資風險、享有規模經濟、產品多元化。明白嗎？」

「就是說雨果想發展皮草生意？」

「不，雨果參觀皮草展覽會只是為了殺董國寧。當然，如果警方或檢控官都和你一樣，提出相同問題，雨果便以經濟學作藉口。」

「原來如此。」

「言歸正傳，該展覽會並沒有模特兒走貓步的環節，而是把皮草放在不同的玻璃箱裡供人欣賞。那批皮草在設計上也很別致，有的鑲嵌了珠寶，有的配上鑽石項鏈一起展出。為了要彰顯珠寶的光芒，宴會廳的燈光調至最暗。之前說過，有些明星會出席這個展覽會。眾所周知，大眾對穿皮草、買皮草的明星都非常反感，認為這是不道德的行為。同時，宴會廳的正門有記者在拍攝。因此，主辦單位開放了一條特別通道。打開宴會廳右邊的門，就可以走到酒店外。那裡有一條人跡罕至的通道，沒有任何監控鏡頭。那些想秘密出席的明星，都會從那條通道進入。所以，為了保護來賓的身分，宴會廳裡也沒有安裝閉路電視。」

莉茲忍不住打哈欠。「不好意思，我覺得有點無聊。」

「放心吧！重頭戲出現時，我保證你睡意全消！」佛朗哥又喝了幾口水。「當然，雨果不是明星，沒什麼偶像包袱，所以從正門進入，不過這也是一個很重要的程序。正門有一個男的工作人員擔當迎賓工作，沒記錯的話他好像叫張程田。」

「哇！你連嘍囉的名字都記得那麼清楚！」

「別小覷他，他是雨果大計中的一枚頗重要的棋子。由於這個展覽會的來賓都非富則貴，因此主辦單位對工作人員的要求也很高。他不啻要記熟每個貴賓的樣貌和姓名，還要和他們打招呼。所以，他也有和雨果打招呼。雨果進入宴會廳後 10 多分鐘，就戴上手套，從右門離開。那時候所有明星都已到場，因此沒有人使用該通道。加上宴會廳很暗，雨果離開也不會惹人注目。雨果早就把殺人時要穿的服裝埋在特別通道旁的花槽中，用塑料袋裹着。雨果取出衣服，即席穿上。莉茲，如果你進入一個房間殺人，你會怎樣清理遺下的證據？例如指紋、頭髮、頭皮屑。」

「很簡單，指紋方面，當然是預先戴手套，這是常識。至於頭髮、頭皮屑，我想……可能會帶一卷透明膠帶，把走過的地方都粘一遍。」

佛朗哥忍不住竊笑。

「怎麼了？！要不然，我可以看看廁所有沒有清潔劑，把走過的地方徹底擦一遍！」

「其實有一個更好的方法。雨果殺人時穿的衣服主要分為兩部分。第一部分，是用來避免留下證據。他除了戴手套，還穿了一件雨衣，戴了毛帽、圍巾、口罩、墨鏡，還有安全鞋。第二部分，

是用來掩蓋第一部分的衣服。因為不可以讓人知道他穿了雨衣、戴了毛帽、圍巾。因此，他穿了一件超大碼的黑色連帽外套。」

莉茲「噗哧」一聲笑了出來。「你不覺得這樣好傻嗎？」

「就說你不懂事！你以為就這麼簡單？！你知不知道這樣穿直接讓警方和陪審團相信作案的是另有其人？！」

「真的？到底是怎麼回事？」

「待會兒才告訴你。換衣後，雨果從特別通道往外走，來到酒店大門。由於通道附近沒有閉路電視，所以警方只會認為黑衣人來自別的地方。雨果進入酒店，來到舉辦皮草展覽會的宴會廳前，和那個張程田說了幾句話。雨果向張程田索取貴賓名單，他當然不給。雨果再問他，是否所有貴賓都到達了，他當然不會把實情告訴這個黑衣人。雨果再問他，雨果是否已經到了。」

「什麼？你再說一遍！」

「你沒聽錯！穿得嚴實的雨果問張程田，雨果是否已經到了。」

「那麼戲劇化！」

「對啊！你看，有誰是雨果的對手？」

「張程田怎樣回答？」

「他耐不住煩，問黑衣人是否展覽會的貴賓。雨果繞過問題，說他是雨果的朋友，想見見他。張程田說黑衣人不是貴賓，不能進入。雨果沒再說話，就走了。張程田覺得黑衣人很奇怪，但沒多想。」

「雨果的計謀果然新穎！」

「然後，雨果坐電梯到他所住的樓層，也是董國寧所住的那一層。雨果來到董國寧的房門前，按下門鈴。董國寧開門，雨果立馬把匕首狠狠地刺進他的腹部。由於受傷和雨果的力度，他很快就倒下。雨果順勢把房門關上。接着，雨果把安迪搶走的錢包放在他的腹下，讓他壓住。」

「他真的這麼做？！」

「不但如此，他還拿走董國寧的錢包和沾滿鮮血的匕首。然後他拿出自己房間的房卡，進入房間。再把董國寧的錢包、匕首放在桌上。」

「慢着！假如……假如雨果要證明是別人殺害董國寧，再嫁禍他。那麼……黑衣人不是應該……拿別的卡嗎？比如……我想問雨果房間的備用房卡有沒有被偷走？」

「沒有。」

「那麼……」

「其實你提出了一個很精闢的問題。這個問題蠻複雜，心不夠細的人是想不通的。首先，酒店採用的房卡，會記錄使用的時間。如果使用備用房卡來開門，酒店必定會知道。試想想，假如雨果殺人後，用偷來的備用房卡開門，警方或陪審員便會懷疑。因為假如真的有幕後黑手，他的目的就是要讓人覺得董國寧是雨果殺的。而雨果殺人後回到房間，怎麼會用偷來的備用房卡開門呢？」

「不過⋯⋯好像還有問題⋯⋯」

「我知道你想問什麼，你繼續聽我說就明白了。雨果認為，僅僅是把董國寧的錢包放在自己房間還不夠，因為要栽贓嫁禍的話，則有點多此一舉。雨果拿董國寧的錢包幹什麼？難道為了那幾千元的鈔票？因此雨果把董國寧錢包裡的東西倒出來，如證件、信用卡、各人的名片、備忘錄。目的是誤導警方，讓警方認為，幕後黑手想證明雨果是為了一些機密的東西才拿走董國寧的錢包。」

「憑這些警方就相信有幕後黑手？太兒嬉了吧！」

「你耐心聽我說就明白為什麼了。雨果殺人後，從酒店大門離開，回到那條沒有閉路電視的通道，換回參觀展覽會時的服裝，再悄悄地進去。展覽會結束後，雨果從正門離開。張程田截停了雨果，說剛才有個神秘人找他。雨果裝模作樣，神秘人？什麼神秘人？張程田說他也不知道，那人穿得嚴實，完全看不到樣貌。雨果再次裝模作樣，拿出手機來看看是否有人致電他，然後說沒有喔！到底是什麼人？張程田聳聳肩，表示不知道。雨果又再裝模作樣，取出名片交給他，囑咐他如果那個神秘人再來找雨果的話，就把名片交給他，請他致電聯絡。張程田遵命，雨果便離開了。」

「我覺得張程田很可憐，像隻猴子一樣被人耍。」

「不過這隻猴子還沒完成工作，他還要再幫雨果一個忙。」說話太多，口渴難耐，佛朗哥一口氣喝了三分之二瓶水。「回答你剛才的問題。假如雨果就這樣回房間，別人就會懷疑他是黑衣人。因為備用房卡沒被偷走，幕後黑手要進房間的話就要偷雨果的房卡。這可以理解，因為雨果在出席展覽會前曾去過其他地方，幕後黑手可以乘機偷取他的房卡。可是，若幕後黑手殺人後再把房卡悄悄地放回雨果的口袋中，則難以想像，因為可行性極低。這樣反而削弱了有幕後黑手的可能性。因此，當雨果在特別通道換回原本的衣服時，已同時處理掉真正的房卡。當雨果離開展覽會後，他在有閉路電視的大堂中裝模作樣，摸了摸自己的口袋、褲袋，發現房卡不見了，便立即到櫃檯找服務員幫忙。服務員查證後，便給了雨果備用房卡。當雨果準備上房間時，兩名警察來到他面前，說懷疑他和一宗謀殺案有關，請他到警署協助調查。」

「嗷嗚！——」莉茲突然學狼叫，情緒極度高漲。

「瘋了？」

「真的很緊張，終於到了雨果大戰警察的時候了！」

「我先問問你，你了不了解香港的司法制度？」

「一般。」

「我大概說說。香港的法律制度以普通法為依歸，由於一國兩制，香港的司法制度與中國內地的有差異。法庭裡的主要角色有法官、控辯雙方大律師、事務律師、原告、被告、陪審員、證人、旁聽的市民和記者。還有若干次要角色，如書記、傳譯員、傳達員、庭警。警方以調查、搜證、逮捕工作為主，不能作法律裁決。刑事檢控工作由律政司負責。鑑證科以搜證、分析、化驗為主。在高等法院原訟法庭審理的刑事案件，由陪審員負責決定案中的被告是否有罪。法官負責對案件作出裁定。大抵如此。」

「知道了。」

「我先說說警方、律政司的決定。警方拘捕雨果，律政司也決定起訴雨果。因為表面證據成立：雨果和董國寧的錢包，以及匕首所處的地方。至於是否有罪則交給陪審員決定。」

「不好意思，我想再談談雨果、幕後黑手和警方之間的心理狀況，好像有點混亂。」

「其實並不太複雜，我再仔細說一遍。首先，我們可以把警方和陪審員歸為一類。雖然他們的職責不同，但都會對案情進行分析，一樣會被雨果的佈局迷惑。由於雨果要讓警方相信有幕後黑手（一個犯罪組織）在操縱，他是無辜的，因此要製造一系列具引導性的證據。第一，對雨果來說，這個幕後黑手的能力不能太低，否則警方會懷疑；但其能力也不能太高，否則警方會被幕後黑手迷惑，從而認定雨果是兇手。第二，對幕後黑手來說，要讓警方相信雨果就是兇手，因此製造的證據要具針對性。比如剛才說的，幕後黑手不能偷取備用房卡來進入雨果的房間，而是要用雨果持有的房卡。第三，對警方來說，這宗案件與一般的謀殺案不同，有很多解釋不了的地方。隨着調查的深入，警方相信可能有幕後黑手，而這個黑手有一定的犯罪能力，可是天網恢恢，難免有罅漏。因此幕後黑手製造的證據，不能太完美，但也要有一定的邏輯性。例如把董國寧的錢包放在雨果的房間，就是不完美的部分，而警方的推論（即幕後黑手想證明雨果是為了一些機密的東西才拿走董國寧的錢包）便具有一定的邏輯性。同時，這在警方眼中，也成了罅漏。最重要的是，能滿足警方在條分縷析、抽絲剝繭後所形成的『邪不能勝正』的心理。簡單來說，雨果除了要從自己的角度出發，還要代入幕後黑手和警方的角色中，揣摩他們的想法，繼而平衡三者的心理狀況，拿捏分寸，讓三者在恰當的範圍裡互相猜度，最終導向雨果想要的結果。」

「簡直無與倫比！」莉茲鼓掌。

「當你聽完雨果所有的佈局後再鼓掌也不遲。」佛朗哥把剩下的水喝光。「當警方帶雨果回警署錄口供時，他們已調查清楚董國寧和雨果的背景，問雨果是否因為多年來的積怨而埋下殺機。由於

他們過往的恩怨是鐵一般的事實，雨果只好承認雙方有積怨，卻斷言否認這是犯罪動機。警方再問雨果能否拿出不在場證明。莉茲，你猜猜雨果怎樣回答？」

「當然說有不在場證明，因為他當時在展覽會場。」

「但展覽會場和特別通道都沒有閉路電視，不能排除他悄悄離開。」

「那麼……難道說沒有不在場證明？」

「半對半錯。雨果義正辭嚴地對警方說：『如果你們說的不在場證明是指不在房間的話，我確實能證明！但如果你們說的不在場證明是指不在酒店的話，那恕我無能為力，因為我整晚都在酒店裡！』」

「哇！那麼霸氣！」

「這其實是一種獲取對方信任的高招。莉茲，如果你殺了人，你會不會製造不在場證明來證明自己清白？」

「很多人都會，因為這對自己有利。」

「很多人就是敗在這種所謂的有利因素裡，繼而落網。為什麼？因為他們高估了不在場證明的重要性。如果你有看一些警匪片，就會發現裡面的兇手都會在作案後製造像真度極高的不在場證明，以為可以瞞騙警方。其實，警方會用很多方法來驗證疑犯所提供的不在場證明是否千真萬確。疑犯常因為弄虛作假而自掘墳墓。你要知道，能否脫罪與有沒有不在場證明無關。因為不在場證明只是裁決一宗案件的其中之一的因素，而不是唯一的決定性因素。就算你沒有不在場證明，也不代表你必定坐牢。言歸正傳，經驗豐富的警察都能看穿二三流疑犯的伎倆，他們知道這些疑犯大多會製造看似完美的不在場證明，想藉此脫罪。但雨果的表現卻與警察的經驗相違背，他沒有製造看似完美的不在場證明，反而表現出一副無奈、束手無策的表情。這讓警方以為他說的都是真話，他是無辜的，對他多了幾分信任。」

「假如雨果不是犯罪組織的首領，他應該去大學教犯罪心理學。」

「我相信象牙塔裡的那群老不死即使研究多一百年，也沒有雨果的一半智慧。」

「人家是理論派，雨果是實戰派，怎能相提並論？」

「在錄口供時，警方也問了很多毫無挑戰性的問題。比如問雨果為什麼殺人後要把自己的錢包放在死者下面，為什麼要把死者的錢包和匕首放在自己的房間裡。當然，雨果又裝模作樣地說自己是無辜的，被人栽贓嫁禍，錢包一早被劫匪搶了云云。後來，警方翻查雨果被搶劫時的報案紀錄，再核對那個錢包的資料，開始相信雨果是無辜的。對了，雖然我現在集中討論警方的想法，但其實陪審員與警方的想法也大同小異。你想想，就算不說其他計謀，僅僅是那兩個錢包和匕首，都已經

是陪審員破解不了的疑點。從案發現場的閉路電視片段得知，兇手是有備而來。假如雨果是兇手，為什麼會那麼大意，把錢包丟在那裡？如果是與死者糾纏時弄丟的，必定會發現，為什麼不把它帶走？更荒謬的是，雨果殺人後會把死者的錢包和匕首帶回自己的房間裡？就算是為了一些機密的東西才拿走董國寧的錢包，那麼匕首呢？是不是可以把它丟掉？可以丟在走廊的垃圾桶裡，或者帶到街上丟掉，而不是把它放到自己的房間裡。這彷彿告訴警察：是我啊！我是兇手啊！快來捉我吧！」

佛朗哥邊説邊加上生動的身體語言，逗得莉兹合不攏嘴。

「我終於明白為何你那麼崇拜他了。」

「有實力的人當然值得別人崇拜。這個年代，很多人説身邊的人城府很深，工於心計，常常算計別人。我很想説，他們沒見過什麼是城府深，真正的深是無底深淵。他們那些什麼心計啊，算計啊，在我眼裡都是小孩子玩泥巴，是繡花枕頭，中看不中用。」

「然後雨果怎麼了？」

「這又回到搶錢包的故事去。警方開始相信那不是單純的為錢而搶劫，而是整個陰謀的萌芽。處理搶劫案的警察有看過相關的閉路電視片段，只是要捉到劫匪卻有點困難。然而，當處理兇殺案的警察看過搶劫案的閉路電視片段後，就深信背後真的有一個黑手存在。如果你還記得的話，安迪是一路尾隨雨果，待他拐進巷道才行動。為什麼呢？警方被這台戲誤導後，得出以下結論：幕後黑手要警方相信雨果是兇手，要把錢包放在兇案現場的話，就要搶。但要怎麼搶呢？不能在銀行外面行動，因為所有銀行的外面都有閉路電視，如果直接下手，瞎的都知道雨果是被人陷害。因此，劫匪選擇在巷道下手，因為那裡沒有閉路電視，就算雨果報案也沒用，因為警方看不到案發時的片段，掌握不到證據，捉不到劫匪。等到兇殺案發生，警方發現現場有雨果的錢包，就會聯想到雨果可能自導自演一齣戲，讓人以為他被搶劫，讓人以為他被陷害，那麼警方的矛頭便直指雨果。——這就是幕後黑手的計謀。」

「慢着！你剛才説警察看過搶劫案的閉路電視片段，是不是指銀行外面的閉路電視？」

「不是，是巷道裡的閉路電視。」

「什麼？！你不是説巷道裡沒有閉路電視嗎？」

「我現在就告訴你為什麼。我剛才的結論是站在警方的角度來看，警方覺得劫匪選擇在巷道下手是因為那裡沒有閉路電視。可是，現實情況並非如此。在搶劫當天，巷道裡有一家商店正在裝修，還沒開業。但店主在搶劫案的前兩天，在店門安裝了閉路電視，所以負責搶劫案和兇殺案的警察都看過相關片段。警方認為，幕後黑手經過實地考察，知道銀行外有閉路電視，而巷道卻沒有。但黑手的情報不能與時俱進，及時更新，居然不知道案發前兩天巷道裡安裝了閉路電視，還傻傻的以為

那裡很安全。警方的結論是：幕後黑手敗在細節中，想陷害雨果卻不成功。這影片反而增加了栽贓嫁禍的可信性。」佛朗哥冷笑一聲，「殊不知，這都是雨果的安排，操控警方和陪審員的思維，他們還懵然不知。」

佛朗哥又開了一瓶蒸餾水。雖然莉茲大部分時間都在聽他說話，但也感到口渴。

「給我一瓶。」

「還記不記得我說過，雨果殺人時穿的衣服能直接讓警察和陪審員相信作案的是另有其人？」

「當然記得，好像變魔術一樣。」

「我現在就告訴你這個魔術怎麼變。雖然已經有很多東西證明有幕後黑手存在，但我說過，警察不能直接作出裁決，只能繼續調查，掌握更多證據。換言之，雨果依然是警方調查的對象。警方想到一個方法來驗證雨果是否兇手。在警方的角度，案發現場的走廊的閉路電視所拍到的黑衣人，是一個身形龐大的人。你應該明瞭了，因為雨果當時穿着長袖內衣、長袖襯衣、西裝外套、雨衣、連帽外套，還有圍巾、毛帽、雨衣帽子。凡此種種，都讓黑衣人從頭到腳看起來非常龐大。警方當然不知道底蘊，只認為他本來就是這樣。於是，警方安排雨果重返案發現場，穿上同樣的超大碼黑色連帽外套，在走廊上走一遍，看看在閉路電視的視角下，黑衣人與雨果的身形是否一致。其實，雨果早就猜到警方來這一套，所以他在保釋期間，每次到警署報到或協助調查時，都只穿一件單薄的短袖襯衣，隨時迎接挑戰。可想而知，雨果的身形比黑衣人小，警方的想法不言而喻。不僅如此，從搶劫案的閉路電視片段可見，劫匪的身形單薄，因為安迪的確很瘦；而從兇案現場的閉路電視片段可見，兇手的身形龐大。即兩宗案件的黑衣人都不是同一個人，這坐實了有幕後黑手的說法。如果是犯罪組織策劃驚天佈局，那麼組織的成員必定多於一人。可理解為其中一個成員負責搶錢包，再把錢包交給另一個成員，這個成員在殺人後把錢包放在兇案現場。」

「我沒記錯的話，落案起訴後好像短時間內要提堂，雨果還要經常去警署嗎？」

「沒錯。第一次上庭叫提堂，但只是處理認罪、保釋、排期等問題，並非正式審訊。雨果保釋後須要按時到警署報到。」

「我發現有一些破綻。」

「什麼破綻？」

「如果警方要求雨果在穿上連帽外套前，先穿上西裝外套那怎麼辦？可能兩者的身形相差不大。」

「沒可能。這違反香港普通法奉行的無罪推定原則，而且在邏輯上有謬誤。因為警方要驗證雨果的身形是否符合黑衣人的身形。如果疑犯有一百個，就讓這一百人穿上外套，看看誰與黑衣人的身形相符，再重點調查那些人。而不是把疑犯設定成黑衣人的身形，再去驗證結果，這就像假定了

雨果有罪一樣。」

「但警方懷疑雨果，假如他真的殺了人，那麼殺人時必定穿着西裝外套。」

「憑什麼這樣說？就算懷疑雨果，警方也不能排除他殺人時脫了外套。」

「站在警方的角度，假如雨果是兇手，他會直接穿上黑色連帽外套，而不會把西裝外套脫掉。因為要尋找一個合適的地方來收藏外套，而且穿和脫的過程需要時間。警方會認為兇手想以最短的時間來完成犯罪過程，而不希望在不必要的過程中浪費時間。」

「我反而覺得，警方會認為穿着西裝外套來殺人是一件很麻煩的事。因為西裝很笨重，會增加身體的負擔和減低雙手的靈活性，這對於重視快、準、狠的殺人過程來說是很不方便，會增加失敗率。」

「誰說的？穿着西裝來殺人才是安全的做法。試想想，如果董國寧在反抗時拿出刀來攻擊雨果，刺他的腹部。這時，厚重的西裝外套有很強的保護性，能避免受傷。」

「雨果的第一刀已讓董國寧倒地，他怎樣去拿刀？」

「只要把刀隨身攜帶就可以隨時拿出來。他自己一人在房間，沒有保鑣，很可能這麼做。」

「哈哈！看來我們對於殺人時應否穿西裝外套各執一詞，未能達成共識。」

「不是！是我贏了，因為你用笑來掩飾詞窮的醜態，證明你理虧！」

「算了，算了！我們越聊越遠。我剛才提到一件事，這件事如果不處理，雨果也未必能脫罪。我說過，會場裡和特別通道都沒有閉路電視，警方和陪審員不能排除雨果悄悄地離開，再換衣作案。如果是你，你會怎樣消除別人的懷疑？」

「這真的是瓶頸……如果叫張程田來作證行不行？」

「他整晚都在門口，作不了證。」

「呃！反正我們是犯罪組織，可以收買在場的貴賓，叫他們證明雨果沒有離開。」

佛朗哥忍不住竊笑。「檢控官會問證人，你又不是整晚黏着他，他走開了，你怎麼知道他去哪裡？」

「對了，可以收買四、五個貴賓，叫他們證明雨果在不同時間都在會場裡。假如案發時間是晚上 8 時到 8 時半。那幾個貴賓可以說，我們分別在 8 時、8 時 10 分、8 時 15 分、8 時 20 分、8 時 25 分的時候跟他聊天。如果他要殺人，怎樣分配時間？」

「你忘了會場幾乎是全黑的嗎？貴賓能看得到手錶的時間？」

「誰說一定要手錶？！手機一樣可以看到！」

「檢控官也會問，為什麼你們跟雨果聊天時會刻意看時間那麼奇怪？」

莉茲語塞，不知該如何辯駁。

「你要知道，雨果不是普通人，他的思維在另一個維度。我經常懷疑他的智商可能高達 200。」

「就算沒有 200，雨果的存在對法治社會來說已經是夢魘。我記得有人說過：『如果智慧的擁有者，不善於合理、謹慎地利用它，那麼對其本人來說，智慧就是危險的武器。』」

「對了，我漏了一件事沒說。警方盤問雨果時，曾問他有沒有一些什麼仇家。雨果說：『我真的想不到是誰要害我！當然，我們做生意的，有很多競爭對手。尤其是我們這些從事首飾生意的中小型企業，如果能夠闖出一片天，可獲得的利潤是天文數字。如果我是行家，也會把它扼殺掉。』如果你記性好的話，應該記得我說過，雨果把公司規模維持在中小型企業，目的是讓行家覺得它不成氣候，沒有威脅，從而放棄針對雨果，讓公司繼續掩護 TM。但現在，雨果卻把話反過來說，說行家怕養虎遺患，因此佈局嫁禍雨果。警方當然覺得合理。」

「可是，如果警方調查行家，最終會發現所有行家都是清白的，那麼被行家暗算的可能性就很低。」

「警方調查行家？你以為行家是指雨果在商場上的朋友？」

「……」

「就算證明了雨果在香港的朋友、合作夥伴是清白的，那麼在美國的商業夥伴、競爭對手呢？總公司在美國，分公司在香港。警方要調查的話，調查對象的數量非常龐大。還有，警方能否排除其他和雨果在業務上沒有聯繫的商人的嫌疑呢？」

「當然可以。和雨果在業務上沒有聯繫的商人怎麼會有嫌疑？沒有競爭就沒必要佈局陷害。」

「太幼稚了！我剛才說過在商業上有一種合併模式，稱為集團合併。如果世界上有一個商人，從事飲食行業。現在利潤多了，他想開拓其他類型的業務，比如開始涉足首飾生意。站在商家的角度，他當然希望首飾行業的競爭對手越少越好，於是便可能佈局陷害。那麼應該陷害誰呢？不可能陷害那些在首飾行業中擁有極高市場佔有率的國際大企業，因為難度太高了。他會轉移目標到中小型企業上，換言之，雨果會成為被陷害的目標之一，商人可以僱用犯罪組織來行事。——然而，警方卻不能排除這個可能性。」

「不，你的說法充滿矛盾。如果那個商人要消滅雨果，可以有很多方法，例如製造桃色新聞，為什麼要殺董國寧？站在商人的角度，既要陷害雨果，又要殺死董國寧，還要擔心事情敗露，這難度會有多低？」

「因為商家明查暗訪後，會發現雨果和董國寧素有積怨，這可以成為雨果的犯罪動機。」

「聽起來好像很合理，但警方真的會上當嗎？還有一個問題，剛才你說雨果的中小型企業是用來掩護 TM。可是……如果真的有商人要佈局陷害雨果，那怎麼辦？雨果被害、公司不保，TM 也唇

亡齒寒。」

「就算公司被人暗算，TM 也會暗中支援、拆解困局。雨果的公司與 TM 是互為表裡，這是其他中小型企業沒法媲美的。言歸正傳，剛才所說的，假設有潛在競爭者要陷害雨果——這是用來誤導警方。因為警方在針對行家的調查中會漸漸發現，不能排除有未知的潛在競爭者陷害雨果的可能性。不過，在真實的商業世界中，情況和誤導警方時所說的不同。試想想，一個潛在競爭者想在新的市場上立足，就要提高市場佔有率。他大抵有三個方法：第一，是安分守己經營生意，等待奇蹟降臨；第二，是不斷暗算像雨果那家只有極低市場佔有率的公司，從而慢慢提高他公司的市場佔有率；第三，是捨易求難，直接暗算擁有極高市場佔有率的國際大企業，貪圖成功後所帶來的天價利潤。如果警方聰明，就會想到一個問題：正如你剛才所說，潛在競爭者僱用犯罪組織來殺人，再陷害雨果，需要承擔極大的風險。難道是為了對付雨果那不成氣候的公司？這些招數不是應該用來對付大型企業嗎？當然，警方不是商人，沒有相關的知識和經驗，他們察覺不到這些問題。然而，陪審員卻可能察覺到，只要某些陪審員有從商經驗或在大學時修讀商科，便會想這些問題。於是，雨果要求辯護律師在遴選陪審員時，反對一些曾經或正在從商，以及修讀過商科的人出任陪審員。」

「但辯護律師會問他原因，他該不會把陰謀告訴律師吧？」

「當然不會！雨果告訴律師，因為他是商人，所以擔心一些從商的，或修讀商科的人視他為競爭對手，讓他得不到公平的審訊。——這個理由很合理，誰也不會質疑。這樣，那些沒有任何商業知識的陪審員，就不會察覺到行家大費周章來暗算雨果是一件多麼不合理的事。」

「我想問，在真實的商業世界裡，就算行家暗算擁有最高市場佔有率的大企業，事成後得到的利潤也應該不多吧，因為其他公司也會分一杯羹。」

「不一定。其他公司不知道你在策劃這個陰謀，它們沒法掌握最新的資訊。相反，你是這個陰謀的主腦，事成後你會立即搶灘，捷足先登。」

「原來如此。我們好像越聊越遠，不停談論商業問題。」

「小姐，好像是你先扯開話題！」

「我們剛才談到……那個什麼……雨果要證明……」

「雨果要證明，即使會場裡和特別通道都沒有閉路電視，他也沒有悄悄地離開。」

「對！那怎麼辦？」

「雨果想到兩個方法。第一個方法，我之前已經說過，雨果進入宴會廳後 10 多分鐘，就戴上手套，從右門離開。為什麼要戴手套？因為雨果從宴會廳的正門進入，警方懷疑他從右門離開，於是便在右門提取指紋，如果找到他的指紋，就很難脫罪。」

「第二個方法呢？」

「我相信重案組的探員即使擁有半個世紀的經驗，也想不到如此巧妙的方法。雨果真的越來越瘋狂！」

「別再吊我胃口，快說！」

「首先，在正式審訊前的一星期，雨果要求安迪入侵警方的電腦，偷取這宗謀殺案的調查檔案。然而，雨果提出了一些奇怪的要求。雖然安迪當年已有能力在不驚動警方的情況下入侵電腦，但雨果要求安迪讓警方知道有黑客入侵，還要讓警方知道黑客偷取了謀殺案的調查檔案，同時安迪也要成功逃過警方的追捕。」

「越來越迷離。」

「對，智商不高的人是看不透的。當安迪完成任務後，過了幾天，雨果用電腦寫了一封告密信，然後列印出來，再要求安迪穿上黑色連帽外套、戴上手套去寄信，這封信是寄給警方的。」信的內容如下：

親愛的警察先生：

您好！我是一位香港的小市民。之前看新聞，知道 XX 酒店發生命案，也知道案件已進入司法程序。本人看過相關新聞後，得知一條很重要的線索，所以決定告訴警方，希望能早日破案。

案發當天，酒店地下的宴會廳舉辦了一個皮草展覽會。然而，宴會廳沒有閉路電視。不僅如此，宴會廳的右邊有一道門，能通向外面的特別通道。那條通道是專為到場的明星而設的，更重要的是，那裡也沒有閉路電視。我知道警方起訴了一個叫雨果‧安德森的外籍人士，但我擔心警方和陪審員會忽略一件很重要的事。由於會場的燈光很暗，加上沒有閉路電視，安德森先生有機會悄悄離開，在特別通道更衣，再去殺人。假如沒法消除這個疑點，他很大機會是兇手。本人希望警方能向這方面調查，以及把這封信交給檢控官，作為呈堂證據，讓陪審員認真思考這個問題。

最後，本人希望真相能水落石出，死者能夠沉冤得雪，安德森先生能夠受到法律的制裁。謝謝！

祝

工作順利

小市民

陳大文 謹啟

二零一二年五月二十三日

佛朗哥複述完雨果的告密信後，莉茲目瞪口呆，沒有任何反應。

「怎樣？知道雨果的厲害嗎？」

「他……他的腦子到底是什麼構造的？」

「中國人有句話：『三個臭皮匠，勝過一個諸葛亮』，但在這宗案件上是不適用的。」

「他……他怎麼會……寫一封告密信給警方，然後……然後向警方指控自己？」

「對啊！不知道底蘊的人以為他是智障，知道底蘊的人會發現他是撒旦。」

「真的……無話可說。」

「你可以想像雨果是一位鬥牛士，常常揮動紅布，讓牛向他奔去，可是他每次都能脫險。」

「看來我不及他的千分之一。」

「是萬分之一才對。」

「我很想知道警方的反應。」

「警方發現這封信有很多問題。第一，告密者說看過新聞後，得知一條很重要的線索，就是宴會廳與特別通道沒有閉路電視。這絕對不可能，因為告密者不可能從新聞得知這些消息。剛才說過，提堂不是正式審訊，不會披露細節。警方進行資料搜集，發現所有媒體，包括紙媒、網絡媒體、外國媒體、論壇，總之與案件有關的報道，都沒有披露告密者所說的事情。換言之，告密者在說謊！」

「但酒店的工作人員和貴賓知道啊！」

「如果是他們告密，為什麼要說從新聞中得知，而不說自己身處現場？」

「可能工作人員和貴賓不想披露身分。」

「只要不署名就可以了，不必說謊。」

「……」

「但是，有一個地方卻記錄了告密者所說的內幕消息。」

「什麼地方？」

「警方電腦裡的調查報告。」

「哦……原來如此。」

「警方立刻想到幾天前的黑客事件，認為黑客與告密者是同一伙人，也就是那個若隱若現的犯罪組織。調查報告詳細記錄案中細節，包括那兩處沒有閉路電視的地方。警方認為告密者的內幕消息是黑客提供的，目的是要把雨果置之死地。這從行文中可以感受到，例如說雨果是兇手，希望他受到法律的制裁。又建議警方調查，要求把信交給檢控官，讓陪審員知道。凡此種種，皆反映出幕後黑手擔心雨果會脫罪的心理，因而落井下石，卻無意中露出馬腳。第二，告密者居然署名『陳大文』。你要知道，對香港人來說，『陳大文』是用來代替一般的人名。如果你告訴香港人你叫陳大文，他們會認為你在說謊，或者取笑你，說你父母給你取了一個那麼滑稽的名字。可見，對警方來說，『陳

大文』明顯是假名。那麼，為什麼要用假名？難道告密者不想別人知道他的身分？第三，這封信沒有附帶任何聯絡方式，如電話、電郵、地址。如果告密者真心想協助警方破案，他應該知道，警方可能會邀請他錄口供，藉此獲得更多資料。你不留下聯絡方式，警方怎樣聯絡你？可見，對警方來說，告密者並非真心提供協助。警方根據郵戳上的日期和地區，查看相關的閉路電視片段，發現在 5 月 23 日，觀塘街上的一個郵筒，有一個神秘的黑衣人寄了一封信。凡此種種，都不能不承認案中有案，有更大的陰謀存在。」

「我發現世上一切讚美的詞語都沒法準確形容雨果的傑作。」

「沒錯，你以為寫這封信那麼簡單？應該寫什麼、不應該寫什麼、遣詞用字、行文語氣、感情色彩通通都要考慮。既要露出馬腳，亦要假裝善意；既要獨立成章，亦要和黑客事件呼應。你以為佈局那麼容易？」

「難道我第一個任務的難度很高？」

「很難直接比較，因為性質不一樣。只要你學到雨果的一半功力，任務要成功也不是太難。言歸正傳，警方按照告密者的要求，把信交給檢控官。」

「什麼？！難道警方沒有上當！？」

「不是這樣。一般來說，警方、律政司、檢控官是站在同一立場，把信交給控方是理所當然。不過，控方要向辯方披露證據，換言之，辯方也會得到告密信。警方的想法是：相信有幕後黑手存在，希望辯方律師能發現信中的問題，讓告密信成為辯方反敗為勝的武器。當然，辯方律師不負所望，盡力向陪審團剖析信中的疑點。另外，在正式審訊中，張程田以辯方證人的身分作證。雖然他不能證明雨果沒有在中途離開，但能證明有一個黑衣人接近他，乘機探口風，而酒店的閉路電視片段也能證明張程田的供詞可靠。陪審團認為，黑衣人想在作案前確定雨果已在會場裡。否則，雨果可能突然出現在案發現場，以致陰謀敗露。莉茲，你有沒有發現張程田出庭作證一事與告密信之間有一個很微妙的關係？」

「很微妙的關係？……想不到。」

「由於張程田是展覽會的工作人員，所以他知道會場和特別通道都沒有閉路電視。出庭作證時，他清楚指出這個情況。試想想，假如雨果在張程田作證後才寄出告密信，警方便不會掉入雨果的圈套。因為張程田作證後，媒體會報道。就算告密者來信說出閉路電視的情況，警方也只會認為他看過新聞或旁聽過審訊，不會把告密者與黑客、幕後黑手掛鉤，也不會把信交給檢控官。到時候，陪審團便會認真思考這個問題，雨果也不能完全消除嫌疑。因此，在正式審訊前寄出告密信是必然的事。你會發現，雨果不啻有新穎別致的計謀，就連時間也掌握得天衣無縫、滴水不漏。」

「我已經詞窮，找不到合適的話來讚美雨果。」

「總括來說，雨果已經擁有壓倒性的優勢。因為在客觀環境上，案發現場，乃至董國寧的錢包、匕首，都沒有雨果的指紋、毛髮、衣服纖維等具指向性的證據。至於控方僅餘的證據，即雨果房中發現的匕首和董國寧的錢包，以及案發現場發現的雨果的錢包，在陪審員眼中，都是沒法解釋的疑點。假如從栽贓嫁禍、佈局陷害的方向思考，那麼所有疑點都能得到合理的詮釋。因此，基於疑點利益歸於被告的原則，最終陪審團以 6 比 1 裁定雨果謀殺罪名不成立。至於警方，就繼續懸紅緝拿幕後黑手。這宗案件告訴你一個道理：最終為你洗脫罪名的，不是那個重金禮聘的大律師，而是那些被你操控思想的陪審員。」

「不過，還有一個問題。假如當初雨果殺人後，不佈局成栽贓嫁禍，只是清理證據，消除自己的嫌疑，那麼警方也不能定他的罪。那不是更簡單嗎？」

「所以說，你的道行和雨果的簡直是天壤之別！」

「這不是正常的嗎？！你要一個沒經驗的人達到一個經驗滿溢的人的程度，豈不是天方夜譚？！」

「你要知道，假如雨果殺人後不佈局成栽贓嫁禍，警方一樣會懷疑雨果。因為雨果住在他隔壁，而且他們素有積怨，這可以是犯罪動機。到時候，雨果便不知道警方的想法是什麼了。警方有沒有懷疑我？懷疑到什麼程度？會不會要求我協助調查？會不會假裝相信我，讓我放下戒備；卻暗中行動，看我會不會露出馬腳？凡此種種，雨果都心裡沒底。只要警方還沒捉到兇手，雨果都是警方暗中調查的對象之一。相反，只要佈局成栽贓嫁禍，警方的行動和思維模式都在雨果的控制範圍內。雨果知道警方會立即懷疑他，拘捕他，會問他什麼問題，會如何被假象迷惑。對於警方將來的行動，雨果都能預先準備，也能隨着時間推移，控制警方和陪審團的想法。最終，當法庭宣布雨果無罪後，就算真兇永遠沒法落網，警方都會因為法庭的判決而永久把雨果從嫌疑人名單中剔除。就算以後出現對雨果不利的新證據，律政司也拿他沒辦法，因為一罪不二審。」

「佩服！佩服！」莉茲鼓掌。

「我把雨果的戰績告訴你，除了讓你知道你們的實力很懸殊外，還希望你能從中學到一招半式，在實戰時運用出來。」

「我彷彿上了一堂精彩絕倫的課。」

「恭喜你畢業了！」

「？？」

「正式開始第一個任務。」

第7章：〈佈局（一）〉

佛朗哥在電腦中搜尋了一會兒，再把資訊投影在投影幕布上，準備講解任務內容。

「佛朗哥。」

「嗯？」

「一定要現在討論嗎？可不可以留待明天？」

「怎麼了？你不是很想知道第一個任務是什麼嗎？」

「你看看現在是什麼時候，都凌晨1時了！」

「放心吧，不需要太多時間，大概……3時，最遲3時半，一定能講完。」

「3時半？！」

「你睡六、七個小時就足夠了吧！假設你10時起床，可以吃個早餐或午餐。到了下午上飛機後，還可以連續睡二十多個小時。抵達香港後，已經是早上，連時差都沒有了。怎樣？是不是很完美的安排？」

莉茲嘟着嘴，依然不滿。

「唉！怕了你，拿去吧！」佛朗哥遞給莉茲一罐咖啡。

「你是不是要我？！我喝了還能睡？！」

「這只是普通的咖啡，現在喝了能暫時提神，兩個小時後就沒效了。」

莉茲接過咖啡，急不及待喝了半罐。

「好了，現在我簡單介紹一下任務內容，然後再仔細分析每一個步驟。在此之前，我要重申一次，我不會陪你去香港，而是留在這裡協助你進行任務，我稍後會告訴你用什麼方法來和我聯絡。另外，TM某些成員會在適當的時候替你進行一些必要的工作，而任務的主要部分就由你親自操刀。明白嗎？」

「明白。」

「大約在三個月前，香港的華意國際有限公司透過中間人委託我們，希望我們替它對付凝寰集團有限公司的未來接班人。」佛朗哥把相關資訊投影出來。

「對付是指殺掉嗎？」

「不，他們沒有指明方式，只是要求令未來接班人沒法接管生意。我簡單介紹這兩家公司的背景給你聽吧，華意國際和凝寰集團是香港的兩大企業，涉足的業務範圍很廣，在國際上擁有很高的

知名度，兩者的大老闆都是《福布斯》富豪榜的常客。更重要的是，它們是人所共知的競爭對手。這次任務的目標是凝寰集團，我集中講解這企業的情況。唐祿是凝寰集團的董事局主席兼行政總裁。然而，他已達退休之年，打算把生意交給小兒子繼承。」

「小兒子？那麼大兒子呢？」

「唐祿有兩個兒子，大兒子叫唐凌熹。唐祿本來打算把生意交給他繼承，但是他生性放蕩不羈，只喜歡玩音樂，無意接管生意。」

莉茲不知佛朗哥是否故意選這幀照片，因為幕布顯示的唐凌熹，確實提着一把吉他。

「至於小兒子，他叫唐凌聰。雖然他是富二代，卻毫無富家子弟的驕奢淫逸，反而生性善良、勤奮。因為大哥無心於商場，便擔起接管生意之責。另外，唐祿的妻子叫蔣乙華。她是名媛，嫁給唐祿後就過着優哉游哉的生活。雖然她擁有公司的股份，但沒有參與公司的經營決策。四個月前，唐祿在股東大會宣佈，他將會在五個月後辭任董事局主席和行政總裁的職務，正式退休。同時，會把生意交給唐凌聰接管。基本上唐凌聰能夠順利繼承生意，因為唐祿可以直接任命他成為行政總裁。至於董事局主席的職位，就需要董事投票決定。不過這不是問題，因為大部分的董事都是支持唐祿，也自然願意投唐凌聰一票。華意國際的策略就是，要我們設局陷害唐凌聰，令他沒法擔任行政總裁和董事局主席。到時候，凝寰集團的股價將會因為管理層的負面新聞和變動而下跌。華意國際便會大量購入凝寰集團的股票，成為大股東。然後用威迫利誘的手段安排自己人加入董事局，成為董事局主席。這樣，華意國際就可以完全控制凝寰集團，也少了一個競爭對手。」

佛朗哥一口氣說了很多話，他看見莉茲聚精會神的表情，跟她開玩笑：「你以前讀書時也是這麼專心嗎？」

莉茲遲疑了一下，才意識到佛朗哥在開玩笑，便說：「對啊！如果我漏聽了什麼導致任務失敗就不好了！到時候，雨果會責怪你領導無方呢！」莉茲把剩下的一半咖啡喝光。

「別那麼生氣，往好的方面想，任務成功後你會得到一筆可觀的報酬。華意國際支付我們 2 億美元的委託費，已預繳了 1 億，事成後再給 1 億。你作為任務的主要執行人，可以獲得委託費的 10%。」

「10%很多？！」

「哇！10%是 2000 萬美元呢！」

「剩下的 90%歸誰呢！？」

「其他協助你執行任務的成員，包括我，只會獲得 10%。不要誤會，意思是把 10%平均分給其他成員，因此我們獲得的利潤遠比你少。剩下的 80%會成為 TM 的營運資金。從其他任務得到的錢基本上都是這樣分配。」

「那麼，你打算怎樣對付唐凌聰？」

「我和雨果商量好了，打算設局誣告他強姦，強姦的對象當然是你。當唐凌聰強姦罪名成立，便要坐牢。即使他日刑滿釋放，也因為案底纏身而再沒機會擔任董事局主席，要在商場上捲土重來也難過登天。」

「不好意思，我有很多問題。」

「隨便問，這關乎任務的成敗，有什麼不明白就問。」

「要成功誣告他強姦，不但要交出完美的證據，而且在操作上也有很高難度。為什麼不綁架他？把他殺了便一了百了。」

「唉！我以為你聽了雨果的故事後會變得更聰明，沒想到還是這樣。首先，華意國際是我們的客戶，我們提供服務的，當然要讓客人稱心如意，沒有後顧之憂。其次，你想一想，如果我們綁架他，殺了他的話，就算警方永遠捉不到主腦，找不到他的屍體；但只要華意國際成為綁架案的最大受益者，就等於告訴全世界，華意國際是綁架案的幕後主腦。相反，佈局成強姦案的話，就算華意國際依然是最大受益者，世人也不會懷疑它。因為強姦與否，決定權在唐凌聰手上，與別人無關。你要知道，我們是犯罪組織，不是殺人組織，並非所有任務都要殺人。精密、完美的策略比胡亂殺人來得更重要。」

「明白。可是，如果唐凌聰官司纏身後，唐祿選擇繼續留任，或者把生意交給唐凌熹繼承，那怎麼辦？」

「不可能。首先，安迪一早入侵了香港私家醫院的電腦，拿到唐祿的體檢報告。雖然唐祿沒有向大眾交代自己的身體狀況，但從體檢報告得知，唐祿百病纏身，心臟病、腎炎、脂肪肝、高血壓比肩皆是。更重要的是，唐祿已在股東大會上宣佈即將退休，如果因為唐凌聰的案件而繼續留任，也未必能讓投資者重拾信心。而且，我們可以公開唐祿的體檢報告，證明他已沒能力帶領公司，那麼凝寰集團的股價一樣會下跌。到時候，唐祿只有兩條路：一，退下來，任憑華意國際控制；二，繼續留任，任憑股價下跌。至於把生意交給唐凌熹更是天方夜譚。他大學時主修音樂，對做生意一竅不通，也沒興趣。就算他勉為其難接管公司，你認為投資者會如何看待一個沒有商業頭腦的領導人？到時候，凝寰集團的結局只會更悲慘。」

「既然你們思慮周全，我也不必杞人憂天。那麼，實際的作戰計劃是怎樣？」

「過來。」佛朗哥帶領莉茲到另一張桌子旁，從抽屜取出一疊厚厚的文件，放在桌上。「你可以看看，這些是我們調查凝寰集團的資料，以及作戰計劃的細節。」

莉茲對着眼前散落一桌的文件感到束手無策。

「其實，這次強姦比一般的容易。一般情況下要接近富豪很困難，因為他們有貼身保鑣。就算一個女人能夠和富豪發生性行為，再誣告他強姦也不容易。除非有真憑實據，否則陪審員可能會認為這是雙方在你情我願的情況下發生性行為。然而，唐凌聰的情況不同。你很難想像他會為了深入了解公司的業務運作，而化身為酒店的房務員。」

「房務員？」

「沒錯。由於他即將要接管生意，所以他希望能深入了解公司的業務運作。凝寰集團有龐大的酒店業務，他為了要了解酒店的實際運作，居然成為房務員，和普通的員工一起工作。」

「世上真的有這樣的人嗎？」

「他天真地以為這樣做就是一個好商人，殊不知這是通往地獄的階梯。如果他像他哥哥一樣耽於逸樂、不務正業，也許不會掉入我們的圈套。要怪就怪他那憨直、不知世途險惡的性格。」

「我是不是要引誘他進入房間，再陷害他？」

「對，大概情況就是：你要下榻他工作的 58 酒店。然後以補給迷你吧的飲料為由，騙他進房。再利用喬治秘密研發的迷姦噴霧來把他迷暈，接着和他做愛，讓他的精液射進你的陰道裡，並製造陰道撕裂、出血的跡象。事成後，我會命人收回迷姦噴霧。只要有就診紀錄、活體取證報告、化驗報告，警方找不到噴霧，那麼就穩操勝券。」

「聽你説完，我腦海中湧出了很多問題。不過，我想問問……這個……她會協助我嗎？她好像是……」莉茲對其中一份文件上的人感到好奇。

「沒錯，就是陳妓雯。她會協助你進行任務。可能你不知道，她和你讀同一所大學。」

「真的？」

「她在賓夕法尼亞大學修讀時裝設計。首先，人物設定是這樣的。在這宗強姦案裡，她是你的好朋友。雖然你們在大學修讀不同的學科，但有一次，陳妓雯在大學裡遺失了錢包，是你撿到錢包後還給她。因此，你們成為了朋友。」

「慢着！這是……虛構的設定？」

「對。你知道她去了香港旅行，你到了香港後，會找她一起去玩。當你被人強姦後，她會成為你的精神支柱，安慰你、陪伴你、為你打點一切。甚至，她可能會成為控方證人，在庭上作證。到時候，辯方律師會質問她：『你和莉茲在大學修讀不同的科目，沒有交流，是怎樣認識的？』那麼，相關設定便是藉口。」

「她已經去了香港？」

「是。我們在三個月前收到委託，陳妓雯在兩個月前去了香港。」

「為什麼那麼早？可以幾天前才去。」

「你要知道，陳妓雯在這宗案件裡是在明的，任何人都知道她的存在，例如唐祿、唐凌聰、辯方律師、私家偵探、法庭裡的人。如果她幾天前才去香港，而你又在幾天後去香港，強姦案發生後她又陪在你身邊，那麼別人就會認為她有可疑。只要分開時間，別人就會認為你們只是恰好去了香港。」

「我想問清楚，陳妓雯有香港的永久居留權嗎？」

「沒有。雖然她是在香港出生的中國公民，但她移居美國後，已變更國籍，所以已不是中國公民，也不是香港永久性居民，沒有永久居留權。」

「我沒記錯的話，她這種情況在香港的逗留時間大概只有三個月。現在只剩下一個月，我怕案件還沒審結，她便要離開。」

「這樣才好，如果她有足夠時間留在香港，別人就會懷疑她是否一早計劃好了，繼而懷疑這宗案件是否有陰謀。當逗留期限快到時，陳妓雯會到相關部門申請延長逗留期限，只要相關部門得知申請者涉及一些法律問題，有迫切性的話，一般會批准。這樣，站在別人的角度，就會認為她和你都沒有陰謀。如果有陰謀，她應該會預留足夠時間。」

「我怎樣找她？」

「我明天給你電話號碼。」

不知是否睡意漸濃，佛朗哥也開了一罐咖啡。

「好了，我再仔細分析每一個細節。到了香港後，你要在機場打電話給陳妓雯，告訴她你到了香港。因為你知道好朋友去了香港，而你在兩個月後又去了香港，因此你希望聯絡在香港的好友。不過，陳妓雯並不是住在中環的58酒店，而是住在金鐘的中大海酒店。如果你們一起下榻58酒店，就會被人懷疑。但是，你租酒店時要先去中大海酒店，因為你想跟自己的好友下榻相同的酒店。然而，你在酒店櫃檯查詢時，指明要入住高級客房。這可以理解，因為你在美國是住大房子。對你來說，旅行就是為了讓自己放鬆，如果住的是普通、狹小的房間，會拉低旅遊的質量。但我已經說了，任務在58酒店進行。只要中大海酒店沒有空置的高級客房，你就要另覓他處，例如58酒店。為了讓你在適當的時間出現在中大海酒店，安迪已入侵了酒店的電腦，全面監控房間的入住率。當高級客房客滿時，我們會立即通知你。假如他日辯方律師問你，你便說：『我也不想，只怪中大海酒店沒有空置的高級客房，以致我要下榻58酒店。』」

「辯方律師真的會問這些無關痛癢的問題嗎？」

「你別小覷這些無關痛癢的問題，這往往是辯方的殺手鐧！如果他問你與案情有關的問題，如

『請說說被告強姦你的過程。』——這大抵沒什麼危險，可按照準備好的答案來回答。相反，如果他問你一些無關痛癢的問題，如『你平時什麼時候起床？』、『你喜歡喝哪一個品牌的蒸餾水？』——那麼請你打起十二分精神，這些問題充滿陷阱，隨時殺你個措手不及。」

「什麼時候正式行動？」

「現在過了 12 時，已經是 2018 年 3 月 1 日。抵達香港時，是香港時間 3 月 3 日。到時候，你會和陳妓雯見面，她會替你做一些很重要的事情，然後你們可以出去玩。3 月 4 日，行程都是吃喝玩樂。如果到達不久就立即發生強姦案，便會惹人懷疑，因此用一天時間來玩玩是必須的。強姦任務會在 3 月 5 日早上 7 時到 8 時之間進行。」

「她會替我做什麼重要事情？」

「我問你，在正式強姦前，你會做什麼？」

「去吃喝玩樂？」

「不，我說的是，你會在房間裡做什麼準備？」

「準備……在腦海裡預演一次任務過程。」

「還有呢？」

「還有……既然是騙他進來補給迷你吧的飲料，那當然要把裡面的某些飲料喝光。」

「沒錯，但這不是第一件要做的事。香港時間 3 月 3 日早上，你會到達香港，然後根據我剛才對你說的去演一齣戲。當你下榻了 58 酒店，進入房間後，就打電話給陳妓雯。不過，你千萬要記住，不要在電話裡說任何關於犯罪組織、TM、任務、強姦之類的事情，否則可能前功盡棄！在對話中，你要當作自己真的來旅行，陳妓雯真的是你的朋友。然後，你邀請她過來你下榻的酒店，一起在你的房間裡敍舊。總之，要演好你們的角色。由於非住客是沒法上房間，所以請你到大堂接她。你們進入房間後，就隨便閒話家常，聊一些虛構出來的近況。然後，陳妓雯會提議一起出去走走。你答應她，接着在她面前更衣。這時候，陳妓雯會喝止你，說你這樣做很危險云云。總之，你按照她的話給予適當的回應就可以了。之後，她會在手袋裡拿出偵測針孔攝錄機、竊聽器的儀器來探測房間裡的情況。當確定沒有異樣後，你們就可以正常對話了。」

「哦！原來是擔心有人在房間裡裝了東西。」

「當然！你應該知道，有很多變態會在房間裡安裝針孔攝錄機來偷拍住客。假如你的房間也有相關東西，那麼你們的對話就會洩露。更重要的是，你那場迷姦唐凌聰的戲碼就會被那個不知名的變態看得清清楚楚，然後就完蛋了。」

「不過，為什麼一定要陳妓雯來做？我自己也可以檢查。」

「對於那個變態來説，一般的住客不會那麼機警。就算真的機警，一般人也只會用眼睛來檢查，不會買這些專業的儀器。因此由你來檢查的話，他反而覺得可疑。」

「但他也要拿回存儲卡才能看到影片啊！只要我找到攝錄機，連存儲卡一併銷毀就行了。」

「拜託！你不要好像活在八十年代那樣好不好？！你有空就跟安迪學一學科技！現在很多針孔攝錄機都具有實時傳輸功能，會把錄像即時傳送到變態的電腦中，就算你銷毀了存儲卡也沒用！」

「那麼……如果由陳妓雯來做的話……」

「變態就會認為陳妓雯是擔心你被人看個精光才做檢查。即使發生強姦案，變態也不會多想。」

「我有一點不明白。可能記者旁聽後，會把我的樣貌素描，然後刊登在報紙上。但就算變態看過新聞，認得素描的女子與偷拍影片中的女子是同一人，他又能怎樣？難道他告訴警方，説那個女子形跡可疑，懷疑強姦案另有內情？他偷拍也是犯法的！」

「如果那個變態心思縝密，就會知道把疑點告訴警方是劃算的做法。首先，他可以自首，然後以污點證人的身分出庭作證。只要他是初犯，有悔意，敢於自首，對破案有重大貢獻，那麼這些都是求情、輕判的理由。實際刑期很短，甚至連牢也不用坐。再者，唐祿得知這個變態是替他兒子洗脫罪名的重要證人，必定會給予天價的報酬，甚至替他寫求情信。你説，成為污點證人對變態來説是不是一宗本小利大的交易？」

「沒錯，是我思慮不周。」

「至於強姦案中不可或缺的，就是迷姦噴霧。」

佛朗哥帶莉茲進入另一個房間，裡面有很多莉茲從沒見過的東西。其中一排貨架上放了很多不知名的液體。

「就是這個。」佛朗哥拿起一個迷你的透明瓶子，裡面是透明液體。

「它和一般的迷姦藥有什麼不同？」

「一般的迷姦工具大致上可分為吸入性和口服性。前者如三氯甲烷，後者如常見的迷姦藥，可放在各種食物和飲料中。不過，市面上售賣的迷姦藥都不完美。即使是一些聲稱無色、無味、無什麼的，都難以逃過毒理化驗。只要醫生替事主進行血液、尿液、糞便化驗，或檢測皮膚表面的化學成分，便很容易驗出端倪。至於喬治研發的，是針對市面上迷姦藥的缺點來改良。它不啻無色、無味，什麼也沒有，即使醫生替事主進行任何類型的檢查，也沒法驗出端倪。更厲害的是，就算你找來世上最頂尖的科學家，把瓶內的液體拿去化驗，也只會驗出是自來水。」

「什麼？！自來水？！」

「沒錯，所以警方不可能找到任何證據。儘管如此，在強姦結束後，我也要命人取回噴霧。原

因是：如果有人拿來向別人噴一噴，那麼自來水的糖衣就破碎了。」

「它的原理是什麼？」

「噴頭裡有一個特殊的東西，能夠把瓶中的液體轉化，從自來水還原為迷姦藥。不過，如果有人直接把噴頭拆掉，裡面的液體便無法透過噴頭來還原。那麼任你怎樣化驗，也驗不出端倪。」

莉茲看着這瓶神奇的東西，正想拿一瓶時，佛朗哥阻止她。

「你不用拿。」

「什麼？」

「以防萬一，我已把噴霧交給了陳妓雯，她會直接給你。你要知道，機場安檢處的 X 光機具有儲存影像的功能。強姦案發生後，警方可能會基於唐凌聰的供詞而調查你。那麼他們就會查看影片，發現你的行李中有一瓶不知名的液體，繼而向你索取。」

「我可以告訴他們，噴霧用光了，被我丟了。」

「丟在哪裡？」

「丟在……」

「不論你丟在哪裡，都可以查看閉路電視片段來追蹤。」

莉茲語塞。

「相信我吧，我的安排是最完美的。」

莉茲和佛朗哥回到基地中央，繼續討論任務內容。

「你平時有沒有留意唐凌聰的新聞？」佛朗哥問。

「沒有。」

「唐凌聰在大眾心中是一個品行端正的富二代。他沒什麼朋友，因為他不喜歡嫖賭飲蕩吹。讀書方面不算太優秀，他考大學考了兩次。唐祿本來打算送他去外國留學，因為唐祿曾捐獻巨額金錢給外國大學，唐凌聰要入讀是輕而易舉的。可是他堅持要在香港升學，最終考進了香港大學的工商管理學系。由於他知道自己肩負重任，所以不敢怠惰，放學後常在圖書館溫習、做功課，因此經常被同學拍照放到網絡上，也成為報紙經濟版的常客。2014 年 3 月，大雨如注。香港又一城商場的假天花被大雨攻破，雨水直灌商場。當晚，唐凌聰派人尋找流浪漢，接他們到豪宅暫住，還以山珍海味來款待他們。這件美事後來被媒體大肆報道，甚至有網民稱他為德蘭修女（Mother Teresa）。」佛朗哥發現莉茲眼泛淚光，「怎麼了？」

「對不起。我只是覺得……要陷害一個那麼善良的人，有點於心不忍。」

這次輪到佛朗哥翻白眼。「眼淚是重要，不過要用在適當的地方。要流就等到被人強姦後，被辯

方律師盤問時才流吧！」

「知道。」

「雖然如此，但也不能排除一個可能性，唐凌聰可能是一個表面憨直，內心精明、善於猜度人心的人，藉此騙取大眾的信任。」

「沒什麼可能。」

「為什麼？」

莉茲流露出自信的神情，說：「從犯罪心理學的角度來分析，如果他想藉着偽裝善良來騙取別人的信任，成功率不高。因為在別人眼中，唐凌聰的行為很奇怪。他的思維、價值觀、行為與一般的富豪大相逕庭，要合理詮釋這種現象很困難。因此，在別人眼中，雖然唐凌聰很善良，但始終會對他心存戒心，不會百分之百相信他。那麼，他要成功騙取所有人的信任就沒什麼可能。我再舉一個例子來說明。如果我進入一家公司工作，而另一方面，我是一個小人，喜歡挑撥離間，那麼我一定會偽裝成一個最不像小人的人。現在的人很聰明，他們知道身邊的人都喜歡戴着面具示人。如果我在公司裡遺世獨立、自成一格，那麼有什麼風吹草動，同事就會認為是我這個獨行俠在搞鬼。相反，如果我在公司裡表現得和藹可親、任勞任怨、沒有脾氣，那麼聰明的同事也會看穿我的偽裝。當有什麼風吹草動時，就會懷疑是我這個偽裝者在搞鬼。所以，我會偽裝成一個在同事眼中有喜怒哀樂、真情流露、喜怒形於色的人。時而歡喜、時而抑鬱、時而友善、時而動怒。總之，讓同事覺得我是一個有血有肉有靈魂的人，沒有任何掩飾、偽裝。就算我在背後煽風點火，也沒有人懷疑我。如果唐凌聰真的那麼聰明，他應該知道怎樣做才能真正掩飾自己兩面人的性格。因此，在我眼中，他的憨直、善良是表裡如一的。」

「很精彩的演繹！」佛朗哥鼓掌。

「我不是浪得虛名的！」

「看來這次任務對你來說輕而易舉。」

「不過，在強姦的實際操作上依然有很多問題。你應該知道，我沒有肌肉，也沒什麼力氣。迷暈他後，要把他從地上抬到床上有點困難。」

「你有沒有聽過一個故事？有個小孩被汽車壓住，母親為了救兒子，徒手抬起那輛車。心理學家的分析是：人在面對緊急情況時，身體會分泌更多腎上腺素，從而大幅增加身體的反應能力和強度。當你迷暈他後，你可以不斷催眠自己：如果我不能完成任務，我就沒法得到報酬。不但如此，如果我沒法抬起他，沒法和他做愛，便不能誣告他強姦，那麼事情就會敗露，警方會捉我，法官會判我有罪，我要坐牢，我的美好人生立即結束！我不要！我不要！我一定要抬起他！就算抬到心臟

病發作也要抬！——這樣，你就可以激發那些潛藏在身體的能量。」

莉茲無奈地看着他。「有沒有人建議你進精神病院？」

「這是心理學家的分析，難道你不認同？」

「我認同，但沒想過要那麼瘋狂。」

「任務本身也是那麼瘋狂。」

「可是，還有一個很重要的問題。你可能不知道，法醫有能力透過檢查受害人的性器官來得知性交體位。如果要瞞過法醫，便不能採用女上男下的體位，而是要採用男上女下的體位，根本做不到。」

「那麼……有沒有其他更方便的體位？」

「讓我想想。」莉茲閉目沉思，回想大學時在性犯罪學的課堂上學過的性交體位。「對不起，真的沒有。因為大部分強姦案都是採用男上女下的體位，如果用比較方便的女上男下體位，法醫就會懷疑。」

「你可以對警方說，唐凌聰用繩子反綁你的雙手，然後用女上男下的體位強姦你。這也說得過去，因為警方不能排除唐凌聰對某些性交體位情有獨鍾。」

「哪裡有繩子？」

「說是唐凌聰帶去的。你記得謝玉霞嗎？她現在是 58 酒店的房務員，可以叫她把繩子放進唐凌聰的儲物櫃中，警方必定會搜查他的儲物櫃。」

「可是走廊的閉路電視會拍到唐凌聰沒有攜帶繩子。如果是把繩子放在褲袋裡，褲袋一定會呈現膨脹的模樣。如果沒有拍到，就很難解釋他把繩子藏在哪裡。退一步來說，就算有合適的地方收藏繩子，但要我親自反綁雙手是很高難度的。而且，強姦後我要用剪刀剪斷繩子。如果我綁得不好，警方可以憑着繩結的形狀來懷疑我。假如我不剪斷繩子，而是憑自己的力量解開繩結，警方也會質疑是否那麼容易。」

不知是否忙了一天，佛朗哥的腦子也開始有點遲鈍，沒法立即想到解決方法。就這樣，他們又叉着手，面對面站着。

「不如你打電話問問雨果。」莉茲說。

「你打吧，反正你有他的電話號碼。」

「我沒有，我只有他公司的電話號碼，沒有手機號碼。而且這麼晚了，他應該不在公司。」

「好的，讓我來打。」

佛朗哥走到一隅打電話給雨果，莉茲則繼續閱讀眼前那堆讓人苦惱的文件。頃刻，佛朗哥回來

了。

「看來這些咖啡真的提不了神。其實答案很簡單，我居然想不到。」佛朗哥笑着說。

「雨果說了什麼？」

「他只說了兩個字。」

「笨蛋？」

「不是。」

「到底是什麼！？別再賣關子！」

「紮帶。」

「呃！……對對對！是紮帶，用紮帶就可以了！它本來就是條狀，而且很幼。別說藏在褲袋，就算藏在衣袖裡也可以。更重要的是，紮帶不用打結，在操作上比繩子更方便。」

「我會叫謝玉霞把一堆紮帶放在唐凌聰的儲物櫃裡。」

「那麼，強姦過程中主要的問題都解決了。還有就是……我還擔心一個問題。站在唐祿的角度，他當然不希望兒子的醜聞曝光。他可能會向傳媒施壓，禁止媒體報道案件。甚至向法庭施壓，要求閉門審訊，那麼最終判決可能對我不利。」

「這個問題我已經想過了。謝玉霞在那裡當房務員，我會叫她在案發前盡量留在案發現場附近。當你被強姦後，就衝出房間，然後大吵大鬧，吸引別人的注意。接着，謝玉霞會用她戴的那副具有錄影功能的眼鏡來拍攝現場環境。最後，我們會把影片放到網上，讓它在不同網站廣泛流傳。就算唐祿禁止媒體報道，也很難禁止網民討論。只要網民第一時間收到消息，就會繼續留意案件的發展。如果法庭閉門審訊，大眾必定會以公眾知情權作為反對理由。到時候，法庭基於群情洶湧，必定會屈服，改為公開審訊。不過，唐祿禁止媒體報道也有好處，因為在某些情況下，法庭可以永久擱置審訊，例如審訊前的負面報道。如果真的在審訊前出現嚴重的負面報道，反而有機會壞了我們的大事。」

「原來如此。不過，辯方律師和陪審團可能會質疑，唐凌聰的犯罪動機是什麼。首先，他在大眾心中一向都是品行端正的人，沒有任何負面新聞。其次，他是富二代，根本不需要強姦也有大量女人等着和他做愛。就算他喜歡強姦的快感，也有很多女人願意和他玩強姦遊戲。再說，他即將成為公司的董事局主席和行政總裁，在這節骨眼上，應該會謹言慎行，確保萬無一失。為什麼一手好牌打得稀爛，白白斷送自己的人生？」

「這個問題你要請教安迪。」佛朗哥向着安迪的房間伸出手，示意莉茲進去。

「什麼？」

「進去吧，他會解答你的問題。」

莉茲走進安迪的房間，安迪依舊對着電腦工作。

「你進來幹什麼？」

「有事要問你。」

「問什麼？」

「明知故問！如果我沒猜錯，外面應該裝了竊聽器，我和佛朗哥的對話你應該聽得一清二楚吧！」

安迪望向莉茲，笑着說：「看來你越來越聰明。」

「我本來就這麼聰明，是你自以為是，認為我笨！」

「既然你那麼聰明，應該沒什麼要問吧。」

「你快點告訴我，怎樣解決唐凌聰犯罪動機的問題！」

「這個問題你要請教佛朗哥。」

莉茲被他氣炸了，狠狠地踢他的椅子。「說不說？！說不說？！」

「喂！不發火當我是病貓？！」

「誰叫你不合作？！」

「我不合作？你動手動腳要我怎樣合作？！」

「你在繞圈子還怪我動手動腳？！」

「如果你態度好一點我可能會說。」

莉茲按捺怒火，換了一副獻媚的模樣。

「帥哥，很帥的帥哥，告訴我好嗎？」莉茲搖着安迪的肩膀在撒嬌。

「原來你求人時像隻狗一樣。」

莉茲按捺不住，拿出齊娜給她的飛鏢，說：「看來你不見棺材不落淚！」

「你想幹什麼？！」安迪被她嚇得跳了起來。

「你怕什麼？這是齊娜給我的飛鏢。你不是很喜歡她嗎？死在她的飛鏢下應該很幸福吧？！」

「我死了你怎樣知道他的犯罪動機？」

「反正你不肯說，跟死了沒分別！」

「怕了你！你把飛鏢交給我，我就告訴你。」

「別妄想，我不會上當的！」

「我保證一定會告訴你。」

「我也保證不會傷害你。」語畢，莉茲把飛鏢放進褲袋裡。

安迪小心翼翼地坐下來，然後點開了一些檔案。

「要製造犯罪動機，就要讓人知道唐凌聰是一個兩面人、偽君子。簡單來說，就是要證明他骨子裡是一個極度好色、淫賤、變態的渣滓。我下載了很多色情影片，儲存在他的電腦中。你猜猜這些影片來自哪裡。」

「應該不是普通的色情影片吧，難道⋯⋯來自暗網？」

「答對了！看普通的色情影片沒什麼問題，很多男人都會；但看來自暗網的色情影片就能證明他人格低劣。你應該知道，那裡的色情影片不是在你情我願的情況下拍攝的；而是一些變態捉了受害人，在強姦、性虐待的情況下拍的。那些受害人的結局只有一個，就是死亡。唐凌聰居然把自己的快樂建立在無數受害者的生命之上，簡直禽獸不如。雖然這些東西和強姦案沒有直接的關係，但能證明他人格低劣，有性暴力的基因，就算辯方呈上別人為他撰寫的品格證明書也沒用。」

「這些影片已經儲存在他的電腦中？」

「沒錯。」

「可是，如果他發現了這些影片那怎麼辦？而且，你入侵他的電腦時，防毒軟件可能會發出警報。不但如此，這些影片數量龐大，必定佔用大量的儲存空間。如果他發現電腦的儲存空間有異樣，豈不是露出馬腳？」

「你以為我是那些二三流的黑客嗎？你要知道，市面上的防毒軟件在我眼中只是一堆垃圾，放在垃圾桶裡也覺得礙地方。另外，他絕對不會發現這些影片。因為我把影片壓縮和隱藏，大抵只有200KB 的大小，並放在一個木馬程式裡。這個程式是我研發的，它具有極強的隱蔽性，即使操作系統啟動，它也不會啟動，也不會被發現。因為在防毒軟件眼中，它只是一個容量很小的系統檔案。由於偽裝成電腦系統的必要檔案，所以防毒軟件不會自動或建議使用者刪除它。不但如此，木馬程式裡已啟動了一個倒計時，在 3 月 5 日早上 6 時半，所有影片會解壓縮，正式呈現在他的電腦中。解壓縮後的影片容量大概有 80GB，他的電腦現在剩下 710GB 的容量，所以有足夠的儲存空間。而且，那個時候唐凌聰正在上班，不會用電腦，也就不會察覺到異樣。」

「所以警方會調查他的電腦，繼而發現這些影片？」

「在正常情況下，警方不會調查他的電腦，因為他不是下載兒童色情影片，也不是因為偷拍裙底而被捕。所以你要在錄口供時向警方說，唐凌聰拿出手機，想拍攝強姦過程；但由於你不斷掙扎，他沒法一心二用，才放棄拍攝。——這是用來暗示警方，唐凌聰有拍攝性犯罪過程的癖好。那麼警方就會調查他所有的電子產品，繼而發現影片。然而，為了要全世界都覺得唐凌聰是一個極度狡猾、善於偽裝的人，警方調查他的電腦時不會立即發現影片。因為影片解壓縮後，會儲存在一個隱藏的

文件夾中，而且設置了密碼。警方查出隱藏文件夾後，必定會向唐凌聰索取密碼。他當然不知道密碼，那麼在警方眼中他就是一個不合作的人。不過，警方有能力破解密碼，影片最終還是無所遁形。」

「可是，為什麼有些影片好像……有其他種族的人？」莉茲看着那些影片的縮略圖，發現裡面有不同種族的女人。

「沒錯。由於他強姦你，那麼至少在他眼中，你是一個性感尤物，也反映出他對白種人情有獨鍾。因此，這些影片中的女人有 90% 都是白種女人。然而，總要有一些是別的類型。」

「為什麼？」

「你讀犯罪心理學，應該想得到。」

「我又不是你這個變態，怎麼會知道？！」

「對大部分男人來說，就算對某一類型的影片情有獨鍾，他們的電腦也不會只有一種類型的色情影片。比如一個喜歡白種女子的男人，他或多或少會儲存一些黃種、黑種女子的影片。雖然這些女子在膚色上未必符合他的口味，但影片中可能有一些更吸引的元素存在，讓他深深愛上。因此，如果所有影片都是同一類型，反而顯得不自然，摻雜別的類型則更符合人性。」

「看來你也不差，想得那麼周到。」

「還有一些枝節，如果忽略了，就會露出馬腳。」

「是什麼？」

「你看看這裡。」安迪打開其中一段影片的「詳細資料」視窗。「你不要小覷這些資料，它能透露很多訊息。如果唐凌聰對警方説，這些影片是黑客入侵電腦後放置的，那麼警方就會深入分析影片的下載日期和 IP 地址。這些影片是我在 2 月 27 日下載的。不過我要把影片的下載日期修改為 2015 年 6 月到 2018 年 2 月這段時間，因為他的電腦是在 2015 年 5 月購買。這就能證明唐凌聰的變態癖好不是一朝一夕，而是長年累月的。另一方面，還要把影片下載時的 IP 地址修改為他的辦公室、家裡等地方。然而，當中有一個容易被忽略的細節。唐凌聰在 2017 年 1 月 15 日搬了辦公室，從尖沙咀搬到中環。因此，2015 年 6 月到 2017 年 1 月 12 日下載的影片的 IP 地址，要修改成尖沙咀辦公室或家中的地址。而往後下載的影片，IP 地址就改成中環辦公室或家中的地址。此外，影片的『上次開啟日期』部分也不容忽視。它除了會顯示日期外，還會顯示開啟的時間。如果某些影片的開啟時間與唐凌聰的工作時間重疊，就會露出馬腳，因此我把影片的開啟時間設定在不同日子的深夜。不過，也不能排除他在深夜時外出或者在公開場合進行一些活動。以防萬一，我入侵了他辦公室和家中的閉路電視，監視他在夜裡的情況，確保所有影片的上次開啟時間都是在唐凌聰獨處時。更重要的是，我這套程式是針對警方網絡安全及科技罪案調查科而編寫的，因此警方沒法找到影片訊息

被修改過的痕跡。最終，他們只會認為唐凌聰在狡辯。那麼，關於他犯罪動機的佈局便算完美了。」

「我開始對你刮目相看。」

「現在才開始？」

「對了，我差點忘記，我們決定採用女上男下的性交體位，而且我會用紮帶反綁雙手。你最好找一些這類型的影片，讓警方相信我的供詞。」

「哇！開始懂得命令別人呢！」

「我是這個任務的主要執行人，你只是一個支援的角色，當然要聽我的命令！」

「婊子果然改不了吃屎！」

莉茲立馬從褲袋拿出飛鏢，一手扯着安迪的頭髮，一手把飛鏢架在他的脖子上。

「你再説我是婊子，我就殺了你！」

「喂！救命啊！佛朗哥！」

「死心吧！沒人能救你！」

「是嗎？」説時遲，那時快，安迪從口袋裡取出電擊槍，攻擊莉茲的下腹。

「啊！！！！」莉茲被電得死去活來，倒在地上。

安迪衝出房間，對佛朗哥説：「那個變態想殺我！」

「又怎麼了！？」

「她用飛鏢架着我的脖子，想殺我！」

「為什麼你們一碰面就像火星撞地球一樣？！」

此時，莉茲拖着虛弱的身軀走了出來。

「你……他媽的……我要殺了你！」莉茲衝向安迪。

安迪被她嚇得拼命逃跑。

「快給我停下來，別再玩了！」佛朗哥説。

安迪直接跳到桌子上，翻到另一邊去，再急步衝進房間裡。

「去死吧！」莉茲向着安迪擲出飛鏢，可是晚了一步，飛鏢擲到門扉上。

莉茲走到門前，拾起飛鏢，轉動門把手，卻發現門上鎖了。她用盡九牛二虎之力敲打。

「開門！今天不是你死，就是我亡！」

「夠了，別再吵了！」

「他用電擊槍來電我，我差點死了！」

「放心吧！電擊槍的伏特很低，不會危害生命。」

「你還幫着他？！」

「聽説好像是你用飛鏢架着他的脖子才會這樣。」

「他説我是婊子啊！」

「他又不是第一次……」

「就是不是第一次，我才要好好教訓他！免得他以後只會叫我婊子！婊子！婊子！你説，你喜歡別人叫你做婊子嗎？！」

「好的，好的，有機會的話我替你教訓他。」

「你當我是小孩？！你和他根本就是蛇鼠一窩！」

「真的，我不騙你。」

「不説了，我要睡覺！」

「好吧，好好睡一覺。」

「有房間嗎！？」

「有是有，不過房間裡沒有床，你不介意的話就睡在沙發上。」佛朗哥指着基地的一隅，那裡有張破舊的沙發。

「算了，算了！」莉茲走向沙發，「把燈關掉！」

「這可不行，我還有一些事要做。」

「有眼罩嗎！？」

「讓我想想……好像在這裡……」佛朗哥打開一個抽屜，在裡面翻了翻。「找到了。」

「什麼？！多久沒洗？！上面都沾滿了灰塵！」

「洗一洗應該可以用。」

「算了，我不用！」莉茲打開行李箱，取出一件外套。

就這樣，她用外套裹住腦袋，睡在沙發上。佛朗哥説得沒錯，那只是普通的咖啡，提不了神。經過一天的思考和體力勞動，莉茲已累得不成人形，睡意已完全籠罩她。但在即將進入深度睡眠時，莉茲依然清楚地意識到，她睡的是沙發，在一個陌生的地方。未來一段時間，她都會住在香港的酒店裡，睡在那些高端、舒適的床上。可是她知道，那時那刻，未必睡得如現在一樣安心。

第8章：〈佈局（二）〉

一些細細碎碎的聲音傳入莉茲的耳中。她想起平素清晨時分，家人在前院活動時所發出的聲響，又或鄰居在戶外打理花圃時所發出的窸窸窣窣的輕響。她睜開朦朧的眼眸，電子產品的冷色調勾起她所有回憶。她知道現在不是深夜，而是早上，因為她感覺到來自戶外的自然光。可是，除非基地的通道打開了，否則在正常情況下，自然光是難以竄進來。莉茲也搞不清楚原委，只知道現在是早上，她要起床了。

她揉了揉惺忪的睡眼，看見佛朗哥坐在電腦前工作。

「現在幾點？」她走向佛朗哥。

「9時半。」

「是不是差不多要出發？」

「沒錯，不過在出發前有些資料要給你。」

「你該不會整晚沒睡吧？」

「我又不是鐵人，我不過是晚睡早起而已。」

此時，佛朗哥的手機響起。

「喂，準備好了嗎？」「好的。你要記住，就算戴了手套，也不可以接觸儲物櫃。另外，錄影完畢後，要換上另一副一式一樣的普通眼鏡。懂嗎？」「好的，再見。」

「那是誰？」

「謝玉霞。」

「什麼？她不是要把紮帶放進唐凌聰的儲物櫃裡嗎？為何不可以接觸儲物櫃？」

「我給你10秒鐘，你想想為什麼。」

由於剛剛起床，莉茲的腦袋仍然處於混沌的狀態，沒法想到答案。再說，戴上手套就可以避免留下指紋，莉茲認為沒什麼問題。

「想不到。」

「唉……你要知道，指紋是很脆弱的，被水沖刷，或被布拭擦後，它就會消失。那個儲物櫃是唐凌聰專用的，上面佈滿了他的指紋，更有相同指紋重疊的情況。如果謝玉霞戴上手套後接觸儲物櫃，手套與櫃面摩擦後，可能會抹走了部分指紋，或讓一些指紋出現不完整的情況。日後，鑑證科人員提取指紋時，就會發現這些現象。然後，他們會分析現象的成因，其中一個原因就是有人戴着手套

來打開儲物櫃。更重要的是，從儲物室外的閉路電視片段可見，唐凌聰進入或離開儲物室時都不會佩戴手套。而且，使用該儲物室的員工也可以出庭作證，證明唐凌聰平時不會戴上手套來打開儲物櫃，加上唐凌聰説紮帶不是他的。最後，警方就會想到有第三者戴着手套來打開他的儲物櫃。那麼，第三者的目的是什麼？想偷東西？還是想栽贓嫁禍？警方會朝對我們不利的方向調查，後果不堪設想。明白嗎？」

「原來如此。」

「很多二三流的犯罪分子天真地以為戴了手套就天下無敵，他們從不會仔細分析戴上手套後會衍生怎樣的後果。」

「我記得你好像還提過什麼⋯⋯眼鏡⋯⋯」

「我之前説過，當你被強姦後衝出房間，會引起別人的注意。謝玉霞會利用她戴的那副具錄影功能的眼鏡來拍攝整個過程。由於那副眼鏡具有實時傳輸的功能，因此我們會立即收到影片。而她要在拍攝後把那副眼鏡藏起來，再換上一副一式一樣但沒有錄影功能的普通眼鏡。因為在案發後，酒店職員是專業的，他們不會拿出手機來拍攝你的醜態；可是其他住客則不然，他們可能會拿出手機來拍攝，但職員會立即阻止他們。因此，不會有人拍到事後的過程。而且，警方會查看走廊的閉路電視片段，證實沒有人在拍攝。那麼，問題來了，在網上流傳的影片是誰拍攝的？警方透過影片的拍攝角度，再核對閉路電視片段中各人所站的位置，就會聯想到謝玉霞有可疑，懷疑她在身上裝了針孔攝錄機，甚至懷疑她的眼鏡有異樣。因此，她要換上一副普通的眼鏡。」

「你們想得那麼周到，我對任務越來越有信心。」

「周到也沒用，還要看你的表現。只要你沒犯下低級錯誤，我就安心了。」佛朗哥從桌上取來一張紙。「這是陳妓雯在香港使用的手機號碼。另外，你在香港也要使用不記名電話卡。到了香港後，我會再跟你開會，討論其他細節。陳妓雯會給你一台平板電腦，你用那台電腦來跟我開會。明白嗎？」

「明白。」

「好的。」佛朗哥取來一箱東西。「演戲要演全套。私家偵探可能會調查你在美國的行蹤，因此我們要做到滴水不漏。這個箱裡有不同的天然材料，如石頭、花草、泥土。你到機場的郵政局，把它寄到雨果的公司。」

「知道。」

「這是你的機票，下午 1 時的航班。到了香港後就根據我昨天説的去演一齣戲。」

「商務艙？！我還以為要坐經濟艙呢！」

「你讀的大學是名校，學費不菲。而且你住的也是大房子，不算貧窮。加上你將會下榻 58 酒店

的高級客房，所以乘坐商務艙也是理所當然的事。再說，連續二十多個小時坐在一張狹窄的椅子上，是一件很痛苦的事。」

「對了，你還沒給我假護照。」

佛朗哥看着莉茲，目瞪口呆，不敢相信這個即將要進行高難度任務的女子居然會說出愚蠢的話。

「假護照？！什麼假護照？！是不是象牙塔裡的那群老不死教你犯罪時要用假護照？！你現在要站在明處和警方交涉，他們會翻查你的出入境紀錄，你要如何解釋你用假護照？！」

「呃！對不起！對不起！我……我剛剛睡醒，所以腦子不太清醒。」

佛朗哥把雙手搭在莉茲的肩上，義正辭嚴地說：「如果你執行一些秘密的、不用表露身分的任務，就可以用假護照，但現在不可以。」

「我知道。」

「莉茲，你對着我，或者對着 TM 的其他成員說了一些不該說的，是沒問題。但如果你對着警方、辯方律師說了一些不該說的，那麼我也幫不了你。懂嗎？」

「我會記住的。」

「行李準備好了嗎？」

「準備好了。」

「現在 10 時，你想吃昨天剩下的東西，還是出去吃？」

「我出去吃。」

「好的。如果準備好了，就可以出發。」

「我在香港怎樣和你們聯絡？」

「陳妏雯會給你一個無線電耳機。你要記住，不要用手機打電話給我。雖然你用不記名電話卡，但也不是百分之百安全。不過……如果你有需要，也可以打給雨果。因為你是他公司的採購員，你有方法聯絡他，別人不會懷疑。」

「明白。」

準備就緒後，莉茲打開行李箱，把外套和平板電腦放進去。正要離開時，忽爾想起了什麼。她走到安迪的房間前，轉動門把手，發現房門依然上鎖。她狠狠地朝門踹了一腳，「呼」的一聲，震耳欲聾。

「又怎麼了？」佛朗哥無奈地問。

「沒事！」

「對了，你的飛鏢。」

莉茲從褲袋取出飛鏢，擲向佛朗哥。佛朗哥一手接住，滿意地笑了。

然後，她提着行李箱和單肩包離開。穿過那條熟悉的通道，心中又泛起焦慮。當她走出通道，看見從洞口透進來的光時，儼如看見希望的曙光。她急步走出洞穴，剎那間，眼前豁然開朗，一股清新、靈動的氣息油然而生。她這才深深體會到，長期困在密室裡是一種怎樣的局促，她有點同情佛朗哥和安迪。然而，一個念頭，她又有了不同的情愫。在這個陽光明媚的日子裡，本應該做一些想做的事。例如到處逛逛，買一些想買的，吃一些想吃的，又或回到家中的房間，打開窗戶，躺在床上，用清醒的頭腦來感受微風和煦的春日韶光，肆意揮霍悠長的青蔥歲月。

可是，此時此刻，她的情愫只能是一堆泡影。

莉茲召來一台汽車前往機場。她當然不會聯絡昨天的司機，免得那個中年漢問長問短。到了麥卡倫國際機場，莉茲先寄出那箱東西。已經過了吃早餐的時間，雖然她很餓，但不想吃午餐，想留待坐飛機時才吃。莉茲有不少坐飛機的經驗，卻很少坐商務艙。間或，她會回味以前坐商務艙時吃飛機餐的滋味。所謂「一分錢一分貨」，商務艙的飛機餐與經濟艙的不可同日而語，座位的舒適度和服務員的服務態度都是另一個層次。

莉茲昨夜沒洗澡，身上散發出陣陣異味。由於她坐的是商務艙，所以能夠享用航空公司的貴賓室，好好洗一洗澡。在浴室裡，莉茲端詳着鏡中的自己。一個典型的美國白人年輕女子，沒有妖冶的姿態，給人一種清爽、自然的感覺，誰也不會想到她會去誣告男人強姦。莉茲一邊淋浴，一邊看着自己的身體。她忽爾想到，所有強姦都是暴力的，強姦犯會用力壓制受害人。因此，受害人的手腕每每有淡淡的瘀痕，甚至，強姦犯會抓着受害人的頭髮，把她們的頭撞到牆上。瘀痕方面，莉茲可以捉住唐凌聰的手，狠狠按壓自己的手腕，這樣還可以讓皮屑附在他的指甲縫裡。頭髮方面同理，用唐凌聰的手狠狠抓着自己的頭髮，頭皮屑也會附在他的指甲縫裡。然後，她自行把頭撞到牆上，製造傷痕。不過……

莉茲越想得深入，就越發現有很多被忽略的細節。比如唐凌聰被迷暈後，會倒在地上，他的頭可能會受傷，甚至流血，要怎麼向警方解釋他的傷勢？再者，唐凌聰倒下後，以及把他拖到床上時，他的頭皮屑或頭髮也可能掉在地上。如果鑑證科人員發現到，又要如何解釋？另外，一般的強姦案，強姦犯和受害人都會有追逐、逃跑的過程。換言之，強姦犯的鞋印會出現在房裡的不同地方。那麼，就要脫下唐凌聰的鞋，戴上手套，把手塞進鞋裡，在不同地方印上鞋印。可是，手的力度和腳的不同，印的深淺因而不同，這會引起鑑證科人員的懷疑。要改用鞋套，再穿上唐凌聰的皮鞋，在不同地方走來走去。事成後，要把鞋套處理掉。怎樣處理？不可以丟在房間的垃圾桶裡。要燒掉它，可是，燃燒時產生的濃煙可能會觸發煙霧感應器的警報系統。不過，這種感應器大多在浴室外，只要

在浴室裡燒掉便可以了。然而，濃煙可能會徘徊在裡面，如果警察進入浴室調查，就會惹起他們的懷疑。但可以用空氣清新劑來除味，房間裡有沒有？沒有就要去買，太麻煩了。那麼，要改為把鞋套丟進馬桶裡，再沖走。不過，要先用剪刀剪碎它，否則馬桶會淤塞。是否要通知陳妓雯，叫她買一些鞋套？

「救命⋯⋯」莉茲喃喃自語。她感到頭痛欲裂、呼吸困難。她喘着氣，彷彿所有壓力都化為實體，不斷衝擊她的身體。她想起大學時的考試週，要溫習很多很多的東西。但現在，考試與任務相比，簡直是小巫見大巫。她完全無法投入在沐浴的快感中，蓮蓬頭灑下的嘩啦嘩啦，成了擾人的噪音。幸好，到了香港後，她還可以和佛朗哥開會，還有機會把潛在的問題逐一解決。現在，她不想再思考，只想靜靜地享受沐浴的過程。然後，再到貴賓室的餐廳吃點東西，上飛機後吃一頓豐富的午餐，再睡一覺好的，迎接香港的清晨。

來到餐廳，她點了一客炸魚薯條和一杯冰凍咖啡，坐在落地玻璃窗前用餐。現在已是日光傾城，陽光透過玻璃窗照進來，再和室內的冷氣融合，化成一股不冷不熱的溫暖氣流。熱騰騰的炸魚薯條和冰凍的咖啡，完全滿足了莉茲對熱和冷的雙重渴望。此時此刻，她感到異常舒服、自在。用膳後，愜意的心情還沒散去，莉茲不徐不疾地走向登機口。由於她坐的是商務艙，因此不用排在那條看不到盡頭的隊中，可以優先登機。她邊走邊微笑，想起多年前坐商務艙時的特別優待和高級享受。

來到自己的座位上，果然沒讓她失望，寬敞的椅子、齊全的設備。起飛後，莉茲翻閱菜單，這些食物可媲美高級餐廳。前菜方面，莉茲點了一客時令沙律配黑醋；主菜則點了一客黑松露意式鮮茄意大利麵，再配上藍芝士和餅乾；甜品方面，要了一客黑森林蛋糕。

莉茲覺得，午飯後睡覺早了一點，不如留待晚餐後才睡。可是，晚餐前的這段時間該做什麼呢？她的單肩包裡沒有書可看，機上的娛樂系統裡的電影也沒一部是她想看的。可是，她有平板電腦，裡面有一些關於犯罪心理學的電子書，她可以溫故知新，為任務作好準備。她又忽爾想到，聽說某些航空公司會偷偷在座椅後背安裝鏡頭。如果他日警方查看相關片段，發現她在看一些犯罪心理學的書，會怎麼想？莉茲在大學主修犯罪心理學，這沒什麼問題。然而，她畢業後從事採購工作，與修讀的科目無關。不過，莉茲也可以說這是她的業餘愛好。

「唉⋯⋯」她環顧四周，發現乘客都在做着自己想做的事，用電腦、看書、睡覺、聊天，什麼都可以。只有她，連看一本電子書也要瞻前顧後，生怕一不小心就壞了大事。

「沒關係。」莉茲心想。就算她現在不看書，警方日後也可能會調查她的平板電腦，一樣會發現那些電子書。也許不用想得那麼複雜，看與不看，與唐凌聰是否強姦了她是兩碼子的事。於是，她打開一本電子書，開始了悠長的閱讀。

不過，「謀事在人，成事在天」，莉茲明瞭這個道理。從小的宗教熏陶，已告訴她神是萬物的主宰。莉茲覺得，如果上帝不允許她實行這個歹毒的陰謀，不想無辜的人受罪，必定會阻止她。比如用機上的人的性命作代價，引發一場空難。那麼，那個在上帝眼中善良、仁慈的富二代，便可逃過一劫。然而，就算莉茲死了，TM 裡也有很多莉茲，代替她執行相同任務。就算華意國際不委託 TM，世界上也有千千萬萬的 TM 存在。另一方面，撒旦是站在莉茲這一方，或者說，莉茲投靠了撒旦。只要撒旦未曾戰敗，上帝和撒旦繼續這場拉鋸戰，那麼對莉茲的審判便遙遙無期。

雲海漸漸染上淡黃色，繼而深黃、淺紅、深紅。莉茲的眼皮有點重，她關掉平板電腦，閉目養神。過了片刻，一些嘈雜的聲音弄醒了她，是晚餐時間。由於久坐，消化不良，莉茲的飢餓感不算強烈，但她還是選擇吃一頓豐富的，免得凌晨時餓醒，這會影響睡眠質素。昨晚的睡眠質素確實很差，莉茲真的想好好睡一覺。

前菜方面，她點了一客香草三文魚配醃青瓜；主菜則點了一客香煎優質澳洲牛柳配香烤馬鈴薯及紅酒汁，再要了一份車打芝士和餅乾；甜品方面，選了一客時令鮮果盤。為了飯後能睡得安穩，她要了一杯伏特加。

轉機後，莉茲告訴自己，這夜一定要睡得安穩。不要被服務員打擾，不要管那些氣流。洗手間什麼的，現在就要去。起床時，她希望一睜開眼睛，就看到晨光普照，身體和精神都充滿能量。然後，以清醒的腦袋把無數的點串聯成線，把無數的線擴展成寬闊的面。最終，任務的藍圖井然有序地呈現在眼前。

莉茲的想法確實很勵志，但勵志的又豈只她一人？凝寰集團有限公司的總部大樓在夜裡每每燈火通明。

「唐太太！」大堂的保安員看見蔣乙華，立馬把口中的叉燒飯吞下，和她打招呼。

「在吃宵夜？」

「是啊！」

蔣乙華獨自乘坐電梯，來到唐凌聰工作的 50 樓。那一層一個人也沒有，蔣乙華已見怪不怪。唐凌聰可以為了工作而在公司忙得沒日沒夜，但秘書不可以，過了凌晨 12 時，秘書也要下班。蔣乙華推開辦公室大門，看見凌聰坐在大班椅上酣睡。她在衣帽架上取來凌聰的西裝外套，小心翼翼地蓋在他身上。她不打算叫醒他，因為坐車回去，再洗個澡，再睡片刻，再起床上班，是一件很辛苦的事，那不如爽性讓他在公司睡覺。蔣乙華站在落地玻璃窗前，眺望維多利亞港的夜色。此時，有一架飛機掠過夜空。

如果是以前，蔣乙華必定會阻止凌聰夜以繼日地工作。但現在不同，他不啻要做好財務總監的

工作，還要為即將成為董事局主席和行政總裁而忙碌。她絕對深諳當中的壓力。很多時候，只要到公司看一看兒子，知道他一切無恙，她就安心了。不過，對於兒子化身為房務員，在酒店工作的決定，她始終沒法接受。雖然凌聰說是為了深入了解酒店的實際運作，而乙華也覺得此舉能為兒子建立正面的形象；但這樣紆尊降貴，難免有失身分。然而，乙華知道這只是過渡期，便睜一眼閉一眼。

蔣乙華離開公司，保鑣打開車門，她徐徐地進入車廂。

「唐太太，二少爺呢？」司機問。

「他在公司留宿。」

「有沒有別的地方要去？」

「沒有，回家吧。」

私家車向着淺水灣的方向駛去。此時，又有一架飛機掠過夜空。

第9章：〈佈局（三）〉

不知是天公作美，還是撒旦作美。新一天的清晨，莉茲從機長溫馨的廣播中漸漸甦醒。窗外真的晨光普照，機艙裡的空氣也彷彿換了新裝，多了一分清新。莉茲拿出隨身鏡，照了照。雖然是素顏，但睡了一覺好的，精神飽滿，絕不比化了妝的差。

機艙又傳來機長的廣播：「航班 CX802 即將降落香港國際機場。當地時間是 2018 年 3 月 3 日早上 8 時 44 分，氣溫是 17 攝氏度⋯⋯」

莉茲從單肩包取出寫了陳妓雯手機號碼的紙條，放進褲袋裡。飛機降落之際，乃至降落後，乘客的喧譁聲縈繞於耳。莉茲坐下來，閉上眼睛，用食指按着雙耳的耳屏，她要靜靜思忖接下來要做什麼。先拿行李，然後買一張不記名電話卡，在閉路電視拍得到的地方，致電陳妓雯。

莉茲照着劇本，一步一步地走，過程很順利。她來到一處空曠的地方，致電陳妓雯。

「喂，是陳妓雯嗎？」

「莉茲？好久不見，你來了香港嗎？！」

「是啊！我⋯⋯我打算逗留一個星期。」莉茲被陳妓雯的興奮語氣嚇了一跳，沒想到她那麼投入在角色裡，自己反而顯得有點不自然。

「你訂了酒店沒有？」

「還沒有。你住在哪裡？不如我和你住同一間吧。」

「好啊！我住在金鐘的中大海酒店。」

「那麼，待會兒見吧！」

「再見！」

掛斷電話後，莉茲呼了一口氣。連聊個電話也要千算萬算，真的有點吃不消。

莉茲離開機場，上了一輛計程車。可是，她沒閒情逸致欣賞窗外的風景。她要利用這段時間來回憶佛朗哥所説的話，把這齣戲小心翼翼地演下去。忽爾，她想起鞋套的問題。如果由她去買，警方查看閉路電視片段，就會問她買鞋套來幹什麼。因此，她要拜託陳妓雯去買。雖然現在在車裡，但應該沒什麼問題。她又致電陳妓雯。

「喂，陳妓雯。」

「怎麼了？」

「我想買鞋套，不知道要去哪買，你可以替我買嗎？」

「你要多少？」

「一對就可以了。」

「好的，沒問題。」

「謝謝！」

掛斷電話後，莉茲瞥向司機，沒有異樣。本來她想編一個藉口來說明買鞋套的原因，可是想來想去也想不到完美的藉口，便就此打住。免得連司機也起了疑心，那就麻煩了。

來到中大海酒店，莉茲下車。驀地，她怔住了。她想起佛朗哥說過，當高級客房客滿時，就會立即通知她。可是，他們怎樣通知她？佛朗哥叮囑莉茲不可以致電他。難道要打給雨果？更重要的是，她已站在酒店大門前，如果暫且離去，會惹人懷疑。如果坐在酒店大堂等候電話，也會惹人懷疑。該怎麼辦？霎時，莉茲的手機響了，是陳妓雯。

「喂？」

「你先去酒店的餐廳吃東西，我收到安迪的通知後，再致電給你。」

「好的。」

這來電總算救了莉茲一命。她戰戰兢兢地來到餐廳，吃了些東西。她覺得自己快了一步，應該留在機場，等候通知。但又覺得這樣不行，因為從機場到金鐘，需要一段時間。如果這段時間內，高級客房從客滿變成有空置的房間，那怎麼辦？不過想深一層，在餐廳吃東西也沒不妥，因為她還沒吃早餐，很餓，吃了再下榻酒店也很正常。

到了 10 時半，莉茲的手機響起。

「喂？」

「高級客房客滿了！」

「知道。」

莉茲剛要動身，又猶疑了片刻。如果警方日後真的查看閉路電視片段，就會覺得有問題，因為莉茲好像每次收到電話後都立即進行某些事情，這會惹人懷疑。莉茲相信，等多一會兒應該沒問題。於是，她再逗留 3 分鐘，把那杯咖啡喝完。

莉茲來到酒店的櫃檯，拿出護照。

「你好，我想入住高級客房。」

「小姐，請問您有沒有預訂？」

「沒有。」

「請等一下，讓我看看。」職員在電腦中瀏覽了一會兒。「不好意思，我們酒店的高級客房已經

客滿，不如選擇我們的普通客房？」

「普通客房？大概有多大？」

「大概 200 平方呎。」

「那麼小，有沒有一些大的？」

「要大的話，可以選擇套房。我們有高級套房、高級海景套房、豪華套房⋯⋯」

「那些應該很貴吧？」

「是的。最便宜的，每晚都要 7000 多元。」

「還是不要了。」

「真的不好意思。」

這齣戲演得不錯。莉茲拖着行李離開酒店，上了一輛計程車。不過，她又猶疑了片刻。

「小姐，你要去哪裡？」司機問。

「不好意思，請稍等一下。」莉茲在網上瀏覽，不知在看什麼。

「小姐，如果沒想好要去哪裡，不如下車吧！」

「不好意思。」莉茲狼狽地下了車。

其實她也不想那麼狼狽，只是，如果警方查看閉路電視片段，就會發現一個問題：為什麼中大海酒店的高級客房客滿後，莉茲會立刻想到中環的 58 酒店？因此，她要假裝在網上搜尋其他酒店的資料。比較各酒店的資料後，最終選擇下榻 58 酒店。

過了幾分鐘，莉茲召來另一輛計程車，前往 58 酒店。

甫下車，她就被酒店的外觀征服了。這幢高聳直立、富麗堂皇的酒店，坐落在寸土寸金的中環商業區，以更冷艷、更高傲的姿態與鄰近的摩天大廈爭一日之短長。莉茲拖着行李向大門邁進，職員替她開門，一邊欠身，一邊伸出右手，歡迎莉茲光臨。

莉茲來到櫃檯，又要演一齣戲。不，這不是演戲，莉茲真的要下榻 58 酒店。和之前一樣，她又拿出護照。

「你好，我想入住高級客房。」

「小姐，請問您有預訂嗎？」

「沒有。」

「沒關係，請等一下。」職員在電腦中瀏覽了一會兒。「小姐，我們的高級客房分為豪華客房、特級豪華客房、特級豪華海景客房三種。請問您需要哪一種？」

「豪華客房就可以了。」

「請問有多少人入住？另外請告知退房日期。」

「我一個人住，打算住到 3 月 10 日。」

「小姐，房間已安排好了，把護照還給您。這是您的收據和房卡，505 號房間。另外，在房間的床頭櫃上有一本《住客須知》小冊子，供小姐參閱。如果有任何問題，可以用房間的電話致電服務台，我們會有專人為您提供服務。」

「好的，謝謝。」

「再次感謝您的光臨，祝您旅途愉快！」

不愧是五星級酒店，連前台的服務都那麼周到，更不用説那些房務員，肯定每個都敬業樂業。這也難怪，連董事局主席的兒子都親自出馬，怎能不專業？莉茲拖着行李前往電梯大堂。雖然酒店大堂的水晶吊燈都是採用黃光，但由於大堂佔大，所以深黃色的燈光被分散了，加上室外的自然光，令前台那邊的光線呈現一種淡淡的柔和。相反，電梯大堂卑處一隅，燈光難以向外擴散，以致這裡的氛圍呈現出過於濃烈的深黃，喝醉了似的。

電梯門打開，除了莉茲外，還有一個男子進入。啟動電梯需要住客的房卡，莉茲拿出房卡，但男子已率先拍了卡，他去 8 樓。莉茲發現男子的卡與她的不同，猜想應該是員工專用卡。她瞥向男子，想看清楚他的樣貌，皆因唐凌聰在這裡當房務員，莉茲想知道他是不是唐凌聰，可惜不是。

來到 5 樓，又呈現出不同的氛圍。走廊採用白光，配上米色的地氈和壁紙。白色的純潔與米色的淡雅，產生一種令人愜意、安逸的化學作用。看着 505 號的門牌，莉茲很喜歡這個號碼。她覺得 505 與什麼 514、529 相比，這組數字更讓人印象深刻。

打開房門，映入眼簾的一切讓莉茲覺得儼如回到家。400 多平方呎的房間，寬敞的雙人床，床頭櫃、茶几、書桌、小沙發、液晶電視，就是要如此寬敞的房間，才不會影響旅遊的質量。不過，莉茲也明瞭，這裡與家裡不同。家裡的房間不會有針孔攝錄機偷窺她，但這裡可能有。

莉茲放下行李，在房裡逛了一圈。然後坐在床上，從單肩包裡拿出一瓶水，喝了幾口。接着，就致電陳妓雯。

「喂，陳妓雯。」

「怎樣？是不是到了中大海酒店？」

「不好意思，中大海酒店沒有高級客房。你也知道，太小的房間我住不慣，太大的我又不夠錢，所以我住在中環的 58 酒店。」

「沒關係，不如我過來找你？由金鐘到中環很快的。」

「那好吧，待會見！」

掛斷電話後，莉茲看了一會兒電視。然後，拿着化妝包進入浴室，她化了一個淡妝。接着，她
到大堂迎接陳妓雯。雖然莉茲看過陳妓雯的照片，但要在茫茫人海中找到她也不是一件容易的事。
當莉茲端詳着一個從遠處走來的女子時，陳妓雯已認出了莉茲，向她揮手。

「莉茲，好久不見！」

「嘿！真的好久不見！」莉茲也裝模作樣，抱了抱妓雯。

「你好像變漂亮了。」

「真的？我只化了個淡妝。」

「證明相由心生，人美心善。」

「哈哈！」

她們邊走邊說，儼如兩個久別重逢的好朋友。雖然佛朗哥說陳妓雯在組織裡的地位不高，但看
着她如此投入，莉茲相信她是專業的。

「你在哪上班？」

「我應徵了一份採購員工作，12 日正式上班。」

「我還以為你會繼續讀碩士。」

「我對讀書的興趣不大。」

「其實你可以去聯邦調查局工作，當採購員真的沒什麼前途。」

「你真會開玩笑，我有這個資格嗎？」

很快，她們來到 5 樓，來到莉茲的房間。

「你的房間也挺大的！」

「你知道我住不慣太小的地方。」

「不如我搬來和你一起住？」

「小姐，這是一人房間呢！」

「有什麼所謂？這不是雙人床嗎？」

「你除了會佔我便宜，還會怎樣？」

「你別這樣說！要不你今天的消費我全包了。」

「那麼豪氣？別食言啊！」

「我們走吧！」

「讓我先換衣服。」

莉茲打開行李箱，拿出一套衣服，然後在陳妓雯面前更衣。

「喂！」

「怎麼了？」

「你該不會就這樣換吧？！」

「有什麼問題？難道我怕給你看個精光？」

陳妓雯煞有介事地瞥向周圍，「雖然我知道外國人都很開放，但也不能那麼大意！你知不知道有很多變態會在房裡安裝針孔攝錄機，偷拍住客的裸體或做愛過程，然後放到色情網站上去？！」

「我知道，但……你覺得這裡會有嗎？有的機率應該和中彩票差不多吧！」

「就說你不懂事！我每次旅行，都會帶一些儀器來探測房裡的情況。」妓雯從手袋拿出儀器。

這個儀器和莉茲所認識的一樣，是一個像手機的東西，上面還有一根天線。就這樣，陳妓雯拿着探測器，在房間不同地方偵測。為了讓這齣戲顯得更自然，陳妓雯偵測時，莉茲跟在身後，叉着手，間或翻一翻白眼，說一些符合語境的話。

「唉……人家不知道，還以為這間房是你睡的。我都沒怕，你怕什麼呢？」

「我怕日後你的裸照在網上瘋傳，然後你自尋短見。」

「我是那麼軟弱的人嗎？」

「誰知道？」

過了 15 分鐘，陳妓雯偵測完畢。

「怎樣？」

「沒有任何可疑的東西。」

陳妓雯眯着眼，向莉茲偷笑。莉茲本想止住笑意，但成功的快感讓她喜上眉梢，最終「噗哧」一聲笑了出來。兩人就這樣「咯咯」地笑個不停。陳妓雯把探測器扔在床上，然後大字形的躺在床上，莉茲也坐在床上。

「終於可以自由聊天了！」陳妓雯說。

「還沒正式介紹，我叫莉茲．格里芬。」

「佛朗哥已經跟我說過你的事。」

「你加入 TM 多久了？」

「大概兩年。」

「佛朗哥向我介紹你時，說你叫妓雯。是『女』加『支』那個字嗎？」

「沒錯。」

「不過……這個字不是代表妓女嗎？為什麼你父母會給你取這樣的名字？」

妓雯坐了起來，問：「想不想知道我為什麼會加入犯罪組織？」

「當然想！」

於是妓雯就把她的身世娓娓道來：「我出生在香港。不過，直到我現在 24 歲，我都沒見過母親。我一直和父親相依為命，可是他不喜歡我。他平時喝醉了，就打我、罵我。我一直以為，母親是因為受不了父親的脾氣才離開他。後來有一次，父親又喝醉了，在半醉半醒的情況下，他說出了我的身世。原來，父親年輕時經常嫖妓，但他每次都會做好安全措施。然而，有一次卻意外令一個妓女懷孕。那個妓女向父親索取人工流產的醫療費用，他不給。那個妓女又強迫父親娶她，他又不願意。後來，那個妓女誕下了我。然後把我抱到父親家門口，放在那裡。不但如此，她還在街上貼招貼，說父親嫖妓、不負責任云云。結果，父親在群眾壓力下，勉為其難地收養了我。父親懷恨在心，付錢給黑社會，要求他們輪姦母親。最後，母親失血過多而死。當然，在他眼中，我只是狗雜種，和母親一樣。於是，他替我取了個名字，叫妓雯，還說不如長大後跟母親一樣去當妓女。整個讀書生涯，我都被同學、老師嘲笑。我對他恨之入骨，決定報仇。在我 16 歲那年，我報警誣告他非禮和虐待。這很簡單，因為非禮和強姦不同，不需要什麼鐵證，定罪率很高。至於虐待的痕跡，都是我故意製造的。有人說這種報仇方式很缺德，但用來對付他這種渣滓是最合適不過了！法庭判了他坐牢和賠償我金錢，用作彌補心靈和身體的創傷。由於我沒有監護人，所以法庭判我入住保良局，直到 18 歲。當我成年後，我拿着賠償金到美國生活、讀書，最後入籍美國。」

「你父親很有錢嗎？」

「不是。他沒什麼錢，不過他父母留了一個唐樓單元給他。那些賠償金就是執達吏扣押他的物業，將物業變賣而得來的。」

「可是，你成年後可以改名，為什麼不改？」

「我就是不改！我要用這個名字來提醒自己，世上的男人都是該死的！強姦犯固然死有餘辜，但那些被誣告非禮、強姦的男人，都是活該的！就當作是替我那個渣滓父親贖罪吧！」

「不過，也不是所有男人都是這樣，我相信世上還有好男人。」

「怎麼會有？！連親生父親也如此，那些陌生男人會例外？！」

「TM 的男人也不差。」

「哼！他們只是比較聰明，沒什麼大不了！」

「你對於誣告男人強姦那麼有興趣，應該是你主動請纓，要來幫我是吧？」

「其實我求了雨果和佛朗哥很久，希望他們讓我來執行這個任務。不過，他們說任務難度很高，我做不了。後來我再求他們，只要讓我協助你執行任務，我就心滿意足了，他們才妥協。」

「説實話，我對這個任務沒有十足把握。」

「你有相關經驗嗎？有的話，就很容易投入。」

「不可以説沒有，但……」

「你是否曾經被人強姦過？説來聽聽。」

「其實我的身世沒比你好多少。我出生在一個天主教家庭，因此我從小就經常參加教會活動。我平時都是去我家附近的教堂，那裡的神職人員全都是好人。可是，在我 11 歲生日那天，發生了一件事。當天，父親帶我去玩。後來，他約了一個朋友在另一個地區的教堂見面，他帶我一起去。父親和他的朋友在聊天，我就獨自蹓躂。然後，我來到教堂旁邊的一間房，那是一個神父的辦公室。那個神父邀請我進去坐坐，再不斷套近乎。當我想離開時，他突然從後抱着我，把手伸進我的陰道裡，還不斷發出淫笑聲。當我掙脫了他的魔掌，跑了出去時，我碰到父親，他在找我。神父衝了出來，我立即向父親揭發他的罪行，那個神父依然厚顏無恥地對着我笑。不過我做夢也想不到，父親居然叫我大事化小，假裝沒事發生。簡直不可理喻！後來，我向母親哭訴。母親和父親不同，她帶我去了那間教堂，和那個變態神父還有高層人士理論。最終，他們説服母親不要報警，給了我們一筆封口費。雖然我也很痛恨母親，不滿意她的做法，因為我覺得壞人就要受到法律制裁，但至少母親比父親更像一個人。後來，我上了大學，修讀犯罪心理學。那時候，我想到一個方法：在身上安裝竊聽器，再去那間教堂，找回那個神父。然後引導他説出當年性侵我的經過，再去報警。可是……」莉茲眼泛淚光。

「沒事吧？」

「沒事。可是，那個神父居然説：『怎麼了？想套我話？！』然後，他一把扯掉我身上的竊聽器，摔在地上，再狠狠地踩碎它。之後，他用狠毒的口吻對我説：『你不要以為我是笨蛋！那些被我性侵過的人，若干年後再來找我，目的只有一個，就是想套我話，然後舉報我！小女孩，你以為你真的那麼聰明？你的一舉一動全都被我看透！你説我性侵你？你覺得警察相信我這個為教區服務了半輩子的神父，還是相信你這個喜歡穿迷你裙、化濃妝的女人？！』説時遲，那時快，他突然一手抓住我的胸部，我立馬跳了起來，邊叫邊跑出去。我向那些修女求助，修女陪我到神父的辦公室。沒想到，當我們進去時，那個神父裝出一臉痛苦的表情，半蹲身子，按着自己的性器官。修女問他發生什麼事，那個變態居然説我去向他告白，被拒絕後惱羞成怒，狠狠地抓着他的陰囊。」

「那麼你怎樣反駁？」

「我可以怎樣反駁？！當然説他誣衊我！可是，那個變態真的很狡猾，他指着地上那個踩得粉碎的竊聽器，對修女説，那是他在公開場合演講時所用的迷你麥克風，因為我惱羞成怒，所以踩碎

了麥克風。真的……世上居然有如此邪惡的人，還要是神父！那些修女還警告我，如果我再搗亂的話就報警！」

「所以你就加入了 TM？」

「沒那麼快，壓死駱駝的最後一根稻草是警察！我去了報警，那些警察還他媽的問我那個神父是不是很英俊！這是什麼問題？！原來，曾經有些受害者去了報警，但沒有實質證據。而且，那個神父總是能夠編一套似幻似真的說辭！對了，他就像雨果一樣聰明！那些警察以為我愛上了那個英俊的神父，表白失敗後才誣告他性侵！你說是不是很荒謬？！那時，我才清楚明白一個道理：原來警察、法律通通都沒法幫助受害者。要爭取公義，就要用更邪惡的方法！」

「那個神父死了沒有？」

「還沒有！不過你放心，總有一天，我一定會回去找他，我要他受盡世上最可怕的折磨，然後慘無人道地死去，永遠在地獄裡腐爛！」

「看來我們同是天涯淪落人。」

「別再提這些傷心事。對了，你是不是有東西要給我？」

「是的，東西也挺多。」妓雯從手袋掏出不同的東西。「首先，是平板電腦。佛朗哥叫你用這台電腦來跟他開會。」

「佛朗哥說過，當偵測完房間後，我們可以出去玩。你覺得我們應該現在出去，還是開完會才去？」

「開完會才去吧。」

「好的。」

「這是迷姦噴霧。」

「終於有機會拿到手了，佛朗哥還不讓我碰呢！」莉茲對此充滿好奇，端詳着裡面的液體，間或搖動瓶身。

「還有這個。」妓雯拿出一瓶沙宣噴霧。「佛朗哥說，當你迷姦唐凌聰後，就把迷姦噴霧放進去。阿曼達來取回噴霧時，你直接把這瓶噴霧交給她就可以了。」

「怎樣放進去？」

「你看看這裡。」妓雯把鮮紅色噴霧的底部打開。原來，這瓶噴霧是經過加工處理的，底部能夠打開，裡面沒有任何液體。底部蓋子的上方還貼了一塊雙面膠。「你要把雙面膠的離型紙撕掉，然後把迷姦噴霧貼在上面，最後把底部的蓋子蓋上。」

「為什麼要貼在上面？」

「如果不這樣，當你或別人拿着這個偽裝的噴霧時，裡面的迷姦噴霧便會因為搖擺而發出聲音，繼而露餡兒。」

「原來如此。」

「另外，這是你要的鞋套。」

「謝謝。」

「你要來幹什麼？」

「一般強姦案，強姦犯和受害人都會有追逐的情況，所以我想穿上唐凌聰的皮鞋，在房裡走來走去，從而製造鞋印。為了避免皮屑之類的留在鞋裡，所以我要先穿鞋套。」

「看來你也挺聰明。」

「這關乎一生的命運，不可以不聰明。」

「最後是無線電耳機。」妓雯拿出一個比指甲還要小的圓形東西，還有一根條狀物體。「實際用法我也不太清楚，佛朗哥說開會時教你。」

「那不如現在開會吧。」

「好的。」

妓雯向佛朗哥發出會議邀請。頃刻，佛朗哥接受了邀請，他們三人正式開會。

「佛朗哥。」妓雯說。

「聽到嗎？」莉茲問。

「聽到，你們安頓好了嗎？」

「安頓好了。」

「好的。讓我看看……你們能否找個角落來固定平板電腦？因為我想看清楚整個房間的佈局。」

「角落……有了，就窗邊的角落吧！」莉茲說。

「但不夠高。」妓雯把茶几搬到角落，再把平板電腦放在上面，但還是矮了一點。

「房間應該有書。」莉茲走向床頭櫃，櫃裡有十本書。她把所有書取出來，搬到茶几上，逐一疊放在一起，再把平板電腦放在上面。

「怎樣？看得清嗎？」妓雯問。

「這個角度很好。」佛朗哥說。

「其實我來香港途中，想到很多潛在的問題，想逐一說說。」

「好的。不過在此之前，我想先告訴你怎樣使用無線電耳機。那個圓形的東西，具有傳送和接收語音的功能。不過，它需要依賴手機來運作。莉茲，你打開手機，我發了一條鏈接給你。」

「收到。」

「你點開鏈接。」

「點了。」

「現在你的手機已經和無線電耳機連接了。你毋須在手機進行任何設定，只需要在手機電量快耗盡時，替手機充電就可以了。因為耳機耗盡本來的電量後，就會使用手機的電量。只要手機的電量沒耗盡，就算關掉了手機，耳機也能正常運作。」

「明白。」

「另外，是不是有一根東西？」佛朗哥問。

「是。」

「一般的無線電耳機可以直接戴在外耳門的位置，但你不可以。」

「為什麼？」

「如果我的推斷沒錯，強姦案發生後，唐祿會聘請私家偵探來查出案件的真相。因為當警方和陪審團以客觀證據作為依歸時，便會對唐凌聰不利，唐祿也不會指望他們能還兒子清白，那麼他只好聘請私家偵探。你要知道，私家偵探的行事作風每每是不合法的。比如他們會在你的房間裡安裝針孔攝錄機和竊聽器，看看你在獨處時會不會露出馬腳。因此，如果你把耳機戴在外耳門，他們一定會發現。所以，你要把耳機戴在外耳道裡。到時候，你就用那根東西來幫你。你可以把它當作遙控器，上面有三個按鈕，沒有任何標記的那個是開關鍵。寫有『T』的按鈕，是提取的意思。當你佩戴耳機時，先按下這按鈕，然後把遙控器接觸耳機。這時候，它們就像兩塊磁鐵一樣吸在一起。你再把耳機塞進外耳道裡，然後按下寫有『P』的按鈕，是放置的意思。從耳道取出耳機時，也是這麼做。明白嗎？」

「明白。」

「平時你可以戴着耳機，但要避免在房間進行佩戴或取出的動作，因為我始終相信他們會安裝針孔攝錄機。不過，當你在警署錄口供或出庭時，就不要佩戴了，免得帶來麻煩。另外，除非出現一些危急情況，否則大部分時間你都不需要透過耳機來跟我說話，只要聽我的指令就行了。」

「知道。」

「好的。關於迷姦噴霧方面，有沒有什麼問題？陳妓雯應該已告訴你怎樣使用那件偽裝工具吧？」

「沒問題。」

「不過我要提醒你一件事。由於迷姦噴霧是一個迷你的透明瓶子，裡面的液體也是透明的，因此，當唐凌聰錄口供時，會清楚指出那是一個裝有透明液體的透明瓶子。但有一個大前提，就是唐

凌聰在暈倒前要清楚看見迷姦噴霧的外貌。所以，當你拿着噴霧對着他時，你要刻意延遲半秒鐘，讓他有機會看清楚噴霧的外貌，然後才把液體噴在他臉上。如果他沒法在錄口供時清楚描述噴霧的特徵，那麼警方就會檢查所有屬於你的噴霧，繼而發現那瓶用作偽裝的紅色噴霧有異樣。」

「我明白了。」

「還有就是，只要噴一下，藥力就能維持 15 分鐘。你不要多噴，案發時間維持在 15 分鐘是最理想的。因為一般強姦犯只想速戰速決，不會浪費太多時間。」

「知道。」

「你剛才說過你想到很多問題，說來聽聽。」

「好的。第一，所有強姦都是暴力的，強姦犯會用力壓制受害人。因此，受害人的手腕每每有淡淡的瘀痕，甚至，強姦犯會抓着受害人的頭髮，把她們的頭撞到牆上。瘀痕方面，我打算捉住唐凌聰的手，狠狠按壓自己的手腕，這樣還可以讓皮屑附在他的指甲縫裡。頭髮方面，就用他的手狠狠抓着自己的頭髮，頭皮屑也會附在他的指甲縫裡。然後，我打算把頭撞到牆上，製造傷痕。你們覺得怎樣？」

「聽起來好像不錯。」妓雯說。

「可以，就照你的意思去做。」佛朗哥說。

「第二，唐凌聰被迷暈後，會倒在地上，他的頭可能會受傷，甚至流血，要怎麼向警方解釋他的傷勢？再者，唐凌聰倒下後，以及把他拖到床上時，他的頭皮屑或頭髮也可能掉在地上。如果鑑證科人員發現到，又要如何解釋？」

「你可以在他倒地前衝過去托着他。」妓雯說。

「我覺得陳妓雯的建議不錯，這樣他的頭就不會受傷。另外，只要你抬起他的上半身，用這方式來拖拽，取代拉扯他的雙腿，那麼就能降低頭皮屑或頭髮掉下的機率。不過從另一方面想，就算他的頭皮屑和頭髮掉在地上也是合理的。因為你在掙扎的過程中會扯他的頭髮，那麼這些東西一樣會掉在地上。」

「知道。還有就是，一般的強姦案，強姦犯和受害人都會有追逐、逃跑的過程。換言之，強姦犯的鞋印會出現在房裡的不同地方。我曾經想過脫下他的鞋，戴上手套，把手塞進鞋裡，在不同地方印上鞋印。可是，手的力度和腳的不同，印的深淺因而不同，這會引起鑑證科人員的懷疑。於是我決定改用鞋套，再穿上他的皮鞋，在不同地方走來走去。陳妓雯已替我買了鞋套。事成後，我打算用剪刀剪碎鞋套，再丟進馬桶裡沖走。」

「你有剪刀嗎？」佛朗哥問。

「抽屜裡有。」

「這方法不錯。但 15 分鐘很快就過，你一定要在限定時間內完成所有事情。」

「知道。」

「你打算用什麼工具來計時？」

「我沒有手錶，可以去買一塊。」

「你知不知道這樣做等於自掘墳墓？」

「什麼？」

「買手錶有問題嗎？我覺得很正常。」妓雯說。

「你們是犯罪組織的成員，我希望你們做每件事之前，都深思熟慮。一些在常人眼中是正常不過的事，對你們來說可能是致命傷。莉茲，你有沒有佩戴手錶的習慣？」

「沒有，因為我不喜歡被東西束縛雙手的感覺。」

「辯方律師會質問你，你沒有戴手錶的習慣，也不喜歡戴手錶，為什麼要買手錶？」

「我看見一塊設計很特別的手錶，很喜歡，不可以買嗎？」

「問題是：你對手錶一點興趣也沒有，就算它的設計很特別，也不是你購買的理由。舉個例子，一個不喜歡足球的人，他不會踢足球，不會看足球比賽，世界盃對他來說一點魅力也沒有，那些什麼球星、足球賭博對他來說一點意義也沒有。」

「我買來收藏不行嗎？很多人都會買手錶來收藏，當作投資。」

「不過他們買的是價值連城的名錶，你打算用多少錢來買手錶？再說，投資有很多不同選擇，為什麼你偏要選擇手錶作為投資對象？而且，在可以選擇的情況下，你會選擇一些你毫無興趣的東西來投資嗎？」

「那麼我說我有戴手錶的習慣，很喜歡手錶，可以了吧！？」

「那為什麼你來香港沒有戴手錶？」

「我忘了戴！」

「既然是習慣，為什麼突然忘了？你早上起床後會忘了刷牙洗臉嗎？」

「如果迷姦後，她把手錶藏起來，那又如何？」妓雯問。

「如果警方查看閉路電視片段，就會發現莉茲曾經買過手錶。再說，藏在哪裡？丟進馬桶裡沖走嗎？」

「好了，好了！既然手錶是一件比核武器還要危險的東西，那麼我改用手機裡的倒計時，應該沒問題吧！？」

「不可以用倒計時。你要把手機的亮屏時間設定為多於 15 分鐘，然後把手機裡的時間放大，方便看見。假設唐凌聰在 7 時 30 分進房，而你又在 30 分迷暈他，那麼你就要提醒自己，7 時 45 分前要完成該做的事。」

「為什麼要這樣？」

「雖然可能性很低，但不能排除警方會用一些藉口來調查你的手機。如果他們發現倒計時在強姦進行中啟動過，就會露出馬腳。」

「知道。」

「另外，關於迷你吧的問題。裡面有什麼飲料？」

「讓我去看吧。」妓雯說。「裡面有蒸餾水、果汁、汽水、咖啡、奶茶，還有不同類型的酒精飲料。」

「好的。莉茲，你在強姦前的這兩天把裡面的蒸餾水喝光。後天早上，當我們確定唐凌聰上班後，就會通知你。你致電服務台，說迷你吧的水已經喝光，請他們派人來補給。」

「其實不用那麼麻煩，只要把這些水倒掉就可以了。」莉茲說。

「又是這樣！」佛朗哥叉着手，身體往後靠。

「怎麼了？」

「我都不知道該如何形容你。你有時表現得很聰明，但有時又很笨！」

「到底怎麼了！？」

「你要知道，當你對警方說，因為迷你吧的水喝光了，所以找人來補給。那麼鑑證科人員就會拿這些蒸餾水瓶子去化驗，最終發現瓶口沒有你的唾液。」

「我可以每瓶喝幾口，然後倒掉。妓雯，裡面有多少瓶水？」

「五瓶，每瓶 800 毫升。」

「就是啊！怎能喝那麼多？！」

「你要知道，如果你每瓶喝幾口，然後倒掉，那麼每個瓶子上都只有一組屬於你的指紋（每次拿起瓶子時所留下的指紋稱為一組）。可是，一瓶 800 毫升的水，不可能一口氣喝光，至少要分開三、四次來喝。為什麼瓶上只有一組指紋而不是三、四組呢？」

「要不我把水倒掉後，分別用左右手來拿起瓶子四、五次！」

「你打算一次性做，還是分開不同時間來做？」

「當然是一次性做，難道你覺得我要花大量時間在這些瓶子上嗎？！」

「你知不知道鑑證科有能力判斷指紋存在了多久？」

「⋯⋯」

「如果所有指紋都是同一時間留下，你覺得他們會怎麼想？」

「唉⋯⋯我明白了。總之，我會在這兩天裡，好好分配時間，在不同時間喝水，讓指紋、唾液在不同時間出現在瓶子上。滿意了嗎？」

「我只是想讓你知道，要逍遙法外，除了要有好的計謀，還要有一顆細膩的心。任何一個細節，都值得我們花大量時間思考。」

「知道。還有什麼要說的嗎？」

「當你被強姦後，警察會陪你去驗傷和錄口供，鑑證科人員會在房間裡搜證。不過，搜證工作可能不是一次性的。站在警方的角度，如果唐凌聰認罪，警方便會帶他回到案發現場重組案情，所以警方會安排你換房間。」

「明白。」

「唐凌聰被捕後，警方不會立即落案起訴，因為要等待 DNA 的鑑定結果。而他也不會被羈留，因為唐祿一定會保釋唐凌聰。另一方面，鑑定過程應該不會太長，唐祿可能會賄賂相關人員或向相關部門施壓，要求優先處理強姦案的 DNA 鑑定。因為事情拖得越久，對集團的影響就越大。當鑑定結果出爐後，警方就會落案起訴他。案件進入司法程序後，唐凌聰作為被告，不可以接觸控方證人。雖然你是受害者，但你會出庭作證，也屬於證人。換言之，如果日後你依然住在 58 酒店，便可能接觸到唐凌聰和他的家人。因此，警方會要求你換酒店。就算不談法律問題，從心理學角度分析，你被強姦後，應該不想再留在 58 酒店。因為酒店的職員都是受聘於凝寰集團，是集團的人，你會擔心人身安全。所以，在強姦後，你直接下榻中大海酒店。」

「我是不是要和陳妓雯住同一間房？」

「陳妓雯，你住的是什麼房間？」佛朗哥問。

「單人房。」

「是單人床嗎？」

「是。」

「你可以加床，讓莉茲和你一起住。」

「不行，因為中大海酒店規定小於 200 平方呎的房間不可以加床，我的房間只有 180 呎。」

「那就算了，莉茲，你自己住一間吧。」

「知道。」

「最後，有三件事要提醒你。第一，我希望你在衝出房間後、驗傷時、錄口供時、出庭時，或

在任何有需要表達情緒的情況下，盡量發揮演技。把自己當作一名實力派演員，盡情投入在角色裡。第二，下榻中大海酒店後，我會再跟你開會，談談案發過程和日後的安排。和之前一樣，讓陳妓雯替你檢查房間的情況。第三，行動的前夕，務必設置鬧鐘。以防萬一，我建議你睡覺時戴上無線電耳機，我可以叫你起床。」

「明白了。」

「有沒有別的問題？」

「暫時沒有。」

「那麼，祝你好運，再見！」

會議結束後，莉茲呼了一口氣。「自從加入 TM 後，我的腦袋就不斷思考，快要瘋了！」

「以後多執行一些任務，慢慢就會習慣。」

「原來已經 4 時半。」

「我們出去走走，然後再吃晚餐吧。」

「好的。」忽爾，莉茲又想到什麼，走向迷你吧，拿了一瓶水。

一對剛認識不久的「好朋友」，就在國際金融中心商場蹓躂。間或進入書店看看書，到鐘錶店看看手錶。莉茲想到，雨果曾經殺死那個叫董國寧的鐘錶公司老闆。她看着眼前這位彬彬有禮的鐘錶店職員，突然產生一股調皮的衝動，想問問她關於董國寧的事。但又打住了，因為她想起蝴蝶效應，免得引火燒身。就這樣，她們把商場裡林林總總的商店都逛了一遍，卻什麼也沒買。直到晚上 7 時半，她們到一家餐廳吃法國菜。說實話，她們都有點彆扭。吃飯時要聊一些虛構的話題，也要小心言辭，免得說了些不該說的。

「你在哪裡工作？」莉茲問。

「我在一家時裝設計公司當初級設計師。」

「好厲害！」

「才不是，聽到『初級』一詞就知道我不過爾爾。」

「慢慢做，總有一天會晉升的。」

「我看沒什麼可能。我的直屬上司叫佛朗哥，是一個光頭，常常把我投閒置散。」

「噗哧！咳！咳！」莉茲被妓雯的話逗得忍俊不禁，口中的食物也噴了出來，她連忙取來餐巾擦嘴。

「你沒事吧？」妓雯假裝沒事發生，笑着問。

莉茲沒想到妓雯會一臉正經地開玩笑。但又想，在安全範圍內開開玩笑應該沒什麼問題。

「投閒置散也比我好。前幾天，老闆和我開會，要求我在正式上班前替他工作，美其名曰實習，其實就是欺負我這些職場新人。」

「真的？他要你幹什麼？」

「他叫我去一個什麼什麼保護區蒐集一些樣本。」

「唉……現在的老闆都是一個樣子，只懂欺壓員工，卻不懂發財立品。」

她們就這樣說着一些看似無聊的話——至少在旁人眼中是無聊的。酒醉飯飽後，妓雯回到中大海酒店，莉茲回到58酒店。莉茲靠在床頭，本來打算用平板電腦上網，看一些有關唐凌聰的新聞。但還是覺得很危險，如果警方調查她的電腦，就會問她為何查閱唐凌聰的資料。於是，她選擇看電視，看看有沒有報道他的事情。而陪伴她踏進凌晨時分的，不是美酒，而是另一瓶索然無味的蒸餾水。

翌晨，她起床後到酒店的餐廳吃早餐。然而，她對着眼前這杯咖啡，感到害怕、反感。皆因昨晚喝了很多水，以致凌晨時頻繁如廁，嚴重影響睡眠質素。現在，她的手袋裡也有兩瓶新的蒸餾水，加上咖啡利尿的特性，她做好了心理準備，今天也要頻繁如廁。但不喝咖啡不行，因為昨晚睡得不好，睡意未消，要喝咖啡提神。其實，今天的行程是和妓雯到處吃喝玩樂，不需動腦筋，提不提神也沒所謂。

早餐後，莉茲和妓雯會合。妓雯來了香港兩個月，當然知道香港有什麼旅遊景點。因此，她除了充當莉茲的好朋友外，還擔當導遊。旅遊書籍中的景點，逐漸填滿她們的足印。相機和照片，是她們專業的包裝；笑容和熱情，是她們精湛的演技；疲態和汗水，是妓雯真實的寫照，卻是莉茲骨子裡的恐懼。

她們來到一家餐廳，選了角落的座位。現在是下午茶時間，食客寥寥無幾。莉茲瞥向周圍，確定安全後，才向妓雯透露心中的隱憂。

「我有點怕。」莉茲說。

「沒事的。」妓雯緊握莉茲的手。「你想想，我們有了精密的佈局，他們什麼都不知道，毫無防備。我們一出手，他們根本沒有招架的能力。」

「我相信我們的佈局，我只是缺乏自信。」

「中國人有句話叫做：『萬事俱備，只欠東風』，你的自信就是東風。」

「自信不是一朝一夕就能建立的。」

「不如……試試這個吧。」

「試什麼？」

「你知不知道什麼是佛牌？」

「呃……聽過，但……不太清楚。」

「佛牌在東南亞國家，尤其泰國，是很受歡迎的，香港也有不少商店出售。大致上可分為正牌和陰牌。佩戴正牌能得到不同神佛的保佑，改善運氣。不過……」妓雯警向周圍，降低了聲量。「做壞事當然不能戴正牌，而是要戴陰牌，借助陰靈的力量來達到目的。」

「雖然我是天主教徒，不相信這些東西；但如果對任務有利，我也不介意。」

「我知道旺角有很多這類型的商店，我們走吧。」

「不過，我覺得你替我去買會比較好，如果警方問我為什麼買這些東西，我都不知道該怎麼說。」

「我覺得一起去沒什麼問題。想一想，我們大半天都在一起，如果現在刻意分開，反而惹人懷疑。另一方面，其實你買佛牌也沒什麼大不了。你可以對警方說，因為你的家人覺得當採購員沒前途，所以你想盡快做出一些成績，得到晉升的機會，讓家人安慰。因此，你聽朋友介紹，佩戴佛牌。為了盡快見到效果，你選擇了陰牌。」

「它真的有效嗎？」

「只要是貨真價實的陰牌，效果很明顯。當然，也有一些人戴了陰牌後出現反效果，譬如被邪靈附體。」

「那麼可怕，還是不要了。」

「放心，出現反效果的大多是觸犯了一些禁忌，只要我們向售貨員查詢相關禁忌，不要越界，就不會出事。不僅如此，佩戴陰牌也有意想不到的好處。」

「什麼好處？」

「正如我剛才所說的，佩戴陰牌可能有反效果。案發後，如果警方、陪審團知道你有戴陰牌，他們可能會覺得，你被人強姦是因為戴了陰牌，被邪靈反噬，這更坐實了強姦的說法。」

「不過，這屬於超自然範疇，他們不會相信一些沒有科學依據的說法。」

「誰說的？2009年，千億遺產案開審，其中一方找了一位玄學家擔任法科風水專家證人。雖然這次控辯雙方未必會傳召玄學方面的專家證人，但至少法庭不會全盤否定超自然的東西。」

「好吧，我就試試看。」

於是，妓雯和莉茲就坐車到旺角。來到目的地，莉茲被這裡的環境震懾。四下都是一些破舊的樓宇，那些商店不啻沒有半點誘人之處，還散發出陣陣令人厭惡的氣息，與國際金融中心商場不可同日而語。過了片刻，莉茲才意識到她的驚愕是多餘的，因為她想起當年來香港交流時，也見過如此不堪的景象。妓雯所說的商店在樓上，俗稱「樓上鋪」。莉茲越看越覺得詭異，那些細小的商店裡，

坐着一些眼神空洞的店員，盯着遠處發獃，彷彿一天也沒有一單生意，卻從來沒有結業的念頭。

來到售賣佛牌的商店，甫踏進店裡，莉茲便覺得頭昏眼暈，踉蹌一下。

「沒事吧？」妓雯問。

「沒事。」

莉茲看着那些金色、褐色或其他顏色的佛牌，起了雞皮疙瘩。妓雯替莉茲選了一塊有利偏門行業的陰牌，並向售貨員查詢佩戴陰牌的禁忌，莉茲似懂非懂。售貨員給了莉茲一個褐色的小布袋，她把陰牌放進袋裡，再放進手袋中。

中場休息後，莉茲和妓雯再次演繹吃喝玩樂的戲碼。可是，莉茲忐忑不安的心情並沒有因為購買陰牌而消失。儘管如此，她沒有再向妓雯透露自己的情愫，因為妓雯已幫了她一把，剩下的要靠自己解決。莉茲端詳着那片夕陽，頓感依依不捨。雖然明天的她也能看見夕陽，但假如事敗被捕，她只能困在那個狹小的羈留室裡，構想外面的夕陽。

夜色漸濃，飯吃過了，酒喝過了——只有妓雯。莉茲想保持頭腦清醒，沒有喝酒，只喝了杯檸檬茶。飯後站在水洩不通的街上，兩人分別。莉茲看着不遠處的 58 酒店，十分抗拒。可以的話，她想繼續在街上蹓躂。只因回去後，再一次離開時，就是到醫院驗傷的時候。不過該來的總要來，她向着酒店前進，同時，向袋裡那塊陰牌祈求，求它賜予力量。

第10章：〈前夕〉

回到房間後，莉茲從迷你吧取出最後一瓶蒸餾水。她想：這些天不斷喝水，身體一定很健康。

除了咖啡外，莉茲覺得水也有提神作用。雖然她越發緊張，但腦袋還是清醒的，知道要做什麼。她致電陳妓雯，叫她把拍下的照片發到自己的郵箱，讓莉茲把照片下載到平板電腦裡。旅行的照片，當然要隨處可見，不啻要儲存在手機和平板電腦裡，他日回國後也要沖印出來。

現在是晚上 11 時，莉茲洗澡後穿了件睡衣。當然不可以是性感睡衣，只是普通睡衣。她取出鞋套、偽裝的噴霧、迷姦噴霧、無線電耳機，放在當眼處。儘管如此，她的心依然跳得很快。她知道，如果維持這樣的狀態，肯定崩潰。她需要一個人來安慰她，儘管這種安慰是短暫的、治標不治本，也沒所謂，總之要盡快讓自己冷靜下來。

她想起了雨果，雨果是個不錯的傾訴對象。莉茲深諳他的智慧，也許雨果能用他的智慧來安撫莉茲。佛朗哥呢？不行。佛朗哥的強項是策劃，他沒法安撫莉茲。他只能像大學教授一樣，嘮嘮叨叨地說一些像是安慰、實際不能安慰人的話。

她走到房門旁，把燈關上。然後走向床頭櫃，打開檯燈。檯燈採用黃光，給人柔和的感覺；不像白光，總是給人慘白的折磨。由於檯燈有燈罩，所以燈光不能遍佈房間，電視機那邊浸淫在黑暗的氛圍中，莉茲很喜歡這樣的情調。她坐在床尾，面向電視機，撥通了雨果公司的電話，幸好雨果還沒離開。

「雨果，你好。」莉茲的聲音很小。

「莉茲，找我有事？」雨果配合莉茲，聲音也很小。

「不好意思，這麼晚還找你。」

「這麼晚？你忘了我這邊是白天嗎？」

「呃，對不起，我真的忘了。」

「找我有什麼事？」

「我……我很緊張，不知道……該怎樣控制情緒。」

「你沒經驗，緊張是正常的。要消除你的緊張，就要讓你意識到任務的成功率其實很高。」

「我一直在想這個問題，到底我們的佈局是否完美？唐凌聰是否真的沒有勝算？」

「回答你第一個問題，佈局是否完美要看對手。如果你誣告強姦的對象不是唐凌聰，而是我，那麼在我眼中，這些佈局還有可以改善的地方。可是，對象是唐凌聰的話，我們的佈局便算完美。

在回答你第二個問題前，我想先問你：你有沒有看過《電鋸驚魂》？」

「有，每一部我都有看。」

「那麼你應該記得第一部開場，亞當（Adam）爬出浴缸時拔掉了塞子，以致鑰匙沖進下水道裡。如果他在電光石火間發現鑰匙，意識到鑰匙對他來說是非常重要的，那麼他就有一線生機。同理，如果唐凌聰在你衝出房間時意識到這是一個驚天佈局、一個大陰謀，然後在電光石火間想出破解的方法，那麼他就有一線生機。譬如他順水推舟，對警方說，是你挑逗他，引誘他上床，你們在你情我願的情況下發生性行為。那麼警方、陪審團就不能完全排除這個可能性，他的勝算接近一半。相反，如果他對警方說你用噴霧迷暈他、迷姦他，只要客觀證據沒法證實他的供詞，就等於判了他死刑。明白嗎？」

「明白。可是，我們的證據是偽造出來的，能否經得起考驗？」

「當然經得起考驗。你要知道，不止香港，全世界的執法人員都是一樣，他們會把鐵證奉為圭臬，不再懷疑。大致上，他們會把證據分為三類。第一類是能動搖的證據。舉個例子，如果有一個女傭，她誣告男僱主強姦。譬如當男僱主自瀆後，把沾有精液的紙巾丟進垃圾桶裡。女傭取出紙巾，把精液弄進陰道裡，再報警誣告他強姦。那麼在警方眼中，女傭陰道裡的精液就是能動搖的證據。因為精液粘在紙巾上，可能沾有一些屬於紙巾的纖維。再者，男僱主射精後到精液進入女傭陰道的這段時間，精液接觸到外在環境，空氣中的一些物質會附在精液上。如果女傭的供詞屬實，那麼應該是體內射精，精液不會接觸到外來空氣。為什麼精液中有一些屬於紙巾的纖維和外來空氣的物質？因此女傭提供的證據是站不住腳的。第二類是大致上合理、但需要反覆驗證的證據。再以誣告男人強姦為例，就算女人陰道中的精液證實了是體內射精造成的，都不是鐵證。因為法醫進行活體取證時，會檢查受害人的陰道。如果陰道裡沒有撕裂、出血的跡象，便會惹人懷疑。第三類就是鐵證，即真實可靠、不容懷疑的證據。只要你迷姦唐凌聰時，做到體內射精，陰道撕裂、出血的話，那麼這些證據對警方來說就是鐵證。加上其他林林總總的證據，如鞋印、皮屑、紮帶，都是為鐵證加持的。到時候，鐵證便成了一座山，不能動搖，沒有半點質疑的空間。全世界的執法人員都有一個通病，他們會無條件相信鐵證。儘管他們見識廣博，深諳人性的醜陋；卻始終不肯承認一個事實：只要世上有人狠下心腸，算盡每一步來佈局嫁禍的話，那些所謂鐵證，通通都可以偽造，算不上什麼。」

「就算我們針對執法人員的思維通病來佈局，那麼陪審團又如何？他們不是執法人員，而且每個陪審員都是獨特的，難保當中沒有一、兩個比較聰明。」

「聰明也沒用。那些陪審員可能在各自的領域中是精英，但在法律領域中，他們是門外漢。更重要的是，執行這次陰謀的是一群以犯罪為業的精英，那些沒有犯罪頭腦的陪審員能否看穿這一切？

其實世上大部分的人的思維模式只有三種。第一種是感性思維，凡事都訴諸情感。在我眼中這些人不但沒有智慧，就連半點常識也沒有，他們只適合活在童話世界裡。莉茲，如果有一天，你的母親哭着對你說，她被人強姦了，你會不會相信她？」

「呃⋯⋯正常應該相信，不過⋯⋯你這樣問，應該不要相信？」

「訴諸情感的人，他們會無條件相信。這是自己的母親，難道她會說謊？她說謊的目的是什麼？更重要的是，訴諸情感的人，他們有一個根深蒂固的心理包袱：如果我質疑這個所謂的受害人，會被人視為冷血無情，毫無憐憫之心。那不如先相信她，就算最後真的被她騙了，也比受人責難好得多。可見，這些人的感性其實是一塊遮羞布，用來遮蓋他們的軟弱。」

「如果是你，你會怎麼做？」

「我會替她報警，陪她去警署、醫院，但不會在沒有掌握任何證據的情況下相信她，儘管她是我的母親。另外，我不必蒐集任何證據，這些工作交給警方來做；我也不必作出任何裁決，這些工作交給陪審團、法官來做。」

「這好像有點⋯⋯怎麼說呢⋯⋯有點不近人情。」

「也許，但這種情況能夠了解一個人是否具有智慧。」

「那麼另外兩種思維是什麼？」

「第二種是一半感性、一半理性的思維，他們以為這樣就能盡得兩者的優點。莉茲，佛朗哥有沒有告訴你我當年殺人後逍遙法外的事？」

「有。」

「我當年能夠逍遙法外，就是看穿他們喜歡一半感性、一半理性的思維模式。只要在過程中滿足他們對兩者的渴求，那麼他們引以為傲的思維模式就是我成功的秘訣。第三種是理性思維，凡事都訴諸科學。在我眼中這些人都不是擁有大智慧的人，因為科學在不同時期有不同的局限。譬如一百年前的科學家，他們相信某些理論；但這些理論可能在一百年後的今天，被科學家推翻了。大家都是科學家，大家都信奉理性思維，但一百年前認為是對的東西，一百年後被界定為錯誤。同理，回到這次任務，那些被我們偽造出來的鐵證，會被當代的人視為準確無誤；但在一百年後，隨着科技的發展，我們偽造的鐵證不會被視為鐵證，我們的佈局將會紕漏百出。問題是：當代的人能否突破科學的局限，用未來的科技、未來的思維來審視我們偽造的鐵證？答案是不能。因此，對我來說，真正有智慧的人，他的思維模式是前瞻性的，不受任何因素局限。」

「謝謝你。」

「最後，我想提醒你一件事。唐祿必定會聘請私家偵探來查出案件真相，這是無庸置疑的。要

揣摩私家偵探的心理是很容易，審訊前和審訊初期，他們有充裕的時間來調查你，因此這段時間的調查手法是溫和的。然而，當審訊進入白熱化階段，他們的時間所剩無幾。為了達到目的，他們會採取一些激進、不理性的手段。日後，假如你遇到一些對你嚴重不利的證據或證人時，請你冷靜下來，回憶我現在所說的話。你要真誠地相信，私家偵探必定會自投羅網、自掘墳墓，最終的勝利者是你——莉茲·格里芬。」

「如果我犯了什麼錯，你們會守護我吧？」

「當然。不過，我希望你對『犯錯』有一個全新的看法。一般人總認為，犯錯等於失敗，等於世界末日。其實，『錯誤』可以是一張王牌，甚至成為擊潰對手的武器，關鍵在於你是否懂得利用。」

「聽了你的話，我的心情總算平復下來。」

「那麼，我祝你演出成功，我會好好欣賞。」

「那 15 分鐘的戲碼都沒有觀眾，你怎樣欣賞？」

「撒旦就是觀眾。佛朗哥經常說，我很像撒旦。」

「噗哧！那麼，再見了，撒旦。」

「再見。」

掛斷電話後，莉茲大字形的躺在床上。她深深體會到，雨果的話是多麼有魅力，不啻能安撫她的情緒，還讓她增添不少自信。她知道，現在需要睡覺，儘管不能睡太久，但也要利用這段時間來補充體力和恢復精神。她在手機設置了多個鬧鐘：5 時、5 時 15 分、5 時半、5 時 45 分。過後，她又想到，佛朗哥說過關於倒計時的問題。如果警方調查她的手機，發現案發當天，她設置了很多鬧鐘，而且時間還那麼早，她要如何解釋？

她想到一個辦法。於是，她瀏覽香港天文台的網站，查看 3 月 5 日的日出時間：6 時 41 分。然後，她致電陳妓雯。

「喂？……」妓雯氣若游絲般乏力。

「在睡覺嗎？」

「剛要睡着，你就打來。」

「我們明天去看日出吧。」

「什麼？！看日出？！」

「我想看看香港的日出和美國的是否一樣。我查過了，日出時間是 6 時 41 分，我們 5 時起床，應該可以的。」

「……」妓雯深諳就算使用了不記名電話卡，也不是百分之百安全。她不想說一些危險的話，這

需要承擔很大的風險。不過，她搞不懂莉茲在想什麼，因此不知該如何回答。

「怎樣？你不陪我嗎？要不我自己一個去，看完日出後我打算去看電影、購物。」

「不要去啊！那麼危險，還自己一個人！」就憑莉茲說出「看電影」、「購物」，妓雯就知道要怎樣回答。

「是嗎？那不看日出，看日落可以嗎？」

「可以。」

「我們明天再聊吧，再見！」

莉茲滿意地笑了。她可以對警方說，她設置鬧鐘是為了早起去看日出。後來她致電好友，想邀她一起去，但她不願意，所以她也打消了念頭。可是，她忘記取消設置了的鬧鐘。被鬧鐘吵醒後，再也睡不着，便只好起床。

臨睡前，她把最後一口蒸餾水喝光，然後戴上無線電耳機。再三確認沒有遺漏的事情後，才關掉檯燈。

此夜，莉茲是否睡得安好？不知道。雨果、佛朗哥、安迪、喬治、莉茲、陳妓雯、謝玉霞、阿曼達、齊娜，各自在不同的地方，做着不同的事情，懷揣着不同的思緒。同一片天空，對他們來說，意義都不同。蔣乙華亦然，她臨睡前經過唐凌聰的房間，看見兒子正在酣睡。幾個小時後，她起床喝水，又經過他的房間，卻發現兒子不見了。她看了看凌聰房裡的掛鐘，是早上 5 時 30 分。她嘆了一口氣，說服自己，只要再熬一個月就行了。凌聰當上董事局主席和行政總裁後，就不會再做什麼房務員，也不用天沒亮就去上班，可以多睡幾個小時。

雖然唐凌聰睡得不好，但他有司機接送，不用親自駕駛，可以在車裡多睡片刻。到了 58 酒店，是 6 時。他在酒店的餐廳吃早餐，半小時後，就到儲物室擺放一些私人物品，再到更衣室更衣。他看着鏡子中的自己，有大大的黑眼圈。但不要緊，剛才喝了一杯超濃的咖啡，只要腦袋還算精神奕奕就行了。

唐凌聰來到房務部的休息室，查看排班表。休息室裡聚集了不少房務員。

「唐先生，早安！」房務員向唐凌聰打招呼。

「都說了不要那麼見外，叫我凌聰就行了。」

「當然不行！唐先生即將成為董事局主席兼行政總裁，我們亂叫的話，會貶低你的身分。」一個男員工說。

「不好意思，我今天中午有一個重要的會議，所以要提前一個小時離開，你看看能不能找個人替班。」凌聰一邊看排班表，一邊對房務部經理說。

「當然沒問題，交給我來辦吧。」

「對了，你們的儲物櫃有沒有一些奇怪的東西？」凌聰問其他人。

「沒有⋯⋯什麼奇怪的東西？」

「我剛才打開儲物櫃後，發現裡面有一卷紮帶。我一點印象也沒有，應該不是我的。」

「意思是，有人開過你的儲物櫃？」

「我也不知道。」

「那麼你怎樣處理那卷紮帶？丟了嗎？」

「沒有，我把它放在一張椅子上就算了。」

酒店的另一隅，莉茲已起了床，坐在床上整理混沌的思緒。她想起剛才的情節，驚險程度堪比迷姦任務。也許是生活習慣使然，鬧鐘對莉茲起不了作用。鬧鐘分別在 5 時、5 時 15 分、5 時半、5 時 45 分響起，但莉茲不是聽不到，就是用混沌的思緒控制混沌的雙手，把吵鬧的鬧鐘關掉。直到 6 時，佛朗哥從 58 酒店的閉路電視片段看見唐凌聰的身影，才透過無線電耳機提醒莉茲起床。可是佛朗哥的聲音和鬧鐘無異，都起不了作用。直到佛朗哥按捺不住，透過耳機咆哮，莉茲才醒過來。醒後的莉茲歇斯底里般打開手機屏幕，以為錯過了時間，幸好還來得及。

儘管用了半小時來平復情緒，但莉茲的心卻儼如跑完馬拉松般激烈跳動，雨果昨晚的安慰猶如麻醉藥般失效。她很口渴，很想喝水，但已經沒有水。她知道檯上有電熱水壺，供住客燒水；但她不打算燒水，她要用這個東西來回答辯方律師的問題。她打開迷你吧，拿了一罐咖啡。雖然她知道喝了會讓心臟跳得更快，但也要喝。

佛朗哥一邊監視着閉路電視，一邊透過耳機向莉茲報告唐凌聰的行蹤。莉茲又感到疑惑。

「每個房務員負責的樓層都不同，如果唐凌聰不是負責 5 樓的房間那怎麼辦？」

「放心，我們一早調查清楚了。58 酒店的高級客房分為豪華客房、特級豪華客房、特級豪華海景客房三種。豪華客房在 4、5 樓，特級豪華客房在 11、12 樓，特級豪華海景客房在 20、21 樓。雖然唐凌聰自願成為房務員，但酒店經理還是懂分寸的，他當然會安排最舒適的樓層給唐凌聰負責，即 1 樓到 5 樓的房間。因為儲存物資和收集布草的地方分別在地庫 1 樓和 2 樓。這樣，唐凌聰就不需要浪費太多時間前往高層的房間。再者，5 樓或以下的房間都是普通客房和豪華客房，和其他客房、套房相比，這些房間的面積較小，清潔難度較低，所需的體力、時間也較少。因此，只要你選擇最普通的高級客房，即豪華客房，便一定住在唐凌聰負責的樓層。」

「明白了。」

「現在是 7 時 10 分，唐凌聰已經在工作。你準備好的話，就致電服務台，叫他們派人來補給蒸

餾水。」

莉茲深呼吸了一口氣。「好吧，我現在行動。」

莉茲翻開《住客須知》的第三頁，找到服務台的電話號碼。

「早安！這裡是服務台，有什麼可以幫您？」

「你好，我是 505 號房間的住客，迷你吧裡的蒸餾水已喝光了。你們可以派人來補給嗎？」

「好的。請小姐等一會兒，我們立即派人來補給。」

「謝謝，再見。」

掛斷電話後，莉茲倏地跪在地上，按着胸口，儼如哮喘發作。

「沒事吧？」佛朗哥問。

「沒事。我……我可以的。」

「唐凌聰已收到通知，去了取物資，很快就來。你現在把耳機藏好，然後每隔 1 分鐘，就打開房門看看走廊，假裝看看房務員來了沒有。最後……祝你好運，再見！」

「再見。」

莉茲感覺自己快要失控，她止不住顫抖，只好用顫抖的手按下遙控器的按鈕，取出耳機，把耳機放進行李箱裡。然後從手袋取出陰牌，戴在脖子上。她眼前一片朦朧，在沒有開空調的情況下，感到房間很冷，然而她的身體卻在發熱。她邁着蹣跚的腳步去開門，説也奇怪，開門後的剎那間，她的心情異常平靜，很自然瞥向走廊，沒有看見房務員，然後關上房門。那些焦躁不安的情緒又如海嘯般襲來。

糟糕了！她忽略了一件很重要的事：紮帶。謝玉霞把紮帶放進唐凌聰的儲物櫃裡，可是莉茲沒有紮帶。她立馬打開行李箱，取出耳機，粗暴地戴上。

「喂！佛朗哥！聽不聽到？！快點説話！」莉茲急得快要哭出來，面頰紅得宛如喝了酒。

「怎麼了！？」

「紮帶！我沒有紮帶！」

「放心，謝玉霞已準備好了！她把一根紮帶放在唐凌聰推着的工作車上！」

「好的，謝謝！」語畢，她又粗暴地取出耳機，把它丟進行李箱裡。

她感到不行了，很想逃。她覺得自己像一台儲存空間不足的電腦，記得這些，又記不了那些。眼淚在眼眶中打轉，但現在還不是流下來的時候。

「叮咚！」終於，門鈴響了。

第11章：〈15分鐘〉

莉茲像一個快要執行死刑的死囚，眼神空洞。不過，她知道維持這樣的狀態，任務一定失敗。她想起大學時學過一種瞬間催眠術，能夠剎那間讓自己投入在另一個角色裡。

她目露兇光，盯着房門。然後急步走向書桌，打開手機的屏幕，顯示時間的數字被放得大大的。準備就緒後，她去開門。此時，目光又變得柔和。

「您好！請問小姐是不是致電服務台，要求補給蒸餾水？」唐凌聰問。

「是，請進來。」莉茲把門開到最大，方便凌聰把工作車推進來。

唐凌聰順手把門關上。莉茲走在他面前，凌聰推着工作車來到房間中央。莉茲的眼神從柔和變成驚慌，再從驚慌變成兇殘。她從睡衣口袋中取出迷姦噴霧，然後轉身，把噴霧對着凌聰的臉部。

「喂！你要幹什麼……」

莉茲依照佛朗哥的話，刻意延遲了半秒鐘，讓他有機會看清楚噴霧的特徵。唐凌聰話音未落，已因噴霧的藥力而暈倒。莉茲立馬衝上前，托着他的上半身。不知是莉茲沒吃早餐，還是凌聰真的那麼重，莉茲霎時踉蹌一下。然後，她如蠻牛般把凌聰拖到床上。總算成功了，她立即瞥向手機的屏幕：7時25分。她只有15分鐘，7時40分前要完成任務。她把紅色噴霧的底部打開，把蓋子上的離型紙撕掉，再把迷姦噴霧貼在雙面膠上，最後把蓋子蓋上，把噴霧放進行李箱裡。

7時26分。

莉茲看着床上的凌聰，很想猶豫，但她知道沒時間猶豫。於是，她一把脫掉他的西褲和皮鞋，然後是內褲。不過，她又停了下來。如果迷姦後才製造傷痕、鞋印、消滅鞋套，那麼在行走的過程中，陰道裡的精液會流出來，房間大部分地方都沾到精液。這違反常理，因為強姦犯射精後會處於相對放鬆的狀態，然後受害人立即逃離現場，那麼大部分的精液都會留在陰道裡。就算去醫院的過程中流失了部分精液，精液也不可能在房間的不同地方找到。因此，她要先做其他事情。她穿上鞋套和凌聰的皮鞋，在房裡走來走去。然後，她取來剪刀，在馬桶上剪碎鞋套，再沖走。

7時28分。

她捉住凌聰的手，狠狠按壓自己的手腕，甚至抓破皮膚。接着，她捉住他的手，狠狠扯着自己的頭髮。然後，她走到床頭櫃旁，把頭撞到牆上。沒有流血，但肯定腫了。不過，最重要的戲碼還沒上演。

7時30分。

　　莉茲趴在凌聰身上，瘋狂親吻他。然後把手指伸進他的嘴裡，藉此沾滿唾液，再把唾液抹在她臉上。接着，她像色情影片中的女人一樣，套弄他的陰莖。她本想手口並用，但還是打住了。因為女人被迫和男人口交時，應該會乘機咬斷他的陰莖。大概 1 分鐘，他的陰莖勃起了。莉茲把睡衣的鈕扣全部解開，再脫掉自己的睡褲和內褲，把他的陰莖插進自己的陰道裡。同時不忘捉住他的手，觸摸自己的衣物，藉此留下他的指紋。不過她很害怕，不是怕迷姦，而是怕太大力會弄斷他的陰莖。可是，不夠力又很難令陰道撕裂和出血。但想深一層，就算他的陰莖真的斷了也沒什麼可怕，因為別人只會覺得他咎由自取。過了 5 分鐘，唐凌聰射精了。

　　7 時 36 分。

　　最後一道工序，就是用紮帶反綁雙手。莉茲夾着雙腿，躡手躡腳地走向工作車，因為她不想精液那麼快流出來。她掀開覆蓋着物資的白布，上面除了有蒸餾水，還有不同食物和飲料。她看見了紮帶。莉茲發了瘋一樣，把工作車上的食物和飲料丟在地上。因為受害人受到強姦犯的逼迫時，會拿東西扔他，房間會呈現出凌亂的狀態。事成後，她拿起紮帶，再捉住唐凌聰的手，觸摸紮帶。然後，她把紮帶套成一個圈，一隻手從後拿着紮帶，一隻手從後穿進圈裡，再把另一隻手穿進圈裡。接着利用手指，一邊拉扯紮帶的尾巴，一邊把紮帶束緊。

　　7 時 40 分。

　　唐凌聰漸漸有了意識，發出輕微的呻吟，但還沒清醒過來。莉茲反綁着雙手，不斷掙扎，藉此製造瘀痕。她站在電視機前，緊緊盯着唐凌聰。同時，也在不斷思索，看看是否有什麼遺漏了。她本來打算剪掉紮帶，但想了想，還是不好。她要這樣衝出房間，讓全世界的人看看唐凌聰是如何對待她。她盯着他，勾起一抹獰笑。她覺得一切都很順利，該做的都做了。

　　7 時 41 分。

　　唐凌聰終於清醒過來。他一抬頭，就感到頭痛欲裂。當他看到幾乎全裸的莉茲時，嚇得不知所措。莉茲又換了一張臉。

　　「不要……不要……」莉茲一邊哭喊，一邊向房門奔去。

　　「喂！到底發生什麼事！？等等！……」凌聰穿上內褲、西褲和皮鞋。

　　莉茲背對着門，彎下身子，讓雙手能夠碰到門把手。最後打開了房門，衝了出去。

第12章：〈各人〉

「救命啊！！！！」莉茲穿着一件解開鈕扣的睡衣，下半身赤裸，連鞋子也沒穿，就這樣衝出房間。走廊沒有人，她歇斯底里地叫喊，叫得嗓子快要爛掉。唐凌聰也衝了出來，他走向莉茲，想質問她。

「不要！滾！給我滾！」莉茲靠着牆壁，然後逃跑。為了更加逼真，她刻意跌倒。由於雙手被反綁，她沒法撐起身體，只好狼狽地用膝蓋走路。

此時，有一個男住客走了出來。看到這情況，嚇得目瞪口呆。

「救命啊！幫我報警！求求你！」莉茲淚眼婆娑，不斷向男住客泣求。

男住客看了看，立即衝進房裡。不知是想通知房裡的人，還是不想惹禍上身。

「求求你！……誰來救救我……」莉茲哭得如喪考妣，彷彿看不到曙光，伏在地上。

「你……是你陷害我！我沒有強姦你！」唐凌聰站在旁邊罵她。

「走開！別過來！」她奮力站起來，又向反方向逃跑。

終於，有三名酒店職員衝了過來，又有若干住客走了出來。

「小姐，你……唐……唐凌聰？發生了什麼事！？」其中一名職員問。另外兩名職員用對講機向其他部門報告情況。

「是他！這個變態強姦了我！快點報警！」

「你別聽她亂説！我沒有強姦她，是她迷姦我！她用噴霧噴我，然後我就暈倒了！」

「啊！你過來幹什麼？！你給我滾！滾啊！」莉茲貼向牆壁，蹲下來，眼中透出對凌聰的怨恨和恐懼。

現場一片混亂：住客議論紛紛，職員不知所措，凌聰不斷辯解，莉茲繼續哭泣。此時，有住客拿出手機來拍攝，被職員阻止了。莉茲想到謝玉霞，她用矇矓的眼眸望向人群。眾人用好奇、憐憫的眼神望她；也用憤怒、鄙視的目光望着唐凌聰。在人群後面，有一個長相平庸的中年女職員不斷探出頭來。莉茲認得她。

頃刻，有職員從別的房間走出來，拿着一把剪刀。

「小姐，讓我幫你吧。」

莉茲讓職員替她剪掉紮帶。雙手重獲自由的一刻，莉茲又裝模作樣，坐在地上，把雙手擱在膝蓋上，再把臉埋在手臂裡。過了一會兒，有職員撿起地上的紮帶。莉茲立馬走上前，奪回紮帶。

「你不要把它扔掉，這可能是證物。」詭計多端的莉茲，醉翁之意不在酒。在反綁雙手時，莉茲想到一個問題：如果強姦犯反綁受害人雙手，那麼在整個過程中，受害人的手指應該不會碰到紮帶，為什麼紮帶上會有莉茲的指紋？於是，當職員撿起紮帶時，莉茲立馬搶過來。表面上是擔心職員把紮帶扔掉，其實是製造煙幕彈。警方日後查看閉路電視片段，知道莉茲碰過紮帶，便解釋了指紋的問題。

「放心，我不會扔掉。我先替你保管，待警察來到時交給他們。」

莉茲的目的已經達到，便把紮帶交給職員。此時，又有職員拿來一條大毛巾，交給莉茲。

「謝謝。」莉茲往自己的房間走去。

「小姐，你不要進去。因為我們已經報了警，警察很快就來，警方囑咐我們不要破壞環境證據。你不介意的話就穿我們員工的褲子吧，已經有同事去拿了。」

「知道。」

不久，職員拿來西褲和拖鞋。他們把莉茲身上的大毛巾張開，阻擋別人的視線，莉茲穿上西褲。過了片刻，有四個軍裝警察到場。其中一個在案發現場的房門設置封鎖線，另外兩個向現場的人錄取口供，剩下的那個就向莉茲查明原委。

「小姐，有人報警説這裡發生強姦案，你是受害者嗎？」警察問。

「沒錯，就是她！」職員搶先回答，莉茲點頭示意。

「強姦你的人還在現場嗎？」

「就在那裡。」莉茲指着遠處的唐凌聰。

「小姐，請出示你的身份證明文件。」

「我……我的證件在裡面。」

「我替你去拿。」警員隨後向職員索取鞋套和手套，職員正要離開時，又被警員截停。「不用了。」

原來重案組探員和鑑證科人員已抵達現場，警員向他們索取鞋套和手套，然後進去拿莉茲的手袋，再交給莉茲。莉茲從袋裡拿出護照，交給警員，警員在記事冊中記錄資料。

此時，有一名重案組探員走到莉茲跟前，出示證件説：「我是中區警區重案組第一隊見習督察陸至林，這宗案件由我們來負責。」

「你……你可不可以先帶我去洗澡？我……我下面很髒……」莉茲又在裝傻，那些眼淚彷彿怎樣也流不完。

「小姐，你叫什麼名字？」陸至林問。

「莉茲‧格里芬。」

「格里芬小姐，請問強姦案是否剛剛發生？」

「是。」

「你不可以洗澡，因為要保留證據，明白嗎？」

「明白。」

「接下來，我會向你說明調查的每一個程序。鑑證科人員會進入案發現場搜證，蒐集一切和案件有關的證物送去化驗，當中可能包括你的個人物品。現在，我們會安排你到醫院的急症室驗傷，法醫也會到場為你進行活體取證。之後，我們會安排你在醫院或警署錄口供。另外，我們可以把個案轉介到社會福利署，有人會為你提供危機介入和善後輔導服務。」

「不用了，其實我在香港有一個朋友，她可以陪我。」

「沒關係，警署的報案室有危機介入及支援中心『芷若園』的小冊子，有需要的話可以索取。那麼，我們現在會安排警車載你去醫院。」

「知道。」

「還給你。」軍裝警員把護照還給莉茲。

「我可以拿回我的手機嗎？」

「可以。」陸至林示意軍裝警員去拿。

「大門外有很多記者。」另一個軍裝警員跑來對陸至林說。

「知道了。」陸至林又對莉茲說，「警車在酒店門外，但是有很多記者。我建議你找一些東西遮蓋臉部。」

「用這個吧。」酒店職員把大毛巾交給莉茲。

「你的手機。」軍裝警員把手機交給莉茲。

「謝謝。」

「走吧！」陸至林和另一名重案組探員陪同莉茲下去。

電梯在唐凌聰的那一個方向，當莉茲經過唐凌聰身旁時，她用怨恨的目光噬向他，用力從口角吐出一個詞語：「禽獸！」

「你還惡人先告狀！」唐凌聰欲衝向莉茲，卻被一名督察制伏。

「唐凌聰先生，我有理由懷疑你觸犯《刑事罪行條例》第 118 條——強姦罪。現在正式拘捕你！」中區警區重案組第一隊督察華亓說。

因為唐凌聰是知名的富二代，所以在剛才的對話中，華亓一直對他客客氣氣；但當唐凌聰欲使用暴力時，華亓也很難不秉公辦理。

來到酒店大堂，莉茲用大毛巾裹住頭部。儘管如此，從罅隙中依然看見鎂光燈閃爍不停。莉茲

本來以為只有七、八名記者，但粗略估計，現場至少有二十名記者。莉茲心中有數，謝玉霞偷拍的影片應該已在網上瘋傳。坐在警車上，莉茲以為會立即開車；但等了很久，還不開車。

「怎麼還不開車？」

「要等唐凌聰下來。」陸至林說。

「什麼？！我要和那個強姦犯坐同一部車？！」

「他和你一樣，要去醫院做檢查。」

「做什麼檢查？！我才是受害者呢！」

「法醫要替他進行活體取證。」

莉茲沒再說話。其實她對於一切的程序都有心理準備，只是為了切合角色，才假裝無知。就如現在一樣，窗外的鎂光燈閃個不停。她一點也不介意，但也要假裝介意，於是把窗簾拉上。不久，唐凌聰被押上警車。他戴上黑色的頭套，雙手被手銬銬上。他坐在後面，莉茲坐在前面。莉茲沒有把佛朗哥的話當作耳邊風，她努力成為一名實力派演員。於是，她瑟縮一旁，假裝很怕他。

很快，警車來到律敦治醫院。甫下車，莉茲便聽到後方傳來急促的煞車聲，不知道的話還以為是綁架。莉茲第一次體會到，香港記者的辦事效率有多高。進入急症室，陸至林和醫護人員商討安排合適的地方進行檢查。然後，陸至林叫那個陪伴莉茲的探員離開，去做別的事，取而代之的是急症室警崗的一位女警員。

「你好！我叫范美清，是一位高級警員。我接受過處理性暴力受害人的訓練，我會陪伴你，你有什麼需要都可以跟我說。」

莉茲透過大毛巾的罅隙看她，向她點了點頭。接著，陸至林和范美清帶領莉茲到一處能保護私隱的地方。莉茲坐在病床上，陸至林替她拉上布簾，站在外面把關。范美清對她說：「稍等一下，醫生很快過來。」語畢，范美清也走到布簾外去。莉茲的心跳得很快，雖然她知道自己處於上風，但也不能大意，否則走錯一步，就是下風。

突然，有人進來，是一位女醫生。

「你好！我是急症室的急症科專科醫生，我叫童家寶。我們開門見山吧，你被人強姦時，是不是體內射精？」

「是。」

「對方有沒有佩戴避孕套？」

「沒有。」

「好的。麻煩你脫下褲子，讓我檢查。」

莉茲把西褲脫下，張開雙腿。童家寶戴上手套，取來一些工具替莉茲檢查陰道。雖然有點無奈，但還是要繼續演出。莉茲悲從中來，稍微止住的淚水再次決堤而出。

「你快點幫我洗乾淨吧！拜託！」

「不行。我現在只是幫你檢查陰道，看看受傷的情況。法醫很快就來，她會幫你進行活體取證，把精液拿去化驗。」檢查完畢後，童家寶再問，「除了陰道，還有沒有其他地方受傷？」

「還有⋯⋯頭部。他把我的頭撞到牆上，很痛。」

「讓我看看。」她檢查莉茲的頭部。「的確腫了。」

童家寶把就診紀錄輸入到電腦中。「你的陰道出現撕裂和流血的情況，我開兩種消炎藥給你。一種是口服消炎藥，能治療陰道和頭部的傷。另一種是消炎藥膏，塗抹在陰道裡。另外，還有一些事後避孕藥。現在，我幫你抽血，用作性病檢查。檢查結果出爐後，醫院會致電給你。」語畢，童家寶取來針筒，替莉茲抽血。

事成後，童家寶離開。此時，陸至林和范美清進來。范美清遞給莉茲一張表格，說：「格里芬小姐，由於你不是香港人，醫院沒有你的紀錄，所以請你填寫這份表格。另外，請把護照交給我們，讓我們替你辦理登記手續。」

莉茲從手袋拿出護照，交給陸至林。莉茲填完表格，又有一位女醫生進來，她提着一個銀色的手提箱。

「你好！我叫連小芸，是衞生署的政府法醫。現在替你進行活體取證。」

「謝謝。」

莉茲再次張開雙腿。此時，連小芸走到布簾外問范美清：「你可以進來幫我嗎？」

「可以。」

「請你幫我找一件病服。」連小芸對一名護士說。

進來後，連小芸問莉茲：「小姐，我們需要把你的傷勢拍攝下來，用作分析和呈堂。你同意嗎？」

「同意。」

連小芸從手提箱裡拿出一部相機，交給范美清。然後撐開莉茲的陰道，讓范美清拍攝。接着又取來一根鑲嵌着針孔鏡頭的東西，讓范美清把這根東西伸進莉茲的陰道裡，拍攝內部情況。

「除了陰道，還有沒有其他傷痕？」連小芸問。

「他把我的頭撞到牆上，又扯我的頭髮，還按着我的手腕和用紮帶反綁我。」

連小芸檢查了莉茲所說的部位，范美清也拍下了這些部位的傷勢。此時，護士進來，把病服交給連小芸。

「你這件睡衣是不是案發時穿的？」連小芸問。

「是。」

「那麼睡褲呢？」

「睡褲留在酒店房間，內褲也是。」

「你這件睡衣可能沾有強姦犯的 DNA，要拿去化驗。你穿這件病服。」

「知道。」

莉茲脫下睡衣，穿上病服。連小芸把睡衣放進一個密封袋裡。脫下睡衣時，范美清看到莉茲佩戴的陰牌。

「這是什麼？」范美清問。

「這是佛牌，是一位朋友介紹我戴的。」

據范美清所知，美國人很少戴這種東西，但也可能是她孤陋寡聞，她沒再追問。

「小姐，現在我會仔細幫你檢查陰道的情況。」

「好的。」

檢查過程大概耗時 15 分鐘，連小芸不斷蹙眉，因為情況和她的專業知識有點出入。

「小姐，你可以說說當時的情況嗎？」

「他進來不久，就用猥瑣的眼神看我，還不斷用言語來騷擾我。然後，他想強姦我。我不斷逃跑，想逃離房間，但被他逮住。後來，他拿出紮帶，反綁我的手，逼我坐在他身上，他就躺在床上，不斷的……把我……把我強姦……」莉茲哽咽。

「意思是：他用女上男下的體位來強姦你？」

「是。」

「現在我會在你的陰道裡抽取一些精液，拿去化驗。」

「知道。」

「他有沒有強吻你？」

「有。」

抽取精液後，她取來沾上無菌純水的棉棒，在莉茲的臉部、手腕、頭皮抽取樣本。完成後，她即席寫了一份報告。「檢查完畢了。你可以去醫院的浴室洗澡，然後再回到這裡，讓醫生幫你檢查陰道，看看是否完全洗乾淨。」

「知道。」

范美清陪同莉茲到醫院的浴室，她在浴室外把關。「這一天真漫長。」莉茲心想。雖然過了短短

幾個小時，但經歷的事情卻不少。儘管如此，莉茲還是幸福的，因為那些蒙在鼓裡的人都相信她、支持她。

然而，唐凌聰卻沒那麼幸福。雖然圍在他身邊的都是一群蒙在鼓裡的人，但那些人卻自以為很聰明。

華亓和一名探員押送唐凌聰到急症室的一個角落，那裡能否保護私隱則見仁見智。雖然華亓也替他拉上布簾，但只是為了隔絕別人好奇的目光。唐凌聰就這樣戴着手銬坐在那裡，等了又等，不知等了多久。終於，有一位女醫生進來。由於在旁人眼中，唐凌聰不是受害者，沒有受傷，因此不需要什麼急症科醫生。進來的人，是法醫，也就是連小芸。她一邊戴手套，一邊用鄙視的目光瞪着唐凌聰。華亓解開凌聰的一隻手，另一隻則銬在椅子的扶手上。

「把褲子脫掉！」連小芸説。

「你來幫我檢查？還是不好吧，不如找個男的。」

「對着金髮美女就迫不及待地脱，對着我就不好意思？！」

如果連小芸的直屬上司在場，一定會給她一封警告信；如果連小芸的同事在場，也可能會打小報告，説她犯了專業上的失當行為。但現在除了華亓和另一名探員外，沒有別的人。連小芸知道他們不會打小報告，因為在大家眼中，唐凌聰是活該的。

「我沒有強姦，我説了很多次，是她……」

「我不想聽你説廢話，有什麼要説就跟法官説！你立刻把褲子脫掉！」

唐凌聰本來想站起來脫，但另一隻手銬在扶手上，沒法站起來，只好坐着脫。可是，用一隻手來解開鈕扣有點困難。

「你可以幫我脫嗎？」

「我幫你口交好不好？！」

凌聰很緊張，覺得自己孤立無援。可是越緊張，手就越慌亂。華亓站在一旁，叉着手，沒説話，間或竊笑。幾經周折，他終於解開了鈕扣，把西褲和內褲脫到腳腕的位置。

「給我完全脫掉！」

「什麼？！」

「你的西褲和內褲是重要證物，要拿去化驗！」

「那我穿什麼？」

「麻煩你們，去找一條褲子。」

華亓示意另一名探員去找。凌聰把西褲和內褲完全脫掉，連小芸把它們放進密封袋裡。然後，

她仔細檢查凌聰的陰莖。她一手翻開包皮，一手拿着相機拍攝。

「喂！這是侵犯私隱！」唐凌聰説。

「跟法官説！」

「這些照片該不會流傳出去吧！？」

「照片會成為呈堂證物，陪審團會看到！」連小芸抬頭盯着他。「你有空擔心陰莖的照片，不如擔心那些在網上廣泛流傳的影片更好！」

「什麼影片？」

「你説呢？！」

連小芸拍攝了若干部位，然後替凌聰抽取精液。由於他射精不久，因此陰莖還殘留一些精液。連小芸拿來一把剪刀，對着凌聰的下體。

「喂！你要幹什麼！？」

「有一些陰毛粘在一起，這是精液乾了而造成的！我要剪一小撮拿去化驗，如果你不想用剪刀，我可以直接拔！」

「剪吧！剪吧！」

之後，連小芸又取來工具，抽取凌聰指甲縫的纖維和皮屑。不但如此，她還取來指甲鉗，替他剪指甲。

「你在幹嘛！？」

連小芸盯着他。「你也挺心狠手辣，人家的手腕被你按得佈滿指甲印！」

凌聰百辭莫辯，他知道現在説什麼也沒用。剪完後，連小芸把指甲放進一個透明的容器裡。此時，探員回來，拿來一條殘舊的、黑色的、散發着陣陣異味的運動長褲。他把褲子遞給凌聰。

「哇！那麼臭，從哪找來的？」

「失物招領處。」

「你拿別人的東西不是太好吧！」

「職員説這條褲子已經超過一年沒人認領，不會有人要的。」

「為什麼不拿病服？」

「唐凌聰先生，法醫取證完畢後，我們就會帶你到警署錄口供。病服是醫院的財產，不可以穿走。」華亓説。

「完成了，穿回褲子！」連小芸説。

「我要求你幫我抽取血液和臉部油脂，拿去化驗！既然沒人相信我被迷姦，那只好靠科學鑑證

來還我清白！」

「強姦犯我見得多，像你這種用苦肉計來騙取別人信任的強姦犯，還真是第一次見！」連小芸說罷，拿出沾上無菌純水的棉棒，在唐凌聰的臉上塗抹。然後，拿出針筒來替他抽血。「你的演技很逼真，但很可惜，這一針是白挨的！」

唐凌聰沒回應，只把希望寄託在鐵面無私的科學鑑證上。

「完成了！」

其實案發後不久，唐凌聰的手機就不停震動，只是他一直沒機會聽。現在法醫完成了取證，他想聽聽電話。

「我的手機震動了很久，可以聽個電話嗎？」凌聰問華亓。

「受害人的求饒聲也叫了很久，你有一刻心軟嗎？！」連小芸問。

「我不想跟你說話！」

「想不想也沒關係，反正你以後只能跟監犯說話！」

「去死吧！賤人！」

「呵呵！好厲害唷！有種的話就對法官這樣說吧！」語畢，連小芸提着手提箱和證物離開。

「我們現在去警署，到了才聽電話吧！」華亓說。

唐凌聰累積了一肚子的冤屈和怨恨，卻無處宣洩。只得再次銬上手銬、戴上頭套，向黯淡的深淵邁進。

醫院的另一隅，莉茲繼續沐浴在幸福的氛圍中。洗澡後，在范美清的陪同下回到病床。此時，陸至林把一些東西交給莉茲。

「把護照還給你。另外，剛才醫院開了藥單，我替你取了藥。有需要的話，可以回來覆診。」

「謝謝。」

「你再等一下，醫生很快就來。」范美清說。

莉茲躺在床上，覺得很安心。全世界都站在她那邊，只要客觀證據方面沒什麼問題，那麼唐凌聰費再多的唇舌，也沒有挽救的餘地。

醫生來了，莉茲以為是連小芸，原來是童家寶。

「怎樣？洗過澡後好了一點嗎？」

「好很多了。」

「我現在幫你檢查陰道，看看還有沒有殘留的精液。」

莉茲再次把腿張開，這次檢查比剛才兩次快，不到 1 分鐘就完成了。

「沒問題了。你要記住，回去後要按時吃藥。有需要的話，可以回來覆診。」

「謝謝。」事後避孕藥要立即吃，莉茲吃了一顆。

童家寶離開後，陸至林和范美清進來。

「你在香港有沒有朋友、親戚之類的？」范美清問。

「我有一個朋友。」

「方便的話，打電話叫你朋友拿一件衣服給你。因為病服是醫院的，不可以穿走。」

「知道。」莉茲拿出手機，致電陳妓雯。

「喂？莉茲，有事嗎？」

「妓雯，你……可不可以拿一件衣服來醫院給我？」

「醫院？！你怎麼會在醫院！？生病還是受傷了！？」

「不是……我……」眼淚又流下來，她一邊拭淚，一邊抿嘴。

范美清坐到莉茲身旁，輕輕拍着她的肩膀。

「到底發生了什麼事！？」

「我……我被人強姦了。」

「什麼？！強姦？！為什麼會這樣！？是誰強姦你！？」

「不要問了，說來話長。你可以拿衣服給我嗎？」

「可以！你在哪家醫院！？」

「請等一下。」莉茲問范美清，「不好意思，請問這家醫院在哪裡？」

「這裡是灣仔皇后大道東 266 號的律敦治醫院。你叫她到急症室的 22 號床位。」

「謝謝。妓雯，我在灣仔皇后大道東 266 號的律敦治醫院，你到急症室的 22 號床位就找到我了。」

「好的，我馬上過來！」

掛斷電話後，陸至林對她說：「格里芬小姐，為了免除舟車勞頓之苦，我們會在這裡給你錄口供，不需要到警署。」

「謝謝。」

范美清取出攝影機，把過程拍下來。

「在錄口供前，我需要提醒你一些事。第一，強姦是刑事罪行，案件屬於刑事訴訟，而不是民事訴訟。刑事訴訟是以香港特區的名義向任何被指控犯罪的人士提出的。換言之，無論受害人是誰，均以香港特區之名義提出檢控，而刑事檢控的工作是由律政司負責。第二，檢控後，你須要出庭作證。換言之，你是這宗案件的證人之一。因此你錄取的口供屬於證人口供，而不是警誡口供。第三，

你有權選擇自行筆錄口供，或由我代為筆錄。不過我建議由我來代寫，因為會比較快。」陸至林說。

「你來寫吧。」

「好的。」陸至林從文件夾中取出一幀照片。「這是疑犯的照片。請問強姦你的是否相中人？」

「對！就是這個房務員！」

「我要告訴你一件事。其實，這個房務員叫唐凌聰，是凝寰集團有限公司大老闆的次子，在公司擔任財務總監和執行董事。」

「什麼？！他不是房務員嗎！？」

「情況可能有點複雜。根據我們的調查，唐凌聰是為了深入了解公司的酒店業務運作才自願成為房務員。」

「我……」莉茲攤開雙手，十分無奈。「我不知道該說什麼。」

「沒問題的話，我們就正式錄口供。」

「莉茲！」突然有人拉開布簾，是陳妓雯。「你沒事吧！？」

雖然佛朗哥要求莉茲成為一名實力派演員，但其實妓雯也有成為實力派演員的潛質。她喘着氣，滿臉通紅，汗水汨汨而下，用凝重、不安、擔憂的眼神看着他們三人。

「你是格里芬小姐的朋友？」范美清問。

「是。」

「好，你坐在她旁邊陪陪她吧。」

「到底怎麼回事！？為什麼莉茲會被人強姦！？」

「我們也很想知道。我剛要給她錄口供，你就來了。格里芬小姐，我們開始吧。」陸至林說。「首先，請你說說來香港的目的。」

「我是來旅遊的。」

「打算來多久？」

「一個星期。」

「你在美國是做什麼的？」

「我剛剛大學畢業。來香港前，我應徵了一份採購員的工作，3 月 12 日正式上班。」

「請你說說來到香港後，到案發前的這段時間所做的事。」

「我在前天早上抵達香港，然後就下榻酒店。本來我想跟我的朋友陳妓雯住同一家，可是中大海酒店沒有高級客房，所以我才選擇下榻 58 酒店。」

「不好意思，打岔一下。為什麼要堅持住高級客房？」

「其實……怎麼說呢，這是我的愛好，或者說，是我的家庭影響了我。我在美國是住大房子，習慣了住大的地方。旅行對我來說，就是為了讓自己放鬆。如果住的地方太小，就會影響旅遊的質量，所以我想住大一點的高級客房。」

「明白，請繼續。」

「到了 58 酒店後，我就打電話給妓雯，叫她到我的房間敍舊。我們聊了很久，然後大概……我忘了實際是什麼時間，總之是下午的時候，我們出去逛逛。直到晚上吃了飯，我們才各自回酒店。第二天，也就是昨天，我們整天都在吃喝玩樂。去了很多地方，買了很多東西。也是直到晚上吃了飯，我們才各自回酒店。」

「那麼，請你詳細敍述案發的經過。」

「今天早上，我起床後想喝水，但發現迷你吧的蒸餾水已被我喝光了。於是，我致電服務台，叫他們派人來補給。過了一會兒，有房務員按門鈴，也就是那個強姦犯。我去開門，他進來後把車子推到房間中央。我以為他會立即替我補給，可是他沒有。他不斷對我上下打量，還說我穿睡衣很漂亮。我當時起了雞皮疙瘩，但還是禮貌地說了聲謝謝。然後他又問我是否一個人住，我說是。我越來越害怕，想走出房間，可是他居然擋着我。我嘗試衝過去，但失敗了。我不斷逃跑，他就不斷追着我。而且他還扯我的頭髮，把我的頭撞到牆上，不斷按着我的手。終於……」莉茲眼泛淚光。

「沒事吧？」妓雯問。

「沒事。」

范美清遞給她一張紙巾。

「謝謝。」莉茲嘗試平伏心情，「終於，他把我按在床上，用紮帶反綁我的手。然後解開我的鈕扣，又把我的睡褲和內褲脫掉。接着他把我扛到他身上，然後……然後就強姦了我。」莉茲拭淚。

「你的意思是：他用女上男下的體位來強姦你？」

「沒錯。」

「然後呢？」

「我怕得要死，可是我逃不了。不但如此，他還拿出手機，想拍攝強姦的過程。我都快要瘋了！我歇斯底里地掙扎，想弄掉他的手機。我真的……真的不想被全世界的人看到這些影片。可能他沒法一心二用，最終放棄了拍攝。直到……不知過了多久，他……他射在我的陰道裡。然後，他像一個洩了氣的氣球一樣，躺在那裡。於是，我就立刻衝出房間，向別人求救。」

「那麼，在你衝出房間後，到警察來到前的這段時間，發生了什麼事？」

「我衝出房間後，不斷叫救命，可是走廊沒有人。那個變態還不斷接近我，想對我不利。後來

我看到遠處有一個住客走了出來，我向他求救；可是他看了看，就立即衝進房間裡。不知是想通知房裡的人，還是不想惹禍上身。然後，那個變態突然換了張臉，假裝無辜，説我陷害他。簡直豈有此理！不久，酒店職員到場，我向他們求救。有職員幫我剪掉紮帶，又有人拿了毛巾、褲子和拖鞋給我。接着，就有警察來了。」

「實在太可惡！世上居然有如此禽獸不如的渣滓，你們一定要把他繩之以法！」妓雯説。

「放心，我們不會讓壞人逍遙法外。」范美清説。

「還有沒有什麼要補充？」陸至林問。

「應該沒有。」

「警方在調查性犯罪的案件中有一些原則，其中一樣就是盡量減少與受害人進行調查會面和錄取口供的次數，目的是減少他們的壓力和傷害。然而，如果日後的調查出現特殊情況，我們不排除要再為你錄口供，希望你諒解。」

「知道。」

「口供已經錄取完成，現在請你過目，看看有沒有問題。沒有的話，就在下方簽名。」

莉茲把供詞看了一遍，確認無誤後就簽名。

「請稍等一下，我們要給你一份副本。」説罷，陸至林就叫范美清去複印。

范美清離開不久，就有一個男人進來。是一個肥頭大耳的中年男子，皮膚白皙，笑容可掬，給人一種開朗的感覺。

「喔！你來了。讓我來介紹，她是莉茲‧格里芬，是你跟進的對象。格里芬小姐，他叫李鴻波，是中區警區重案組第一隊高級督察，也是這宗案件的案件主管。他會定期和你聯絡，通知你有關調查的進度。你有什麼問題都可以跟他聯絡。」

「你好！」李鴻波伸出手。

「很高興認識你。」莉茲和他握手。

「這是我的名片，你可以隨時聯絡我。」

「謝謝。請等一下，我寫我的手機號碼給你。」

「不用了。剛才你填了一份表格，我已經知道你的手機號碼。」

「好的。」

此時，范美清回來。

「格里芬小姐，這是口供的副本，請你好好保存。」范美清説。

「謝謝。」

　　「如果沒有別的問題，你可以出院，我陪你回去 58 酒店。由於調查還沒結束，你不可以住在 505 號房間，你要換房間或換酒店。」陸至林說。

　　「知道。那麼我現在更衣。」

　　陸至林、范美清和李鴻波走到布簾外，剩下莉茲和妓雯在裡面。妓雯露出邪惡的表情，對莉茲竊笑；莉茲也露出猙獰的模樣，為階段性的勝利感到興奮。

　　可是，有人歡喜有人愁。唐凌聰被押到警署，來到值日官面前，華亓向值日官報告情況。

　　「請拿出你的身份證。」華亓替凌聰解開手銬。

　　凌聰把身份證交給值日官。

　　「我是中區警區重案組第一隊督察華亓。今天上午 7 時 48 分，報案中心接到電話，報案人說中環的 58 酒店發生強姦案。軍裝警員、中區警區重案組第一隊成員和鑑證科人員隨後到場。案件的受害人是一名美國籍年輕女子莉茲‧格里芬，疑犯是香港凝寰集團有限公司的執行董事兼財務總監唐凌聰。我懷疑他觸犯《刑事罪行條例》第 118 條，所以當場拘捕他。我們已安排受害人到律敦治醫院驗傷，法醫已替受害人和疑犯進行活體取證，鑑證科人員也在案發現場搜證。我現在要帶他到會見室錄口供。」

　　「知道。」值日官說。

　　來到會見室，華亓遞給凌聰一份文件。

　　「這是〈發給被羈留人士或接受警方調查人士的通知書〉，上面列出了你可以享有的權利。沒問題的話，請在下方簽名。」

　　「在錄口供前，我要打電話。」

　　「沒問題。」

　　唐凌聰拿出手機，發現未接來電多達 82 個，未讀短訊多達 51 條，有家人、朋友、同事、客戶、律師、記者。他致電凝寰集團的御用事務律師——潘艷茹。

　　「潘律師。」

　　「凌聰，沒事吧！？」

　　「沒事。警察帶我去了醫院，現在在警署。我告訴你我在哪間警署……」

　　「不用了！媒體一直在直播，我知道你在什麼地方。你再等 10 分鐘，我很快就到！」

　　「好的。」

　　「錄了口供沒有？」

　　「還沒有。」

「你要記住，在我來到前不可以説任何東西！」

「知道。」

掛斷電話後，華亓準備給他錄口供。

「唐凌聰先生，由於你已經被捕，所以我會給你錄取警誡口供。不是務必要你説，除非你自己想説。但你所説的話，我會用筆寫下，作為呈堂證供。」

「不好意思，律師來到前，我會保持緘默。」

華亓擱下筆，叉着手，靠在椅背上，心情有點複雜。一方面，對於他的不合作感到不滿；另一方面，對於他的聰明抉擇感到欣慰。

「我想喝咖啡，你喝不喝？」華亓問。

凌聰沒説話，只點了點頭。華亓離開房間，凌聰再次取出手機看短訊。那些短訊，不論是慰問的、質問的、譴責的還是嘲諷的，對他來説都是一樣的煩。頃刻，華亓回到房間，端着兩杯熱咖啡，把其中一杯放在凌聰面前。凌聰沒理他，繼續看短訊；華亓也沒干擾他，邊喝邊打量他。

潘艷茹的效率很高，説 10 分鐘就真的是 10 分鐘。跟着她的，還有一名見習事務律師。

「我是潘艷茹律師事務所的事務律師潘艷茹，我代表我的當事人唐凌聰先生。」潘艷茹出示名片。

「請坐。」

「他們有沒有對你做出一些非法或侵犯人權的行為？」潘艷茹問。

「沒有。」

「有沒有強迫你簽一些文件？」

「簽了那份……什麼……通知書。」

「是〈發給被覊留人士或接受警方調查人士的通知書〉，是在合法的情況下簽署。這次會面是錄影的，警方會給你光碟的副本，你可以回去慢慢看。」

「當然！如果我發現警方對我的當事人做出過任何違法行為，必定會追究到底！」

「無任歡迎！沒問題的話，我就正式替唐凌聰先生錄口供。你可以選擇自行筆錄，或由我筆錄。」

「你寫吧。」

「首先，為什麼你作為上市公司的執行董事兼財務總監，會在公司旗下的 58 酒店擔任房務員？」

「我的父親唐祿先生在幾個月前的股東大會中宣佈即將退休，他會安排我繼承行政總裁的職位，而且我很可能會成為董事局主席，所以我想在正式繼承生意前，深入了解公司的業務運作。公司有龐大的酒店業務，於是我選擇在 58 酒店擔任房務員，藉此了解酒店的運作。」

「請你説説房務員的工作內容。」

「你不要浪費我們的時間！你想知道房務員的工作內容就上 58 酒店的網頁看個夠！」潘艷茹說。

「如果是一般的房務員，我可以不問！但唐凌聰先生是一個穿着龍袍的房務員，誰知道他的工作內容和一般房務員的是否一樣？！」

「我的工作內容和一般房務員的一樣，都要打掃房間，更換床上用品，補充浴室、迷你吧的東西等。」

「那麼在案發的時候，你為什麼會到受害人的房間？」

「你到底會不會問問題？！有什麼證據證明她是受害人？！DNA 鑑定報告還沒出爐，難道她的一面之詞就是證據？！」潘艷茹問。

「好吧！那麼我換一個問法：在案發的時候，你為什麼會到女事主的房間？」

「我負責的地方是 1 樓到 5 樓的房間。今天早上，我收到通知，説 505 號房間的客人需要補給迷你吧的蒸餾水。於是，我去了取物資，然後到她的房間。」

「在房間裡，發生了什麼事？」

「我把工作車推到房間中央。突然，她取出一瓶噴霧，把一些液體噴到我臉上。然後我就暈倒了。」

「意思是：她在毫無預兆之下把液體噴到你臉上？」

「是。」

「你記不記得那瓶噴霧是怎樣的？」

「大概……是一個很小的瓶子，容量少於 100 毫升。透明的，裡面的液體也是透明的。」

「在你暈倒後，到再次醒來前的這段時間，有沒有任何感覺？」

「沒有。」

「完全沒有？」

「完全沒有。」

「那麼你醒來後發生了什麼事？」

「不知過了多久，我開始有點意識，但還沒完全清醒過來。我只感到頭痛欲裂，而且很累。再過了一會兒，我清醒過來。我發現我的西褲、內褲、皮鞋都被脫掉，而且……」

「而且什麼？」

「我發現我的陰莖有射精的跡象，因為我看到精液，還感到有點興奮……」

「慢着！我要補充我當事人的說話內容。他所說的興奮是指在正常情況下，男性射精後必然存在的感覺，當中沒有任何不道德或犯罪意識！」潘艷茹説。

「唐凌聰先生，你是否同意律師所説的？」

「同意。」

「請繼續你剛才的陳述。」

「我發現我的陰莖和床單都沾有精液，所以我肯定我射了精。然後，我看見那個女人站在電視機前。睡衣的鈕扣全部解開，而且下半身赤裸，也沒有穿鞋子。我當時真的不知所措。可是，那個女人突然換了張臉，她一邊哭喊，一邊向房門奔去。我問她發生了什麼事，她沒有回答。然後我就穿上內褲、西褲和皮鞋。她已經打開了房門，衝了出去，我也跟着衝了出去。」

「在你的印象中，女事主的下半身有沒有精液？」

「有。陰道外面有精液，也有一些精液沿着她的腿流下來。」

「意思是：你認為是她迷姦了你？」

「沒錯！」

「你剛才提到，她突然換了一張臉，就是説你看到她換臉前的樣子？」

「是。」

「是怎樣的？」

「她……她本來盯着我，狠狠地盯着我，而且還在獰笑。可是當她發現我清醒過來後，她就變成一臉委屈、軟弱的受害者模樣。」

「根據目擊者的供詞，女事主被紮帶反綁雙手，她怎樣打開房門？」

「她背對着房門，彎下身子，讓雙手能夠碰到門把手，然後就打開了門。」

「你和女事主衝出房間後，到警方來臨前的這段時間，發生了什麼事？」

「她不斷求救，我嘗試接近她，質問她，可是她一見到我就歇斯底里地尖叫。後來遠處有一個住客走出來，看了看就走進房間去。不久，酒店職員來到。她不斷對職員説是我強姦她，我當然否認，一直和在場的人理論。過了不久，警察就來了。」

「女事主説你強姦她，你是否認同她的指控？」

「當然不認同！」

「換言之：你不承認自己觸犯了《刑事罪行條例》第 118 條——強姦罪？」

「沒錯，我不認罪！」

「還有沒有什麼要補充？」

「沒有。」

「口供已經錄取完成，請你過目，看看有沒有問題。沒有的話，就在下方簽名。」

唐凌聰把供詞看了一遍，再交給潘艷茹過目，兩人確認無誤後就簽名。

「請稍等一下，我要去複印。」華亓離開房間。

「你老實對我説，你有沒有強姦她！？」潘艷茹問。

「當然沒有！是她迷姦我，這是一個局！」

「好，我相信你。我認識你那麼久，知道你本性善良。」

「這場官司會不會很棘手，有多大勝算？」

「放心吧，如果真的是一個局，那麼她的供詞和偽造的證據都一定有破綻。只要這些破綻成為
釐清不了的疑點，那麼基於『疑點利益歸於被告』的原則，就可以扭轉乾坤。你要相信香港的法律，
香港是一個法治社會，犯罪的人是難逃法網的。」

「會不會是行家？」

「有可能。你即將繼承生意，有人要對付你也是正常的。」

「你替我找饒同鑫。」

「已經找了，他就在車上。」

「那麼快？」

「我是你們御用的事務律師，饒同鑫則是你們御用的大律師。難道我不清楚嗎？」

華亓回來，拿着一份文件和一張光碟。

「唐凌聰先生，這是口供的副本和錄影會面的光碟副本。」

「我要求保釋我的當事人！」

「沒問題，跟我來。」

華亓帶領唐凌聰和潘艷茹到外面辦理保釋手續，華亓把一份文件交給凌聰。

「上面列出了唐凌聰先生的三個保釋條件。」

「5000 萬港元的保釋金？！」凌聰問。

「警方是根據疑犯的經濟狀況來決定保釋金的金額。」

第二個保釋條件是交出所有護照或旅行證件，而且不准離開香港。

「我要打電話叫人把錢、護照和證件帶來。」

「令尊託我把你的護照和證件帶來。」潘艷茹把護照和證件交給華亓。

唐凌聰撥了一通電話，叫人抬 5000 萬現金到警署。40 分鐘後，有五個彪形大漢來到警署，他

們把一袋袋的現金從門外抬進來。一共五十袋，每袋 100 萬。警務人員抬出三台點鈔機，花了半小時，終於清點完畢。

「我可以走了嗎？！」凌聰問。

「簽了名就可以走。另外，請唐凌聰先生記住，從明天開始，直到提堂那刻，每天早上 10 時和晚上 7 時，都要到這間警署報到，否則警方會發出通緝令。」

「知道了！」

「秘密通道在哪裡！？」潘艷茹問。

「跟我來。」

「其實也不用走秘密通道，只要戴上口罩就可以了。」凌聰説。

潘艷茹拍拍他的肩膀説：「一定要走秘密通道，我待會告訴你為什麼。」

唐凌聰和潘艷茹跟着華亓，走向秘密通道。越走越陰森，凌聰好不害怕。

「我父親那邊怎麼樣？」凌聰問。

「呃……令尊很好，他收到消息後就替你辦了很多事情。」

潘艷茹說對了一半。今天早上 9 時，蔣乙華坐下來，準備享用那份英式早餐時，被電視裡的畫面嚇得怔住了。她立即跑到睡房，叫醒還在熟睡的唐祿。

「出事了！快起床！」

「怎麼了？……」

「凌聰被警方拘捕了！説他強姦！」

「你神經病啊？！在亂説什麼？！」

「電視正在直播！你快點看！」

唐祿半信半疑，打開睡房的電視。他不敢相信自己的眼睛，立即打開手機，發現有無數的未接來電和未讀短訊。他沒空理會，立馬撥了通電話給秘書徐鳳瑩。

「喂！你立刻通知所有董事，叫他們馬上回公司！我要召開緊急會議！」

「可是有些董事不在香港，該怎麼辦？」

「叫他們開視像會議！快！」

「知道。」

掛斷電話後，唐祿立即更衣。可是他十分焦急，沒空束衣服，沒有繫領帶，也沒梳頭，感覺有點邋遢。蔣乙華打算和唐祿一起回公司，她沒空更衣，直接穿休閒服裝出門。他們坐着私家車回公司。

「太慢了，快一點！」唐祿對司機說。

「唐先生，如果超速駕駛，可能會被交通警察攔截，到時候就得不償失了。」

儘管如此，司機還是用了比平常更快的速度駕駛，30 分鐘就到了中環。凝寰集團有限公司的總部大樓門口聚集了很多記者，他們一見到唐祿，就立馬衝上前。幸好有保鑣和保安人員開路，沒有耽擱太多時間。到了 60 樓的董事會議室，裡面有六個董事，不算唐祿和凌聰，還欠三人。蔣乙華不是董事，但她想知道公司的決策，唐祿便批准她列席會議。

「另外幾個呢！？」唐祿問。

「他們來不了，不過他們已準備好開視像會議。」說罷，徐鳳瑩就把另外三人的影像投影在投影幕布上。

「你替我發一張通告給所有部門的總監，叫他們 20 分鐘後到 40 樓開緊急會議！」唐祿對徐鳳瑩說。

「知道。」

「正式開會！我相信你們已經知道我召開這個會議的目的，誰可以告訴我新聞所報道的到底是怎麼一回事！？」

眾董事沉默不語。

「沒有？！我也不知道發生什麼事，說凌聰強姦別人，簡直是天方夜譚！不過，在搞清楚事情的原委前，有一件更重要的事！大家都知道，開市不久，集團的股價就急劇下跌 32%，出現恐慌性抛售！因此，我打算向交易所申請停牌。雖然是治標不治本，但至少可以阻止股價下跌。你們怎麼看！？」

「是短暫停牌嗎？」董事甲問。

「我看不行，這次訴訟可能很漫長。」唐祿說。

「可是如果主板公司的股票停牌超過 18 個月，交易所會除牌的！」董事乙說。

「放心，我會向相關部門施壓，務求在最短時間內了結這宗案件！」唐祿說。

「沒辦法，這是唯一出路。」董事丙說。

「那麼我會向交易所申請，要求在午市時停牌。我希望能夠一致通過這個決定，現在投票！」

很順利，所有董事都支持唐祿的決定。董事會會議結束後，唐祿趕往 40 樓和各部門的總監開會。來到會議室，所有人都正襟危坐。

「大家應該知道發生了什麼事，這次會議就是要把公司的損失減到最小！首先，法律部方面。楊意華，你給所有報館發律師函，以案件進入司法程序為由，禁止媒體報道！」唐祿說。

「可是據我所知，警方好像還沒正式起訴唐凌聰，因為要等待 DNA 的鑑定結果。」法律總監楊意華說。

「沒所謂，總之你發就行了！」

「知道。」

「然後是營運部。洪善敏，你通知母公司、子公司的所有員工，禁止在工作期間談論唐凌聰的案件，否則發警告信給他們！」

「知道。」營運總監洪善敏說。

「接着是資訊科技部。廖俊威，你派人監察所有討論區，如果有人開宗明義談論案件，就把相關帖子刪除！」

「如果網民發表一些過分的言論，要不要控告他們？」資訊科技總監廖俊威問。

「不需要，刪除就可以了！」

「知道。」

「然後是公關部。陳志文，半個小時後，你以公司發言人的身分，出去打發那群記者！」

「知道。」公關總監陳志文說。

「再來就是風險管理部。呂麗芳，你對事件進行詳細的風險評估，明天把報告交給我！」

「知道。」風險總監呂麗芳說。

「最重要的是財務部。財務部有沒有派人上來！？」

「總裁，我是代表財務部的。」

「你是誰！？」

「我是副財務總監，馮宏軒。」

「唐凌聰暫時回不了公司，他的工作就由你代辦吧！」

「放心，我一定會盡力的！」

「還有就是業務發展部。李少芬，由於公司的股價急劇下跌，公司可能要面對短期到中期的財務危機，所以那些計劃中的投資項目，能放棄的就盡量放棄！至於現存的發展項目，盡量做到開源節流！有需要的話，就和馮宏軒談談吧！」

「知道。」業務發展總監李少芬說。

「最後是人力資源部。蔡淑兒，因為這些醜聞，公司的人才可能會流失，所以你要提前做好人才招聘的準備，所有職位的入職薪酬都要高於市價一半，藉此吸納人才！」

「知道。」人力資源總監蔡淑兒說。

「張勇，我記得你的舅父是警務處助理處長，對不對？」唐祿問副行政總裁張勇。

「對。」

「他領導哪個部門？」

「刑事部。」

「太好了！鑑證科隸屬於刑事部，你叫你舅父命令鑑證科，優先處理凌聰的案件，我要盡快知道DNA的鑑定結果！」

「放心，交給我辦吧。不過，法院那邊又如何？案件排期審訊可能需要很長時間。」

「我有一些朋友在律政司工作，我有辦法。」

「明白。」

「會議到此結束，散會！」

唐祿回到62樓的辦公室，蔣乙華已在裡面等候他。

「你還沒吃早餐，我叫人買了一份給你，快點吃吧。」

「好的。」

唐祿坐在大班椅上用餐。

「你呢？你不吃？」

「我剛剛吃完。」

乙華不想打擾唐祿用餐，但還是忍不住。

「凌聰會不會有事？」

「放心吧！我派了潘艷茹和饒同鑫去幫他，不會有事。」

「會不會是行家？」

「有可能。我剛才打電話給朋友，叫他們介紹一些專業的私家偵探給我。」

突然，有人敲門。

「進來！」

「唐先生，交易所寄了封信給你。」徐鳳瑩說。

唐祿看了那封信，氣得一拳搥在桌上，不斷喘氣。

「冷靜一點！你有高血壓，不能激動！發生了什麼事？」蔣乙華問。

「我剛才向交易所申請停牌，理據是公司涉及重大的訴訟和調查。但交易所那邊說，他們審視了我提出的理據和客觀事實，認為我申請停牌的理據不充分！」

「為什麼！？」

「他們說涉及訴訟和調查的是唐凌聰，而不是公司！再者，唐凌聰只是財務總監和執行董事，不是行政總裁和董事局主席！他們的潛台詞是：只要公司立即解僱唐凌聰，就可以把影響減到最小，因為日後的訴訟是唐凌聰的個人訴訟，與公司無關！」

「什麼？！要解僱凌聰？！」

「這樣或許能減慢股價下跌的速度。」

蔣乙華癱坐在椅子上，不知所措。

「事到如今，也沒辦法。徐鳳瑩，你替我……」

「不行！你不可以解僱凌聰！」

「你以為我想這麼做？！現在最重要的是，阻止股價暴跌！凝寰集團是上市公司，我要向股東交代！」

「他是你兒子，他投入了多少心血在公司，難道你不知道嗎？！」乙華哽咽。

「你以為我不心痛嗎？！只要官司贏了，別人就會知道凌聰是被陷害的，那麼他就可以回來，繼承生意！明白嗎？！」

蔣乙華沒再說話，坐在椅子上垂淚。

「徐鳳瑩，你替我寫一則唐凌聰的離職聲明，發佈到公司網站！然後再寫一則聲明，說我會延遲退休計劃，繼續擔任公司的董事局主席和行政總裁！」

「知道。」

5 分鐘後，唐凌聰的離職聲明公開發表。內容如下：

〈離職聲明〉

敬告各界人士：

　　敝公司之執行董事兼財務總監唐凌聰先生，已於 2018 年 3 月 5 日上午 10 時 15 分，因私人理由而離職。以後唐凌聰先生在外之一切華洋轇轕，概與敝公司無關。

　　特此聲明！

凝寰集團有限公司

2018 年 3 月 5 日

又過了 5 分鐘，另一則聲明公開發表。內容如下：

〈關於凝寰集團有限公司管理層人事變動的聲明〉

敬告各界人士：

　　鑑於敝公司旗下之 58 酒店於今早發生犯罪行為，由此衍生出一連串的司法和管理層人事變動的

問題。敝公司的管理層人員經過詳盡的討論和審慎的考慮後，董事局主席兼行政總裁唐祿先生決定收回 2017 年 11 月 2 日於股東大會中發表的有關請辭和退休的言論，並無限期延遲退休計劃。

　　因此，敝公司之董事局主席兼行政總裁的職位將繼續由唐祿先生擔任。唐先生將秉持一貫的作風和精神，繼續帶領公司解決當下的問題，開創嶄新的里程碑！

　　特此聲明！

凝寰集團有限公司

2018 年 3 月 5 日

　　那兩則聲明確實奏效，股價下跌的速度減慢。直到 11 時 25 分，情況有了變化，又傳來激烈的敲門聲。

　　「進來！」

　　「唐先生，麻煩了！你快點看新聞！」徐鳳瑩說。

　　「怎麼了！？」

　　「你的體檢報告被人放到網上去了！」

　　唐祿立即上網，發現他最近三年的體檢報告都被人公開了。不但如此，唐祿本來打算兩個月後秘密進行心臟手術，這些資料都被人公開。他立即查看公司的股價，再次急劇下跌。唐祿覺得心臟好痛，他按着胸口。

　　「怎麼了？！沒事吧？！快點吃藥！」蔣乙華拿出藥丸給唐祿。

　　唐祿吃藥後好了一點。

　　「徐鳳瑩，我要再次向交易所申請停牌，理據是：影響股價的消息遭到外洩。一定要趕在午市前處理！」

　　「明白！」

　　1 小時後，唐祿收到通知，交易所批准停牌的申請。唐祿癱坐在大班椅上，覺得自己快要死掉。他從商那麼多年，經歷不少風浪，每一次都迎刃而解；卻從沒遇過這樣的性醜聞，也沒遇過如此龐大的危機。他覺得公司已在風雨中飄搖，建立多年的聲譽、業績通通毀於一旦。他深信唐凌聰是無辜的，儘管如此，等凌聰回來後，他還是要罵他一頓。

　　「咯咯！」又傳來敲門聲。

　　「進來！」

　　這次進來的，不是秘書，而是唐凌熹。他穿着一身休閒服裝，但他和蔣乙華不同。乙華是因為沒空更衣才穿休閒服裝，但凌熹是真心喜歡這樣穿。

「凌熹？你怎麼會來的？」蔣乙華問。

「都快要變天了，不來也不行。」

「變天也不關你事，你抱着吉他睡覺就可以了！」唐祿說。

「生意沒有人繼承也不關我事嗎？」

唐祿聽後立馬站起來，走向凌熹，「你想繼承生意？！還沒睡醒是不是？！當年我打算栽培你，你就愛理不理，現在跟我說你想繼承生意？！」

「我沒說過要繼承，我只是猜測你內心的想法。你捫心自問，事情發生後，你沒有半秒鐘想過讓我來繼承生意？」

「你！你！……」

「你們不要一見面就吵架好不好？！」

「你給我滾！」

「滾什麼滾？我要在這裡等我那個可愛的弟弟回來。他跑去當房務員已經是一件很可愛的事。不論強姦是真也好，假也好，發生在他身上也是一件很可愛的事。我實在有很多問題想問他。」

唐祿狠狠地瞥了他一眼，沒再理他，又坐在大班椅上。他望着落地玻璃窗，雖然是中午，但有一些烏雲，似乎想下雨。他不想對着這片頹靡的天空，但他沒有轉過身來，因為對着蔣乙華和唐凌熹只會讓他更煩惱。可是唐凌聰卻不是這麼想。秘密通道的陰森讓他窒息，他想盡快看到出口、天空，儘管天空是烏雲密佈的，也沒所謂。終於，他看到一扇門。華亓打開門，外面停了一輛七座私家車。車上除了司機外，還有饒同鑫大律師、見習大律師和一名保鑣。凌聰坐在車內，看到一個巨型的行李箱。

「我本來打算在公司等你，可是我想盡快看到供詞。」饒同鑫說。

潘艷茹把供詞副本交給饒同鑫。

「你有沒有瀏覽公司的網頁？」饒同鑫問。

「沒有。」凌聰取出手機。不久，他就被內容嚇得目瞪口呆。「父親解僱了我？！」

「你不要怪令尊，這是交易所的命令。往好的方面想，這段時間沒有工作的煩惱，可以專心應付官司；等到贏了官司，再重拾工作。」饒同鑫說。

唐凌聰沒回應。潘艷茹說：「剛才你問我為什麼要走秘密通道，你現在知道了吧。公司剛剛發了聲明，把你開除。如果你現在明目張膽地回到公司，別人就會覺得公司言行不一，從而落人口實。因此，我們準備了一個巨型的行李箱。你躲在裡面，下車時，我們會把行李箱抬進公司，從而掩人耳目。」

　　唐凌聰好不驚訝，眼睛瞪得大大的，說不出話來。司機聽後對律師說：「我不是想潑你們冷水，我記得之前有一則新聞，說美國有個女歌手也是躲在行李箱中來避開記者，可是記者還是想出了眉目。香港的記者那麼聰明，他們一定猜得到。」

　　「猜到也沒用，凡事講證據，只要他們沒法證實裡面的是唐凌聰，也拿我們沒辦法。」饒同鑫說。

　　事到如今，唐凌聰不想再說話，只想好好閉目養神。他想起今早坐車到酒店上班的情況，不到半天時間，他的人生就起了翻天覆地的變化，簡直不可思議。一刻鐘後，潘艷茹拍了拍凌聰的肩膀。

　　「快到公司了，開始吧。」

　　凌聰勉為其難地躺在行李箱裡。雖然凌聰不是一個迷信的人，但他覺得這就像躺在棺材裡一樣。不過也沒所謂，反正他的人生已徹底崩潰，跟死了沒分別。來到公司門口，一群記者蜂擁而至。幾個保安員衝了出來，和保鑣一起抬着行李箱進去。直到進了電梯，他們才讓凌聰出來。來到唐祿的辦公室，一進門，唐祿就衝向凌聰，瘋狂搖着他的肩膀。

　　「你快點告訴我，你到底有沒有強姦她！？」

　　「沒有！」

　　「這還用問？！說凌聰強姦，就像說一個瞎子偷看國家機密文件一樣！」蔣乙華說。

　　「你這個比喻有問題。如果國家機密文件是用盲文的方式呈現，那麼瞎子一樣能看見。所謂知人知面不知心，我勸你還是不要感情用事。」唐凌熹說。

　　「不說話沒人把你當啞巴！」蔣乙華說。

　　「那到底是怎麼回事！？」唐祿問。

　　「唐先生，那個女人應該是用迷姦噴霧迷暈凌聰，然後迷姦他，事後再誣告他強姦。」潘艷茹說。

　　「勝算有多大！？」唐祿問。

　　「很大。如果真的是一場佈局，那麼那個女人要兼顧的事情就很多，只要她製造的證據存在破綻，我們就能反敗為勝。無論如何，雞蛋裡挑骨頭總比佈下完美的局來得容易。」饒同鑫說。

　　「饒大律師，不要信口開河。免得凌聰希望越大，失望越大。」唐凌熹說。

　　「你的心到底有多黑？！是否要凌聰坐牢你才開心？！」唐祿問。

　　「你們有沒有想過，為什麼那個女人要迷姦凌聰？如果不是私人恩怨，就只剩下一個可能性：背後有一個龐大的組織策劃這次陰謀。換言之，幕後黑手不成功便成仁。為了得到絕對的勝利，他們走的每一步都經過精心計算。要勝出官司真的那麼容易嗎？」唐凌熹問。

「你少自作聰明！」唐祿又對饒同鑫説，「我正在物色一些私家偵探，他們會進行前線調查，一定能夠揭穿她的真面目！」

「不過，非法得來的證據好像不能呈堂。」蔣乙華説。

「這也未必，我看過一些外國案例，只要非法得來的證據對案件起到顛覆性的作用，那麼法官也可以批准呈堂。」饒同鑫説。

「凌聰，可能你是受害者，不過你也有一點責任。如果你不是跑去當房務員，別人怎麼能乘虛而入？」唐凌熹問。

「像你這樣什麼都不做就最好！」唐祿説。

「我只是覺得，做切合身分的事才是明智之舉。如果一個皇帝閒來無事走去微服私訪，結果被人殺了，那麼只能贈他兩個字：活該。」

唐祿按捺不住，衝過去欲掌摑唐凌熹。蔣乙華拼命拉着他，凌熹則左躲右閃。

「別再氣你爸了，你先回去吧！」蔣乙華説。

唐凌熹拔腿就跑。唐祿被他氣得喘不過氣來，蔣乙華扶他坐到大班椅上。

「凌聰，這段時間你盡量留在家裡，工作方面我已經命人處理好了。對了，待會兒回去時，要委屈你再次躲進行李箱裡。」唐祿説。

此時，徐鳳瑩帶着幾個人進來。

「唐先生，他們是警方的人。」

其中一名探員拿出一張紙，説：「唐凌聰先生，我們是中區警區重案組第一隊的探員。這是搜查令，我們要搜查你的辦公室和你家裡的房間。」

唐凌聰沒説話，氣沖沖地離開。

「唐先生，如果沒有別的事，我們先走了。」饒同鑫説。

「好的，拜託你們了。」

律師們離開。此時，唐祿的手機響了。

「馬哥，你好！」「哦，好的，你叫他們上來 62 樓。」「謝謝你，再見！」

「怎麼了？」蔣乙華問。

「馬哥替我物色了一些私家偵探。」

「是哪裡的私家偵探？」

「本地的。」

「聘請外國的會不會比較好？」

「最重要的是質素，我相信馬哥的眼光。再說，那個女人是外國人，如果外國的偵探接近她，可能會被識破。」

「我有一個想法：不如我們聯絡那個女人，給她一筆巨款，要她說出事情的真相。」

「別做夢了！如果她受了別人的委託，要策劃是次陰謀，那麼她必定收了一筆巨款。只要她贏了官司，就沒有任何損失。相反，如果她道出事情的真相，沒錯，她可以得到兩筆巨款，但要坐牢。你覺得她會如何選擇？」

不久，傳來敲門聲。

「進來！」

「唐先生，他們是私家偵探。」徐鳳瑩說。

「請坐！」

進來的是兩名男偵探，穿得衣冠楚楚，給人專業的感覺。他們取出名片交給唐祿。

「唐先生、唐太太，我們是縱橫私家偵探社的私家偵探，我叫蔣民恩。」

「我叫程志健。」

「就你們兩個？馬哥好像說過有女的。」唐祿說。

「是這樣的，在我和程志健帶領的團隊下，還有兩名成員。」蔣民恩取出兩張名片交給唐祿。「她們是女私家偵探，一個叫楊美容，是香港人。另一個叫珍妮塔‧懷特（Janetta White），是美國人。她們是我們的下屬，主要作前線調查工作。我們負責指揮。」

「原來如此。你們有沒有什麼特別的要求？比如辦公室之類的，我可以安排。」

「不用了，我們在偵探社工作會比較方便。」程志健說。

「好的。」唐祿取出一張名片交給程志健。「他叫饒同鑫，是負責唐凌聰案件的辯方大律師。你們查到什麼線索都可以告訴他。」

「知道。」

「收費方面如何？」

「我們的收費是根據調查的難度，所需的人力、物力、時間來決定的。我們初步評估了唐凌聰的案件，決定收取 350 萬港元。」程志健說。

「好像有點貴吧！」蔣乙華說。

「你懂什麼？！公司的市值已經由 9000 億港元跌到 3800 億港元！只要能勝出官司，挽回聲勢，莫說 350 萬，350 億我也願意支付！」

「其實私家偵探有沒有立場？你們覺得唐凌聰是否無辜？」蔣乙華問。

程志健不知該如何回答，他向蔣民恩使眼色。

「不如這樣説吧，我們的任務就是盡量蒐集那些見不得光的資料，再把資料交給客戶。不過……如果客戶想我們站在某些立場上調查的話，也不是不可以。」蔣民恩説。

唐祿把支票交給蔣民恩，説：「不管怎樣，你們都要查個水落石出。錢不是問題，不夠的話就跟我説。」

「謝謝！我們會定時向你匯報進度。沒問題的話，我們就告辭了。」程志健説。

「好的。再見！」

唐祿又轉身，望向落地玻璃窗。那些烏雲散了，地面濕濕的，看來剛剛下了一場過雲雨。唐祿的心情很複雜，既有悲傷，也有冀望。莉茲也一樣，沐浴於兩種截然不同的情愫中。更衣後，她和妓雯走到布簾外。

「這是報案資料卡，請好好保存。」陸至林把卡交給莉茲。

「格里芬小姐，由於我負責在醫院的警崗值班，所以我不能陪你到酒店。你有需要的話，可以向警方提出要求，他們會安排性別相同的警員來協助你。」范美清説。

「謝謝！」

「祝你好運，再見！」

「如果沒有別的問題，我也先回去了。格里芬小姐，我們再聯絡吧。」李鴻波説。

「麻煩你了，再見！」

「格里芬小姐，我們出發吧。」陸至林説。

他們三人走向醫院大門，門外依然有很多記者。陳妓雯用大毛巾裹住莉茲的頭，陸至林在前引路，不費吹灰之力，他們已登上警車。來到 58 酒店，莉茲覺得恍如隔世。來到 5 樓的走廊，她放慢腳步，眼中透出驚慌之情。陸至林見狀，安慰莉茲。

「沒事的，這裡很安全，沒有人會傷害你。」

505 號房間門外，有一個單肩包和一個行李箱。

「鑑證科人員的搜證工作還沒結束，所以房間不能解封。不過他們已把你的東西搬了出來，你看看有沒有遺漏。」

陸至林向裡面一位鑑證科人員招手，叫他出來。

「有何吩咐？」

「有沒有一些東西是屬於格里芬小姐，但拿去化驗的？」

「有，我們拿了她的睡褲和內褲。」

「格里芬小姐，化驗完成後，我們會把睡褲和內褲還給你。」陸至林說。

「知道。行李方面沒問題，不過……西褲和拖鞋是 58 酒店的，是時候歸還。」

「不如你先換房間……對了，你想換房間還是換酒店？不過換房間的話，可能很快就要換酒店，因為我不清楚唐凌聰的保釋條件是否有『不准接觸與案件有關的證人』的條款。」

「既然那麼麻煩，我就直接換酒店，我打算和陳妓雯住同一家。」

「在哪裡？」

「金鐘的中大海酒店。」

「你記得要通知李鴻波，說你更改了居住地址。」

「知道。那麼我現在到洗手間更衣。」

更衣後，莉茲把西褲、拖鞋和大毛巾還給 58 酒店。此時，陸至林找來一男一女的軍裝警員。

「格里芬小姐，我安排了兩名警員護送你們到中大海酒店。我還有別的工作，不能再陪你。有沒有問題？」

「沒問題。」

他們四人來到中大海酒店，莉茲到櫃檯辦理手續。職員看見兩名警察跟在後面，感到十分驚訝，但依然保持微笑。

「不好意思，有沒有高級客房？」

「小姐，請問您有沒有預訂？」

「沒有。」

「請等一下，讓我看看。」職員在電腦中瀏覽了一會兒。「小姐，我們的高級客房分為豪華客房、特選豪華客房……」

「要豪華客房。」

「多少人入住？打算什麼時候退房？」

「我自己一個人住。其實……我也不知道什麼時候退房。」

「什麼？」

「先住一個月，到時候再決定。」陳妓雯說。

「就暫時住一個月。」莉茲對職員說。

「好的。小姐，房間已安排好，把護照還給您。這是您的房卡和收據。」

「謝謝。」

來到 602 號房間門外，女警員說：「小姐，我們不陪你進去了。」

「有需要的話，可以再聯絡警方。」男警員説。

「謝謝你們。」

警員離開後，陳妓雯對莉茲説：「我回去拿一些東西，很快過來。」

「好的。」

兩人心有靈犀，根本不用道明拿什麼東西。這個房間也不錯，和以前那間一樣大，設施應有盡有；只是房間的格局不同，擺設不同。莉茲真的很累，想好好洗個澡。雖然應該等妓雯拿東西來，做了該做的事才洗澡，但沒所謂，莉茲連貞操也給了別人，難道會怕被人偷窺？再説，當私家偵探採取行動後，莉茲被人偷窺的次數將多不勝數。此時，傳來門鈴聲。莉茲開門，發現是剛才那兩名警察。

「有什麼事？」

「是這樣的，我們剛剛收到通知，説鑑證科人員正要過來，打算做一些檢查。」女警員説。

莉茲剎那間起了雞皮疙瘩，直覺告訴她，應該和迷姦噴霧有關。

「哦……要做活體取證嗎？我剛剛在醫院才做完。」莉茲這樣問，是要確定鑑證科人員不會對她進行身體檢查。那麼在必要時，她可以把迷姦噴霧藏在陰道裡。

「不是，活體取證是法醫做的。他們想再一次檢查你的行李，但由於這裡不是 58 酒店，不是案發現場，所以他們希望有警察在場監督。」男警員説。

「可是我正打算洗澡。」

「沒關係。你先去洗澡，他們過來也要一段時間，我們就在門外守候。」女警員説。

「知道。」

莉茲拿了衣服、紅色噴霧進入浴室。浴缸很大，莉茲裝滿一缸水，來個浸浴。理性告訴她，稍後危機處處，應該好好盤算一番；但感性卻告訴她，她真的很累，在精神狀態不佳時思考，只會越想越亂。於是，她順應後者，好好休息一會兒。闔上眼睛，投入在濕潤的氛圍中，無比舒服；睜開矇矓的眼眸，一室煙霧彌漫，淡黃的燈光模糊了視線，增添不少睡意。若能就此睡到明天，那多麼好。不過，莉茲好像覺得有些異樣。她又睜開矇矓的眼眸，依舊一室煙霧彌漫，依舊是淡黃的燈光，依舊模糊了視線，依舊增添不少睡意。可是，有一個黑色的東西、高高的，佇立在浴缸旁。莉茲再看清楚，那個東西其實是一個人。

「舒服嗎？」那個人問。

「哇！救命啊！你是誰！？」莉茲想站起來，但腳下一滑，又摔倒了。浴缸的水溢了出來，弄濕了那個人的鞋子，但她依然無動於衷。莉茲看清楚她的臉，這個皮膚黝黑，擁有一綹黑色的卷髮，

穿着黑色皮衣、皮褲的女人，就是阿曼達。

「你……你是阿曼達？」

「沒錯。」

「砰！砰！砰！」傳來激烈的敲門聲。

「格里芬小姐，發生什麼事！？」女警員問。

莉茲立馬取來毛巾，裹住身體。然後用口形、手勢示意阿曼達靠邊站，阿曼達貼向牆壁。莉茲小心翼翼地把浴室的吊軌門打開一條縫。

「發生了什麼事？」男警員問。

「沒事。剛才有一隻很大的蟑螂走過，把我嚇死了。」

「需要我進來幫你嗎？」女警員問。

「不用，牠已經走了。」

「那好吧，有事可以叫我們。」

「謝謝。」

莉茲目送警員走出房間，才關上浴室的門。

「你是怎樣進來的？警察在外面把守。」

阿曼達冷笑了一聲，問：「佛朗哥沒有告訴你，我的強項是掩人耳目嗎？」

「他有說，可是我沒想過你真的可以神不知鬼不覺地走進來。」

「迷姦噴霧呢？」

「在這裡。」莉茲在置物架上取來噴霧，交給阿曼達。

阿曼達正要離開，莉茲又問：「走廊有閉路電視，你不會被他們發現嗎？」

「放心，我用人頭擔保，絕對不會連累你。」

「我不是這個意思……」

阿曼達離開浴室，順手把門關上。莉茲很想打開門，看看阿曼達怎樣離開，但還是打住了。她再沒心情洗澡，便穿上衣服，走出浴室。此時，陳妓雯回來了。

「怎麼了？」妓雯問。

「他們説鑑證科人員很快就到，要做一些檢查。」

「什麼檢查？」

莉茲附耳低言道：「可能和迷姦噴霧有關，不過阿曼達剛剛來過，她已經把噴霧拿走了。」

一男一女的鑑證科人員終於到達，他們向莉茲出示證件。

「我是鑑證科罪案現場課督察，邵希琳。」

「我是鑑證科攝影課高級特別攝影師，何子聰。」

「請問有什麼事？」莉茲問。

「我們剛才收到警署的通知，説希望我們根據疑犯唐凌聰的供詞進行特別調查。」邵希琳説。

「這是什麼意思？！我才是受害人，難道你們相信強姦犯所説的話？！」

「小姐，我希望你明白一件事。我們的職責不是判斷誰有罪，誰沒有罪；而是根據情況，盡量蒐集一些與案件有關的東西，用作分析和化驗。既然其中一方的供詞提及了一些值得留意的東西，而且相關部門也希望我們提供協助，那麼我們只好公事公辦。」何子聰説。

「明白了，你們想怎樣？」

「請打開行李箱、單肩包和手袋，讓我們檢查。」何子聰説。

他們檢查了一會兒，似乎沒發現想要的東西。

「小姐，你是不是有一瓶紅色的噴霧？」邵希琳問。

「是。」

「在哪裡？」邵希琳問。

「已經用光，被我丟了。」

「用光？那瓶噴霧的容量很大，那麼快用光？」何子聰問。

「會不會是你們記錯了？」女警員問。

「不會記錯。」何子聰取出相機。「我們在案發現場拍攝了很多照片，其中一張拍到了沙宣的紅色噴霧。你看看，噴霧的容量很大。」

此時，莉茲的憤怒蓋過了恐懼，她叉着手問他們：「我沒猜錯的話，你們搜證時應該有佩戴手套！既然如此，你們一定有接觸過那瓶紅色的噴霧！換言之，你們一早知道噴霧裡幾乎沒有液體！那麼，我説噴霧用光了，被我丟了，不是很合理嗎？！你們給我的感覺就是，不肯接受一些理所當然的事情，偏要用陰謀論的思維來猜度別人！還有就是，你們的口吻像警察一樣，我想知道鑑證科人員是否有權力去盤問受害人！？是誰賦予你們權力！？」

莉茲雄辯滔滔，他們嚇得目瞪口呆。

「呃——其實，我們只是……」邵希琳説。

「對不起。我不是想對你們發脾氣，只是今天實在太糟糕，發生了一件讓我生不如死的事。」

「不如這樣吧，讓我代替他們來問你，行嗎？」女警員問。

「可以。」

女警員取出記事冊，問：「鑑證科人員所說的紅色噴霧，是怎麼一回事？」

「那瓶噴霧本來屬於我的朋友，陳妓雯，是她一個月前在香港買的。我前幾天來到香港，知道她在用那瓶噴霧，我很喜歡，加上那瓶噴霧剩下很少，我就問她拿來用。」

「原來如此。小姐，麻煩你在這裡簽名。」女警員把記事冊遞給莉茲。

「小姐，可不可以讓我們在房間裡搜索？」何子聰問。

「我已經說過，那瓶噴霧被我丟了，你們不相信我嗎？」

「小姐，其實我們來的目的，是要尋找一個透明的迷你瓶子，裡面裝着一些透明液體。」何子聰說。

「什麼？！那麼……你們為什麼不斷問我紅色噴霧的事！？」

「我們在你的行李中找不到透明的瓶子。不過，我們曾經見過那瓶紅色噴霧，現在卻不見了，所以隨口問問。」邵希琳說。

「隨口問問？！這不是很荒謬嗎？！你們問了半天，卻在問一些與目的不相關的事！」

「那麼我們可以進行搜索嗎？」邵希琳問。

「搜吧！搜吧！」

何子聰和邵希琳在房間裡搜了一遍，沒有發現目標物品。

「小姐，我們沒有發現目標物品。謝謝你的合作！」邵希琳說。

「那麼，我們先行離去。」女警員說。

他們四人離開後，剩下莉茲和妓雯在房間，可是她們沒有鬆懈。

「快 6 時了，我換件衣服，陪你出去吃飯。」說罷，莉茲就開始更衣。

「喂！你就這樣換？」

「有什麼問題？」

妓雯煞有介事地瞥向周圍，「你知不知道有很多變態喜歡在酒店房間安裝針孔攝錄機？！」

莉茲冷笑了一聲，問：「那又怎樣？我今天早上才被人強姦，聽說網上正在瘋傳相關影片。我什麼都被人看光了，這裡有沒有針孔攝錄機，有分別嗎？」

妓雯坐到莉茲身旁，說：「你不要自暴自棄！就是因為你被人強姦，才要打起十二分精神，我真的不想再看到你受傷！」

語畢，妓雯就拿着探測器，在房間不同地方偵測。莉茲繼續坐在床上，把臉埋在手裡，一副傷心欲絕的模樣。然而，這次不是偽裝，莉茲真的很害怕。能否讓她釋懷，就要看陳妓雯的偵測結果。15 分鐘後，妓雯偵測完畢，沒有異樣。莉茲立馬跳了起來。

「嚇死我了，幸好房間安全！」

「怎麼了？」

「剛才阿曼達來過，如果真的有針孔攝錄機，那就完蛋了！」

「不用完蛋，到時候我們見招拆招。」

「不如我們現在和佛朗哥開會吧！」

「好的。」妓雯取出平板電腦。「需不需要找個地方固定平板電腦，像上次那樣？」

「應該不用，接下來都是一連串的司法問題，和這個房間沒什麼關係。」

妓雯向佛朗哥發出會議邀請。頃刻，佛朗哥接受了邀請，他們三人正式開會。

「佛朗哥，你好。」妓雯說。

「你們好，過程順利嗎？」

「你覺得呢？」莉茲問。

「我看過影片和相關報道，做得不錯。」

「你負責指揮，當然說得輕鬆！」莉茲說。

「任務失敗的話，我也有責任，怎麼會輕鬆呢？」

「言歸正傳，下一步是什麼？」

「不如你先說說上次開會後，你做了什麼。」

「上次開會後，我就和妓雯出去逛街、吃飯。第二天，我們去吃喝玩樂。晚上，我致電雨果，聊了一會兒。然後到了早上，唐凌聰進房間後，我就按照計劃來做。不過，我先製造傷痕、鞋印，然後再迷姦他，而且我還把工作車上的東西丟在地上。最後用紮帶反綁雙手，不過我沒有剪掉紮帶，因為我覺得反綁着雙手衝出房間會比較好。在走廊發生的事，你們都看到了吧。之後，警察帶我到醫院驗傷，法醫替我進行活體取證。洗澡後，警察在醫院給我錄口供。完畢後，我們就回到 58 酒店，我拿着行李到中大海酒店。接着我就洗澡，阿曼達來到，拿走了噴霧。然後有兩名鑑證科人員過來，說要尋找迷姦噴霧，而且還質問我為什麼紅色噴霧不見了，幸好我最後成功把他們打發走了。開會前，妓雯替我檢查了房間，沒有異樣。大致上是這樣。」

「警方有沒有把個案轉介到社會福利署？」

「他有詢問我的意願，不過我拒絕了。」

「為什麼？」

「拜託！我要應付警方、律師、私家偵探，還有唐凌聰他們，我已經心力交瘁，實在沒有多餘的精力去應酬那些什麼社工、輔導員！」

「你想不想透過民事訴訟向唐凌聰追討賠償？」

「一定要嗎？我……我沒想過。」

「很多時候，刑事訴訟都不會處理賠償方面的問題。不過受害人可以透過民事訴訟向被告追討賠償。賠償金額的多少取決於不同因素，其中一樣就是受害人的精神創傷程度。如果你接受社工、心理學家的輔導，在他們面前演戲，假裝歇斯底里、精神崩潰，那麼他們撰寫的報告便有助於你爭取更多賠償。賠償金方面，全部歸你，TM 不會和你拆賬。」

「聽起來好像很不錯，不過……」

「不過什麼？有錢難道不要？」妓雯問。

「沒關係，你自己考慮吧，決定權在你手上。」

「知道。」

「如果你不想訴諸法律，可以在刑事訴訟結束後，問唐凌聰的家人要錢。站在他們的角度，官司影響聲譽，應該不想再打官司。你可以對他們說，你也心力交瘁，不想再打官司，因此想私下商討賠償金額。正常情況下，民事訴訟得到的賠償金會比較少，因為金額的多少取決於原告人提交的證據。但私下要錢的話，你可以獅子大開口，要價數千萬，甚至數億元。」

「這方法不錯！」

「另外，還有一個增加收入的方法。你有沒有股票賬戶？」

「沒有。」

「你開一個股票賬戶。凝寰集團的股票處於停牌階段，但終究會復牌。復牌後，當股價跌到每股 20 至 40 元時，你就購買。我之前說過，華意國際可能會進行敵意收購，收購方當然想用最低的成本來收購，這個價錢應該差不多。假如股價最終回到昔日的高峰，你再沽出股票，就能大撈一筆。」

「如果買股票的事被辯方知道了，那怎麼辦？」

「你可以說，因為不知道民事訴訟會不會勝訴，如果敗訴了，你就一無所有，所以你購買凝寰集團的股票，是以防萬一。就算沒法透過民事訴訟獲得賠償，也能透過股票獲得金錢。如果辯方再問你，你怎麼知道股價一定會上升。你就說，因為凝寰集團是國際大企業，根基牢固，官司完結後股價上升，是合理的推測。」

「明白。」

「警方有沒有告訴你審訊的安排？」

「他們安排了一個人負責和我聯絡，叫什麼李鴻波，審訊的事要問他。」

「出庭作證時，你打算露面還是用屏風？」

「用屏風比較好，不過⋯⋯唉⋯⋯全世界的人都看過我的樣子和裸體，用不用都是一樣。」

「我建議你不要用，因為這更符合外國人開放、不羈的性格。如果是華人，她們基本上會躲在屏風後作證；但外國人在這方面沒什麼顧慮，大多願意面對群眾。」

「明白。」

「我相信唐祿已經委託了私家偵探來調查你，他們最常用的手法就是在你的房間裡安裝針孔攝錄機和竊聽器。你們稍後是否打算出去？」

「沒錯，我們打算出去吃飯。」妓雯説。

「我建議你們不要出去，留在房間裡用膳，因為我不知道私家偵探會不會在今天行動。如果你們稍後外出，他們可能會潛入你的房間，安裝儀器。我希望至少在今天，你的房間是安全的，就當作給自己一個緩衝期。不過，從明天開始，當你離開房間後，再次回到房間時，你就要假設私家偵探已經採取行動，房間裡佈滿儀器。以這個假設作為行動的前提，不要露出馬腳。」

「不過，安迪不是可以入侵中大海酒店的監控系統嗎？你可以叫他監視走廊的情況。」

「你要知道，如果私家偵探要潛入你的房間，他們一定會對閉路電視片段做手腳。退一步來說，就算安迪修復了片段，發現他們真的潛入了房間，那又怎樣？你一樣要在針孔攝錄機的鏡頭前演戲。」

「佛朗哥，我有一個建議。」陳妓雯説。

「説來聽聽。」

「來香港前，你給了我兩部針孔攝錄機，其中一部是後備的。我可以把後備的安裝在莉茲的房間，看看私家偵探在房裡做了什麼。」

「那兩部是用來幹什麼的？」莉茲問。

「是這樣的。我們想觀看審訊的過程，所以我給了妓雯兩部特製的針孔攝錄機，其中一部是後備的。它們除了有錄影和錄音的功能外，還能避開金屬探測器的探測。可是，你覺得有必要安裝在莉茲的房間嗎？」

「有，因為我們不知道私家偵探除了安裝針孔攝錄機和竊聽器外，還有沒有別的動作。如果他們有一些意料之外的行動，那麼莉茲就防不勝防。」

「很有道理，不過我要提醒你，私家偵探為了全方位掌握莉茲的一舉一動，必定會安裝大量儀器。換言之，他們可能會發現莉茲房間裡有一部不屬於他們的針孔攝錄機，到時候就露出馬腳。所以你們在選擇安裝的位置時，要深思熟慮。」

「那麼，我是否要拜託妓雯替我檢查房間，藉此找出那些儀器，然後報警？」

「不需要。既然他們想監視你的一舉一動，你就盡量滿足他們。假以時日，説不定私家偵探會

相信你。如果你找出儀器，然後舉報他們，他們為了完成任務，可能會採取更激烈的手段，到時候你的處境就更危險。更重要的是，你被人強姦，而不是被人偷拍。那麼你的危機意識應該集中在陌生男人，而不是那些儀器。如果你找出來，反而會惹人懷疑。」

「明白。」

「陳妓雯，我要提醒你一件事，雖然你的角色是莉茲的朋友，不過私家偵探可能會從莉茲身邊的人着手，譬如監視你。因此當你在法庭旁聽時，要繼續扮演好這個角色，不要露出馬腳。」

「知道。」

「總之，以後遇到什麼事，都要隨機應變。還有沒有別的問題？」

「對了，我有一個問題，是關於紮帶的。謝玉霞準備的紮帶應該沒有唐凌聰的指紋，會不會惹人懷疑？」莉茲問。

「放心。謝玉霞先把沒有唐凌聰指紋的紮帶放進他的儲物櫃裡，當他在早上打開儲物櫃時，必定感到疑惑，繼而隨手拿起紮帶，那麼指紋就留在紮帶上。謝玉霞説，唐凌聰把紮帶丟在儲物室的一張椅子上，然後她再把紮帶放進儲物櫃裡，就這麼簡單。」

「可是她把其中一根紮帶放在唐凌聰的工作車上，不會被他發現嗎？」

「謝玉霞在一個閉路電視拍攝不到的死角截停唐凌聰，説他衣領後面沾了些髒物。然後請他別過臉去，讓謝玉霞替他清理。此時，她就悄悄地把紮帶放在車上，上面蓋着一塊白布，所以唐凌聰不會發現。」

「原來如此。」

「還有沒有問題？」

「沒有了。」

「任務的上半場已結束，下半場開始。祝你好運，再見！」

會議結束後，正值晚餐時間。莉茲致電服務台，要求客房送餐服務。她們在黃光縈繞的房間裡，一邊享用佳餚，一邊欣賞窗外的夜景。悠揚的輕音樂與間或的碰杯聲，是莉茲此刻的內心寫照。可是，在香港島的另一隅，淺水灣海畔，16000 平方呎的別墅裡，也是黃光氤氳，佳餚的層次更高，但唐凌聰卻茶飯不思，蔣乙華也食不甘味。唐祿在書房裡獨自憔悴，子夜時分，他的手機收到一條短訊：「剛剛收到化驗所的通知，DNA 比對完全吻合。」

第 13 章：〈提堂〉

春天的早晨，有露水、薄霧、鳥語花香，尤其是沐浴於大自然氛圍中的淺水灣，風景更迷人。不過，這些風景似乎不能讓唐凌聰的心田泛起半點漣漪。剛才的早餐亦然，媲美六星級酒店出品的佳餚，也沒法獲得舌頭的青睞。

私家車來到昨天的警署，凌聰如行屍走肉般挪動。

「我是來報到的。」

「身份證。」

警員登記了資料後，把一份表格遞給他。

「簽名。」

簽名後，凌聰問：「可以走了嗎？」

「等一下。」警員瞥向他。

不久，華示從裡面出來，把一份文件交給唐凌聰。凌聰看都不看，就把文件遞給潘艷茹。

「唐凌聰先生，這是控罪書。昨晚，化驗所通知警方，女事主陰道裡的精液 DNA 與唐凌聰先生的精液 DNA 吻合。因此，警方正式起訴你。控罪書上除了有基本資料外，還有罪行陳述和罪行詳情。另外，法院稍後會寄傳票給你。」

華示見凌聰沒回應，再說：「在提堂前，請唐凌聰先生按照保釋條件，繼續履行責任。現在，我要幫你完成落案手續。」

華示取來印泥和一份文件。

「我們需要十隻手指的指紋和兩隻手掌的掌紋。」

唐凌聰按照指示，利用印泥把指紋和掌紋印在文件上。

華示又取來另一份文件，說：「最後，請你在文件上簽名。我們會把保釋金轉移到法庭。」

手續完成後，他們離開警署。

「麻煩你先載我去公司，然後再送凌聰回家。」潘艷茹對司機說。

她看着凌聰那憔悴不堪的模樣，又說：「你剛才都沒怎麼吃東西，回去後吃點東西，好好休息。」

來到凝寰集團的總部大樓，潘艷茹乘坐電梯到 62 樓見唐祿。

「潘律師，辛苦你了，去警署報到也要麻煩你。」

「不麻煩，作為律師，我有責任陪伴他。言歸正傳，警方已正式落案起訴唐凌聰，很快就要提

堂。我問過饒同鑫，他打算申請押後審訊，藉此爭取更多時間來閱讀文件。」

「不過，我想盡快了結這宗案件。你應該知道，官司拖得越久，股票停牌的時間就越長。股票沒法進行交易，會損害股東的利益。而且，由官司衍生的一連串負面影響也揮之不去。再者，我已經委託了一些在律政司工作的朋友，叫他們盡量用最短的時間來了結案件。」

「可是，這宗案件和一般誣告強姦的案件不同，那個女人是精心策劃過的，要找到證據來破解她的佈局不是一朝一夕的事。」

「所以我才聘請私家偵探，叫他們尋找證據，我相信他們能助饒同鑫一臂之力。再說，饒同鑫應該要對自己有信心。我之所以聘請他為集團的御用大律師，是因為我知道他有實力。」

潘艷茹知道，唐祿和律師對於「時間」的看法不同，難以達成共識，便不再爭論。

「既然如此，我們會盡力的。我先回去了。」

「再見。」

踏進公司前的潘艷茹，是精神抖擻的；踏出公司後的潘艷茹，是意志消沉的。她知道唐祿的要求，就是勝出官司，沒有別的選擇。

又是那句名言：「有人歡喜有人愁」。莉茲和他們不同，睡了一覺好的，現在精神奕奕。她似乎愛上了在房間用膳，再次要求客房送餐服務，獨自在房裡享用五星級酒店出品的早餐。間或，她會端詳玻璃門的門把手，看看那個不起眼的針孔攝錄機。昨晚，她和陳妓雯討論了很久，到底要把針孔攝錄機安裝在哪裡？最終，她們選擇了玻璃門的門把手。莉茲住的房間有陽台，陽台和房間之間有一扇玻璃門。門上有黑色的門把手，門把手的形狀像一個湯匙，尾部彎曲，彎曲部分的盡頭形成一個小孔。她們把黑色的針孔攝錄機放進孔裡，天衣無縫。這個位置不高不低，私家偵探在房裡的活動大部分都能拍下。更重要的是，私家偵探不能排除莉茲喜歡到陽台去的可能性。換言之，莉茲可能常常接觸門把手，如果私家偵探把針孔攝錄機放在那裡的話，莉茲很可能會發現，因此他們不會選擇門把手。她們很滿意這個安排，覺得自己很聰明，以致莉茲吃着早餐，也會突然笑了出來。此時，她的手機響了。

「喂？」

「格里芬小姐，你好！我是案件主管，李鴻波。」

「你好，有什麼事？」

「是這樣的，我想通知你，警方已正式落案起訴唐凌聰，很快就會提堂。不過，你不用到法院。因為提堂不是正式審訊，證人毋須出庭作證。」

「但我想去旁聽。」

「對不起，現階段你是不能旁聽的，因為你是證人之一。等到出庭作證後，才可以旁聽。」

「知道。」

「那麼，有最新消息，我會再通知你。」

「謝謝。呃！對了，我忘了告訴你，我換了酒店，現在住在金鐘的中大海酒店，602 號房間。」

「好的，謝謝你通知我。」

「再見！」

莉茲有點沮喪，她很想旁聽，很想看看唐凌聰那副恨海難填的表情，很想聽聽他說出「我不認罪！」時那憤怒又哽咽的聲音。但沒所謂，陳妓雯可以旁聽，她會用針孔攝錄機來偷拍，莉茲可以觀看。

吃過早餐後，莉茲出去逛逛。她本來想化一個淡妝，但一個被強姦後的女人，應該沒心情化妝。不但如此，這個女人應該一臉憔悴、委靡不振。然而，那麼醜陋的樣子，沒有一個女人能接受，但莉茲不得不接受。現在是中午，莉茲剛剛吃了早餐，不餓，所以不打算吃午餐。她來到一間咖啡廳，點了一杯冰凍的泡沫咖啡。莉茲打算在這裡逗留幾個小時，一邊享用咖啡，一邊傾聽室內悠揚的音樂，間或用呆滯的目光凝視遠方，演繹一個受害者應有的姿態。無聊了，就取出平板電腦，戴上耳機，在網上蹓躂。等到下午，就到餐廳吃下午茶。多麼寫意的生活，多麼正常的行為，就算是監視她的人也這麼認為。

相反，唐凌聰就沒那麼寫意，女傭從室外進來。

「二少爺，你的信。」

凌聰接過信，是法院寄來的傳票，通知他明天早上 10 時到東區裁判法院應訊。凌聰想起很多年前婆婆還在世的時候，她曾對凌聰耳提面命，如果日後從商，要對得起天地良心，不仁不義的事不要做，不要四處樹敵。生不入公門，死不入地獄。凌聰把傳票扔在桌上，瑟縮於沙發上。初春時分，乍暖還寒。

莉茲回到酒店房間不久，陳妓雯就來找她。

「你剛才去了哪裡？」

「我到處逛逛。」

「你下次出去叫我陪你，我真的很擔心你。」

「我沒事。」

「你到我房間來，我有撲克牌，我們一起玩。」

莉茲看着她，沒說話。

「怎樣？」妓雯問。

「好吧。」

她們來到 811 號房間，陳妓雯的房間比莉茲的小很多，莉茲甫進去，就覺得很侷促。

「私家偵探有沒有跟蹤你？」

「喂！」莉茲喝住她。「你這裡也未必安全。」

「你放心，我的預防措施很完善。我知道私家偵探可能會調查我，甚至在我的房間裡安裝儀器。因此，我已經安裝了針孔攝錄機。」

「可是那部不是用來偷拍法庭的情況嗎？」

「沒錯。所以在不需要旁聽時，我就把它安裝在房間裡。」

「可是，如果私家偵探在你旁聽時進入你的房間，那怎麼辦？」

「你有沒有看過《死亡筆記》？」

「有。」

「我是從那部動畫裡找到靈感的。夜神月曾經用紙條、鉛筆芯和門把手來確定是否有人進入他的房間。於是，我舉一反三。在旁聽的日子，當我出門前，我會把垃圾桶放在門邊，然後拍照。開門時，不要把門開得太大，防止碰到垃圾桶。回來時也是一樣，我會比對垃圾桶的位置和照片裡垃圾桶的位置，看看是否和我出門前的位置一樣。道理很簡單，私家偵探知道我出去後，房間沒有人。因此他們開門時不會小心翼翼，那麼門就會碰到垃圾桶。接下來有兩個可能性：第一，他們不理會那個垃圾桶；第二，他們猜到垃圾桶可能有玄機，於是把它放回原來的位置。然而，這個位置和原來的位置一定有偏差。只要我發現位置有變化，就知道有人進入我的房間。」

「但也可能是房務員進來打掃。」

「我通知了酒店，房務員一定要在我的監視下打掃。理由是：我怕他們順手牽羊。這個解釋不會惹人懷疑。」

「看來你也不差。」

「當然！加入了 TM 那麼久，或多或少也學會一些東西。」

「其實我很羨慕你，可以去旁聽。案件主管說我不能去，因為還沒出庭作證。」

「羨慕我？別開玩笑了！我在網上看了法庭日誌，唐凌聰明天早上 10 時提堂。你知不知道我要幾點起床？是 5 時半！因為很多人都想去旁聽，太晚去的話就沒有位置。」

「別擔心，反正審訊也不是每天都有。」

「不過我有點害怕。雖然佛朗哥說特製的針孔攝錄機能躲過金屬探測器的探測，但萬一露餡兒

的話，可能會連累你。」

「那部針孔攝錄機是不是安迪特製的？」

「是。」

「放心吧，雖然他狗口裡吐不出象牙，但我相信他的實力。」

就這樣，她們聊了很久，直到夜幕低垂。臨睡前，陳妓雯忐忑不安，唐凌聰亦然。前者擔心聽不到鬧鐘響，後者擔心老天爺不開眼。只有莉茲，安然入睡。天亮時分，陳妓雯戰戰兢兢，唐凌聰亦然。前者害怕天有不測風雲，後者害怕陽律無情。只有莉茲，高枕無憂。

晨光熹微，東區裁判法院門外早已人潮洶湧。唐凌聰當然不會從正門出入，饒同鑫向法庭申請，要求允許唐凌聰經特別通道出入。為了避人耳目，他們租了一輛私家車，車內的唐凌聰戴着鴨舌帽、墨鏡、口罩。私家車順利駛進法院的停車場，那裡是禁區，大眾不得進入。

陳妓雯屬於最早來到法院的一批人，能夠進入法庭旁聽。不過那些遲來的人也不用失望，法院開放了三個房間，裡面有直播系統。雖然沒法親眼看到本尊，但可以望梅止渴。然而，在進入法庭前，妓雯迎來她最擔心的事情，就是安全檢查。她相信安迪的專業，但如果發生意外，那怎麼辦？安全檢查十分嚴格，保安人員手持金屬探測器，由上至下，把訪客測了一遍，又要求訪客打開手袋、公文包、行李箱。初春時分，陳妓雯的衣領已被冷汗沾濕。但保安人員不會起疑心，皆因現場人潮如鯽、人聲鼎沸，空氣不流通，流汗也是正常的。

過五關，斬六將，終於進入法庭。與高等法院相比，裁判法院的面積較小，沒有陪審團。現場座無虛席，有書記、控辯雙方大律師、事務律師、見習律師、記者、市民，唐凌聰則站在被告席。原定開庭時間是 10 時，但由於各種原因延遲了 20 分鐘。準備就緒後，裁判官蘇羅堃從專用通道進入法庭。

「起立！」書記說。

眾人起立，然後鞠躬，再隨裁判官坐下。

「現在宣讀控罪，請被告起立。」蘇羅堃說。

書記站起來，拿着文件說：「案件編號：ESCC202/2018。被告唐凌聰。控罪一：強姦罪。控罪指你在 2018 年 3 月 5 日，在中環的 58 酒店的 505 號房間，強姦一名 22 歲美國籍女子莉茲・格里芬。你明不明白？」

「明白。」唐凌聰說。

「被告請坐下。」蘇羅堃說。「被告，你有權要求進行初級偵訊，你意下如何？」

「法官閣下，我代表我的當事人唐凌聰先生放棄進行初級偵訊的權利。」饒同鑫說。

「法官閣下，控方要求被告毋須答辯。另外，由於強姦罪屬於較嚴重的可公訴罪行，因此控方申請把案件移交高等法院原訟法庭審理。」檢控官盤鑠年説。

「批准。被告，本席必須提醒你，除非你已在受審前提交不在場證明，否則你在受審時可能不允許提交不在場證明，或不允許傳召證人以證明不在場。你現在可以向本席提交相關證明，也可以在開審日期前不少於十天之時向檢控官提交相關證明。」

「法官閣下，辯方暫時沒有相關的證明或證人。」饒同鑫説。

「還有沒有別的事情需要本席處理？」

「法官閣下，請批准被告繼續保釋候審。」饒同鑫説。

「檢控官，被告在保釋期間，有沒有違反保釋條件？」

「法官閣下，被告沒有違反保釋條件。」盤鑠年説。

「那麼控方是否反對被告保釋候審？」

「不反對。」

「本席批准被告保釋候審，保釋條件和以前一樣。不過需要附加一個新條件：不准直接或間接接觸與案件有關的控方證人，包括受害者。還有沒有別的問題？」

控辯雙方沒有問題。蘇羅堃説：「本席宣佈，案件將排期進行審訊。」

「起立！」書記説。

眾人起立，然後鞠躬。蘇羅堃進入專用通道，眾人逐次離開。陳妓雯覺得提堂沒想像中精彩，她渴望看到電視劇中控辯雙方唇槍舌戰的畫面。但沒所謂，她相信日後在高等法院裡，必定會看到。現在是中午，陳妓雯還沒吃早餐，飢腸轆轆，便去吃飯。回到酒店，陳妓雯叫莉茲到她房間，把偷拍的影片播放給她看。

「事先聲明，你可能覺得很乏味。」

「沒關係。」

「不過我有一點不懂，為什麼案件主管叫你不要去法院？在提堂中，他們提到初級偵訊。我本來也不知道是什麼，後來我在網上搜尋，得知如果被告要求進行初級偵訊，那麼控方便要傳召證人。而你作為控方的主要證人，就要出庭作證，並接受辯方盤問。」

「什麼？！我……我完全不知道！」

然而，莉茲很快就知道答案。此時，她的手機響了。

「喂？」

「格里芬小姐，你好！我是案件主管，李鴻波。」

「你好，有什麼事？」

「我想告訴你，今天完成提堂，案件將排期在高等法院原訟法庭審理。我稍後再通知你相關情況。」

「知道。不過我想問你一件事，我有個朋友，她今天去了旁聽。她告訴我，如果被告要求進行初級偵訊，控方便要傳召證人。而我作為控方的主要證人，就要出庭作證，並接受辯方盤問。為什麼你不告訴我？如果我要出庭作證那怎麼辦？」

「我不告訴你，是不想你白跑一趟。初級偵訊可讓控方披露所持的證據，若辯方成功指出證據不足，案件就不能移交高等法院。但很多時候，辯方都不希望控方知悉自己的抗辯理由，因為控方會藉此修補舉證策略。而且，根據統計資料，越來越少案件進行初級偵訊，所以我肯定你不需要在提堂時出庭作證。」

「原來如此。」

「還有一件事要告訴你，案件即將在高等法院審理，所以檢控官想和你見面，商討有關細節。你什麼時候有空？」

「我隨時都可以。」

「那麼明天，3 月 8 日，早上 11 時，在金鐘的高等法院門口見面。有沒有問題？」

「沒有。」

「那麼明天見。」

第 14 章：〈瞭解〉

又是陽光明媚的一天，在這樣的氛圍下，莉茲幾乎沒有任何憂慮，在這場戰役中，她佔盡優勢。於是，她懷揣着這樣的情愫，在酒店的餐廳裡吃早餐。她看了看時間，10 時，距離赴會的時間還有一小時，加上高等法院在金鐘，酒店也在金鐘，時間非常充裕。輕輕咀嚼，讓豬扒的滋味溢滿口中；輕輕品嚐，讓咖啡的馥郁彌漫不散。

餐後，莉茲以步行代替坐車。一來時間尚早；二來身體更健康；三來和煦的陽光讓人無比舒服。高等法院附近旺中帶靜，這很正常，因為已過了早上繁忙的上班時間，而繁忙的午飯時間又還沒到來。法院門外有一個噴水池，法院的莊嚴和噴水池的輕浮產生了化學作用，淡化了來人內心的緊張。來到門口，莉茲看到四個男人和一個女人。其中一個肥頭大耳、滿臉笑容，明顯是李鴻波。另外幾個穿着黑色西裝，衣冠楚楚、儀表不凡。

「你們好！」

「格里芬小姐，你好！讓我來介紹，這位是盤鑠年資深大律師，也就是檢控官，負責這宗案件的檢控工作。另一位是事務律師，叫薛銘濤，負責協助盤大律師。另外兩位分別是見習大律師和見習事務律師。」李鴻波說。

「格里芬小姐，你好！這是我的名片。」盤鑠年取出名片交給莉茲。

「很高興認識你！」

「格里芬小姐，我還有別的事要做，不陪你了，你們慢慢聊吧。」李鴻波說。

「再見。」

「你吃了早餐沒有？法院裡有餐廳。」薛銘濤說。

「我剛吃了。」

「我們進去再說吧。」盤鑠年說。

莉茲尾隨他們進入法院大樓。

「我約你出來，是想和你談談審訊方面的事。雖然你是案中的受害人，但也要出庭作證，所以是控方第一證人。你來香港旅行，卻遭到那麼殘酷的對待，實在太可憐。我知道你有一個朋友在香港陪你，但我相信你對於未知的審訊依然感到壓力重重，不知該如何面對。所以我希望你在出庭作證前，對法院有基本的瞭解。熟悉了環境，就會感到安心。」盤鑠年說。

「謝謝。」

他們來到一部電梯前。

「高等法院有很多電梯，它們分工明確，各行其道。有六部供當事人和律師使用的電梯、三部職員專用電梯、兩部法官專用電梯、一部陪審員電梯和一部犯人電梯。」薛銘濤說。

「明白。」

盤鑠年對莉茲上下打量，說：「法庭對於衣著有一些要求，女士要穿淨色或較保守的襯衫，以及長褲或裙。你這樣穿還可以。」

「知道。」

盤鑠年帶領莉茲來到接待處，拿了一些小冊子。

「你有什麼不明白的話，可以看看這些小冊子，裡面有很多資料，也可以瀏覽相關網頁。」盤鑠年指着上面，「法院有很多指示牌，我相信你不會迷路。」

「走了一會兒，有點累是吧？」薛銘濤問。

「也不是太累。」莉茲說。

「我們到會見室坐坐吧。」盤鑠年說。

進入會見室，他們從公文包裡拿出文件，放在桌上。

「接下來就讓盤大律師向你解釋審訊的事情吧。」薛銘濤說。

「我先解釋一下我在這宗案件裡的角色。這宗案件是律政司的外判案件，換言之，我不是律政司的刑事檢控專員，而是外判大律師。提堂那天，裁判官已決定把案件移交高等法院原訟法庭審理。不過在正式審訊前，還有一些瑣碎的工作。例如公訴書存檔、案件管理聆訊。你不必擔心這些事情，這些都是由律師負責處理的。」

「明白。」

「正式審訊時，大概的程序是：法庭書記宣讀控罪，詢問被告是否認罪。但我可以肯定，唐凌聰絕對不會認罪。然後，選任陪審團。接着控方作開案陳詞，並傳召證人。由於你是本案的受害人，所以你會以第一證人的身分出庭作證。作證時，先由控方主問，然後辯方盤問，如有需要，控方會覆問。明白嗎？」

「明白。」

「陪審團方面，控方和辯方都有權反對被選出的候選人出任陪審員。你對陪審員有沒有什麼要求？譬如說：希望陪審員是女多於男的。」

「其實……也沒什麼所謂。我不想性別歧視，我相信陪審員會作出公正的裁決。」

「話雖如此，但男陪審員太多的話，可能對控方不利。放心吧，我會盡力減少不利因素。」

「謝謝。」

「在出庭作證前，法院會寄傳票給你。傳票上有審訊的日期、時間、地點。出庭當天，你到達法庭後，就向我或我身邊這位見習大律師報到。到時候，請出示你的身份證明文件和證人傳票，我會告訴你在哪裡等候。在等候傳召期間，你不能向任何人談論你的供詞。除非獲通知不再需要你，否則切勿離開法院大樓。如果你有重要事情需要提早離開的話，要在開審前通知我們。」

「明白。剛才你說：『除非獲通知不再需要你』，在什麼情況下會不需要我？」

「譬如被告在審訊當天認罪，那麼證人就毋須出庭作證。但我說過，唐凌聰認罪的機率幾乎是 0，所以這種情況不會發生。」

「明白。」

「到你出庭時，書記會到庭外傳召你，並帶領你到證人席前站立。然後你可以選擇以非宗教形式或以宗教形式宣誓。」

「我是一個天主教徒，我會以宗教形式宣誓。」

「好的。有些事情請你記住，第一，你可以出庭作證，代表被告不認罪，所以你的供詞將有助法庭決定被告是否有罪。第二，要說實話。第三，不清楚答案的便說不清楚。第四，不必焦急，慢慢地把話說清楚。第五，不明白或聽不清楚的，你可以要求發問人複述問題。還有最重要的一點，如果發問人的問題和警方問你的一樣，那麼你的答案就要和錄口供時所說的一樣。你可以作更詳細的補充，但供詞不能前後矛盾，否則辯方律師就會藉此攻擊你。」

「知道。」

「在審訊前，控辯雙方會交換資料，如證人的陳述書副本、呈堂文件副本、呈堂證物清單。我會根據辯方的資料，揣摩辯方盤問的問題。然後擬定一些控方和辯方可能會發問的問題，再把問題發給你，讓你好好準備。」盤鑠年取來一張紙。「請寫下你的電郵地址。」

「好的。」

「言歸正傳，完成作證後，你可以離開法庭。如果你喜歡的話，可以留下來旁聽餘下的審訊。雖然你完成作證，但不要忘記，你不能和還沒作證的證人談論你的供詞。對了，我忘了問你，你是強姦案的受害人，屬於易受傷害的證人。你有權使用屏風，或透過電視直播聯繫方式作證。你需不需要？」

「不需要。」

「不需要？但很多強姦案的受害人都會避免露面。」

「我很討厭偷偷摸摸的感覺，弄得我好像做了什麼壞事一樣！要偷偷摸摸，要找洞鑽的，應該

是那隻禽獸，而不是我！」

「作為受害人，你可以要求法院採取一系列措施來保障你的私隱。」

「不用了。那段影片已經在網絡上瘋傳，全世界的人都看過我的醜態，還有什麼私隱可言？」

「那好吧，我們尊重你的意願。還有就是，雖然唐凌聰的保釋候審條件之一是：不准直接或間接接觸與案件有關的控方證人，包括受害者，但不排除他會知法犯法。格里芬小姐，恐嚇或遊說證人省略供詞、更改口供或作虛假證供，都是違法行為。無論在任何階段，只要有人就上述目的與你接洽，你都要立即向警方舉報。」

「知道。」

「最後，談談金錢方面的問題。第一，強姦案是刑事案件，由律政司負責檢控，而我是代表律政司進行檢控工作，所以你不需要支付律師費。第二，你是控方證人，你有權領取證人津貼。津貼有一個固定款額，須要經法官批准才可發放。我會代你申領。」

「麻煩你了。」

「別客氣。第三，你可以在刑事訴訟結束後，向被告追討賠償金。最理想的做法是，嘗試與對方庭外和解，避免把金錢和時間浪費在官司上。可是，如果對方不願意賠償，你可以入稟法院，展開民事訴訟。你可以聘請薛銘濤律師來幫你。」

「我可以聘請你嗎？」莉茲問盤鑠年。

盤鑠年瞥向薛銘濤，薛銘濤面有難色，見習律師們竊笑。莉茲很快就意識到說了不該說的話。

「對不起！對不起！我不是小覷薛律師的能力，只是盤大律師負責訴訟，對案情十分了解，如果在民事訴訟中，由盤大律師負責的話，可能會比較好。」

盤鑠年笑着說：「其實我也有跟薛律師討論案情，他對案情的了解不比我少。當然，你可以透過薛律師來聘請我，讓我代表你出庭。不過，我作為資深大律師，收費不菲。雖然民事索償的勝算很大，官司完結後，法官會就訟費頒佈命令，由勝利的一方取得。但是，除非法庭以較高的準則計算訟費，否則一般只能取回大約三分之二的訟費，甚至更少。換言之，你可能要支付差額給律師。那筆賠償金對你來說意義不少，如果要從中抽取一部分作為律師費的話，就有點可惜。」

「明白。」

「民事索償的事你可以慢慢考慮。關於出庭作證的事，大抵如此。有沒有別的問題？」

「我有一個問題，你可能覺得很幼稚。」

「沒關係，請問。」

「我看過一些有關法律的電視劇，控辯雙方大律師會私下討論案件，而且還是朋友。你們也一

樣嗎？」

見習事務律師忍俊不禁，見習大律師也啞然失笑。薛銘濤用眼神示意他們收斂。

「控辯雙方大律師私下見面，大抵有幾個原因。譬如交換與案件有關的資料，或在審訊前就某些案情達成共識，又或討論交替控罪的問題。唐凌聰的辯護律師叫饒同鑫，我和他不是朋友。其實你可以放心，控方的勝算接近百分之百。首先，在證據方面，控方有大量的人證和物證。其次，饒同鑫的強項是商業方面的民事和刑事訴訟，而不是性方面的訴訟。根據紀錄，他從事過兩宗強姦案的辯護工作，可惜都是敗訴。唐祿之所以找他，是因為他是凝寰集團多年來的御用大律師。説得直白一點，唐祿在聘請律師方面，是感情用事多於理性分析。再次，我是資深大律師，饒同鑫只是大律師。我們在經驗、實力方面是大相逕庭的。格里芬小姐，我以人格擔保，我必定會竭盡所能，讓唐凌聰罪名成立，為你討回公道。」

「感激不盡！」

「還有沒有別的問題？沒的話就到此為止。」

「沒有了。」

「我們走吧。」

莉茲跟着他們離開房間，來到法院門口。

「我們就在這裡道別吧。」盤鑠年説。

「你自己一個人回去行嗎？」薛銘濤問。

「行，再次感謝你們！」莉茲向他們鞠躬。

「別那麼客氣，再見！」

雖然正式審訊還沒開始，但莉茲已享受到勝利的快感。現在是 12 時 15 分，最適合到一家高級餐廳吃頓好的。千層麵也不錯，莉茲很久沒吃。她腳步輕盈，高跟鞋的噔噔聲由近及遠，漸漸消失在高等法院一帶。然而，那些不知蟄伏在何處的腳步，卻要小心翼翼，不能洩露半點風聲。

第15章：〈私家偵探〉

要像冬眠的動物一樣蟄伏，是正常的；行動要小心翼翼，也是正常的。因為這些是私家偵探應有的技能。

與唐祿見面後，蔣民恩和程志健回到偵探社，與楊美容、珍妮塔開會，討論調查計劃。

「沒想到唐祿那麼大方，我們應該問他多拿一點才對。」程志健説。

「如果多拿一點的話，他就會以為我們利欲熏心，不再僱用我們，到時候就見財化水了。」蔣民恩説。

「不過，我們可能需要購買新的儀器，到時候也要問他拿錢。」楊美容説。

「到時候再説吧。言歸正傳，我打算採用兩種調查方式。第一，安裝針孔攝錄機和竊聽器；第二，派人跟蹤那個女人。程志健、楊美容，你們負責安裝儀器。我們要在短時間內找出真相，因此需要不少儀器。針孔攝錄機大概要二十部，竊聽器大概要十個。跟蹤方面，由楊美容負責。」

「又是我？那珍妮塔呢？」

「那個女人是美國人，由珍妮塔跟蹤的話，可能會露出馬腳。你是香港人，她不會懷疑你。」蔣民恩説。

「那麼我負責什麼？」珍妮塔問。

「我想你調查那個女人的資料，事無巨細都要查得一清二楚。」

「知道。」

散會後，各人負責自己的工作。程志健和楊美容的工作頗順利。入侵中大海酒店的監控系統，修改相關片段，並不困難；進入莉茲的房間，也不困難。不過，安裝儀器卻很考驗功夫。儀器數量很多，要平均分佈，也要避免露出馬腳。安裝的地方、安裝的角度、位置的隱蔽性、監視的全面性，通通都要考慮。來到浴室時，兩人起了爭執。

「浴室也要！？」楊美容問。

「我怎麼知道她在浴室裡幹什麼？」

「如果真的是迷姦，真的是一場陰謀的話，她回到房間就可以原形畢露，需要等到進入浴室後才露出破綻嗎？！」

「所以我常常説，你根本不適合當私家偵探，你的婦人之仁只會壞了大事！」

「你好色、變態就直接承認，不要諸多藉口！」

「你覺不覺得你的底線很無謂？調查、偷拍、監視、跟蹤，這些都是過界的行為，但你能夠接受。現在也是監視，只不過監視的地方是浴室，你卻突然有了底線，那不是很奇怪嗎？」

「如果監視的對象是男人，你就不會那麼堅持！」

「我懶得和你說！」說罷，程志健逕自安裝儀器，楊美容沒有幫忙。

安裝完成後，程志健回到偵探社。但楊美容卻要隨時候命，當莉茲外出時，就要跟蹤她。不過這種跟蹤也是徒勞無功的，因為楊美容不知道莉茲隨身佩戴無線電耳機。佛朗哥有什麼命令，會直接告訴莉茲。通常莉茲都不需要回應，就算真的要回應，也可以用一些掩人耳目的方法。譬如在咖啡廳裡，為了避免露出馬腳，楊美容會坐在遠處監視。莉茲要說話時，可以拿起咖啡杯，遮蓋嘴巴，一邊慢慢喝，一邊慢慢說。坐在附近的人也未必察覺到異樣，何況楊美容？

不過楊美容的跟蹤方法也不是一成不變的，在平淡中總能找到新意。當莉茲進入商場的洗手間時，就是發揮創意的時候。不過要在洗手間裡監視莉茲並不是一件容易的事，因為裡面每每有其他使用者。有一次，莉茲進入沒有使用者的洗手間。楊美容確定裡面沒有其他人後，就立即走出洗手間。旁邊有一扇門，通向走火通道，裡面有一塊「清潔進行中」的告示牌。美容把牌放在洗手間門外，然後小心翼翼地進去。莉茲選了盡頭的第一個廁所隔間。美容知道，如果莉茲察覺到旁邊的隔間有使用者的話，可能會停止進行某些事情。於是，她選了第四個隔間。她輕輕開門，輕輕關門，再輕輕打開手提包，把裡面的東西拿出來。有一根伸縮棍、一部針孔攝錄機、一台平板電腦。美容把鏡頭安裝在伸縮棍的頂端，然後按下按鈕。伸縮棍可伸長十幾米，速度不徐不疾，沒有雜音，恰到好處。隔間下方有空隙，馬桶的後方不是貼着牆壁，一樣有空隙。美容利用這些優勢，在馬桶後方伸展伸縮棍，直達莉茲所在的隔間。莉茲坐在馬桶上使用手機。伸縮棍來到莉茲的右後方，美容按下按鈕，伸縮棍向上伸展，形成一個直角。最後，伸縮棍停在莉茲的右上後方，針孔攝錄機成功拍到莉茲的手機，影像傳送到平板電腦中。可是，莉茲並非在做什麼不可告人的事，她只是在上網，看一些無關痛癢的東西。慶幸的是，莉茲的危機意識集中在左下前方和左上後方，沒有發現近在咫尺的伸縮棍。儘管美容還想繼續監視，但如果莉茲突然站起來沖水的話，就完蛋了。於是，她監視了一會兒，就收回伸縮棍。

珍妮塔也不差，雖然調查莉茲的底細沒什麼風險，但調查的深入程度卻能反映她作為私家偵探的功力。兩天後，她把調查報告交給蔣民恩。內容如下：

〈關於莉茲‧格里芬的調查報告〉

姓名	莉茲‧格里芬
出生日期	1995 年 9 月 14 日

出生地點	美國加利福尼亞州三藩市聖弗朗西斯紀念醫院
居住地	美國加利福尼亞州三藩市佛森街 5 號
電話	（415）701-9110
電郵	lizgriffin950914@gmail.com
家庭	-原生家庭裡有父母，沒有兄弟姐妹 母親： -姓名：凱特・洛佩茲（Kate Lopez） -出生日期：1972 年 4 月 6 日 -信仰：天主教 -學歷：高中畢業 -工作：婚前是一家超市的收銀員，婚後是家庭主婦 -感情：與丈夫結婚 24 年 父親： -姓名：伊凡・格里芬（Ivan Griffin） -出生日期：1968 年 10 月 2 日 -信仰：天主教 -學歷：大學畢業 -工作：曾經是一家銀行的業務總監，5 年前提早退休 -感情：與妻子結婚 24 年
信仰	-天主教 -受洗年齡：2 歲 -虔誠度：甚高。自小積極參與宗教活動，升上大學後，活躍度稍為下降，可能與學業忙碌有關，或與「訴訟紀錄」部分所述之事有關。
交友	-點頭之交居多，很少關係親密的朋友
學歷	-賓夕法尼亞大學犯罪學學士 -主修犯罪心理學 -GPA3.5 -大學時期沒有獲得任何獎學金 -三年級暑假，參加了學系舉辦的交流團，到香港參觀林過雲殺人案的案發現場。

工作	-中學和大學時期沒有任何工作經驗
	-今年到香港旅行前，應徵了一份採購員工作，並簽訂僱傭合約，2018 年 3 月 12 日正式上班。
	-公司名稱：活特首飾製品（美國）有限公司
感情	-性取向：異性戀，沒證據證明是其他性取向。
	-根據社交網站的紀錄和舊同學的敍述，沒有戀愛經驗。
	-婚姻狀況：未婚
	-子女數目：0
	-愛情觀：不明
疾病	-根據體檢報告和病歷，沒有任何長期病患，也沒有進行過任何類型的手術。
資產	流動資產：
	-銀行存款：38520 美元
	註：存款不是來自工作收入，也沒證據證明是非法所得，應該是家庭成員給予的零花錢或透過賭博得來的獎金。
	-沒有任何來自投資的收益，包括但不限於：股票、債券、基金。
	不動產：
	-沒有任何以個人名義持有的不動產，包括但不限於：房屋、土地。
訴訟紀錄	-案底：沒有
	-沒有以任何身分捲入任何刑事或民事訴訟中
	-根據美國警方的內部紀錄，她於 2014 年到警署報案，説美國籍天主教神父馬丁・艾倫（Martin Allen）性侵她。警方調查後認為證據不足，而且報案人的供詞不可信，所以沒有起訴任何人。
其他	／

第 16 章：〈玄學〉

　　這場風波，牽動了各人的命運，大家都做着自己應該做的事。雖然已沒有案牘之勞，但呆在家中的唐凌聰，思緒混亂，想着那些沒有答案的問題。是名媛也是貴婦的蔣乙華亦然，以前她會因為擔心兒子而到公司，現在她卻因為擔心丈夫而到公司。雖然她知道自己無能為力，但總想盡點綿力。於是，陪陪丈夫，說說話，就成了她的工作。

　　來到 62 樓，唐祿在陰暗的辦公室裡獨自憔悴，桌上放着一瓶 1982 年的拉菲紅酒。

　　「醫生叫你不要再喝酒。」蔣乙華說。

　　「你替我打電話給謝師傅。」

　　「不用了。我昨晚已致電他，他叫我另請高明。」

　　「什麼？！我們每年都是找他的，他為什麼不幫我們！？」

　　「其實我也不太明白他說什麼，他說不想捲進這場因果的遊戲中。」

　　唐祿也不知道該說什麼，蔣乙華再說：「放心，我問了一些朋友，他們推薦了這個人。」她取出名片，遞給唐祿。

　　「他靠譜嗎？我聽都沒聽過。」

　　「雖然他不算有名，但朋友說他的能力很強。說實話，我反而覺得那些舉世聞名的沒什麼本事。」

　　「就他吧。」

　　「那麼我叫秘書聯絡他。」

　　「不用，我想直接找他。」唐祿正要打電話，卻猶豫了片刻。「這麼晚，有沒有問題？」

　　「他應該不在公司，但名片上有他的手機號碼，可以試試看。」

　　唐祿撥通了電話。

　　「喂？是馮玄師傅嗎？」

　　「是。」

　　「您好，我是凝寰集團有限公司的董事局主席兼行政總裁，唐祿。我想找你幫忙，你什麼時候方便？」

　　「哦，好的。讓我看看，不如……明天早上 10 時，我到凝寰集團的總部大樓找你，行嗎？」

　　「沒問題，明天見。」

　　「再見！」

　　順水順風時，要找算命師來錦上添花；命途多舛時，也要找算命師來趨吉避凶。唐祿心中那盞象徵希望的燭光還沒熄滅，他相信饒同鑫的實力，相信私家偵探的實力，也相信那位素未謀面的算命師的實力。假如說，他的輝煌人生已經過去，他相信；如果說，唐凌聰的人生還沒經歷輝煌就要結束，他絕不相信。大家的命運何去何從，明天就能略窺一斑。唐祿把酒杯的紅酒喝光，和蔣乙華回家去。

　　當人生面對難以解決的問題時，就要借助別的力量。對唐祿來說，這些神秘的力量似乎比律師和私家偵探更有魅力。鬧鐘還沒響，他就起了床。等到蔣乙華起床時，他已吃過早餐，準備出門。回到公司，不到 8 時。和煦的陽光穿過落地玻璃窗，投在唐祿的辦公桌上。唐祿有一種時空交錯的感覺，他想起很多年前，公司上市那天，天氣很好，心情舒暢。這些先兆都像在告訴唐祿，今天將會很順利，兒子的官司將迎來轉捩點。

　　10 時前的唐祿，心思都不在工作上。眼睛看着電腦，卻常常瞥向時鐘。他甚至在酒櫃前佇立良久，如果算命師想喝酒，該選哪一瓶好呢？看來只有見了師傅，唐祿才能專心工作。此時，有人進來。背向大門的唐祿，知道那是蔣乙華，因為只有家人進來是不用秘書傳達。唐凌聰和唐凌熹都沒有前來的理由，算命師是蔣乙華介紹的，她當然想來看看。

　　終於，馮玄在 9 時 50 分到達。

　　「唐先生，這是馮玄師傅。」徐鳳瑩說。

　　看到馮玄的那瞬間，唐祿有點失望。這個馮玄大概 40 多歲，怎麼看都沒法與「經驗」、「實力」沾邊。如果是上了年紀而沒有名氣的，唐祿相信那可能是隱世高人；但一個中年而沒有名氣的，唐祿只會覺得他學藝不精，因而名不經傳。儘管如此，禮貌還是要有的。

　　「馮師傅，請坐。」

　　「謝謝。」

　　「要不要喝些什麼？我的酒櫃裡有很多酒。」

　　「要一杯茶就行了。」

　　「徐鳳瑩，給馮師傅一杯紅茶。」

　　「知道。」

　　「唐先生，這是我的名片。」馮玄把名片遞給唐祿。

　　唐祿昨夜已看過他的名片，但還是認真看多一遍。

　　「昨晚在電話裡沒機會自我介紹。我叫馮玄，是一位玄學家。12 歲開始拜師學藝，精通八字、紫微斗數、奇門遁甲、鐵板神數、相學、風水等一切術數。」

「馮師傅，你看起來很年輕。」蔣乙華説。

「是的，我今年 41 歲。」

「你還沒來的時候，我以為你是上了年紀，沒想到那麼年輕。」唐祿笑着説。

「其實我也習慣了，很多人看我那麼年輕，就以為我沒實力。如果你們想測試一下我的實力，我可以用奇門遁甲表演給你們看。」

「我當然相信你的實力，你也知道我們這些富豪很看重算命師的實力。我之所以找你，是因為有很多富豪朋友向我推薦你，可見你的實力不容小覷。」唐祿説。

此時，徐鳳瑩端着茶進來。

「馮師傅，請慢用。」

「謝謝。」

「馮師傅，這是頂級祁門紅茶，是英國王室成員的至愛，希望你喜歡。」唐祿説。

「唐先生，你太客氣了！」

馮玄淺嚐了一口，無疑，這是他有生以來喝過最優質的紅茶。馮玄想起澳門同益百花魁的王母蟠桃，包裝盒上印有語句。

「此茶祇應天上有，人間哪得幾回嘗。」

馮玄的詼諧，逗得他們開懷大笑，這是他們自那天起第一次展露笑容。客套的話説了，見面時各種奇怪的氛圍都消散了，是時候言歸正傳。

「馮師傅，你應該猜到我找你的目的。」唐祿説。

「應該和令郎的官司有關，對吧？」

「沒錯，我到現在都不相信他會做這種事，應該是被人設局陷害的。」

「説實話，案發那天我已經用奇門遁甲來占算。根據當時的盤式，令郎應該是被人陷害。同時，在法律訴訟方面，得出朱雀投江的凶格，代表訴訟極為不利。更重要的是，設局者來勢洶洶，要破解他們的佈局並不容易。」

「那怎麼辦！？」蔣乙華問。

「他們？你的意思是，策劃這次陰謀的不是那個女人，而是一個犯罪集團？」唐祿問。

「是不是犯罪集團，我不敢下定論。但可以肯定的是，設局者多於一人。」

「呃……馮師傅，不好意思，我想打岔一下。為什麼你沒有任何資料，卻可以得知那麼多信息？」蔣乙華問。

「命理界有句話：『學會奇門遁，來人不用問』。意思是，只要精通奇門遁甲，不用問事人開口，

就知道他要問什麼。同時，也能得知他的實際情況，以及告訴他相關問題的解決方法。舉個例子，如果我在一個露天茶座喝茶，有個陌生人經過。假如我想了解他的事情，我可以立即起局，透過盤式來了解一切。這就是奇門遁甲比八字、紫微斗數優勝之處。」

「哦……原來如此。」蔣乙華說。

「你們不相信的話，我可以占算你們的事情，看看準不準確。」

馮玄從公文包拿出平板電腦，打開奇門遁甲的排盤軟件，起了一個局，聚精會神地研究盤式。過了半分鐘，他問：「唐太太，你今天是不是吃了一個英式早餐？」

「對啊！你怎麼知道！？」

「我還知道這是你的習慣，你每天早上都要吃一個英式早餐。」

蔣乙華嚇得像青春少艾一樣，用雙手捂住嘴巴，眼睛瞪得大大的。

「剛才你進來時，我看你那麼年輕，就以貌取人，以為你沒實力，真的很抱歉。」唐祿說。

「那不如讓我來占算唐先生的事情。」

馮玄對奇門遁甲的掌握已達到爐火純青的境界，只需要很短時間，就能說出答案。這次，他用了15秒。「唐先生，你的左大腿內側，有一個胎記。對不對？」

這次輪到唐祿目瞪口呆。

「佩服！佩服！我實在甘拜下風！」

「馮師傅，不如替我兒子算算命吧，看看怎樣化解牢獄之災。」蔣乙華從手袋取出寫了唐凌聰出生日期的紙條。

「唐太太，我用奇門遁甲來占算，是不需要八字的。」

蔣乙華和唐祿面面相覷。馮玄見勢，又說：「當然，你們想的話，我也可以替令郎算算八字。」

蔣乙華笑着把紙條交給馮玄。馮玄根據紙上的出生年月日時，用八字排盤軟件把出生日期轉換成天干地支。

「馮師傅，我看過一些師傅算命，他們會用筆寫在紙上，你不需要嗎？」唐祿問。

「唐先生，你說的應該是坐在廟街替人算命的師傅。他們大多上了年紀，不懂使用電腦，所以要依賴紙質萬年曆，用傳統的方法來排盤。不過，現在科技發達，網上有很多排盤軟件，可以在短時間內把出生日期轉換成天干地支。當然，要參透每個八字的玄機，就不能依賴軟件，而是要靠算命師的功力。」

「原來如此。」

唐凌聰生於1989年5月12日晚上8時12分，轉換成天干地支就是：年：己巳／月：己巳／

日：壬申／時：庚戌。大運排列如下：戊辰／丁卯／丙寅／乙丑／甲子／癸亥／壬戌／辛酉。以馮玄的功力，只需要半分鐘，就參透了這個八字的玄機。但他足足看了兩分鐘，並非有什麼難題，而是不知該怎樣向他們解說唐凌聰的悲慘命運。

「其實……令郎他……」

「馮師傅，有話不妨直說。」

「令郎的八字，缺點多於優點。壬水日主生於巳月，財官旺盛，是典型的身弱八字。優點是：年干和月干透出正官，一定程度上轉化財星的力量，減少財星破印的危機。再者，時支是七殺，能夠生日支和時干的偏印，讓印星再生日主。至於缺點，首先，原局缺乏比劫，只能靠兩個印星支撐日主。其次，時支戌土是燥土，加上原局火旺，因此戌土難以生金，反而脆金。換言之，支撐日主的庚金和申金都受到一定程度的傷害。如果把戌土換作辰土，層次就會提升。再次，觀其大運，42歲前的運勢不佳，全是一些官殺、食傷大運。要到 42 歲，大運地支遇到子水劫財，運程才能改善。」

馮玄一口氣說了很多，有點渴，又喝了幾口紅茶。他們沮喪不已，不知道該說什麼。

「我想問，令郎是不是一個嚴於律己的人？」

「沒錯，他很懂事，不用我們操心。」蔣乙華說。

「可是他長期處於泰山壓頂的狀態，快要崩潰。」

「什麼？！他從來沒說過壓力大。」

「令郎的八字透出正官，給人規行矩步的感覺。不過，命局官殺旺盛，加上財星的加持，令官殺的力量更強。對身弱的人來說，官殺象徵壓力、疾病、官司、小人、災禍。」

「我常常跟他說，工作是做不完的，要多休息，他就是不聽！」蔣乙華說。

「他現在處於丙寅大運，是食神生偏財的大運。今年是戊戌年，七殺旺盛，注定是多災多難的一年。據我所知，強姦罪的最高刑罰雖然是終身監禁，但大多數都不會判終身監禁。更重要的是，令郎 42 歲運轉時來，因此判終身監禁的機率很低。可是，如果罪名成立，你們要有心理準備，他 42 歲前都要在監獄裡度過。」

「難道真的沒有辦法！？」唐祿問。

「辦法是有的。第一，你們能否拿到那個女人的生辰八字？」

「有什麼用？」

「道理很簡單，既然那個女人設局陷害令郎，那麼她能否成功，就視乎她的命格和大運有多好。如果她的命格和大運差過令郎，令郎就能反敗為勝。」

「意思是，這是一場比試運氣的遊戲？」蔣乙華問。

「沒錯。舉個例子,有兩個殺人犯,一個很快被繩之以法,一個逍遙法外二十年,當中的差異取決於運氣的優劣。一個人在運氣差時犯罪,逃脫的機率接近 0;相反,一個人在運氣好時犯罪,就很容易逍遙法外。所謂『時來天地皆同力,運去英雄不自由』,就是這個道理。」

「大師的話確有當頭棒喝之效。」唐祿拉開辦公桌的抽屜,取出一個文件夾,遞給馮玄。「這是私家偵探調查那個女人的調查報告,不過上面只有出生年月日,沒有時間。」

「沒有時間的話只能時見一斑,不能準確判斷命格。」

「那麼我叫私家偵探查清楚。」說罷,唐祿致電蔣民恩。

「蔣民恩,你好。」「是這樣的,我想你查一下那個女人的出生時間。」「再見。」

「我已經叫人去查了,很快有答案。」

「馮師傅,雖然沒有時間,但你能否用年月日估算一下她的命格?」蔣乙華問。

「可以。」馮玄根據莉茲的出生年月日,輸入相關資料。

莉茲生於 1995 年 9 月 14 日,轉換成天干地支就是:年:乙亥／月:乙酉／日:戊申。大運排列如下:丙戌／丁亥／戊子／己丑／庚寅／辛卯／壬辰／癸巳。馮玄捏了一把冷汗,因為莉茲的八字充滿許多可能性。

「如果時柱出現印星和比劫,就是身弱。大運地支是亥水偏財星,流年地支戌土與原局的申金和酉金三會傷官局。那麼,她運勢不利,因為喜用神印星和比劫會受到嚴重的傷害,她最終會自掘填墓。相反,如果時柱出現財星、官殺、食傷的話,就屬於從格。假如三者在命局的力量相若,就是從勢格;假如食傷的力量稍勝一籌,就是從兒格。無論如何,只要是從格,層次就比正格高很多,大運遇到偏財星是極佳的運氣。」

「那怎麼辦!?」蔣乙華問。

「不要杞人憂天,說不定她的命格和運氣比令郎還要差。」

「馮師傅,那還有別的方法嗎?」唐祿問。

「有。第二,就是種生基。你們有沒有種過生基?」

「沒有,不過我知道是什麼。」

「在談論種生基前,我想問一下,令郎的官司什麼時候正式審訊?」

「我問過在律政司工作的朋友,如無意外,四月上旬就可以。」

馮玄猶豫了一會兒,說:「這樣的話,我建議你們採用本命爐來代替傳統的種生基。」

「為什麼?」

「主要是時間問題。」

「我在新界的郊區有一些私人土地，不必花時間尋找。」唐祿說。

「首先，要種生基，就需要好的風水龍穴。唐先生的私人土地是否上等的風水龍穴還是未知數，不是的話，就要另覓他處，比如到中國內地。我閒來沒事都會到內地走走，看看哪裡有上等的風水龍穴，我發現有些地方確實很適合種生基。不過，要在內地種生基，就要買土地，但買賣過程中有很多繁複的手續，耗時甚久。其次，在正式種生基前，要用奇門遁甲擇一個良辰吉日，方可動工，這樣才能進一步發揮生基的效果。如果不擇吉日，倉猝行事的話，效果不理想。因此，我擔心在正式審訊前沒法完成。相反，本命爐則不同。你可以把它理解為小型生基，原理是：把生基物品放在神壇上，吸收香火、靈氣、正能量，並借助神明和符咒的力量來達到改運的效果。這方法不需要土地，對時間的要求也不高，能夠在短時間內完成。」

「那就照你說的去做吧。」

「生基物品方面，需要貼身衣物、頭髮、指甲、牙齒、血液。你們準備好這些東西，就送去我公司。」

「如果是很久以前的牙齒可以嗎？」蔣乙華問。

「沒關係，只要是令郎的牙齒就可以。」

「凌聰小時候脫落的牙齒好像放在書房的保險箱裡。」

「血液要多少？」唐祿問。

「10 毫升。」

「我可以叫醫生幫他抽血。」

「說回令郎的案件，還有一些方法。」馮玄又用奇門遁甲來起局。「從方位上分析，西方有一個貴人，它或許能幫助令郎。」

「那個貴人是誰？」唐祿問。

「其實……它不是一個人，而是機構或公司之類的。不過，這個貴人不會無條件伸出援手，而是要付出龐大的代價。代價可以是金錢，也可以是其他東西。」

「只要能幫助凌聰，什麼代價都可以！」

「我們要查一下香港的西方有什麼公司。」蔣乙華說。

「不好意思，我忘了說，『西方』不是指香港的西方，而是西方國家。」

「什麼？！那豈不是大海撈針？！」蔣乙華問。

「只要掌握一些線索，就能找到它。你叫私家偵探把焦點放在那個女人的資料上，一些看似很普通的資料，其實內含玄機。」

「明白。」

「貴人方面，其實令郎也是一個貴人。」

「什麼？！」

「雖然他是受害者，但同時也是一個貴人。要發揮令郎作為貴人的作用，需要借助一些外力。你叫令郎不要常常留在家裡，有空的話就約朋友出去。另外，還要提醒他，不要輕易相信別人，尤其是一些曾經傷害過他的人。」

馮玄沒有開門見山，總是説一些玄之又玄的東西，他們只能一知半解。

「還有就是，控方證人。我不熟悉法律程序，但據我所知，辯方律師好像可以看到控方掌握的資料，對吧？」馮玄問。

「呃……是可以的。因為控辯雙方需要在審訊前交換資料，讓大家有時間準備。」唐祿説。

「你叫辯方律師仔細調查控方證人，看看有沒有這樣的一個人。他是男性、外國人、中年，而且光頭。如果有這個人，就想辦法阻止他出庭作證，否則後果不堪設想。」

「明白。」

此時，唐祿的手機響起。

「喂？」「查到了嗎？」「好的，再見！」

掛斷電話後，唐祿説：「馮師傅，那個女人在下午 5 時 58 分出生。」

馮玄聽後已心知不妙，但還是故作鎮靜，重新排列莉茲的生辰八字。轉換成天干地支就是：年：乙亥／月：乙酉／日：戊申／時：辛酉。

「她的八字是從兒格，或假從兒格。因為日主沒根氣，也沒有印星生扶，原局食傷旺盛，且透上天干，又有財星，所以符合從兒格的條件。不過原局有兩個正官透干，令格局出現瑕疵。因為從兒格最忌諱的是印星，其次是官殺，所以此八字也可以歸類為假從兒格。但不論是真從還是假從，喜用神都是食傷和財星，其次是比劫。從格局來看，層次明顯高於令郎的八字。更重要的是，她現在處於丁亥大運。雖然天干透出正印忌神，但大運重地支，地支是偏財喜神，因此她的運勢順水順風。她最快也要到 47 歲，步入七殺大運時，運勢才會下降。但 47 到 67 歲這二十年的官殺大運未必會令她死亡，因為原局有財星通關，減低食傷剋官殺帶來的傷害。當然，實際情況要視乎她的福報有多大。如果她僥倖度過了這二十年，到了 67 歲，她又有十年好運。77 歲後，就是人生的終結。」

「可是，一個八字和大運都那麼好的人，為什麼會誣告男人強姦！？」蔣乙華問。

「第一，八字和大運好，只代表那個人擁有大富大貴的條件，與她的品格沒有直接關係。第二，正如我所説，她的八字並非完美無瑕，那兩個正官就是瑕疵。有句話叫做：『傷官見官，為禍百端』，

月柱的乙酉，還有天干的乙木和辛金，都是傷官見官的結構。象徵官司、是非、口舌不斷，喜歡反政府，挑戰法律、權威和道德底線，這也體現在是次訴訟中。另外，『正官』代表貴氣，但從兒格忌諱正官，出現的話就代表沒有貴氣。一個迷姦男人後再誣告男人強姦的女人，確實沒有貴氣可言。第三，與桃花有關。八字的桃花口訣中，有一句是：『申子辰在酉』。意思是，申、子、辰年或日出生的人，局中見到酉就是桃花。換言之，原局有兩個桃花。月令的桃花屬於牆內桃花，問題不大；最糟糕的是，時支的牆外桃花。很多時候，有牆外桃花的人都是淫猥下流的。說回流年的問題，今年是戊戌年，從兒格不忌諱比劫，因為從兒格以食傷為中心，比劫會生食傷。再者，戊土與原局的申金和酉金三會傷官局，大幅增加了喜神的力量。這份報告說她在 2014 年被人性侵，雖然警方認為證據不足，但性侵事件應該是真的。因為 2014 年的天干地支是甲午，七殺生正印，對從兒格來說是不利的，所以她在那年被人性侵實屬正常。不過，這也可以從側面看出強姦案的真相。我剛才說過，她今年的運氣非常好。那麼，運氣好的人為什麼會被人強姦？這根本不合理，所以令郎沒有強姦她。」

「就是說，凌聰完全沒有勝算？」唐祿問。

「只要照我剛才的建議去做，勝算還是有的。而且……」馮玄看着調查報告，猶豫了一會兒。「唐先生，你是一個生意人。據你了解，在美國從事採購工作，能不能致富？」

「致富？別開玩笑了！採購員只是普通員工，就算日後晉升，成為採購主任、採購經理，也只是收入增加，和『致富』不可同日而語。」

「我也這麼認為。她的八字是從格，層次比正格高出很多倍。再者，大運和流年都是一流的，理應飛黃騰達、成就不凡。為何會從事那麼普通的工作？除非……採購員只是煙幕。」

「煙幕？！」

「我之前說過，設局者多於一人，那個女人只是站在明處讓我們看見的其中一人。如果她實行這個陰謀是為了錢，那麼利潤可能高達天文數字，這就符合富貴的命格。至於和命格不符的採購員，可能只是一件為了方便實行陰謀而設置的偽裝工具。」

「豈有此理！看來那個女人真的機關算盡！」唐祿一拳搥在桌子上。

「你可以叫私家偵探查一下那家公司，可能找到線索。」

「知道！呃，對了，你有沒有把凌熹的八字帶來？」唐祿問蔣乙華。

「有。」乙華從手袋取出寫了唐凌熹出生日期的紙條。「可不可以替凌熹算算命？」

「可以。」

「馮師傅，我的大兒子唐凌熹，他在大學時主修音樂，不擅長做生意，也沒興趣，所以我一早就決定讓凌聰繼承生意，但沒想到會發生這件事。雖然我對凌熹沒有任何期望，但如果官司輸了，

我可能考慮把生意交給他。請幫我看看，他適不適合做生意。」唐祿說。

「沒問題。」

唐凌熹生於 1988 年 5 月 24 日早上 5 時 55 分，轉換成天干地支就是：年：戊辰／月：丁巳／日：己卯／時：丁卯。大運排列如下：戊午／己未／庚申／辛酉／壬戌／癸亥／甲子／乙丑。

「唐先生，令郎的八字，日主身強，雖然日支和時支有七殺，但七殺緊貼印星，沒法完全剋制日主。觀其大運走勢，首兩步大運很差，百事無成。但從 24 歲開始，到 44 歲，屬於傷官、食神的大運，運勢迅速上升。可是，要做生意的話……不是不行，但未必適合。」

「為什麼？」

「一般的正格八字，透過做生意而發財的，通常要有傷官生財或食神生財的組合，結合好的大運，便能成功。而令郎的八字，只有辰土藏干裡的癸水，和大運申金藏干裡的壬水。財星力量薄弱，難以構成傷官生財的格局。結合大運和原局，只能構成傷官制殺的格局。如果把大運的『庚申』和『辛酉』換成『壬申』和『癸酉』，就非常適合做生意。既然令郎對做生意沒興趣，就不要勉強他。他喜歡音樂，並不代表沒成就。傷官制殺象徵異路功名，也許他能靠音樂闖出一片天。」

「兒大不由爺，他要做什麼我也管不了。」

「我之前看新聞，有媒體猜測在案發當天，令郎躲在行李箱裡，從而避開傳媒的耳目。是不是真的？」

「是。」

「其實這樣很不吉利，他躲在行李箱裡，就像躺在棺材裡；那輛私家車，就像靈車，整個意象很差。令郎官司纏身，證明運氣不好，假如此時再做一些降低運氣的事，例如躺棺材、進殯儀館、坐靈車，就會影響官司的結果。」

「原來如此。」

「方便的話，可以帶令郎到我的公司，我會幫他做一些增運法事。」說罷，馮玄從公文包裡拿出一個紅包。「裡面有一道靈符，專門用來化解官司，請令郎隨身攜帶。」

「謝謝師傅！」唐祿看看手錶，「噢！原來已經 12 時多，耽誤了你的時間。」

「哪裡！哪裡！」

唐祿取出支票簿，開了一張 3000 萬港元的支票給馮玄。馮玄拿着支票，目瞪口呆。雖然昨天他用奇門遁甲來占算，得知今天會遇到一位富裕客戶，而這位客戶會給他豐厚的酬金；但他壓根兒沒想過，酬金居然高達 3000 萬。

「哪裡需要 3000 萬，太多了吧！」馮玄說。

「僅僅是你的實力，就絕對有資格承受這筆財富。再説，本命爐的事還要拜託你呢！」

「放心！我一定會秉持『食君之祿，擔君之憂』的精神來為令郎化解官司！」

「謝謝你！」唐祿按下呼叫器的按鈕，「徐鳳瑩，進來。」

徐鳳瑩進來，問：「唐先生，有何吩咐？」

「送馮師傅出去。」

「馮師傅，請！」

窗外的陽光依舊明媚。唐祿連天茶飯不思，現在終於吃得下飯。

第 17 章：〈節外生枝〉

很多時候，聰明和愚蠢，只是一線之隔。是聰明還是愚蠢，取決於不同因素。「經驗」就是其中一個因素。對莉茲來說，自加入 TM 那天起，經歷了很多事情，累積了不少經驗；但對雨果和佛朗哥來說，她的經驗微不足道；而對世界來說，她的經驗是不存在的。

現在，莉茲又來耍點小聰明。然而這對她來說，卻是大智慧。

這些天，莉茲都小心翼翼地活在針孔攝錄機的監視下，沒有露出馬腳。莉茲覺得，一味防守是不行的，適當時候要進攻。於是，她坐在床邊，用迷惘的眼神看着窗外。片刻，她把頭別向床頭櫃，看着櫃子上的手機，若有所思。然後，她拿起手機，臉上充斥着猶豫、緊張、焦慮的神情。接着，她用顫抖的手指按下母親的手機號碼，但刻意按錯最後一個數字。等待的時候，眼淚在眼眶中打滾。

「喂，是我⋯⋯」

莉茲深呼吸，接着說：「我⋯⋯我想告訴你⋯⋯」

「沒事。我⋯⋯」莉茲按捺不住，淚流滿面。

「你⋯⋯我要告訴你一件事。但是⋯⋯你要冷靜。」

莉茲再次深呼吸，手按着胸口，有點辛苦。眼睛緊閉，潸然淚下。

「我⋯⋯我被人強姦了⋯⋯」莉茲哽咽。

「我被人強姦了。」對方可能聽不清楚，莉茲再說一遍。

「你不要那麼激動。我⋯⋯」對方可能滔滔不絕，莉茲顯得不耐煩。

「你不要問，我不想說。」

「你別過來！」

「拜託！你不要過來，我已經心力交瘁，我沒辦法照顧你！」

「我暫時要留在香港。」

「因為我要出庭作證。」

「我怎麼知道？！大概⋯⋯幾個月吧！」

「不知道，報告還沒出爐。」

「我有，我有按時吃藥。」

「總之你聽我說，你留在美國，我會好好照顧自己。」

「就這樣吧，再見。」

　　掛斷電話後，莉茲呼了一口氣。雖然如釋重負，但淚痕依舊惹人憐惜。不久，她又去陳妓雯那裡串門。

　　「佛朗哥。」莉茲用無線電耳機和佛朗哥聯絡。

　　「不錯。這樣的話，私家偵探就會動搖。受害人打電話給母親，訴說自己被強姦的事。難道是假的嗎？」

　　「我沒有打電話給母親，我故意按錯最後一個數字。我只是在自言自語。」

　　「什麼？那……為什麼你不直接致電她？」

　　「我很清楚她的性格，如果我真的告訴她，她一定會過來陪我。你要知道，我要集中精神應付接下來的訴訟，平時也要小心翼翼地生活，我實在不想花心思在她身上。再說，她是一個局外人，可能會干擾我們的行動。」

　　「原來如此。」雖然佛朗哥輕描淡寫，但總覺得哪裡不對勁。「法院有沒有通知你什麼時候審訊？」

　　「還沒有。」

　　「就這樣吧，以後再說。」

　　美國那邊是夜晚，佛朗哥打算今天早點休息。不過他有一個習慣，就是喜歡在睡前喝一杯咖啡。現在他又泡了一杯咖啡。可是，他有點心不在焉，他不斷回憶剛才與莉茲的對話。莉茲說她假裝致電母親，其實是在演戲，聽起來好像很有道理。然而，總覺得哪裡不對勁。他端着咖啡，走向自己的座位時，終於明瞭是怎麼一回事。他立馬放下咖啡，與莉茲聯絡。

　　「莉茲！」

　　「怎麼了？」

　　「你知不知道你這樣做會露出馬腳？！」

　　「你在說什麼？」

　　「我們假設有私家偵探調查你，也假設他們會安裝針孔攝錄機和竊聽器，那麼他們也知道你打電話給母親。」

　　「對啊！那又怎樣？」

　　「如果你是私家偵探，你會怎麼做！？」

　　「我……我可能……會相信她。」

　　「不會！如果我是私家偵探，我會開始調查你的母親！甚至到美國去，直接和她見面，再套她的話，看看她知道多少！如果她無言以對，什麼都不知道，那麼他們就知道你在演戲！針孔攝錄機有錄影功能，竊聽器有錄音功能，他們會叫律師把這些東西呈堂！再說服你母親，叫她成為辯方證

人，出庭作證！到時候，別人就會質疑你為什麼要演戲！」

「我……那……那怎麼辦？！」

「我會想辦法收拾殘局！拜託你，下次有什麼要做的話，先通知我，不要自作聰明！」

他們的假設和推論完全正確。蔣民恩和程志健坐在電腦前，看着莉茲的演出。曾經有一瞬間，他們真的相信莉茲是被人強姦，是真正的受害者。但很快，他們就回到作為偵探應有的理性思維中。

「如果是她迷姦唐凌聰，而且知道我們在房間裡安裝儀器的話，那麼她可能故意演戲給我們看。」蔣民恩說。

「意思是，她撥的是空號？」程志健問。

「我嘗試放大她的手機，看看她撥的是否她母親或家中的電話號碼。」

「雖然解像度可以，但角度卻是問題。有五個鏡頭能夠拍到手機，但每個都有不同程度的盲點。」

他們仔細觀察莉茲所按的數字，大多沒什麼問題，只有最後一個數字值得商榷。

「她撥的是她母親的手機號碼，這個號碼最後一個數字是0。不過……她的手指按在0和#的中間，加上手機屏幕反光，所以不確定她實際按了什麼。」程志健說。

「不如這樣吧，我們飛去美國找她母親，套她的話，就知道她是否在演戲。」

「我們兩個一起去嗎？」

「不是，你和珍妮塔去會比較好。一來我要指揮楊美容的前線行動，二來珍妮塔是美國人，熟悉當地的情況，也容易讓她母親放下戒心。」

「那麼我先去準備。」

「慢着！在此之前，我要跟你說清楚情況。這件事有幾個可能性。第一，她真的被唐凌聰強姦，她真的撥了通電話給母親。第二，她真的被唐凌聰強姦，但撥了空號，在自言自語。可以這樣解釋：她被人強姦，所以導致思覺失調、精神分裂，不過這個機率接近0。第三，她設局陷害唐凌聰，真的撥了通電話給母親。第四，她設局陷害唐凌聰，撥了空號，演戲給我們看。至於她母親那邊，也有不同的可能性。第一，她母親是局外人。第二，她母親是局中人。當你們套她的話時，她可能表現出什麼都不知道的樣子，這可理解為：那個女人在演戲，而她母親是局外人。如果她母親是局中人的話，應該會配合她，不會做出一些讓我們懷疑她的事。相反，當你們套她的話時，她表示知情，也有不同理解：第一，她是局外人，那個女人沒演戲。第二，她是局中人，那個女人在演戲，她們串通好了。」

「好像越來越複雜。」

「沒辦法，因為我們不知道事情的真相是什麼。不過，有一個方法可以判斷她母親是否在說謊。

請你們細心留意她看到你們時的第一個反應，如果是帶有疑問的表情，應該沒陰謀。相反，如果剎那間露出驚慌、謹慎、敵意的神情，繼而迅速換上友善、親切的模樣，那麼她所説的話就不能盡信。」

「知道。可是，如果她真的不知情，我是否要勸她成為辯方證人？」

蔣民恩想了一會兒，説：「如果她真的不知情，就能證明那個女人在演戲。她成為辯方證人的話，絕對能扭轉局勢。可是，也有一個可能性。如果她是局中人，與那個女人串通了。當她成為辯方證人，出庭作證時，可能會突然發難，説我們威逼她作證，強迫她説一些對女兒不利的話。到時候，辯方的處境就更危險。」

「換言之，她不是一個可靠的證人。」

「沒錯。我覺得我們應該採取觀望的態度。你可以在她的手機中安裝竊聽器，看看她事後會不會致電那個女人，從對話內容判斷她是否可靠。」

「沒問題的話，今晚就出發。」

「慢着！」蔣民恩猶豫了一會兒。「我有一個建議：你在網上預訂明天早上前往三藩市的機票，今天坐唐祿的私人飛機到三藩市。」

「為什麼？」

「如果她真的在演戲，那就證明她知道私家偵探在監視她。為了順利完成任務，她，或操縱她的人，也會監視我們的一舉一動。如果你們預訂明早的機票，再乘坐民航客機到三藩市的話，他們就會在你們抵達前，接觸她母親。因此，我叫你訂的機票，只是煙幕。目的是讓他們以為，他們有足夠的時間思考對策，不用那麼快接觸她母親。你最好訂一些有中轉站，要坐二十多個小時的班機。」

「知道。」

程志健預訂了明天早上 7 時的班機。然後，他和珍妮塔前往凝寰集團的總部大樓會見唐祿。

「唐先生，我們發現了一些重要的線索。」程志健説。

「真的？！是什麼！？」

「長話短説，就是一個很重要的證人。為了找到她，我和珍妮塔要立即飛往三藩市。不過我們擔心幕後黑手會在我們抵達前傷害證人，所以我想借用唐先生的私人飛機，用最短時間前往三藩市。」

「沒問題。我早就説過，只要能打贏官司，什麼要求都可以。」

「請問唐先生有多少架私人飛機？」

「我名下有三架。」

「哪一架比較少用？」

「有一架龐巴迪環球 8000，比較少用。」

「就這一架吧。」

「是不是現在出發？」

「是。」

唐祿按下呼叫器的按鈕，説：「徐鳳瑩，你叫司機在地下室等候，載程志健和珍妮塔到機場。再通知環球 8000 的飛行員，準備出發。」

「知道。」

「為什麼要去地下室？」程志健問。

「我這裡有一部電梯，可以直接到達地下室。地下室的出口比較隱蔽，你們用這個方法去機場可以掩人耳目。」

「原來如此。」

唐祿打開鑲嵌在牆上的保險櫃，然後輸入密碼。驀然，左邊的牆上打開了一扇門。這扇門十分隱蔽，很難用肉眼察覺。門內有一部電梯，唐祿示意他們進入。程志健按下通往地下室的按鈕，電梯下降。這部電梯和別的不同，雖然轎廂是由玻璃構成，但乘客沒法看到別的樓層或戶外景色。因為電梯井沒有其他門，只有地下室和唐祿辦公室的兩道門。來到地下室，他們透過玻璃門看到外面站着一個西裝筆挺的男人，感到害怕。門打開，那個男人説：「請跟我來。」

他們尾隨男人，走在一條燈光微弱、牆壁斑駁陸離的通道裡。想不到，富麗堂皇、懾人心魄的總部大樓，居然有一處陰森可怖的地方。他們想起好萊塢的恐怖電影，裡面的變態殺手喜歡把受害人擄到這裡，慢慢折磨。走了不久，他們看到一輛黑色私家車。那個男人替他們開門。兩旁的車窗都被黑色物料覆蓋，看不到外面，只有車頭的窗是正常的。原來這個男人是司機。車在地下室行走，速度不快，但感覺很奇怪，因為他們沒試過在室內坐車。雖然外面的景象依然駭人，但坐在車裡，安全感油然而生。終於看到出口，司機按下車上的一個按鈕，門打開了。來到外面，他們都認不出這是哪裡，好像是總部附近，又好像不是。車速加快，向着機場駛去。

來到機場，他們以為在客運大樓下車。誰知，私家車直接駛進停機坪，環球 8000 就停在不遠處。此時，司機撥了通電話。不久，有個衣冠楚楚的男人走來，把兩本護照交給司機。司機拿着護照，別過頭來問他們：「唐先生為你們準備了假護照，你們想用假護照還是真護照來辦理手續？」

他們沒想過會有假護照，當場語塞。程志健對珍妮塔説：「還是用真護照吧，被人知道用假護照的話很麻煩，會影響日後的調查工作，也要坐牢。」

「可是，如果幕後黑手調查我們的話，用真護照就等於把我們的部署告訴他們。再説，唐祿為我們準備假護照，證明他與相關部門溝通好了，應該沒問題。」

程志健猶豫了一會兒，說：「那好吧，我們用假護照。」

此時，有幾名地勤人員走來，司機把假護照交給他們。過了 10 分鐘，手續完成。他們下車，登上環球 8000。很多年前，程志健坐過頭等艙，以為頭等艙就是飛機最高級的地方。但當他登上這架私人飛機時，才驚覺以前的想法是多麼的幼稚。富豪也有不同層次，飛機何嘗不是？這架環球 8000 的設計，就是把五星級酒店的高級套房直接搬到飛機上。這時，機長走過來。

「你們好！我是駕駛這架飛機的機長，沃爾·佩雷斯（Wall Perez）。」

「你好！」他們和沃爾握手。

「有興趣的話，可以到駕駛艙看我駕駛或跟我聊天。」

「可以嗎？」程志健問。

「民航客機不行，但私人飛機絕對可以。」

「哦，好的。」

「大概要飛多久？」珍妮塔問。

「一般直航最快也要十二小時，但我們只需要九小時，就可以到達三藩市國際機場。」

「知道。」

「沒問題的話，我們現在出發。」

沃爾離開後，空姐走過來。

「請問兩位現在要不要用餐？」

現在是下午 2 時半，他們還沒吃午餐。而且，程志健也想嚐嚐私人飛機的飛機餐和民航客機的有什麼不同。

「現在用餐吧。」程志健看了看周圍，「請問有菜單嗎？」

「程先生，我們這裡不提供菜單。乘客想吃什麼，廚師就會烹調什麼。」

程志健被這種天堂般的享受震懾得說不出話來，霎時間，也不知該吃什麼。

「那麼，就要……一客揚州炒飯、一客芝士蛋糕。還有，要……一杯冰凍的泡沫咖啡。」

「懷特小姐呢？」空姐問。

「要一客公司三文治、一客炸雞、一客豬扒漢堡包，再加一杯冰凍的果汁茶。」

「我想問，廚師是外國人還是本地人？他懂得烹調揚州炒飯嗎？」程志健問。

「請放心。我們的廚師是英國人，他以前在一家六星級酒店擔任行政總廚，精通不同國家的菜餚，具有多個與飲食相關的專業技術資格，也屢獲國際殊榮，是唐先生用年薪過千萬誠聘的一流名廚。」

他們聽得目瞪口呆，空姐的口述把廚師的魅力發揮得淋漓盡致。

「請稍等一下，廚師立刻為兩位烹調菜餚。」語畢，空姐離開。

「如果那個女人迷姦唐凌聰是為了錢的話，實屬正常。只要有錢，就可以過這樣的生活。」程志健說。

「你也可以啊！」珍妮塔說。

「我哪有錢？！」

「租私人飛機大概要 80 萬港元，唐祿給了我們 350 萬，拿一部分出來就行了。」

「有病！那些錢是用作調查的。」

「既然唐祿出手那麼大方，你可以巧立名目，問他拿更多的錢。」

「不如你去當他的情婦，拿到的錢更多。」

此時，空姐端着兩杯飲料過來。

「程先生、懷特小姐，這是你們要的飲料。」放下飲料後又說，「飛機上有私人套房、會議套房、俱樂部式套房，可以隨便使用。」

就這樣，他們沐浴於奢侈的氛圍中，享受着那些要用三輩子福氣換來的奢華。還是那個道理：有人歡喜有人愁。佛朗哥就沒那麼輕鬆，他正在思索該怎樣收拾這個爛攤子。有了眉目後，他走進安迪的房間。安迪伏在桌上睡覺。

「安迪，快醒醒！」佛朗哥搖着他的肩膀。

「怎麼了……」

「你替我查一下唐祿有沒有聘請私家偵探。有的話，是哪裡的偵探。然後入侵他們的電腦，把一切與莉茲有關的影音檔案徹底刪除。只要消滅了證據，就算他們找莉茲的母親作證也沒用。另外，你查一下那些影音檔案有沒有備份，備份儲存在什麼地方。」

「我好累，有什麼事明天再說吧！」

「如果不是莉茲節外生枝的話，我也不想吵醒你。」

「又是那個婊子，她再那麼笨就直接拿去人道毀滅算了！」

「總之你照我說的去做。對了，如果私家偵探來自別的國家，或美國其他州份的話，你查一下他們是否訂了去三藩市的機票。」

「唉……」安迪不情願地工作。「沖杯咖啡給我。」

佛朗哥沒有沖咖啡，而是給了他一瓶紅牛。

「紅牛比咖啡更有效。」佛朗哥笑着說。

安迪強顏歡笑。佛朗哥走出房間，撥了通電話給齊娜。

「齊娜。」

「怎樣？」

「你在哪裡？」

「剛剛到了德克薩斯州。」

「你現在坐飛機到三藩市。」

「什麼！？」

「莉茲自作聰明，她在鏡頭前假裝致電母親。私家偵探可能會去找她母親求證，要她出庭説一些對莉茲不利的話。我想你用一些方法，哄也好，迷暈也好，把她帶到一個隱蔽的地方。當安迪完成任務後，再放了她。」

「為什麼不叫阿曼達去做？」

「如果事情發展到要使用武力的話，你會比較適合。」

「好吧。」

掛斷電話後，佛朗哥依然忐忑不安。他想睡覺，但又擔心有突發事件。不久，安迪走了出來，面有難色。

「我入侵了唐祿的手機，知道他這些天常常和縱橫私家偵探社的人聯絡，而且偵探社的銀行賬戶中有一筆唐祿以私人名義給予的錢，這能證明唐祿委託了它。這家偵探社在香港，只有四名成員。三個是香港人，一個是美國人。我還查到其中兩個成員訂了香港時間翌日早上 7 時的機票前往三藩市。」

「那些影音檔案呢？」

「呃……其實……」

「怎麼了？」

「他們的電腦中有一個程式，類似防毒軟件，但比一般的防毒軟件強很多，而且功能很多。我要破解那個程式，才能看到裡面的東西。」

「那又怎樣？！破解程式不是你的強項嗎？！」

「我檢視了程式的一部分原始碼，應該是我開發的。」

「什麼？！」

「你也知道，我加入 TM 前常常出售軟件、程式牟利。只是沒想到，他們是其中一個客戶。」

「就是説，你沒辦法破解！？」

「我有辦法，不過需要一點時間。破解它的時候，它會自我修復，我要比它快才行。還有就是，當程式偵測到任何攻擊時，會通知使用者。而使用者可以在程式被完全破解前，把資料備份。換言之，就算他們沒有把影音檔案備份，都可以在收到程式的通知後進行備份。」

「那怎麼辦！？」

「我要讓他們全部離開偵探社，在其不知情下進行破解工作。」

「你已經入侵了唐祿的手機，就用他的手機發短訊，叫他們到公司。」

「不行。我透過公司門口的閉路電視片段得知，那兩個訂了機票的偵探已經去了公司，應該是和唐祿見面。不過他們進去了很久，還沒出來。」

「你有沒有入侵唐祿辦公室的閉路電視？」

「公司那裡，我只入侵了唐凌聰辦公室和公司門口的閉路電視。」

「你入侵他辦公室的閉路電視，看看他們是否還在。」

「知道。至於另外兩個人，我打算用唐祿的手機發短訊，叫他們去新界。偵探社在香港島，我要打發他們去遠的地方，從而有充裕的時間工作。」

「就這麼辦吧。」

美國的早上，對程志健來說，是魅力無窮的；對珍妮塔來說，卻是習以為常；而對齊娜來說，則是厭煩的，皆因舟車勞頓令她對怡人的風景失去興趣。原則上，齊娜可以在私家偵探來到前，把莉茲的母親騙走，只因由德克薩斯州坐飛機到三藩市，必定比由香港坐飛機到美國快。不過，對齊娜來說，心情煩躁也是其次，要執行任務，就要有充足的體力，於是下飛機後，她先去吃早餐，再去莉茲的家。那麼，兩條本來不相交的平行線，就可能有了交點。

齊娜來到莉茲的家附近，坐在公共座椅上。一來是為了觀察屋主的動靜，二來是為了重新審視行動的策略。不久，她看見一男一女在莉茲的家附近徘徊。男的是華人，女的是美國人。他們一邊說話，一邊比劃。如果兩個都是美國人，齊娜可能不會生疑，但那個華人確實挑動了她的神經。這個地方，這個時間，有一個華人出現，不太正常。於是，她致電佛朗哥。

「佛朗哥。」

「怎樣？」

「我已經到了莉茲的家附近，可是我看到一男一女在她家外面徘徊。男的是華人，女的是美國人。」

「那又怎樣？」

「會不會是私家偵探？」

「安迪説他們訂了香港時間翌日早上 7 時的機票，怎麼會在美國？」

「你把他們的照片發給我。」

佛朗哥走進安迪的房間，叫他把私家偵探的照片發給齊娜。齊娜對照了照片和真人，發現很相似。她把鏡頭拉近，拍下他們的樣貌，再把照片發給佛朗哥。

「你覺得是不是一樣？」齊娜問。

「怎麼會這樣！？」他立馬衝進安迪的房間，「你不是説他們還在香港嗎？！為什麼現在到了美國！？」

安迪正在破解程式，已忙得不可開交。他接過佛朗哥的手機看了看，説：「我查過相關部門的電腦，他們確實沒有出入境紀錄！除非……其實我一早就覺得奇怪，他們進入公司後就沒有出來，可能從秘密通道離開了！」

「那他們怎樣到美國！？用假護照嗎！？」

「這是唯一的解釋！也就是説，他們在網上預訂機票，其實是在放煙幕！看來他們比我想像中還要聰明！」

「你還要多少時間破解！？」

「大概……1 小時。」

佛朗哥對齊娜説：「安迪還需 1 小時。如果他成功刪除影音檔案，和確定檔案沒有備份的話，你就可以撤退。可是……總之你現在不要和他們發生正面衝突，從旁監視就行了！」

「我有一個建議，把他們殺了。只要他們死了，就沒法套她的話。剩下的偵探也不敢再接近她，因為他們知道，一接近她就會死。」

「你把他們殺了，就等於告訴剩下的偵探，莉茲在演戲！再説，世上的偵探多得是，你殺了他們，唐祿也可以聘請別的偵探或保鑣，你能殺多少？！」

「那就殺掉莉茲的母親吧！」

「什麼？！」

「只要她母親死了，私家偵探就沒法求證，沒法叫她出庭作證。就算他們持有影音檔案，也不能證明莉茲在演戲。你叫安迪入侵電訊公司的電腦系統，修改紀錄，讓人以為莉茲真的打了電話給母親。」

「怎……怎麼可以這樣？！」

「為什麼不可以？既然這個爛攤子是莉茲弄出來的，她就應該為這件事付出代價。用她母親的命來力挽狂瀾，也無可厚非。」

　　佛朗哥不知該怎樣回答，齊娜再說：「你也知道，我本來要去德克薩斯州殺人，你卻突然召我回來。現在有一個很好的殺人機會，你卻一個都不讓我殺，這說得過去嗎？」

　　齊娜從背包取出武器，不是手槍，而是一把匕首。可是，這不是普通的匕首，而是美國著名的WASP匕首黃蜂。它的厲害之處是，刀柄裡藏了一瓶有毒的壓縮氣體。刀身有一條通道，將匕首刺進人體後，按下刀柄上的按鈕，氣體就會從通道進入體內。一來，匕首會傷及身體；二來，毒素會令人中毒身亡；三來，氣體會造成大面積的爆炸性傷口。可謂一舉多得。

　　「怎樣？」齊娜再問。

　　「不行！誰都不可以殺，你只要監視他們的行動就可以了！我是TM的軍師，你要服從我的命令！」

　　「死性不改，每次說不過別人就用職銜來施壓！」

　　齊娜向莉茲家走去，窗戶虛掩，她打算躲在窗下竊聽。此時，程志健和珍妮塔按下門鈴。不久，莉茲的母親來開門。

　　「請問找誰？」她一臉疑惑，沒有蔣民恩所說的驚慌、敵意。

　　「您是凱特・洛佩茲嗎？」程志健問。

　　「是。」

　　「太太，我們是莉茲的朋友，特意來找你的。」珍妮塔說。

　　「好的，請進來。」

　　程志健和珍妮塔坐在沙發上，凱特泡了兩杯茶給他們。

　　「是這樣的，莉茲去了香港旅行，可是我們沒有她在香港的手機號碼，所以前來拜訪太太，不知道你有沒有她的手機號碼？」程志健問。

　　「我有，莉茲打過電話來告訴我。」

　　「她是否這幾天找過你？」珍妮塔問。

　　「不是，是她到香港的那天。」

　　「她這幾天真的沒有打過電話給你？」珍妮塔問。

　　「真的沒有，發生了什麼事？」

　　程志健和珍妮塔對望了一眼，點了點頭。

　　「太太，你聽了我接下來所說的話，要保持冷靜。其實，我們不是莉茲的朋友，而是私家偵探。」程志健把他們的名片交給她。

　　「什麼？！你……你們為什麼要騙我！？」

「太太，我接下來所說的話很重要，你聽我說完再問問題。莉茲在香港牽涉進一宗刑事案件裡，她聲稱自己被人強姦，可是被告卻說是莉茲迷姦他。那個被告就是香港凝寰集團有限公司董事局主席兼行政總裁唐祿的小兒子唐凌聰。唐祿相信兒子是被人設局陷害的，因此聘請我們進行秘密調查，希望找出真相。我們在莉茲下榻的酒店房間裡安裝了針孔攝錄機和竊聽器。昨天，莉茲在房裡致電給你，交代她被人強姦的事實。因為我們想知道她是否在演戲，所以就來美國找你，查個究竟。」珍妮塔說。

凱特聽後十分迷惘，不知所措。

「我……強姦？……莉茲被人強姦？！她……她沒有告訴我。」

「太太，我知道你一定會感情用事，但我希望你盡量理性分析。現在的問題是，我們不知道誰在說謊。到底是莉茲被人強姦，還是她迷姦別人，再誣告別人強姦？真相只有莉茲和被告知道。」程志健說。

「可是，一定有證據啊！警方怎麼說！？」

「證據傾向支持強姦的說法。」珍妮塔說。

「那就是強姦啊！你們為什麼說我女兒迷姦別人？！她是一個天主教徒，她很乖的！你們不要誣衊她！」

「太太，我們發現這宗案件有很多疑點，不是那麼簡單。再說，被告還沒定罪，他依然是無罪的。我希望你秉持幫理不幫親的信念，助我們一臂之力。」程志健說。

「你要我說一些對女兒不利的話？！」

「不是。我們希望你出庭作證，把真相說出來。真相就是：莉茲沒有打過電話給你，她沒有告訴你她被人強姦。我們會把影音檔案交給辯方律師，律師把證物呈堂。這樣，有了人證和物證，真相就會水落石出。」珍妮塔說。

「也就是說，你們要我說一些對女兒不利的話？！」

「我們希望你能站在公義的一方，必要時，大義滅親。不要讓壞人逍遙法外，也不要讓無辜的人含冤坐牢。」程志健說。

「你們說有偷拍的影片，我要看看。」

「請等一下。」程志健撥了通電話給蔣民恩。「蔣民恩，你把莉茲打電話的那一段發來給我。」

「我現在在元朗。」

「那麼叫楊美容發給我。」

「她和我在一起。」

「什麼？！」

「唐祿發短訊給我，叫我和楊美容到元朗的一幢別墅前等他。他說有一些關於唐凌聰的事要和我們商量，在公司說不安全，要在那裡說。他還叫我們不要打電話給他或其他人，怕洩露行蹤，他到了會主動聯絡我們。可是我們等了很久，還不見他。」

「我先問問唐祿，再打給你。」

程志健致電唐祿。

「唐先生，你好！我是程志健。」

「你好！調查順利嗎？」

「呃……暫時還好。我想問，你是不是發短訊給蔣民恩，叫他和楊美容到元朗的一幢別墅前等你？」

「什麼？我沒有。」

「真的沒有？！」

「真的沒有，發生了什麼事？」

「沒事。唐先生，我想提醒你，你的手機可能被黑客入侵了，你最好找一些專業人士來檢查一下。」

「什麼？！被黑客入侵？！」

「對，我們稍後再聊吧！再見！」

程志健再致電蔣民恩。

「唐祿沒有叫你們去那裡，他的手機被黑客入侵了！」

「什麼？！」

「你們快點回去，我擔心是調虎離山之計！」

程志健掛斷電話後，上氣不接下氣。

「發生了什麼事？」珍妮塔問。

「他們中計了。」

「那些影音檔案呢？」凱特問。

「請等一下，我們需要一些時間。」

躲在窗下的齊娜走遠了一點，致電佛朗哥。

「另外兩個人現在趕回偵探社，安迪那邊怎樣？」齊娜問。

「他成功破解了程式，正在刪除影音檔案。你繼續監視他們。」

「知道。」

此時，珍妮塔把手伸進手袋裡，不知在做什麼。不久，2 樓房間的電話響了。

「不好意思，我去接個電話。」凱特上了 2 樓。

「你想辦法拖延時間，我要安裝竊聽器。」珍妮塔說。

程志健走了上去。珍妮塔拿起凱特放在桌上的手機，再拿出工具來拆解手機，她要把竊聽器安裝在主板上。她很怕不能在限定時間內完成，但程志健比她更怕，因為他不擅長拖延時間。凱特接聽電話，發現沒有聲音，就掛斷了。她正要下去時，程志健來到她跟前。

「太太，我可不可以到莉茲的房間看看？」

「看什麼！？」

「我想看看有沒有一些對審訊有利的證據。」

「程先生，請你適可而止！你和那個女人虛報身分，又在莉茲的酒店房間裡安裝儀器！凡此種種，只要我報警的話，你們就要坐牢！現在還說要搜查莉茲的房間？！是誰賦予你權力？！」

「最重要的是，你想不想知道真相？我現在所做的一切，都是為了查出真相。」

「你已經說過，證據顯示我女兒被人強姦。這就是真相！」

「我也說過這宗案件有很多疑點……」

「夠了！你不要怪我坦白，那些所謂疑點，全都是被告或支持被告的人無中生有，目的是讓強姦犯脫罪！我剛才問你拿影音檔案，你就再三推搪！真相是：根本沒有任何證據證明我女兒說謊！」

「太太……」

「住口！程先生，不如你和那個女人回去吧！我今天的心情本來很好，就是被你們破壞了！我待會兒就打電話給莉茲，跟她商量這件事！我警告你，我會保留追究法律責任的權利，你們最好有心理準備！」說罷，凱特下去了。

程志健戰戰兢兢，他擔心珍妮塔的工作是否完成。來到客廳，珍妮塔坐在沙發上，凱特的手機放在原位，彷彿什麼都沒有發生。

「懷特小姐，你和程先生回去吧！我幫不了你們！」

程志健對珍妮塔使眼色。

「不好意思，打擾你了。」他們離開。

齊娜看見他們出來，就退到另一邊去，然後致電佛朗哥。

「他們走了，看來談判破裂。不過，我看到那個女人在莉茲母親的手機裡安裝竊聽器。」

「應該是想竊聽莉茲和她母親的對話。如果對話內容洩露了，就等於告訴他們莉茲在演戲。你去把竊聽器拆掉。」

「什麼？！你應該知道，這不是我擅長的工作。」

「我也沒辦法！你有沒有工具？」

「我有，不過我不太懂。」

「你用電話跟安迪開視像會議，讓他教你怎麼做。」

「事先聲明，如果我被她發現的話，你不要怪我殺人滅口。」

「你殺了她的話，自己跟莉茲交代。」

掛斷電話後，齊娜從背包裡拿出螺絲刀，放在左邊褲袋裡，再把 WASP 匕首黃蜂放在右邊褲袋裡。然後，小心翼翼地進入屋內。凱特在廚房工作，她沒有立即致電莉茲，因為香港現在是晚上，她想等到白天再説。她的手機依然放在桌上，齊娜拿了手機，走到地下室。這裡比較安全，就算她發現手機不見了，大多會先在其他地方找一下，最後才想到地下室。地下室沒什麼設備，齊娜打開視像會議視窗，再把手機放在雜物收納箱上，鏡頭部分露在箱沿外。她把凱特手機的外殼和電池拆掉。

「然後怎樣？」齊娜問安迪。

「把螺絲全部擰開。」

齊娜拿出螺絲刀，照他的話做。

「然後呢？」

「沒有鏡頭的那一方，中間位置有個按鈕，用指甲扣一下。」

「然後呢？」

「外殼是否在動？」

「有嗎？沒有。」

「我沒叫你放手！」

齊娜再扣一下。

「它在動。」

「把整個外殼拆開。」

外殼拆開後，齊娜看到主板。

「左下方有一塊竊聽晶片，把它拆掉。慢着！……」

「怎麼了？」

「把晶片靠近鏡頭，讓我看清楚。」

安迪看了看，説：「哦，原來如此。」

「到底怎麼了？」

「這不是普通的晶片。它除了能竊聽通話內容外，還能竊聽非通話內容。」

「什麼意思？」

「意思是，我和你的對話，它一樣能竊聽。」

「什麼？！那怎麼辦！？」齊娜的聲音太大，凱特聽到地下室有異樣。

「放心，它會把竊聽內容傳送到固定的電腦系統中，我已經成功入侵了偵探社的電腦，我會把相關內容徹底刪除。」

此時，齊娜聽到腳步聲。

「糟糕了！她母親下來，你等我一下。」

齊娜跑到門前，反鎖地下室的門。凱特發現門上鎖了，就上去找鑰匙。齊娜成功把竊聽晶片拆掉，再將晶片丟在一隅，最後把手機的部件重新裝上。此時，凱特拿着鑰匙開門。齊娜躲在雜物收納箱後，地下室很暗，凱特看不到她。齊娜戴上口罩，從口袋裡拿出一瓶迷暈噴霧。這瓶噴霧的藥力很輕，受害人不會察覺到異樣，大抵會認為自己血糖低，因而暈倒。齊娜向她的方向噴了幾下，凱特覺得頭暈暈的，就倒在地上。齊娜離開地下室，把手機放回原位，完成了任務。

雖然程志健和珍妮塔沒法説服凱特成為辯方證人，但他們還抱有希望。一來，與凱特對話時，他們身上安裝了竊聽器。二來，如果凱特是局中人，她和莉茲通話時一定會洩露風聲。當他們到達機場，再次登上環球 8000 時，程志健收到蔣民恩的電話。

「程式被黑客破解了，那個女人的影音檔案被徹底刪除！」

「你忘了還有外置硬盤嗎？」

「呃！差點忘了！沒錯，還有外置硬盤！」

「偵探社的電腦已經不安全，你不要把硬盤連接到電腦上。」

「明白。」

「我們現在回來，再見！」

空姐過來，問他們想吃什麼。

「要半打吉品鮑、一客魚翅雞湯、一瓶 LUCID 啤酒。」程志健説。

「要兩個法式長棍麵包配 Almas 魚子醬、兩杯貓屎咖啡。」珍妮塔説。

背後的原因很多。可能是他們習慣了，不再客氣；也可能是化悲憤為食量；更可能是最後一次坐私人飛機，所以要吃個夠。雖然安迪也在吃早餐，但他吃的和他們吃的不可同日而語。

「那些影音檔案是不是只有一個備份？」佛朗哥問。

「沒錯，根據電腦紀錄，只有一個備份儲存在外置硬盤中，內容是莉茲打電話的那一部分。」安迪說。

「你打算怎麼做？」

「招數不在於新，管用就行。我打算入侵辯方大律師饒同鑫的手機，再發短訊給他們。」

「你覺得他們會中計嗎？」

「只要在細節上下功夫就行了。」

回到香港，程志健和珍妮塔趕回偵探社。楊美容不在，出外跟蹤莉茲，只有蔣民恩癱坐在椅子上。

「黑客不止刪除了影音檔案，還把凱特手機的竊聽器和你們身上的竊聽器的錄音檔案都刪除了。我嘗試重新連接凱特手機的竊聽器，發現沒有訊號，我懷疑竊聽器已經被拆掉。」蔣民恩說。

面對重重障礙，程志健和珍妮塔都不知道該說什麼。

「你覺得黑客是誰？」蔣民恩問。

「誰知道？」程志健反問。

「以前，我們的電腦常常遭到黑客入侵，很多資料被盜竊。但自從安裝了這個程式，電腦就得到很大的保障。往後，雖然也有一些黑客嘗試入侵我們的電腦，但全都無功而返。但這次，黑客卻利用調虎離山之計成功入侵電腦，還把重要的資料刪除。這帶出兩個信息：第一，黑客和那個女人是一伙。而且，背後有一個龐大的組織在操縱一切。第二，解鈴還須繫鈴人。」

「你的意思是……」

「黑客應該是當年出售這個程式的人，沒有人比他更熟悉程式的運作，也沒有人比他更熟悉如何破解程式。」

程志健立即翻查紀錄，說：「我們當年在暗網找到他，他在那裡架設了一個網站，他叫自己做『小帥哥』。」

「他帥不帥我不知道，可是用『小帥哥』當綽號，一定很自戀。」

「我們可以調查他，說不定能找到對辯方有利的證據。」

此時，程志健的手機收到短訊，是饒同鑫發來的。

「我現在和唐凌聰開會，商討案件。我很快就要把呈堂證物名單交給檢控官和相關部門。你們從偷拍莉茲的影片中，擷取重要的部分，再透過電郵發給我。」

程志健回覆他：「我們的電腦被黑客入侵，所有影音檔案都沒有了。慶幸的是，外置硬盤中還有一個備份。」

饒同鑫再發短訊：「既然如此，你們千萬不要用偵探社的電腦來發郵件。我建議你們到公共圖書館，用那裡的電腦。另外，你們查一下那個黑客是誰，這可能是破案的關鍵。」

他們很贊成饒同鑫的建議，便去了中央圖書館。他們把外置硬盤連接到電腦上，再把相關影音檔案發給饒同鑫。可是，迅雷不及掩耳，安迪已把饒同鑫郵箱中的那封郵件刪除了。

「你是不是先入侵圖書館的監控系統，再鎖定他們用哪台電腦？」佛朗哥問。

「不需要入侵監控系統。他們會調查那個黑客是誰，但不會用偵探社的電腦，因為害怕洩露調查內容，所以會用圖書館的電腦。他們是聰明人，應該猜到當年出售程式給他們的人，就是那個黑客。換言之，他們會瀏覽我在暗網架設的網站，藉此尋找線索。我的網站有一個功能：當偵測到瀏覽者的 IP 地址有異樣時，就會通知我。」

「什麼異樣？」

「一般人瀏覽暗網時，都會選擇在私隱度高的地方，比如家裡。如果有人在公共圖書館瀏覽暗網的話，就很不正常。因為暗網充斥大量諸如毒品交易、軍火買賣、殺手僱用、兒童色情等非法內容，在公眾地方瀏覽的話，等於自投羅網。因此，來自圖書館的 IP 地址就有可疑，值得關注。只要他們瀏覽我的網站，我就可以立即入侵那台電腦。」

過程很順利，安迪成功入侵那台電腦。同時，還透過鑲嵌在屏幕上的視訊鏡頭，看到私家偵探的樣貌。

「和我想像的一樣，他們把郵件發給饒同鑫後，並沒有立即拔掉外置硬盤的數據線。因為公共圖書館的電腦安裝了過濾軟件和設置了權限，不允許瀏覽特定網站或在未經授權下安裝軟件。所以他們要利用儲存在外置硬盤中的一個程式來暫時解除權限，然後安裝洋蔥路由器，繼而瀏覽暗網。換言之，只要外置硬盤繼續連接電腦，我就可以把備份的影音檔案徹底刪除。」

此時，安迪收到雨果的來電。

「雨果，你好。」「對，我正在做。」「你親自負責？可是，一向都是我來做的。」「好的，我明白了。」

過了一會兒，安迪徹底刪除了檔案。可是，佛朗哥發現私家偵探的外置硬盤中，還有相關的影音檔案。

「你不是徹底刪除了嗎？為什麼檔案還在？」

「檔案已經徹底刪除，你看到的縮略圖只是偽裝，裡面什麼都沒有。如果我不保留縮略圖的話，他們就會發現黑客入侵了圖書館的電腦，繼而立即中止在暗網的調查活動。」

「但只要他們播放影片，一樣會發現。」

　　「那些偷拍影片是敏感的東西，他們絕對不會在公眾地方播放。我要知道他們的調查結果，所以暫時不能打草驚蛇。剛才雨果說，他要我在私家偵探的電腦中安裝竊聽器，由他負責竊聽。」

　　「由他負責？為什麼不叫你做？」

　　「不告訴你。」

　　「有什麼事是我不能知道的？！」

　　「雨果怕你告訴莉茲，到時候就沒有神秘感了。」

　　佛朗哥有點不悅，卻無可奈何。

　　「如果我的推測沒錯，私家偵探應該會在暗網尋找一些高手，替他們製作新的防毒軟件。這個軟件的威力可能和我的不相伯仲，要破解它，再進行竊聽，有點難度。因此，當他們和那個高手達成協議後，我會聯絡那個人，勸他把生意讓給我。然後，我便可以順理成章把我的程式賣給私家偵探。到時候，竊聽什麼的，就易如反掌了。」

　　大概過了 1 小時，私家偵探和一個名叫洛洛的電腦高手達成協議。於是，安迪透過暗網的郵箱聯絡他，內容如下：

洛洛：

　　您好，我叫小帥哥，是一名黑客。我知道你剛剛和一個叫 AB 的人達成協議，為他製作防毒軟件。我想告訴你一件事，那個 AB 是一個不尊重知識產權的卑鄙小人。他向你購買防毒軟件，再找別的高手破解產品密鑰使用次數的限制，然後把產品轉售給更多的人，藉此斂財。為什麼我會知道？因為 AB 也曾經向我購買產品，再透過相同的方式大肆斂財，以致我近年的收入暴跌。附件 1 是我和 AB 的交易紀錄，以此為證。

　　我把真相告訴你，一來是不想行家的心血被人踐踏，二來是想藉此報仇。洛洛，我希望你把這單生意讓給我，我會把病毒程式賣給 AB。附件 2 是我的另一個電郵地址，請你叫 AB 用這個地址繼續和『你』聯絡。如果你能答應我的要求，我會對你萬分感激！期待你的回覆！

小帥哥

　　過了不久，洛洛回覆安迪，要求 98 枚比特幣作為生意的轉讓費。

　　「怎樣？」安迪問佛朗哥。

　　「沒關係，就動用 TM 的營運資金吧。」

　　安迪有點不悅，他覺得洛洛獅子大開口。因為他已經收了私家偵探 25 枚比特幣作為預付款，現在還鯨吞 98 枚。

無獨有偶，私家偵探回到偵探社後，收到饒同鑫的來電。

「蔣民恩，把你們認為對案件有利的證據發給我，我要制定證人名單和呈堂證物名單。」

「我們剛剛把影音檔案發送到你的郵箱，收到了嗎？」

「稍等一下。」過了半分鐘，「沒有，那些檔案是關於什麼的？」

「是你叫我們發給你的，關於那個女人的影音檔案。」

「我叫你們發？！我沒有！」

「怎麼會沒有？！你透過短訊對我們說！」

饒同鑫查閱短訊，「我的手機裡沒有相關短訊！」

蔣民恩慌得冷汗直流，直覺告訴他大事不妙。

「我稍後再聯絡你，再見！」蔣民恩對程志健說，「看來我們又中計了！」

程志健立馬拿起外置硬盤，跑到樓下的咖啡廳，那裡有一台桌上型電腦供顧客使用。他把硬盤連接到電腦，不出所料，備份的檔案消失了。然後，他拿着硬盤，慢慢地走回偵探社，把硬盤丟在桌上。

「怎麼樣！？」蔣民恩問。

程志健搖搖頭，沒有說話。他們儼如洩了氣的氣球，提不起勁。那些用心血積攢的證據，始終敵不過機關算盡的智慧。莉茲製造的爛攤子，也收拾得七七八八。此時，她收到母親的來電，嚇得不知所措，她用無線電耳機和佛朗哥聯絡。

「佛朗哥，母親打電話給我，怎麼辦！？」

「你是不是在陳妓雯那裡？」

「是。」

「如果她勸你報警的話，你就照着辦。」

「報警？！」

「對。」

莉茲接聽母親的電話。

「喂？」

「發生了那麼嚴重的事，為什麼不告訴我？！」

「我……我怕你擔心。」

「我過來陪你好不好！？」

「你不要過來！這裡有一個朋友陪我，我可以的。」

「有沒有看醫生！？」

「看了，醫生開了藥給我，我沒事。」

「法院那邊怎樣！？」

「正式審訊還沒開始，我要出庭作證，暫時回不來。」

「昨天有兩個私家偵探找我，勸我當辯方證人，指證你說謊！還說有什麼偷拍的影片，我叫他們拿出證據，他們又拿不出來。莉茲，你檢查一下房間，看看有沒有一些可疑的儀器。有的話，馬上報警，把他們全部捉去坐牢！有需要的話，我可以出庭作證！」

「明白。」

「你要好好照顧自己，以後發生什麼事，都要主動告訴我。」

「知道了，再見！」

掛斷電話後，莉茲回到自己的房間。她本來想借用妓雯的探測器，但想了想，還是打住了。她用肉眼尋找那些儀器，找到幾個後，她就報警。警察根據莉茲的供詞，到凝寰集團的總部大樓向唐祿問話。唐祿承認有聘請私家偵探，卻否認要求私家偵探安裝儀器。警察再到偵探社調查。在警察來到偵探社前，唐祿已致電蔣民恩，告知一切。他們立即召開緊急會議。

「我本來以為她說說而已，沒想到她真的報警。」程志健說。

「錯了！報警與否，決定權在那個女人手上，而不是她母親。」蔣民恩說。

「我想問你們一件事：你們是否相信唐凌聰是無辜的？」珍妮塔問。

「本來我是半信半疑，但經過這些事，說背後沒有陰謀真的難以置信！」程志健說。

「所有責任由我一人來承擔！」珍妮塔說。

「什麼？！你不必這樣做，負責安裝儀器的是我和程志健！」楊美容說。

「第一，她母親告訴她，是我和程志健負責安裝儀器。我們逃不掉，但只要責任全歸我，程志健就沒事。第二，程志健是偵探社的領導人之一，而我只是普通員工，犧牲我沒什麼問題。第三，如果不找一個人出來頂罪，警方就會把我們全都捉回去。到時候，偵探社就徹底崩潰了。第四，既然你們相信唐凌聰是無辜的，就更要繼續查下去，不能讓壞人逍遙法外。」珍妮塔說。

「可是，就算你願意頂罪，警方也未必相信我是無罪的。」程志健說。

「首先，你和楊美容在安裝儀器時有佩戴手套，警方沒法透過指紋來得知誰負責安裝。其次，安裝儀器時，我們入侵了中大海酒店的監控系統，修改了相關片段。修改工作是利用那個被黑客破解了的程式來進行，警方沒法修復片段。」珍妮塔說。

「你真的不後悔？」蔣民恩問。

珍妮塔搖搖頭。

「對了，唐凌聰其中一個保釋候審的條件是：不准直接或間接接觸與案件有關的控方證人，包括受害者。這件事會不會連累他？」蔣民恩問。

「應該不會，因為我們受聘於唐祿，根本沒有和唐凌聰聯絡過。唐祿要聘請私家偵探，唐凌聰也阻止不了。再說，條款的關鍵詞是『接觸』。聘請私家偵探調查，不等於接觸受害者。就好像珍妮塔對那個女人進行人肉搜索一樣，也沒有『接觸』的意思。」楊美容說。

「可是，黑客曾經入侵饒同鑫的手機，發短訊給我們，要求把偷拍那個女人的影片發給他。法庭可能認為，唐凌聰透過律師間接接觸受害者。雖然饒同鑫手機中的短訊已被徹底刪除，但程志健的手機還有那些短訊。最重要的是，那個程式已被破解，我們沒法利用它來徹底刪除短訊。」蔣民恩說。

「沒關係！只要我承擔一切罪責，警方就不會調查你們！」珍妮塔說。

此時，門鈴響了。珍妮塔去開門。

「我是中區警區重案組第一隊督察華亓，我懷疑你們干犯遊蕩罪、有違公德罪、有犯罪或不誠實意圖而取用電腦罪。請你們到警署協助調查。」

「安裝針孔攝錄機和竊聽器全都是我一個人做，與其他人無關。」珍妮塔說。

「相關人士指出，他僱用了這家偵探社，你說與其他人無關？！」

「雖然這裡有四名偵探，但大家都是各自為政。唐祿的委託，全由我一人負責，他們什麼都不知道。」

華亓瞥了他們一眼，再對珍妮塔說：「那麼，我現在正式拘捕你。」

珍妮塔離開後，他們三人望着不同地方發獃，不敢說話，也不敢思考，更不敢作出決定。彷彿什麼決定都被人看透了，彷彿所有行動都是自掘墳墓。往另一方面想，這也印證了雨果所說的話：「錯誤」可以是一張王牌，甚至成為擊潰對手的武器。莉茲又聯絡佛朗哥，不知是檢討，還是炫耀。

「佛朗哥，是不是已經塵埃落定？」

「你的爛攤子總算收拾好了。」

「雖然是節外生枝，但往好的方面想，也有好處。你之前說過，不要找出那些儀器，否則會惹人懷疑。但現在借母親的口來告訴我，再找出那些儀器，就變得順理成章。再說，我以後可以光明正大地用探測器來偵測房間，也不需要活在監控的恐懼下。更重要的是，其中一個偵探被捕，這對其他偵探來說，儼如拔了他們的獠牙。你說，是不是一舉多得？」

「唉……你什麼都不用做，當然說得輕巧。為了收拾這個爛攤子，我和安迪、齊娜忙得不可開交，

還動用了不少營運資金。」

　　「我剛才不是說過我們也有收穫嗎？這叫做等價交換。」

　　也可以這樣理解：如果這個爛攤子沒法收拾，局勢扭轉，莉茲功敗垂成的話，那麼她就要為自己的魯莽付出沉重的代價。——這也是另一種等價交換。

第 18 章：〈異鄉的貴人〉

一個眾人期盼已久的日子，終於來到他們的手上。法院寄來傳票，4 月 9 日，在高等法院原訟法庭進行審訊。這個確切的日子有特別的意義，讓死水成為活水，讓停滯不前的步伐再次踏上征途。

程志健和楊美容回到偵探社，看見蔣民恩正在打掃。偵探社幾乎空蕩蕩的，電腦不見了，連閉路電視也拆掉了。

「你在幹什麼？」程志健問。

「我想到一個計劃，可以找到有用的證據。在此之前，要把那些會洩露秘密的東西丟掉。我剛才問過洛洛，程式什麼時候準備好，他說大概要一個星期。在拿到程式前，我們要搬去一個安全的地方。另外，我買了三部新手機，用假名字申請了三個新的電話號碼。我們已經被黑客騙了很多次，不能再大意了。對了，珍妮塔現在怎樣？」

「還是一樣。之前警方擔心她會接觸那個女人，所以不准她保釋。今天早上提堂，裁判官以相同的理由禁止她保釋候審。」楊美容說。

「唉……如果她是唐祿的女兒，誰敢阻止她保釋？！」程志健問。

「少了珍妮塔，我們人手不足。楊美容，不必再跟蹤那個女人。她以前沒有露出馬腳，現在也一樣，繼續跟蹤都是徒然。」蔣民恩說。

「知道。」

「你說要搬去一個安全的地方，在哪裡？」程志健問。

「之前唐祿說可以為我們提供辦公室，我們拒絕了。現在，我需要他為我們提供一個安全的辦公室。」

「你的計劃是什麼？」楊美容問。

「隔牆有耳，我們先去找唐祿吧。」

他們到凝寰集團的總部大樓見唐祿。

「哦，你們來了！程志健，你之前去美國，找到那個證人嗎？」

「呃……」

「唐先生。」蔣民恩打岔。「在討論前我想問問，你房間的閉路電視有沒有錄音功能？」

「沒有。」

蔣民恩拿出探測器，交給楊美容。

　　「唐先生，雖然有點冒犯，但我希望在討論前，先檢查一下你的房間有沒有被人安裝竊聽器。」
蔣民恩說。

　　「沒問題。」

　　楊美容拿着探測器，仔細檢查每一個角落。

　　「唐先生，我們之前在短時間內多次被黑客設局陷害，為了日後的計劃能萬無一失，謹慎一點
比較好。對了，你有沒有找專家替你檢查手機？」蔣民恩問。

　　「有。專家證實我的手機被黑客入侵，已替我換了一部新的，還安裝了防毒軟件。」

　　「唐先生，我記得第一次見面時，你說可以為我們安排辦公室。雖然當時拒絕了你的好意，但
現在我們真的需要一間安全的辦公室。」蔣民恩說。

　　「沒問題。我早就說過，你們有什麼要求都可以提出。」唐祿按下呼叫器的按鈕。「徐鳳瑩，進
來！」

　　徐鳳瑩進來問：「唐先生，有何吩咐？」

　　「你聽聽他們有什麼要求，盡量滿足。」

　　蔣民恩對徐鳳瑩說：「請你為我們提供一間辦公室。要求是：辦公室以安全為大前提，要有隔音
設備，能夠阻止一切電磁波通過。不要安裝任何不必要的儀器，包括閉路電視。電腦方面只要一台，
要安裝最強的防毒軟件，不要連接任何網絡，也不需要任何能夠連接網絡的儀器。還有就是，除了
我們三人，其他人進入辦公室都要進行高規格的安全檢查。這間辦公室，我們大概會用一個星期。」

　　「沒問題，我馬上去準備。」

　　「唐先生，回答你剛才的問題。程志健和珍妮塔去了美國，找到那個人，可是她不願意成為辯
方證人。歸根究柢，都與黑客有關，他令我們失去了重要的人證和物證。但你不用擔心，我剛剛想
到一個可行的計劃，能夠找到有用的證據。」蔣民恩說。

　　「說起來，珍妮塔被捕，你們人手不足。要不要我找更多的偵探來幫你們？」

　　「你的好意我們心領了。唐先生可能對私家偵探行業不太了解，縱橫私家偵探社只有四名偵探，
並不是我們沒錢聘請更多的人，而是我們刻意安排的。沒錯，有更多人手，辦事效率會提高很多；
但這也意味着員工的流失率可能很高。偵探社和一般的公司不同，我們很重視保密性。舉凡偵探社
的內部運作、調查手法、個案內容，都是高度機密。如果員工的流失率高，我們的秘密就會洩露。
因此，培養少數忠心的偵探，比聘請大量偵探更好。」程志健說。

　　「原來如此。」

　　「房間沒問題。」楊美容檢查完畢。

「唐先生，我現在告訴你我的計劃是什麼。馮玄說西方國家有一個貴人，還叫我們把焦點放在那個女人的資料上。我反覆細看調查報告，發現了一個被忽略的細節，就是那個女人的手機號碼。」蔣民恩說。

「手機號碼？」程志健問。

「沒錯。你們應該記得，之前有一則國際醜聞，是關於著名的 G 公司。它未經用戶允許，利用手機竊取用戶的位置信息。報道指出，A 手機會收集用戶的地理位置數據，並把資料發送給 G 公司。就算用戶關閉了地理位置服務、沒有安裝電話卡，該功能依然能運作。雖然 G 公司給出漂亮的說辭，並承諾不再收集用戶信息，但你們相信嗎？雖然我沒有證據，但我肯定 G 公司一定會繼續收集用戶信息。關鍵在於：有多少人知道？他們會不會洩密？更重要的是，那個女人就是用 A 手機，因此她在美國的行蹤，G 公司一定有紀錄。如果背後有一個犯罪組織，那麼她一定會跟組織的人聯絡，甚至出現在組織的基地裡。只要我們得到地理位置數據，就知道她有沒有去過一些奇怪的地方，甚至要求警方調查相關地點，可能會發現組織的基地。」蔣民恩說。

「可是，G 公司願意把資料交給我們嗎？這些資料會成為呈堂證據，到時候，全世界都知道 G 公司死不悔改，繼續竊取用戶的位置信息。他們肯定不願意。」程志健說。

「要解決這個問題，有兩個方法。第一，派一個有分量的人和 G 公司的行政總裁洽談。看來，要唐先生親自出馬才行。第二，臚列這樁交易對 G 公司的好處。只要 G 公司覺得交易是利多於弊，成功率就很高。」蔣民恩說。

「那麼 G 公司有什麼好處？」唐祿問。

「第一，是經濟誘因。唐先生先交出一筆可觀的誠意金。敢問唐先生有多少資產？」

「如果是銀行賬戶裡的錢，大概有 550 億港元。如果加上股票、債券、基金、不動產和其他類型的資產，大概有 2400 億港元。不過現在股價大幅下跌，總資產已經少於 2000 億。」

程志健的眼睛瞪得大大的。2400 億，對任何人來說都是天文數字。如果一輩子可以賺到 1 億，那麼 2400 億，就需要 2400 輩子。

「如果唐先生願意的話，可以給 G 公司 300 億港元的誠意金。」蔣民恩說。

「300 億……」唐祿喃喃自語。

「當然，實際的金額，唐先生可以自行決定。但你要知道，只有唐凌聰贏了官司，你才能賺更多的錢。」

「讓我考慮一下吧。」

「第二，還是經濟誘因。唐先生把個人持有的股份送給 G 公司。對 G 公司來說，股份的吸引力

比誠意金更大。我知道 貴公司的股票處於停牌階段，但股份轉讓依然可以進行。不過，G 公司可能會要求 貴公司盡快復牌，並提升股價，從而彰顯股份的價值。」

「可是，如果官司輸了，我是否還要兌現承諾？」唐祿問。

蔣民恩想了一想，說：「這就要看協議書的條款怎麼寫，只要在條款的細節上故意製造漏洞，就可以節省大量金錢。就算日後對簿公堂，這些漏洞都是唐先生的最強論點。聽說饒同鑫的強項是商業訴訟，你可以請教他。」

楊美容捏了一把汗，她沒想到蔣民恩居然會說出這種城府極深的話。

「第三，依然是經濟誘因。如果 G 公司擔心事後被用戶控告的話，唐先生可以為它提供經濟援助，承擔訴訟的一切開支。第四，不是經濟誘因，但我覺得這個好處比之前所說的更吸引。雖然相關資料成為呈堂證據後，用戶會覺得 G 公司死不悔改，甚至引發一連串的訴訟；但 貴公司可以為 G 公司發聲，說 G 公司收集用戶的信息，卻給唐凌聰的案件提供了寶貴的證據，為無辜的人洗脫冤情。那麼，用戶就會明瞭，G 公司的做法雖然侵犯私隱，但對社會有重大貢獻。G 公司非但不會受到非議，反而能獲得大眾的讚譽。」

「聽起來好像很不錯，但不知道 G 公司受不受這一套。」唐祿說。

「正式審訊迫在眉睫，不管它受不受，我們都要試試。」

「呃——不好意思，我想打岔一下。」楊美容說。「其實，唐先生不一定要花費大量金錢來購買這些資料。我知道市面上有很多手機軟件，能夠追蹤和收集用戶的位置信息，有些甚至能收集很久以前的位置信息。這可以節省大量金錢。」

蔣民恩說：「你的建議有很多漏洞。首先，你所說的軟件通常要得到對方的授權才能追蹤。我不打算竊取她的手機，再做小動作，也不打算遙距入侵她的手機。如果被她發現的話，她就會報警，警方又再對付我們。再說，非法所得的證據難以呈堂。其次，那些軟件能否收集到高度精確的位置信息？如果不能的話，檢控官就會針對這個問題作出攻擊。我相信 G 公司收集到的信息更準確。再次，軟件開發公司有沒有知名度？有沒有良好的信譽？是否業界的權威？凡此種種，皆影響證據的可信性，以及陪審團和法官對證據的觀感。舉個例子，假設其他因素不變，G 公司收集到的位置信息和不知名公司收集到的位置信息，你相信哪一個？」

楊美容無言以對。

蔣民恩再說：「唐先生，還有最重要的一點，就是計劃的保密性。我們要求安全的辦公室，是為了增加保密性，唐先生和 G 公司洽談也要保持高度的機密性。因此，我建議唐先生先和 G 公司的行政總裁洽談一些不相干的合作事宜，作為幌子。等到你和行政總裁見面時，再說出真正的目的。另

外，即使你們達成協議，也要確保相關資料在運送途中的保密性。你不能透過網絡來傳送資料，而是要用安全的方法，把資料複製在安全的載體上，再透過秘密渠道把資料送回香港。」

「只要對事情有幫助，我願意配合你們。」唐祿說。

唐祿依照蔣民恩的建議，聯絡了 G 公司的行政總裁。不過，在他動身前往美國前，有個問題纏繞着他。到底應該先召開董事會會議，商討有關細節；還是先到美國簽署協議書？幾經思索，他選擇了後者。雖然唐祿開出豐厚的條件，但也要 G 公司答允才行。幸好，不枉唐祿費盡唇舌，G 公司的行政總裁總算深明大義，便要求法律部草擬一份協議書。內容如下：

G 有限公司個別用戶資料授權協議書

甲方：G 有限公司

電子郵箱：gllc@gmail.com

乙方：唐祿

證件號碼：（中國香港身份證）C012345（6）

電子郵箱：tongluk01@gmail.com

甲乙雙方經友好協商，就甲方將甲方個別用戶的相關資料授予乙方在特定範圍內使用，達成以下協議：

名詞／短語解釋：

1. 【甲方個別用戶】是指某個使用甲方服務的用戶。該用戶基本資料如下：

   姓名：莉茲・格里芬

   電話號碼：（415）701-9110

2. 【相關資料】類別上：是指文字、數據、圖片、影片。時間上，是指甲方個別用戶的手機由啟用之日到本協議簽署之日所產生的資料。

3. 【非獨家授權】是指以非獨佔的方式使用授權的權利，即甲方有權自己行使，也可允許除乙方之外的第三方行使本協議項下所授權利。

第一條：授權內容

1. 文字版權

1.1 甲方向乙方授予甲方個別用戶的手機的文字版權，專指有關地理位置信息的文字資料。乙方有權在由（香港法院）案件編號：ESCC202/2018 引申的、直接相關的法律訴訟中使用，包括把文字資料轉交給律師團隊、證人、專家證人、執法部門、法庭，以及法庭要求的相關人士或部門。

1.2 甲乙雙方約定上述授權性質為非獨家授權。

2. 數據版權

2.1 甲方向乙方授予甲方個別用戶的手機的數據版權，專指有關地理位置信息的數據資料。乙方有權在由（香港法院）案件編號：ESCC202/2018 引申的、直接相關的法律訴訟中使用，包括把數據資料轉交給律師團隊、證人、專家證人、執法部門、法庭，以及法庭要求的相關人士或部門。

2.2 甲乙雙方約定上述授權性質為非獨家授權。

3. 圖片版權

3.1 甲方向乙方授予甲方個別用戶的手機的圖片版權，專指有關地理位置信息的圖片資料。乙方有權在由（香港法院）案件編號：ESCC202/2018 引申的、直接相關的法律訴訟中使用，包括把圖片資料轉交給律師團隊、證人、專家證人、執法部門、法庭，以及法庭要求的相關人士或部門。

3.2 甲乙雙方約定上述授權性質為非獨家授權。

4. 影片版權

4.1 甲方向乙方授予甲方個別用戶的手機的影片版權，專指有關地理位置信息的影片資料。乙方有權在由（香港法院）案件編號：ESCC202/2018 引申的、直接相關的法律訴訟中使用，包括把影片資料轉交給律師團隊、證人、專家證人、執法部門、法庭，以及法庭要求的相關人士或部門。

4.2 甲乙雙方約定上述授權性質為非獨家授權。

第二條：版權費用

1. 針對第一條約定之權利，甲乙雙方約定乙方採用下列方式及標準來計算版權費用：

1.1 誠意金：乙方須於本協議簽署之日起計兩天內，支付甲方美元貳拾伍億陸仟肆佰萬元整（＄2,564,000,000）作為誠意金。

1.2 股份：乙方須於本協議簽署之日起計一個月內，把個人持有的凝寰集團有限公司股份（17.8%）免費轉讓給甲方（股份轉讓細節另行協議）。根據香港交易所的紀錄，凝寰集團有限公司的股票處於停牌階段，乙方作為該公司的董事局主席兼行政總裁，要行使應有的權力，令股票復牌，並制定一系列措施令股價上升。

1.3 訴訟費用：假如甲方因是次授權而衍生法律訴訟問題，專指甲方用戶因甲方侵犯私隱權而提起的

訴訟，乙方須承擔甲方訴訟的一切開支。

1.4 聲譽賠償金：由（香港法院）案件編號：ESCC202/2018 引申的、直接相關的刑事訴訟完結後，假如訴訟之被告（唐凌聰）敗訴，乙方須於法庭判刑日起計一星期內，支付甲方美元拾億元整（＄1,000,000,000）作為聲譽賠償金。假如訴訟之被告（唐凌聰）勝訴，甲方將委託獨立民意調查公司進行民意調查。若調查結果顯示大眾對甲方的侵犯私隱權行為普遍持負面態度，乙方須於調查結果發佈日起計一星期內支付甲方美元拾億元整（＄1,000,000,000）作為聲譽賠償金。

第三條：支付方式及期限

1. 甲乙雙方約定乙方採用支票方式向甲方支付版權費用。因支付版權費用而產生的一切附加費用由乙方承擔。

2. 第二條中 1.1、1.2、1.4 部分已列明相關版權費用的支付期限。1.3 部分的版權費用的支付期限將根據實際情況另行簽訂協議。

第四條：版權權屬保證

1. 甲方保證擁有本協議中約定授予乙方的權利。

2. 甲方有權將本協議約定的甲方授予乙方之權屬自行行使、另行委託或授予第三方。

3. 乙方承諾在由（香港法院）案件編號：ESCC202/2018 引申的、直接相關的法律訴訟完結後，利用甲方隨協議附送的軟件，把本協議列明的授權內容（以軟拷貝方式呈現）徹底刪除。如有以硬拷貝方式呈現的授權內容，也須徹底銷毀。執法部門、法庭，以及法庭要求的相關人士或部門則不在此限。

4. 對於侵犯甲方授權內容版權之行為，甲方將保留法律追究的權利。

第五條：保密條款

1. 甲乙雙方保證對在簽訂、執行本協議過程中所獲悉的屬於對方的且無法自公開渠道獲得的商業秘密（包括但不限於協議條款）予以保密。未經對方書面同意，一方不得以任何方式利用或向任何第三方洩露屬於對方的上述資料及信息的全部或部分內容。

2. 乙方不得於許可期限內或許可期限結束後，向公眾及媒體惡意發表或做出損害甲方名譽或形象之言論或行為。第二條 1.4 部分所述之情況不在此限。

3. 任何一方將有權根據適用法律、法規或指令或任何法庭或政府或監管機構的要求，披露相關保密

信息。

第六條：違約條款

如任何一方違反本協議或未充分履行本協議，且在收到另一方通知後一星期內仍未改正或未能有效改正的，守約方有權要求違約方承擔全部責任，並賠償守約方一切經濟損失，且有權決定終止協議。

第七條：免責條款

1. 甲方並不保證甲方授予乙方之授權內容能達到乙方的目的（讓由（香港法院）案件編號：ESCC202/2018 引申的、直接相關的刑事訴訟的被告（唐凌聰）勝訴）。若乙方的目的未能達到，或只部分達到，甲方不會為此承擔任何責任。

2. 若任何團體、組織、機構或企業，基於乙方與甲方簽署本協議、使用授權內容的原因，而循民事訴訟或其他方式向乙方追究責任，甲方不會為乙方承擔任何責任。

第八條：協議期限

本協議在簽署及支付誠意金後生效，並沒有確實的截止日期。在沒違約的情況下，當甲乙雙方履行所有協議後，便是協議屆滿之日。

第九條：其他

本協議未盡事項雙方另行簽訂（電子或紙質版）補充協議。

本協議一式兩份，甲乙雙方各執一份，在簽署及支付誠意金後生效。

甲方：蘭尼・貝克（Lanny Baker）（G 有限公司代表：G 有限公司行政總裁）
乙方：唐祿

本協議簽署地點：美國加利福尼亞州

本協議簽署日期：2018 年 3 月 17 日

　　兩天後，唐祿攜着證據回到香港。來到私家偵探位於 33 樓的辦公室，剛要進門，楊美容就衝了出來，她要求唐祿在門前進行一系列高規格的安全檢查。雖然唐祿深諳他們的憂慮，但堂堂一個大

老闆，弄得像個訪客一樣，心裡確實有點不是滋味。通過安檢後，唐祿把一個銀色的手提箱交給他們。

「裡面的東西應該有用，你們好好研究吧。」

他們粗略看了看裡面的東西，滿意得很。一來，裡面確實有些對辯方有利的證據。二來，唐祿的勤奮超出他們的想像。裡面除了有莉茲手機的資料外，還有相關的閉路電視片段，拍下莉茲離開家裡、前往保護區、離開保護區的過程。本來待在這間設備簡陋的辦公室裡，就有一種與世隔絕的感覺。但現在，有了這些資料，確實為枯燥乏味的調查工作增添不少趣味。

第 19 章：〈永久終止聆訊〉

　　暴風雨前夕，未必寧靜。很多時候，會有一些小風波。昨晚，饒同鑫致電唐凌聰，叫他今天早上回公司，有些事情要跟他和唐祿商量。這些天，唐凌聰都呆在家中，他很想出去呼吸新鮮空氣，現在機會來了。可是，他不想再討論案件。自案發那天起，饒同鑫經常和他談論案情。但他知道，現階段沒有勝算，再多的討論都是枉然，徒增煩惱。

　　饒同鑫和潘艷茹來到唐祿的辦公室，饒同鑫有少許興奮的神色。

　　「是這樣的。」饒同鑫遲疑了一會兒，「呃——凌聰，我想確認一下你的立場。你是否無論如何都不會認罪？」

　　「當然！」

　　「好的。我老實告訴你們，根據控辯雙方所持的證據，我們處於下風。我有一個想法，就是向法庭申請永久終止聆訊。」

　　「永久終止聆訊？可是，據我所知，好像沒有成功的例子。」唐祿說。

　　「成功例子還是有的，但碩果僅存。雖然難度很高，但成功申請與辯方勝訴相比的話，前者的機會較大。」

　　「你是否有充分的理據？」唐凌聰問。

　　「算是吧。」

　　「我要不要出席聆訊？」唐凌聰問。

　　「雖然你可以旁聽，但還是不要了，避免衍生麻煩。」

　　唐凌聰的臉上多了點喜悅。誠然，他們一直在煩惱證據的問題，現在卻說可以申請永久終止聆訊，彷彿曙光剎那間降臨面前。

　　翌日，控辯雙方大律師收到法院的傳票，要求在明天 3 月 22 日早上 11 時，出席東區裁判法院的聆訊，處理永久終止聆訊申請的事宜。盤鑠年收到傳票後，便通知李鴻波，李鴻波致電莉茲。

　　「格里芬小姐，你好。」李鴻波說。

　　「李先生，你好。」

　　「盤大律師叫我通知你，辯方大律師入稟法院申請永久終止聆訊。明天早上 11 時在東區裁判法院進行聆訊。」

　　「什麼？！終⋯⋯終止聆訊？！意思是那個禽獸會無罪釋放？！」

「呃——如果成功的話。不過你放心，基本上裁判官 99.99%會否決申請。説白一點，辯方只是在垂死掙扎，最終還是徒勞無功。」

「有結果的話，請立即通知我！」

「知道。」

掛斷電話後，莉茲用無線電耳機和佛朗哥聯絡。她不需要再找藉口到陳妓雯那裡串門，妓雯把探測器借給她，她可以光明正大地偵測房間。

「佛朗哥，大事不妙！」

「怎麼了？」

「案件主管告訴我，辯方大律師入稟法院申請永久終止聆訊！」

「據我所知，成功率極低。」

「我知道！可是，如果他們真的成功了，那怎麼辦！？」

「如果真的成功了，大抵有兩個方法。第一，接受現實。反正華意國際已預付了 1 億美元給我們，這筆錢已經是囊中之物。就算任務失敗，也只代表我們賺少了 1 億。不過這方法會影響 TM 的聲譽。第二，就是殺死唐凌聰。」

「殺死他？！我沒聽錯吧？！我曾經問過你，為什麼我們不綁架他，再殺死他，而是要大費周章地誣告他強姦。我記得你説過：『精密、完美的策略比胡亂殺人來得更重要。』現在你卻説要殺掉他，為什麼！？」

「你要知道，一開始殺掉他，和現在殺掉他，是兩種截然不同的概念。一開始殺掉他，華意國際成為最大得益者，別人就會懷疑它。相反，現在殺掉他，別人就會覺得這是一些義憤填膺的人所做的事。既然法律沒法制裁他，民眾為了替天行道，就用自己的力量來手刃他。就算華意國際依然是最大得益者，也不會受到懷疑。」

「原來如此。」

這次聆訊，唐凌聰毋須出席。饒同鑫和潘艷茹坐着私家車來到東區裁判法院大門。記者看到他們，便衝上前問這問那。雖然他們知道律師不會回答任何問題，但問問題的戲碼還是要上演。

陳妓雯繼續旁聽。不過，對於什麼時候起床，她斟酌了一下。上次 10 時開庭，她就 5 時半起床；這次 11 時開庭，理應 6 時半起床。可是，主角之一的唐凌聰不在，民眾的興致可能大減，旁聽的人可能不多。然而，提堂時的劇情幾乎能夠預料，唐凌聰肯定不會認罪；但申請永久終止聆訊的劇情卻無法預料，萬一成功的話，劇情就一百八十度轉變，趣味盎然，旁聽的人可能更多。但想了想，也不盡然。成功率那麼低，不用旁聽也知道結果。但害怕天有不測風雲，她最終還是在 6 時半起床。

與上次相比，陳妓雯更淡定，她不再怕那些金屬探測器。進入法庭，所有人、事、物都井然有序地歸位，裁判官依舊是蘇羅堃。

「起立！」書記說。

眾人起立，然後鞠躬，再隨裁判官坐下。

「案件編號：ESCC202/2018。被告唐凌聰，涉嫌強姦美國籍女子莉茲・格里芬。觸犯第 200 章《刑事罪行條例》第 118 條強姦。」書記說。

「這次聆訊，是處理辯方永久終止聆訊的申請。辯方在上午聆訊中陳詞，控方則留待下午聆訊才陳詞。現在，請辯方律師陳詞。」蘇羅堃說。

饒同鑫站起來說：「法官閣下，我代表我的當事人唐凌聰向法庭申請，永久終止對編號：ESCC202/2018 的案件進行聆訊。辯方針對的問題主要涉及證據、證人、陪審員、人為失誤方面。申請理據如下：

第一，是未審先判的現象已根深蒂固。法官閣下，請看看證物 A1。這份文件節錄了網上各討論區網民對這宗案件的意見。從言論得知，超過 98%的網民都認為被告是罪有應得的。支持被告的，或立場中肯的言論碩果僅存。常言道：『學校是社會的縮影』，網絡世界也是法庭的縮影。假設其他因素不變，如果把這個百分比放到法庭上，就能得出一個合理的推論：陪審團將以大比數裁定被告罪名成立。更重要的是，文件擷取了六個外國著名討論區的留言，內容幾乎千篇一律認為被告是有罪的。眾所周知，就算是外國人，只要在法律上屬於香港居民，都具備成為陪審員的資格。換言之，不論陪審員是何許人，都可以斷定，他們幾乎是 98%的人中的一份子。還有更可怕的事情，請法官閣下看看證物 A1 的第 26 頁，有兩則網民的留言：『如果我是陪審員，一定判他有罪』、『如果陪審員判他無罪，那肯定是被人收買的』更有多達數千人表示認同該留言。由此可見，陪審員可能會無視宣誓內容、《陪審員指引》、法官的引導、呈堂證據，只以個人喜好、主觀感覺來作出裁決。而且，陪審員可能會擔心，如果最終裁定被告罪名不成立，將會被人肉搜索或面對難以想像的危險，於是便無可奈何地判被告有罪。也許法官閣下認為，這類網民只是全球人口的九牛一毛，不足為據。但要明白一個道理：沒表態的人不代表沒立場。再多的人表態，只代表發言的總人數增加，不代表正反雙方的百分比會出現顛覆性的變化。說白一點，如果沒有強力的因素影響，陪審員裁定被告罪名不成立的機率是 0。

第二，是時間的問題。雖然在審訊中，法官會引導陪審員，着他們以庭上的證據為裁決的依歸，並為他們灌輸客觀理性的審訊觀念，但我們往往忽略了時間的問題。假如案件在 4 月 9 日開審的話，那麼自案發那天開始，準陪審員便有三十六天的時間浸淫在先入為主、未審先判的錯誤觀念裡。假

如案件因為各種原因而延期開審的話，那麼準陪審員浸淫在不健康的觀念裡的時間則更漫長。更重要的是，在案件管理聆訊中，法官預計這宗案件的審訊大概需要兩星期。換言之，我們要在兩星期內，糾正陪審員用三十六天或更長時間建立的錯誤觀念，這是不可能做到的。法院每天要處理大量案件，能夠預留給我們的時間不多，因此審訊不能無限期延長。俗語有云：『學壞三天，學好三年』。假如要一群抱持錯誤觀念的陪審員來決定被告是否有罪，這有違公平審訊的原則。

第三，是證據的問題。這宗案件與一般的強姦案不同，因為一般強姦案的證據幾乎不會公之於世，只在庭上呈現。然而，這宗案件的證據之一，也就是案發當天起在網上瘋傳的影片，已經被眾人看見。廣大市民憑着那段影片未審先判，每個人都認為自己看到的就是真相，沒有人會思考影片裡是否有任何不合理的地方。如果陪審員要根據呈堂證據來裁定被告是否有罪的話，那麼他們會用怎樣的心態來看待這件證物？他們對這件證物已有了先入為主的錯誤想法，要在有限時間內，以另一種心態來審視相同的證物，陪審員能否做得到？雖然那段影片未必能成為呈堂證物，因為該影片是一名神秘人偷拍的，證據來源不合法，但控方會把案發現場走廊的閉路電視片段呈堂。儘管偷拍的影片和閉路電視片段在視覺上有些差異，但本質上卻是一樣的，都是反映同一件事。陪審員看着閉路電視片段，會不知不覺想起曾經看過的偷拍影片，在潛意識中把兩段影片的內容融為一體，互相補充。換言之，客觀的證物來到陪審員面前，已變成一件主觀的東西。更重要的是，閉路電視片段極度重要，非呈堂不可，但我們已無法禁止偷拍影片在網上傳播，這是一個無法解決的問題。

第四，是人為失誤的問題。法官閣下，證物 C8 是醫院的紀錄。上面清楚列明，案發當天，醫護人員只替女事主莉茲．格里芬驗傷，並沒有替被告唐凌聰驗傷。因為醫護人員先入為主認為，女事主是受害人，一定有傷；被告是強姦犯，一定沒傷。這宗案件的爭議點是：到底是被告強姦女事主，還是女事主迷姦被告。驗傷報告是重要證物之一，但醫護人員卻一早對被告產生嚴重偏見。正式審訊時，雙方活體取證的鑑定報告會成為呈堂證物，女事主的驗傷報告也會成為呈堂證物。但遺憾的是，被告沒有驗傷報告，沒法呈堂。到時候，陪審員根據呈堂證物的數目，又再一次先入為主覺得被告有罪。可見，醫護人員的偏見，直接導致陪審員的偏見，這是一種可怕的連帶影響。更重要的是，這種人為失誤是無法補救。即使現在亡羊補牢，替被告驗傷也枉然。就算被告當天有傷，經過那麼多天，傷口也癒合了。如果要在人為失誤的基礎上進行審訊的話，就是要被告承擔別人犯錯的後果。

第五，是證人的問題。根據控方擬定的證人名單，控方打算傳召連小芸法醫出庭作證。另外，在是次聆訊前，控辯雙方達成共識，控方願意在下午的聆訊中傳召連小芸出庭作證，讓辯方盤問。言歸正傳，被告私下向我透露，案發當天，連小芸在醫院替他進行活體取證時，曾多次用鄙視的目

光看他，也多次用言語傷害他，完全違反一個法醫應有的職業操守。法官閣下，證物 B4 是連小芸多年來的工作紀錄。文件指出她曾經替三十二名涉及性罪行的疑犯進行活體取證，同時，文件指出她沒有干犯任何專業上的失當行為。這帶出一個很重要的信息：連小芸即使對着涉及性罪行的疑犯，也能夠秉持專業精神。但為什麼對着被告唐凌聰，她卻變成一個沒有專業可言的人呢？答案顯而易見，連小芸曾經看過網上流傳的影片，藉此斷定被告有罪。而且，連小芸的例子恰好詮釋了上述的論點，她對被告的態度反映陪審員對被告的態度。連一個受過專業訓練的法醫都變得沒理性可言的話，那麼，那些沒受過專業訓練的陪審員，到底會用怎樣的心態來看待被告和證據？答案不言而喻。

第六，是民事訴訟的問題。編號：ESCC202/2018 的案件或由此衍生的、直接相關的審訊，都屬於刑事訴訟。可能法官閣下認為，如果接納辯方永久終止聆訊的申請，會對女事主不公，因為控方有足夠的表面證據向被告提出檢控。但辯方需要強調一點：就算法庭最終接納辯方永久終止聆訊的申請，也不代表聲稱受害的女事主沒法得到補償，女事主依然可以循民事訴訟向被告追討金錢賠償。因此，永久終止聆訊，不代表被告沒有民事方面的責任，只代表刑事訴訟存在一系列嚴重且沒法解決的問題。當沒法達到公平審判的要求時，永久終止聆訊，就是一種彰顯公平審判權的折衷方法。

辯方提出的論點和理據，有以下重點：先入為主、未審先判的現象已根深蒂固，對陪審員和證人的影響甚深，沒法在短時間內消除。另外，證據的洩露令陪審員沒法以客觀、理性的心態來審視相同的證據。因此，這宗案件不論在何時、何地、被何人審判，被告都沒法得到公平的審訊。在此，懇請法官閣下接納辯方永久終止聆訊的申請！」

陳詞完畢，饒同鑫坐下。此時，盤鑠年站起來。

「法官閣下，在退庭前，控方希望能處理被告保釋候審的問題。」

「請說。」

「之前，案件的女事主，即控方第一證人，向警方求助。因為她母親致電她，說有兩名私家偵探到美國找她母親，希望其成為辯方證人。私家偵探在言辭中透露，他們在女事主下榻的酒店房間裡安裝了針孔攝錄機和竊聽器。女事主找到若干儀器後報警求助，警方再於事主的房間裡找到更多儀器，然後拘捕了一名女私家偵探，並落案起訴。根據唐祿的供詞，他承認聘請私家偵探調查，卻否認要求私家偵探在女事主的房間裡安裝相關儀器。至於被告，則聲稱對此毫不知情。這是警方的調查報告。」盤鑠年把文件交給書記，書記轉交給蘇羅堃。

盤鑠年再說：「根據提堂時法官給予被告的保釋條件，其中一項是：不准直接或間接接觸與案件有關的控方證人，包括受害者。控方有理由懷疑，被告透過唐祿或律師團隊或其他人，來要求私家偵探在女事主的房間裡安裝儀器。這屬於間接接觸，違反保釋條件。因此，懇請法官閣下撤銷被告

的保釋，即時還押！」

「法官閣下，根本沒有實質證據證明被告指使別人作出相關行動，因此間接接觸的説法不成立！」饒同鑫説。

「檢控官，除了警方的報告外，還有沒有其他證據？」

「沒有。不過女事主曾經向案件主管透露，她每天都頻繁地用探測器來偵測房間的情況。可見，她已經處於精神緊張的狀態，嚴重影響日常生活。只有被告還押，才能減輕她的精神壓力。否則，她可能會精神崩潰，繼而影響日後在庭上作證的表現。」

「就算她真的精神緊張，也只能證明是由私家偵探的行為導致的，卻沒法證明私家偵探安裝儀器的行為是來自被告的命令。因此本席認為，沒有足夠證據證明被告違反保釋條件。」

盤鑠年心有不甘，但沒再説話。

蘇羅堃再説：「如果沒有別的事情，就暫時休庭，下午 2 時半繼續。」

「起立！」書記説。

雖然其他旁聽的人沒什麼異樣，但陳妓雯和其他觀看現場直播的 TM 成員卻冷汗涔涔。雖説沒比較就沒有落差，但只看辯方的理據卻頭頭是道。不過，他們依然對盤鑠年投下信任票。一來，成功申請的機率接近 0；二來，他好歹也是資深大律師，和大律師相比，在經驗上稍勝一籌。

下午的聆訊準時開始。

「起立！」書記説。

眾人起立，然後鞠躬，再隨裁判官坐下。

「這次聆訊，是處理辯方永久終止聆訊的申請。辯方已在上午的聆訊中陳詞，現在交由控方陳詞回應。」蘇羅堃説。

盤鑠年站起來説：「法官閣下，控方將根據辯方的論點和論據逐一回應，從而反對辯方永久終止聆訊的申請。

第一，關於未審先判的問題。辯方擷取部分網民的留言來指出未審先判的現象根深蒂固。其實，這種現象早已有之，難以制止。如果因為網民未審先判而要永久終止聆訊的話，豈不是所有案件都無法審理？！假如網民未審先判的情況集中在知名人士的案件上，是否代表知名人士擁有免死金牌，能夠擺脫所有刑事檢控？！其次，辯方擷取部分網民的留言，從而論證辯方的觀點，實屬以偏概全。控方有理由懷疑，辯方刻意擷取有利辯方論點的留言，無視不利辯方論點的留言，從而製造輿論一邊倒的假象。因此，辯方的數據不足為據。再次，辯方證物 A1 第 26 頁所強調的兩則留言，很可能是辯方命人寫的。換言之，這些留言有多少是網民的真心話，又有多少是弄虛作假？另外，辯方指

出陪審團可能因為私隱或人身安全的考慮，而無可奈何地判被告有罪。控方想問，法官閣下會否因為擔心人身安全而輕判罪犯？辯方律師會否因為擔心被大眾攻擊而馬馬虎虎地為被告辯護？答案是不會。每個人都有自己的崗位和任務，法官閣下如是，辯方律師如是，陪審員也如是。辯方先入為主認為陪審員貪生怕死，不會公正無私地對待被告，這何嘗不是未審先判？！

第二，關於時間的問題。辯方強調沒法在有限的時間內糾正陪審員用漫長時間建立的錯誤價值觀。這涉及兩個問題：第一，是審訊的時間分配問題。第二，是陪審員的專業程度問題。可見，這兩個問題都與本案沒有直接的關係，而是宏觀的法律問題。如果辯方對這方面的問題有異議，應該聯絡律政司司長或終審法院首席法官，委託他們把相關課題轉交給法律改革委員會，以進行研究和改革。」

「哈哈！」旁聽席傳來笑聲，伴隨着一些喝彩聲。

「肅靜！」蘇羅堃説。「請檢控官繼續陳詞。」

「第三，關於證據的問題。辯方指出，陪審員看着閉路電視片段，會不知不覺想起曾經看過的偷拍影片，在潛意識中把兩段影片的內容融為一體，互相補充。要解決這個問題很容易，只要把偷拍影片同時呈堂便可以了。辯方又説，偷拍影片未必能呈堂，因為證據來源不合法。其實，只要法官行使酌情權，批准呈堂便行了。既然兩段影片是在不同角度拍攝同一件事，那麼同時呈堂，就能讓陪審團從多角度分析事情。只要證明偷拍影片沒有經過後期加工處理，呈堂是利多於弊。辯方又指出，相關證據已在網上瘋傳，陪審員會先入為主看待客觀證物，令證物變成一件主觀的東西。其實，辯方所説的是很正常的現象。試想想，就算案中所有證據都沒有洩露，只在庭上呈現，當陪審員聽到供詞或看到證物的瞬間，都會以主觀感受來判斷所見所聞。繼而在反覆的思考和後續的退庭商議中，漸漸擺脫主觀情感的影響，轉換成客觀理性的分析。因此，辯方所説的，其實是陪審員必經的階段，問題最終能迎刃而解。

第四，關於人為失誤的問題。辯方指出案發當天醫護人員沒有替被告驗傷，因此沒有驗傷報告。無疑，這是令人遺憾的人為失誤。同時，這也是辯方所有論點中相對有説服力的一個。然而，這個最強論點也問題多多。首先，法庭的任務是盡最大努力來還原案件的真相。要還原真相，就要靠證據。根據控辯雙方擬定的證人名單和呈堂證物名單，可見證據多不勝數。控方想説的是，被告的驗傷報告是證據之一，但不是唯一的證據。要還原真相，可以靠其他證據。其次，辯方指出，陪審員會根據呈堂證物的數目，再一次先入為主覺得被告有罪。需要知道，證物的數目並不是裁決的依據，而是要看證物的強度。一件有力的證物，勝過一百件無力的證物。只要法官在引導陪審團時清楚指出：『證物的數目並不是裁決的依據，而是要看證物的強度。』便能消除陪審團的偏見。再次，辯方

説這種人為失誤是無法補救的，控方認同。但控方必須釐清一點：人為失誤無法補救，並不代表有缺陷的審訊無法補救。亡羊補牢的驗傷是枉然，代表人為失誤無法補救。有缺陷的審訊是指重要證據之一的驗傷報告沒法呈堂，但這個缺陷能夠補救，就是借助其他證據來還原真相。因此，辯方説：『如果要在人為失誤的基礎上進行審訊的話，就是要被告承擔別人犯錯的後果。』實屬誇大其辭和混淆視聽！

　　第五，關於證人的問題。辯方指出，法醫連小芸替被告進行活體取證時，出言不遜、態度惡劣，並由此推演，認為陪審員也會如此不專業。雖然控方答應過辯方，允許在此聆訊中傳召連小芸出庭作證。但控方幾經思索，認為意義不大。首先，退一步來說，就算連小芸承認以惡劣的態度對待被告，也只能證明她對被告有偏見，甚至會虛構一些對被告不利的證言。補救方法是：辯方在正式審訊時以證據、技巧來戳破證人的謊言。其次，辯方的潛台詞是：擔心對被告有偏見的法醫，用不專業的態度來替被告進行活體取證，對被告不利。然而，這只是辯方的臆測。如果辯方有證據的話，可以留待正式審訊時以證據來證明被告的活體取證報告不足信，藉此削弱控方的説服力，而不是一刀切，永久終止聆訊。再次，關於陪審員的態度問題，控方在上述的論點中已談論過。辯方認為法醫、陪審員的偏見會造成不公平的審訊，實屬杞人憂天。正如上述所言，陪審員在整個過程中，會由感情用事轉為理性分析。法醫何嘗不是？舉個例子，就像警方拘捕了一名疑犯，都會先入為主認為他有罪；但隨着時間推移、調查的漸次深入，警方的理性分析將蓋過感情用事，甚至因而得出不同的結論。其實每個人首次接觸一件事時，都傾向主觀分析，斷不能以此作為永久終止聆訊的藉口，否則，豈不是所有案件都沒法審理？説了那麼久，不知道辯方是否堅持要傳召證人出庭作證？」

　　饒同鑫深諳連小芸不會説真話，成功申請的機會渺茫，便改變主意，留待正式審訊時才整治她。「法官閣下，辯方決定不傳召證人。」

　　「好的，請檢控官繼續。」

　　「第六，關於民事訴訟的問題。辯方認為刑事訴訟存在一系列嚴重且沒法解決的問題，沒法達到公平審判的要求。控方上述的理據已清楚指出，現存的問題並非辯方所説的那麼嚴重，亦提出若干方法來解決相關問題。所謂『司馬昭之心，路人皆知』，辯方提出這個論點，目的是讓被告以金錢賠償來代替牢獄之災。甚麼彰顯公平審判權，其實只是一面幌子，一面讓被告逍遙法外的幌子！」

　　此時，旁聽席傳來微弱的掌聲。

　　「誰在拍掌！？」蘇羅堃問。

　　眾人面面相覷，沒有人承認。

　　「本席鄭重警告旁聽席的人，如果再違反法庭紀律、旁聽守則，本席將依法控告相關人士藐視

法庭罪！」其後，又對盤鑠年說，「檢控官請繼續。」

「控方已就辯方提出的論點和論據逐一回應。還是那句話：『法庭的任務是盡最大努力來還原案件的真相。』如果被告覺得自己是無辜的，就應該勇於面對審訊，藉此還自己清白。如果辯方律師覺得被告是無辜的，更應勇於面對審訊，盡力替被告辯護。否則，就算法院批准永久終止聆訊，被告也只會淪為過街老鼠，永遠抬不起頭做人。控方的陳詞到此為止，懇請法官閣下否決辯方永久終止聆訊的申請！」

陳詞完畢，盤鑠年坐下。

「控辯雙方陳詞完畢，本席將審慎檢視控辯雙方的理據和相關呈堂證物，然後作出明智的決定，將於 3 月 26 日早上 10 時公佈結果。」

「起立！」書記說。

無疑，這是一場賭博，但對賭徒來說卻有不同的含意。對唐凌聰和唐祿來說，他們儼如一個傾家蕩產、窮途末路的失敗者。現在，路上有一枚 10 元硬幣，可以用來買張彩票，以小博大。贏了就可以扭轉乾坤，輸了也是意料中事。對莉茲和 TM 來說，他們是佔盡上風的賭神。現在，他們押上所有籌碼來換取更大的回報。幸運之神告訴他們，勝算很大；命運之神卻告訴他們，人生未必盡如人意。

然後，來到揭盅的日子。是日，藍天、白雲、陽光、微風、鳥語、花香，凡屬褒義的，皆在畫布上。然而，這些吉兆是送給誰的，卻不得而知。

「起立！」書記說。

眾人起立，然後鞠躬，再隨裁判官坐下。

「這次聆訊，是要公佈辯方永久終止聆訊的申請結果。在此之前，控辯雙方有沒有任何補充？」蘇羅堃問。

沒有。蘇羅堃再說：「本席連日翻看控辯雙方的論點、論據和呈堂證物，得出以下結論：辯方論點的說服力不足，理據牽強。就相關問題，控方在陳詞時已充分指出，在此不贅。本席相信陪審員的能力，因為陪審團制度並非一朝一夕建立的，而是經歷日積月累的發展和修改。因此，本席認為陪審團絕對有能力處理本案，被告也能獲得公平的審訊。本席宣佈，否決辯方永久終止聆訊的申請。案件根據原定日期，於 4 月 9 日在高等法院原訟法庭正式審訊。控辯雙方有沒有其他問題？」

沒有。

「聆訊到此結束。」

「起立！」書記說。

結果對他們來說是意料中事。沒有補充、沒有問題，因為大家都知道，戰役如箭在弦。

第 20 章：〈墜落的速度〉

本來唐祿打算從美國回來後，就立即召開董事會會議，商討復牌的事宜，藉此履行乙方的責任。不過，饒同鑫給了他一個希望，説可以申請永久終止聆訊。雖然他深諳成功率極低，但假如真的成功，就能解除合約，也節省了後續的龐大開支。現在，塵埃落定，希望成為泡影，也是時候召開會議。

公佈結果後的當天中午，唐祿和一眾董事在 60 樓開會。

「各位，我召開是次會議，是想討論復牌的事。」唐祿説。

「其實大家都知道，股價第二次下跌，與唐凌聰的關係不大，而是因為你的體檢報告。」董事乙説。

「沒錯。股民對公司失去信心，是因為你。你覺得復牌能提升股價嗎？」董事丁問。

「我知道你們擔心什麼。我本來打算官司完了才復牌，但我知道，你們可能想出售股票，把資金用作其他投資項目。因此，我提議復牌，其實是為你們着想。至於股價方面，我打算回購公司的股票，藉此提升股價。你們意下如何？」唐祿問。

「是不是採用場內公開收購的方式？」董事甲問。

「是。」唐祿説。

「那麼資金方面，要向銀行借錢嗎？」董事甲問。

「不需要，公司的賬戶裡有 662 億港元的流動資金。」唐祿説。

「要不要召開臨時股東大會，獲得股東的授權？」董事己問。

「不必。上次的股東週年大會，通過了一項普通決議案，股東授出回購授權予董事。議案持續有效，直至下屆股東週年大會。」唐祿説。

「什麼時候回購？」董事丙問。

「我打算今天發佈回購預案，然後向交易所申請復牌。如無意外，明天可以回購。」他又對徐鳳瑩説，「你替我叫那個……什麼……我忘了副財務總監叫什麼名字。」

「馮宏軒。」徐鳳瑩説。

「對，你叫他半小時後到我的辦公室，我要和他商討回購預案的細節。」

「知道。」

「那麼，現在投票。支持復牌的請舉手！」

董事一致通過。

「如果沒別的事情，會議到此結束。散會！」

如意算盤打得不錯，回購預案沒問題，交易所也接納復牌申請。27 日早上 8 時，唐祿坐在辦公室裡，拿着酒杯，一邊淺酌，一邊浮想聯翩。此時，傳來敲門聲。

「進來！」

徐鳳瑩進來，把兩封信交給唐祿。唐祿閱畢，幾乎氣得心臟病發作。他按下呼叫器的按鈕，説：「徐鳳瑩，替我通知董事，立即召開會議！」

半小時後，一眾董事來到會議室。

「發給他們！」他對徐鳳瑩説。

徐鳳瑩把信的副本發給董事。

「這是銀行給我的信！銀行凍結了公司四個賬戶，我們沒法使用流動資金來回購！不但如此，我的三個個人賬戶也被凍結！銀行指出，在非洲有一家剛剛成立的空殼公司，這家公司把七筆相同數目的款項（合共 7 億港元）存進這七個賬戶中！銀行的凍結理據是：空殼公司沒有業務，資金來源不詳，不排除是洗黑錢。另外，凝寰集團在非洲沒有業務，與當地公司沒有往來，這些存款屬於異常交易。我可以斬釘截鐵地説，一定是行家設局陷害！」

「沒錯，空殼公司和銀行賬戶是用一名非洲人的身分註冊。行家應該是用合法或非法的手段獲得他的個人資料，再成立公司和開設賬戶。」董事戊説。

「我們是不是又要申請停牌？」董事庚問。

「我看不行！交易所不會接受在短時間內多次復牌、停牌的行為。再説，我們有什麼理據？如果説賬戶被凍結了，沒法使用資金來回購，交易所會建議我們向銀行借錢。」唐祿説。

「對了，向銀行借錢如何？」董事辛問。

「沒用！如果是以前，銀行肯定願意。但現在，公司有很多負面新聞，股價嚴重下跌，加上賬戶被凍結，銀行會擔心我們是否有能力償還貸款，未必會審批。退一步來説，就算銀行審批，也需要一段時間。如果行家打算敵意收購的話，我們什麼也做不了！」唐祿説。

「難道要坐以待斃嗎？」董事甲問。

「唐先生，快看新聞！」徐鳳瑩把平板電腦向着唐祿和董事，打開揚聲器。原來，賬戶被凍結之事，已被傳媒廣泛報道。

「消息是怎樣洩露的！？」董事乙問。

「其實，我有一個問題想不通。非洲那家公司是在五天前成立的，我們昨天才決定回購股票。

那家公司是不是有別的用途？只是碰巧我們要回購，對方才順水推舟，利用公司來陷害我們？抑或，對方一早猜到我們打算回購，所以預先成立公司？」董事壬問。

「管他的！背後原因不重要，重要的是如何解決問題。」董事庚説。

「雖然比較倉猝，但你們的賬戶應該沒問題，你們增持股份吧！」唐祿説。

「別開玩笑了！我別的投資項目虧損不少，哪有錢？」董事戊問。

「説實話，我昨天還在想，復牌後要不要減持，你還叫我增持？」董事己問。

「還有不夠 1 小時就要開市，增持與否要從長計議，不能意氣用事。」董事壬説。

「如果行家打算敵意收購，當它持有公司 30% 的股份時，就會提出全面收購，你們希望公司落在不懷好意的人手上嗎？！」唐祿問。

眾人無言以對，一段時間，大家都沒説話。不久，唐祿説：「天無絕人之路。雖然我們沒法阻止收購者成為公司的股東，但可以阻止他加入董事局。只要他沒法進入董事局，就不能動搖公司的根基。退一步來説，就算他進入了董事局，也很難罷免我們，因為受制於《公司章程細則》。另外，我會跟內子、凌熹、凌聰談談，購買他們的股份，以增加我在股東大會的控制權。」

「他們有多少股份？」董事戊問。

「內子有 3.2%，凌熹有 2.8%，凌聰有 4%。」

「如果凌聰無罪釋放，他就會接管公司。沒有股份的話，會影響他在公司的控制權。」董事戊説。

「到時候我再把股份賣給他。總之，我們隨機應變。散會！」

果然，開市後凝寰集團的股價再次下跌，跌至每股 21.8 元時，股價開始微升，早市結束時，股價升至 58.4 元。久違的四人飯局，降臨在淺水灣的大宅中。

「你們應該知道公司的股價上升至 58.4 元。今天早上，我叫你們增持股份，你們增持了多少？」唐祿問。

「400 手。」唐凌聰説。

「380 手。」蔣乙華説。

「你呢？」唐祿問唐凌熹。

「你覺得有用嗎？對手財力雄厚，你要我們用積蓄來對抗，豈不是以卵擊石？」凌熹問。

「你財力何嘗不雄厚？！不用工作，就坐擁 100 億港元！再説，股票也是資產，現在股價上升，持股虧損不多，就當作轉變資產類型。你老實告訴我，你增持了多少！？」

凌熹沒説話，擺出剪刀手。

「200 手！？還是 20 手！？」

「不可以是 2000 手嗎？」

「除了叫你們增持外，我還想購買你們的股份。如果將來要面對敵意收購，就可能要召開股東大會。我購買你們的股份，一來，是怕你們突然把股份賣掉；二來，反正你們很少出席股東大會，那不如把股份交給我，增加我在股東大會的控制權。」

「這是不是叫做場外交易？」凌熹問。

「沒錯。」

「聽說場外交易的價格是由買賣雙方自行約定的。每股 58.4 元對我來說太少了，出事前，也就是 3 月 2 日，當天的收市價是 180.5 元。你想要的話，就用這個價錢來交易。」凌熹邊說邊看手機。

「沒可能，你別做夢了！」

「既然如此，我只好把所有股票賣掉。」

「你賣掉也沒用，因為乙華和凌聰會繼續增持！」

「沒關係，那我就直接賣給敵意收購者。」

唐祿一掌拍在桌上，問：「你是不是要跟我作對？！」

「你和其他人談生意也是這樣嗎？」

唐祿猶疑了一會兒，說：「好！就這個價錢，不過，我的賬戶被銀行凍結，要解凍後才能給你錢。」

「這像不像《警訊》裡面的騙案？」

「我現在拿不到錢，你要我怎樣？！」

「房間的保險箱裡有很多金條和鑽石，用來代替吧！」蔣乙華說。

「我剛剛算了一下，今天增持的 200 手，加上本來持有的，一共 1.402 億股，以 180.5 元賣出，大概是 253 億。請問你的金條、鑽石是否價值 253 億？」凌熹問。

「別再氣你爸了！」乙華說。

「還有一個條件，這些股份是暫時賣給你的。三個月後，事情應該塵埃落定，到時候，你要把股份以市價的三分之一賣給我。」

唐祿看着凌熹，氣憤難平。

「我真的看輕了你！一般豪門的爭產風波，無非是從遺囑着手！你竟然趁公司動蕩，需要股份時，以不合理的價錢出售！雖然你不知道遺囑的內容，但你預料獲得的遺產會比凌聰少，所以藉此大撈一筆！本來價值 81 億的股票，現在卻獅子大開口，要價 253 億！」

「你不要以小人之心度君子之腹，可能凌熹拮据，需要一些錢。」乙華說。

「拮据？！拮据就要 253 億？！」

「別生氣！要不然這樣吧，我把擁有的 3.2% 股份免費讓給你，待事情解決後，你再還給我。好嗎？」乙華問。

「好的。那麼凌聰呢？你打算怎樣？」

「我跟媽媽一樣，免費讓給你。」

「我才真的看輕了你們。本來這只是正常的交易，卻弄得我像個吸血鬼一樣。明明不想送出去，卻要假仁假義。知不知道這種虛偽的心態在商業世界裡是無所遁形的？」凌熹問。

「你給我閉嘴！戰鬥還沒結束，午市時，你們繼續增持。」唐祿說。

雖然這頓飯對唐祿來說食之無味，但至少擁有了 27.8% 的股份，一定程度上能夠抗衡收購方。是日收市時，股價升至 87.8 元。蔣乙華和唐凌聰分別把在午市增持的 0.5% 和 0.7% 股份讓給唐祿，唐凌熹則把增持的 0.6% 股份以 54.15 億的價錢賣給唐祿。最終，唐祿擁有 29.6% 的股份。晚上 8 時，唐祿一邊用餐，一邊處理公事。此時，他收到一封電郵。內容如下：

凝寰集團有限公司唐祿董事長尊鑒：

敝公司（華意國際有限公司）於 3 月 27 日的交易日中，購入了 貴公司 29.8% 的股份。根據公司註冊處的文件紀錄，唐先生於是日接受了 11.8% 的股份轉讓，共持有 29.6% 的股份。因此，根據股東的持股比例，敝公司已成為 貴公司的大股東。

另外，根據 貴公司的《公司章程細則》條款， 貴公司的董事局擁有委任董事的權力，毋須召開股東大會。在此，敝公司作出清晰的表態：敝公司將派出董事局副主席兼副行政總裁包欣瓊女士，加入 貴公司的董事局，成為執行董事。敝公司要求唐先生以 貴公司董事局主席的身分，於明日早上召開董事會會議，商討有關事宜。屆時，包欣瓊女士將會列席。

對於是次行動，敝公司感到相當滿意，希望 貴公司亦然。在此祝願與 貴公司合作愉快！

　祝

業務蒸蒸日上

　　　　　　　　　　　　　　　　華意國際有限公司董事局副主席兼副行政總裁

　　　　　　　　　　　　　　　　包欣瓊 謹啟

二零一八年三月二十七日

唐祿閱畢電郵，氣得一頓臭罵。另一方面，唐祿覺得包欣瓊很天真，她以為凝寰集團會歡迎她。他很期待明天的會議，想狠狠地招待她。

翌晨，8 時 50 分。唐祿和一眾董事來到會議室，距離約定的時間尚有 10 分鐘。9 時，包欣瓊還

沒到。他們等得不耐煩，直到 9 時 15 分，她才現身。包欣瓊用力推開會議室的門，門撞到牆上。她穿着一襲粉藍色的行政套裝，鮮艷的色彩淡化了 42 歲的成熟和滄桑感。高跟鞋的噔噔聲清脆悅耳。臉上的威嚴來自墨鏡還是墨鏡背後的雙瞳，卻不得而知，只知道她戴的，是價值 320 萬港元的蕭邦墨鏡。她身後跟着一名秘書助理，助理把一箱文件夾放在桌上。

「出去！」包欣瓊對助理說。

然後，她對着身旁的董事吆喝：「讓個位子給我！」

靠近大門那邊的董事，換了一個座位，把第一個位子讓給她。坐在中間的唐祿，狠狠地盯着她。可是，包欣瓊的架子還沒擺完。她把價值 294 萬港元的愛馬仕手袋放在桌上，脫掉墨鏡，雙手抱臂。她瞥向右邊的一眾董事，再瞥向左邊的唐祿。完畢，才願意坐下來，把墨鏡放進手袋裡。驀然，她指着兩名女董事說：「作為女人，樣貌不行，穿衣品味低劣！連女人都做不好，我很懷疑你們能否做得好董事的工作！」

「我沒有得罪你，你為什麼要人身攻擊！？」其中一名女董事問。

「我教你做人，卻被你理解為人身攻擊，難怪你那麼失敗，看來成為董事已經是你畢生最大的成就！」

「你擺完架子沒有？！」唐祿問。

「還沒有！不過現在輪到你擺，反正你擺完今天以後都沒得擺！」

「正式開會！第一件事，是討論應否委任包欣瓊成為本公司的執行董事。」唐祿說。

「在此之前，我先自我介紹！」語畢，包欣瓊從手袋取出一疊名片，發給眾人。「我是華意國際有限公司董事局副主席兼副行政總裁，包欣瓊！你們看完這張名片後，可以把它扔掉，因為我要製作新的名片，職銜是：凝寰集團有限公司董事局主席兼行政總裁暨華意國際有限公司董事局副主席兼副行政總裁，包欣瓊！」

「你想取代我的位置？！你是不是喝醉了才來開會？！」唐祿問。

「我從來不打沒把握的仗！我剛剛遲到 15 分鐘，你們有什麼感想？！是不是覺得我的時間觀念很差？！如果你們聰明的話，就會擔心自己的前途！包欣瓊是不是在收集我的犯罪證據？她會不會對付我？而不是覺得我的時間觀念差！你說我想取代你的位置，不如這樣說吧：是你犯了罪，罔顧職業操守，才會被我乘虛而入！」

「我犯了罪？！我犯了什麼罪！？」

包欣瓊微笑着說：「雖然你現在如坐針氈，但審判你之前，還是先處理好第一件事。不如我們現在投票，贊成我成為執行董事的，請舉手！」

「呃——不好意思！」董事戊說。「在投票前，我有個建議。雖然大家覺得華意國際的行為難以饒恕，但華意國際已經是大股東，我相信包小姐不會做出任何損害公司利益的事。否則股價下跌，對華意國際也有影響。」

「你為什麼這樣說！？我們昨天不是有了共識嗎？！」唐祿問。

「你想知道原因嗎？！我現在就告訴你！」包欣瓊從手袋取出一疊照片，笑着把照片像撒紙錢一樣，向上撒去。

照片散落在桌上，董事戊面紅耳赤、無地自容。那兩名女董事也被照片嚇得捂住嘴巴。原來，那些照片拍攝了已婚的董事戊和別的女人在一起的過程。牽手、親吻、擁抱，甚至在酒店房間裡做愛的過程也拍了下來。

「原來你是個衣冠禽獸，結了婚還跟別的女人上床！」董事丁說。

「變態！」董事庚說。

「因為她用這些照片要挾你，所以你才屈服？！包欣瓊，你知不知道你的所作所為已構成刑事恐嚇？！我可以報警！」唐祿說。

「你千萬不要誤會，我沒有要挾他！不信的話你看看！」包欣瓊取出平板電腦，向唐祿展示一封電郵。「我從一些秘密渠道得到這些照片，於是我發電郵提醒他，要注意自己的行為。如果這些照片被傳媒得到的話，公司的股價肯定暴跌，他的聲譽和其他生意也會受到牽連。你看，電郵裡沒有半句要挾、恐嚇的話，全都是善意的提醒！誰知，他居然會錯意，以為我要要挾他！」

「照片有備份嗎！？」唐祿問。

「除了這些，沒有別的備份。至於其他人，我就不能保證。」

「哼！看來我們沒有別的選擇，只能投票通過！」唐祿說。

「哎呀！我不是說了嗎？！我完全不是這個意思，你們可以不通過的！」

「現在投票！贊成包欣瓊成為執行董事的，請舉手！」唐祿說。

全體一致通過。

「既然大家踴躍支持，我也當仁不讓，欣然接受！謝謝各位！」包欣瓊向眾人鞠躬。

「呃——我想問……這些照片可不可以交給我，讓我銷毀？」董事戊問。

「隨便！」包欣瓊說。

「還有就是，秘書，你可不可以把剛才大家討論照片的言論刪除？我怕查閱會議紀錄的人看到。」董事戊說。

「徐鳳瑩，你應該知道，會議紀錄要準確無誤，不能篡改！如果你篡改的話，就干犯偽造文書

罪，要坐牢的！」包欣瓊又對董事戊説，「而你，則教唆他人犯罪，也要坐牢！」

「不必篡改會議紀錄，就算其他人查閱，只要沒有照片，就證明不了什麼。如果沒有別的事情，今天的會議……」唐祿説。

「想得美！」包欣瓊打岔。「我剛才説過要審判你，你以為逃得掉嗎？！」

「其實，你是不是很喜歡看日本的動漫，所以患上中二病？」唐祿問。

包欣瓊微笑着説：「我有沒有中二病，我不知道。我只知道，當我從手袋取出一份文件時，你可能會嚇到失禁。」

包欣瓊一邊用猙獰的目光盯着唐祿，一邊慢慢地把手伸進手袋裡，再慢慢地取出文件。文件放在文件夾裡，唐祿還不知道是什麼。包欣瓊站起來，走到坐在最遠的董事身旁，開始派發文件。

「我準備了足夠的副本，大家好好欣賞！」

包欣瓊慢慢地，從最遠的派到最近的。董事一邊看着文件，一邊用奇怪的目光看着唐祿。此刻的唐祿，真的如坐針氈，他很想知道那是什麼文件，但包欣瓊派發的速度很慢，唐祿的胃口吊得越久，她就越開心。終於，包欣瓊來到唐祿面前，笑着把文件遞給他。

「這是你的罪狀，請過目。」

唐祿目瞪口呆，眼前的，正是他和 G 公司私下簽署的協議書。

「你是怎樣得到的！？」

「自從強姦案曝光後，華意國際就很關心凝寰集團的一舉一動！我知道你和 G 公司談合作，不過這讓我生疑！這段時間，凝寰集團應該面對短期的財務危機和公關危機，為什麼還有閒情逸致和外國公司談合作？！更重要的是，凝寰集團面對一連串的負面新聞，人人避之則吉！G 公司作為頂尖的國際大企業，真的會和你們談合作？！於是，我跟蹤你到美國！幾經周折，託了很多關係，才找到這份協議書！如果各位董事聰明的話，就知道問題在哪裡！」

「這份協議書，是以個人名義和 G 公司簽署的，與凝寰集團無關！」唐祿説。

「鴨子死了嘴還硬確實是你的作風！大家看看版權費用部分的 1.2 條款，G 公司要求唐祿免費轉讓個人持有的 17.8% 股份！」包欣瓊從紙箱中取出一個文件夾。「這是公司的《公司章程細則》，細則清楚列明，任何股東向股東以外的第三方轉讓股份時，都要諮詢其他股東，因為其他股東擁有優先購買權！而 G 公司從來都不是本公司的股東！請問唐祿有沒有事先召開股東大會，有沒有召開董事會會議？！他當然不肯召開！道理很簡單，如果有股東行使優先購買權，買下 17.8% 的股份，唐祿就少了一個和 G 公司談判的籌碼！」説罷，包欣瓊狠狠地把文件夾摔在桌上。

「可是，我有一點不明白。如果唐祿日後轉讓股份給 G 公司，公司註冊處會有紀錄，而他又剝

奪了股東的優先購買權，他一樣沒法瞞天過海。」董事甲說。

「看來你跟隨唐狗那麼久，依然看不穿這隻老狐狸的狡猾伎倆！」

「你說話小心點，我可以告你誹謗！」唐祿說。

「告啊！我很想看看，到底誹謗罪嚴重，還是你犯的罪嚴重！不過，怎樣也及不上強姦罪，最高刑罰是終身監禁！」她獰笑着說。

包欣瓊從紙箱中取出一個文件夾，說：「這是董事局的《會議紀錄》！昨天在會議中，唐祿要求你們增持股份！雖然你們以各種理由推搪，但無可否認，你們天真地以為唐祿叫你們增持，是為了抵抗敵意收購！狡猾的唐祿，醉翁之意不在酒！他叫你們增持，是想耗盡你們賬戶裡的現金！事成後，他就會提出轉讓股份給 G 公司的建議，但你們已經沒有多餘的資金，就算想購買唐祿的股份也無能為力，只好放棄優先購買權！如果你們問他，為什麼要轉讓給 G 公司？他可能會說：『G 公司是國際大企業，如果它成為股東，股民就會對公司重拾信心，股價因而上升。』如果你們再問他，為什麼要免費轉讓？他依然能編出一套美麗的說辭，譬如說：『公司股價下跌，前景不明朗，G 公司不願出資入股。但為了公司的未來，我願意免費轉讓！犧牲小我，成就大我！』然後，你們就把他當作神一樣崇拜！慶幸的是，現在有了這份協議書，就等於有了一塊照妖鏡，唐祿的邪惡本質，無所遁形！」

「你含血噴人！」唐祿說。

「根據《會議紀錄》，前天開會時，唐祿說要復牌，並回購股票，從而提升公司的股價。當時你們蒙在鼓裡，現在有了協議書，該如夢初醒了吧！1.2 的條款要求唐祿行使應有的權力，令股票復牌，令股價上升！因此，佛口蛇心的唐魔，表面上是為了公司，其實是為了個人利益！」包欣瓊狠狠地把文件夾摔在桌上。

「說完了嗎？可以讓我說嗎？」唐祿問。

「可以！這個會議就是一個法庭，你是被告，他們是陪審員，而我就是法官！被告，你可以自辯了！」

「關於沒有諮詢其他股東的問題，你要知道，我轉讓的 17.8% 股份，如果以最低股價 21.8 元作定價，需要 194 億。如果以昨天的收市價 87.8 元作定價，需要 781 億。一般的小股東，他們有能力購買嗎？！沒有，因此不必浪費時間諮詢！再說，在座各位都是股東，身價不菲。昨天我建議大家增持股份，你們不願意。換言之，就算我開宗明義跟大家說，我要把股份讓給 G 公司，你們也不會行使優先購買權。包欣瓊，規矩是死的，人是活的，做生意要懂得靈活變通！」

「請問誰有抽煙的習慣？」包欣瓊問。

「我有。」董事辛説。

「可以借打火機給我嗎？」

「可以。」

「會議室是禁煙的！」唐禄説。

「誰説我要抽煙？」

董事辛把打火機遞給包欣瓊，她立馬奪去桌上的《公司章程細則》，並點燃打火機。

「你想幹什麼？！」「救命啊！」

剎那間，眾人慌張失措。

「被告，你説規矩是死的，要靈活變通！換言之，《公司章程細則》已成為廢紙，可以燒掉！」

「不要！」「你不要再玩了，這裡有煙霧感應器！」

「誰跟你們玩？！《公司章程細則》是公司的行事依據，必須遵守！你們視規矩如無物，才是在玩！」

「你再無的放矢，我就叫保安人員來！」唐禄説。

「被告，你對天發毒誓，你是否願意無條件遵守《公司章程細則》，並承擔違反細則的一切後果！？」

唐禄無奈地説：「我願意。」

「我叫你發毒誓！」

唐禄無奈地豎起三根手指，説：「我唐禄對天發誓，願意無條件遵守《公司章程細則》，並承擔違反細則的一切後果！否則，天打雷劈，不得好死！」

「加多一句：斷子絕孫，家破人亡！」包欣瓊説。

「斷子絕孫，家破人亡！」唐禄説。

包欣瓊終於結束這場鬧劇，把打火機還給董事辛。然後，她對董事辛説：「多虧你的打火機，才讓唐禄明白遵守細則的重要性。我個人持有凝寰集團 1.1% 的股份，有機會的話，我願意把 0.1% 的股份送給你。如果以昨天收市價 87.8 元作定價的話，就是把 4.39 億送給你。這筆錢，足夠在山頂買一間豪宅。」

「真的！？」董事辛目光炯炯。

「你不要以為我不敢報警！」唐禄拿着手機對她説。

「報什麼警？」

「你想賄賂他，讓他支持你當主席！」

「你的耳朵是不是有問題？！我什麼時候賄賂他？！我剛才說，他的打火機讓你明白遵守細則的重要性。我對此感到欣慰，所以想獎勵他。我有說過叫他支持我當主席嗎？！」

「你說『有機會的話』，什麼叫有機會？！就是他支持你當主席時，就叫有機會！」

「有病！我說的『有機會』是指他願意的話！你要知道，就算我送股份給他，他也不一定要接受！如果他不接受，就是沒機會；願意接受，就是有機會！」

「你儘管玩文字遊戲！你想當主席，就趕快回家睡覺，做個好夢！」

「你理解能力有問題就說我玩文字遊戲！你應該知道，『天子犯法，與庶民同罪』！你惡貫滿盈、罄竹難書，還想繼續當皇帝？！你才要回家做夢！」她又對董事說，「我繼續向大家剖析唐祿的罪行！」

包欣瓊從紙箱中取出一個文件夾，說：「這是公司的《內部財務報表》，裡面記錄了一筆 1 萬港元的租金收入，這筆收入來自公司 33 樓的一個辦公室！熟悉公司運作的董事應該覺得很奇怪，為什麼會有總部大樓的租金收入？！公司的總部大樓有 65 層，不同部門分佈在不同樓層！最重要的是，就算公司某些樓層空置待用，也不會出租給其他公司；而是會歸入後備資源，給各部門日後擴充時使用，這在《公司章程細則》中清楚列明！而且，唐祿把辦公室租給外人的決定，是自作主張的，未曾和任何人商量！最貽笑大方的是，租金每月 1 萬元！各位，總部大樓作為中環的甲級商業大廈，裡面一個佔地 700 平方呎的辦公室，租金居然是每月 1 萬元？！這應該是商界的大笑話！顯然，公司沒有出租辦公室的慣例，所以沒有既定的租金標準！於是，唐祿就乘虛而入，自定一個低於市價的租金，這無疑損害公司的利益！雖然這筆租金是唐祿支付的，但作為一個全盛時期坐擁 2400 億港元的巨富，居然如此吝嗇，實在丟人現眼！另外，唐祿以私人名義租用辦公室，並把使用權交給縱橫私家偵探社的偵探！大家應該知道，自從他那個不肖子粉碎了虛偽的面具，化身成變態色魔，強姦無辜的女人後，他就聘請私家偵探調查！更重要的是，那個變態色魔⋯⋯」

「夠了！什麼變態色魔？！案件還沒審結，他依然是清白的！而且，他是被人設局陷害！陷害他的人，遠在天邊，近在眼前！」唐祿說。

包欣瓊微笑着問：「為什麼說得那麼含蓄？『遠在天邊，近在眼前』，是不是指我？你怕我告你誹謗，所以不敢直說？」

「害他的人肯定有報應！」

「你相信報應嗎？我也相信！剛才你發了毒誓，表示願意承擔一切後果！如果你違背誓言，就要斷子絕孫，家破人亡！」

唐祿沒理她，包欣瓊再說：「更重要的是，那個變態色魔已經不是公司的員工！唐祿以私人名義聘請外人，把公司的地方以廉價租給外人，借助外人的力量來幫助那個不是自己人的變態色魔！這

不是公器私用是什麼？！」包欣瓊狠狠地把文件夾摔在桌上。

她又從紙箱中取出一個文件夾，説：「本來公司股價下跌，責任在變態色魔！唐祿作為公司的董事局主席兼行政總裁，理應力挽狂瀾！只可惜，他把工作的心思都花在私人事務上！這是公司的《訪客登記冊》，裡面記錄了一些與公司無關的人，出現在公司裡，做一些與公司無關的事！以剛才提及的私家偵探為例，他們多次出現在公司，向唐祿報告一些與公司無關的事！又例如那個玄學家，如果他來的目的，是為公司看風水，則情有可原！只可惜，他來的目的，是為一個不是自己人的變態色魔指點迷津！試想想，如果各位是公司的老闆，有一個員工經常把非公司的人請到公司來，談一些與公司無關的事，做一些與公司無關的事，你們會怎樣？！輕則給他一封警告信，重則把他辭退！無規矩不成方圓，在公司就做公司的事，在家裡就做家裡的事！唐祿把家裡的事搬到公司來做，浪費寶貴的工作時間！如果他把時間花在力挽狂瀾上，公司的股價就不會暴跌！你們是否還要一團渣滓來當公司的領導人？！」包欣瓊狠狠地把文件夾摔在桌上。

「還有一件事，唐祿嚴重缺乏危機意識，這對公司領導人來説是不可饒恕的罪行！唐祿沒有向大眾公佈他的健康狀況，我還可以為他開脫！因為在強姦案發生前，變態色魔即將接管公司，就算唐祿突然一命嗚呼，暴斃於化糞池中，變態色魔也能立即接班，把損失減到最小！不過，強姦案發生後，變態色魔沒法接管公司，他那條玩音樂玩到住進精神病院的可憐蟲也沒法接管公司，至於他那個只懂撒嬌、沒法接受年華老去……」

唐祿立馬拾起桌上的一個文件夾，摔向包欣瓊。

「你幹什麼？！我可以報警告你襲擊！你們看，唐祿的情商那麼低，如果他出席記者招待會，被記者的問題惹怒，隨手拿起玻璃杯摔向記者，摔得頭破血流，那怎麼辦？！我繼續剛才的話題，至於他那個只懂撒嬌、沒法接受年華老去的黃臉婆，更沒法接管公司！既然沒人接管公司，他就應該立即公佈自己的健康狀況！儘管股價下跌，也只會輕微下跌！現在，被人率先公佈，令大眾恐慌，造成恐慌性拋售！另一方面，強姦案發生後，唐祿沒有盡快物色接班人，而是頒布聖旨，説會繼續當皇帝！他明知自己隨時一命嗚呼，暴斃於化糞池中，卻依然獨行獨斷，置公司生死於不顧！他應該到華意國際找我，懇求我當公司的接班人！可惜，他面子大過天，不肯紆尊降貴！」

包欣瓊語畢，眾人看着她，沒有説話，會議室迎來短暫的恬靜時光。片刻，包欣瓊説：「我動議，罷免唐祿董事局主席和執行董事的職務！」

「就算你罷免了我也沒用，因為董事局主席大多是大股東！華意國際雖然是大股東，但不是自然人；而你只有 1.1% 的股份，是小股東！」

包欣瓊冷笑了一聲，從手袋取出一疊文件，發給眾人。

「這是股份代持協議書，華意國際把 28.8%的股份交給我代持，同時授予我股東的權利！換言之，我現在擁有 29.9%的股份，是名符其實的大股東！登上主席的寶座後，我就會把股份還給華意國際！」包欣瓊露出滿足又猙獰的笑容。「29.9%的股份價值 1312 億港元！說得直白一點，雖然時間很短暫，但此時此刻，我是香港女首富！香港女首富要求成為 貴公司的董事局主席，是你們的光榮，我想不到反對的理由！」

唐祿目瞪口呆，已經拿她沒辦法。

「我懇請各位認真思考我剛才所說的話，唐祿的罪行，可以歸納為六個字：『權力使人腐化』！如果你們當他是好朋友，就應該替他洗滌骯髒的靈魂！他只有卸下權力，才能重拾赤子之心！不過，我要提醒你們一件事！你們以前蒙在鼓裡，不知道他的所作所為，可以算作不知者不罪！但現在知道了，卻繼續為他狡辯的話，就是同流合污！不要忘記，董事是公司決策行事的代理人，股東是組成公司的成員！董事要對公司負責，即是要對全體股東負責！如果我把事情鬧大，召開臨時股東大會來罷免唐祿的話，公司難得上升的股價必定再次暴跌！而你們這群同流合污、狼狽為奸、包藏禍心，置股東利益於不顧的卑鄙小人，也必定被罷免！」

「包欣瓊，你熟讀《公司章程細則》，應該知道董事及高級管理人員與公司簽訂的合同中，有一項名為『金色降落傘』的條款。條款指出，如果公司的控制權變更，董事及高級管理人員被解僱的話，公司將向他們支付大量賠償金。我和一眾董事的賠償金高達天文數字。你剛進來，還沒替公司賺錢，就花掉龐大資金來解僱我們，你覺得股東會同意嗎？！」唐祿問。

「打個比方，股東就像一個人，董事局就像身體的器官！現在器官裡有一個惡性腫瘤，這個人會怎麼做？！他一定會聘請世上最好的醫生，不惜工本來治療！只要能消滅腫瘤，那少少的錢，算得上什麼？！退一步來說，就算股東反對，華意國際也很樂意替凝寰集團支付龐大的賠償金，因為這個惡性腫瘤快要到末期，不做手術就來不及了！」包欣瓊說。

她又從紙箱中取出一個文件夾，說：「這個文件夾載有各董事和高級管理人員的合同！」她取出唐祿的合同，「根據『金色降落傘』條款，唐祿的賠償金是 50 億港元！其他董事的賠償金因人而異，視乎董事的地位、資歷、業績，大抵介乎 5 億至 30 億港元！」

「你該不會真的把所有董事辭退吧！？」董事乙問。

「上天有好生之德！只要你們大義滅親、不同流合污，我就不會為難你們！」

「請問『上天有好生之德』跟你有什麼關係？」董事己問。

「我姓什麼？！我姓包！說到姓包的人，你們會想到誰？！就是包青天！那是不是有一個『天』字？！所以『上天』就是指我！」

除了包欣瓊外，其他人都尷尬不已。

包欣瓊再說：「公司有 600 多億的流動資金，足夠支付你的賠償金！事不宜遲，我們立即投票！不過，在投票前，我再叮囑你們：雖然你們把唐祿當作親人，他離去就像死了親人一樣！但要知道，時代的巨輪不會為我們停止轉動，我們守着一座沒價值的古老石山，對公司的發展一無是處！凝寰集團要在國際舞台上獨佔鰲頭、傲視同儕，就要有破舊立新的思維！『否極泰來』不止是一個詞語，更是公司的寫照！我給大家 10 秒鐘的時間，然後我們就投票！10、9、8、7、6、5、4、3、2、1、0！贊成罷免唐祿董事局主席職務的，請舉手！」

包欣瓊率先舉手，其他董事隨後逐一舉手。除了秘書徐鳳瑩外，唐祿是唯一具投票權而沒有舉手的人。

「大比數通過！」包欣瓊說。「再來，就是贊成罷免唐祿執行董事職務的，請舉手！」

情況和剛才一樣，包欣瓊率先舉手，其他董事隨後逐一舉手。除了秘書徐鳳瑩外，唐祿是唯一具投票權而沒有舉手的人。

「大比數通過！」包欣瓊說。「今天早上，銀行處理掉異常交易的款項後，所有賬戶已經解凍！本來沒那麼快，只是華意國際作為公司的大股東，公司賬戶不解凍，一定程度上影響華意國際！所以我託了很多關係，加快了解凍的步伐！看來在人脈關係方面，我稍勝一籌！唐祿，上天有好生之德，我批准你說說被罷免後的感想！」

唐祿狠狠地盯着她，拳頭握得緊緊的。

「怎樣？不說嗎？」

唐祿呼了一口氣，壓抑自己的情緒，說：「雖然，我被罷免了，但我相信，公司依然能夠繼續發展，因為公司有穩健的基礎，邪魔外道難以摧毀！我在此忠告大家：從今以後，要小心謹慎，牢牢盯緊新領導人的一舉一動！如果她是一個惡貫滿盈、罄竹難書的婊子，就請大家手起刀落，把她的頭砍掉，丟到亂葬崗裡！謝謝大家！」

「你的言論充斥血腥暴力，我是否可以告你刑事恐嚇？」

「我不過是用了誇張手法來修飾言辭，你連這麼簡單的修辭手法都不懂，我很質疑你是否有能力帶領公司！」

「廢話少說！現在討論新一任董事局主席的人選！我自薦！」

「我推薦副主席。」董事壬說。

「誰是副主席！？」

「我是。」董事甲說。

「你覺得你能夠勝任嗎？」包欣瓊問。

「能夠，因為我已經有了當副主席的經驗。」

包欣瓊叉着手說：「不過據我所知，你這個副主席只是一個擺設，沒有實權！知道唐祿為何要選你當副主席嗎？！因為你是一眾董事中，對權力的欲望最少的一個！如果唐祿選了別的董事當副主席，他就要面對爭權的危機！他不放權，副主席就會對付他！不用我來治他，他已經人間蒸發了！因此，他只能選你當副主席！這些年，你和別的董事一樣，沒有擁有作為副主席應有的權力，你的權力全歸唐祿！我可以斬釘截鐵地說，你作為副主席的經驗值是 0！那些什麼經驗，全都是你在心理不平衡的狀態下幻想出來的！所以，我給你的忠告是：繼續當你的副主席！當我執掌帥印後，我會放權給你，儼如久旱逢甘雨，讓你體會權力的滋味！」

董事甲耷拉着腦袋，不敢面對眾人。

「可是，由你來當主席的話，我怕影響公司。雖然你從商多年，累積了很多知識和經驗；但你大學時主修世界歷史和中國歷史，股民會質疑你是否具備商業知識。」董事丙說。

「我中學時就立志要成為商界女強人！我在大學雙主修世界歷史和中國歷史，知道為什麼嗎？！很多天真爛漫的人以為，從商者在大學一定修讀工商管理、環球商業、經濟、市場學、風險管理！其實，世上有很多商人，他們在大學修讀歷史，而不是商業科目！因為歷史的變遷就像商業世界的變遷，政權、朝代的更替就像公司的氣數！國家是公司，統治者是老闆，股肱之臣是管理層，宮女、太監、士兵、奴才，是職員，平民百姓就是股民！在歷史裡尋求致勝之道，用於商業運作中；在歷史裡汲取失敗的教訓，用於商業運作中！——這才是頂尖的商人！大學畢業後，我任職華意國際的人力資源部，從人力資源實習生做起，逐步晉升為人力資源助理、主管、主任、經理、總監、副行政總裁，再進入董事局，成為執行董事，繼而晉升為董事局副主席！我本來就是一個傳奇人物，股民只會被我的履歷震懾，而不會質疑我的實力！」

包欣瓊的言論確實有點魅力，董事們對她多了些信心。

「還有人要自薦或推薦嗎！？」包欣瓊問。

已經沒有人想跟她作對了。

「那麼現在投票，贊成我包欣瓊成為董事局主席的，請舉手！」

情況和剛才差不多，包欣瓊率先舉手，其他董事隨後逐一舉手。不過唐祿已不是董事，不能干涉董事局的決定。

「一致通過！」包欣瓊說。然後，她提着手袋，走到唐祿面前。唐祿知道自己已不能坐在主席的位置上，便站了起來，打算離開。

「先不要走，這件事還沒完！」包欣瓊説。

於是，唐祿坐在包欣瓊原來的座位上。包欣瓊坐在主席的位置上，喜上眉梢。

「循例，我也要發表登基感言！各位，我包欣瓊在華意國際，是垂簾聽政的慈禧太后；在凝寰集團，就是日月凌空的武則天！你們可以放心，我絕對不是殺人如麻的希特勒（Hitler）！徐鳳瑩，你立即發一封電郵給人事部，告訴他們公司管理層的人事變動，然後叫人事部發一封解僱信給唐祿，解除行政總裁的職務，接着叫財務部計算唐祿的薪金，連同那 50 億的賠償金，以公司名義開一張支票給他！」

徐鳳瑩瞥向唐祿，不知所措。

「你看他幹什麼？！他已經不是主席，不是董事，連行政總裁都不是！給他面子就叫他一聲『前老闆』，不給面子就直接叫他『外人』！」

「知道。」

「外人，我要提醒你一件事！」包欣瓊笑着走向唐祿，在他耳邊説悄悄話。「你回去告訴變態色魔，就算他得到幸運之神的眷顧，無罪釋放，也不要嘗試回到公司。如果我發現他有所行動的話，我就會把公司徹底肢解，變賣所有資產，讓凝寰集團消失於天地間。」

唐祿氣得倏地站了起來。

「別那麼激動！不要忘記你有心臟病，如果你暴斃的話，這幢大廈就變成凶宅，到時候我就要把它拆掉！」

唐祿轉身想離開，包欣瓊説：「先別走，這件事還沒完！」

唐祿盯了她一會兒，又乖乖地坐下來。

「你趕時間嗎？！不趕就多留一會兒，否則你這輩子也很難再進來！外人，你不要以為是外人就不用承擔法律責任！我稍後會以公司名義發一封律師函給你，向你追討相關賠償！」

「得饒人處且饒人！做得那麼絕，對你沒好處！」

「你以為我是為了自己？！你不要搞錯，我是為了公司！其實，公司向離職的董事追討賠償是屢見不鮮的事，你不要少見多怪！再説，《公司章程細則》中也有相關條款，難道你想違背誓言嗎？！各位，我們先處理優先購買權的事！正如外人所説，外面的小股東沒錢購買他的股份，那麼你們呢！？現在是早上 11 時半，最新股價是 95.2 元！可見，公司前景明朗！你們會不會改變主意，行使優先購買權，買下他的 17.8%股份！？我覺得你們應該要買，當作給他一個教訓！只要買下了，他就剩下 11.8%的股份，他要再購入 6%的股份，才能滿足協議的要求！假如他只增持 6%，那麼履行協議後，他就沒有任何股份，連股東都不是！你們意下如何！？」

董事們面面相覷，沒有人行使優先購買權。

「對着外人需要那麼仁慈嗎？！説不定他在心裡取笑你們軟弱呢！」

董事們依舊沒有説話，包欣瓊再説：「我這個人最民主，你們不想，我不會勉強！接着，處理 33 樓辦公室的問題！由於公司沒有出租辦公室的慣例，所以沒有既定的租金標準！我現在宣布，33 樓那個佔地 700 平方呎的辦公室，月租 40 萬港元！外人，我給你兩個選擇：第一，叫那群幻想自己是福爾摩斯（Holmes）的下九流偵探滾回堆填區去！然後，我會發律師函給你，追討 4000 萬港元的賠償金！這是你自作主張、故意貶低物業價值、公器私用的代價！第二，叫那群垃圾繼續租用辦公室！我依然會發律師函給你，追討 4000 萬的賠償金！你意下如何！？」

「我要跟他們商量一下！」

「隨便！接下來要處理的，是由《訪客登記冊》衍生的荒廢工作問題！外人，我會叫人計算下九流偵探和神棍出現在公司的時間，繼而發律師函向你追討賠償！賠償的標準是：1 分鐘 10 萬！換言之，如果他們出現在公司 180 分鐘，就賠 1800 萬！當然，下九流偵探租用辦公室的日子也計算在內！他們租了差不多兩個星期，就賠 20.16 億！沒錢的話，就用那個什麼『土豪金破傘』的錢來賠！」

唐祿搖搖頭説：「你真的瘋了。」

「我瘋？！不是，是你瘋！大家看看版權費用部分的 1.3 條款，外人須承擔 G 公司訴訟的一切開支！這是一個無底深淵，是黑洞，但外人居然答應！依我看，G 公司願意和你簽約，都是因為這條款！如無意外，大家可以看到一代巨富破產的喜劇！外人，我給你一個忠告：如果你真的破產了，要露宿街頭，我建議你去一個地方，就是赤柱監獄外的馬路！因為變態色魔被判入獄，你可以在不遠處守護他！」

唐祿一拳搥在桌上，嚇得董事們目瞪口呆。

「你不要以為我不敢打女人！」

「看來要發多一封律師函給你，告你刑事恐嚇！對了，你猜猜我聘請哪個律師發函給你？！就是凝寰集團的御用事務律師，潘艷茹！她一方面要幫助變態色魔，另一方面又要幫助公司對付變態色魔的父親！如果我是她，肯定精神分裂！」

唐祿被她氣得無話可説。

「接下來，要討論行政總裁的人選！」

「你該不會連這個也不放過吧？」董事丁問。

「你忘了我要製作新名片嗎？！」

「你是不是戀棧權位？」董事庚問。

「你用詞不當了！我這叫做能者多勞，能力越大責任越大！像外人這種到了退休的年紀還不願意退下來，才叫戀棧權位！」

「我提議內部晉升，副行政總裁張勇是個不錯的人選。」董事壬說。

「牽一髮而動全身，有沒有聽過這個道理？！如果晉升張勇，就要晉升其他人為副行政總裁，有沒有人適合擔任副行政總裁？！沒的話，是否要胡亂選一個？！就算有合適的人選，這個人大抵是部門總監，他晉升了，又要把該部門的副總監晉升為總監！以此類推，本來晉升一個人，變成晉升十多個人，這是不是自找麻煩？！」

「其實，只要晉升張勇便可以了，副行政總裁由你來擔任。」董事壬說。

「小朋友，看來你真的很幼嫩！如果我把新名片發給潛在的合作夥伴，他們看到我的職銜，就知道我在新公司被人欺負，被人搶了行政總裁的寶座！你覺得他們會怎樣看我？！他們只會看不起我，拒絕和我合作！也就是說，他們拒絕和凝寰集團合作，公司賺少了錢，是不是你負責？！」

董事壬啞口無言。包欣瓊再說：「我的職銜就是我的面子，只要我有面子，就能替公司招來更多生意！小朋友，看事情不能只看表面，要把千絲萬縷的關係連繫起來！」

「我們只是擔心你的身體狀況，怕你受不了。」董事乙說。

「我每年都會去做身體檢查，一切正常！你不要以為我是百病纏身的外人！」

董事們不再發表意見。

「怎樣？！還有所謂的人選嗎？！沒的話，現在投票！贊成我包欣瓊當行政總裁的，請舉手！」

彷彿是既定的模式，票數沒異樣。

「一致通過！徐鳳瑩，通知人事部，說我已經成為公司的行政總裁！另外，發一張通告給所有部門的總監，叫他們明天早上 9 時半到 40 樓開會！還有就是，叫保安人員上來！」

「知道。」

包欣瓊拿起桌上的紙箱，笑着對唐祿說：「外人，這個紙箱還可以吧，送給你。」

唐祿一把奪過紙箱，狠狠地摔在地上。

包欣瓊又說：「你之前問我是不是很喜歡看日本的動漫，說我患上中二病，看來你很了解日本的動漫。」

「公司曾經投資過動漫生意，你當土皇帝前，沒做功課嗎？！」

「那麼，不知道你有沒有看過《鋼之鍊金術師》？男主角愛德華‧艾力克（Edward Elric）在銀懷錶裡刻上『毋忘 3.10.11』，也就是他們燒毀住處，離開家鄉的日期，藉此不忘當時的決心。我覺得你應該買一塊銀懷錶，在裡面刻上『毋忘 28.3.18』！因為這天是你從天堂墜落到地獄的日子，值得

終身銘記！」

「我也推薦你看一部動畫，叫做《中二病也想談戀愛！》。據我所知，你還沒結婚，也沒有談戀愛。你之所以變得那麼瘋狂，極有可能是因為欠缺愛情的滋潤。如果你找到一個男人作為依靠，就不會把事業看得那麼重，心理也會平衡一點。」

「人生最重要的是，有選擇權！不過，變態色魔被判終身監禁的話，他就要孤獨終老！呃，對了，不如你向法院申請，讓你在女子監獄中找一隻雞，給變態色魔進行人獸交，我相信那肯定是天作之合！」

此時，有人敲門。

「進來！」包欣瓊說。

秘書助理和幾名保安人員進來。助理說：「包小姐，保安人員來了。」

「這個行將就木的人，已經不是主席，不是董事，不是行政總裁，而是徹頭徹尾的外人！你們押送他去辦公室收拾東西，切記要盯緊他，不要讓他順手牽羊！外人，我給你 20 分鐘！20 分鐘後，我就要入主白宮！」

保安人員面面相覷，不知道「入主白宮」是什麼意思。

「20 分鐘？！你知不知道我的酒櫃裡有多少瓶酒？！我要 1 小時！」

「你有什麼資格跟我討價還價？！你們聽着，如果他不能在 20 分鐘內把私人物品搬走的話，就把那些酒全部砸毀，然後把他扔出去！」

「你敢？！我可以告你刑事毀壞！」

「你把私人物品放在一個不屬於你的地方，我作為這個地方的主宰，絕對有權把這些東西摧毀！再說，老人家就少喝酒，這樣才能長命百歲！換言之，我砸毀你的酒，是救了你條賤命！你不但不領情，還反唇相稽，你的良心是否被狗吃了？！」

唐祿轉身離開，包欣瓊又說：「你最好求神拜佛，保佑你能夠在 20 分鐘內完成！否則，公司的監控系統被黑客入侵的話，你被人扔出去的閉路電視片段就會公之於世！到時候，你就和變態色魔一樣，登上國際新聞，成為國際大笑話！」

唐祿離開後，包欣瓊繼續舉行會議。

「徐鳳瑩，你以前是外人的走狗，苦不堪言，你以後就做我的私人秘書！根據合同，你的月薪是 42000 元，從今天開始，你的月薪是 62000 元！」

「謝謝包小姐！」

「我稍後就和公司簽訂合同。行政總裁的年薪，我決定由現在的 1160 萬，增加到 5800 萬！大

家不必驚訝，我有兩個很有說服力的理由：第一，我作為兩家國際大企業的管理層，日理萬機、疲於奔命！往後的日子，我要披星戴月，減少睡眠時間，騰出更多時間來工作！增加薪酬，一來是獎勵我那麼拼命，二來是增加我工作的動力！第二，美國的行政總裁，年薪過億的比肩皆是！凝寰集團要擊敗世上所有公司，成為真正的第一，就要有國際視野，行政總裁的薪酬也要以國際的為標準！我現在拿 5800 萬，只是他們的一半！再說，我在華意國際擔任副行政總裁，年薪也有 5200 萬，凝寰集團在這方面真的要跟華意國際好好學習！大家有沒有異議！？」

董事們沒異議。董事辛問：「呃——不好意思，我想問，你說會把 0.1% 的股份送給我，是真的嗎？」

「你現在就想要嗎！？」

「我……」

「你到底有沒有帶腦子上班？！我剛剛成為董事局主席，如果我現在把股份送給你，別人就會懷疑我賄賂你！你想坐牢是你的事，不要連累我！股份的事，你至少一年後才跟我說！」

董事辛嘆了一口氣。包欣瓊再說：「上天有好生之德，董事袍金方面，當中的基本薪金，我決定增加 50%！兩年前的股東週年大會中，已通過了特別決議案，授權董事局全權負責董事袍金的事宜！食君之祿，擔君之憂！既然增加了董事袍金，就請大家鞠躬盡瘁，忠於公司，忠於我！另外，我會以董事局主席兼行政總裁的身分，親自撰寫一封公開信，向大眾交代公司的境況以及往後的發展路向，從而建立親民的形象！公開信將於晚上發佈到公司的網站，並成為明天各大報章的頭版廣告！外人之所以一敗塗地，是因為他只懂發聲明，以一種高高在上、冷酷無情的姿態來對待大眾！最後，我想和大家討論出售公司資產一事！」

「什麼？！出售資產？！」董事丙問。

「雖然你是華意國際的人，但你這樣和搶劫有什麼分別？！」董事己問。

「什麼華意國際的人？！我現在是凝寰集團的董事局主席兼行政總裁，也是股東，難道我會做一些損害公司利益的事？！我所說的出售資產，是指出售香港的 58 酒店！」

「為什麼要這樣做？」董事甲問。

「眾所周知，集團在世界各地都有酒店業務，全由子公司凝寰寰球酒店有限公司管理。強姦案曝光後，該子公司的股價由 62.2 元下跌到 19.8 元，現在上升到 21 元。為什麼股價升得那麼慢？歸根究柢，都是因為這宗案件！這個污點永遠沒法抹去，永遠留在世人的心裡。我翻查紀錄，案發後香港 58 酒店的客房空置率高達 61%。長遠來說，會影響酒店的營業額和子公司的股價，因此，盡快脫手才是明智之舉！」

「可是，正式審訊還沒開始，不如等案件審結後再決定。」董事壬說。

「案件的結果只有一個，就是變態色魔罪名成立！你以為他罪名成立後，股價就會上升，空置率就會下降？！」

「那不如把酒店改名。」董事乙説。

「集團旗下的酒店都命名為 58 酒店，如果只有香港這家改名，反而顯得突兀。再説，你以為改了名，世人就會失憶？！」

「但 58 酒店是公司重要的資產，不能隨便出售。」董事丁説。

「第一，香港的 58 酒店，論規模，及不上美國的 58 酒店；論設計，及不上法國的 58 酒店。在集團旗下的酒店中，不算太突出。第二，就算它曾經是公司重要的資產，但案發後已經不是了，它現在只是公司的包袱，一個沉重無比的包袱！」

「那麼，你打算賣給誰？該不會賣給華意國際吧？」董事庚問。

「我是一個良心商人，從來不做這種事！我今天早上和龍華實業有限公司的老闆聊過，他願意以 56 億港元的價格購買。」

「56 億？！比想像中低。」董事戊説。

「要怪就怪變態色魔！」

「為什麼你還沒正式履新就已經和龍華實業談生意？」董事辛問。

「這證明我心繫凝寶！我要提醒你們，如果現在不賣，以後才賣的話，就不要妄想以 56 億出售！到時候，變成 46 億、36 億也説不定！其實，這宗交易還有其他好處。試想想，交易後公司的流動資金增加，一來可以避免財務危機，二來有充裕的資金開拓新的業務，三來可以增加派息，對股東百利而無一害！現在投票，贊成出售香港 58 酒店的，請舉手！」

全體一致通過。

「然後，是出售遊艇！」

「我覺得你應該適可而止！」董事甲説。

「出售資產就等於損害公司利益？！抱持這種迂腐的思想，難怪公司的境況如此糟糕！公司名下有四艘遊艇，我打算全部出售。開會前，我聯絡過深灣遊艇會的老闆，他願意以 8 億港元的價格購買。」

「公司每年都會舉辦周年慶活動，那四艘遊艇是讓員工出海時使用的。」董事乙説。

「我名下也有兩艘很大的遊艇，我願意免費提供給公司在舉辦活動時使用！我只是覺得，不應該把公司的錢浪費在奢侈品上。出售遊艇，一來不會影響公司舉辦活動，二來可以節省開支，一舉兩得！外人名下也有三艘遊艇，為什麼他不把私人遊艇提供給公司使用，而要用公司的錢來購買遊

艇？！可見，外人極度自私，他的所作所為才是損害公司的利益！現在投票，贊成出售遊艇的，請舉手！」

全體一致通過。包欣瓊越來越佩服自己的生意頭腦。高級管理人員每促成一宗交易，都可以獲得收益的 1% 作為獎金。換言之，出售 58 酒店和遊艇，將會為她帶來 6400 萬港元的收入。不但如此，龍華實業答應和她簽訂陰陽合同，58 酒店的實際售價是 57 億港元，對方會把 1 億港元存進她的瑞士銀行賬戶。對她來說，凝寰集團就是一個龐大的金庫。往後的日子，她要構想不同的藉口，逐一變賣集團的資產。

「最後，我要提醒大家，明天早上 9 時半，回到這裡！」

「又要開會嗎？」董事丁問。

「議程是什麼？」董事戊問。

「可是，明天早上 9 時半，你不是要和各部門的總監開會嗎？」董事庚問。

包欣瓊狠狠地盯着他們，沒有回答。過了幾秒鐘，她說：「散會！」然後，就離開會議室。

唐祿倉猝地收拾個人物品，並把酒櫃中的酒裝進箱裡。可惜，離開公司時，超過了包欣瓊規定的 20 分鐘。然而，保安人員對他很客氣，沒有把他的酒砸毀，也沒有把他扔出去。包欣瓊離開會議室後，沒有立即前往她的白宮，而是去了人事部簽訂合同。半小時後，合同簽好了，她才正式入主白宮。此時，那幾名保安人員前來報告。

「唐祿已經在 20 分鐘內收拾完畢，離開了公司。」

「我不想聽到『唐祿』兩個字！」

「是的，那個外人沒有超出規定的時間。」

「是嗎？」

「是。」

「你們跟我來！」

保安人員跟隨包欣瓊來到監控室，她對保安主管說：「把唐祿，也就是那個外人由離開董事會議室，到離開公司的片段播放出來！」

「知道。」

保安人員捏了一把冷汗，他們怎樣也想不到，包欣瓊居然會到監控室查明真相。

她指着屏幕說：「外人由離開會議室，到離開公司，用了 35 分鐘！僅僅是收拾東西的過程，就用了 25 分鐘！你們不但沒有砸毀他的酒，沒有把他扔出去，還居然說他沒有超出規定的時間？！」

「其實……他好歹也是前老闆，不能做得太過分。」

「那好啊！你們去跟外人討飯吃，公司容納不了你們！」

「包小姐，我們以後不敢了，給我們一次機會吧！」

「員工欺騙老闆，該當何罪？！如果公司被盜竊了，你們會不會對我說，一切正常，沒事發生？！一次不忠，百次不容！3歲小孩都懂的道理，不用我來教你們吧？！」

保安人員無言以對。

「傻楞楞的站着幹什麼？！你們被開除了，給我立即滾蛋！」

保安人員面露不悅，狠狠地把工作證擇在地上，拂袖而去。包欣瓊說：「砸外人的臭酒就不敢，只敢擇公司的證件，爛泥扶不上牆！」

看來唐祿做夢也想不到，保安人員對自己仁慈，反而害了他們。唐祿回家途中，致電潘艷茹和饒同鑫，叫他們到家中商討協議書的事。唐祿回到家，和蔣乙華、凌熹、凌聰開了個家庭會議。

「消息應該還沒對外公佈，不過我想先知會你們。其實，我剛剛被公司開除了。」唐祿說。

「什麼？！為什麼會這樣！？」蔣乙華問。

「長話短說。自從案件曝光後，公司的股價就大幅下降。這段時間，我進行過很多提升股價的行動，但都被一些外來因素影響，無功而返。昨天，華意國際有限公司購入了29.8%的股份，成為公司的大股東。今天開會，包欣瓊要求成為凝寰集團的執行董事。這個女人，我真的不知該怎樣形容她！她說的每句話，利如刀鋒、臭如馬糞，教你無從應對！她耍了一些手段，讓我們被迫接納她成為董事。不但如此，她還收集了一些對我不利的證據，藉此要求董事罷免我。接着，她成為董事局主席，便立即開除我，自己當上行政總裁。總之，這個女人心狠手辣，做事不擇手段，像魔鬼一樣！」

「放心，只要贏了官司，我就會把公司搶回來！」凌聰說。

「其實，我要告訴你一件事。就算真的贏了官司，你也不要回去。」

「什麼？！難道你甘心把公司拱手相讓？！」

「總之一言難盡，你放棄公司，變相救了公司。」

「你……你到底在說什麼？」

「贏了官司後，我會給你錢去做生意。到時候，你成立另一家公司，自立門戶。」

他們三人無言以對。唐祿再說：「不過，這件事還沒完，後續尚有一些法律問題，我要和律師商討。」

此時，兩位律師來了，唐祿和他們上了書房。

「潘艷茹，包欣瓊有沒有找你？」

「沒有。」

「她應該很快會找你，她會以公司的名義向我發律師函，追討賠償。那些賠償，大抵有 20 多億。當然，在我眼中，全都是巧立名目，她只是妒忌我拿了 50 億的賠償金，所以藉此取回一部分。另外，她說過要告我刑事恐嚇，但不知道是真還是假。」

「可是，如果她真的聘請我，那你怎麼辦？」

「到時候，我會聘請另一位事務律師。但進行訴訟時，我依然會委託饒同鑫幫忙。」

「明白。」

「接下來，我想跟你們討論另一個問題。」唐祿取出與 G 公司簽訂的協議書。「你們先看看吧。」

他們接過協議書，花了 5 分鐘來閱讀。

「我被公司開除，其中一個原因就是簽了這份協議書。說實話，我和 G 公司簽訂協議時，並不打算履行。我只是想取得對辯方有利的證據，然後看看能否向法庭申請合約無效。」

「你打算申請合約無效？」饒同鑫問。

「對，合約無效也好，說對方違約也好。總之，我不想履行協議。你看看版權費用 1.3 條款就明白為什麼了。雖然我已支付 200 億港元作為誠意金，但可以的話，我想取回。你們想想有什麼理據。」

「我想問，這份協議書和你被開除有什麼關係？」饒同鑫問。

「今天的會議中，包欣瓊向眾人派發這份協議書。她說我和 G 公司簽訂合約前，沒有諮詢股東，因為股東擁有股份的優先購買權。」

「她有沒有說，怎樣取得這份協議書？」饒同鑫問。

「她說她跟蹤我到美國，然後託了很多關係，才拿到它。」

「如果是這樣的話，你可以控告 G 公司違約。你看看保密條款的部分，條款要求甲乙雙方對協議內容保密。甲方不是 G 公司的某一個人，而是 G 公司，是整個企業。包欣瓊說，她託了很多關係才找到協議書。潛台詞就是，G 公司的內部人士把協議書交給她。也就是說，G 公司沒有履行保密責任，向第三方披露了協議內容。因此，G 公司已經違約了。」

「你的意思是，勝訴的機率很高？！」唐祿喜出望外。

「不過，也要有證據。」潘艷茹說。

「一眾董事就是人證，他們有協議書的副本。而且，會議紀錄也清楚記錄了第三者獲得副本的事實。雖然我不知道是 G 公司的什麼人洩密，但只要 G 公司願意配合調查，就能證明違約方是 G 公司！」唐祿說。

「另一方面，就是申請合約無效，我們的理據也很充分。第一，是合約的成立或目的違法。這

份合約涉及民事侵權行為，G 公司未經授權下，擅自收集用戶的地理位置信息，用作其他用途，屬於民事侵權。再者，G 公司出售那個女人的信息給你，也是民事侵權，合約可因違反法例而失效。」

「難道 G 公司明知合約失效也故意和唐先生簽約？」潘艷茹問。

「應該這樣說，G 公司其實在賭博，如果甲乙雙方合作愉快，雙方履行協議，那麼合約的事就不會訴諸法律，法庭不會裁定合約失效，甲方就能得到最大的利益。」饒同鑫說。

「原來如此。」

「第二，是合約的履行方式違法。版權費用部分的 1.2 條款，要求乙方行使應有的權力，令股票復牌。可是，股票能否復牌，並非主席一人決定，而是要開董事會會議，得到董事大比數通過才行。但 G 公司要求乙方行使應有的權力，來達到股票復牌的目的。潛台詞就是，以一些非常手段來逼迫董事，要求他們通過復牌的建議，這屬於濫權行為。換言之，甲方要求乙方履行協議的方式，違反了《公司條例》、《公司章程細則》和其他相關條例，這是不允許的。」

「那太好了！」

「不過，有一個問題。你打算什麼時候入稟法庭？」

「越快越好！」

「不可以。」

「為什麼？」

「我看過 G 公司提供的證據，確實很有用。既然如此，現階段就不能入稟法庭。否則，G 公司會向法庭申請禁制令，禁止把相關資料用作呈堂證據，這對辯方不利。」

「換言之，要等到辯方完成證物呈堂的工作後，才能入稟法庭？」

「不是。如果把證物呈堂後就入稟的話，G 公司一樣會申請禁制令。到時候，凌聰案件的主審法官會要求陪審團在退庭商議時，無視辯方呈堂的、由 G 公司提供的證據，這對辯方不利。因此，最適當的做法，就是案件審結後，才入稟法庭。」

「明白。」

「還有一個問題。如果申請合約無效和控告對方違約的訴訟敗訴的話，你就要履行協議。我有一個建議：雖然你已訂立了遺囑，但我建議你提前把財產分配給受益人。否則，你履行協議後，可能身無分文，甚至破產。到時候，你用一輩子積攢的財富，就送給了 G 公司，受益人也得不到任何財產。相反，如果現在把財產分給受益人的話，就算日後真的敗訴，而你又沒有足夠的資金來履行協議，G 公司也只能入稟法庭，要求法庭向你頒布破產令。但你的財產已分給了受益人，不至於血本無歸。」

「不過，根據相關法例，如果破產人在破產前將資產轉移給別人的話，破產案受託人有權向法庭申請追討。到時候，受益人只能無條件交還財產。」潘艷茹說。

「其實，我本來有另一個建議，但……這個建議很瘋狂，唐先生未必能接受，所以我不敢說。」饒同鑫說。

「沒關係，你儘管說吧。」

「是這樣的，呃……我建議你現在把財產分給家人，即財產受益人，只保留 10 至 30 億在銀行賬戶。然後……然後你就假死。」

「假死？！」

「沒錯。你賄賂醫生和相關部門，藉此獲得死亡證明書。當然，你可以把假死計劃告訴親人，但大前提是，他們能夠保守秘密。假死後，G 公司不能入稟法庭，法庭不能向你頒布破產令。你現在把財產分給受益人，意味着同時撤銷現存的遺囑。當你假死後，唐太太可以申請遺產管理書，成為遺產管理人。不過，G 公司很可能會聯絡遺產管理人，追討款項。那麼，你賬戶裡剩下的數十億，即遺產，就要用來還債。就算遺產不足以抵銷債務，G 公司也不能向你的家人追討款項。假死後，你要易容，然後到一個很少人認識你的地方重新生活，你需要新的身分、新的名字。至於日常開支方面，你可以要求家人，透過安全、秘密的方式向你提供資金。——這個建議的確很瘋狂。再說，你可能捨不得離開家人，但這很大程度上保障了你的財產，也保障了家人往後富裕的生活。」

唐祿的腦海一片空白，接納饒同鑫的建議意味着要顛覆自己的人生，是實實在在的終身大事。唐祿開始回溯過去，他想搞清楚到底哪個節點出錯了，以致兒子的人生、自己的人生，乃至整個家族的命運都出現翻天覆地的變化。饒同鑫的建議並非不能接受，但犧牲的不是財富，而是自己與家人的情感。

「現階段，我暫不考慮假死的建議。如果合約的訴訟勝訴的話，當然最好；如果敗訴的話，我就要提前分配財產。可是，如果我現在分配財產，G 公司或法庭會不會認為我提前轉移財產，不想履行協議，繼而禁止我的行動？」

「應該不會。因為你已經到了退休年齡，訂立遺囑實屬正常。至於，提前把財產分給受益人，也是正常的。因為現今很多豪門都有爭產的悲劇發生，提前分配財產，可以避免悲劇的發生。再者，協議書要求乙方承擔甲方訴訟的一切開支，與乙方分配財產是兩碼子的事。如果甲方因而禁止乙方提前分配財產，潛台詞就是，甲方覺得有大量用戶會控告甲方。然而，並沒有實質證據證明用戶必定會採取法律行動。退一步來說，就算用戶採取法律行動，也沒實質證據證明採取法律行動的用戶多如牛毛，也許只有一星半點的用戶。只要你在分配財產後，剩下大約 10 至 30 億港元的個人財產，

便不能證明你不想履行協議。如果最終採取法律行動的用戶寥寥無幾，10 至 30 億港元絕對足夠支付甲方訴訟的一切開支。同理，甲方也不能以聲譽賠償金的條款來限制或禁止乙方提前分配財產。否則，甲方就假定了唐凌聰必定敗訴，也假定了民意普遍持負面態度。這些沒證據支持的假定，不能成為甲方有力的論點。」

「我有點不明白，為什麼你和 G 公司簽訂協議時，不叫律師陪同？」潘艷茹問。

「其實，這是一種心理戰術。我曾經向私家偵探透露過，我不想履行協議。他們建議我在協議書中故意製造漏洞，繼而對簿公堂，以求裁定合約無效。協議書中有關股份轉讓的條款，是我提議的。如果我找律師陪同，律師必定會修改條款的細節，從而避免法律問題。如果我事先把陰謀告訴律師，叫律師配合我，那麼當律師接受協議的條款時，對方的律師就會起疑心，因為他們知道股份條款的細節不合理，會對乙方造成很大麻煩，乙方律師不可能沒異議。於是，他們便會懷疑我的動機，繼而修改有關條款，避開潛在的法律問題。到時候，甲方的要求沒有違反任何條例，我們便少了一個申請合約無效的理據。因此，我獨個兒去簽合約，即使我提議的條款會違反某些條例，對方也只會覺得，是因為我沒有律師，沒有專業意見，才提出這樣的條款。更重要的是，對方怎樣也想不到，我根本不想履行協議，從一開始就打算申請合約無效。」

「可是，如果 G 公司說有問題的條款是你提出的，我們的勝算便會降低。」

「放心。他們沒有證據，因為洽談協議的細節時，對方沒有錄音。」

「唐先生的手段真高明。」

「經商那麼多年，手段總要有的。我只是沒想到，協議書會落在包欣瓊手上，被她借題發揮。」

「往好的方面想，協議書落在她手上，就能證明甲方洩露商業秘密，是甲方違約，包欣瓊冥冥中幫了你一把。」

「那麼，你打算什麼時候分配財產？」

「4 月 6 日吧。潘律師，到時候你來我家。」

「好的。」

晚上 7 時，包欣瓊在公司的網站上發佈公開信。內容如下：

凝寰集團有限公司致大眾的公開信

親愛的先生、女士：

大家好！我是凝寰集團有限公司新任的董事局主席兼行政總裁，包欣瓊。過去的大半個月，本公司經歷前所未有的考驗。大眾也對公司產生不同的情愫，抱持觀望的態度。本人想藉此機會，消除大家的疑慮，並交代公司往後的發展路向。

　　自 3 月 5 日起，華意國際有限公司就密切留意凝寰集團的動向，冀助其一臂之力。昨天早上，有消息指凝寰集團因賬戶問題，沒法回購股票。開市後，集團的股價再次下跌。華意國際不忍直視，決定伸出援手。於是，華意國際便以「白衣騎士」的身分，在市場上吸納股票，避免潛在的敵意收購者乘虛而入。在此，本人想澄清一下華意國際和凝寰集團的關係。坊間有很多傳聞，說兩家公司多年來以惡性競爭的姿態互相對峙。其實，這些都是謠言。實情是，兩家公司都是以良性競爭的方式互相勉勵，雙方的管理層在私下都是好朋友。證據就是，華意國際只持有凝寰集團 29.8% 的股份。根據《公司收購及合併守則》的規定，當某人或某些一致行動的人士，買入一間上市公司 30% 或以上具投票權的股份時，必須提出全面收購建議，買入該上市公司餘下的股份。如果華意國際不懷好意，又怎麼會只持有 29.8% 的股份？

　　本來，凝寰集團的股價上升後，華意國際的「白衣騎士」任務便到了尾聲。可是，我在昨天晚上收到匿名人士的報料，說凝寰集團的前董事局主席兼前行政總裁唐祿前輩，涉及一些違反條例、細則，罔顧職業操守的不當行為（相關資料乃公司的內部機密，不便公開）。我半信半疑，皆因我認識的唐祿前輩，是一位品德高尚的正人君子。我徹夜未眠，不知該如何處理。最後，我決定在今晨的董事會會議中，向前輩問個究竟。如果證實是子虛烏有，就要還前輩一個清白。

　　可能大家會覺得奇怪，為什麼我稱呼唐祿為「前輩」？其實，除了年齡和經驗的因素外，前輩還是我的老師和明燈。遙想投身職場時，我屢屢碰壁，頹喪不已。無意間，我看到前輩的報道，他的經驗之談成為我重新振作的動力。這些年，我間或在午餐會和晚宴中與前輩有數面之緣。前輩每次都會對我耳提面命，把他的知識傾囊相授，令我獲益匪淺。

　　言歸正傳，今晨的會議令我畢生難忘。我向董事們披露匿名人士提供的資料，想不到前輩坦然承認。一方面，我對前輩感到失望；另一方面，我又佩服前輩勇於承認的勇氣。後來，有董事動議罷免前輩主席、執行董事和行政總裁的職務。我於心不忍，但又明瞭公私分明、公事公辦的重要性。於是，我提議讓前輩主動請辭，因為請辭的影響遠遠小於解僱。可惜，前輩不願意，並大發雷霆。最終董事們大比數通過，罷免前輩主席、執行董事的職務。當我被董事們推薦，並通過成為董事局主席後，我只能勉為其難地，要求人事部向前輩發出解僱信。

　　前輩離開會議室時，我勸他在辦公室多留一會兒，好讓我結束會議後與他談談。可是，當我結束會議，處理好合約的事宜，來到辦公室時，前輩已去如黃鶴，辦公室幾乎空蕩蕩的。我沮喪不已，便躲進廁所裡，哭了半小時。一方面，我成為公司的董事局主席兼行政總裁，理應感到開心；但另一方面，看到尊敬的前輩落得如斯下場，實在教人垂淚。

　　不過，往好的方面想，前輩卸下重擔，沒有案牘之勞，能有更多時間陪伴家人。前輩之次子本

來擁有美好的前程，但天意弄人，陷入官司的無邊漩渦與折磨中，實在令人惋惜和遺憾。基於案件已進入司法程序，外人不便談論，只好祝願前輩和他的家人：一切安好！

雖然公司面對管理層的人事變動，但往後的發展前景依舊明朗。前輩用一輩子時間為公司建立的名譽、地位、架構，將成為後學最強大的後盾。雖然後學身兼兩家公司的管理層，但必定以一視同仁的態度來辦事。往後的日子，後學將戰戰兢兢、如履薄冰，減少睡眠時間，騰出更多時間來工作。公司會繼續發展現有的業務，補苴罅漏，讓業務臻於完美。此外，還會秉承多元化、國際化的發展方針，在現有的基礎上，開拓新的業務，讓集團更上一層樓！

人生有高低起伏，企業亦然。要相信：晦暗的幽谷已跨過，迎接我們的，是另一條康莊大道。我看見烏雲散去，明媚的陽光照射在公司的牌匾上。你看見嗎？

　　祝

生活愉快！

凝寰集團有限公司董事局主席兼行政總裁

華意國際有限公司董事局副主席兼副行政總裁

包欣瓊 謹啟

二零一八年三月二十八日

　　唐祿閱畢公開信，氣得目眩頭昏。但他盡量控制情緒，因為他知道，被包欣瓊活活氣死是一件不值得的事。不過，他不打算就此罷休，他致電徐鳳瑩。

　　「徐鳳瑩，我知道我已經沒資格命令你做事，你也沒義務聽我的命令。只是，如果可以的話，我想請你幫個忙。」

　　「請說。」

　　「那封狗屁公開信，有98%的內容都是杜撰的，顛倒是非黑白！你把會議的錄音檔案和會議紀錄發給我，我要把這些東西公之於世，讓全世界的人看清她的真面目！」

　　「對不起，我幫不了你。」

　　「難道你認同她的所作所為嗎？！如果你不想助紂為虐，就幫我一次！你放心，所有責任由我來承擔，絕對不會連累你！」

　　「不是我不想幫你，而是太遲了。」

　　「什麼意思！？」

　　「其實，會議結束後，她就取去我的錄音筆和手提電腦，交給資訊科技部，叫他們把相關錄音和會議紀錄徹底刪除。然後，她就以公開信為藍本，重新撰寫會議紀錄。因此，現在的會議紀錄與

公開信毫無抵觸。就算我把會議紀錄交給你，也不能撕破她的面具。」

唐祿過了幾秒鐘才說：「那就算了，再見。」

唐祿已不想再對付她了，他真的很累。他只想盡快截斷與包欣瓊的所有連繫，從此河水不犯井水。可是，包欣瓊不這麼想，她只想每天有意無意地，跟別人談論唐祿，讓人知道唐祿如何失敗，而他的失敗又如何造就她的成功。

翌日 9 時 20 分，董事們帶着疑惑來到會議室，皆因包欣瓊說過，9 時半要和各部門的總監開會。難道她懂分身術？難道她更改了與總監開會的時間？抑或，她想一邊與總監開會，一邊透過視像會議來和董事開會？過了幾分鐘，徐鳳瑩進入會議室。

「包欣瓊呢？」董事甲問。

徐鳳瑩面有難色，「其實，包欣瓊不會來。」

「什麼？！她昨天不是叫我們 9 時半來開會嗎？！」董事丙問。

「包欣瓊叫我跟大家說，她只是叫大家 9 時半回到這裡，從沒說過要開會，是你們誤會了。」

「那麼，她叫我們來幹什麼！」董事己問。

「是這樣的。」徐鳳瑩把手上的名片夾打開。「包欣瓊叫我把新名片發給大家。」說罷，她就把名片發給一眾董事。

新名片確實比舊名片高端大雅，仿金屬拉絲，配上閃耀的燙金，凹凸印刷提升了手感。上面清晰地印上：凝寰集團有限公司董事局主席兼行政總裁／華意國際有限公司董事局副主席兼副行政總裁／包欣瓊。令人意外的是，名片背後居然印上了慈禧太后和武則天的肖像，儼如左青龍右白虎一樣威猛。

「她叫我們來，就是為了派發新名片！？」董事庚問。

「沒錯。」

「那個賤人居然要我們白跑一趟！」董事戊說。

「她根本就在耍我們！」董事辛說。

「看來我們以後沒好日子過了。」董事壬說。

發完名片後，一眾董事氣沖沖地離開。公司的另一隅，包欣瓊即將要開會。這天，她穿了一襲鮮紅色的晚禮服，依舊戴上那副 320 萬港元的蕭邦墨鏡。高跟鞋的噠噠聲清脆悅耳，由遠及近，來到會議室。她剛進入，門外就迎來一股氣流，把裙擺吹起。她一把將 294 萬港元的愛馬仕手袋扔到桌上，嚇得眾人目瞪口呆。然而，今天的她比昨天更閃耀，因為她戴了一條 3951 萬港元的蕭邦項鏈、一對 5578 萬港元的蕭邦耳飾、一個 710 萬港元的尚美巴黎髮飾、一枚 278 萬港元的尚美巴黎胸針、

一隻 900 萬港元的蕭邦手鐲、一枚 5200 萬港元的蕭邦戒指、一塊 6000 萬港元的捷克豹手錶。

　　徐鳳瑩已經就座，但包欣瓊還要再擺一會兒架子。她把手掌撐在桌上，盯着眾人。然後徐徐地脫下墨鏡，繼續以兇狠的目光噬向眾人。接着，她用左手食指指向坐在左邊的徐鳳瑩，再把食指指向眾人。徐鳳瑩立即明瞭她的意思，便開始向眾人派發名片。包欣瓊坐下來，翹着腿，叉着手。直到眾人看過名片後，她才說話。

　　「我先小人，後君子！以後，我不想再聽到『唐祿』兩個字！我給你們兩個選擇：第一，叫他『前老闆』；第二，叫他『外人』！正式開會！今天的會議，主要是收拾外人留下的爛攤子！楊意華，強姦案曝光後，外人叫你發律師函給本地所有報館，禁止媒體報道！你稍後發道歉信給所有報館，為外人的獨裁行為鄭重道歉，並准許媒體報道和談論案件！」

　　「可是，案件已進入司法程序，不可以談論。」

　　「我當然知道！我說的『談論』不是指開宗明義的談論，而是用化名或其他可行的方式談論！你要知道，香港是一個有言論自由的城市，媒體有報道新聞的權利，能夠站在灰色地帶上發表社評！外人的行為，與香港的核心價值背道而馳！既然外人犯錯，我作為公司的新領導人，自然責無旁貸，要彌補過錯！」

　　「知道。」

　　「還有就是，我要代表公司向外人追討賠償，你稍後跟財務部溝通一下！另外，昨天開董事會會議時，外人對我說：『你不要以為我不敢打女人！』本來，我打算控告他刑事恐嚇，但想了想，還是不好！我剛剛成為公司的領導人，就引發若干訴訟，會影響公司的聲譽和利益！所以我決定以金錢賠償的方式來代替訴訟，我要求外人賠償 10 億港元，以彌補對我造成的精神創傷！追討賠償的事宜，我決定交給潘艷茹律師負責，你替我聯絡她！」

　　「知道。」

　　「接着是營運部和資訊科技部！洪善敏、廖俊威，基於言論自由的原則，絕對不能禁止母公司、子公司的員工談論變態色魔的案件，也不必監察網上討論區！另外，洪善敏，我在公開信中向大眾作出承諾，現有的業務要補苴罅漏，力臻完美！你針對現有業務的漏洞，撰寫一份建議書，提出解決相關問題的方法！」

　　「知道。」

　　「然後，是風險管理部！呂麗芳，變態色魔和外人已經不是自己人，公司的股價有上升趨勢！你重新進行風險評估，明天把報告交給我！」

　　「知道。」

「財務部方面，現在由誰來負責！？」

「包小姐，我是副財務總監，馮宏軒。那個……前老闆，他說唐凌聰暫時回不了公司，所以他的工作由我代辦。」

「我現在宣布，晉升馮宏軒為財務總監，月薪由 12 萬，增加到 15 萬！至於委任副財務總監的事宜，交給你全權負責！」

「謝謝包小姐！」

「馮宏軒，我剛才說過要代表公司向外人追討賠償，這涉及兩方面！第一，是關於 33 樓辦公室的問題！公司沒有出租辦公室的慣例，也沒有既定的租金標準！外人自作主張，把辦公室出租給下九流偵探！租金方面，外人定下月租 1 萬元的不合理價錢，故意貶低物業的價值！再者，他把辦公室的使用權交給下九流偵探，用作調查變態色魔的案件。我剛才說過，變態色魔已經不是自己人，所以外人的所作所為是公器私用！我給了外人兩個選擇，一是叫下九流偵探滾蛋，二是叫下九流偵探以月租 40 萬港元繼續租用辦公室！他還沒有答覆，你替我問問他！但不論如何，我都要向外人追討 4000 萬的賠償金！第二，是關於外人荒廢工作的問題！外人把寶貴的上班時間花在下九流偵探和神棍身上，不務正業，令公司損失慘重！《訪客登記冊》記載了下九流偵探和神棍出現在公司的時間，賠償標準是：1 分鐘 10 萬！你計算他們出現在公司的時間，以賠償標準計算賠償金！你要記住，下九流偵探租用辦公室的日子也要計算在內！我粗略計算了一下，他至少要賠 20 億！」

「知道。」

「然後，是業務發展部！李少芬，之前外人說公司面對財務危機，要開源節流！他失心瘋，所以胡言亂語，你不要理他！」

「失心瘋？」

「沒錯！你們知道什麼是開源節流嗎？！開源節流是指增加收入，節省開支！外人說公司面對財務危機，所以要開源節流！潛台詞是什麼？！就是如果公司沒有財務危機，發展如日中天，就不必開源節流！你們要知道，公司怎樣才能有最大的利潤，就是在任何情況下，都要開源節流！順境時開源節流，能增加利潤；逆境時開源節流，能避免財務危機！如果順境時不開源節流，不節省開支，那麼利潤就很難有突破！因此，外人認為只有面對財務危機時，才要開源節流，這不是失心瘋是什麼？！」

「明白。」

「李少芬，公司的股價已經上升，沒有財務危機，所以那些計劃中的投資項目，繼續進行！另外，我也向大眾作出承諾，在現有的基礎上，開拓新的業務！你針對這個情況，撰寫一份計劃書！」

「知道。」

「最後，是人力資源部！蔡淑兒，那些醜聞已經和公司無關，加上公司的股價上升，證明發展前景明朗，所以人才流失率下降！秉承開源節流的原則，所有職位的入職薪酬以市價為準！」

「知道。」

「蔡淑兒，我當年也是人力資源部出身的，你有什麼問題，都可以隨時請教我，我最喜歡提攜後輩！」她獰笑着說。

「謝謝。」蔡淑兒尷尬地回應。

「還有兩件事要告訴大家！你們應該知道我住在山頂種植道的豪宅中，我每天的通勤時間也不少，如果我把通勤時間花在工作上，公司的營業額和股價都會升得更快！因此，我決定住在公司裡！這幢大廈有 65 層，我的辦公室在 62 樓，63 至 65 樓主要用來放置一些雜物。我會把雜物搬到其他樓層的儲物室，然後把 65 樓裝修成頂層公寓！你們不用擔心，我不是外人，不會公器私用，我會支付租金，我也不會故意貶低物業的價值。以 33 樓的辦公室為例，700 平方呎，月租 40 萬！那麼，15000 平方呎的頂層公寓，月租大概是 857 萬！昨天的會議中，外人說我剛進來，還沒替公司賺錢，就花掉龐大的資金來解僱他！你們要知道，公司本來沒有這筆收入，我搬進來，是替公司賺了錢！」

包欣瓊取出支票簿，開了一張支票。然後拿着支票說：「我可以預繳一年的租金給公司，1.03 億！怎樣？！嫌少嗎？！」

包欣瓊把支票撕掉，又開了一張支票。然後拿着支票說：「我可以預繳兩年的租金給公司，2.06 億！怎樣？！又嫌少嗎？！」

包欣瓊又把支票撕掉，再開一張支票。然後拿着支票說：「我現在直接買下 15000 平方呎的頂層公寓！外人在淺水灣的豪宅是 16000 平方呎，市值 18 億！以這個標準來計算的話，15000 平方呎的頂層公寓，市值就是 16.9 億！」

「啪」的一聲，她一掌把支票拍在桌上。「我想說的是，我隨時隨地都可以替公司賺錢，賺多少都可以，誰敢說我對公司沒貢獻？！」

眾人噤若寒蟬。

「我包欣瓊是一個良心商人，從來不做違法的事，改建頂層公寓也必定按照既定程序進行！楊意華，你替我向相關政府部門申請，把 65 樓由商業用途改為住宅用途！」

「知道。」

「包小姐，我不是懷疑你洗黑錢，我只是很好奇，你是否有那麼多錢？」張勇問。

「華意國際成為公司的大股東，而我也成為了公司的執行董事、董事局主席、行政總裁，華意

國際的大老闆對我的表現感到非常滿意！大家都知道，華意國際持有凝寰集團 29.8% 的股份，大老闆決定把當中的 0.3% 送給我，作為獎勵！現在是早上 10 時，開市不久，股價已經升到 120.4 元！只要我把 0.3% 的股份賣掉，就賺到 18.06 億！如果你們聰明的話，就知道我是『取諸凝寰，用諸凝寰』！」

包欣瓊喝了一口咖啡，再説：「第二件事，是關於空置待用的樓層！昨天，我巡視公司時，發現 12 樓有員工在吸毒，21 樓有一男一女的員工在做愛！」

「啪」的一聲，她一掌拍在桌上。「在外人的管理下，公司充斥淫亂敗壞的風氣！別人不知道，還以為去了重慶大廈或九龍城寨！」

「是哪個部門的員工？」張勇問。

「不知道，他們看到我，就立即跑掉了！那些空置的樓層沒有監控系統，拍不到他們！為了解決這個問題，我頒布以下措施：第一，把空置待用的樓層集中在一起。換言之，某些部門要搬去其他樓層，所有部門集中在 1 至 55 樓，60 樓的董事會議室搬到 54 樓，我和秘書的辦公室搬到 64 樓，56 至 63 樓空置待用，65 樓是頂層公寓！第二，所有人，不論是普通員工、總監、副行政總裁，還是董事，沒有我的授權，不准踏上 56 至 63 樓！第三，配合第二項措施，我會命人封住 56 至 63 樓的樓梯間門口，並修改電梯的權限，讓電梯沒法到達相關樓層！另外，我有一些新安排，為了讓我的工作更有效率，我會聘請大量的人來幫我，這些人來自不同行業，涉及不同範疇，他們主要在我的辦公室工作。不過，我的辦公室只有 2000 平方呎，面積不足，我會叫人來裝修，把辦公室擴建成 14000 平方呎！徐鳳瑩，你的辦公室會有 500 平方呎！那些員工以我的名義聘用，薪金和裝修費用由我來支付！我要提醒你們，我很注重私隱，那些員工是我的人，你們不能向他們套話！以後，公司會有很多陌生人出現，大家不要少見多怪！」

眾人沒異議。包欣瓊嘴角微翹，如果面前沒有人，她一定會大笑一場，因為只有她知道，什麼員工吸毒、做愛，都是杜撰的；什麼聘請員工、增加工作效率，都是廢話。她真正的目的是要利用公司資源，來為自己賺一些外快。她想把 56 至 63 樓和地下室租給其他人。每層 15000 平方呎，一共 13.5 萬平方呎。分割成十八個辦公室，每個 7500 平方呎，月租 140 萬，一年就有 3.02 億。她打算叫人裝修辦公室的電梯井，增加 56 至 61 和 63 至 64 樓的門。租戶上班時，坐正常的電梯來到 64 樓，進入她的辦公室，再使用那部隱蔽的電梯來前往相關樓層。只要在合約上增加保密條款，就能減少風險。另外，還要賄賂土地註冊處的高層人士，操控《土地登記冊》的內容。至於徐鳳瑩的存在，也不是太大問題。大部分時間，她都留在自己的辦公室裡。只要在裝修時把 14000 平方呎的辦公室分割成不同區域，她就會以為別的區域有人。包欣瓊越想越興奮，她在華意國際擔任副行政總

裁，年薪有 5200 萬；在凝寰集團擔任行政總裁，年薪有 5800 萬；現在又有 3.02 億的外快；加上董事袍金、獎金、股息、豪宅租金收入……她年收入至少有 10 億港元。不過包欣瓊還沒滿足，她正盤算着怎樣再大撈一筆。

「包小姐，我聽到一些傳言，說是你用詭計逼走前老闆，是不是真的？」張勇問。

「那些傳言有沒有告訴你關於外人的種種惡行？！昨天的會議中，我拿出大量鐵證來證明外人的種種惡行，他面對這些鐵證，只能啞口無言！什麼時候開始，拿出鐵證來證明壞人做了壞事，會被定義為用詭計逼走壞人？！」

張勇無言以對。包欣瓊再問：「你以前讀書時，有沒有讀過中國歷史？」

「有。」

「你應該聽過什麼是五朝元老，五朝元老是指前後經歷五位皇帝的老臣，他們彷彿與『一朝天子一朝臣』相違背！從好的方面來說，他們是實力派，能夠委以重任，所以深受不同皇帝的重用！從壞的方面來說，他們是牆頭草，懂得見風使舵，從而讓自己立於不敗之地！如果你想成為五朝元老的話，只需要忠於現在的皇帝，逝去的就讓他逝去！」

張勇沒有說話，但從眼神可以看出，他似乎不同意她的言論。包欣瓊又說：「我知道你的年薪是1020 萬，我現在宣布，把張勇的年薪增加到 1500 萬！另外，我會向董事局推薦你成為執行董事！變態色魔被罷免後，董事人數就少了一個，是時候填補空缺！」

張勇神態自若，沒有任何表示。包欣瓊問他：「不過我很好奇，一般的上市公司，副行政總裁大多是董事局成員，為什麼你沒有加入董事局？」

「很多年前，我還是總監的時候，我向前老闆說過，我想加入董事局。他給了我兩個選擇：第一，繼續擔任總監，同時成為執行董事；第二，晉升為副行政總裁，放棄加入董事局。我選擇了後者。」

「換言之，如果你選擇了前者，變態色魔就會擔任副行政總裁！哼！那隻狡猾的老狐狸，根本就想獨攬大權！不過，如果他光明正大地做獨裁者，肯定會被人推翻，所以他要假裝放權，便選了一枚橡皮圖章當副主席！虧你還說我逼走他，他根本就是該死！」

包欣瓊問眾人：「有沒有別的事要匯報！？」沒有。她再說：「會議結束前，我有些話要說！可能有人對我有偏見，甚至怨恨我！但你們要知道，一個老闆是否稱職，是否有能力，就反映在股價上！自強姦案曝光那天起，外人做的所有事，都沒法令股價上升！今天，是我加入公司的第二天，股價已經急劇上升！多虧我的公開信，在網絡上瘋傳，成為各大報章的頭版廣告，才有驕人的成績！你們是戰無不勝的大將軍，希望大家能助我一臂之力！」

驀然，包欣瓊站起來，説：「我戴的墨鏡，用的手袋，穿的晚禮服，身上的鑽石首飾，就已經超過 2.3 億！」

她從手袋取出一疊文件，發給眾人，説：「這是墨鏡、手袋、鑽石首飾的鑑定證書副本，證明我買的東西都是貨真價實、價值連城！如果有人綁架我，他不必打電話給我的家人要贖金，只要在我身上隨便拿一些首飾就行了！你們可以放心，沒有人能夠綁架我，因為我聘請了五名保鑣來保護我！」

她從錢包取出一張卡，説：「這是美國運通百夫長黑金卡，你們在商場打滾了那麼多年，應該很清楚這是什麼卡！很多人窮極一生，都沒法擁有它！我不是在炫富，我只是想告訴你們，如果你們想過這樣的生活，就義無反顧地追隨我！在我的帶領下，公司的營業額上升，你們的收入上升，要過富裕的生活，指日可待！」

此時，有人敲門。

「進來！」

秘書助理推着手推車進來，車上有十多個盒子。「包小姐，你要的東西。」

「這是我送給你們的見面禮，盒子裡裝的是鑰匙扣、錢箱、花瓶、筆筒、記事本、書信套裝、原子筆、筆芯，總值 53683 元！最重要的是，全都是卡地亞出品，與你們平常用的垃圾不可同日而語！」

她又從手袋取出一支筆，説：「我用的鋼筆也是卡地亞出品，價值 139 萬；而我送給你們的原子筆，則價值 6900 元！外人有沒有送過這些東西給你們？！一人得道，雞犬升天！我包欣瓊從來都不是自私自利的人，我喜歡和下屬共富貴，希望這份禮物能成為你們工作的動力！散會！」

包欣瓊戴上墨鏡，離開會議室。門外有一個男人在等她，她覺得很意外，這個人就是董事甲。

「包小姐，我有事找你。」

「什麼事？」

「你説過，當你成為董事局主席後，就會放權給我，是不是真的？」

「你找我就是為了問這個問題？」

「是。」

包欣瓊噗哧一聲笑了出來，她彷彿被點了笑穴，笑個不停。這是她進入凝寰集團後，第一次笑得那麼開心。她沒法止住笑意，笑得面容扭曲、前仰後合，眼淚快要流下來。好不容易止住了，她看了看董事甲，沒有説話，就逕自離開。走了幾步，又忍不住笑起來。剩下董事甲站在原地，不知所措。

唐祿接受了律師的建議，提前分配財產。4 月 6 日那天，唐祿邀請潘艷茹到家中與他們共晉午餐。

「其實，我邀請潘律師跟大家一起用餐，是有原因的。」唐祿說。

「唐先生打算提前分配財產。」潘艷茹說。

「什麼？！你不是已經訂立了遺囑嗎！？」蔣乙華問。

唐凌聰和唐凌熹也感到晴天霹靂，他們放下碗筷，耐心聆聽。

「我之前說過，雖然我被公司開除了，但還有一些後續的法律問題。相關內容比較敏感，不便透露。我跟律師商量過，提前分配財產能把損失減到最小。我知道大家很關心這個問題，所以我刻意選了這個時候，希望大家一邊聽，一邊吃飯，從而減少焦慮感。」

潘艷茹從公文包取出一份文件，說：「這是唐先生最新修訂的財產分配表。我要提醒大家，這次財產分配，與一般的宣讀遺囑不同，因為唐先生決定在生前分配財產。至於財產分配的手續，我會替大家處理。」

這個消息來得太突然，他們三人都不知該如何應對。

「大家準備好了嗎？準備好的話，我現在就宣讀財產分配表的內容。」

蔣乙華對潘艷茹點了點頭。

「首先，是銀行存款部分。唐先生有 140.154 億的港元存款，他會保留 30 億，把 110.154 億平均分給蔣乙華女士和唐凌聰先生，每人可獲 55.077 億。」

「我記得你賬戶裡好像有很多錢，為什麼剩下這麼少？」蔣乙華問。

「我的賬戶本來有 554 億，早前給了某家公司 200 億。股份轉讓那天，凌熹開價 253 億，鑽石和金條只值 42 億，剩下的要用現金支付。加上午市時增持的股份，我一共給了他 265.15 億。我被公司開除後，得到 51.304 億的賠償金，所以剩下 140.154 億。」

「那是什麼公司？」蔣乙華問。

「商業秘密，不要問！」

「然後，是不動產部分。唐先生在新界有兩塊私人土地，分別價值 4210 萬和 8645 萬。他把這兩塊土地分給蔣乙華女士。唐先生在加勒比海和加拿大有兩座私人島嶼，分別價值 4.6 億和 2000 萬。他把這兩座島分給蔣乙華女士。房屋方面，唐先生把這幢價值 18 億的豪宅分給蔣乙華女士。」

「我把這幢豪宅分給你，是有一個條件。」唐祿說。

「什麼條件？」蔣乙華問。

「我們之所以那麼富有，是因為很多年前，謝師傅替這幢豪宅佈下最厲害的七星打劫局。現在的市價是 18 億，為了讓你們能夠繼續過富裕的生活，就算將來有人開價 180 億，也絕對不能出售。」

「知道。」

「唐先生在香港還有四幢豪宅，總值 38 億，將分給唐凌聰先生。另外，唐先生在中國內地、美國、英國、法國、南非有十一幢豪宅，總值 124.8 億，將分給蔣乙華女士。」

「凌熹呢？你一幢豪宅都不分給他？」蔣乙華問。

「你不要忘記，我之前已經用了 300 多億來買他的股份！再說，我把豪宅分給你，你再分給他，我也阻止不了！」

「接着，是股票部分。唐先生持有凝寰集團有限公司 11.8% 的股份。」

「11.8？！不是 29.6% 嗎！？」蔣乙華問。

「我昨天把 17.8% 的股份送給了某家公司。」

「到底是什麼公司，你為何不斷送錢給它！？」

「都說了是商業秘密，不要再問！」

「唐先生把 3.7% 股份分給蔣乙華女士，把 4.7% 股份分給唐凌聰先生，把 3.4% 股份分給唐凌熹先生。」

「這些股份是你們兩人免費讓給我的，現在物歸原主。至於唐凌熹，你要求我在三個月後，把股份以市價的三分之一賣給你。不用了，我現在把股份免費送給你！」

「唐先生持有華意國際有限公司 1.2% 的股份，將分給唐凌聰先生。另外，唐先生持有龍華實業有限公司 0.3% 的股份，將分給蔣乙華女士。然後，是債券部分。唐先生持有凝寰集團有限公司 6.2 億的債券，將分給蔣乙華女士。另外，唐先生持有華意國際有限公司 3200 萬的債券，將分給唐凌聰先生。之後，是基金部分。2002 年，唐先生用 50 億港元成立了一個家族信託基金。你們三人可以像以前一樣，各人每月獲得基金派發的 1000 萬生活費。如果唐凌聰和唐凌熹先生日後結婚，各自可以獲得一筆由基金派發的 7 億元津貼。另外，如果唐凌聰和唐凌熹先生日後成立公司，個人業績達到一定的標準，就可以從基金裡獲得一定比例的分紅。」

「你真的要我放棄凝寰集團？」凌聰問。

唐祿猶疑了幾秒，說：「沒錯。」

「唐先生還有其他類型的資產。他名下有三架私人飛機，總值 22 億，蔣乙華女士獲得兩架，唐凌聰先生獲得一架。另外，他名下有三艘遊艇，總值 28.4 億，蔣乙華女士獲得兩艘，唐凌聰先生獲得一艘。此外，他名下有六輛私家車，總值 1.34 億，蔣乙華女士和唐凌聰先生每人獲得三輛。」

「我很好奇，你分配財產的準則是什麼？」凌熹問。

「與其關心我的準則，不如關心一下你分到多少！」

「財產分配事宜，到此結束。」潘艷茹說。

「現在，你們擁有的錢都比我多了。」

「你別這樣説，相關手續還沒完成，你依然是最有錢的！再説，可以用 30 億來投資，到時候，身家肯定翻倍！」蔣乙華説。

「你不要忘記包欣瓊發律師函來向我追討 31.54 億的賠償金，如果我妥協，就真的身無分文了！」

「她該不會真的對簿公堂吧！？」蔣乙華問。

「你放心，我用人頭擔保，她肯定不會對簿公堂！因為她深諳賠償金額不合理，全都是巧立名目，法官不會判她勝訴，所以她只會私下解決！」

「那麼價錢方面可以再商量嗎？」蔣乙華問。

「我昨天已經委託別的律師發函給她，商討賠償金額。關於辦公室問題的 4000 萬賠償金，我願意支付。至於荒廢工作什麼的 21.14 億，就肯定不行！我只願意支付一半，10.57 億！但最荒謬的是，我只是跟她説了一句：『你不要以為我不敢打女人』，她就要我賠 10 億，説什麼彌補她的精神創傷！她根本就是貪婪，把我當作提款機！我跟律師説得很清楚，我只會給她 1 億，叫她拿這筆錢去看精神科！」

「這叫做禍從口出，10 億就當作交學費。」凌熹説。

「如果你替我交的話，100 億也沒問題！」

此時，潘艷茹的手機響起。

「喂？」「是。」「知道。」「好的，再見。」

掛斷電話後，潘艷茹對唐祿説：「包欣瓊叫我告訴你，她接受你建議的賠償金額，只需賠 11.97 億，她稍後會透過律師函正式通知你。」

唐祿看着天花板，嘆了一口氣。「現在只剩下 18.03 億。」

「你算錯了，應該是 18.34 億。你手上的名錶，是 2014 年在拍賣會上競投回來的，價值 3100 萬。準確來説，18.34 億也不正確。因為你還有很多名錶、名酒、名筆、名畫、古董，保守估計大概值 22 億。因此，你至少有 40.34 億。」凌熹説。

唐祿沒有回應，因為他不知道凌熹是在挖苦他，還是安慰他。他只知道，他很快就要跌出《福布斯》富豪榜。全盛時期的他，坐擁 2400 億港元。現在剩下的 40 億，儼如乞丐碗裡的 40 元。至於蔣乙華，她依然憂心忡忡。作為名媛，她本來就很富裕，不必依賴丈夫的財富來提升生活品質。她擔憂着公司的境況、丈夫的健康、凌聰的官司、凌熹的前途、家族的變遷；可是她又無能為力，什麼也做不到。相反，凌熹雖然泰然自若，但內心確實很高興。他沒有認真計算自己擁有多少財富，因為沒有這個必要。他只知道，他的財富只會以「億」為單位，永遠不會墜落到「千萬」的困境。

　　至於實際有多少億，根本不必理會。然而，凌聰一點喜悅也沒有。這也難怪，對他來說，如果官司敗訴，那麼再多的財富都是枉然。

第 21 章：〈控方（一）〉

對處於上風的人來說，短暫的歇息是多餘的，應該乘勢而上，盡快取得勝利；但對處於下風的人來說，短暫的歇息是奢侈品，是否有用暫且不得而知，但聊勝於無。

高等法院門外的人潮比東區裁判法院的高出很多倍。私家車經特別通道進入，車內的人戴着鴨舌帽、墨鏡、口罩。然而，戴鴨舌帽、墨鏡、口罩的，還有兩人。莉茲和陳妓雯從法院正門進入，那些人也對她們充滿好奇，但沒有蜂擁而上，只是議論紛紛。莉茲來到大堂，看到李鴻波跑來。

「吃了早餐沒有？」

「吃了。」

「上午的聆訊大概耗時三小時，到下午 1 時為止；下午的聆訊從 2 時半到 4 時半。」他對莉茲上下打量一番，「衣着方面沒問題。」

莉茲在衣着方面確實斟酌了一回。應該穿短袖還是長袖襯衫？4 月 9 日，乍暖還寒。穿短袖，可以彰顯莉茲白皙的手臂，這些肌膚讓男人垂涎欲滴，能夠暗示陪審團：她被人強姦是正常的。然而，乍暖還寒時候，穿短袖會讓人覺得莉茲喜歡賣弄性感，反而加強了辯方論點的可信性。至於穿長褲還是裙子，也是一個問題。穿長褲，大大削弱了莉茲的魅力，陪審團會懷疑唐凌聰會否以前途作代價，強姦一個缺乏魅力的女人。穿裙子呢？除了掉進賣弄性感的困境外，還衍生一個問題：強姦案受害人理應啟動了心理防衛機制，對裙子這類性感的東西拒之門外，以老姑婆情有獨鍾的長褲來保護自己。經過一番思量，莉茲決定穿短袖襯衫和裙子。

她們在李鴻波的陪同下進入法庭，盤鑠年和見習大律師已在場準備。莉茲走到他面前，出示護照和證人傳票。

「準備好了嗎？」盤鑠年問。

「準備好了。」

「不用緊張，我主問時，你當作和我閒聊就可以了。至於辯方盤問時，可能會挑釁你，故意惹你生氣，你要控制情緒。」

「明白。」

盤鑠年又問莉茲和陳妓雯：「你們是不是想旁聽？」

「是。」

盤鑠年取出兩張證件，交給她們。「普通人想旁聽要排隊拿號碼，我替你們向法庭申請了兩張通

行證。只要出示通行證，就不必排隊，可以優先進入法庭。」

「謝謝。」

「李鴻波，你帶格里芬小姐到房間等候。」

「知道。格里芬小姐，請跟我來。」

李鴻波帶莉茲到證人等候室。

「你在這裡等候。記住，你不能向任何人談及你將會給予的供詞。」

「明白。」

莉茲越來越亢奮，睽違多時，再次踏上舞台。在情感的激流中，她漸漸忘卻自己的身分。她是導演、編劇，還是演員？她理不清，只知道是時候上演戰爭片。在這場戰役中，她是元帥、將軍，還是士兵？已不重要，重要的是，有一個給她宣洩亢奮之情的途徑。只是，這份情感是一把雙面刃，當它佔據上風時，必要的眼淚就處於下風，想擠也擠不出半點。到時候，舞台立即崩塌。

陳妓雯也很亢奮。她想起當年誣告父親非禮和虐待時身處的高等法院。法庭偌大、光線充足，連空氣也彷彿換了新裝。此時，旁聽者、陪審團候選人和記者漸次進場，他們用疑惑的眼神看着坐在旁聽席第一行的陳妓雯。她叉着手、翹着腿，瞥向他們，再擠出一抹輕蔑的笑。這也難怪，那群人是徹頭徹尾的外人，而陳妓雯和這宗案件有着千絲萬縷的關係，那些不足為外人道的特權，是外人沒法明瞭的。

該來的人漸漸到位。唐凌聰在庭警的陪同下進入被告席。看來上流社會的鮑參翅肚和山珍海味都起不了作用，和一個月前相比，他明顯消瘦了很多。陳妓雯環顧四周，不見唐凌聰的家人。這也難怪，要是他們出現，也許會引起暴動，坐在咫尺的刁民可能會把對唐凌聰的怨恨轉移到他們身上。再說，最重要的不是過程，而是結果。陳妓雯打賭，公布裁決結果那天，他們一定會出現。

終於，連法官也出來了。她是高等法院原訟法庭法官，嚴雪蘭。粗略看來，應該沒有化妝，臉上的皺紋替她增添了威嚴。眾人對女法官的看法各異，有的替莉茲高興，有的替凌聰擔憂。但他們似乎忽略了，裁定被告是否有罪的，不是法官而是陪審團。對陳妓雯來說，女法官意味着被告罪名成立後監禁的時間可能比正常的長。對 TM 來說，監禁一年或一輩子都沒所謂，罪名成立才是重中之重。

「起立！」書記說。

眾人起立、鞠躬，再隨法官坐下。

「在審訊前，本席要向傳媒下達報道禁令，不得以任何方式披露事主的個人資料。現在宣讀控罪，請被告起立。」嚴雪蘭說。

書記站起來，拿着文件説：「案件編號：HCCC114/2018。被告唐凌聰，被控一項罪名。控罪指被告在 2018 年 3 月 5 日，在中環的 58 酒店的 505 號房間，強姦一名 22 歲美國籍女子莉茲・格里芬。違反《刑事罪行條例》第 200 章第 118 條，強姦罪。」

「被告，你認不認罪？」嚴雪蘭問。

「不認罪！」

「由於被告不認罪，所以要選任陪審團。在此之前，請問控辯雙方大律師，你們需不需要進行案中案程序？」

「法官閣下，不需要。」盤鑠年説。

「法官閣下，我也不需要。」饒同鑫説。

「首先，本席代表香港特別行政區政府，感謝各位陪審團候選人出席。這是你們作為公民的責任，以確保司法公正。本案的陪審員人數和正常的一樣，是七名。案件預計的聆訊時間是十四天。書記，開始選任陪審團。」

「法官閣下，辯方對於選任陪審團一事，有些意見。」饒同鑫説。

「請説。」

「根據《陪審團條例》第 20（a）條，法官可應各方或其代表提出的申請，命令陪審團只由單一性別的人士組成。辯方懇請法官閣下行使職權，允許本案的陪審團只由男性組成。」

「反對！法官閣下，如果允許只由男性組成陪審團，別人就會覺得法官閣下偏心辯方，令審訊不公平！」盤鑠年説。

「法官閣下，只由男性組成陪審團並不會導致審訊不公平。以香港的刑事訴訟機制為例，無罪推定和控方較高的舉證標準，是為了避免控方和被告因資源方面的不平衡而造成不公平，從而保證擁有公平的審訊。同理，由男性組成陪審團也是為了消除控辯雙方的差距。皆因案發至今，輿論傾向同情控方第一證人。控方處於上風，辯方則是下風。因此，絕對有必要消除控辯雙方的差距，以男性組成陪審團就是一個有效的方法。雙方的差距消除後，才能達到公平的審訊！」

「法官閣下，其他同類型的案件也能在男女陪審員的審判下得到公正的裁決，本案也不例外！再説，如果由單一性別的陪審團來審判，豈不是往後同類型的案件也要如此安排？！司馬昭之心，路人皆知！只是，辯方的所作所為實屬性別歧視，赤裸裸地否定不同性別的陪審員皆能作出公正裁決的可能性！」

「那麼我想請教檢控官，對你來説，什麼時候才能由單一性別的人士組成陪審團！？」

盤鑠年當場語塞。

「檢控官之所以沒法回答，皆因你骨子裡不同意法律賦予法官在陪審團組成方面的特別權力！只可惜，你心中對於這項權力的想法與本案無關，而是宏觀的法律問題！如果控方對這方面的問題有異議，應該聯絡律政司司長或終審法院首席法官，委託他們把相關課題轉交給法律改革委員會，以進行研究和改革！」

旁聽席傳來兩種笑聲。一種分貝較低，這些人純粹覺得饒同鑫口齒伶俐；另一種分貝較高，這些人大抵旁聽過申請永久終止聆訊的聆訊，知道饒同鑫以其人之道，還治其人之身。

「肅靜！本席不會接納辯方的申請，因為陪審團的性別比例與裁決結果沒有必然的關係。香港曾有一些男性強姦女性的案件，在全體女性陪審員的裁決下，被告罪名不成立，辯方律師可以查閱相關案例。事不宜遲，請書記開始抽籤！」

書記取出抽籤箱。「大家聽到自己的號碼和姓名，請走到中間。」

書記抽出第一張卡紙，說：「3 號，李嘉如。」

李嘉如是一名在中環工作的白領麗人，於某公司擔任廣告部總監，身材高挑，大方得體。盤鑠年覺得合適。雖然饒同鑫覺得女性陪審員對被告不利，但還是同意她留下。因為李嘉如幾經艱辛，爬到總監這個位置，必定深諳職場的複雜性和人性的醜陋。換言之，她可能在工作中聽說過女下屬誣衊男上司性侵的事，因而明瞭被告被人陷害的可能性並不小。

「法官閣下，我同意。」饒同鑫說。

「法官閣下，我也同意。」盤鑠年說。

書記抽出第二張卡紙，說：「12 號，張俊希。」

「法官閣下，我的英語水平非常低，不適合擔任陪審員。」張俊希說。

「本席不想再聽到這些爛藉口，你擁有碩士學位，英語水平不可能低！」

「法官閣下，我和其他人不同，我有真憑實據證明我的英語真的不好。」張俊希把文件交給嚴雪蘭。「法官閣下，我公開考試的英文科成績僅僅及格。更重要的是，我大學本科和碩士都是修讀中國語言文學。就算本科時期修讀一些以英語授課的必修科目，成績大多不及格，經過艱辛的復讀，才勉強及格。因此，我的英語水平比一般的中學生還要低。」

「你要知道，根據《法定語文條例》第 5（1）條，法官可在於她席前進行的程序中或於她席前進行的程序的任何部分中兼用兩種法定語文。再者，法庭可以委派傳譯員提供即時傳譯服務。」

「法官閣下，就算聆聽方面沒問題，那麼閱讀方面又如何？法庭提供給陪審員閱讀的資料，是否用中文書寫？是否中英對照？如果某些文件只有英文版本，那怎麼辦？就算法庭為我提供詞典，查詞典會浪費不少時間。就算法庭替我把相關文件翻譯成中文，翻譯的過程也會浪費不少時間。可

見，我的存在會降低陪審團的質素和影響審訊效率。」

「你口齒伶俐、邏輯清晰，如果英語好的話，可以修讀法律，當律師。既然你言之鑿鑿、理據充足，我也不強人所難，你可以離開了。」

「謝謝法官閣下。」

書記抽出第三張卡紙，説：「8號，麥曉峰。」

「法……法官閣下，我……我……我口吃，不能當……陪審員。」麥曉峰説。

旁聽席傳來譏笑聲。

「肅靜！你有口吃？依我看，你因為身處法庭，面對眾人的目光，才怕得口吃。我相信你和其他陪審員在退庭商議時，能夠冷靜下來，不再口吃。」

「不……不是的。我……我天生口吃。」

「你有沒有接受過口吃的治療？有的話，能否提供證據？」

「沒……沒有。」

「如果你是一個啞巴，就能豁免出任陪審員。你口吃只代表你需要較長的時間來説話，不代表你不能説話。」

「我……我很介意他……他們，呃……別人的目光，我……我可能不……不……不敢説話，沒……沒法……討……討……討論。」

「算了，算了！你走吧！」

「謝……謝謝，法……法官大，呃，閣……閣下。」

盤鑠年寫了張便條給見習大律師，「即席表演口吃，十分精彩！」見習大律師用便條回覆他，「誰說一定是表演？不可以真的口吃嗎？」盤鑠年白了他一眼。

書記抽出第四張卡紙，説：「1號，高寶琳。」

雖然高寶琳姓高，但一點也不高，她在一家公司從事公關工作。只要是女性，盤鑠年基本上不會反對。饒同鑫也不是「逢女必反」，他認為高寶琳有利用價值。從事公關的人大多虛偽，喜歡粉飾太平、顛倒是非。也許高寶琳有職業病，會替被告辯護，説服其他陪審員。

「法官閣下，我同意。」饒同鑫説。

「法官閣下，我也同意。」盤鑠年説。

書記抽出第五張卡紙，説：「15號，岑永熙。」

「法官閣下，我在健身中心擔任健身教練，公司對僱員有業績的要求，因此我不能花時間擔任陪審員。」岑永熙説。

「根據《陪審團條例》第 33 條，僱主不得因僱員擔任陪審員而歧視僱員，如終止僱用或威脅終止僱用，或在任何方面歧視僱員。如違反規定，即屬犯罪，可處第 4 級罰款及監禁 3 個月。」

「就算他不開除我，也可能會折磨我。例如用冷暴力來對待我，或慫恿同事對我進行言語攻擊。」

「如果發生這些事，代表僱主已觸犯法例，你應該報警求助。」

「可是，如果用冷暴力來對待我的話，未必能蒐集到證據。」

「搜證工作由執法部門負責，不必擔心。」

岑永熙找不到別的藉口。嚴雪蘭問律師：「控辯雙方意下如何？」

「法官閣下，我同意。」饒同鑫說。

「法官閣下，我也同意。」盤鑠年說。

書記抽出第六張卡紙，說：「11 號，孫立燊。」

孫立燊是一名辦公室助理。

「法官閣下，我同意。」饒同鑫說。

「法官閣下，我也同意。」盤鑠年說。

書記抽出第七張卡紙，說：「19 號，呂慧詩。」

呂慧詩走出來時，有些猥瑣的人在竊笑。皆因她大腹便便，腿上的黑色絲襪快要裂開。呂慧詩是一名漫畫家，替日本某名不經傳的漫畫雜誌畫漫畫。盤鑠年和饒同鑫都沒有反對的理由。退一步來說，就算饒同鑫想反對也不容易，因為別人會亂扣帽子，說他歧視肥胖的女人。

「法官閣下，我同意。」饒同鑫說。

「法官閣下，我也同意。」盤鑠年說。

書記抽出第八張卡紙，說：「2 號，梁偉忠。」

梁偉忠興致勃勃地走出來，他的態度與別的候選人迥異。饒同鑫猶豫不決，不知應否選擇他。

「法官閣下，我同意。」饒同鑫想了想說。

梁偉忠聽到饒同鑫的話，喜上眉梢，顯得更雀躍。

「法官閣下，我也同意。」盤鑠年說。

「慢着！法官閣下，我反對。」饒同鑫說。

這也無可厚非，因為梁偉忠的表現很反常，彷彿告訴別人，他已經有了既定的立場，誰也改變不了他。如果他站在被告那邊，當然可喜可賀；若站在控方那邊的話，對辯方的影響很大。饒同鑫不想冒這個險。

「辯方律師，你到底是同意還是反對？」嚴雪蘭問。

「法官閣下，我反對。」

「你可以離開了。」嚴雪蘭説。

梁偉忠一邊走向門口，一邊興奮地向饒同鑫大聲説：「謝謝你！」

法庭內隨即響起一片笑聲。饒同鑫這時才明瞭梁偉忠的用意，知道自己被他擺了一道。潘艷茹寫了張便條給饒同鑫，「道高一尺，魔高一丈」。饒同鑫看着便條，無奈地笑了笑。

書記抽出第九張卡紙，説：「16 號，何耀琦。」

何耀琦是一名補習老師，衣冠楚楚、成熟穩重。

「法官閣下，我同意。」饒同鑫説。

「法官閣下，我也同意。」盤鑠年説。

書記抽出第十張卡紙，説：「20 號，封麗瑤。」

「法官閣下，我痛恨唐凌聰，因此不適合擔任陪審員！」封麗瑤説。

「看來你有備而來。你是不是看過一些法庭新聞，知道有人説了相似的話而得到豁免？」

「我沒看過什麼新聞，我只知道我對唐凌聰的恨是根深蒂固的！」

「我希望你能摒棄主觀的情感，用客觀理性的心態來擔任陪審員！」

「我擔心我的客觀沒法戰勝我的主觀！」

嚴雪蘭嘆了一口氣，問控辯雙方：「你們意下如何？」

「法官閣下，我反對。」饒同鑫説。

「你走吧！」

「謝謝法官閣下！」

書記抽出第十一張卡紙，説：「5 號，黃石虎。」

黃石虎擁有香港公開大學動畫及視覺特效榮譽藝術學士學位，這或許解釋了為什麼他的衣着和別人不同。當法庭裡的男人都穿襯衫時，他卻穿了一件 T 恤。上面印有一個日本動漫女角色，角色搔首弄姿，好不性感，旁邊還點綴了一些日文。

「黃石虎先生，你應該知道法庭對衣着的要求，希望你下次能穿得正式一點！」嚴雪蘭説。

「對不起，法官閣下。」黃石虎一邊笑着道歉，露出參差不齊的牙齒，一邊尷尬地用手抓着油膩膩的頭髮，頭皮屑掉個不停。

儘管他那麼不倫不類，但盤鑠年和饒同鑫卻不打算剔除他。盤鑠年覺得他應該是一個頭腦簡單、不喜歡思考複雜問題的人。投靠辯方、説服其他人支持辯方並非不行，但需要極高的智慧，他應該沒有。對他來説，最舒服的，就是相信控方的證據，用常人的思維模式來裁決。然而，饒同鑫卻有

不同的想法。他覺得這類喜歡動漫的人，大抵活躍於不同的論壇，他們對女性又愛又恨，這種仇視感難以詮釋。也許黃石虎會認同迷姦的說法，這對辯方有利。

「法官閣下，我同意。」饒同鑫說。

「法官閣下，我也同意。」盤鑠年說。

「被告請起立，你對選出的陪審員有沒有異議？」

「沒有。」

「各位，七名陪審員已經選好了，感謝你們盡了公民的責任。現在，請陪審員起立，進行宣誓。」

陪審員起立，手持宣誓卡，豎起三根手指，說：「本人（姓名），謹鄭重至誠據實聲明，本人當以不懼、不偏、無私的精神，盡本人所知所能，聆聽證供，並作出真實的裁決！」

「你們需要選擇一名陪審員當首席陪審員，而首席陪審員要坐在陪審席第一個座位上。」嚴雪蘭說。

一眾陪審員看着坐在第一個座位上的李嘉如，基本上默許她擔任首席陪審員。然而，黃石虎舉了手。

「什麼事？」嚴雪蘭問。

「我想當首席陪審員。」

眾人面面相覷，好不尷尬。

「其他陪審員有沒有異議？」嚴雪蘭問。

眾人搖頭。

「請李嘉如和黃石虎換位子。」嚴雪蘭說。

黃石虎笑着走向第一個座位，擦肩而過時，李嘉如狠狠地瞪了他一眼。

「審訊期間，如果陪審員有任何個人問題，應透過首席陪審員在法庭公開向法官提出。另外，陪審團的裁決，在任何情況下須由首席陪審員於公開法庭及在該陪審團全體成員在場時宣布。至於其他注意事項，請參閱《刑事審訊陪審員指引》。有沒有問題？」

沒有問題。嚴雪蘭再說：「現在請控方作開案陳詞。」

盤鑠年起立，向嚴雪蘭鞠躬，說：「控方作開案陳詞的目的，是闡釋控方的論據、法律觀點等。案件編號：HCCC114/2018 是一宗強姦案。我是這宗案件的檢控官，盤鑠年資深大律師，代表香港特別行政區起訴被告唐凌聰。被告被控一項罪名，控罪指被告在 2018 年 3 月 5 日，在中環的 58 酒店的 505 號房間，強姦一名 22 歲美國籍女子莉茲‧格里芬。違反《刑事罪行條例》第 200 章第 118 條，強姦罪。

現在，控方會簡述案情。2018 年 3 月 5 日早上 7 時 11 分，被告收到酒店服務台的通知，要求到 505 號房間替女事主，即控方第一證人補給蒸餾水。被告於 7 時 24 分進入房間。根據事主的供詞，被告進入房間後沒有進行補給，反而向事主投以猥瑣的目光，並用言語進行性騷擾，繼而強姦事主。除了性器官的傷口外，事主身體的不同部位也有傷痕。被告更用紮帶反綁事主雙手，用女上男下的體位來強姦事主。更一度拿出手機，欲拍攝強姦過程，幸未成功。最終，被告射精後處於鬆懈的狀態，事主乘機逃離房間。整個過程大概耗時 18 分鐘。

證物 A6 是警方向法院申請的搜查令，用作進入被告的辦公室及家中，搜查及檢取與案件有關的物品。證物 A8 是一本厚達 498 頁、由警方製作的圖冊。當中有 462 頁是截圖，這些截圖由警方截取，圖片來自大量的色情影片，這些影片來自被告手提電腦中的一個隱藏、加密的文件夾。餘下的 36 頁是警方網絡安全及科技罪案調查科對相關科技產品和影片調查後的調查報告。報告指出，色情影片下載自暗網，影片內容涉及不同受害人被綁架、強姦、性虐待、殺害的過程。雖然被告沒有參與影片裡的犯罪行為，但相關影片可反映被告的犯罪動機和意圖。影片中的受害人，有 90% 都是白種女人，而本案的事主也是白種女人。更重要的是，若干影片中有受害人被紮帶反綁雙手、以女上男下的體位被強姦的情節，而本案的事主也被被告反綁雙手，同時以女上男下的體位被強姦。可見，被告的犯罪動機來自變態色情影片的荼毒，企圖透過強姦來滿足獸慾。

證物 C1 是律敦治醫院急症室的急症科專科醫生童家寶替事主驗傷的就診紀錄，紀錄顯示事主的陰道裡有精液，陰道出現撕裂和流血的跡象。證物 C2 是衛生署政府法醫連小芸替事主進行活體取證的報告，報告同樣指出事主的陰道裡有精液，陰道出現撕裂和流血的跡象。證物 C3 是連小芸替被告進行活體取證的報告，報告顯示被告的陰莖和陰毛有殘留的精液，推斷射精時間與案發時間一致。證物 C4 是政府化驗所的報告，證實被告的精液 DNA，與事主陰道裡的精液 DNA 完全吻合。另外，事主身體各部位的傷痕也證實了是被告所為。可見，被告與事主發生過性行為，結合事主的供詞，這種性行為屬於強姦。

接下來，控方會簡述控方證人出庭的次序，及其舉證的重要內容。除非臨時新增或剔除證人，否則控方會傳召七名證人出庭作證。控方第一證人，也就是本案的女事主莉茲·格里芬，她會講述案發經過。控方第二證人，是 58 酒店的女保安員鍾麗娟，她會講述目擊的事發經過。控方第三證人，是中區警區重案組第一隊見習督察陸至林，他會講述與事主接觸的經過。控方第四證人，是中區警區重案組第一隊督察華亓，他會講述與被告接觸的經過。控方第五證人，是律敦治醫院急症室的急症科專科醫生童家寶，她會講述替事主驗傷的經過。控方第六證人，是衛生署政府法醫連小芸，她會講述替事主和被告進行活體取證的經過。控方第七證人，是政府化驗所的高級化驗師趙柏汶，他

會講述證物 C4 的報告內容。

控方在此總結：雖然本案的被告是知名人士，而且坊間有不少針對本案的陰謀論。但控方需要提醒陪審團，不必在意被告的身分，要以平常心來看待本案，把本案當作一宗普通的強姦案。至於那些陰謀論，請陪審團不要理會。一來，陰謀論沒有實質的證據支持；二來，控方傳召的證人和呈堂的證物都是強而有力的，足以徹底粉碎所有陰謀論和辯方的辯解。控方的開案陳詞到此為止。」

「根據既定程序，所有控方證人先接受控方主問，再接受辯方盤問。如有需要，控方可以覆問。現在傳召控方第一證人。」嚴雪蘭説。

書記進入證人等候室，説：「控方第一證人莉茲‧格里芬，請出庭作證。」

本來愜意自適的莉茲，剎那間心跳加速，焦慮、徬徨、不安，紛至沓來。她跟隨書記進入法庭，眾人向她行注目禮，莉茲覺得很熱、很局促。來到證人席前，書記問：「你有沒有宗教信仰？」

「我是天主教徒。」

書記把聖經和宣誓卡交給莉茲，説：「請舉起聖經，並讀出宣誓卡上的誓詞。」

莉茲舉起聖經，鄭重地宣誓：「本人莉茲‧格里芬謹對全能天主宣誓，本人所作之證供，均為真實及為事實之全部，並無虛言。」

饒同鑫感到可笑又心寒。如果莉茲真的迷姦了唐凌聰，那麼她已經到達天不怕地不怕的境界，能夠若無其事地對着天主發假誓。宣誓完畢，莉茲坐下來。盤鑠年站起來，開始主問。

「格里芬小姐，請你説説來香港的目的。」

「我是來旅遊，本來打算逗留一個星期。」

「請你説説來到香港後，到案發前的這段時間所做的事。」

「我抵達香港後就下榻 58 酒店。本來我想跟我的朋友陳妓雯住同一間的，可是中大海酒店沒有空置的高級客房，所以我才選擇下榻 58 酒店。」

「為什麼要堅持住高級客房？」

「因為我在美國是住大房子，習慣了住大的地方。旅行對我來說，就是為了讓自己放鬆一下。如果住的地方太小，會影響旅遊的質量，所以我想住大一點的高級客房。」

「下榻 58 酒店後，到案發前的這段時間，你做過什麼？」

「到了 58 酒店後，我就打電話給妓雯，叫她到我的房間敍舊。我們聊了很久，到了下午，我們出去逛逛。直到晚上吃了飯，我們才各自回酒店。第二天，我們整天都在吃喝玩樂。去了很多地方，買了很多東西。直到晚上吃了飯，我們才各自回酒店。」

「請你詳細敍述案發的經過。」

　　莉茲深呼吸一口氣，説：「3 月 5 日早上，我起床後想喝水，但發現迷你吧的蒸餾水已被我喝光了。於是，我致電服務台，叫他們派人來補給。過了一會兒，有房務員按門鈴。我去開門，他進來後把車子推到房間中央。我以為他會立即替我補給，可是他沒有。他不斷對我上下打量，還説我穿睡衣很漂亮。我當時起了雞皮疙瘩，但還是禮貌地説了聲謝謝。然後他又問我是否一個人住，我説是。我感到越來越害怕，想走出房間，可是他居然擋着我。我嘗試衝過去，但失敗了。我不斷逃跑，他就不斷追着我。他還扯我的頭髮，把我的頭撞到牆上，不斷按着我的手。然後……」

　　莉茲開始哽咽落淚。

　　「證人，是否需要休息一會兒？」嚴雪蘭問。

　　「不需要……」

　　書記把紙巾遞給莉茲。

　　「謝謝。」莉茲拭淚，「然後，他把我按在床上，用紮帶反綁我的手，再解開我的鈕扣，又把我的睡褲和內褲脱掉。接着，他把我扛到他身上，最後……最後就強姦了我。」

　　「他用什麼體位來強姦你？」

　　「女上男下。」

　　「接着發生什麼事？」

　　「我怕得要死，可是我逃不了。不但如此，他還拿出手機，想拍攝強姦的過程。我快要瘋了！我歇斯底里地掙扎，想弄掉他的手機，因為我不想被人看到這些影片。可能他沒法一心二用，他最終放棄了拍攝。直到過了不知多久，他……他射在我的陰道裡。然後，他像一個洩了氣的氣球一樣，躺在那裡。於是，我就立刻衝出房間，向別人求救。」

　　「格里芬小姐，你口中的他，如果你有機會見到他，認得他嗎？」

　　「認得。」

　　「他今天在庭上嗎？」

　　「在。」

　　「請把他指出來。」

　　「就在被告席！」莉茲指着唐凌聰。

　　「法官閣下，證人認出被告唐凌聰。」

　　如果是局外人，真的分不清到底誰在説謊。皆因莉茲用怨恨的目光盯着唐凌聰，唐凌聰也用怨恨的目光盯着她。

　　「格里芬小姐，在你衝出房間後，到警察來到前的這段時間，發生了什麼事？」

「我衝出房間後，不斷叫救命，可是走廊沒有人。那個變態還不斷接近我，想對我不利。後來我看到遠處有一個住客走了出來，我向他求救；可是他看了看，就立即衝進房間裡。不知是想通知房裡的人，還是不想惹禍上身。然後，那個變態突然換了張臉，假裝無辜，說我陷害他。不久，酒店職員到場，我就向他們求救。有職員幫我剪掉紮帶，又有人拿了毛巾、褲子和拖鞋給我。接着，警察就來了。」

「法官閣下，控方要求播放兩段影片，是證物 E1 和證物 U1。」

「批准！」

書記搬來大型屏幕，開始播放影片。

「E1 的影片，請書記由 07：41：00 開始播放，直到 07：53：00 為止。U1 的影片，則從頭到尾完整播放。」

「是。」

旁聽席傳來微弱的淫笑聲，只要相關人士沒有變本加厲，嚴雪蘭也會假裝聽不到。至於庭內的另一種聲音，就是莉茲的飲泣聲。那沾滿淚水的紙巾經過多次揉擦，已糜爛不堪。

「證物 E1 是閉路電視片段，拍攝日期是 2018 年 3 月 5 日早上 7 時 41 分，拍攝地點是 58 酒店 5 樓的走廊。從影片得知，證人在衝出房間後，到警察來到前的這段時間所發生的事，與證人的供詞完全吻合。至於證物 U1，則是自 3 月 5 日起在網上流傳的偷拍影片，拍攝時間大約是當天早上 7 時 43 分到 7 時 49 分，拍攝地點是 58 酒店 5 樓的走廊。證物 E1 和 U1 最大的分別是拍攝角度，前者是俯視，後者是平視。法官閣下，我沒有別的問題了。」

饒同鑫站起來，開始盤問。

「雖然辯方還沒作開案陳詞，但辯方需要提醒各位，辯方的立場是：否認被告強姦控方第一證人，而是控方第一證人迷姦被告。因此辯方接下來盤問的問題，表面上好像與本案無關，但為了找出真相，絕對有必要提問，希望法官閣下和檢控官明白。格里芬小姐，你在美國是做什麼的？」

「我剛剛大學畢業。來香港前，我應徵了一份採購員的工作，本來 3 月 12 日正式上班。」

「但現在你上不了班，公司怎樣安排？」

「我曾經致電公司，報告我的情況。公司很體諒我，願意讓我在案件審結後才上班。」

「你向公司裡的什麼人報告你的情況？」

「公司的創辦人兼行政總裁，雨果・安德森。」

「你透過什麼方式向他報告你的情況？」

「手機。」

「你只是一個簽訂了僱傭合約但還沒正式上班的普通採購員，為什麼能夠跟公司的創辦人兼行政總裁直接對話！？」

「因為在美國的時候，雨果曾經透過視像會議來跟我開會。他說本來不會直接和我開會，也不會直接給我安排工作；但由於公司的採購經理正在放產假，公司人手不足，所以連他也要親力親為。」

「有沒有證據證實你所説的話？」

「我有視像會議的錄影片段，在平板電腦裡。不過，平板電腦在酒店房間，我沒有帶來。」

「法官閣下，辯方要求控方第一證人交出她的平板電腦，作為呈堂證物。證人可以在中午休庭時親自到酒店取電腦，或拜託她的朋友到酒店取電腦，然後把電腦交給警方相關部門，檢查相關影片是否有偽造或後期製作的痕跡。確定證物沒異樣後，在下午的聆訊中呈堂。」

「檢控官，你對辯方的建議有沒有異議？」

「法官閣下，控方沒異議。」

「那麼請證人根據辯方的要求去做。」

「知道。」

「辯方律師繼續盤問。」

「格里芬小姐，你剛才説，你本來想跟你的朋友住同一間酒店，可是中大海酒店沒有空置的高級客房，所以才選擇下榻58酒店。對不對？」

「對。」

「你的朋友在什麼時候來香港？」

「三個月前。」

「你來香港前，是否已經知道你的朋友身處香港？」

「是。」

「那麼，這件事就非常詭異！為什麼你來香港前，不問問你的朋友她住在哪間酒店，然後在網上預訂房間；而是到了香港後，才到酒店租房間！？」

「因為……因為我沒想過。」莉茲心跳加速。

「沒想過？！我相信各位到別的地方旅行時，都會預先在網上預訂房間，為什麼你與別不同！？」

「反對！法官閣下，辯方律師的言論實屬以偏概全，因為很多人都喜歡到達目的地後才租房間，證人的行為一點問題也沒有！」

「反對有效！請辯方律師盤問時避免邏輯謬誤。」

「是的，法官閣下。格里芬小姐，你說案發當天，你起床後想喝水，但發現迷你吧的蒸餾水已

被你喝光了。於是，你致電服務台，叫他們派人來補給。我這裡有一份 58 酒店提供的文件，文件指出高級客房裡有電熱水壺，供住客燒水。另外，這張照片是在你下榻的 505 號房間裡拍攝的，清楚顯示檯上有電熱水壺。」饒同鑫把證物交給盤鑠年和書記，書記轉交給嚴雪蘭。「請問你為什麼不燒水，而堅持要喝蒸餾水！？」

「我相信大家去旅行時，都會擔心一些問題：當地的水質是否適合我？喝了會不會水土不服？我也不例外，我擔心喝了本地的水會導致水土不服。如果不幸病了，就真的很掃興。」

饒同鑫冷笑一聲，問：「請問你在香港用餐時，包括在酒店用餐和外出用餐，有沒有喝任何飲料？」

「有。」

「例如呢？」

「咖啡、檸檬茶。」

「你覺得用來沖泡飲料的水是來自美國，還是覺得你喝的咖啡、檸檬茶是透過空運的方式由美國運來香港給你？！」

法庭裡響起一片笑聲。莉茲很怕這些笑聲，這彷彿告訴她：大眾不再相信她，陪審團不再相信她。

「肅靜！請辯方律師避免嘲諷式盤問。」

「法官閣下，辯方採取嘲諷式盤問是想提醒陪審團，證人的供詞表面上頭頭是道，實際上問題多多，陪審團不宜盡信。」

「反對！法官閣下，證人忽略飲料是用本地的水來沖泡的事實，並不代表證人刻意撒謊！辯方根本就在借題發揮！」

「反對有效！請辯方律師注意盤問的態度。」

「是的，法官閣下。格里芬小姐，你説被告用紮帶反綁你的手。根據你的觀察，他從什麼地方取出紮帶？」

「褲袋。」

「你説他把你扛到他身上，用女上男下的體位來強姦你。請你詳細描述這個過程。」

「反對！法官閣下，辯方的要求會對證人造成二次傷害！」

「法官閣下，一般的強姦案都是採取男上女下的體位，證人所説的女上男下體位十分罕見！因此，證人有必要解釋清楚，從而讓陪審團清楚了解案發經過！」

「反對無效！辯方律師可以繼續。」

「謝謝法官閣下！格里芬小姐，請詳細描述這個過程。」

「他扯着我的頭髮和上衣，要求我坐在他身上。我抗拒不了他的淫威，便坐在他身上。他躺在床上，一邊淫笑，一邊要求我配合他。他叫我把雙腿屈曲，然後他把陰莖插進我的陰道裡，直到射精。」

「你說被告曾經拿出手機，想拍攝強姦的過程，於是你想弄掉他的手機。對不對？」

「對。」

「你是想弄掉他的手機，還是已經採取行動，弄掉他的手機？」

「已經採取行動。」

「可是你的雙手被反綁，你採取什麼行動來弄掉他的手機？」

「我……我上半身不斷扭動，而且，我想用腳來踢掉他的手機，可是被他按住了。」

「他用哪隻手按住你？」

「他……他左手按住我，右手拿着手機。」

「他的左手按住你的什麼部位？」

「我的右大腿。」

「你的左腿對着他的右手，而且你的左大腿沒有被他按住。為什麼不用左腿踢掉他的手機？」

「因為……因為我的上半身壓着小腿，小腿很難移動。再說，我的腿處於屈曲的狀態，有點發麻，很難移動。」

「格里芬小姐，我向你指出：被告根本沒有拿出手機來拍攝強姦的過程，你在誣衊他！同不同意！？」

「不同意！他真的有拿出手機來！」

「反對！法官閣下，辯方對證人作出毫無根據的指控！」

「法官閣下，證人說她已經採取行動來弄掉被告的手機，但後來又說，所謂的行動只是不斷扭動上半身，兩條腿都因為不同原因而沒法踢掉被告的手機！難道大家認為，只靠扭動上半身，就能弄掉被告的手機？！很明顯，證人的供詞前後矛盾，被告由始至終都沒有拿出手機來！」

「法官閣下，證人扭動上半身的確是一種行動，只不過證人高估了行動的成效，以為扭動上半身能弄掉手機，這不代表證人故意撒謊！」

嚴雪蘭猶疑了一會兒，說：「反對有效，辯方律師繼續盤問。」

「格里芬小姐，你說被告最終放棄拍攝。根據你的觀察，被告從取出手機，到放棄拍攝，這段時間大概多久？」

「大概……嗯……大概……半分鐘。」

「你說的『拍攝』是指拍照，還是錄影？」

「錄影。」

「你怎麼知道是錄影而不是拍照？」

「我猜是錄影，因為影片的吸引力比照片大。再說，如果他要照片的話，可以在影片裡截圖。」

「你知不知道『放棄』是什麼意思？」

「就是……本來想做一件事，但……後來做不到，就放棄不做。」

「你的解釋不準確。法官閣下，我有一張照片，照片拍攝自一本詞典，上面顯示了『放棄』一詞的詞義。」饒同鑫把照片副本交給盤鑠年和書記，書記轉交給嚴雪蘭和莉茲。「格里芬小姐，『放棄』一詞的詞義是：做某件事做到中途就不做了。你是否同意這個解釋？」

「同意。」

「換言之，『被告最終放棄拍攝』就是指：被告按下錄影的按鈕，過了不久，由於種種原因就按下停止錄影的按鈕。同意嗎？」

「同意。」

「那麼，你覺得被告的手機裡是否儲存了這段關於強姦的影片？」

莉茲腦海一片空白，不知該如何回答。

「證人，請回答辯方的問題。」嚴雪蘭說。

「我覺得……應該沒有儲存，因為如果儲存了，案件主管應該會告訴我。」

饒同鑫冷笑一聲，問：「案件主管？證物 D1 是你在醫院錄取的口供的正本。當時，你已經向警方表示，被告最終放棄了拍攝。根據相關紀錄，你是在錄口供後，才第一次跟案件主管見面。換言之，你一開始就已經知道被告的手機裡沒有儲存關於強姦的影片。是不是！？」

「我……」莉茲的汗流個不停。「我根本不知道他到底有沒有儲存！可能有，也可能沒有！你問他不就清楚了嗎？！」

「證物 A8 圖冊裡的調查報告指出，警方沒有在被告的手機裡發現任何與你有關的強姦影片。更重要的是，報告指出，被告的手機具有自動儲存的功能，按下停止錄影的按鈕後，影片自動儲存。如果被告真的按下了錄影按鈕和停止錄影按鈕，為什麼警方找不到相關影片！？」

「可能……可能在那大概半分鐘的時間裡，他根本就沒有按下錄影的按鈕，所以才找不到影片！我當時看不到手機屏幕，怎麼知道他有沒有按下去？！」

「證物 A8 圖冊裡面的調查報告指出，被告的手機在 2018 年 3 月 5 日早上 7 時 22 分起，螢幕處於休眠狀態，螢幕再次打開已經是幾個小時後的事。被告只要按一下按鈕，螢幕就會打開。難道

在半分鐘內，被告連這麼簡單的動作也做不到？！」

莉茲覺得視覺和聽覺漸漸衰弱，眼前矇矇矓矓的，耳鳴讓她暈眩。

「格里芬小姐，不要再隱瞞了好不好？！請乖乖地把真相說出來吧！」

「反對！法官閣下，辯方再次借題發揮，妄想透過手機一事來推翻強姦的事實！」

「法官閣下，如果證實手機一事是子虛烏有的，那麼證人就是在作假證供！以小見大，強姦案的真實性值得商榷，也許迷姦才是案件背後的終極真相！格里芬小姐，根據《刑事罪行條例》第31條，在宣誓下作假證供，可處監禁7年及罰款！」

「辯方律師，我想看看警方調查的手機。」莉茲說。

「警方調查完畢後，已經把手機物歸原主。不過證物A8圖冊裡載有手機的資料和照片，你想看什麼？」饒同鑫問。

「我想看看警方調查的手機是否我看到的那一部。」

書記把圖冊交給莉茲。

「請翻到470頁，那裡有手機的照片。」饒同鑫說。

莉茲看過照片後，煞有介事地說：「這根本不是他拿出來的那一部！顏色、大小、型號完全不一樣！」

「你看到的手機是怎麼樣的？」

「是白色的，比這部小，大概是五、六年前出產的；照片裡這部是黑色的，比較大，是去年出產的。他應該是用另一部手機來拍攝，事後藏在一個隱蔽的地方！」

「根據你的觀察，被告從什麼地方取出手機？」

莉茲心力交瘁，不知該如何回答。「褲袋」這種自掘墳墓的答案固然不能說，但又不能說一些奇怪的地方。

「證人，請回答辯方的問題。」嚴雪蘭說。

「我被他強姦時，完全崩潰，目光漫無目的地亂竄，不是集中在他身上，所以不知道他從什麼地方取出手機。」

饒同鑫露出虛偽的笑容，說：「格里芬小姐，也許你認為這個答案能幫你脫險，但其實這是一道催命符。根據你剛才的供詞，你雙腿屈曲的位置應該貼着被告的褲袋，如果他從褲袋取出手機，你的腿應該感覺到！被告也沒法從大腿以下的地方取出手機，因為被告躺在床上，如果他從大腿以下的地方取出手機，動作幅度那麼大，你一定知道！手機也不可能藏在背後，因為他躺在床上，你坐在他身上，他很難取出手機。剩下的地方，只有襯衫的口袋和衣袖。法官閣下，辯方要求播放兩段

影片，分別是證物 E2 和 E3。」

「批准！」

「證物 E2 是閉路電視片段，拍攝日期是 2018 年 3 月 5 日早上 7 時 22 分，拍攝地點是 58 酒店的電梯裡。請書記由 07：22：10 開始播放，直到 07：22：35 為止。」

「是。」

莉茲開始後悔，假如時光可以倒流，也許她會作出不同的選擇。

「大家可以看到，被告推着工作車，前往 5 樓。進入電梯後不久，他就取出手機看時間。手機與證物 A8 第 470 頁照片裡的手機是一樣的。他從右邊褲袋取出手機，看過後，再把手機放進右邊褲袋。從片段可見，右邊褲袋呈現膨脹的狀態，因為袋中有手機；至於左邊褲袋則剛剛相反，因為袋中沒有手機。襯衫口袋的位置比褲袋高，距離鏡頭更近，看得更清楚。口袋沒有呈現膨脹的狀態，代表裡面沒有手機。至於衣袖方面，如果衣袖裡藏有手機，而手機又不會因為手部動作而滑下來，那麼最大的可能性就是，手機被膠帶、貼紙之類的東西黏貼在皮膚或衣袖上。更重要的是，如果裡面有手機的話，衣袖某個位置應該有一個長方形的東西凸出來，但我們看不到被告的衣袖有任何異樣。書記，請播放證物 E3 的影片。由 07：22：40 開始播放，直到 07：23：55 為止。」

「是。」

雖然法庭不太冷，但莉茲有點發冷，好像快要生病。

「證物 E3 也是閉路電視片段，拍攝日期是 2018 年 3 月 5 日早上 7 時 22 分，拍攝地點是 58 酒店 5 樓的走廊。大家從上一段影片可以看到，被告在 22 分 35 秒離開電梯。然後在這段影片中，被告於 22 分 45 秒出現在影片裡。這帶出一個信息：被告離開電梯，再離開電梯大堂，轉入影片中的走廊，用了 10 秒鐘。這個時間很合理。然後，被告推着工作車來到 505 號房間，按下門鈴。證人在 23 分 52 秒開門。格里芬小姐，你覺得被告可以把那部靈異手機藏在什麼地方？！」

「我……」

「不如讓我來替你回答吧！」饒同鑫打岔。「你可能覺得那部靈異手機藏在沒有監控系統的電梯大堂，被告利用那 10 秒鐘的時間，在電梯大堂的隱蔽地方取出手機，再放在身上某個地方。但你要知道，如果真的是這樣，那麼花費的時間就不止 10 秒鐘，被告可能要 20 秒才能出現在影片的走廊上！」

「法官閣下，控方針對辯方的盤問態度予以強烈譴責！」

「辯方律師，請注意一下你的言行舉止。」

「是的，法官閣下。辯方不打算就手機一事繼續盤問。透過剛才的盤問和證人的回答，相信大

家已明瞭這是怎麼一回事。所謂『一子錯滿盤皆落索』，手機一事越辯越明，謊言經不起正義的拷問。這宗強姦案就像層層疊，手機就是其中一塊積木。當這塊積木倒下時，架空的強姦案又能否站穩腳跟？！格里芬小姐，我們換一個話題。你說被告射精後，像一個洩了氣的氣球，躺在那裡。然後你就衝出房間，向別人求救。對不對？」

「對。」

「請問被告在射精後，到你逃離房間前的這段時間，有沒有說話？」

「我從床上走到地上時，他還沒有說話；當我向房門奔去，打開房門時，他突然換了一張臉，假惺惺地問我為什麼要迷姦他，叫我別跑。我當然沒理他，只顧逃離房間。」

「你說衝出房間後，被告想對你不利。他怎樣對你不利？」

「他不斷接近我，想觸碰我。」

「他想觸碰你，就等於想對你不利！？」

「普通人觸碰我與強姦犯觸碰我，你覺得是同一個概念嗎？！」

「控方問你衝出房間後的事時，你說：『那個變態突然換了張臉，假裝無辜，說我陷害他』；剛才我問你房間裡的事時，你說：『他突然換了一張臉，假惺惺地問我為什麼要迷姦他，叫我別跑』。根據你的說法，他兩次換臉後的反應都是假裝無辜、惺惺作態，為什麼他要換兩次臉？」

莉茲很想逃離法庭，可惜她逃不掉。

「我⋯⋯我只是一時口誤。」

「不可能是口誤！衝出房間後，你看到被告突然換了張臉。潛台詞就是，你看到他換臉前與換臉後的模樣。用常識來判斷，他換臉前的模樣應該是猙獰、猥瑣、下流的。然而，走廊有閉路電視，難道被告會在鏡頭下展現猙獰、猥瑣、下流的模樣嗎？！如果格里芬小姐覺得會的話，我可以再次播放證物 E1 的閉路電視片段，看看真相是什麼！你需要我再次播放影片嗎！？」

「不需要。」

「接下來，辯方會針對證人在美國的情況展開盤問。」

「辯方律師，現在是 12 時 55 分，差不多要休庭。你還有多少問題要問控方第一證人？」嚴雪蘭問。

「法官閣下，辯方還有很多問題要問證人，恐怕下午的聆訊都問不完。」

「請辯方注意，這宗案件安排的聆訊時間是十四天，希望辯方能控制時間。如非必要，本席不想增加聆訊時間。」

「是的，法官閣下。」

「現在休庭，下午 2 時 30 分繼續。」

「起立！」書記説。

雖然莉茲什麼也沒説，但盤鑠年、李鴻波和陳妓雯都知道她的心情糟糕透了。

「不要氣餒，辯方自知理虧，才採取旁敲側擊的手段。」盤鑠年説。

「莉茲，把房卡交給我，我替你拿平板電腦。」

莉茲沒説話，取出房卡，交給妓雯。

「休庭時不要胡思亂想，我帶你去吃飯吧。」李鴻波説。

莉茲作證時的害怕，漸漸變成休庭時的憤怒。可以的話，她恨不得把饒同鑫碎屍萬段。不但如此，她還想把安迪千刀萬剮。因為與手機有關的建議，是安迪提出的。由於建議有漏洞，饒同鑫才借題發揮，幾乎直搗黃龍。然而，莉茲深諳憤怒對事情沒有幫助，在憤怒下想到的對策也不是上策。只是，當莉茲嘗試平復心情，梳理思緒時，那些害怕的感覺再次油然而生。「對處於下風的人來説，短暫的歇息是奢侈品，是否有用暫且不得而知，但聊勝於無。」——這句話對此刻的莉茲來説，是最適合不過的寫照。

下午 2 時 30 分，莉茲再次踏進這個讓她如坐針氈的地獄。

「證人，你是否還記得上午宣誓時所説的誓詞？」嚴雪蘭問。

「記得。」

「請辯方律師繼續盤問。」

「格里芬小姐，你在上午作證時説過，在美國的時候，公司的創辦人兼行政總裁雨果・安德森曾經透過視像會議來跟你開會。他説本來不會直接和你開會，也不會直接給你安排工作。但由於公司的採購經理正在放產假，公司人手不足，所以連他也要親力親為。對嗎？」

「對。」

「法官閣下，證人在休庭時把平板電腦交給警方相關部門，警方檢查後，證實相關影片沒有偽造或後期製作的痕跡，證物 P1 的文件是警方對相關影片的分析結果。辯方現在要把證物 C11 平板電腦呈堂，並在庭上播放證物 E9 會議的錄影片段，從而驗證證人的供詞。」

「批准！」

書記把平板電腦連接大型屏幕，然後播放影片。

播放完畢後，饒同鑫繼續盤問：「格里芬小姐……」

「不好意思！」莉茲打岔。「法官閣下，影片提及公司設計的新首飾，應該屬於商業秘密。能否請法官閣下禁止媒體報道相關內容？」莉茲問這道問題，醉翁之意不在酒。如果饒同鑫懷疑雨果，

懷疑開視像會議的目的，那麼莉茲就要耍一些手段，消除他的疑慮。這道問題可以暗示饒同鑫：假如雨果和莉茲是蛇鼠一窩，視像會議只是煙幕彈，那麼，莉茲又何必關心什麼商業秘密？

「證人，就你所知，新首飾有沒有注冊外觀設計？」嚴雪蘭問。

「不知道。」

「既然如此，本席決定就證物 E9 影片中提及的、關於新首飾設計的內容，向傳媒下達報道禁令。證人，請你聯絡公司的相關人士，查詢新首飾是否已經注冊了外觀設計。本席會根據你的答覆來決定是否撤銷有關禁令。」

「知道。」

「辯方律師繼續盤問。」

「格里芬小姐，休庭前辯方說過會針對你在美國的情況展開盤問。根據證物 E9 的影片，你的上司希望你提前上班，他要你到紅岩峽谷國家保護區的邊陲處蒐集天然材料的樣本。請問公司有沒有向你提供支援？」

「有。在我簽訂合同當天，公司的職員向我提供了一個紙箱、一些透明膠袋。」

「這些東西有什麼用？」

「膠袋用來放置不同的樣本，紙箱用來放置膠袋。」

「當你拿到這些東西時，你有沒有詢問原因？」

「有。職員說，上司很快會聯絡我，安排工作給我，這些東西在工作時有用。」

「那個紙箱大概有多大？」

「大概……它是長方形，大概……比一台手提電腦大一點點。」

「你前往保護區那天，攜帶了什麼東西？」

「我帶了一個行李箱和一個單肩包。」

「那個紙箱放在什麼地方？」

「放在行李箱。」

「紙箱以怎樣的形態放在行李箱裡？」

「摺疊的形態。」

「換言之，當你使用時，就把它變成一個紙箱。對不對？」

「對。」

「你是不是在保護區裡待了一夜？」

「是。」

「有沒有帶露營帳篷？」

「沒有，因為我在保護區裡找到一個被棄置的帳篷，用來睡了一夜。」

饒同鑫微笑，沒有說話。

「辯方律師，怎麼不說話？」嚴雪蘭問。

「法官閣下，辯方故意不說話，是想讓證人知道，她已經露出馬腳。」

「什麼意思？」嚴雪蘭問。

「辯方問她，有沒有帶露營帳篷。她說沒有，因為她在保護區裡找到一個被棄置的帳篷，用來睡了一夜。為什麼證人在出發前會預先知道保護區裡有一個被棄置的帳篷？！格里芬小姐，保護區裡是否有一處隱蔽、不可告人的地方供你休息？」

「沒有。」莉茲捏了一把冷汗。

「格里芬小姐，辯方姑且相信保護區裡有一個被棄置的帳篷。請問你把帳篷放在什麼地方？」

「一個山洞裡。」

「換言之，你在山洞裡睡了一夜。對不對？」

「對。」

「法官閣下，證物 P12 是 G 公司授權辯方使用的、關於格里芬小姐手機的地理位置信息的圖片資料，圖片資料顯示了格里芬小姐途經的地方的衛星地圖。證物 E10 是 G 公司授權辯方使用的、關於格里芬小姐手機的地理位置信息的影片資料，影片資料在衛星地圖的基礎上，以動態的方式記錄格里芬小姐行走的路線。證物 W7 是 G 公司授權辯方使用的、關於格里芬小姐手機的地理位置信息的文字資料，文字資料針對圖片和影片的內容進行記錄和分析。法官閣下，請問是否需要辯方提交 G 公司授權的證明文件？」

「檢控官，你意下如何？」

「法官閣下，控方要求辯方披露相關證明文件。」

饒同鑫把 G 公司和唐祿簽訂的協議書的副本交給書記和盤鑠年，書記轉交給嚴雪蘭。

「法官閣下，協議書第五條的保密條款的第三項指出：任何一方將有權根據適用法律、法規或指令或任何法庭或政府或監管機構的要求，披露相關保密信息。因此，辯方需要法官下達相關命令後，才把授權的證明文件呈堂，從而避免違反保密條款。」

「明白，辯方律師可以繼續。」

「格里芬小姐，請問你是否在山洞裡亂逛？」

「當我聽到一些風吹草動時，為了安全，我會到處看看。」

「證物 E10 證明了格里芬小姐夜裡經常在山洞裡走來走去。格里芬小姐，你有沒有發現山洞裡有秘道或隱蔽的地方？」

「沒有。」

「證物 E10 顯示，格里芬小姐走來走去的地方，屬於未開發的原生岩石群，這是耐人尋味的訊息。」

「反對！法官閣下，辯方試圖混淆視聽！眾所周知，收集地理位置信息需要全球定位系統！雖然這種技術具有高精度的特點，但收集到的數據一樣存在誤差！加上證人在山洞裡，信號會受到干擾，誤差值更大！辯方沒有提及數據存在誤差的必然性，反而認為證人作假證供，實屬混淆視聽！」

「反對有效！請陪審員審視證據時，要注意證據的不足之處。」

「格里芬小姐，你覺得自己是不是一個勇敢的人？」

「我覺得自己也挺勇敢的。」

「可是你剛才說，當你聽到風吹草動時，為了安全，會到處看看。如果你真的那麼勇敢，應該會無視那些風吹草動。」

「呃……我……勇敢也分不同的層次，我不是最勇敢的那一批。」

「如果 0 分是最不勇敢，100 分是最勇敢的話，你覺得自己拿多少分？」

「大概……50 分。」

「50 分的話，應該和平常人一樣。既然如此，你為什麼膽敢自己一個人留在荒山野嶺的洞穴中，而且還要是夜晚？」

「我……因為……剛才不是說過嗎？！公司要我去蒐集樣本！」

「為什麼不白天去？」

「我第二天就要上飛機，根本來不及！如果留待旅行結束後才做，也是來不及！」

「你可以叫家人替你去蒐集樣本。」

「你到底是不是在做夢？！我剛才已經說了，新首飾是商業秘密，相關資料不能外洩！」

「我沒說過你要把首飾的外形、設計概念告訴家人，我只是說，叫家人替你去蒐集樣本！」

「我家人沒有相關的工作經驗，他們知道要怎麼做嗎？！」

「你在大學時修讀犯罪心理學，也沒有相關的工作經驗，甚至還沒開始從事採購工作，你不是一樣做得到嗎？！」

「我喜歡親力親為，不喜歡假手於人！」

「格里芬小姐，請說說你前往保護區的方式。」

「我在三藩市坐飛機到麥卡倫國際機場，然後轉乘汽車到保護區。」

「根據證物 E10 的紀錄，你到了保護區的西北方。根據證物 E9 的影片，你問上司，要到保護區哪個方位的邊陲處。上司説沒所謂，東南西北都可以。法官閣下，我這裡有一張地圖，顯示了紅岩峽谷國家保護區和麥卡倫國際機場一帶的地理位置。」饒同鑫把地圖副本交給書記和盤鑠年，書記轉交給嚴雪蘭和莉茲。

「格里芬小姐，從地圖得知，麥卡倫國際機場位於保護區的東南方。既然你的上司説東南西北都可以，你為什麼不去保護區的東南方蒐集樣本，而要去遙遠的西北方？」

莉茲快不行了，她望着遠處發獸。假如雨果算是世上數一數二的犯罪天才，難道他這次失策了，預料不到辯方會問這個問題？還是，他想藉此測試莉茲的實力？如果世上有奇蹟，莉茲希望現在有個人衝出來，替她回答問題。

「證人，請回答辯方的問題。」嚴雪蘭説。

「辯方律師，請問我到哪裡蒐集樣本，跟我被人強姦有什麼關係？」

「我之前説過，辯方的立場是：否認被告強姦控方第一證人，而是控方第一證人迷姦被告。因此辯方盤問的問題，表面上好像與本案無關，但為了找出真相，絕對有必要提問。」

「我之所以不想回答這個問題，是因為和我的宗教信仰有關。」

「請你説清楚一點。」

「簽訂僱傭合約後，我在網上玩過塔羅牌，想看看我的事業運如何。占卜結果説，西北方這個方位對我比較有利，所以在蒐集樣本時，我就選了西北方。但大家都知道，天主教反對教徒玩塔羅牌，所以我怕説出來後，別人會質疑我是不是一個虔誠的教徒。」

「那麼，格里芬小姐，到目前為止，你覺得自己是不是一個虔誠的教徒？」

「也算是。」

「可是你玩過塔羅牌。」

「因此，我打算回到美國後，就去告解。如果辯方律師不拖泥帶水，加快審訊的速度，我告解的願望就能更快實現！」

「香港也有教堂，你想告解，隨時都可以。」

莉茲沒回應。饒同鑫再問：「格里芬小姐，我向你指出：由於你做過一些與天主教教義相違背的事，所以你不是一個虔誠的教徒！因此，你作出的宗教式宣誓沒法讓你受到良知和道德的約束，相關誓詞對你起不到嚇阻作用！你同意嗎！？」

「不同意！」

「反對！法官閣下，天主教設置告解服務，是為了讓教徒得到一個懺悔的機會！平心而論，每個教徒都有犯錯的時候，如果犯錯就等於不虔誠的話，那麼世上再沒有虔誠的教徒！辯方質疑證人對信仰的虔誠度，完全沒有事實依據！」

「換言之，只要辯方拿出證據，就沒有問題了！」

「辯方律師，你有什麼證據證明證人的信仰虔誠度？」嚴雪蘭問。

「法官閣下，請看看證物 D14。同時，請書記把 D14 的副本交給證人。」饒同鑫把副本交給書記和盤鑠年，書記轉交給嚴雪蘭和莉茲。

莉茲看到這份文件，立即毛骨悚然。

「法官閣下，證物 D14 是受聘於唐祿的私家偵探對證人進行調查的調查報告。」

「反對！法官閣下，辯方不應該在庭上披露受害人的個人資料！」

「法官閣下，辯方需要盤問事主關於證物 D14 的內容，不得不披露。另外，這份資料只有法官閣下、律師和陪審團可以閱讀，辯方相信陪審團不會對外公開相關資料。更重要的是，法官閣下已經向傳媒下達報道禁令，因此大眾不會知道事主的個人資料。」

「反對無效！辯方繼續盤問。」

「謝謝法官閣下！格里芬小姐，請看看調查報告，你是否同意報告的內容？」

「大部分同意。」

「有什麼部分不同意？」

「一些具主觀性的評論，比如信仰方面，說我參與宗教活動的活躍度下降，是與訴訟紀錄部分所述之事有關。」

「那麼你參與宗教活動的活躍度下降，是否如報告所說的，與學業忙碌有關？」

「是。」

「法官閣下，由此可見，辯方有實質證據證明證人的信仰虔誠度下降，並非如控方所言，沒有事實依據！」

「反對！法官閣下，辯方剛才向證人指出：由於證人做過一些與天主教教義相違背的事，所以證人不是一個虔誠的教徒！現在，辯方的證據只能證明證人的信仰虔誠度下降，是與學業忙碌有關，不能證明與做過一些違背教義的事有關！可見，辯方在混淆視聽！另一方面，參與宗教活動的活躍度是否與信仰虔誠度掛鉤？控方認為：參與宗教活動的活躍度下降並不等於信仰虔誠度下降，因為證人參與宗教活動的活躍度下降是基於不可抗拒因素，學業忙碌就是不可抗拒因素！」

「反對有效！請辯方律師不要混淆視聽、誤導陪審團，要注意邏輯和因果關係。」

「是的，法官閣下。格里芬小姐，我們説回保護區的事。你在什麼時間蒐集樣本？」

「我當時沒有看時間，所以説不出正確的時間。」

「大概是夜晚、凌晨，還是天亮後？」

「夜晚吧，我進去沒多久，就開始蒐集樣本。」

「蒐集樣本的過程是否順利？」

「挺順利。」

「大概花了多少時間？」

「大概 1 小時。」

饒同鑫冷笑了一聲，「根據證物 E10 的紀錄，你進入保護區後，就沿着小徑進入洞穴！再次離開洞穴，是翌晨 10 時多！就算你上司要求你蒐集的泥土、岩石能夠在洞穴裡找到，那麼花朵呢？！也是在洞穴裡找到嗎？！」

莉茲的心臟不啻跳得快，還有點痛。不論是被人捉去坐牢，還是猝死在法庭裡，都不是她想要的結果。

「辯方律師，根據證物 E10 的紀錄，是否有些時間，我的手機處於停止移動的狀態？」莉茲問。

「沒錯。」

「我把手機留在洞穴裡，然後外出蒐集樣本。你用手機的移動路徑來判斷我的移動路徑，是否有點幼稚？！」

「為什麼不帶手機出去？」

「一定要嗎？！」

「你有沒有帶照明工具去蒐集樣本？」

「沒有。」

「那不是很危險嗎！？」

「如果你説的危險是指色魔或野獸的話，照明工具能保護我嗎？！」

「可是，你不照清楚，怎麼知道蒐集回來的是否上司要求的？」

「看來你沒去過美國！美國的環境很好，常常有藍天白雲，晚上很少烏雲密佈，星星和月亮的光芒起到一定程度的照明作用！不像香港，晚上想找顆星星看看都沒有！」

如果這番批評香港的話是出自香港人的口，也許不太令人反感；可惜，莉茲是美國人。

「臭婊子，你有什麼資格批評香港？！你不喜歡香港就立即滾回美國賣淫！」一位兩鬢斑白的長者説。

「先生，請你立即閉嘴！」嚴雪蘭說。

「我有說錯嗎？！」

「庭警，立即趕他出去！」

兩名庭警上前挾持他，帶他離開。

「你為什麼不罵死那個臭婊子？！你這個狗官！狗官！」

長者離開後，法庭恢復正常。

「辯方請繼續！」

「格里芬小姐，我們換一個話題，請問你是不是處女？」

「反對！法官閣下，證物 C1 的就診紀錄和證物 C2 的活體取證報告皆指出，證人的處女膜破裂，從時間上推斷，應該在案發時破裂！可見，證人被強姦後已經不是處女，辯方問這道問題是為了羞辱證人！」

「法官閣下，相關證物沒有指出，破裂的處女膜到底是原來的處女膜，還是經處女膜修復重建手術而成的人造處女膜。辯方是想問證人，到底在案發前有沒有性經驗。」

「反對！法官閣下，證物 D14『疾病』部分清楚指出：根據體檢報告和病歷，證人沒有任何長期病患，也沒有進行過任何類型的手術。如果證人曾經進行過處女膜修復重建手術，為什麼調查報告沒有記錄？！第二，有醫學常識的人都知道，處女膜破裂未必與性交有關，運動、自慰也會導致相關結果！辯方律師有空的話，應該多學習醫學常識！第三，根據《刑事罪行條例》第 154（1）條：在原訟法庭席前進行的審訊中，如任何人當其時被控犯強姦罪行或猥褻侵犯而不認罪，除非獲得法官的許可，否則在該審訊中任何被告人或其代表不得提出有關申訴人與該被告人以外的其他人的性經驗的證據，或在盤問中提出有關此事的問題！」

「請陪審團和證人避席。」嚴雪蘭說。

傳達員帶領陪審團進入陪審員休息室，又帶領莉茲離開法庭。

「根據《刑事罪行條例》第 154（2）條：除非被告人或其代表於陪審團退席時向法官申請，否則法官不得依據第（1）款就任何證據或問題給予許可。因此，本席要求陪審團和證人避席。辯方律師，你有什麼理據說服本席必須給予許可？」

「法官閣下，如果證人曾經有性經驗，則她嚴重違背天主教的教義，因為天主教禁止婚前性行為。由此推演，宗教式宣誓很大程度上對證人起不了嚇阻作用。換言之，證人作假證供的機會很高。如果陪審員沒法意識到這個問題，完全相信證人的供詞，那麼陪審員會被誤導，對被告也不公平。」

「檢控官有沒有異議？」

「控方沒異議。」

「本席宣布，允許辯方在盤問時提出有關申訴人與該被告人以外的其他人的性經驗的問題。麻煩再請陪審團和證人出來。」

陪審團和莉茲回到法庭，饒同鑫繼續盤問。

「辯方在此回應控方剛才的言論。檢控官問，如果證人曾經進行過處女膜修復重建手術，為什麼調查報告沒有記錄？大家要知道，調查報告的內容不是百分之百準確，正如證人所說，她只大部分同意報告的內容。我們不能排除一個可能性：證人可能在黑市醫院進行手術，所以沒有相關紀錄。第二，檢控官說，有醫學常識的人都知道，處女膜破裂未必與性交有關，運動、自慰也會導致相關結果。辯方詢問性經驗的問題，就是為了釐清：如果證人進行過相關手術，那麼原本的處女膜是因為性交，還是因為運動、自慰而破裂。檢控官不允許辯方發問，並假定相關結果必定與運動、自慰有關，實屬荒謬。格里芬小姐，你以前有沒有進行過處女膜修復重建手術？」

「沒有。」

「你有沒有和被告以外的人進行過陰道性交？」

「反對！法官閣下，證人說沒有進行過處女膜修復重建手術，辯方再問有沒有進行過陰道性交，實屬多此一舉！」

「法官閣下，有醫學常識的人都知道，處女膜沒有破裂並不代表沒有進行過陰道性交，因為性交未必會令處女膜破裂，視乎力度、深度而定。檢控官有空的話，應該多學習醫學常識！」

「反對無效！辯方律師可以繼續。」

「謝謝法官閣下！格里芬小姐，你有沒有和被告以外的人進行過陰道性交？」

「沒有。」

「有沒有進行過其他類型的性行為，包括但不限於：口交、肛交、腿交、足交、腋交、手交、乳交、情趣按摩？」

「沒有。」

「接下來，辯方會問一些與財政狀況有關的問題。你在香港有多少資金用作日常開支？」

「我的銀行賬戶有 38520 美元。來香港前，母親給了我 10000 美元的鈔票。另外，我把藏在房間裡的 4000 美元鈔票也一併帶來。」

「為什麼要把 4000 美元藏在房間裡？」

「那是私房錢而已，我相信很多人都試過把鈔票藏在家中。」

「換言之，你在香港可動用的資金大概有 41 萬港元。同意嗎？」

「同意。」

「你下榻 58 酒店的高級客房，花了多少錢？」

「我選擇的豪華客房每天要 4580 元，我從 3 月 3 日住到 3 月 5 日，花了 13740 元。」

「你現在下榻中大海酒店的高級客房，預計一共要花多少錢？」

「我選擇的豪華客房每天要 3350 元，本來打算住一個月，大概要 10 萬，現在不止這個數。」

「你有買股票嗎？」

「有。」

「買了哪家公司的股票？」

「凝寰集團有限公司。」

「什麼時候買？」

「今年的 3 月 27 日。」

「買了多少？」

「6 手，一共 6000 股。」

「用什麼價格買？」

「25 元。」

「換言之，你花了 15 萬港元，同意嗎？」

「同意。」

「為什麼要買凝寰集團有限公司的股票？」

「我本來打算刑事訴訟結束後，就展開民事訴訟，向被告追討金錢賠償。但我也知道，民事訴訟未必勝訴，如果敗訴了，我就一無所有。所以我買股票是以防萬一，就算沒法透過民事訴訟獲得賠償，也能透過股票得到金錢補償。」

「你怎麼知道股價一定會上升？」

「凝寰集團是國際大企業，根基牢固，官司完結後股價上升，是合理的推測。」

「如果你最終透過股票獲得豐厚的回報，你會不會繼續展開民事訴訟？」

「我還沒決定，要考慮不同的因素。例如股票的實際回報有多少，民事訴訟的艱辛程度。如果民事訴訟像現在一樣，被人問到天荒地老都還沒問完，我真的會打退堂鼓。」

旁聽席傳來笑聲。

「如果是這樣的話，我作為被告的辯護律師，就要盡量延長天荒地老的盤問環節。」

旁聽席的笑聲更響亮。

「辯方律師，現在是 4 時 33 分。你到底還有多少問題要問控方第一證人？」嚴雪蘭問。

「法官閣下，明早的聆訊一定能問完。」

「今天到此為止。」

「起立！」書記説。

顯然，饒同鑫把莉茲當作一條橡皮筋，他越拉越緊，企圖把它拉斷。至於莉茲，她知道自己是一條橡皮筋，但不知道自己的承受能力有多強。回到酒店，莉茲用陳妓雯的平板電腦，透過視像會議與佛朗哥開會。

「佛朗哥，我今天的表現是不是很糟糕？」

「在預期之內，暫時沒有致命的破綻。」

「那個辯方律師就是想把我折磨得死去活來，讓我露出破綻！」

「只要控方的最強論點沒有被推翻，你就沒事。」

「安迪是不是在你那邊？」

「是。」

「你叫他過來，我要罵死他！」

「怎麼了？」

「暗示警方，唐凌聰喜歡拍攝強姦的過程！——這個建議，是安迪提出的，用作證明他的犯罪動機！由於建議有漏洞，辯方才借題發揮，不斷問手機的事，我們差點功虧一簣！」

「小姐，你不要推卸責任好不好？！安迪給你建議，就像一個老師，擔當觸媒和輔助者的角色。你不能認為他的建議一定完美，你應該認真審視相關建議，看看有沒有問題，有的話就盡量改善。」

「喂！我作為任務的主要執行人，要兼顧的事情多如繁星，哪裡還有空審視他的建議是否完美無瑕？！再説，其實你也有問題！」

「我？！我有什麼問題！？」

「來香港那天，你把那箱天然材料交給我，要我寄到雨果的公司。但是你算漏了他們和 G 公司達成協議，拿到我手機的地理位置信息，懷疑我沒有蒐集樣本！」

「我們是人，不是神。假設執行這個任務會衍生一千個問題，我們就要預先解決這些問題。但我們不是萬能，只能解決八百個問題，那麼剩下的二百個，就要隨機應變。其實你的表現也不差，針對地理位置信息的問題，也能應付自如。」

「我快要崩潰，明天還要出庭，看來今晚不用睡了！」

「往好的方面想，如果辯方真的有鐵證證明你迷姦唐凌聰的話，一早拿了出來，何必不停問一

些不相干的問題？」

「舉證責任在控方！如果陪審團覺得有合理的疑點，疑點利益歸於被告，我們就輸了！」

「要找到合理疑點不是一件容易的事，因為大多數的疑點都是不合理的疑點。對了，股票方面，為什麼不多買一些？6 手有點少。」

「下榻酒店花了 11 萬，買股票花了 15 萬，剩下的 15 萬要用來吃飯、買東西、買機票、租酒店。」

「這方面的開支要 15 萬那麼多嗎？10 萬就夠了，你應該花多 5 萬來買股票。」

「今天的收市價是 112.1 元，增持的成本太高了，已經超出預算。」

「我沒叫你增持，我只是告訴你，當初應該算清楚最多可動用多少資金來買股票，實現利潤最大化。」

「算了！反正股票也賺不了多少，我決定放棄民事訴訟，私下問他們要錢，我要大撈一筆！」

「你打算要多少？」

「7 億港元。不過 7 億太多，他們一定不肯。所以我打算問他們要 1 億，然後耍一些手段，將 1 億變成 7 億！」

「什麼手段？」

「秘密！」

第 22 章：〈控方（二）〉

是夜，莉茲的睡眠質素差得很。不睡覺不行，因為會影響翌日的作戰狀態；睡覺的話，又怕睡過頭。於是，她在手機設置了十多個鬧鐘，時間貫穿整個晚上。睡睡醒醒，便成了是夜的主旋律。

翌晨，莉茲行屍走肉般起床。看着鏡子裡的自己，黑眼圈很大。她這才想起，除了辯方的盤問，如果控方還有覆問，那麼作證的時間便無限期延長。若然莉茲明瞭「富貴險中求」的道理，也許心情會愜意一點。

經過昨天的審訊，記者已知道戴鴨舌帽、墨鏡、口罩的，是莉茲。他們蜂擁而上，問這問那。幸好有陳妓雯和李鴻波作開路先鋒，問題不大。進入令人壓抑的法院，快要生病的感覺再次浮現。她只希望饒同鑫會信守承諾，真的在上午的聆訊中結束對她的盤問。

「起立！」書記説。

眾人起立、鞠躬，再隨法官坐下。

「這次聆訊，辯方繼續盤問控方第一證人，請傳召證人出庭作證。」嚴雪蘭説。

書記到證人等候室傳召莉茲。經過昨天的盤問，莉茲深諳庭內的人對她的看法轉變了，他們在兩種極端立場和中立之間徘徊不定。莉茲也不知道，她到底要用怎樣的姿態踏進法庭。精神飽滿的模樣，還是委靡不振的模樣，抑或從容不迫的模樣？

「證人，你還記得昨天上午宣誓時所説的誓詞嗎？」嚴雪蘭問。

「記得。」

「辯方律師開始盤問。」

「格里芬小姐，你和你的朋友陳妓雯是怎樣認識的？」

「我們就讀賓夕法尼亞大學，雖然我們修讀不同的學科，但有一次，陳妓雯在大學裡遺失了錢包，我撿到錢包後還給她。因此，我們成為了朋友。」

「你覺得自己和香港是否很有緣分？」

「我不明白你的意思。」

「你覺得你身邊的人和香港是否很有緣分？」

「我⋯⋯你説的緣分是什麼意思？你到底想問什麼！？」

「法官閣下，辯方要把證物 F1 呈堂。」饒同鑫把文件的副本交給盤鑠年和書記，書記轉交給嚴雪蘭。「這份文件記錄了證人和她身邊的人與香港的緣分。證人在大學三年級的暑假，參加了學系舉

辦的交流團，到香港參觀林過雲殺人案的案發現場。證人在今年的 3 月上旬到香港旅行。證人的朋友陳妓雯生於斯，長於斯。16 歲那年，她報警控告父親非禮和虐待，最後父親罪名成立。18 歲那年，她到美國讀書，然後入籍美國。今年的 1 月上旬，她到香港旅行。證人的上司，也就是活特首飾製品（美國）有限公司的創辦人兼行政總裁雨果・安德森，他在香港擁有分公司。2012 年，他在香港被控一項謀殺罪，最終陪審團以 6 比 1 裁定他謀殺罪名不成立。可見，證人和她身邊的人都在不同程度上與香港有巧合或不巧合的緣分。」

「反對！法官閣下，證人和她身邊的人與香港的緣分與本案無關！辯方企圖誤導陪審團，讓陪審團以為強姦案有陰謀！」

「法官閣下，辯方認為他們與香港的緣分和本案有沒有關係，應該交由陪審團來決定！辯方把這份文件呈堂，是希望陪審團能從多角度分析本案！」

「辯方律師，本席認同陪審團應從多角度分析本案。可惜，這份文件與本案幾乎沒有關係。你想透過文件證明什麼？證明強姦沒有發生過？還是證明這些人、這些事背後有陰謀，有不可告人的秘密？本席認為，這份文件不是什麼證據，只是一些陰謀論。套用辯方律師的話：『證人和她身邊的人都在不同程度上與香港有巧合或不巧合的緣分。』如果辯方有充分證據證明這些緣分並非巧合的話，這份文件就有價值；否則，這些緣分通通都是巧合。本席提醒陪審團，在退庭商議時，不必討論證物 F1 的內容，也不能把證物 F1 作為裁決的考慮因素之一！另外，請辯方律師在接下來的審訊中，不要就證物 F1 的內容對任何證人進行主問、盤問或覆問！」

「是的，法官閣下。格里芬小姐，根據證物 D14 的調查報告，你在 2014 年到美國當地的警署報案，說某位美國籍天主教神父性侵你。警方調查後認為證據不足和你的供詞不可信，所以沒有起訴任何人。對嗎？」

「對。」

「你痛恨男人嗎？」

「我只痛恨那個神父和被告，不痛恨其他男人。」

「格里芬小姐，我向你指出：經歷過神父的性侵，你開始質疑你的信仰，你的世界徹底崩潰，因此你痛恨世上所有男人，決定展開報復！於是你迷姦被告，再誣告他強姦，你的供詞全都是謊言！同不同意？！」

「不同意！！！」莉茲不斷拍桌子，再抱頭痛哭。

「證人，是否需要休息一會兒？」嚴雪蘭問。

「不需要。」

「格里芬小姐，你覺得自己的記性好不好？」

「好。」

「你還記得昨天作證時，你第一次哭泣是什麼時候嗎？」

「我……應該是，檢控官問問題時。」

「正確答案是，當你說到：『不斷按着我的手，然後……』，你就哭了。你還記得你錄口供時，第一次哭泣是什麼時候嗎？」

「不記得。」

「證物 D1 是你的供詞的正本，上面記錄了當你說到：『不斷按着我的手，終於……』，你就哭了。為什麼兩次都是在這個時候哭？」

「我哭有什麼問題？！我講述被人強姦的經過，任何一個受害人都會哭！你覺得我在演戲嗎？！要不這樣吧，下次再有人問我被強姦的經過時，我就故作鎮靜、麻木不仁，從而證明我沒有演戲！滿意了嗎？！」

「格里芬小姐，我希望你明白，不論你哭，不哭，在什麼時候哭，哭成怎樣，都證明不了什麼。」饒同鑫微笑着說。

莉茲搞不清楚，到底自己中計了，還是沒有中計。

饒同鑫再問：「最後，有幾條問題要問你。你是不是習慣了早睡早起？」

「不是。」

「為什麼案發當天，你那麼早起床？」

「3 月 5 日的凌晨時分，我想去看日出。於是，我瀏覽天文台的網站，查看當天的日出時間。然後，我在手機設置了多個鬧鐘。後來我致電朋友，想邀她一起去，可是她不願意，所以我也打消了這個念頭。不過，我忘記取消設置了的鬧鐘。被鬧鐘吵醒後，再也睡不着，便只好起床。」

「昨天作證時，你說你曾經玩過塔羅牌，所作所為違背了天主教的教義，你希望去告解。而我也告訴你，香港有教堂，你想告解，隨時都可以。請問你昨天有沒有去告解？」

「沒有！辯方律師，我希望你明白，告解不是想做就做，時間、地點都是考慮因素之一！」

「法官閣下，我手上的文件是告解時間表，證實聖母無玷之心小堂在昨天有告解服務。時間是下午 5 時到 7 時，地點是中環干諾道中 15-18 號大昌大廈。更重要的是，昨天的聆訊在下午 4 時 33 分結束，高等法院位於金鐘，可見時間和地點都不是問題。」饒同鑫把文件交給盤鑠年和書記，書記轉交給嚴雪蘭。「證人說，告解不是想做就做，時間、地點都是考慮因素之一。潛台詞就是，她查詢過告解服務的資訊，發現時間和地點都不許可。那為什麼她不知道聖母無玷之心小堂有告解服

務？！」

莉茲沒有回應。饒同鑫笑着說：「法官閣下，我沒有別的問題了。」

「檢控官是否需要覆問？」嚴雪蘭問。

「法官閣下，控方需要覆問。」盤鑠年說。

經過漫長的盤問，莉茲的供詞從堅實的堡壘變成一盤散沙，可信度下降，不得不覆問。

「格里芬小姐，你為什麼不預訂房間，而是到了香港後，才到酒店租房間？」

「我沒想過要預訂房間，因為我怕自己三心兩意，預訂了可能又要再改，那不如到達目的地後再算。」

「你為什麼堅持喝蒸餾水而不燒水？」

「我怕水土不服。」

「可是你在香港用餐時，喝的飲料也是用本地的水來沖泡的。」

「我確實沒想得那麼徹底，也許我會給自己一個機會，嚐一下本地的水，看看有沒有問題。」

「當被告拿出手機來拍攝強姦的過程時，你採取什麼行動來弄掉他的手機？」

「我不斷扭動上半身，想干擾他拍攝。」

「為什麼不用腳來踢掉他的手機？」

「他用左手按住我的右大腿，加上左腿嚴重發麻，所以做不到。」

「你當時看到的手機，與警方調查的手機，即證物 A8 圖冊裡面的手機，有什麼不同？」

「顏色、大小、型號都不同。」

「被告從什麼地方取出手機？」

「我當時的目光不是集中在他身上，所以看不到。」

「被告事後把手機藏在什麼地方？」

「他放棄拍攝後，隨手把手機放在床上。後來我逃離房間，不知道他把手機藏在哪裡。我猜可能藏在房間裡，然後叫人替他取走。」

「你到保護區蒐集樣本時，為什麼沒有帶露營帳篷？」

「因為我第一次做這些事，沒有經驗，所以準備不足。」

「可是昨天你說，因為你在裡面找到一個被棄置的帳篷，為什麼你會這樣說？」

「我一時口誤。」

「為什麼會口誤？」

「自從被人強姦後，我的精神狀態就非常糟糕，加上我沒有出庭作證的經驗，周圍的人、事、

物令我非常緊張，所以一時口誤。」

「昨天的聆訊結束後，你透過什麼方式查詢香港的告解服務？」

「上網。」

「為什麼你不知道聖母無玷之心小堂有告解服務？」

「網上的資訊多如牛毛，看漏了一點也不奇怪。」

「你在什麼情況下會迷姦被告？」

「這是一個偽命題，我在任何情況下都不會迷姦他！」

「法官閣下，我沒有別的問題了。」

「現在傳召控方第二證人。」嚴雪蘭說。

沒有合適的詞語能形容莉茲此刻的心情，她只想盡快逃離這個恐怖的地獄。當她走向門口時，陳妓雯向她招手，她這才恍然大悟，想起可以旁聽餘下的審訊。於是，她坐在陳妓雯旁邊，用另一種心態來觀看審訊的過程。

控方第二證人，是 58 酒店的女保安員鍾麗娟。她來到證人席前，以非宗教形式宣誓：「本人鍾麗娟謹以至誠，據實聲明及確認，本人所作之證供，均為真實及為事實之全部，並無虛言。」

盤鑠年站起來，開始主問。

「鍾女士，請你說說保安員的工作內容。」

「主要是維持酒店的治安，有時候會解答客人的問題。」

「案發當天，也就是今年的 3 月 5 日早上大概 7 時半，你在做什麼？」

「我在巡邏。」

「你後來為什麼會去案發現場？」

「保安主管透過對講機通知我們，說 5 樓出了些狀況，叫我們去看看。」

「保安主管為什麼會知道 5 樓出了狀況？」

「他在監控室看閉路電視片段。」

「當時，有多少人到達現場？」

「我去 5 樓的途中，碰到一名保安員和一名房務員，我們三人一起到達現場。」

「你到達現場後，發生什麼事？」

「我看到一名外籍女子，幾乎赤裸的，哭得如喪考妣。她說唐凌聰強姦了她，叫我們快點報警；不過唐凌聰卻說，他沒有強姦那個女人，是那個女人用噴霧噴他，然後迷姦他。後來現場人山人海，有住客拿出手機來拍攝，被我阻止了。接著，其他職員替那個女人剪掉紮帶，又拿了大毛巾、西褲

和拖鞋給她。過了不久，警察就來了。」

「請你形容一下受害人當時的模樣。」

「她的雙手被紮帶反綁，下半身赤裸，上衣的鈕扣解開了，頭髮很亂，而且有精液從陰道流出來。」

「法官閣下，我沒有別的問題了。」

輪到饒同鑫盤問。

「鍾女士，你剛才提到，唐凌聰對你們說，他沒有強姦那個女人，是那個女人用噴霧噴他，然後迷姦他。唐凌聰說這句話時，態度是怎樣的？」

「態度……嗯……他很憤怒，又很緊張。」

「他說這句話時，像不像在演戲？」

「他……他不像在演戲，但我不知道他說的是真還是假。」

「請你形容一下唐凌聰當時的模樣。」

「他很慌張，衣着方面沒什麼問題，西褲的鈕扣扣上了，也穿了皮鞋。」

「你是否清楚看到女事主的手被紮帶反綁？」

「是。」

「根據你的觀察，紮帶是緊的還是鬆的？」

「呃……有多緊我就不知道，但一定不是鬆的。」

「你在工作上或私下，有沒有接觸過唐凌聰？」

「私下沒有，工作上有。」

「唐凌聰對你們的態度如何？」

「他的態度很好，沒什麼架子。」

「在案發前，你有沒有聽說過唐凌聰涉及一些性醜聞或私生活混亂的事？」

「沒有。」

「在你出庭作證前，有沒有人恐嚇或遊說你省略供詞、更改口供或作虛假證供？」

「沒有。」

「法官閣下，我沒有別的問題了。」

「檢控官是否需要覆問？」

「法官閣下，控方不需要覆問。」

「現在傳召控方第三證人。」

控方第三證人，是中區警區重案組第一隊見習督察陸至林。他來到證人席前，以非宗教形式宣誓：「本人陸至林謹以至誠，據實聲明及確認，本人所作之證供，均為真實及為事實之全部，並無虛言。」

盤鑠年開始主問。

「陸先生，案發當天，你到達現場後，發生什麼事？」

「我向受害人表明身分，然後她哭着對我說，叫我帶她去洗澡。我告訴她不可以洗澡，因為要保留證據。接着，我向她說明調查的每一個程序，我還建議她尋求社會福利署的協助，不過她拒絕了，她說有個朋友可以陪她。然後，我就和另一名重案組探員一起陪她去醫院。我們和被告擦肩而過時，受害人對他說了一句：『禽獸』，被告想衝過來打她，幸好被其他警員制伏了。最後，我們坐警車，去了醫院。」

「受害人和被告坐什麼車去醫院？」

「坐同一輛警車。」

「受害人在車上的表現如何？」

「她非常抗拒，因為她不想和被告坐同一輛車。當被告上車後，她瑟縮一旁，非常害怕。」

「你們到了醫院後，發生什麼事？」

「我叫了一名女高級警員來陪伴受害人，因為她接受過處理性暴力受害人的訓練。然後，我們帶她到一處能保護私隱的地方。醫生替她驗傷，法醫替她進行活體取證。檢查完畢後，女警員陪她去洗澡。洗完澡後，我們就在醫院替她錄口供。」

「離開醫院後，你們去了哪裡？」

「我們陪受害人回到 58 酒店收拾行李，為了避免接觸到被告，她打算搬到金鐘的中大海酒店。然後，我安排了兩名軍裝警員護送她到酒店。」

「法官閣下，我沒別的問題了。」

輪到饒同鑫盤問。

「陸先生，你剛才說，受害人對被告說了一句：『禽獸』，被告就想衝過去打她。被告當時的表情是怎樣的？」

「非常憤怒。」

「你擔任警務人員那麼多年，有沒有接觸過強姦犯？」

「有。」

「數量是多還是少？」

「不算太多，大概……十多個。」

「那些強姦犯被逮捕時，大多有什麼反應？」

「有些束手就擒，有些會反抗。」

「就你所知，唐凌聰被捕後，因為事主說的一句話，而想衝過去打她，這種反應是否正常？」

「呃……可能……比較少見。」

「比較少見，換言之，他的反應不太正常。同意嗎？」

陸至林猶疑了一會兒，說：「同意。」

「法官閣下，我沒有別的問題了。」

「檢控官是否需要覆問？」嚴雪蘭問。

「法官閣下，控方需要覆問。陸先生，你說你接觸過十多個強姦犯。有多少次，當你接觸強姦犯時，受害人同時在場？」

「很少，大概……一兩次。」

「在這罕有的一兩次中，受害人會對強姦犯說什麼話？」

「呃……有些會對警員說某某強姦犯是禽獸、變態之類的，但直接對強姦犯說具挑釁性的話，我就沒遇過。」

「辯方律師問你關於被告的反應，你認同他的反應不太正常。請問你的回答是基於什麼？」

「基於個人看法。」

「法官閣下，我沒有別的問題了。」

「現在是 12 時 56 分，下午 2 時 30 分繼續。」嚴雪蘭說。

「起立！」書記說。

經過兩位證人的作證，莉茲坐實了心中的想法。他們作證的時間那麼短，而她作證的時間卻儼如鐵軌一樣長。很明顯，饒同鑫就是在針對她。話雖如此，但莉茲覺得，經過漫長的煎熬後，她猶如浴火重生的鳳凰，昇華到另一個層次。

下午的聆訊準時開始。

「現在傳召控方第四證人。」嚴雪蘭說。

控方第四證人，是中區警區重案組第一隊督察華亓。他來到證人席前，以非宗教形式宣誓：「本人華亓謹以至誠，據實聲明及確認，本人所作之證供，均為真實及為事實之全部，並無虛言。」

盤鑠年開始主問。

「華先生，案發當天，你到達現場後，發生什麼事？」

「我到達現場後，向在場的人錄口供。當然，我也有向被告查明原委。後來，當受害人與被告擦肩而過時，受害人向他說了一句：『禽獸』，被告就想衝過去打她，於是我立即制伏他，並正式拘捕他。」

「你制伏他時，對他說了什麼？」

「我向他說明拘捕他的原因，因為我懷疑他觸犯《刑事罪行條例》第 118 條——強姦罪。」

「你押送被告到醫院後，發生什麼事？」

「我和另一名探員押送他到急症室的一個角落，過了不久，有一名法醫替他進行活體取證。完畢後，我們就押送他去警署。」

「到了警署後，發生什麼事？」

「我先向值日官報告情況，然後帶他到會見室錄口供，接着我給了他一份〈發給被羈留人士或接受警方調查人士的通知書〉，叫他簽名。之後，我就在他的律師面前，給他錄取警誡口供。完成後，我就帶他們去辦理保釋手續。」

「法官閣下，我沒有別的問題了。」

輪到饒同鑫盤問。

「華先生，在酒店時，你用什麼態度向被告查明原委？」

「我的態度很好，一直對他客客氣氣。」

「華先生，我向你指出：你之所以對被告客客氣氣，是因為你根據現場看到的一切來判斷，覺得案件事有蹊蹺，被告應該是無辜的！同不同意？！」

「不同意。我對他客客氣氣，一來，因為他是知名人士；二來，他當時沒有逃跑，很合作，所以我沒必要惡言相向。」

「你和另一名探員押送被告到急症室的一個角落，請問那裡能否保護被告的私隱？」

「能。」

「理據是什麼？」

「一來，那裡的人與其他地方相比，比較少；二來，我替他拉上布簾，別人看不到他。」

「控方主問時，你說過：『我和另一名探員押送他到急症室的一個角落，過了不久，有一名法醫替他進行活體取證。』你肯定是『過了不久』？」

「肯定。」

「被告私下告訴我，他坐在那裡，等了很長時間，法醫才來到。你是否在作假證供！？」

「我沒有作假證供。我反而想問問辯方律師，你的當事人有沒有告訴你等待的過程是怎樣？！」

根據我的觀察，那個角落沒有時鐘，看不到時間。他雙手被手銬銬住，看不到手錶，也沒法取出手機來看時間。他怎麼知道等了很長時間？！」

「雖然被告看不到時間，但他是一個意識清醒的人，他用感覺來判斷等了很長時間！」

「我覺得辯方律師應該回去告訴你的當事人，私家醫院和公立醫院的等候時間大相逕庭。他用私家醫院的等候時間來對比公立醫院的等候時間，當然覺得長！」

「華先生，法醫替被告進行活體取證時，你是否從旁監視？」

「是。」

「法醫對被告的態度如何？」

「她的態度不好。」

「請你詳細描述如何不好。」

「反對！法官閣下，法醫對被告的態度與本案無關！」盤鑠年說。

「法官閣下，法醫對被告的態度與本案有直接的關係！因為法醫進行活體取證得到的證據是本案的關鍵證據之一，如果法醫對被告的態度很差，就證明她對被告有偏見，極不專業！活體取證的證據落在一個不專業的人手上，直接影響陪審團的裁決！」

「法官閣下，就算辯方要問法醫對被告的態度，都應該等到法醫出庭作證時才問，而不應該問督察！」

「法官閣下，法醫的供詞可能是謊言，如果辯方只問法醫的話，大家就不知道真相是什麼！既然督察見證法醫活體取證的過程，我們就能透過比較兩者的供詞來判斷有沒有人撒謊！」

「反對無效！辯方律師可以繼續。」

「謝謝法官閣下！華先生，請你詳細描述法醫對被告的態度如何不好。」

「法醫用鄙視的目光看着被告，對被告吆喝，甚至說一些令人難堪的話。」

「例如是什麼話？」

「當法醫要求被告把褲子脫掉時，被告提議找一個男法醫來進行取證，她說：『對着金髮美女就迫不及待地脫，對着我就不好意思？！』又例如，被告用一隻手解開西褲鈕扣時有點困難，他問法醫可否幫他脫掉，她說：『我幫你口交好不好？！』」

「還有沒有？」

「還有一些。」

「你記得多少就說多少。」

「當她拿出剪刀剪一些陰毛時，被告問她想幹什麼，她回答的態度也很惡劣，她還說：『如果你

不想用剪刀，我可以直接拔！』又例如，被告要求法醫抽取血液和臉部油脂時，她說：『強姦犯我見得多，像你這種用苦肉計來騙取別人信任的強姦犯，還真是第一次見！』、『你的演技很逼真，但很可惜，這一針是白挨的！』還有就是，法醫經常罵他，被告對法醫說：『我不想跟你說話！』她回了被告一句：『想不想也沒關係，反正你以後只能跟監犯說話！』」

「你剛才說，被告要求法醫抽取血液和臉部油脂。意思是，法醫本來沒打算替被告抽取血液和臉部油脂？」

「沒錯。」

「你和另一名探員有沒有勸法醫，要注意自己的言行舉止？」

「沒有。」

「為什麼沒有？」

「我的職責不包括這些事情。再說，只要法醫的行為沒有影響警方執法，我就不會多管閒事。」

「在你出庭作證前，有沒有人恐嚇或遊說你省略供詞、更改口供或作虛假證供？」

「有。」

「是誰？」

「衛生署政府法醫連小芸。」

「法官閣下，控方要求把第四證人列為敵意證人！」盤鑠年說。

「檢控官，你是否有證據證明第四證人的供詞和之前的完全相反？」嚴雪蘭問。

「法官閣下，證物 D5 是第四證人之前錄的口供。」盤鑠年把文件交給饒同鑫和書記，書記轉交給嚴雪蘭。「D5 的供詞沒有提及法醫對被告的態度，但證人卻在辯方盤問時配合辯方的要求，交代有關細節。更重要的是，控方第六證人就是衛生署政府法醫連小芸，第四證人在庭上的供詞對我方證人不利。因此，懇請法官閣下接納控方的申請！」

「辯方律師，你意下如何？」

「法官閣下，辯方不反對控方把第四證人列為敵意證人，但有一個條件。」

「什麼條件？」

「由於第四證人的供詞對控方第六證人不利，辯方擔心檢控官會在今天的聆訊結束後，私下和第六證人商討作戰策略，企圖妨礙司法公正。因此，辯方懇請法官閣下把控方第六證人列為第五證人，讓其盡快出庭作證。另外，現在是下午 3 時 05 分。如果控方第五證人沒法在 4 時 30 分前完成作證，懇請法官閣下延長今天的聆訊時間。」

「檢控官，有沒有異議？」

「法官閣下，控方沒異議。」

「本席宣布，把控方第四證人列為敵意證人，檢控官可在覆問時用引導性問題盤問敵意證人，並傳召其他證人以推翻敵意證人的供詞。第二，本席決定把控方第六證人列為第五證人，而原來的第五證人則列為第六證人。第三，本席行使酌情權，把今天的聆訊時間延長，直到第五證人作證完畢。辯方律師可以繼續盤問。」

「謝謝法官閣下！華先生，辯方再問你一次：在你出庭作證前，有沒有人恐嚇或遊説你省略供詞、更改口供或作虛假證供？」

「有。」

「是誰？」

「就是現在的控方第五證人，衛生署政府法醫連小芸。」

「她恐嚇你還是遊説你？」

「遊説我。」

「她什麼時候遊説你？」

「當她知道我成為控方證人後，就經常遊説我。有時候打電話，有時候在警署門口等我下班。」

「她遊説你什麼？」

「她叫我隱瞞她對被告態度惡劣的行為。」

「她為什麼要這樣做？」

「她怕被人知道她的所作所為後，要承擔後果。」

「什麼後果？」

「上司會給她警告信，她犯了專業上的失當行為會影響日後的升遷。」

「她有沒有賄賂你？」

「有。」

「她如何賄賂你？」

「她説，只要我替她隱瞞的話，事成後，她就會給我 30 萬港元作報酬。」

「她透過什麼方式來得知你有沒有替她隱瞞？」

「法庭新聞。」

「她有沒有給你預付款？」

「沒有。」

「根據你現在的供詞，你似乎沒有替她隱瞞。同意嗎？」

「同意。」

「你為什麼不替她隱瞞？」

「第一，我是警察，作虛假證供是犯法的，我不會知法犯法。第二，我拒絕替她隱瞞，沒什麼後果。因為我隸屬於警務處，她隸屬於衛生署，她很難公報私仇。相反，如果我替她隱瞞，卻不幸露餡了，我就要面臨牢獄之災。第三，我作為控方證人，我的立場和檢控官一樣，都是相信被告有罪。如果我作虛假證供的事露餡了，就增加了辯方勝訴的機率，這和我的立場背道而馳。因此，檢控官把我列為敵意證人，可以是當機立斷，也可以是失策。」

「她遊說你時，你怎樣回應她？」

「我假裝答應她。」

「為什麼？」

「我怕拒絕她，她會採取進一步行動。」

「法官閣下，我沒有別的問題了。」

輪到盤鑠年覆問，不，應該是盤問。

「華先生，你說法醫用鄙視的目光看着被告，對被告吆喝，甚至說一些令人難堪的話。你認為法醫這樣做代表什麼？」

「代表她對被告有偏見。」

「她對被告有偏見又代表什麼？」

「代表……她可能在工作上不太專業。」

「她不專業，又會發生什麼事？」

「可能在活體取證時有意或無意犯錯。」

「你剛才說了兩次『可能』，換言之，她對被告有偏見，未必不專業，也未必會犯錯。同意嗎？」

「同意。」

「你在辯方盤問時說，被告要求法醫抽取血液和臉部油脂，即法醫本來沒打算替被告抽取血液和臉部油脂。有沒有可能是：法醫本來打算替被告抽取血液和臉部油脂，但被告在法醫行動前，率先提出這個要求？」

「沒可能。」

「你憑什麼說沒可能！？」

「因為在被告提出這個要求前，法醫對他說：『完成了，穿回褲子！』可見，法醫所說的『完成了』是指完成活體取證。」

「活體取證距今超過一個月，我非常質疑你是否清楚記得他們的對話！」

「檢控官，如果你沒有把我列為敵意證人，我相信你不會這樣說。再說，那個法醫很快就要出庭作證，你想知道我有沒有扭曲他們的對話，你可以問問她。不過大前提是，她沒有撒謊。」

「華先生，法醫透過電話或見面的方式來遊說你時，你有沒有錄音？」

「沒有。」

「有沒有其他人證？」

「沒有。」

「換言之，你沒有任何證據證明法醫遊說你作虛假證供或賄賂你，同意嗎！？」

「不太同意。」

「為什麼！？」

「如果法醫出庭作證時願意說出真相，那麼她就是人證。」

「你剛才說，你是警察，不會知法犯法。可是，你應該知道，恐嚇或遊說證人省略供詞、更改口供或作虛假證供，都是罪行。無論在任何階段，假如有人就上述目的與你接洽，你應立即向警方舉報。但你沒有向警方舉報，是否知法犯法！？」

「可能吧！」

「法官閣下，我沒有別的問題了。」

「現在傳召控方第五證人。」嚴雪蘭說。

蒙在鼓裡的連小芸，得知自己成為第五證人後，心生歡喜，皆因越早出庭，越早完成，就越早離開。她來到證人席前，以非宗教形式宣誓：「本人連小芸謹以至誠，據實聲明及確認，本人所作之證供，均為真實及為事實之全部，並無虛言。」

盤鑠年開始主問。

「連小姐，請你說說案發當天，即今年的 3 月 5 日，你替女事主，即控方第一證人進行活體取證的過程。」

「我替女事主檢查前，叫了一名女警員來協助我。然後我就取出相機，叫警員拍攝事主的陰道。接着我又取來一根鑲嵌着針孔鏡頭的東西，讓警員拍攝陰道的內部情況。之後我問她除了陰道，還有沒有其他傷痕。她說有，我便檢查了相關部位，也拍了照。我還叫她把睡衣脫下來，因為要拿去化驗。然後我就仔細幫她檢查陰道的情況，還叫她說說案發的經過。過後我就拿了一些工具來抽取陰道裡的精液、臉部油脂，以及手腕、頭皮的皮屑樣本。取證完成後，我就寫了報告。」

「為什麼要找警員來協助你？」

「兩個人分工合作比較方便，我負責撐開事主的陰道，警員負責拍攝。如果我一個人做，照片的效果可能不太好。」

「你幫事主檢查陰道時，為什麼要叫她講述案發的經過？」

「因為我發現事主陰道裡的情況和我的專業知識有點出入。」

「有什麼出入？」

「一般男人強姦女人時，都會採取男上女下的體位；但我發現事主陰道裡的情況，好像不是由男上女下的體位造成，而是女上男下的體位。」

「你當時是怎樣叫她講述案發的經過？」

「我問她：『小姐，你可以說說當時的情況嗎？』」

「她怎樣回答？你大概說說就可以了。」

「她說被告用猥瑣的目光來看她，又用言語來騷擾她。然後，她想逃離房間，但逃不掉。後來被告拿出紮帶，反綁她的手，逼她坐在他身上，被告就躺在床上，最後把她強姦了。」

「她說完後，你有什麼回應？」

「我再問她：『意思是：他用女上男下的體位來強姦你？』她說是。」

「為什麼你一開始不直接問她，被告是不是用女上男下的體位來強姦她？」

「作為一名法醫，我是專業的。我怕這不是普通的強姦案，如果當中真的有陰謀，我直接問她是否女上男下的體位，就等於把我的疑慮告訴她。因此我採用開放式的問題，就能得知事情的真相。」

「為什麼要抽取臉部油脂？」

「因為事主說被告曾經強吻她，所以事主的臉部有被告的唾液。」

「你離開事主後，過了多久才去幫被告進行活體取證？」

「大概 15 分鐘。」

「請你說說替被告進行活體取證的過程。」

「我叫他把西褲和內褲脫掉，因為要拿去化驗。然後我就檢查他的陰莖，還拍了照。接着我就抽取了殘留的精液，剪了一小撮陰毛，抽取了指甲縫的纖維和皮屑，以及拿了一些指甲。另外，我還替他抽取血液和臉部油脂。」

「你替被告進行活體取證時的態度如何？」

連小芸覺得很唐突，她壓根兒沒想過檢控官會問這個問題。「我的態度很好，他也很合作。」

「法官閣下，我沒有別的問題了。」

輪到饒同鑫盤問。

「連小姐，你説你負責撐開事主的陰道，警員負責拍攝。為什麼不換過來，警員負責撐開事主的陰道，你負責拍攝？」

「這也可以。」

「這也可以？！連小姐，你作為一名專業的法醫，你覺得誰負責拍攝會比較專業！？」

「沒錯，警員不是專業人士，但我有教她怎樣拍攝。」

「一名專業人士不親自操刀，反而教導一名非專業人士如何從事專業的工作，你覺得沒問題嗎！？」

「所有照片、影片我都仔細看過，沒有任何問題，絕對可以成為呈堂證物！」

「你替被告進行活體取證時，有沒有叫人來協助你？」

「沒有。」

「你是不是厚此薄彼！？」

「不是，因為檢查陰道的難度比檢查陰莖的高很多！」

「連小姐，你覺得一名喜歡説謊的法醫，是不是專業的法醫？」

「那就要看看他在什麼情況下説謊，如果在私事上説謊，他依然是專業的；如果在公事上説謊，就不專業。」

「你覺得自己是一名專業的法醫嗎？」

「當然！」

「連小姐，你本來是控方第六證人，現在是第五證人，知道為什麼嗎？」

「不知道。」

「我給你一個忠告：不要輕易相信別人，也不要妄想用金錢來換取對方的承諾。」

「辯方律師，請專注盤問證人，不要説一些不相干的事。」嚴雪蘭説。

「是的，法官閣下。連小姐，你説你替被告進行活體取證時，你的態度很好，被告也很合作。對嗎？」

「對。」

「但根據控方第四證人華亓的供詞，他説你對被告的態度十分惡劣，用鄙視的目光看着被告，對被告吆喝，甚至説一些令人難堪的話！你同意嗎？！」

「絕不同意！他在説謊，我要告他誹謗！」

「連小姐，根據法例，在法庭所作的證供不受《誹謗條例》所限！」

「總之我對被告的態度很好！」

「現在是嘴巴與鼻子抬槓，但很快就會水落石出！當時除了華亓外，還有一名探員，我會勸他成為辯方證人！另外，被告是辯方第一證人，他會在法庭內，不受《誹謗條例》所限的情況下，説出當時的情況！連小姐，我想問問你，你説華亓説謊，他為什麼要説謊！？」

「我……我怎麼知道？！你去問他啊！」

「連小姐，如果三個人都異口同聲説，你對被告的態度惡劣，你覺得是誹謗還是真相！？」

「一個人是誹謗，一萬個人都是誹謗！你沒聽過三人成虎的故事嗎？！是否誹謗與説話內容有關，與人數一點關係也沒有！」

「連小姐，臨崖勒馬你應該聽過吧！本來你對被告態度惡劣的後果一點也不嚴重，大抵是收警告信，影響日後的升遷；但現在你卻小事化大，寧願作虛假證供，以身試法，也要掩蓋你不專業的行為，這個代價會不會太大？！」

「反對！法官閣下，辯方作出毫無根據的猜測！」

「法官閣下，辯方的猜測並非毫無根據！如果華亓説謊，那麼他的動機是什麼？！根本沒有合理的動機！再者，如果華亓説謊，他就是在作虛假證供！為什麼他寧願以身試法，也要作虛假證供去誣衊別人？！根本不合邏輯！」

「法官閣下，法庭是一個講求證據的地方！雖然辯方的言辭很動聽，但始終沒有真憑實據！」

「法官閣下，辯方認為現階段最重要的是，驗證控方第五證人有沒有撒謊！因為她不是普通的證人，她與控方物證的可信度息息相關！證物 C3 是連小芸替被告進行活體取證的報告，證物 C4 是政府化驗所的報告，C4 的報告是基於連小芸蒐集的證據而撰寫的！如果證實她撒謊，就代表她對被告的態度惡劣，她是一個不專業的法醫！那麼，這兩份與不專業法醫息息相關的報告，就充滿疑點，也不是強而有力的證據！如果最終證實兩份報告疑點重重，這宗案件的表面證據就不成立！」

「反對無效！辯方可以繼續。」

「連小姐，根據《刑事罪行條例》第 31 條，在宣誓下作假證供，可處監禁 7 年及罰款！另外，華亓已經把你的秘密説了出來！如果你願意承認對被告態度惡劣，我就不追問那些事情；否則，你面對的後果恐怕嚴重得難以想像！」

連小芸的襯衣已被冷汗沾濕，舌頭乾巴巴的，説不出話來。

饒同鑫再説：「苦海無邊，回頭是岸！」

「沒錯！我當時對被告的態度確實有點惡劣。」

「為什麼要這樣做？」

「我曾經替很多性罪犯進行活體取證，每一次的態度都很好！但我一見到唐凌聰，就控制不了

自己！因為他是一個兩面人，是偽君子！一直以來，他都把自己塑造成一個與別不同、不食人間煙火的富二代，但其實這些都是偽裝，用來籠絡人心！」

「你是不是對被告說過這樣的話：『對着金髮美女就迫不及待地脫，對着我就不好意思？！』、『我幫你口交好不好？！』、『如果你不想用剪刀，我可以直接拔！』、『強姦犯我見得多，像你這種用苦肉計來騙取別人信任的強姦犯，還真是第一次見！』、『你的演技很逼真，但很可惜，這一針是白挨的！』、『想不想也沒關係，反正你以後只能跟監犯說話！』？」

「是。」

「換言之，你和一般人一樣，都是先入為主，覺得被告有罪？」

「我先入為主覺得他有罪，並不代表我在活體取證時會犯錯！」

「根據華亓的供詞，你對被告說：『完成了，穿回褲子！』然後，被告要求你抽取血液和臉部油脂。換言之，你本來沒打算替被告抽取血液和臉部油脂，這是不是犯錯！？」

「替強姦犯進行活體取證，最重要的是抽取精液；皮膚組織之類的，比較次要。被告的臉部油脂與案件的關係不大，至於血液，除非我覺得被告有吸毒之類的徵狀，否則血液也不是必需品。」

「被告為什麼要求你抽取血液和臉部油脂？」

「他說要用科學鑑證來還自己清白，證明他被人迷姦。」

「血液和臉部油脂與被人迷姦有什麼關係？」

「如果受害人服用了迷姦藥，透過血液分析能找到證據。如果是被人噴了迷姦噴霧，藥物的化學成分可能會留在臉部油脂裡。」

「有沒有可能，受害人被迷姦後，沒法從血液和臉部油脂裡找到證據？」

「有可能，但機率很低。」

「為什麼？」

「市面上的迷姦藥基本上沒法逃過毒理化驗，大部分迷姦案的迷姦藥都是從市面上購來的。除非，有人能找到一些利用高端技術生產的、改良後的迷姦藥，也許能逃過毒理化驗。」

「據你所知，這些利用高端技術生產的、改良後的迷姦藥，通常在哪裡可以買到？」

「一般人不可能買得到，因為市面上不會有。基本上，這些東西在美國軍方那裡。你們應該知道，美國軍方掌握的科技和我們日常生活所用的科技相比，至少領先三十年。舉個例子，在智能手機還沒誕生的那個年代，美國軍方就已經掌握了完善的智能手機技術。因此，美國軍方研發了能逃過毒理化驗的迷姦藥，不足為奇。」

「你覺得被告被女事主迷姦的機率有多高？」

「機率是 0。」

「為什麼？」

「你看過所有證據，不是一清二楚嗎？！」

「如果女人想迷姦男人，她是否要把男人的陰莖弄到勃起？」

「不一定，要看你怎樣理解迷姦。如果女人迷暈男人後，在男人的陰莖沒有勃起的情況下，強行把陰莖插進她的陰道裡，這也是迷姦。」

「如果在整個迷姦過程中，男人的陰莖都沒有勃起，他是否不會射精？」

「不一定，有些男人在陰莖沒有勃起的情況下也能射精。」

「證物 C2 是你替事主進行活體取證的報告，證物 C3 是你替被告進行活體取證的報告，證物 C4 是政府化驗所的報告。這三份報告告訴我們什麼？」

「告訴我們被告強姦了女事主。」

「如果我說：這三份報告告訴我們，被告與事主發生過性行為。你同意嗎？」

「同意。」

「如果我說：這三份報告沒法告訴我們，相關性行為是強姦還是迷姦。你同意嗎？」

「不同意！因為政府化驗所的報告指出，被告的臉部油脂和血液都沒有任何可疑的化學成分，證明沒有人迷姦他！」

「有沒有可能：有人得到利用高端技術生產的、改良後的迷姦藥，用來迷姦被告？」

「有證據嗎？！」

「沒證據不代表沒疑點！連小姐，法醫是否可以進行驗傷工作？」

「可以。」

「驗傷和活體取證有沒有分別？」

「有分別，兩者的着眼點不同。驗傷主要是處理生理上的創傷，活體取證主要是蒐集證據。」

「你有沒有替被告驗傷？」

「沒有。」

「為什麼？」

「我收到的指令是，替受害人和強姦犯進行活體取證。」

「連小姐，你是不是賄賂華亓，叫他作虛假證供，替你隱瞞真相？」

「你不是説過不會問這個問題嗎？！」

「很遺憾，華亓在作證時，已經説出了你賄賂他的事。就算我不問，律政司也不會放過你。連

小姐，請回答我的問題。」

連小芸猶疑了一會兒，說：「是。」

「法官閣下，我沒有別的問題了。」

「證人，本席要提醒你，律政司將會就你作虛假證供、遊說證人作虛假證供、賄賂證人的事，向你作出檢控，請你做好心理準備！檢控官是否需要覆問？」

「法官閣下，控方需要覆問。連小姐，你替事主進行活體取證時，由警員負責拍攝相關部位。那些照片、影片的質素如何？」

「質素很好。」

「你替被告進行活體取證時，由誰負責拍攝？」

「我負責拍攝。」

「那些照片的質素如何？」

「質素很好。」

「你說你當時對被告的態度確實有點惡劣。如果 100 分是最惡劣，0 分是最不惡劣，你認為你當時的態度是多少分？」

「大概……30 分。」

「你先入為主覺得被告有罪，會如何影響活體取證的質素？」

「不會影響。」

「會如何影響證物 C3 報告的質素？」

「不會影響。」

「會如何影響政府化驗所高級化驗師趙柏汶進行化驗工作的質素？」

「不會影響。」

「會如何影響證物 C4 報告的質素？」

「不會影響。」

「證物 C2、C3、C4 的報告告訴我們什麼？」

「相關性行為是強姦。」

「為什麼？」

「因為政府化驗所的報告指出，被告的臉部油脂和血液都沒有任何可疑的化學成分，證明沒有人迷姦他。」

「法官閣下，我沒有別的問題了。」

「現在是下午 4 時 48 分，明天早上 10 時繼續。」

「起立！」書記說。

說實話，莉茲頗同情連小芸的遭遇。她怎樣也想不到，只是替一個強姦犯進行活體取證，居然要面臨牢獄之災。莉茲突發奇想：連小芸很大機會要坐牢，身敗名裂，出來後莫說做法醫，就連找一份普通的工作也很困難。不如到時候招攬她加入 TM，她的專業知識應該能助 TM 一臂之力。想著想著，莉茲笑了出來，她不知道這個想法是聰明還是幼稚。

翌日，繼續在法庭上演唇槍舌劍的戲碼。莉茲漸漸變成觀眾，彷彿在看一齣電視劇。說得準確一點，陳妓雯、TM 各成員也在看電視劇。即將出場的，是另一名配角。

「現在傳召控方第六證人出庭作證。」嚴雪蘭說。

控方第六證人，是律敦治醫院急症室的急症科專科醫生童家寶。她來到證人席前，以非宗教形式宣誓：「本人童家寶謹以至誠，據實聲明及確認，本人所作之證供，均為真實及為事實之全部，並無虛言。」

盤鑠年開始主問。

「童小姐，案發當天，也就是今年的 3 月 5 日，是誰要求你負責處理女事主的個案？」

「急症室的顧問醫生。」

「你替女事主做了什麼？」

「我替她驗傷。」

「請你說說驗傷的過程。」

「第一次驗傷時，我先問她，被人強姦時是不是體內射精，她說是。我又問她，對方有沒有佩戴避孕套，她說沒有。然後我就幫她檢查陰道，我發現她的陰道裡有精液，陰道出現撕裂和流血的跡象。我再問她，除了陰道，還有沒有其他地方受傷，她說被告把她的頭撞到牆上。我檢查後發現，頭部真的腫了。檢查完畢後，我就撰寫就診紀錄，並開了一些藥給她，包括口服消炎藥、消炎藥膏和事後避孕藥。最後，我幫她抽血，用作性病檢查。第二次驗傷，是在她洗完澡後。這次，我主要幫她檢查陰道，看看還有沒有殘留的精液。她洗得很乾淨，陰道裡沒有精液。」

「法官閣下，我沒有別的問題了。」

輪到饒同鑫盤問。

「童小姐，你說事主的陰道裡有精液，陰道出現撕裂和流血的跡象。請問，如果女人迷姦男人，是否會導致同樣的結果？」

「理論上是可以的。」

「女人迷暈男人後，再套弄他的陰莖，陰莖能否勃起？」

「能夠。」

「為什麼？」

「以夢遺為例，夢遺時陰莖會勃起，是因為一些外在因素刺激陰莖，如內褲、被子。夢遺的結果是射精，射精原因與外在因素的刺激有關。因此，回到迷姦的情況，女人迷暈男人，並不會影響正常男人的性功能，被迷暈的男人就像睡着了一樣。女人套弄他的陰莖，陰莖會勃起，就像夢遺時陰莖受到外在因素的刺激而勃起一樣。」

「證物 C1 是你替事主驗傷的就診紀錄，這份報告告訴我們什麼？」

「告訴我們事主和男人發生過性行為。」

「如果我說：這份報告沒法告訴我們，相關性行為是強姦還是迷姦。你同意嗎？」

「如果只看這份報告，我同意你的說法。」

「你有沒有替被告驗傷？」

「沒有。」

「據你所知，有沒有其他醫護人員替被告驗傷？」

「根據醫院的電腦紀錄，是沒有的。」

「你為什麼不替被告驗傷？」

「我的上司對我說，有一個強姦案的受害人來到醫院，要我替她驗傷。他沒有叫我替被告驗傷，他甚至沒有告訴我被告會到醫院。我當時以為，強姦犯還沒被捕，只有受害人在醫院。」

「你說的上司是指急症室的顧問醫生嗎？」

「是。」

「他知不知道被告和事主一起到了醫院？」

「原則上是知道的。」

「你覺得這是不是人為失誤？」

「呃……不能一概而論，要視乎情況。以這宗案件為例，如果被告聲稱受傷，但沒有人替他驗傷的話，就是人為失誤。」

「你覺得你在這件事上要不要負責任？」

「這個……你最好跟醫院的管理層反映一下，我只是按照指令辦事。」

「如果所謂的強姦犯身上有傷，而這些傷是在所謂的強姦活動中造成的，那麼這些傷對判斷案情有沒有幫助？」

「可能有。」

「請舉例説明。」

「比如……呃……如果……一個男人，他被界定為強姦犯，但他聲稱是對方迷姦自己，那麼其中一個判斷案情的方法，就是看看他身上有沒有傷。因為在正常情況下，女人被男人強姦，她會激烈反抗，男人身上很容易有傷。如果男人身上一點傷也沒有，這就有點可疑。」

「換言之，如果當時有人替被告驗傷，知道他身上沒有傷，這就是一個重要的疑點。你同意嗎？」

「同意。」

「也就是説，當時沒有人替被告驗傷，沒法透過被告的驗傷報告來判斷案情，這絕對是人為失誤。你同意嗎？」

「同意。」

「法官閣下，我沒有別的問題了。」

「檢控官是否需要覆問？」嚴雪蘭問。

「法官閣下，控方需要覆問。童小姐，你説事主的陰道裡有精液，陰道出現撕裂和流血的跡象。辯方問，如果女人迷姦男人，是否會導致同樣的結果。你説理論上是可以的，也就是説，實際上是不可以的。你會如何回應？」

「要視乎情況，不能一概而論。如果女人迷姦男人，但男人在陰莖沒有勃起的情況下射精，或陰莖在勃起後的強度不足，又或女人溫柔地迷姦男人，那麼陰道可能不會撕裂和流血。」

「辯方説證物 C1 的報告沒法告訴我們，相關性行為是強姦還是迷姦。你説如果只看這份報告，你同意他的説法。換言之，如果有其他強而有力的證據，就能證明是強姦而不是迷姦。你會如何回應？」

「沒錯，不過要看這些強而有力的證據是支持強姦還是迷姦的説法。」

「你剛才舉了一個例子，藉此説明疑犯身上有沒有傷是其中一個判斷案情的方法。如果一個強壯的男人強姦一個柔弱的女人，女人沒有反抗能力，那麼男人身上就沒有傷。又或男人強姦女人時，男人用言語恐嚇女人，女人不敢反抗，男人身上就沒有傷。你會如何回應？」

「我同意你的説法。」

「換言之，就算當時有人替被告驗傷，知道他身上沒有傷，這也不是什麼疑點。你會如何回應？」

「我同意你的説法。」

「也就是説，就算沒有被告的驗傷報告，也不會影響案情的判斷。你會如何回應？」

「我同意你的説法。」

「法官閣下，我沒有別的問題了。」

「現在傳召控方第七證人。」

控方第七證人，是政府化驗所的高級化驗師趙柏汶。他來到證人席前，以非宗教形式宣誓：「本人趙柏汶謹以至誠，據實聲明及確認，本人所作之證供，均為真實及為事實之全部，並無虛言。」

盤鑠年開始主問。

「趙先生，你作為政府化驗所的化驗師，職責是什麼？」

「我任職法證事務部，主要為各執法部門提供科學鑑證服務和專業意見。」

「你在這宗案件裡，負責什麼？」

「負責化驗法醫從活體取證中蒐集到的物證，並撰寫報告。」

「證物 C4 是政府化驗所的報告，這份報告是誰寫的？」

「是我寫的。」

「報告得出什麼結論？」

「第一，證實受害人陰道的精液 DNA 與被告的精液 DNA 吻合。第二，證實受害人的臉部有被告的唾液，應該是強吻時留下的。第三，證實被告的指甲縫有受害人的皮屑，應該是被告扯受害人的頭髮和按壓受害人的手腕時留下的。第四，證實被告的西褲和內褲有受害人的指紋，應該是受害人與被告身體接觸時留下的。第五，證實被告的臉部油脂和血液裡都沒有任何可疑的化學成分。」

「這份報告證明了什麼？」

「證明被告強姦受害人。」

「法官閣下，我沒有別的問題了。」

輪到饒同鑫盤問。

「趙先生，你說你負責化驗法醫從活體取證中蒐集到的物證。如果進行活體取證的法醫不專業，會不會影響化驗的結果？」

「會。」

「你覺得進行活體取證的連小芸法醫，是否專業？」

「專業，因為她蒐集到的物證足以還原真相。」

「趙先生，你有沒有試過在情緒暴躁的情況下工作？」

「沒有。」

「你有沒有見過同事在情緒暴躁的情況下工作？」

「有。」

「他們暴躁的情緒會不會影響工作表現？」

「有時候會。」

「相關供詞證實連小芸替被告進行活體取證時，處於情緒暴躁的狀態，你覺得她是否專業？」

「如果是真的話，就不太專業。」

「趙先生，我向你指出：由於法醫替被告進行活體取證時，處於情緒暴躁的狀態，因此她不專業。換言之，她在活體取證時可能犯了錯，蒐集到的物證也可能存在某些問題，繼而影響你的化驗工作，所以你的報告不足為據！你同意嗎？」

「不同意。首先，她在情緒暴躁的情況下進行活體取證，未必會犯錯。一來，她從事相關工作多年，熟能生巧，情緒未必會影響工作表現；二來，如果當時沒有其他具法醫專業知識的人在場的話，就沒有人能判斷她是否犯了錯。其次，我在化驗的過程中，不覺得物證有任何問題，因此沒有影響我的工作，我的報告是真憑實據。」

「趙先生，剛才控方問你報告得出什麼結論，你說了五個結論。你有沒有發現當中有一個結論是致命的破綻？」

「沒有。」

莉茲立馬打起十二分精神，因為「破綻」一詞挑動了她的神經。

「第四個結論，證實被告的西褲和內褲有受害人的指紋，應該是受害人與被告身體接觸時留下的。在什麼情況下，強姦案的受害人會接觸到強姦犯的西褲和內褲？」

「呃……其實，是很容易的，因為受害人會掙扎，被告又主動用身體接觸受害人，會接觸到是正常的。」

「你的報告指出，受害人的指紋出現在以下位置：西褲的鈕扣位置、拉鏈位置、西褲最上方的兩側位置、褲腳的位置、內褲兩側的位置。指紋存在的位置，彷彿告訴我們：受害人解開被告西褲的鈕扣，受害人拉下西褲的拉鏈，受害人的手放在西褲最上方的兩側位置，一把脫下西褲，受害人再把手放在褲腳的位置，把西褲完全脫掉，受害人再把手放在內褲兩側的位置，一把脫下內褲！」

「反對！法官閣下，辯方作出毫無根據的推測！」

「法官閣下，就算案發時受害人掙扎，她的手大抵會接觸被告的手和被告上半身的地方，不應該接觸下半身的部位！至於被告內褲兩側的指紋，更是匪夷所思，在任何情況下，受害人都不可能接觸到相關位置！另外，根據受害人的供詞，她指出被告不斷按着她的手，用紮帶反綁她！因此，受害人用手接觸被告西褲、內褲的機會大大減少！可見，證據更支持迷姦的說法！」

「法官閣下，被告聲稱受害人取出噴霧來迷暈他，但鑑證科人員在現場搜證時，沒有發現與被

告描述相符的噴霧！更重要的是，證物 C4 的報告清楚指出：被告的臉部油脂和血液裡都沒有任何可疑的化學成分！可見，所謂的迷姦，只是被告為求脫罪而杜撰的藉口！」

「反對無效！辯方律師請繼續。」

「謝謝法官閣下！趙先生，你是否認同辯方剛才的推測？」

「不同意。因為我們始終沒法知道強姦的細節是怎樣，比如說，受害人指出被告不斷按着她的手，有沒有可能在此之前，受害人接觸過被告下半身的部位？在強姦過程中，有沒有可能受害人忽略了某些細節，而在這些細節中，受害人因為某些原因而接觸到被告的內褲？相反，被告聲稱的迷姦，似乎沒有任何證據支持。」

「趙先生，被告的臉部油脂和血液裡都沒有任何可疑的化學成分，是否代表不可能是迷姦？」

「科學始終有它的局限，也許某些成分能逃過毒理化驗，但問題是：這些化學成分能否成為某種迷姦藥的唯一元素？受害人是否有能力拿到相關東西？」

「法官閣下，我沒有別的問題了。」

「檢控官是否需要覆問？」

「法官閣下，控方不需要覆問。」

「控方舉證完畢。現在是早上 11 時，本席決定休庭，讓辯方有足夠時間準備陳詞，下午 2 時 30 分繼續。」

「起立！」書記說。

第 23 章：〈引蛇出洞〉

私家偵探們在 33 樓的辦公室待了兩星期，比預期的時間多了一倍。當中的原因很多：一來，手機容易被黑客入侵，對話內容會洩露。每次向唐祿報告調查進度，都要由偵探社前往總部大樓，確實浪費時間。但雙方身處同一幢大廈，見面就方便得多了。二來，偵探社幾乎空蕩蕩的，要搬回去，就要添置儀器。既然時間成本如此高昂，那麼一動不如一靜。三來，與金錢有關。他們給了洛洛 25 枚比特幣作為預付款，程式準備好了，就要支付 10 枚比特幣作為尾款。只是，唐祿給的 350 萬已經所剩無幾，他們又不好意思開口。

然而，唐祿把公司的境況告訴他們後，他們也不好意思繼續留在辦公室，便刻日回到偵探社。蔣民恩誠惶誠恐地問唐祿要了 1500 萬港元，幸好唐祿深明大義、慷慨解囊。蔣民恩並非貪婪，他只是覺得，與其三天兩頭問唐祿要錢，倒不如直接拿一筆巨款。

4 月 9 日的聆訊結束後，他們很沮喪。唐祿耗資過千億買來的證據，始終沒法擊敗莉茲。但食君之祿，擔君之憂，他們只能繼續絞盡腦汁，想出更好的辦法。4 月 9 日晚上，程志健吃過飯後，回到偵探社，他想到新的計謀。

「我剛剛想到一招，引蛇出洞。」程志健對蔣民恩說。

「什麼意思？」

「你知不知道有一種技術，能讓鏡頭穿透某些物件，拍攝裡面的情況？」

「你是不是說紅外線攝影？曾經有人利用紅外線成像技術發現某些畫家的作品是畫中畫。我記得很多年前，某個品牌的相機聲稱具有透視效果。市面上也有一些所謂的透視眼鏡，說可以看到對方的裸體，但大部分都是假的。」

「我不是說一般的紅外線攝影，而是高端的透視技術。就是說，有一種鏡頭，具有完美的透視效果，它能穿透窗簾，看到室內的環境，影像的質素、效果與正常情況下拍攝到的如出一轍。」

「你所說的技術是軍事級科技，只會出現在某些國家的軍方裡。」

「我知道美國有一個售賣軍工產品的商人，他應該有這種鏡頭。」

「據我所知，軍用產品的生產企業大多不做零售，只做批發。」

「那個商人不是生產商，他售賣的產品是非法所得的。他認識很多在各國軍方工作的人，透過秘密交易，那些人把偷來的軍用產品賣給他，他再透過暗網出售產品。」

「這種鏡頭和你的計劃有什麼關係？」

「是這樣的。一直以來，我們的立場都是相信唐凌聰是無辜的，是那個女人迷姦他。對不對？」

「對。」

「我們來一招引蛇出洞，讓她露出馬腳，甚至自首。首先，我們買一支具有相關功能的鏡頭。然後，我們去 58 酒店對面的大廈，找一個拍攝到 505 號房間的位置，接着錄影。我們把鏡頭漸漸拉近，穿透窗簾，拍攝房間裡的情況。據我所知，505 號房間暫不出租，直到案件審結為止。因此，第一段影片就是拍攝 505 號房間。然後，我們在早上大概 6 時到 7 時之間，去中大海酒店對面的大廈，找一個拍攝到 602 號房間的位置，接着錄影。我們把鏡頭漸漸拉近，穿透窗簾，拍攝房間裡的情況。這個時候，那個女人應該在睡覺。因此，第二段影片就是拍攝她睡覺的情況。接下來，就是後期製作的部分。我們擷取那個女人的影像，把影像放到第一段影片裡的床上，就像她睡在 505 號房間一樣。饒同鑫看過鑑證科拍攝的照片，那個女人的行李箱裡只有一套睡衣，也就是案發時穿的那一套。相關部門完成化驗工作後，已經把睡衣還給她。如無意外，她會穿着睡衣睡覺。」

「不過，這樣的影片是沒法成為呈堂證據。」

「相關影片不是用來呈堂，而是用來誤導那個女人。我會把影片和一封信寄給她。」

「信的內容是什麼？」

「我會告訴她，我是一名偷窺狂，我已經知道唐凌聰案件的真相。雖然影片沒有迷姦的過程，但能暗示她，我擁有她迷姦唐凌聰的影片。然後，我會慫恿她跟我交易，叫她用短訊來跟我聯絡。如果她心裡有鬼，必定會和我洽談。到時候，我就把短訊交給警方，讓警方調查她。」

「這個主意不錯！可是，我們不能用現在的手機和號碼來跟她聯絡。如果黑客和她是一伙的，她就知道是私家偵探在搞鬼。」

「對！我要用新手機和新號碼來聯絡她。」

「還有就是，黑客會追蹤手機的位置，我們要把新手機放在別的地方。然後，再用洛洛給我們的程式來操控它。」蔣民恩打開程式。「這個程式有一個功能，可以遙距控制特定的電子產品，我們用它來操控手機，這樣就不會洩露我們的位置。」

「沒錯。」

「如果她真的和我們交易，你是不是親自去見她？」

「不是，去見她的人一定要是楊美容。」

「為什麼？」

「道理很簡單。如果她是犯罪集團的人，她一定想殺死偷窺狂。因為她知道偷窺狂有影片的拷貝，如果偷窺狂繼續要挾她，她只能不斷付錢，直到永遠。因此，如果和她見面的是男人，她就會

認定那個人就是偷窺狂，然後殺死他。相反，如果和她見面的是女人，她就會明瞭：有多於一人知道迷姦的事，眼前的女人並不是真正的偷窺狂，就算殺了她，也無補於事。另外，那個女人可能已經知道我們的樣貌，因此楊美容和她見面時，要戴上帽子、墨鏡和口罩。此外，我們還要留意現場情況，所以楊美容身上要安裝針孔攝錄機和竊聽器。」

「你覺得勝算有多大？」

「說不定。如果她是一個不堪一擊的女人，也許會去自首，以求減刑，那就皆大歡喜了。」

他們開始瀏覽那個商人在暗網架設的網站。然而，這支鏡頭價值不菲，要價 110 枚比特幣。這也難怪，如果市面上有這種鏡頭，想要的人多如牛毛。

4 月 10 日晚上，那支鏡頭已送到他們手上，不得不佩服商家和快遞的工作效率。翌晨，他們戴着帽子、墨鏡和口罩，來到 58 酒店對面的大廈，拍攝完畢後，又來到中大海酒店對面的大廈。計劃很順利，莉茲還沒起床，身上穿的也是睡衣。完成後，就要進行後期製作。雖說是移花接木，但像真度很高，沒什麼破綻。然而，影片的解像度也很高，這對他們來說不是什麼優點，因為解像度越高反而削弱了像真度，因此他們故意調低解像度。

成品不錯，接下來就要撰寫一封讓莉茲信以為真的信。不過，字裡行間的情感不好拿捏，經過多番潤飾後才擱筆。然後，程志健把光碟和信寄到中大海酒店。

4 月 12 日下午，莉茲和陳妓雯從法院回到酒店。莉茲收到酒店的便條，說有一封信給她。雖然她覺得很奇怪，但沒有多想，可能是法院寄給她的。信封裡有一張光碟和一封信。莉茲閱讀內容，但她看了正文的第一句便立即打住了。她的心跳得很厲害，她知道事情不簡單，直覺告訴她，應該先觀看光碟的內容，然後再閱讀。莉茲住的是高級客房，所以房間裡有桌上型電腦供住客使用。

光碟裡有一段 3 分鐘長的影片。的確，這短短的 3 分鐘，對莉茲來說儼如三年。莉茲的情感細胞很活躍，這些細胞告訴她，迷姦唐凌聰的恐懼與影片帶來的恐懼相比，根本是小巫見大巫。漫長的 3 分鐘過去了，莉茲的勇氣煙消雲散，於是，她衝進洗手間洗臉，再慢慢地深呼吸。勇氣像細碎的星火若隱若現，她拖着蹣跚的腳步走了出去，拿起擱在床上的信，硬着頭皮閱讀。信的內容如下：

格里芬小姐：

　　關於光碟的內容，也許你覺得很驚訝，如坐針氈，甚至慌得死去活來，但你放心，我會解答你的問題。

　　我是誰？雖然我有專業的知識和先進的儀器，但我只是一名專業的偷窺狂。偷拍得來的影片，除了供我消遣，還能用來賺錢，一舉兩得。然而，山外有山，人外有人。我當了偷窺狂那麼多年，還是第一次欣賞到精彩絕倫的戲碼，你實在讓我大開眼界。世人只知道男人迷姦女人，誰能想得到

女人也會迷姦男人？佈局如此巧妙，技巧如此純熟，可謂天下無雙。

你可以放心，我沒有把迷姦的影片交給警方，因為我想看看事情的發展。不出所料，唐凌聰處於下風，你就是上風。看來我是世上少數知道真相的人。你應該猜到我寫信給你的目的，就是談談生意，看看如何處理那段令人目瞪口呆的影片。

我本來沒打算把影片交給警方或唐祿，一來，唐凌聰的死活與我無關。再說，我是一個仇富的人，他身敗名裂讓我樂不可支。二來，如果把影片交給他們，就等於把我的罪行公之於世，等待我的，就是牢獄之災。不過，我很快改變了主意。如果我把影片賣給唐祿，你猜猜他會給我多少錢？1億？10億？還是100億？但又有一個問題，就算唐祿給我幾百億，我也要刑滿出獄後才能享用這筆財富，這種煎熬實在磨人。於是，我又突發奇想，賣給你是不是更好？一方面，我能夠立即享用豐厚的財富；另一方面，我又不用坐牢，繼續逍遙法外，一舉兩得。

可能你會覺得很奇怪，為什麼我不把迷姦的影片寄給你？道理很簡單，我和你都是心思縝密的人。如果信在郵寄過程中丟失了，或被第三者看到了，到時候你的陰謀就會曝光，我也沒法藉此大肆斂財。

那麼，你有興趣和我交易嗎？不！應該問：你有能力和我交易嗎？如果背後沒有大財團或犯罪集團之類的來支持你，而你又沒有豐厚的財富，那就對不起了，我只好把影片賣給唐祿。相反，如果背後有組織支持你，而它們又有豐厚的財富，我就會把影片賣給你。雖然我這個偷窺狂沒什麼人格可言，但我用僅餘的人格擔保，相關影片絕對沒有拷貝。

如果你有能力和我交易的話，請透過短訊和我聯絡。手機號碼寫在信的背面。

祝

前程錦繡

專業偷窺狂 上

二零一八年四月十一日

莉茲知道，她根本沒能力處理這個問題，於是撥了通電話給陳妓雯。

「出事了。」

「怎麼了？」

「我懷疑……可能有人拍到我迷姦唐凌聰的過程。」

「什麼？！」

「你趕快過來吧！」

陳妓雯很快來到莉茲的房間。她看過影片和信後，也不知所措。

「我們立即通知佛朗哥吧！」妓雯取出平板電腦，和佛朗哥開視像會議。

「發生了什麼事？」佛朗哥問。

「我剛剛收到一張光碟和一封信！光碟裡的影片是從 58 酒店對面的大廈拍攝的，最奇怪的是，鏡頭居然能夠穿透窗簾，拍到我睡覺的樣子！寫信的人說自己是偷窺狂，他擁有我迷姦唐凌聰的影片，要我買回那段影片！現在怎麼辦！？」

「我要先看看光碟和信的內容。」

「我把影片和信發給你！」

「慢着！你是不是用房間裡的電腦來看影片？」

「是！」

「你不要直接發給我，我怕露出馬腳。我現在叫安迪入侵你房間的電腦，然後拿取影片。」

「那封信怎麼辦！？」陳妓雯問。

「你把信放在平板電腦的視訊鏡頭前，讓鏡頭拍攝信的內容。」

「知道。」

她們照着佛朗哥的意思去辦。佛朗哥收到影片和信後，花了 6 分鐘來觀看和閱讀。

「你迷姦唐凌聰時，是否拉上了窗簾？」佛朗哥問。

「是！所以我不明白，為什麼鏡頭能拍到裡面的情況？！」

「世上的確有一種技術，能讓鏡頭擁有完美的透視能力，穿透某些東西，如窗簾，拍攝裡面的情況。不過，這種鏡頭不會在市面上流通，只有軍方才擁有相關技術。」

「意思是：這個偷窺狂其實是軍方的人！？」陳妓雯問。

「不知道。因為一般的偷窺狂是沒法拿到這種鏡頭，一來，沒有足夠的金錢購買；二來，沒有這種門路。」

「會不會是私家偵探！？」莉茲問。

「安迪正在調查光碟的資料和手機號碼的位置信息，很快有答案。你們等我一下。」

佛朗哥走進安迪的房間，對他説：「你賣給私家偵探的那套程式不是裝了竊聽器嗎？你聽聽是不是他們在搞鬼。」

「我之前已經説過，雨果要親自竊聽，所以我沒有錄音檔案。」

於是，佛朗哥致電雨果。但聽了雨果的答覆後，他更沮喪。

「雨果怎麼説？」安迪問。

「他説不知道。」

安迪停下手上的工作，笑着問：「雨果沒可能不知道，他是不是想考驗莉茲的能力？」

「唉……最怕考驗的難度過高了。」

佛朗哥離開房間，回到鏡頭前，繼續和她們開會。

「我不排除是私家偵探，如果真的是他們，那麼信中所說的都是謊言。」佛朗哥說。

「但如果真的是偷窺狂，他拍下了迷姦的過程，那怎麼辦！？」莉茲問。

「我們要不要發短訊給他，套他的話？」妓雯問。

「如果真的是私家偵探，他就會把短訊內容交給警方，警方就會懷疑莉茲。」

「換言之，站在警方的角度，如果莉茲真的被人強姦，她根本不必理會偷窺狂。」妓雯說。

「表面上可以這樣理解，但其實這個偷窺狂的手段很高明，也很陰險。」

「什麼意思？」莉茲問。

「試想想，如果莉茲真的被人強姦，那麼站在莉茲的角度，她一定會慫恿偷窺狂把影片交給警方，因為這段影片的說服力比控方任何一樣證據都要強。換言之，如果莉茲在短訊中表現出驚惶失措的模樣，甚至懇求對方不要把影片洩露出去，那麼警方就會懷疑莉茲。相反，如果我們無視偷窺狂，假裝沒事發生，也會被人懷疑，因為莉茲不可能放棄一段能證明唐凌聰強姦自己的影片。」

「慢着！這是不是有點矛盾？」莉茲問。「如果我無視偷窺狂，理應不會被人懷疑。因為偷窺狂說拍到我迷姦唐凌聰的過程，可是我對外界說，是唐凌聰強姦我。即是說，偷窺狂聲稱擁有的影片沒法成為控方有力的證據，我無視他實屬正常。」

「你這樣就落入了偷窺狂的陷阱，所以我才說，偷窺狂的手段很高明。」

「我也不太明白，你可以說清楚一點嗎？」妓雯問。

「是這樣的。偷窺狂寄給你的影片，證明了他有一支能穿透窗簾的鏡頭。雖然他在信中不斷強調，是莉茲迷姦唐凌聰。可是，如果莉茲真的沒有迷姦他，而是他強姦莉茲的話，那麼站在莉茲的角度，她一定希望偷窺狂真的拍到了強姦過程。至於偷窺狂在信中強調莉茲迷姦唐凌聰的言論，對莉茲來說，只是謊言、誣衊、與事實不符。因此，莉茲一定會聯絡他，叫他把影片賣給她，或慫恿他把影片交給警方。因為只要偷窺狂真的拍到強姦過程，被告一定罪名成立。換言之，我們懇求偷窺狂不要把影片洩露出去，會惹人懷疑；我們無視偷窺狂，也會惹人懷疑。」

「我可以把影片和信銷毀，假裝從沒收過這些東西，這也說得過去。」

「不行，因為酒店方面能夠證明有人寄信給你，也能證明你親自到櫃檯領取。」

「那麼，我和偷窺狂聯絡時，是不是要假設他其實沒有拍到案發過程，繼而裝模作樣地，勸他把影片交給警方？」

「稍等一下。」安迪發了短訊給佛朗哥，佛朗哥停下來閱讀。

過了一會兒，佛朗哥說：「安迪告訴我，燒錄光碟的位置不是在偵探社，手機所在的位置也不是偵探社，手機埋在郊外地方的泥土中。至於那段影片，似乎不是合成影片。」

「換言之，對方不是私家偵探？！」莉茲問。

「安迪也不敢肯定。他之前以洛洛的名義把一套程式賣給私家偵探，那套程式有很多功能，其中兩樣就是能把影片完美合成，也能完美隱藏電腦所在的位置。因此不能排除一個可能性：私家偵探利用程式燒錄光碟和製作影片。」

「他拿不到程式的數據紀錄嗎？」莉茲問。

「要入侵程式才可以。」

「那叫他立即入侵！」

「不行，因為安迪在程式中安裝了竊聽器，竊聽工作由雨果全權負責。如果現在入侵程式，偵探們就會懷疑自己是否中計，到時候，竊聽工作就告吹。」

「雨果怎麼說？他應該知道偷窺狂是否私家偵探。」妏雯說。

「我問過他，他說不知道。」

「你還沒回答我的問題，我剛才問，我和偷窺狂聯絡時，是不是要假設他其實沒有拍到案發過程，繼而裝模作樣地，勸他把影片交給警方？」

「如果偷窺狂不是私家偵探，而他又真的拍到案發經過，你就完蛋了。相反，如果對方是私家偵探，他們就一定沒法拍到案發經過，因為唐祿在案發後才聘請他們。你勸他把影片交給警方，或購買影片，都沒問題。現在的問題是，我們沒法確定對方是誰。」

一段時間，房間裡只有靜謐。不久，佛朗哥提出一個建議。

「不如我們來一招引蛇出洞。」

「什麼意思？」莉茲問。

「你透過短訊聯絡他，洽談價格，你要表現出驚惶失措的模樣，間接承認自己迷姦了唐凌聰。」

「什麼？！你不是說過警方會懷疑我嗎？！」

「請聽我慢慢說。我始終認為，對方是偷窺狂的可能性極低。從信的內容來判斷，對方應該是獨行俠。那麼這就涉及機率的問題，香港有那麼多酒店，每家酒店有那麼多房間。一個偷窺狂，能否碰巧拍到你的房間？就算拍到你的房間，能否碰巧是你下榻酒店的日子？這個機率和中彩票一樣低。換言之，對方是私家偵探的可能性很高。既然對方是私家偵探，那麼我們要怎麼辦？無論你勸他把影片交給警方，還是向他購買影片，他都沒法做得到，因為他根本沒有你迷姦唐凌聰的影片。

事情可能不了了之，一切恢復正常。可是，如果你心裡有一絲憤怒，想報復對方的話，我們就來一招引蛇出洞。你先通知案件主管李鴻波，給他看影片和信。然後對他說，你懷疑偷窺狂是私家偵探，你對於他們一而再，再而三地騷擾你感到憤怒，希望把對方繩之以法。你告訴他，你打算引誘對方和你見面，所以你要投其所好。既然對方認為你迷姦了唐凌聰，你就假裝自己真的迷姦了唐凌聰，藉此引對方上釣。當對方和你見面時，你就叫李鴻波逮捕他。」

「我直接報警不行嗎？為什麼要通知李鴻波？」

「如果直接報警，警方會有自己的調查方法，未必會接納你提議的引蛇出洞。李鴻波則不同，我調查過他的資料，他比較好説話，應該會接納你的提議。另外，你要叮囑李鴻波，叫他不要向警方張揚這件事，因為對方是私家偵探，如果警方採取行動，他們就會知道，繼而打草驚蛇。」

「如果對方拒絕見面，那怎麼辦？」

「你自己想辦法。」

「可是，如果對方不是私家偵探，那怎麼辦？」

「我已經説過，這個機率很低。既然對方説郵寄影片不安全，那麼你叫他把迷姦的影片用電郵方式發給你，如果他用各種理由推搪，那就證明他手上沒有相關影片。」

「明白。」

「對了，你應該知道剛才的聆訊出了岔子，是關於陰牌和唇語專家，我們該怎麼辦？」妓雯問。

「我告訴過你們，世上的犯罪天才連一呼一吸都精心計算。這次明顯是你們沒有深思熟慮，是你們的錯。我會跟雨果商量一下，稍後再通知你們。」

「知道。」

結束會議後，莉茲致電李鴻波。

「李鴻波，你好。我是莉茲。」

「你好，有什麼事？」

「剛剛發生了一件事，我想和你商量。不過這件事需要保密，希望你暫時不要通知警方。」

「知道。發生了什麼事？」

「你過來再説吧，我在酒店。」

「好的，我現在過來。」

半小時後，李鴻波到達莉茲的房間。他喘着氣，滿臉通紅，汗水汩汩而下，看來他很緊張莉茲的情況。

「到底發生什麼事？」

莉茲給他看了影片和信。

「有人把這些東西寄給我，簡直豈有此理！」

「知不知道是誰寄給你？」

「應該是唐祿的私家偵探。他們也不是第一次做這種事，之前在我的房間裡安裝針孔攝錄機和竊聽器，現在又寄這些東西來騷擾我！」

「除了你們兩個，還有誰知道這件事？」

「沒有了。」

「有沒有可能，對方真的是偷窺狂？」

「沒可能！如果真的是偷窺狂，他一定知道我是被唐凌聰強姦，為什麼還會誣陷我迷姦唐凌聰？！這明顯是私家偵探在搞鬼！」

「我建議你報警，讓警方調查。」

「我剛開始也這麼想，但後來我覺得報警不是最好的辦法。因為沒有實質證據證明是偵探做，如果他們斷言否認，就拿他們沒辦法。我和陳妓雯商量後，想到一個辦法，就是引蛇出洞。既然他們認為是我迷姦唐凌聰，那麼我就順水推舟，假裝自己真的迷姦了他。我會約對方出來見面，到時候你就逮捕他。」

李鴻波猶疑了一會兒，說：「那好吧，約好時間和地點後，你再通知我。」

「知道。」

李鴻波離開後，莉茲透過短訊和偷窺狂聯絡。

「你到底想怎樣！？」

「我在信中不是說得很清楚嗎？」

「在交易前，你先把迷姦的影片發到我的郵箱！」

「不行！網絡很危險，郵件可能會被黑客攔截。」

「你想要多少錢！？」

「至少 50 億吧！」

「津巴布韋幣？！」

「港幣 50 億。」

「一口價：30 億！」

「好！就 30 億。」

「我沒那麼多錢，我要叫人開支票給你！」

「我不收支票，只收現金。」

「你要我抬 30 億現金給你？！」

「可以分期付款。在此之前，我會備份影片，收齊 30 億後，我會把備份刪除。」

「明天交易行不行！？」

「行，你什麼時候方便？」

「早上 7 時，在尖沙咀海濱長廊。我會戴帽子、墨鏡和口罩。」

「沒問題。我和你一樣，都會戴帽子、墨鏡和口罩。你明天打算給我多少錢？」

「500 萬！」

「好的。」

「我警告你，你最好信守承諾！如果你把影片發給第三者，又或收齊 30 億後繼續勒索我，後果自負！」

「放心，30 億已經夠我用一輩子。不過我很好奇，你為什麼要迷姦唐凌聰？」

「關你屁事？！」

對話到此結束。莉茲把時間、地點告訴李鴻波。無疑，莉茲和私家偵探都很亢奮。前者認為，明天能把偵探一網打盡；後者認為，邪終歸不能勝正，害人終害己。

翌晨 5 時半，莉茲起床。她用了半小時洗澡、化妝。然後，提着一個手提包前往餐廳吃早餐。手提包滿滿的，裡面裝滿了錢。她用了半小時吃早餐，然後乘坐計程車到尖沙咀海濱長廊。晨光熹微，海風送爽。莉茲半點焦慮也沒有，她用微笑昭示即將來臨的勝利。而李鴻波，則躲在一旁，隨時待命。此時，不遠處有一個戴着帽子、墨鏡、口罩的女人向莉茲走來。

「你好。」莉茲說。

「一手交錢，一手交貨。」女人說。

此時，李鴻波衝出來，把她按在欄杆上。

「你幹什麼？！放開我！」

「我是中區警區重案組第一隊高級督察李鴻波，我有理由懷疑你妨礙司法公正，現在正式拘捕你！」

莉茲把女人的墨鏡和口罩脫掉。「我認得你，你是縱橫私家偵探社的人！」

李鴻波取出手銬，把她銬在欄杆上。然後從她的褲袋裡取出錢包，再取出身份證。

「你叫楊美容，對吧？！」

楊美容沒有回應。李鴻波再問：「你是不是縱橫私家偵探社的人！？是不是唐祿派你來！？」

　　楊美容大聲説：「我不是縱橫私家偵探社的人，我在半個月前已經被解僱了！這次行動是我自作主張，與其他人無關！」

　　楊美容之所以説得那麼大聲，是因為她身上有針孔攝錄機和竊聽器，她要讓蔣民恩和程志健知道發生什麼事。正在觀看現場直播的蔣民恩和程志健，亂了方寸，苦惱不已。

　　「你要捉的人不是我，是她才對！我已經掌握了她的犯罪證據，她親口承認迷姦唐凌聰！只要你看過那些短訊，就知道真相了！」

　　「那些短訊我已經看過了，所有事都在我們的掌握中！」

　　「什麼？！」

　　「昨天，格里芬小姐叫我到酒店，和她商量這件事！你們一而再，再而三地騷擾她，她忍無可忍，所以順水推舟，假裝自己迷姦了唐凌聰，目的就是讓你們上釣！你要知道，騷擾控方證人，就是妨礙司法公正！」

　　莉茲脱下帽子、墨鏡和口罩，對楊美容説：「上次，你們在我的房間裡安裝針孔攝錄機和竊聽器，警方捉了你們一個偵探，你們還沒學乖，還要變本加厲！你也是女人，你有沒有站在我的角度想一想？！我被人強姦，還要被人騷擾、質疑、誣衊，如果是你，會有什麼感受？！」

　　楊美容狠狠地盯着莉茲，沒有説話。莉茲再説：「我本來以為，私家偵探是替人尋找真相！但很遺憾，你們收了唐祿的錢，有了既定立場，就出賣自己的靈魂，背棄真相，任意折磨受害人！」

　　莉茲打開裝滿錢的手提包。看到錢的剎那間，楊美容和李鴻波都目瞪口呆，因為那些錢不是港幣，不是美金，而是冥錢。

　　「你要錢是不是？！我現在就給你！」莉茲把冥錢扔向她。

　　「你瘋了！」楊美容説。

　　「你賺了那麼多黑心錢，不怕有報應嗎？！」莉茲不斷把冥錢扔向她。冥錢隨風飄揚，散落在維多利亞港上。

　　「格里芬小姐，你冷靜一點！」李鴻波説。

　　「你為了錢可以不擇手段，我祝福你永遠在地獄裡腐爛！」莉茲眼泛淚光，繼續扔冥錢，最後狠狠地把手提包扔向她。

　　莉茲喘着氣，眼淚流下來。這齣戲碼吸引了不少人圍觀，眾人議論紛紛。撒滿冥錢的維多利亞港，別有一番風景。曾經有一刻，楊美容在想：難道真的誤會了她？

　　「格里芬小姐，我理解你的心情。但你要明白，你把冥錢和手提包扔向她，她可以告你襲擊。另外，你亂撒冥錢，等於亂拋垃圾，會被檢控。」

莉茲抿嘴，然後拭淚，沒有說話。李鴻波再說：「放心吧，我不會檢控你，如果有食環署人員檢控你，我會替你解釋。至於她，她都自身難保，我相信她不會告你襲擊。」

莉茲望着蒼穹，若有所思地說：「這個世界就是如此荒唐。」

「格里芬小姐，我會帶她回警署。你自己一個人回酒店可以嗎？」

「可以。」

李鴻波押送楊美容離開時，莉茲走上前，對她說了一句：「如果你還有半點良心，就在監獄裡面壁思過！」

莉茲充滿成功感，短短一個多月，她已經讓三個人繩之以法。偵探社剩下兩個人，可以的話，她想摧毀他們。現在是 7 時 20 分，是日聆訊 10 時才開始。這段時間該做什麼呢？看電影？電影院還沒營業。購物？商店還沒營業。吃早餐？吃過了。回酒店？太麻煩。於是，莉茲到咖啡廳喝咖啡。

李鴻波帶楊美容回警署。隨後，華亓率領探員到偵探社。蔣民恩和程志健對警察的到來不感到意外，他們已經準備好對策。

「我是中區警區重案組第一隊督察華亓，我有理由懷疑你們妨礙司法公正，請跟我回警署協助調查。」

「督察先生，你有什麼證據證明我們妨礙司法公正？」蔣民恩問。

「我們剛剛逮捕了楊美容，她涉嫌妨礙司法公正，而她是縱橫私家偵探社的人，可見與你們有關。」

「第一，我在半個月前已經解僱了楊美容。她離開偵探社後所做的一切，與我們無關。第二，你們之前逮捕珍妮塔·懷特時，她已經說得很清楚，我們各自為政，調查唐凌聰案件一事，由她全權負責。她被捕後，調查工作胎死腹中，沒有人接替。因此，楊美容的行動是自作主張，與偵探社無關。」

「有什麼證據證明你在半個月前解僱了楊美容？」華亓問。

蔣民恩拉開抽屜，取出一份文件，交給華亓。

「這是我發給她的解僱信的副本。」

華亓閱畢後說：「這封信不是什麼證據，我有理由懷疑這是你們剛剛寫的。」

華亓環顧四周，指着閉路電視說：「閉路電視就是證據，到底楊美容在這半個月以來有沒有出現在偵探社，以及你是否真的把解僱信發給了她，看了片段就一清二楚。」

「你有搜查令嗎！？沒的話，不能看！」

「我現在就去申請搜查令，希望我再來的時候，那些證據不會不翼而飛。」說罷，他就率領探

員離開。

　　「怎麼辦？」程志健問蔣民恩。

　　「我們把閉路電視拆掉，換上沒有錄影功能的閉路電視，再把所有錄影片段徹底刪除。」

　　「真的沒問題嗎？」

　　「有什麼問題？很多地方的閉路電視都沒有錄影功能，只作即時監控。是他一廂情願覺得我們的閉路電視有錄影功能，不是我們的錯。」

　　誠然，這方法不錯，能助他們逃過一劫。不過，世事每每就是如此精彩和無奈。當雙方都打算引蛇出洞時，戰敗的一方就變成引火燒身。

第 24 章：〈辯方（一）〉

4 月 11 日下午 2 時 30 分，輪到辯方陳詞。

「上午的聆訊，控方舉證完畢，現在輪到辯方。辯方律師，請問是否需要向法庭提出中段陳詞，申請毋須答辯？」嚴雪蘭問。

「法官閣下，我代表被告申請毋須答辯。」

「請陪審團避席。」

傳達員帶領陪審團進入陪審員休息室。

「請辯方律師陳詞。」

「昨天辯方盤問控方證人連小芸時指出，證物 C3 的活體取證報告和證物 C4 的政府化驗所報告分別與連小芸有直接和間接的關係。而在盤問中，連小芸也承認她作假證供，真相是：她對被告的態度惡劣，不是專業的法醫。辯方有理由相信，她替被告進行活體取證時有意或無意犯錯。可見，那兩份與她有直接和間接關係的報告充滿疑點，不是強而有力的證據。換言之，控方的主要證物有疑點，本案的表面證據不成立。基於這個理由，懇請法官閣下判被告強姦罪名不成立！」饒同鑫說。

「檢控官，有沒有回應？」

「法官閣下，控方反對被告毋須答辯的申請。第一，控方證人連小芸曾指出，她先入為主覺得被告有罪，並不代表她在活體取證時會犯錯。控方在辯方申請永久終止聆訊的聆訊中舉了一個例子來說明相關道理：就像警方拘捕了一名疑犯，都會先入為主認為他有罪；但隨着時間推移，調查的漸次深入，警方的理性分析將蓋過感情用事，甚至因而得出不同的結論。我們不能說：警方先入為主覺得疑犯有罪，在調查過程中就必定犯錯。同理，連小芸先入為主覺得被告有罪，也不代表她在活體取證時會犯錯。第二，控方覆問時，連小芸指出，她替被告進行活體取證時拍攝的照片的質素很好，達到呈堂的標準。另外，她還指出，她先入為主覺得被告有罪，並沒有影響活體取證、證物 C3 和 C4 的質素，以及化驗師進行化驗工作的質素。結論是：控方的主要證物沒有疑點，是強而有力的證據，本案的表面證據成立。因此，控方反對被告毋須答辯的申請！」盤鑠年說。

嚴雪蘭在翻閱文件，過了半分鐘，她說：「本席考慮過辯方的陳詞和控方的回應後，裁定本案的表面證據成立，否決辯方的申請。麻煩再請陪審團出來。」

傳達員帶領陪審團回到法庭。

「現在，請辯方律師作開案陳詞。」

「辯方作開案陳詞的目的，是否定控方的案情，闡明辯方的立場和觀點。我是這宗案件的辯護律師，饒同鑫大律師，為被告唐凌聰辯護。

這宗強姦案與一般的強姦案不同，皆因控方第一證人與被告對案情的描述大相逕庭，控方第一證人聲稱是被告強姦她，而被告則聲稱是控方第一證人迷姦他，因此控辯雙方在同意案情方面沒法達成任何共識。

辯方的論據主要針對控方第一證人供詞的可信度和被告的犯罪動機，從而證明控方第一證人的供詞不足信，和被告沒有犯罪動機。控方舉證時，辯方已初步證明了控方第一證人的供詞有疑點，辯方接下來會進一步證明控方第一證人供詞的可信度極低。另外，辯方還會證明控方聲稱的犯罪動機不足為據。

本案最大的爭議點是：到底是被告強姦控方第一證人，還是控方第一證人迷姦被告？雖然到目前為止，都沒有實質證據證明控方第一證人迷姦被告，但辯方的相關證人和證物能證明迷姦之說未必無稽。換言之，控方第一證人可能觸犯了《刑事罪行條例》第 121 條：施用藥物以獲得或便利作非法的性行為。

接下來，辯方會簡述辯方證人出庭的次序，及其舉證的重要內容。除非臨時新增或剔除證人，否則辯方會傳召七名證人出庭作證。辯方第一證人，是本案的被告唐凌聰，他會講述案發經過。辯方第二證人，是 58 酒店房務部經理黎承東，他會講述與被告接觸的經過。辯方第三證人，是地產商人梁敬倫，他會講述與被告相約會面的事。辯方第四證人，是高級警員范美清，她會講述目擊控方第一證人佩戴佛牌的經過。辯方第五證人，是佛牌店售貨員古策賢，他會講述控方第一證人購買佛牌的經過。辯方第六證人，是女警員蔡秀華，她會講述與控方第一證人接觸的經過。辯方第七證人，是鑑證科罪案現場課督察邵希琳，她會講述與控方第一證人接觸的經過。

辯方在此總結：本案的被告是富二代，是知名人士。一般富豪縱然風流、嚮往酒色財氣的生活，也斷不會光明正大地強姦別人，因為這與自殺無異。在此，辯方需要提醒陪審團，本案並非普通的強姦案，而是內有乾坤。陪審團務必跳出固有的思維模式，以嶄新、宏觀的角度來審視所有證據，然後作出恰當的裁決。辯方的開案陳詞到此為止。」

「根據既定程序，所有辯方證人先接受辯方主問，再接受控方盤問。如有需要，辯方可以覆問。現在請辯方第一證人作證。」

庭警押送唐凌聰走出被告席，書記帶領他到證人席前。他以非宗教形式宣誓：「本人唐凌聰謹以至誠，據實聲明及確認，本人所作之證供，均為真實及為事實之全部，並無虛言。」

饒同鑫開始主問。

「唐先生，你在案發前，從事什麼工作？」

「我是凝寰集團有限公司的執行董事兼財務總監。」

「為什麼你在上市公司擔當要職，卻會在公司旗下的 58 酒店擔任房務員？」

「我的父親唐祿先生在去年的股東大會中宣布即將退休，他會安排我繼承行政總裁的職位，加上我很大機會會成為董事局主席，所以我想在正式接管生意前，深入了解公司的業務運作。公司有龐大的酒店業務，於是我選擇在 58 酒店擔任房務員，藉此了解酒店每一個細節的運作。」

「房務員的工作是什麼？」

「主要是清理打掃房間，更換床上用品，補充浴室、迷你吧的東西。」

「你負責哪些樓層的房間？」

「1 樓到 5 樓。」

「是誰安排你負責這些樓層的房間？」

「房務部經理黎承東。」

「案發當天，也就是今年的 3 月 5 日早上 7 時多的時候，你為什麼會到女事主的房間？」

「當天早上，我收到通知，說 505 號房間的客人需要補給迷你吧的蒸餾水。於是，我去了取物資，然後到她房間。」

「在房間裡，發生了什麼事？」

「我把工作車推進房間，來到房間中央。突然，她取出一瓶噴霧，把一些不明液體噴到我臉上。然後我就暈倒了。」

「她把液體噴到你臉上前，有什麼先兆？」

「沒有任何先兆。」

「那瓶噴霧是什麼樣的？」

「是一個透明的、很小的瓶子，容量少於 100 毫升，裡面的液體也是透明的。」

「在你暈倒後，到再次醒來的這段時間，有什麼感覺？」

「沒有任何感覺。」

「你醒來後發生了什麼事？」

「過了不知多久，我開始有點意識，但還沒完全清醒過來。我只感到頭痛欲裂，而且很累。再過了一會兒，我清醒過來。我發現我的西褲、內褲、皮鞋都被脫掉。另外，陰莖有射精的跡象，陰莖和床單都沾有精液。然後，我看見女事主站在電視機前。她睡衣的鈕扣全部解開，下半身赤裸，沒有穿鞋子。我當時真的不知所措。接着，她突然換了張臉，一邊哭喊，一邊向房門奔去。我問她

發生什麼事，她沒有回答。然後我就穿上內褲、西褲和皮鞋。最後她打開了房門，衝了出去。我也跟着衝了出去。」

「根據你的觀察，女事主的下半身有什麼？」

「她的陰道外面有精液，也有一些精液沿着她的腿流下來。」

「你覺得這些現象反映了什麼？」

「她迷姦了我。」

「你剛才說，她突然換了一張臉，她換臉前的樣子是怎樣的？」

「她一邊盯着我，一邊獰笑。可是當她發現我清醒過來後，她就變成一臉委屈、軟弱的受害者模樣。」

「根據證物和證供，女事主被紮帶反綁雙手，她怎樣打開房門？」

「她背對着房門，彎下身子，讓雙手能夠碰到門把手，然後就打開了房門。」

「你和女事主衝出房間後，到警方來臨前的這段時間，發生了什麼事？」

「她不斷求救，我嘗試接近她，質問她；可是她一見到我就歇斯底里地尖叫。後來遠處有一個住客走出來，看了看就走了進去。不久，酒店職員來了。她對職員說是我強姦她，我斷言否認，不斷和在場的人理論。過了不久，警察就來了。」

「法官閣下，我沒有別的問題了。」

輪到盤鑠年盤問。

「唐先生，就你所知，有多少富豪像你一樣，一邊在上市公司擔當要職，一邊從事底層工作？」

「幾乎沒有。」

「你身邊有沒有這樣的人？」

「沒有。」

「也就是說，你的思維模式、價值觀等與一般富豪不同。你同意嗎？」

「可以這樣說。」

「換言之，辯方律師在開案陳詞時說：『一般富豪縱然風流、嚮往酒色財氣的生活，也斷不會光明正大地強姦別人，因為這與自殺無異。』——這句話不能用來形容你，因為你不是一般的富豪，你的思維模式、價值觀與一般富豪不同，所以你會光明正大地強姦別人，你會自掘墳墓！同意嗎？！」

「不同意！」

「你說女事主取出一瓶噴霧，她從哪裡取出噴霧？」

唐凌聰猶疑了一會兒，說：「睡衣口袋。」

「你親眼看到她取出來？」

「她背着我，把手伸進口袋裡，好像取出了一些東西。然後她就轉身，手裡拿着噴霧，把液體噴向我。」

「她轉身，把噴霧的液體噴向你。這個過程是不是很快？」

「是。」

「既然那麼快，理應沒有足夠時間看清楚噴霧的形態。為什麼你能夠仔細描述噴霧的外貌！？」

「因為……她……她噴向我之前，好像刻意延遲了半秒鐘。」

「她為什麼要這樣做？」

「不知道。」

「你清醒後，有沒有看到那瓶噴霧？」

「沒有。」

「你覺得噴霧藏在什麼地方？」

「藏在她的行李箱，或房間裡。」

「鑑證科人員在房間裡徹底搜查，也檢查了女事主的行李箱，並沒有發現與你描述相符的噴霧。唐先生，我向你指出：由始至終，根本沒有什麼迷姦噴霧，你在撒謊！同意嗎？！」

「我沒有撒謊，她真的用噴霧來迷姦我！」

「你説你醒來後感到頭痛欲裂，這種痛像一般感冒的頭痛，還是像頭部受傷的頭痛？」

「像一般感冒的頭痛。」

「如果女事主真的迷暈你，你倒地後，頭部撞到地上，應該會受傷。為什麼你感覺不到外傷帶來的頭痛？！」

「我……我不知道。」

「你當然不知道，因為所有事都是你杜撰出來，所以你沒法自圓其説！」

「我發誓我沒有杜撰，是她迷姦我！」

「你覺得女事主迷姦你的機率有多高？」

「百分之百。」

「唐先生，控方在開案陳詞時已經指出，你進入房間到離開房間，這段時間大概 18 分鐘。如果女事主真的迷姦你，整個行動大概 16 分鐘。換言之，女事主要在 16 分鐘內迷暈你，把你抬到床上，脫下她和你的衣服，再迷姦你，直到射精！然後自行製造身體各部位的傷痕，同時要留下你的皮屑、唾液，又要把噴霧藏在一個安全的地方，又要用紥帶反綁雙手！你覺得她能夠在那麼短的時間內完

成這些事嗎？！」

「我⋯⋯我不知道，總之我沒有強姦她！」

「對於這宗案件，對於你的罪名，你會不會感到羞恥？」

「我沒有做過，為什麼要感到羞恥？！」

「坊間流傳，案發當天，你透過秘密通道離開警署，然後藏在一個行李箱裡，被人抬進凝寰集團有限公司，再用相同方式離開公司，從而避開傳媒的耳目。是不是真的？」

「是。」

「如果你沒有強姦受害人，不感到羞恥，那為什麼要鬼鬼祟祟，不肯光明正大地面對傳媒？！」

「因為當時公司剛剛發佈了聲明說開除我，如果我光明正大地回去，就會落人口實。」

「你用訪客的身分回去，會落誰的口實？！」

「反對！法官閣下，控方盤問的內容與本案無關！」

「法官閣下，透過被告案發後的言行舉止能窺探案件的真相！被告聲稱沒有強姦女事主，不感到羞恥，但事後鬼鬼祟祟的表現卻難掩羞恥之情！」

「反對無效！檢控官繼續盤問。」

「你有沒有看色情影片的習慣？」

「很少，因為工作忙碌。」

「你是否很喜歡看一些有女上男下體位性交的色情影片？」

「不是。」

「你是否很喜歡看一些有白種女人的色情影片？」

「不是。」

「你是否很喜歡看一些女人被紮帶反綁雙手的色情影片？」

「不是！」

「你是否很喜歡看一些來自暗網，有女人被姦殺的色情影片？」

「都說了不是，你不要再問！」

「我問的問題每道都不一樣，什麼叫做『都』說了不是？」

「那些影片不是我下載的，是黑客所為！」

「你有沒有談過戀愛？」

「沒有。」

「在案發前，你有沒有和別人發生過性行為？」

「沒有！」

「你是否經常自瀆？」

「不是！」

「唐先生，我向你指出：由於你沒有談過戀愛，沒有和別人發生過性行為，很少自瀆，所以你性慾難耐，被性慾沖昏頭腦，繼而強姦女事主！你同意嗎？！」

「不同意！」

「法官閣下，我沒有別的問題了。」

「辯方律師是否需要覆問？」

「法官閣下，辯方需要覆問。唐先生，你說女事主拿着噴霧，把液體噴向你之前，刻意延遲了半秒鐘。她當時的表情是怎樣的？」

「她很緊張，很兇狠。」

「檢控官問，你覺得噴霧藏在什麼地方。你說藏在她的行李箱，或房間裡。除了這兩處地方，還有什麼可能性？」

「她可以走到陽台，把噴霧丟下去，又或把噴霧沖進馬桶裡。」

「你醒來後，除了感到像一般感冒的頭痛，還有什麼部位是痛的？」

「沒有。」

「你覺得原因是什麼？」

「除非……除非她在我倒地前衝過來托着我，然後把我拉到床上。」

「你說那些來自暗網的色情影片不是你下載的，是黑客所為。為什麼這樣說？」

「我知道什麼是暗網，但我沒有瀏覽過暗網，也不懂得如何瀏覽。」

「你會如何形容你的性慾？」

「我不是一個性慾旺盛的人，也不會沉迷自瀆。如果要說我的欲望，主要是來自事業上的成功，而不是來自性行為。」

「法官閣下，我沒有別的問題了。」

「今天的聆訊到此為止，明天繼續。」

「起立！」

唐凌聰感到慶幸，因為控方的盤問時間不算太長；但過後他才意識到，其實他的供詞起不到任何作用，瓶頸還沒突破。

翌晨 10 時，繼續聆訊。

「現在傳召辯方第二證人。」嚴雪蘭說。

辯方第二證人，是 58 酒店房務部經理黎承東。他來到證人席前，以非宗教形式宣誓：「本人黎承東謹以至誠，據實聲明及確認，本人所作之證供，均為真實及為事實之全部，並無虛言。」

饒同鑫開始主問。

「黎先生，請你說說房務部經理的工作內容。」

「主要是指揮房務員工作，管理所有客房，向上級匯報情況。」

「被告唐凌聰在擔任 58 酒店房務員期間，在誰的指揮下工作？」

「在我的指揮下工作。」

「根據相關資料，被告主要負責 1 樓到 5 樓的房間。這是誰的安排？」

「是我的安排。」

「案發當天，也就是今年的 3 月 5 日早上，被告回到酒店工作。你在什麼地方見到被告？」

「房務部的休息室。」

「請你仔細說說當時的所見所聞。」

「唐凌聰來到休息室，和我們打招呼。然後，他對我說，他當天中午有一個重要的會議，所以要提前一個小時離開，叫我找個人替班。我說沒問題。接著，他又問我們的儲物櫃有沒有一些奇怪的東西，因為他打開自己的儲物櫃後，發現裡面有一卷紮帶，但他一點印象也沒有，認為那卷紮帶不是他的。有人問他，是否有人開過他的儲物櫃，他說不知道。又有人問他，怎樣處理那卷紮帶，他說把紮帶放在儲物室裡的一張椅子上。」

「他說當天中午有一個重要的會議時，神情是怎樣的？」

「很認真。」

「他說要提前一個小時離開，即是什麼時候離開？」

「早上 11 時。」

「他怎樣形容那卷紮帶？」

「他沒有特別形容，只說有一卷紮帶。」

「除了被告外，還有誰有相同的情況？」

「沒有。」

「你們為什麼沒有查看儲物室裡的閉路電視片段？」

「裡面沒有閉路電視。」

「儲物室外面呢？」

「外面有閉路電視，但只拍到誰進入過儲物室，拍不到裡面的情況。」

「儲物室裡的儲物櫃是怎樣開的？」

「用鑰匙開。」

「什麼鑰匙？」

「普通的鑰匙。」

「當員工忘了帶鑰匙時，怎樣打開儲物櫃？」

「用後備鑰匙。」

「當沒有後備鑰匙時，怎樣打開儲物櫃？」

「用萬能鑰匙。」

「被告講述有關紮帶的事情時，神情是怎樣的？」

「充滿疑惑。」

「法官閣下，我沒有別的問題了。」

輪到盤鑠年盤問。

「黎先生，你說被告在擔任 58 酒店房務員期間，在你的指揮下工作。你是否把被告當作一般房務員來看待？」

「是。」

「你有沒有責罵過他？」

「沒有。」

「為什麼？」

「因為他沒有犯錯。」

「你為什麼安排被告負責 1 樓到 5 樓的房間？」

「沒什麼原因，只是根據實際情況作出安排。」

「黎先生，我向你指出：基於唐凌聰的尊貴身分，你特別優待他，刻意安排最舒適的樓層給他負責！因為儲存物資和收集布草的地方分別在地庫 1 樓和 2 樓。這樣，被告便不需要浪費太多時間前往高層的房間。再者，5 樓或以下的房間都是普通客房和豪華客房，和其他客房、套房相比，這些房間的面積較小，清潔難度較低，所需的體力、時間也較少。因此，你不是以一視同仁的態度來對待唐凌聰和其他房務員，你厚此薄彼！同意嗎？！」

「反對！法官閣下，控方作出毫無根據的推測！如果證人安排被告負責高級套房、總統套房之類的房間，控方又會借題發揮，說證人厚此薄彼，例如說套房的住客是貴賓，注重衛生、有條理，

房間的清潔難度較低！」

「法官閣下，控方必須知道證人有沒有優待被告，如果有的話，一方面代表證人已經作了虛假證供；另一方面代表證人偏袒被告，供詞的可信度低。」

「反對無效！檢控官繼續盤問。」

「謝謝法官閣下！黎先生，請回答我剛才的問題。」

「我不同意。」

「被告有沒有向你透露那個會議的內容？」

「沒有。」

「被告平時有沒有就公事和你聯絡？」

「有。」

「你們用什麼方式聯絡？」

「有時直接見面，有時用電話、電郵聯絡。」

「被告是否一個處事精明、有條不紊的人？」

「是。」

「接下來這道問題，請你想清楚後才回答。被告說當天中午有一個重要的會議，暫且不知道那個會議是一早安排好的，還是臨時安排的，但有一點可以肯定，就是會議不是在和你溝通前的幾分鐘才安排的。換言之，從安排會議的那刻到被告和你溝通的那刻之間，應該有一段時間。更重要的是，被告要求你找個人替班。在正常情況下，被告應該提早跟你聯絡，告訴你他當天有個會議，這樣你便可以預先找到適合的人來替班。否則，他臨時知會你，你未必能找到人來替班。你同意嗎？」

黎承東蹙眉，苦思答案，過了 10 秒鐘，說：「的確，如果他一早安排了會議，應該提早通知我，讓我有足夠時間安排人手。」

「換言之，他以重要會議作幌子，讓人覺得他不可能在開會前還有閒情逸致去強姦別人。同意嗎？」

「反對！法官閣下，控方不應該問這道問題！辯方第三證人將會證實被告所說的重要會議並非子虛烏有，因為第三證人就是被告相約開會的對象。」

「法官閣下，這明顯是辯方決策失誤！如果真的如此，辯方理應把第三證人改為第二證人！辯方以自己決策失誤為由，剝奪控方發問相關問題的權利，這不是公平的審訊！」

「反對無效！檢控官繼續盤問。」

「謝謝法官閣下！黎先生，請回答我剛才的問題。」

「我認為不是幌子，至少對我來說不是。」

「根據鑑證科的報告，儲物櫃裡的紮帶和反綁女事主的紮帶都有被告的指紋。你認為被告對你們說紮帶的事，是否想暗示你們，他被人栽贓嫁禍？」

「我不能說這是暗示，只是根據他的說法，確實有栽贓嫁禍的可能；但配合鑑證科的報告，不排除有其他可能性。」

「你作為 58 酒店的房務部經理，是否需要為強姦案承擔部分責任？」

「不需要。」

「公司對於你處理這件事的態度，是否滿意？」

「很滿意。」

「凝寰集團有限公司的管理層是否打算為你安排高薪厚職？」

「絕對沒有！」

「法官閣下，我沒有別的問題了。」

「辯方律師是否需要覆問？」

「法官閣下，辯方需要覆問。黎先生，你對待唐凌聰的態度如何？」

「把他當作一般的房務員來看待，沒有厚此薄彼。」

「被告什麼時候通知你他要提早離開，跟他是否強姦了別人有什麼關係？」

「沒有關係。」

「為什麼沒有關係？」

「因為……就算他提早通知我，說當天要提早離開，他一樣可以強姦別人。也就是說，如果相關會議是一面幌子，那麼他什麼時候通知我也沒所謂。」

「被告在什麼時候會用暗示的方式來向你們傳達訊息？」

「他基本上不會暗示，只會明示。」

「在什麼情況下，你會接受凝寰集團有限公司為你安排的高薪厚職？」

「我不會接受，因為我是證人，接受了就是受賄，我不會做違法的事。」

「法官閣下，我沒有別的問題了。」

「現在傳召辯方第三證人。」

辯方第三證人，是地產商人梁敬倫。他來到證人席前，以非宗教形式宣誓：「本人梁敬倫謹以至誠，據實聲明及確認，本人所作之證供，均為真實及為事實之全部，並無虛言。」

饒同鑫開始主問。

「梁先生，你從事什麼工作？」

「我是一名商人，主要經營地產生意。」

「你跟被告唐凌聰是什麼關係？」

「朋友。」

「案發當天，也就是今年的 3 月 5 日中午，你本來要做什麼？」

「我本來約了唐凌聰開會。」

「請説説開會的時間、地點和目的。」

「我約了他當天中午 12 時，在凝寰集團有限公司開會，洽談一個發展項目。」

「法官閣下，證物 B1 是證人秘書和被告秘書的日程表副本，證實了開會的日期、時間、地點和目的。證物 B2 是證人所説的發展項目的意向書副本，證實了雙方開會的目的。」饒同鑫把證物交給書記和盤鑠年，書記轉交給嚴雪蘭。「梁先生，你透過什麼方式得知被告不能來開會？」

「唐凌聰的秘書致電我的秘書，説他涉及一宗強姦案，被警方拘捕了，不能來開會。」

「你當時有什麼感覺？」

「我覺得很荒謬。」

「為什麼？」

「我膽敢説，唐凌聰是世上少數潔身自愛的富豪，嫖賭飲蕩吹他通通不沾。我曾經約他去酒吧喝酒，他説不去這種烏煙瘴氣的地方。你説，這樣的一個人，會不會去強姦別人？！」

「法官閣下，我沒有別的問題了。」

輪到盤鑠年盤問。

「梁先生，你認識了被告多久？」

「五年。」

「你覺得雙方秘書的日程表是不是證據？」

「是。」

「證據的定義是什麼？」

「就是……呃……證明一些事情……真的發生過。」

「梁先生，我有理由懷疑日程表上關於你和被告開會的資料，是案發後寫上去的。」

「不是，我們一早約好了！」

「至於發展項目的意向書，也可能是案發後撰寫的。」

「反對！法官閣下，控方作出毫無根據的指控！」

「反對有效！請檢控官收回剛才的指控。」

「是的，法官閣下。梁先生，當初是誰提出這個發展項目？」

「是我。」

「你向誰提出這個發展項目？」

「唐凌聰。」

「案發前，唐凌聰是凝寰集團有限公司的執行董事兼財務總監，理應不會直接處理發展項目。為什麼你不向業務發展部的人提出相關建議？」

「如果是一些與唐氏家族沒有聯繫的潛在合作夥伴，就需要與業務發展部的人洽談。但我認識唐凌聰，我們是朋友，因此可以直接和他談生意。」

「唐祿是行政總裁，也是董事局主席，為什麼你不跟他洽談？」

「因為這個發展項目與一般的項目不同。」

「有什麼不同？」

「眾所周知，本來唐凌聰很快就要成為凝寰集團的行政總裁和董事局主席。他接管生意後，會成為傳媒的焦點。這個發展項目就是他的第一張成績表，是為他而設的，所以只能跟他洽談。」

「現在他官司纏身，就算最後無罪釋放，也很難回到凝寰集團。你會不會繼續和凝寰集團洽談這個項目？」

「應該不會。」

「為什麼？」

「在回答這個問題前，我想問：在法庭所作的證供是否不受《誹謗條例》所限？」

「沒錯。」

「唐凌聰告訴我，他懷疑是華意國際有限公司設局陷害他。既然華意國際的董事局副主席兼副行政總裁已經成為凝寰集團的董事局主席兼行政總裁，那麼我跟凝寰集團合作，豈不是跟陷害唐凌聰的人合作？」

「你根據未經證實的傳言來定別人的罪，是否有失公允？」

「我做生意又不是在法庭做，需要什麼證據？！」

「換言之，就算被告沒有任何證據，你也相信是華意國際設局陷害他？」

「對。」

「也就是說，你今天在庭上作證，是完全站在被告的角度，所有供詞都是以被告的利益為依歸！你同意嗎？！」

「不是！你不要誣衊我作虛假證供，我說的全都是事實，沒有半句虛言！」

「梁先生，你剛才承認被告對華意國際的指控是沒有根據的，為什麼你現在卻說全都是事實？」

「我……我只是一時口誤，總之我沒有作虛假證供！」

「說回發展項目的問題，項目的具體內容是什麼？」

「在中環興建大型商場。」

「這個項目大概有多少利潤？」

「商場有明確的定位，不論零售、服務或餐飲，都只招待一線國際品牌，而且必須開設旗艦店，因此租金比市價高。裡面大概有 140 家商店，每家月租平均是 800 萬港元，年收入是 134 億。競投地王的成本是 450 億，興建商場的成本大概 75 億。加上興建所需的時間，最快要九年後才能回本。扣除經營成本和稅款後，每年大概有 110 億港元的利潤。」

「梁先生，我向你指出：發展項目的意向書和相關發展項目都是杜撰的！因為發展項目在現階段屬於商業秘密，理應不能披露細節，但你卻願意披露！唯一的解釋是：該發展項目及意向書是案發後製造的煙幕彈，用來為被告洗脫罪名！你同意嗎？！」

「不同意！雖然是商業秘密，但我之前開了董事會會議，董事們允許我在庭上披露相關細節！公司有會議紀錄，可以證明！」

「會議紀錄不是鐵證，可以杜撰！梁先生，我向你指出：到目前為止，你都沒有就相關商業秘密請求法官向傳媒下達報道禁令，同時，辯方律師也沒有請求法官向傳媒下達報道禁令！唯一的解釋是：什麼商業秘密、發展項目都是子虛烏有的！你同意嗎？！」

「反對！法官閣下，在開庭前，辯方已把證物 B2 交給控方，控辯雙方對於相關證物的真實性已有共識，但控方卻在庭上指出證據是杜撰、子虛烏有，實在匪夷所思！另外，證人沒有就相關商業秘密請求法官閣下向傳媒下達報道禁令，是因為他不知道有這項權利！至於我，則打算等到控方盤問結束後，才請求法官閣下向傳媒下達報道禁令，誰知控方捷足先登，以此攻擊證人！」

「法官閣下，辯方的辯解荒唐無比！首先，控方的確看過證物 B2，認同它的真實性。但控方必須澄清：控方同意的，只是證物 B2 的意向書是由證人的公司撰寫的，並非第三方假借其名義非法撰寫。然而，相關證據是否證人為了讓被告脫罪，而在案發後撰寫？甚至，證人是否串通公司的董事，又或杜撰會議紀錄來達到相關目的？這就需要透過盤問證人來得知。其次，關於向傳媒下達報道禁令的問題。我也沒有告訴格里芬小姐有這項權利，她作為一個對法律一竅不通的人，尚且懂得提出申請，何況是一個在商場打滾多年、對法律略知一二的商人？！再次，辯方聲稱打算等到控方盤問結束後，才請求法官閣下向傳媒下達報道禁令，這簡直是荒天下之大謬！眾所周知，法庭裡的法庭

記者隨時都可以離開。如果有記者在控方盤問結束前離開，再把商業秘密公之於世，就算法官閣下最終向傳媒下達報道禁令，也不能改變資料外洩的結果，最多只能亡羊補牢！可見，辯方的狡辯站不住腳！」

「反對無效！檢控官繼續盤問。」

「法官閣下！」饒同鑫說。「我代表證人懇請法官閣下就相關商業秘密向傳媒下達報道禁令！」

「證人，你意下如何？」嚴雪蘭問。

「我同意辯方律師的申請。」

「本席宣佈：就證物 B2 發展項目意向書副本的內容，及其衍生的、相關的供詞和證物，向傳媒下達報道禁令，直到相關發展項目被發展商、開發商合法公佈為止！檢控官繼續盤問。」

「梁先生，你在辯方主問時說過，唐凌聰是世上少數潔身自愛的富豪，嫖賭飲蕩吹他通通不沾。你覺得這是他真實的性格，還是偽裝出來的模樣？」

「當然是真實的性格。」

「你憑什麼這樣說？」

「道理很簡單，他偽裝的目的是什麼？假如他喜歡嫖賭飲蕩吹，他大可率性而為。對世人來說，富豪嫖賭飲蕩吹沒什麼問題，甚至是天經地義的，沒有人會唾罵他。就算你說他偽裝是為了博取唐祿的歡心，也沒什麼可能。反正他哥哥志不在商場，唐祿除了把生意交給他，也沒有別的選擇。」

「撇開被告的品格，我想問你，你作為辯方證人，出庭作證是為了證明什麼？」

「證明他當天中午要跟我開會，不可能在早上強姦別人。」

「為什麼不可能？」

「從心理學的角度分析：如果一個人稍後要做一件很重要的事，在此之前，他不會強姦別人。一來，他沒有這個心思；二來，他不會為了一時的快慰而摧毀那件對他來說是如此重要的事。相反，什麼人會強姦別人？就是一些百無聊賴，在街上蹓躂，虛度光陰的庸人，才會把心思放在強姦上。」

「你是不是心理學家？」

「不是。」

「有沒有相關的專業技術資格？」

「沒有。」

「你是不是以專家證人的身分出庭作證？」

「不是。」

「那麼，你剛才的心理分析，只是個人主觀想法，不是權威的分析，也不是證據。法庭是一個

講求證據的地方。」

梁敬倫無言以對。

「法官閣下，我沒有別的問題了。」

「辯方律師是否需要覆問？」

「法官閣下，辯方需要覆問。梁先生，你秘書的日程表上關於你和被告開會的資料，是在什麼時候寫上去？」

「在案發前，大概是⋯⋯今年的 2 月下旬。」

「你說被告懷疑是華意國際有限公司設局陷害他，他提出什麼理據來支持他的論點？」

「唐祿告訴被告，唐祿被開除當天，與華意國際的董事局副主席兼副行政總裁包欣瓊在公司開會。會議中，包欣瓊默認是華意國際的人設局陷害他。」

「反對！法官閣下，辯方不應引導證人作出傳聞證供，因為唐祿不在辯方的證人名單上，控方沒機會盤問他！」

「法官閣下，辯方引導證人作出傳聞證供的目的，並非為了證明傳聞內容的真實性！」

「法官閣下，辯方的說法自相矛盾！辯方在開案陳詞時指出：本案最大的爭議點是：到底是被告強姦控方第一證人，還是控方第一證人迷姦被告？可見，辯方的目的，是想誤導世人，讓人以為華意國際慫恿控方第一證人迷姦被告！」

「法官閣下，辯方沒有自相矛盾！因為辯方由始至終都是想證明控方第一證人迷姦被告，並不是要證明華意國際慫恿控方第一證人迷姦被告！因此，辯方不打算證明傳聞內容的真實性！」

「既然辯方不打算證明傳聞內容的真實性，那又何必提出相關問題？」嚴雪蘭問。

「法官閣下，因為控方在盤問時指出證人根據未經證實的傳言來定別人的罪，是有失公允。同時，證人也承認就算被告沒有任何證據，他也相信是華意國際設局陷害被告。可見，這會削弱證人供詞的可信性，對己方不利。因此，辯方的提問是要讓陪審員知道，證人是基於某些理據而相信被告，而不是盲目支持被告。」

「反對無效！辯方律師繼續覆問。」

「謝謝法官閣下！梁先生，發展項目的意向書是在什麼時候撰寫的？」

「2 月下旬，不過在 3 月 5 日前曾經多次修改當中的細節。」

「在什麼情況下，你會串通公司的董事，又或杜撰會議紀錄來達到讓被告脫罪的目的？」

「在任何情況下，我都不會做違法的事。」

「法官閣下，我沒有別的問題了。」

「現在傳召辯方第四證人。」

辯方第四證人，是高級警員范美清。她來到證人席前，以非宗教形式宣誓：「本人范美清謹以至誠，據實聲明及確認，本人所作之證供，均為真實及為事實之全部，並無虛言。」

饒同鑫開始主問。

「范小姐，你從事什麼工作？」

「我是一名高級警員。」

「案發當天，也就是今年的 3 月 5 日，你在哪裡遇到控方第一證人？」

「在灣仔的律敦治醫院。」

「你為什麼會在那裡？」

「我在急症室的警崗值班。」

「你為什麼會接觸控方第一證人？」

「當時有一位見習督察找我。」

「他是誰？」

「中區警區重案組第一隊見習督察陸至林。」

「他找你幹什麼？」

「他問我有沒有接受過處理性暴力受害人的訓練。我說有，他就叫我陪伴控方第一證人。」

「請你說說與控方第一證人接觸時的所見所聞。」

「當時，我先自我介紹，然後和陸至林一起帶她到一處能保護私隱的地方。她坐在病床上，陸至林替她拉上布簾，我們站在外面把關。接著，有一位女醫生前來幫她檢查。醫生離開後，我給她一張表格。由於她不是香港人，醫院沒有她的紀錄，所以她要填寫表格。另外，陸至林拿了她的護照，替她辦理登記手續。過了不久，有一位女法醫前來替她進行活體取證。法醫要求我當她的副手，於是，我就負責拍攝她的陰道和身體各部位的傷勢。由於法醫說她穿的睡衣可能沾有強姦犯的 DNA，要拿去化驗，所以她就脫下睡衣，穿上病服。就在此時，我看到她佩戴了一塊東西，我問她這是什麼，她說是佛牌，是一位朋友介紹她戴的。法醫取證完畢後，我就陪她到醫院的浴室洗澡，我在浴室外把關。洗完澡後，我就陪她回到病床上。陸至林把護照還給她，也替她取了藥。接著，女醫生又來幫她檢查。之後，我叫她致電朋友，拿一些衣服給她。然後，我們就給她錄口供。錄完口供後，案件主管李鴻波來了。由於我負責在醫院的警崗值班，所以不能陪她到酒店。她的朋友和陸至林陪她回去。」

「她除了說佛牌是朋友介紹她戴的，還說了什麼？」

「沒有。」

「你對此有什麼感想？」

「我覺得很奇怪，因為美國人很少佩戴這種東西，但也可能是我孤陋寡聞。」

「法官閣下，我沒有別的問題了。」

「現在休庭，下午 2 時 30 分繼續。」

「起立！」

下午 2 時 30 分，聆訊繼續。

「辯方第四證人繼續作證。證人，你還記得上午宣誓時所說的誓詞嗎？」

「記得。」

「現在輪到控方盤問。」

「范小姐，你作為一名曾經支援受害人的警員，現在成為辯方證人，你有沒有覺得對不起受害人？」

「第一，誰先找我，我就當誰的證人。如果控方覺得我很重要，為什麼不一早來找我？第二，我出庭作證的目的，是證明控方第一證人佩戴過佛牌，並不是證明強姦有沒有發生過，我覺得沒什麼對不起。」

「女事主脫下睡衣前，你有沒有看到佛牌？」

「沒有，我只看到她脖子上有一條繩子。」

「換言之，當事主脫下睡衣後，你才看到佛牌。同意嗎？」

「同意。」

「你對此感到奇怪時，有沒有露出驚訝的表情？」

「我當時……應該沒什麼表情。」

「法醫有沒有看到佛牌？」

「我當時沒留意她的眼神，不肯定她有沒有看到。不過她應該看得到，因為她站在我身旁，而且我和事主就佛牌的事聊了兩句，她應該知道。」

「法醫有沒有問事主關於佛牌的事？」

「沒有。」

「法醫有沒有對事主說，她佩戴的佛牌可能沾有強姦犯的指紋、唾液之類的，要拿去化驗？」

「沒有。」

「范小姐，我向你指出：女事主所佩戴的根本不是佛牌，她也沒有說那是佛牌！如果真的是佛

牌，為什麼法醫對此沒有反應？！另外，被告強姦事主，事主逃離現場時上衣的鈕扣全部解開，證明被告有撫摸甚至強吻事主的胸部，佛牌貼近胸部，理應沾有被告的指紋、唾液，但法醫沒有要求拿佛牌去化驗！唯一的解釋是：你在撒謊，你沒有問過事主，事主沒有說那是佛牌，她佩戴的根本不是佛牌！你同意嗎？！」

「不同意！」

「反對！法官閣下，控方故意歪曲事實！控方舉證時，曾經把證物 E1 案發現場外的走廊的閉路電視片段和證物 U1 案發現場外的走廊的偷拍片段呈堂。兩段影片都拍到事主上衣的鈕扣全部解開，也拍到事主佩戴的就是佛牌，這是鐵一般的事實！」

「法官閣下，兩段影片只拍到事主佩戴了一個東西，但那個東西是否佛牌卻不得而知！」

「既然如此，就再一次播放影片。證物 U1 的拍攝角度是平視，較容易看到事主佩戴的東西。本席建議播放證物 U1 的片段，控辯雙方同意嗎？」

「同意。」

書記搬來大型屏幕，開始播放影片。

「書記，當畫面拍到事主佩戴的東西的全貌時，就暫停播放。」嚴雪蘭說。

「是。」

播放了 13 秒，書記就暫停播放。

「把畫面放大。」嚴雪蘭說。

對於一些對佛牌沒有概念的人來說，當然不知道那是什麼；但對於一些有相關概念的人來說，就知道那是佛牌，準確來說，應該是陰牌。

「法官閣下，那明顯是佛牌。」饒同鑫說。

「法官閣下，沒證據證明那是佛牌，或者說，那是一個像佛牌的普通飾物。」盤鑠年說。

「法官閣下，辯方第五證人是佛牌店售貨員古策賢，他會講述事主購買佛牌的經過。辯方建議暫停第四證人的作證，先傳召第五證人出庭，證明事主購買的佛牌就是案發時佩戴的那一塊！」

「反對！法官閣下，法庭有法庭的規矩，不能隨意更改證人出庭的次序！既然辯方安排高級警員先於售貨員作證，那就代表辯方認為這是最好的策略！如果因為形勢不利而改變作戰策略，豈不是視規矩如無物？！」

「法官閣下，控方舉證時也曾經把控方第六證人改為第五證人，在公平原則上，辯方也有權這麼做！」

「辯方律師是不是有腦退化症？！你不要忘記當時是你要求把我方的第六證人改為第五證人，

以此作為我方把第四證人列為敵意證人的條件！」

「請檢控官注意自己的言辭！」嚴雪蘭說。

「是的，法官閣下。」

「辯方律師，請問控方第一證人有沒有佩戴佛牌與案件有什麼關係？」嚴雪蘭問。

「法官閣下，如果證實控方第一證人有佩戴佛牌，則她嚴重違背天主教的教義，因為天主教徒是不能佩戴佛牌。換言之，控方第一證人在宣誓後作虛假證供的機會很大，因為她不是一個虔誠的教徒，宗教式宣誓沒法讓她受到良知和道德的約束，相關誓詞對她起不到嚇阻作用。陪審團必須清楚了解這一點。」

「既然如此，本席決定暫停第四證人的作證，先傳召第五證人出庭。請范美清小姐回到證人等候室等候，現在傳召古策賢先生出庭作證。」

古策賢來到證人席前，以非宗教形式宣誓：「本人古策賢謹以至誠，據實聲明及確認，本人所作之證供，均為真實及為事實之全部，並無虛言。」

饒同鑫開始主問。

「古先生，你從事什麼職業？」

「我在一家佛牌店當售貨員。」

「這家佛牌店在哪裡？」

「在旺角。」

「法官閣下，辯方要求播放證物 E4 的閉路電視片段。」

「批准。」

「請書記把影片完整播放一次。」饒同鑫說。

「是。」

播放完畢後，饒同鑫再問：「影片的拍攝日期是 2018 年 3 月 4 日下午 4 時 05 分，拍攝地點是旺角好景商業中心 2 樓的一家佛牌店。古先生，片段中有一名售貨員，他是誰？」

「是我。」

「請你說說片段中所發生的事。」

「當時有兩個女人進來，一個是香港人，另一個是外國人。那個香港女人說她想要一塊有利偏門行業的陰牌，我拿了一塊給她。然後她就向外國女人推介那塊陰牌。外國女人考慮了一會兒，就決定要那塊。然後香港女人向我查詢佩戴陰牌的禁忌，我告訴她。接着我給了外國女人一個褐色的小布袋，她把陰牌放進袋裡，再放進手袋中。」

「請書記同時播放證物 U1 和證物 E4 的片段。當 U1 片段的畫面拍到事主的樣貌和她所佩戴的東西時，就暫停播放；當 E4 片段的畫面拍到外國女人的樣貌和陰牌時，就暫停播放。」饒同鑫説。

「是。」

「古先生，你覺得兩段影片中的女人有什麼分別？」

「沒有分別。」

「沒有分別是什麼意思？」

「是同一個人。」

「你覺得第一段影片中那個女人佩戴的東西和第二段影片中的陰牌有什麼分別？」

「沒有分別。」

「沒有分別是什麼意思？」

「是同一塊陰牌。」

「古先生，什麼是陰牌？」

「陰牌是泰國佛牌的一種，另一種是正牌。陰牌是指在製作過程中加入陰物的聖物，而陰物是指墳場的泥土、棺材釘、屍油、骨灰、死胎等。」

「什麼是正牌？」

「正牌是指由僧人製作和開光的佛牌，選用的材料主要是藥草、花粉、金屬之類。」

「佩戴正牌和佩戴陰牌有什麼異同？」

「相同的地方是：改善運氣、實現願望，涉及事業、財富、愛情、人緣、健康等不同範疇。不同的地方是：佩戴正牌是借助神佛的力量，佩戴陰牌是借助陰靈的力量；正牌的效果較慢，陰牌的效果較快；佩戴正牌沒有副作用，佩戴陰牌時如果觸犯了一些禁忌，就會有副作用，比如邪靈附體、血光之災、身敗名裂、家破人亡。」

「你剛才提到，香港女人説她想要一塊有利偏門行業的陰牌。你覺得什麼是偏門行業？」

「偏門行業是指非正當的行業，例如經營黃賭毒的生意就是從事偏門行業。當然，偏門行業不一定違法，例如風水師、按摩師、荷官，也算是偏門行業。」

「你會把採購員歸類為什麼行業？」

「除非從事毒品、色情影片的採購工作，否則採購員應該屬於正當行業。」

「你會推薦什麼陰牌給天主教徒？」

「天主教徒？據我所知，天主教徒不可以戴陰牌，連正牌都不可以，戴佛牌與天主教的教義相違背。」

「在什麼情況下，一名天主教徒會佩戴陰牌？」

「呃……除非……除非他是一名不虔誠的天主教徒，或者説，是一名偽天主教徒。」

「法官閣下，我沒有別的問題了。」

輪到盤鑠年盤問。

「古先生，你當了佛牌店售貨員多久？」

「大概三年。」

「你覺得三年是長還是短？」

「這個⋯⋯見仁見智吧。」

「如果用三十年跟三年相比，三年是短的。你同意嗎？」

「同意。」

「換言之，你當佛牌店售貨員的時間很短，你的資歷很淺，你對佛牌的認識很少。你同意嗎？」

「不同意。我從中學開始就對佛牌很有興趣，常常研究，對佛牌有深入的認識。」

「你有沒有具備與佛牌相關的專業技術資格或證書？」

「沒有。」

「如果我沒有大律師的專業技術資格，你覺得我能不能站在法庭上盤問你？」

「不能。」

「換言之，你不是佛牌專家。同意嗎？」

「你要這麼說，我也沒辦法。」

「說回閉路電視片段的問題。你憑什麼說其中一名女子是香港人？」

「因為她是華人的模樣，而且說粵語。」

「很多廣州人都會說粵語。」

「廣州人說的粵語有廣州口音，她說的粵語有香港口音。」

「你對於那兩名女子購物的事，是否印象深刻？」

「是。」

「她們只是數以百計、千計、萬計顧客中的其中兩名，為什麼印象那麼深刻？」

「很少白種人來買佛牌，一年也遇不到兩個，所以我對此印象深刻。」

「香港女人向外國女人推介陰牌時，說什麼語言？」

「英語。」

「你的英語水平高不高？」

「不算太高。」

「大概什麼程度？」

「中學程度。」

「換言之，你聽不懂香港女人對外國女人說什麼。你同意嗎？」

「雖然我聽不太懂，但我知道外國女人最後說的那句話，意思是：好的，就這一塊。證明那塊陰牌是買來給外國女人佩戴的。」

「既然你聽不太懂香港女人說的話，也就是說，香港女人未必是向外國女人推介陰牌，可能香港女人想買那塊陰牌給自己戴，她隨口問問外國女人的意見，於是外國女人說：『好的，就這一塊。』意思是：這塊陰牌適合香港女人佩戴。你同意嗎？」

古策賢當場語塞，不知所措。

「證人，請回答控方的問題。」嚴雪蘭說。

「我不同意。從影片中可見，我賣給她們的陰牌佩戴在外國女人身上。因此，香港女人是向外國女人推介陰牌，那塊陰牌是買來給外國女人戴的。」

「你如何證明本案女事主所佩戴的，不是一個很像陰牌的飾物，而一定是你售出的那塊陰牌？」

「第一，我們商店售出的每一塊佛牌，都刻有一組編號。第二，只要拿她佩戴的陰牌去化驗，看看有沒有我的指紋，不就一清二楚了嗎？」

「法官閣下！」饒同鑫打岔。「我贊同證人的建議！控方第一證人就坐在旁聽席，不如安排她再次作證，甚至派人到酒店房間搜尋她的陰牌！」

「看來辯方律師真的有腦退化症，你是否忘了誰才是被告？！」

「檢控官，本席鄭重警告你，不要再對辯方律師作出人身攻擊！」

「對不起！法官閣下，控方反對辯方的建議，因為控方已經完成舉證，不應再傳召我方證人出庭作證！」

「法官閣下！」這次輪到莉茲打岔，坐在旁聽席的她站了起來。「我願意就佩戴陰牌一事出庭作證！」

「法官閣下，控方第一證人一直在旁聽席旁聽，如果現在傳召她作證，似乎不合規矩，因為未出庭作證的證人不能旁聽。」盤鑠年說。

「控方的潛台詞是否暗示控方第一證人聆聽過其他證人的供詞，再次出庭作證時會因應情況作虛假證供？！」饒同鑫問。

「肅靜！由於情況特殊，本席批准控方第一證人再次作證。請古策賢先生回到證人等候室等候。另外，本席要提醒控辯雙方，接下來對控方第一證人的主問、盤問、覆問只能圍繞陰牌一事，與陰牌無關的問題不能提出。現在請控方第一證人來到證人席前宣誓。」

莉茲來到證人席前，舉起聖經，鄭重地宣誓：「本人莉茲·格里芬謹對全能天主宣誓，本人所作之證供，均為真實及為事實之全部，並無虛言。」

盤鑠年開始主問。

「格里芬小姐，有證人指出你曾經購買和佩戴過陰牌，你對此有什麼回應？」

「沒錯。案發前一天，我和朋友到旺角一家佛牌店買了一塊陰牌。案發當天，我起床後佩戴陰牌，直到晚上。換言之，我被人強姦時，在醫院驗傷時，也佩戴陰牌。」

「你是天主教徒，為什麼要佩戴陰牌？」

「我知道佩戴陰牌是違背教義，我承認我當時做了一件不當的事。之前作證時我已經說過，我應徵了一份採購員的工作，可是家人覺得當採購員沒前途，所以我想盡快做出一些成績，得到晉升的機會，讓家人安慰。因此，我聽朋友介紹，佩戴佛牌。為了盡快見到效果，我選擇了陰牌。」

「那塊陰牌在哪裡？」

「在手袋裡。」莉茲從手袋取出陰牌，交給書記。

書記把陰牌交給盤鑠年，盤鑠年做了紀錄後，把陰牌交給饒同鑫做紀錄，最後他把陰牌交給書記，作為呈堂證物。

「法官閣下，我沒有別的問題了。」

輪到饒同鑫盤問。

「格里芬小姐，你為什麼願意就佩戴陰牌一事出庭作證？」

「我本來不願意，可是我想了想，如果我拒絕作證會增加被告勝訴的機率，這是我不願意見到的。如果制裁壞人是世界的真理，我願意為了真理而再次出庭作證。」

「我方證人指出，你的朋友說她想要一塊有利偏門行業的陰牌，然後她向你推介這塊陰牌。你在一家生產首飾的公司裡當採購員，為什麼要選擇一塊有利偏門行業的陰牌，而不選擇一塊有利正當行業的陰牌？」

「你的證人說謊，她當時說想要一塊有利事業的陰牌，沒有說是偏門行業。」

「肯定嗎？」

「當然肯定！」

「你會不會就佩戴陰牌一事去告解？」

「站在你的立場，你當然不希望我去告解，因為這是你碩果僅存的、能攻擊我的理據。」

「請正面回答我的問題。」

「我當然會去告解。」

「什麼時候去？」

「回到美國後。」

「格里芬小姐，你不是一個虔誠的天主教徒。你同意嗎？」

「我覺得我……」

「你只需要回答同意或不同意就行了！」

「辯方律師，你知道你的盤問技巧還停留在九十年代嗎？！我告訴你，除非我做了一些傷天害理的事；否則，現在的我依然是一個虔誠的天主教徒！」

「法官閣下，我沒有別的問題了。」

「檢控官是否需要覆問？」

「法官閣下，控方不需要覆問。」

「請書記再次傳召辯方第五證人出庭作證。」

古策賢回到證人席。

「證人，你還記得剛才宣誓時所說的誓詞嗎？」

「記得。」

「檢控官繼續盤問。」

「古先生，你說你們商店售出的每一塊佛牌，都刻有一組編號。請問本案女事主所佩戴的陰牌的編號是什麼？」

「10022。」

盤鑠年核對他記錄的編號，再問：「你為什麼記得那麼清楚？」

「辯方律師告訴我，我出庭作證是為了證明女事主購買陰牌，所以我翻查了銷售紀錄。」

「當時，女事主的朋友說想要一塊怎樣的佛牌？」

「她說想要一塊有利偏門行業的陰牌。」

「根據事主的供詞，她指出她的朋友說想要一塊有利事業的陰牌，沒有說是偏門行業。對不對？」

「不對，她當時真的說想要一塊有利偏門行業的陰牌。」

「女事主在一家生產首飾的公司裡當採購員，怎麼可能要一塊有利偏門行業的陰牌？！」

「既然你說她在一家生產首飾的公司裡當採購員，就更不可能選擇陰牌！」

「事主說是為了盡快見到效果，才選擇陰牌。古先生，你當時有沒有錄音？」

「沒有。」

「換言之，你沒法證明事主的朋友說想要一塊有利偏門行業的陰牌。」

「你也沒法證明我說謊！」

「古先生，你說過佩戴陰牌時如果觸犯了一些禁忌，就會有副作用，比如邪靈附體、血光之災、身敗名裂、家破人亡。簡單來說，就是會發生不好的事。同意嗎？」

「同意。」

「如果我說，事主因為佩戴陰牌時觸犯了一些禁忌，所以導致她被人強姦。你同意嗎？」

「我……呃……我不可以說沒可能，但是……我沒有證據證明這一點。另外……其實，你說的情況沒可能發生。因為香港女人向我查詢佩戴陰牌的禁忌，我把禁忌告訴她。換言之，她會把禁忌告訴

事主，事主不可能觸犯禁忌。」

「你用粵語把禁忌告訴香港女人，香港女人再用英語把禁忌告訴事主，當中涉及翻譯、傳意的問題，你怎麼知道事主沒有理解錯誤？」

「我……我不知道。」

「法官閣下，我沒有別的問題了。」

「辯方律師是否需要覆問？」

「法官閣下，辯方需要覆問。古先生，我希望你再說一次，到底事主的朋友當時說想要一塊怎樣的佛牌？」

「她說想要一塊有利偏門行業的陰牌。」

「法官閣下，辯方想新增一名精通唇語的專家證人，證明證物 E4 片段中事主的朋友到底說了什麼。」

「反對！法官閣下，之前辯方說他想透過若干辯方證人的供詞來證明控方第一證人佩戴過佛牌，縱然沒有證據證明控方第一證人作虛假證供，但辯方的目的已經達到，針對佛牌的辯論應該告一段落，法官閣下不應再縱容辯方。」

「法官閣下，控方說沒有證據證明控方第一證人作虛假證供，現在就有一個機會！只要唇語專家證實事主的朋友說了『想要一塊有利偏門行業的陰牌』，就能證明控方第一證人說謊，因為她剛才作證時清楚指出，她的朋友說想要一塊有利事業的陰牌！」

「本席接納辯方的申請，請辯方律師按照程序遞交相關資料。」

「謝謝法官閣下！」

「辯方律師繼續覆問。」

「法官閣下，我沒有別的問題了。」

「今天的聆訊到此為止，明天繼續。」

「起立！」

下午時分，晚霞還沒出現，但莉茲的眼眸卻儼如晚霞褪盡後的夜幕低垂，沒有半點光澤。唇語專家——她壓根兒沒想過這個問題。陳妓雯問她：「該怎麼辦？」

「不知道。」莉茲輕描淡寫地說。

雖然陳妓雯感覺不到，但假如能像剝開洋蔥片一樣剝開莉茲的心，就會知道莉茲對陳妓雯產生了絲絲怨恨。這也難怪，是陳妓雯提議佩戴佛牌；但這個提議不完美，被辯方乘虛而入。如果最終收拾不了這個爛攤子，要坐牢的就是莉茲。儘管如此，莉茲還是壓抑着對妓雯的怨恨，皆因不想破壞彼此的關係。再說，事情也許還有挽救的餘地，莉茲毋須立即崩潰。

第 25 章：〈辯方（二）〉

　　唇語專家成了讓莉茲如坐針氈的問題，佛朗哥還沒告訴她該怎樣應付，甚至連唇語專家什麼時候出庭也不知道。對上班族來說，星期五是一個特別的日子，這天每每是最忙碌的，也是心情最舒暢的一天。對莉茲來說也一樣，過了今天，就可以休息兩天。但莉茲和上班族又有點不同，上班族不上班不行，莉茲卻可以選擇是否旁聽。

　　早上 10 時，繼續聆訊。

　　「今天的聆訊繼續傳召辯方證人出庭作證。」嚴雪蘭說。

　　「法官閣下，在此之前，應該先處理被告保釋的問題。」盤鑠年說。

　　「被告的保釋有什麼問題？」

　　「法官閣下，這是警方的調查報告和相關證物。」盤鑠年把文件和證物的副本交給饒同鑫和書記，書記轉交給嚴雪蘭。「昨天的聆訊結束後，控方第一證人格里芬小姐回到酒店。她收到酒店的便條，說有一封信給她。信封裡有一張光碟和一封信。寄件人自稱專業偷窺狂，他聲稱利用鏡頭拍到證人在 58 酒店房間裡的情況，並指出是證人迷姦被告，以此要挾證人用錢買回那段不知是否存在的迷姦偷拍影片。至於那張光碟，則是一段偷拍證人在 58 酒店睡覺的影片。警方的調查報告指出，證人事後聯絡本案的案件主管李鴻波，與他商量此事。最後，證人來了一招引蛇出洞，和偷窺狂聯絡時，假裝自己真的迷姦了被告，藉此引誘對方出來見面。今天早上 7 時，證人和偷窺狂見面，李鴻波當場拘捕她，事後證實對方是縱橫私家偵探社的楊美容偵探，受僱於唐祿。法官閣下，該偵探社的偵探並非首次騷擾證人，他們之前在證人下榻的酒店房間裡安裝針孔攝錄機和竊聽器，警方拘捕了一名女私家偵探。在永久終止聆訊的聆訊中，控方曾以被告違反保釋條件和證人精神緊張的原因懇請裁判官撤銷被告的保釋，可惜事與願違。現在，控方懇請法官閣下撤銷被告的保釋！」

　　「法官閣下，在永久終止聆訊的聆訊中，控方指被告違反了『不准直接或間接接觸與案件有關的控方證人，包括受害者』的保釋條件，並指出被告透過唐祿或律師團隊或其他人，來要求私家偵探在女事主的房間裡安裝儀器。這屬於間接接觸。辯方當時已經指出，沒有實質證據證明被告指使別人作出相關行動，因此間接接觸的說法不成立。裁判官也指出，證人精神緊張，只能證明是由私家偵探的行為導致，卻沒法證明私家偵探安裝儀器的行為是來自被告的命令，因此沒有足夠證據證明被告違反保釋條件。這次也是一樣。警方的調查報告指出，縱橫私家偵探社在半個月前解僱了楊美容，她離開偵探社後所做的一切與偵探社無關。另外，之前被捕的珍妮塔・懷特偵探指出，調查

唐凌聰案件一事，由她全權負責。她被捕後，調查工作胎死腹中，沒有人接替。因此，楊美容的行動是自作主張，與偵探社無關。簡單來說，這件事只與唐祿和偵探有關，與唐凌聰一點關係也沒有。」

嚴雪蘭猶疑了一會兒，說：「本席認為，控方沒有足夠證據證明被告違反保釋條件，被告可以繼續保釋。現在，傳召辯方第四證人出庭作證。」

范美清再次來到證人席。

「證人，你還記得昨天宣誓時所說的誓詞嗎？」

「記得。」

「控方繼續盤問。」

「法官閣下，我沒有別的問題了。」

「辯方律師是否需要覆問？」

「法官閣下，辯方不需要覆問。」

「現在傳召辯方第六證人。」

辯方第六證人，是女警員蔡秀華。她來到證人席前，以非宗教形式宣誓：「本人蔡秀華謹以至誠，據實聲明及確認，本人所作之證供，均為真實及為事實之全部，並無虛言。」

饒同鑫開始主問。

「蔡小姐，你從事什麼工作？」

「我是一名軍裝警員。」

「案發當天，也就是今年的 3 月 5 日早上大概 8 時，你在哪裡？」

「我在 58 酒店 5 樓的走廊。」

「你在那裡幹什麼？」

「我奉命到場維持秩序和支援同事。」

「你當天除了做這些事，還做了什麼？」

「當天下午，中區警區重案組第一隊見習督察陸至林要求我和另一名男軍裝警員護送女事主和她的朋友到中大海酒店。」

「為什麼要去中大海酒店？」

「因為案發的房間還沒解封，而且陸至林擔心被告的保釋條件有『不准接觸與案件有關的證人』的條款，因此事主決定換酒店。」

「請說說你們護送她們到中大海酒店的經過。」

「我們來到中大海酒店，事主到櫃檯登記，她選了豪華客房，打算住一個月，房間是 602 號。

到了房間，我對她説：『我們不陪你進去了』，然後就離開。剛走了沒多久，我們收到通知，説鑑證科人員正要過來，打算再次檢查事主的行李，但由於那裡不是 58 酒店，不是案發現場，所以他們希望有警察在場監督。於是，我們就回去告訴事主。」

「事主聽到後，有什麼反應？」

「她問是否要做活體取證，她剛剛在醫院做完。她誤會了，於是男警員告訴她事情的原委。然後事主説她正打算洗澡，我説沒關係，先去洗澡，因為他們過來也要一些時間。於是，我們在門外守候，她就去了洗澡。」

「然後發生什麼事？」

「在她洗澡的時候，我們聽到浴室傳來她的尖叫聲，於是我們立即衝進房間，我不斷敲浴室的門，問她發生什麼事。然後她開門，説剛才有一隻很大的蟑螂走過，把她嚇壞。我問是否需要我進來幫忙，她説不用，蟑螂已經走了。於是我們就出去。」

「浴室除了有事主的尖叫聲，還有什麼聲音？」

「沒有。」

「請你形容一下她怎樣打開浴室的門。」

「她小心翼翼地把浴室的吊軌門打開一條縫。」

「蟑螂從哪裡走到哪裡？」

「她沒有説。」

「你從門縫看進去，看到什麼？」

「看到她用毛巾裹住身體，還有浴缸，一些雜物。」

「浴缸裡有什麼？」

「浴缸裝滿了水。」

「事主用什麼方式洗澡？」

「浸浴。」

「法官閣下，請看看證物 P2 和證物 N1。證物 P2 相冊裡的照片都是拍攝自中大海酒店 602 號房間的浴室，證物 N1 是中大海酒店提供的、關於各房間設施的文件。文件指出，所有浴室的洗手盆的下水口都設有濾網，濾網的小孔的大小小於一毫米。洗手盆沒有溢水孔。另外，浴室的地上有一個地漏，上面也安裝了濾網，濾網的小孔的大小小於一毫米。從照片中可見，602 號房間的浴室環境與文件的描述相符。其他照片顯示浴室的牆壁和天花板都沒有任何裂縫或孔。從證人的供詞判斷，事主看見大蟑螂，這也許是真的，比如蟑螂從櫃子裡走出來。但事主説蟑螂已經走了，則沒有可能。

因為事主在浸浴，浴缸裝滿了水，蟑螂不可能從浴缸的排水孔離開。牠也不可能從洗手盆的下水口或地上的地漏離開，因為濾網的孔非常小，大蟑螂沒法穿過這些小孔。蟑螂也不可能從浴室的門離開，因為證人沒有看到蟑螂。再說，如果蟑螂從浴室的門離開，事主應該不敢靠近門，因為她不知道蟑螂是否還在門邊。結論是：沒有一個合理的地方讓蟑螂離開。」

饒同鑫再問蔡秀華：「接着發生什麼事？」

「她洗完澡後，她的朋友就來找她。不久，兩名鑑證科人員到達，他們檢查事主的行李，在過程中，他們發生了口角。」

「誰和誰發生口角？」

「事主和兩名鑑證科人員發生口角。」

「為什麼發生口角？」

「鑑證科人員說他們收到警署的通知，要根據被告的供詞進行特別調查。事主就質問他們為什麼要相信強姦犯的話。後來他們檢查事主的行李時，發現紅色的噴霧不見了，事主聲稱噴霧用光了，被她丟掉，但鑑證科人員不太相信，因為那瓶噴霧的容量很大。而且他們在案發現場蒐證時，拍了很多照片，其中一張拍到紅色噴霧。他們就為了這件事吵來吵去。我為了控制場面，便代替他們向事主查問有關噴霧的事。」

「法官閣下，證物 D2 是證人的記事冊，記錄了她就紅色噴霧的事向事主查問的對話內容，並有證人和事主的簽名。證物 P3 是鑑證科人員在案發現場拍到紅色噴霧的照片。蔡小姐，事主聲稱噴霧用光了，被她丟掉。她說丟在哪裡？」

「她沒有說。」

「法官閣下，證物 P3 的照片顯示了拍攝時間，是 2018 年 3 月 5 日早上 9 時 03 分。那個時候，事主已經去了醫院。蔡小姐，請你形容一下當天下午，事主從醫院回到 58 酒店後的情況。」

「我看到事主和她的朋友和陸至林來到 58 酒店的 5 樓。那個時候，鑑證科人員已經把事主的單肩包和行李箱放在 505 號房間外。事主檢查她的行李。陸至林叫來一名鑑證科人員，和他說了一些話。過了不久，事主到廁所更衣。此時，陸至林把我們叫來。」

「事主為什麼要去更衣？」

「因為她要把西褲、拖鞋和大毛巾還給 58 酒店。」

「她拿了什麼東西進廁所？」

「一些衣服。」

「還有呢？」

「沒有了。」

「她到哪裡還東西給 58 酒店？」

「她沒有去哪裡，當時走廊有酒店職員，她把東西交給他們。」

「事主可以在什麼時候，把紅色噴霧丟在哪裡？」

「我不知道。」

「法官閣下，我沒有別的問題了。」

輪到盤鑠年盤問。

「蔡小姐，你作為一名曾經支援受害人的警員，現在成為辯方證人，你有沒有覺得對不起受害人？」

「她是不是受害人還言之尚早。」

「你說事主小心翼翼地把浴室的吊軌門打開一條縫，她為什麼只打開一條縫？」

「不知道，或許男警員站在我旁邊，她覺得不方便。」

「你們聽到浴室傳來事主的尖叫聲，於是立即衝進房間。你有沒有看到浴室的門邊或其他地方有蟑螂？」

「沒有。」

「蟑螂發現有動靜時，就會逃跑。你同意嗎？」

「同意。」

「換言之，事主的尖叫聲和你們衝進房間時產生的聲音，都可理解為動靜。蟑螂從浴室的門離開，聽到動靜，便趕快逃跑，所以你看不到蟑螂。同意嗎？」

「有這個可能，不過……辯方說過，如果蟑螂從浴室的門離開，事主應該不敢靠近門，因為她不知道蟑螂是否還在門邊。」

「道理很簡單，因為你不斷敲浴室的門，問她發生什麼事。你是警察，不是普通人，如果事主不開門，你就會把門撞開，到時候事情就變得越來越複雜。所以事主被迫克服對蟑螂的恐懼，硬着頭皮開門。同意嗎？」

「同意。」

「有沒有人問事主，用光的噴霧丟在哪裡？」

「沒有。」

「因為沒有人問，所以事主沒有說丟在哪裡。同意嗎？」

「同意。」

「事主再次回到酒店時，鑑證科人員已經把她的單肩包和行李箱放在房間外。換言之，那個時候，紅色噴霧應該放在事主的單肩包或行李箱裡。同意嗎？」

「如果鑑證科人員沒有把噴霧拿去化驗，應該在她的行李中。」

「事主檢查她的行李時，你是否清楚看到單肩包或行李箱裡的東西？」

「我沒有清楚看到，因為我不是站在她旁邊。」

「你剛才說，事主拿了一些衣服到廁所更衣。對不對？」

「對。」

「有多少件衣服？」

「大概……幾件。」

「是什麼類型的衣服？」

「有內褲、牛仔褲、外套，還有一雙高跟鞋。」

「在事主檢查行李、拿衣服出來、走進廁所的整個過程中，你是否目不轉睛地看着她？」

「不是，我有時候會看看其他地方。」

「事主用怎樣的姿勢來檢查行李和拿出衣服？」

「她蹲在地上。」

「她蹲在地上時，是背對閉路電視鏡頭還是面向閉路電視鏡頭？」

「背對鏡頭。」

「換言之，事主可能在這個時候拿出紅色噴霧和衣服，只是紅色噴霧被衣服覆蓋，所以你看不到她其實拿着噴霧。至於為何要拿出噴霧，是因為事主發現噴霧用光了，所以想把它丟掉。也就是說，紅色噴霧在事主更衣時丟掉，丟在廁所的垃圾桶裡，它現在應該埋在堆填區裡。同意嗎？」

「我……這也不一定。因為……我們可以查看閉路電視片段，看看她有沒有拿出噴霧。」

「你剛才說過，事主蹲在地上檢查行李和拿出衣服時，是背着走廊的閉路電視鏡頭，而事主身處的走廊也只有一台閉路電視。換言之，就算查看片段，也看不到事主從單肩包或行李箱裡拿出噴霧的畫面。既然你不是目不轉睛地看着她，也不是站在她身旁，就不能排除一個可能性：事主在那個時候拿出紅色噴霧和衣服，噴霧被衣服覆蓋着，所以你看不到她拿着噴霧。事主走向廁所時，閉路電視只能拍到內褲、牛仔褲、外套、高跟鞋，卻拍不到被衣服覆蓋着的紅色噴霧。你同意嗎？」

「反對！法官閣下，控方所說的是個人主觀看法，不是證據！」

「法官閣下，控方只是想帶出一個信息：辯方企圖利用證人來證明事主說謊，以及紅色噴霧有陰謀；但辯方證人和客觀的現場環境都不能排除控方剛才所說的可能性。換言之，事主沒有說謊，

紅色噴霧沒有陰謀，事情的原委就像事主所説的一樣。」

「反對無效！檢控官繼續盤問。」

「法官閣下，我沒有別的問題了。」

「辯方律師是否需要覆問？」

「法官閣下，辯方需要覆問。蔡小姐，事主在浴室裡洗澡，在什麼情況下，你會撞開浴室的門？」

「如果我聽到事主尖叫，但敲門時事主沒反應，我就會把門撞開。」

「你説的反應是指什麼？」

「開門或説話。」

「在什麼情況下，你聽到事主尖叫，事主沒有開門，而你也不會把門撞開？」

「如果事主大聲告訴我她沒事，我就不會把門撞開。」

「控方指出：事主可能把紅色噴霧丟在廁所的垃圾桶裡。作為一名警察，你會建議辯方怎樣證實控方所説的是真還是假？」

「辯方可以翻查酒店的資料，看看誰負責倒垃圾，然後安排他出庭作證，看看他對紅色噴霧有沒有印象。」

「法官閣下，我沒有別的問題了。」

「現在傳召辯方第七證人。」

辯方第七證人，是鑑證科罪案現場課督察邵希琳。她來到證人席前，以非宗教形式宣誓：「本人邵希琳謹以至誠，據實聲明及確認，本人所作之證供，均為真實及為事實之全部，並無虛言。」

饒同鑫開始主問。

「邵小姐，你從事什麼工作？」

「我是鑑證科罪案現場課督察。」

「案發當天，也就是今年的 3 月 5 日下午，你為什麼會和另一名鑑證科人員到女事主下榻的中大海酒店房間？」

「當天下午，鑑證科完成案發現場的蒐證工作後，收到警署的通知，要求我們根據被告的供詞進行特別調查。」

「調查內容是什麼？」

「警方説，被告聲稱事主迷姦他。警方要求我們檢查事主的行李，看看有沒有那瓶噴霧。」

「那瓶噴霧是怎樣的？」

「是一瓶小小的、透明的噴霧。容量少於 100 毫升，裡面的液體也是透明的。」

「你和誰一起前往事主的房間？」

「鑑證科攝影課高級特別攝影師，何子聰。」

「你們到達事主的房間後，向她道明原委，她有什麼反應？」

「她罵我們，說為什麼要相信強姦犯的話。」

「你們怎樣回答？」

「我們告訴她，我們的職責不是判斷誰有罪，誰沒罪；而是根據情況，盡量蒐集一些與案件有關的東西，用作分析和化驗。既然其中一方的供詞提及了一些值得留意的東西，而且相關部門也希望我們提供協助，我們只好公事公辦。」

「然後發生什麼事？」

「我們請她打開行李箱、單肩包和手袋，讓我們檢查，但沒有發現被告所說的噴霧。然而，我們發現紅色噴霧不見了，便問她噴霧在哪裡。她說已經用光，被她丟了。我們有點懷疑，女警員還問我們是不是記錯了。然後何子聰取出相機，證明我們確實在案發現場拍到紅色噴霧。接着，她又罵了我們一頓。」

「她罵你們什麼？」

「她說我們搜證時應該有佩戴手套，也就是說，我們一定有接觸過紅色噴霧，我們一早知道噴霧裡幾乎沒有液體。所以她說噴霧用光了，被她丟了，是很正常的事。她還說，我們給她的感覺就是，不肯接受一些理所當然的事情，偏要用陰謀論的思維來猜度別人。還說我們的口吻像警察一樣，質問我們是否有權力去盤問受害人，是誰賦予我們權力。」

「你們有什麼反應？」

「我們被她嚇得目瞪口呆。然後她向我們道歉，說她本來不想發脾氣，只是當天發生了一件讓她生不如死的事。後來，那名女警員代替我們來問她。」

「請書記把證物 D2 交給證人。」饒同鑫說。

書記把蔡秀華的記事冊交給邵希琳。

「邵小姐，記事冊上面的對話紀錄和女警員、事主的對話內容有什麼不同？」

「完全一樣。」

「後來發生什麼事？」

「我們問可不可以在房間搜索一下，她問我們為什麼還不相信她。於是，我們告訴她，其實我們來的目的，是要尋找一個透明的迷你瓶子，裡面裝着一些透明液體。她不解，問我們為什麼不斷問她紅色噴霧的事。我們告訴她，我們在行李中找不到透明的瓶子，不過，我們曾經見過紅色噴霧，

現在卻不見了，所以隨口問問。她說我們很荒謬，問了半天，卻在問一些與目的不相關的事。我再問她，可不可以搜索一下，她說可以。於是我們就在房間裡搜了一遍，沒有發現被告所說的噴霧和紅色噴霧。最後，我們和那兩名警員一起離開。」

「她說紅色噴霧丟在哪裡？」

「她沒有說。」

「你們為什麼不問她？」

「因為……我們的目的是尋找被告所說的噴霧，只是紅色噴霧不見了，才引起我們的好奇心。就算她說紅色噴霧丟在某個地方，我們也未必會去尋找。」

「你們離開事主的房間後，去了哪裡？」

「回到警察總部。」

「在回警察總部前，去過哪裡？」

「沒有。」

「當時有多少人在事主的房間裡？」

「有……六個。」

「哪六個？」

「女事主，我和何子聰，兩名軍裝警員，還有一位……應該是事主的朋友。」

「在整個過程中，事主的朋友有什麼舉動？」

「她……她沒什麼舉動，只是站在一旁，連話都沒有說。」

「事主的朋友神情如何？」

「呃……沒什麼特別，其實我不太留意她。」

「法官閣下，我沒有別的問題了。」

「現在休庭，下午 2 時 30 分繼續。」

「起立！」

莉茲對陳妓雯附耳低言道：「我們現在回酒店。」

陳妓雯沒有問原因，但她大抵猜到答案。於是，她們乘坐計程車回酒店，然後與佛朗哥開視像會議。

「佛朗哥，我們要怎樣對付辯方？」莉茲問。

「靜觀其變就可以了。」

「靜觀其變？！辯方律師打算找那個倒垃圾的出庭作證！」

「放心，我用人頭擔保，他一定不會找他出庭作證。」

「為什麼？」陳妓雯問。

「第一，那個倒垃圾的出庭作證，對辯方一點幫助也沒有。如果他說清理廁所的垃圾時沒看到紅色噴霧，控方會質疑他記性不好。撇開記性的問題，一般倒垃圾的員工，都不會刻意檢查垃圾桶裡有什麼垃圾，除非是一些靠撿垃圾、賣垃圾來維生的人。另外，如果垃圾桶裡有很多垃圾，控方也會指出紅色噴霧可能被其他垃圾覆蓋着，所以他看不到。第二，辯方律師借助證人的嘴巴，暗示他將會傳召倒垃圾的出庭作證，其實是為了擾亂你，如果你因此有所行動，就容易露出馬腳。證據就是：辯方律師盤問連小芸法醫時指出，他會勸另一名探員當辯方證人，指證連小芸對被告的態度惡劣。很明顯，這是為了把她趕上絕路，讓她承認自己的罪行，辯方由始至終都不打算傳召該名探員出庭作證。現在的情況也一樣，只要按兵不動就行了。」

「明白。唇語專家怎麼辦？」

「我跟雨果商量過，他說檢控官有能力應付，你不必擔心。」

「他有能力應付？憑什麼這樣說？」

「雨果根據檢控官在庭上的表現得出這個結論，他認為檢控官有能力削弱唇語專家供詞的說服力。」

「但願如此。」

下午 2 時 30 分，邵希琳繼續作證。

「證人，你還記得上午宣誓時所說的誓詞嗎？」嚴雪蘭問。

「記得。」

「現在輪到控方盤問。」

「邵小姐，你們在案發現場看到紅色噴霧時，有沒有用手拿起它？」

「我有拿起它，至於其他同事，就不太清楚。」

「你有沒有搖晃紅色噴霧？」

「有。」

「你搖晃它時，有什麼感覺？」

「噴霧很輕，應該用光了，或者說，就快用光。」

「因此，事主說噴霧已經用光，被她丟了，是準確無誤。同意嗎？」

「呃……我同意噴霧用光的說法，但是否被她丟掉，就不知道。」

「事主說噴霧已經用光，被她丟了。你們有點懷疑，你們懷疑什麼？」

「我們懷疑噴霧是否真的被她丟掉。」

「為什麼有這個懷疑？」

「因為……就算真的用光了，是否需要那麼快丟掉？」

「你覺得什麼時候丟掉才是正常？」

「我……我不知道，只是……嗯……怎麼説呢……就是，因為碰巧我們要尋找噴霧，她就把噴霧丟掉，有點巧合。」

「你們要找的是小小的、透明的噴霧，而不是大大的、紅色的噴霧。事主丟掉的紅色噴霧與被告聲稱見到的噴霧，是兩個不同的東西，有什麼巧合？」

「我無言以對。」邵希琳聳聳肩説。

「事主説她本來不想發脾氣，只是當天發生了一件讓她生不如死的事。那件事是什麼？」

「她沒有説，不過按常理推斷，應該是指被人強姦的事。」

「事主説，她覺得你們很荒謬，問了半天，卻在問一些與目的不相關的事。你是否覺得你們的行為很荒謬？」

「我不覺得，因為鑑證科人員必須心思縝密，不能大意。一些看似與目的不相關的事，也可能對案件有幫助。」

「你們在房間裡搜了一遍，沒有發現被告所説的噴霧和紅色噴霧。然後你們對事主説了什麼？」

「我對她説：『小姐，我們沒有發現目標物品。謝謝你的合作！』」

「你們的行動打擾了事主，卻一點收穫也沒有。你有沒有因此向事主道歉？」

「沒有。」

「現在有一個機會，事主就坐在旁聽席的第一行，你是否願意向事主道歉？」

邵希琳看着眾人，尷尬不已。她徐徐地站起來，向莉茲鞠躬，説：「對不起。」

莉茲努力止住笑意，可以的話，她想大笑一場。明明她才是犯了罪的人，眾人卻蒙在鼓裡，現在還要跟她道歉，對莉茲來説，這才是真正的荒謬。

「法官閣下，我沒有別的問題了。」

「辯方律師是否需要覆問？」

「法官閣下，辯方需要覆問。邵小姐，你向事主道歉，代表什麼？」

「正如控方所説，我們的行動打擾了事主，卻一點收穫也沒有。」

「除了這些，還代表什麼？」

「沒有了。」

「法官閣下，我沒有別的問題了。」

「辯方律師，唇語專家證人什麼時候出庭作證？」嚴雪蘭問。

「法官閣下，他會在下個星期一出庭。」

「今天的聆訊到此為止。」

「起立！」

第 26 章：〈手錶〉

　　星期五的聆訊提早結束，莉茲和陳妓雯把握機會去喝下午茶。辛苦了五天，終於可以休息兩天。不過惱人的事接踵而來，首先是唇語專家證人的問題，雖然可能是雷聲大雨點小，但他實際上有多大影響力還不得而知。其次，就是下榻酒店的費用，案發至今已經超過一個月，莉茲剩下的錢不多。雖然必要時她可以減持股票，但股價還有上升的趨勢，她想多賺一點。

　　是夜，莉茲睡得很香，彷彿積累的疲勞都在一夜間釋放出來。天亮前，外面下起雨來。隱約的雨聲並不吵鬧，像安眠曲般縈繞在耳畔。天亮時，有人焦急地按門鈴。雖然莉茲每每聽不到鬧鐘響，但門鈴聲和鬧鐘聲不同，前者更能提醒莉茲起床。莉茲揉着惺忪的睡眼去開門，原來是陳妓雯。她喘着氣，臉上盡是慌張的神情。

　　「發生什麼事？」莉茲問。

　　陳妓雯走進房間，忐忑不安，不知該從何說起。

　　「佛朗哥剛剛通知我，說唐凌聰的案件出了岔子，要趕快處理。」

　　「什麼岔子？」

　　「他沒告訴我，他只是說，如果問題解決不了，控方可能會敗訴。」

　　「什麼？！敗訴？！」看來在提神方面，再多的咖啡因都及不上「控方敗訴」四個字。

　　「他叫我們立即跟他開會。」陳妓雯取出平板電腦，開始視像會議。

　　畫面中的佛朗哥和陳妓雯一樣，神情慌張，但他盡量控制自己的情緒。

　　「到底發生什麼事，為什麼控方會敗訴！？」莉茲問。

　　「你冷靜一點。」佛朗哥說。

　　「我們明明處於上風，你現在卻說控方會敗訴，叫我怎麼冷靜？！」

　　「請聽我慢慢說。案發至今，我們經常監視唐凌聰在外的一舉一動。雖然安迪在案發前已經入侵了唐凌聰辦公室和家裡房間的閉路電視，但案發後，安迪沒有再監視這兩個地方。因為唐凌聰被解僱後，他的辦公室已經被其他人用了。至於他在家裡，也沒什麼特別情況，所以沒有再留意。其實，最主要的原因是，只有安迪一人負責監視，分身不暇，而且唐凌聰在外接觸的人可能與案件有關，所以他把焦點放在唐凌聰的戶外活動中。」

　　「你說了那麼久都還沒說到重點！」莉茲說。

　　「我要告訴你整件事的來龍去脈！很多時候，安迪會調查唐凌聰的行蹤，然後入侵相關地方的

監控系統，看看他有沒有異樣。昨天晚上，唐凌聰約了一個朋友到一家酒店吃宵夜。起初安迪查看閉路電視片段時，沒發現異樣，但他隱約覺得哪裡不對勁，於是再看一次，終於知道大事不妙。原來，唐凌聰戴着一塊蘋果公司生產的智能手錶。」

「手錶？！那又怎樣！？」

「聽說這塊手錶能打電話、測量心率。」妓雯説。

「不但如此，它還有很多功能，相關數據能間接反映案發經過。莉茲，你記不記得案發時唐凌聰有沒有佩戴這塊手錶？」

莉茲沉思片刻，説：「我記得他有戴。我觸碰他時，發現他衣袖的前端，手腕的位置，有一個隆起的東西。他穿長袖衣服，那個東西被衣袖遮蓋着，但我知道那是手錶。我有點好奇，就朝裡面窺視，發現是蘋果公司的手錶。可是……我真的沒想過它是那麼重要！」

「喬治研發的迷姦噴霧，其中一個特點是，受害人被迷暈後，心跳會減慢。當受害人遇到性刺激，產生性興奮，甚至射精時，心跳會回到正常水平。那塊手錶會記錄佩戴者的心率，那些數據不能證明唐凌聰強姦你。因為男人在強姦女人前，心跳會加速，在強姦過程中，心跳速度是正常的 2 倍到 2.5 倍，因此這些數據不合常理。」

「這不是我的責任！在案發前，你們不是調查清楚了嗎？！為何連他戴了什麼手錶都不知道？！」

「我們收到華意國際的委託後就開始調查他，那時候他不是戴蘋果手錶，而是戴另一塊比較小的手錶。那塊手錶沒有被衣袖遮蓋，我們看得一清二楚。至於蘋果手錶，我們翻查資料，得知他在案發前一天出席了一個商界午餐會，有個富豪送了一塊蘋果手錶給他，應該就是案發時佩戴的那一塊。案發後，我們沒看到以前那塊手錶，就以為他沒有戴手錶，誰知他居然戴了蘋果手錶，還藏在衣袖裡。歸根究柢，都是因為天氣寒冷，他穿了長袖。安迪之所以發現他戴了蘋果手錶，是因為天氣回暖，他昨晚吃宵夜時穿了短袖。」

「但最重要的是，唐凌聰有沒有發現手錶的秘密？如果他沒發現，應該不會把手錶呈堂。」妓雯説。

「他發現了。」

「證據呢？」妓雯問。

「我把閉路電視片段發給你們。」

影片顯示唐凌聰和一個朋友在一家酒店吃宵夜，過了不久，他們就圍繞着凌聰佩戴的手錶展開討論。

「雖然影片沒有聲音，但從他們的動作、表情已能猜到一二。首先，他的朋友指着手錶說了些話，凌聰又說了幾句。然後，凌聰有點激動，又說了幾句。後來，凌聰仔細研究手錶，臉上顯露喜悅的表情。可見，他得知手錶是洗脫罪名的最佳證據。」

「他怎麼知道在迷姦過程中，自己的心率出現異樣！？」莉茲問。

「因為市面上某些迷姦藥也具有令受害人心率減慢的現象。再說，他只要翻查手錶的數據，就知道當時的心率不合常理。」

「他是否已經把手錶交給律師！？」莉茲問。

「沒有。昨天下午的聆訊結束後，饒同鑫就和潘艷茹坐飛機到美國。我們查看他們辦公室的電腦，得知唐祿委託了他們處理 G 公司和唐祿的合約訴訟，也就是辯方呈堂的那份協議書。協議書在美國簽署，一切有關的訴訟都要在美國提起。我推斷，他們去美國應該是為了諮詢法律意見。換言之，手錶還在唐凌聰手上。」

「那麼，他是否已經通知了律師！？」莉茲問。

「安迪已全面監控唐凌聰、饒同鑫和潘艷茹的通話紀錄和郵箱，他還沒通知律師。下個星期一有聆訊，也就是說，律師會在星期日回到香港，我猜他可能等到律師回來後才把手錶交給他們。」

「我們把手錶搶過來不就行了嗎？！」莉茲問。

「不行，因為手錶的數據會同時備份到手機、電腦、雲端硬碟。」

「你叫安迪入侵他的手機和電腦，把相關備份資料徹底刪除！」莉茲說。

「我曾經也想這麼做，但有一些問題。第一，安迪得知唐凌聰在上星期把電腦的資料備份到一個外置硬盤中，要刪除外置硬盤中的資料才行。第二，如果唐凌聰告訴警方、法庭，說他手錶中的、能證明他清白的資料被人刪除，警方就會循這條線索去調查，繼而懷疑你。」

「怎麼會懷疑我？！警方會認為，唐凌聰知道手錶的數據能反映他強姦我的事實，所以賊喊捉賊，把資料刪除，再誣衊其他人，讓人以為他是清白！」

「如果真的是這樣，為什麼唐凌聰要把手錶的事公開？只要不公開手錶的事，警方就不會調查手錶，他也不必刪除資料。」

「因為他的朋友知道他佩戴了一塊能破案的手錶，也勸他把手錶交給法庭，如果唐凌聰事後沒有把手錶呈堂，他的朋友就會覺得很奇怪，繼而把手錶的事告訴警方，警方會調查手錶，所以他一定要把資料刪除！」莉茲說。

「既然如此，他一開始就不應該佩戴那塊手錶去和朋友吃宵夜，他的朋友也不會知道手錶的事。」

「因為他事前不知道手錶能還原案件的真相，朋友告訴他後，他才知道！」莉茲說。

「算了，不要再爭辯！你打算怎樣處理？」

莉茲低頭不語。

「我已經安排了阿曼達去香港，如果你決定要刪除外置硬盤中的資料，可以叫她幫你。不過我要提醒你，資料刪除後，警方、陪審團未必會相信唐凌聰的辯辭，但肯定有人懷疑你。」

「我要考慮一下。」

會議結束後，莉茲躲進被窩裡睡覺。

「要不要客房送餐服務？」妓雯問。

「不要。」莉茲哽咽。

就這樣，莉茲一直睡到中午。妓雯打算和莉茲出去吃飯，可是她叫了很多次，莉茲都沒反應。妓雯掀開被子，發現被子濕濕的，莉茲在發抖。妓雯摸了摸她的額頭，非常燙手，看來莉茲發燒了。妓雯打開酒店提供的急救箱，取出探熱針，讓莉茲測量。她果然發高燒，體溫高達 38.6 攝氏度。妓雯從手袋取出退燒藥，給莉茲吃。然後，她用平板電腦跟佛朗哥開會。

「莉茲呢？」

「她發高燒，在睡覺。」

「唉……看來這次凶多吉少。」

「阿曼達什麼時候到？」

「香港時間晚上大概 8 時。」

「我想問：迷姦噴霧對唐凌聰心跳的影響，是否必定能推翻強姦的指控？」

「很大程度上可以。」

「控方可以說，那是因為被告心律不齊，所以心臟出現不規則的跳動。」

「唐凌聰的體檢報告沒有說他心臟有問題，用心律不齊來解釋心率數據，似乎有點牽強。」

「不如問問雨果。」

「雨果安排我當 TM 的軍師，是相信我有能力解決問題，他不希望我什麼事都問他。」

「我剛才看了很多有關蘋果手錶的新聞，發現有一些案件，例如謀殺案，是靠手錶來破案。」

「沒錯。我記得在案發前的會議中，莉茲說了一句氣話，她說手錶是一件比核武器還要危險的東西，沒想到果然一語成讖。」

「什麼一語成讖？！只要阿曼達潛入唐祿的豪宅，把外置硬盤的資料刪除便行了。」

「沒你說的那麼容易。如果你問我，唐祿的豪宅和酒店相比，何者的防盜系統更完善，我會說是前者。」

「如果法庭最終裁定被告勝訴，而律政司又打算起訴莉茲，那麼她立即逃回美國，能否逍遙法外？」

「這個説不定，因為有《刑事事宜相互法律協助（美利堅合眾國）令》、《逃犯（美利堅合眾國）令》。基於引渡條約，美國可以向香港移交逃犯。不過莉茲是美國國民，很多國家都在憲法或引渡法裡設置了本國國民不引渡的門檻。當然，對於本國國民，美國也許同意在一定條件下引渡。這個要細閱美國的法例和相關引渡條約，還要視乎兩地政府的交涉情況，我也不清楚。」

「那現在怎麼辦？」

「等她醒來後，你再問問她。」

莉茲睡到下午 3 時半才起床。她拖着疲憊的身軀走進浴室，洗澡後，精神明顯好了一點。

「想出去嗎？」妓雯問。

莉茲搖搖頭。

「我替你叫客房送餐服務吧，發燒吃粥比較好，鮑魚雞粥可以嗎？」

「好的，謝謝。」

莉茲取出平板電腦，和佛朗哥開視像會議。

「聽説你發燒了。」

「吃了藥，好了很多。現在退到 37.3 攝氏度。」

「你考慮好了嗎？」

「我想到一個兩全其美的辦法。」

「説來聽聽。」

「我先問你，你覺得唐凌聰是一個怎樣的人？」

「就是一個……不諳世事、思想單純、軟弱無能的人。」

雖然佛朗哥的評價有點主觀、偏激，但唐凌聰接下來的決定卻真的具備這些特質。現在，他坐在家中的陽台上，一邊呷着紅茶，一邊看着雨後澄澈的蒼穹。他期待着明天，饒同鑫回來後，他就可以把證據交給他。是夜，餐桌上滿是大魚大肉、熱酒熱飯。這是唐凌聰刻意安排的，自從朋友告訴他手錶是重要的證據後，他就按捺不住內心的喜悦，這種不該出現在官司纏身的人臉上的神色，每每讓旁人疑惑。飽餐一頓後，是晚上 8 時半，他回到房間休息。此時，手機傳來短訊的通知鈴聲。

短訊的內容如下：

唐凌聰先生：

　　你好！我是莉茲·格里芬。也許你感到驚訝，甚至憤怒，但請你耐心看完這條短訊。

　　如果你想知道事情的真相，想獲得有利的證據，想洗脫強姦的罪名，就請你今天晚上 10 時半，獨自一人到 58 酒店 505 號房間，我在那裡等你。電梯大堂有一個垃圾桶，房卡被垃圾桶壓住，你用它來啟動電梯。

　　在此，我向你保證：

1.　只有我一人和你見面。

2.　我絕對不會傷害你。

3.　我會告訴你強姦案的真相，有問必答。

4.　我會把能讓你洗脫罪名的證據交給你。

　　同時，你必須向我保證：

1.　只有你一人和我見面。

2.　你絕對不能傷害我。

3.　不能把短訊內容和我跟你見面的事告訴任何人。

4.　你要用不會惹人懷疑的方式來和我見面（不要忘記你的保釋條件）。

5.　你要把蘋果手錶、手機、手提電腦、外置硬盤帶來（我保證不會搶你的，甚至連碰都不會碰）。

　　我知道我們之間沒有信任可言，你在懷疑我的動機。不過，為了自己的前途、人生，我覺得你應該相信我一次，這可能是你洗脫罪名的最後一次機會。

莉茲‧格里芬

二零一八年四月十四日

　　唐凌聰腦袋發脹，他搞不清楚這是怎麼回事，猜不透莉茲的動機。有陰謀嗎？好像沒有；沒有陰謀嗎？又沒什麼可能。他唯一明瞭的是，莉茲應該知道手錶的秘密。但她的目的是什麼？想把手錶搶過來？想摧毀它？想勸他不要把手錶呈堂？想殺掉他？好像通通都不是。不去又不行，因為辯方處於下風；如果去了，結果是否如他所願？

　　他考慮了半小時，決定赴約。莉茲也準備就緒。晚上 8 時半，莉茲和陳妓雯到外面買晚餐。離開房間前，莉茲按下「請即清理」的按鈕，要求房務員來清理房間。9 時，她們提着晚餐回到房間。房門開着，房務員還在清理房間，她們猶疑了一會兒，就走了進去。

　　這名男房務員傻頭傻腦的，對着她們傻笑。莉茲和陳妓雯相視而笑，一切都在她們的計算之內。很多年前，香港某個機構為有志從事酒店房務工作的輕度智障人士開辦了「酒店房務員證書課程」。碰巧中大海酒店有聘用智障人士，這名房務員就是該課程的畢業生。莉茲按下「請即清理」的按鈕

後，致電服務台，說她是強姦案的受害人，她之前聽到一些替她清理過房間的房務員，和別人談論她房間的情況，她覺得私隱受到侵犯，所以希望酒店安排一位品格良好、守口如瓶的房務員來清理房間，於是酒店便順理成章安排了他。

陳妓雯笑着走向他，和他攀談。

「你是新來的嗎？」

「不是，不是，我⋯⋯我做了⋯⋯很久。」

陳妓雯走到窗邊，拉上窗簾，然後搭着他的肩膀，指着窗簾說：「你看，這幅窗簾是不是很漂亮？」

「是，是。」

莉茲趁着妓雯引開他的注意時，悄悄走近工作車。工作車的中央有一個櫃子，用來放置布草、食物之類的，櫃子的兩邊各有一個垃圾袋。莉茲打開櫃子，櫃子裡有三層，用兩塊可拆卸的塑料板分隔。莉茲取出布草，拆卸塑料板，把它們放到房間的一隅，然後躲進櫃子裡，再關上門。

陳妓雯見時機成熟，便問他：「收拾好了嗎？」

「呃，收拾好了，再見。」

房務員推着工作車離開。工作車變得很重，但他沒有多想，用力推着。來到布草間，他把工作車推到一隅，就離開了。莉茲打開一條門縫，沒看到別的人。她小心翼翼地走出來，左顧右盼。和安迪所說的一樣，布草間的監控極少，有利她行動。她在附近的櫃子裡取來一套工作服，有上衣、長褲、帽子、手套和口罩，然後穿上。她向走廊的盡頭邁進，幾名員工和她擦肩而過，但他們都沒有懷疑莉茲。來到盡頭，莉茲推開門，走到外面，這是一條人跡罕至的冷巷。她召來一輛計程車，前往 58 酒店。

莉茲下車時，58 酒店的監控系統發生故障，所有閉路電視失靈，酒店方面大為緊張，急召技術人員來幫忙。莉茲走到電梯大堂，挪開垃圾桶，看見兩張 505 號房間的房卡。她取了一張，然後乘坐電梯來到 5 樓。進入 505 號房間，阿曼達靠在牆壁，叉着手。

「準備好了嗎？」莉茲問。

「當然。」阿曼達說。

房間的佈局和一個月前沒什麼不同，只是阿曼達把書桌搬到房間中央。雖然 505 號房間早已解封，房務員把房間徹底打掃乾淨，但酒店為了避免不必要的麻煩，沒有把房間出租，因此這裡是她和唐凌聰見面的最佳地方。一切都按照計劃進行，現在只等唐凌聰自投羅網。

10 時 20 分，唐凌聰來到 58 酒店。剛才的騷亂已結束，監控系統恢復正常。前台的職員看到唐凌聰，感到很意外，但還是禮貌地向他打招呼。

「唐先生，您好！」

「你好。」唐凌聰回應。

他來到電梯大堂，左顧右盼，趁着沒人的時候，利落地挪開垃圾桶，撿起房卡，然後乘坐電梯前往 5 樓。來到 505 號房間的門前，他駐足佇立。他擔心房間裡是否只有莉茲，也擔心莉茲是否會把證據交給他，更擔心自己能否安全離開。猶疑片刻後，終於打開了房門。他看見房間中央有一張書桌，莉茲坐在一邊，另一邊有一張椅子。再次來到這個讓他身敗名裂的房間，心情儼如打翻了五味瓶，心臟激烈跳動。他左顧右盼，看看有沒有其他人。

「不相信我嗎？我說了只有我，就只有我。」莉茲說。

唐凌聰看着她，本該感到憤怒，向她破口大罵；但他知道這些都是無謂的，最重要的是拿到讓他洗脫罪名的證據。其實莉茲的心情也很彆扭，按照最初的計劃，他們在案發後應該沒有兩人共處一室的時光，以致莉茲不知該如何面對他。她站起來，手持金屬探測器，走到唐凌聰身旁。

「我要看看你身上有沒有針孔攝錄機、竊聽器或其他可疑的東西。」

「為什麼你會有這種探測器！？」

莉茲瞥了他一眼，說：「待會兒告訴你。」

莉茲由上至下，把他測了一遍。又要求他打開公文包，探測裡面的東西。證實沒有異樣，莉茲指着桌上一個銀色盒子，說：「請把手機、手錶、手提電腦放進去，裡面有一個探測器，能探測電子產品，看看有沒有異樣。」

唐凌聰按照她的指示，把東西放進去。

「請坐。」

唐凌聰坐在書桌旁的椅子上，用疑惑、憤怒的目光盯着她。

「證據呢！？」

「那麼快？你不是應該先問問事情的來龍去脈嗎？」

「好！你就說來聽聽！」

「請先看看這段影片。」莉茲拿出隨身碟，打開手提電腦。隨身碟裡有幾個檔案，莉茲點開一段影片。

影片的背景是白色的，有一個人坐在椅子上，這個人就是莉茲。影片中的莉茲說：「大家好！我是莉茲·格里芬，是唐凌聰強姦案的控方第一證人。這段影片，是我在自願的情況下拍攝的，拍攝的目的，是要告訴大家強姦案的真相。其實這宗案件，並不是什麼強姦案。唐凌聰沒有強姦我，而是我迷姦他，再誣告他強姦。我現在自首，是基於某些原因。關於事情的來龍去脈，我會在另一段

影片中告訴大家。我已經做好心理準備，接受法律的制裁。對於受害人唐凌聰、他的家人、朋友、警方，以及所有關注本案的人，我在此向你們說聲對不起。」

影片播放完畢，莉茲走向茶几，取來三腳架和攝錄機，把三腳架放在書桌旁，再安裝攝錄機，然後按下錄影按鈕。

「剛才的影片只是開場白，我會把我們會面的過程錄下來，和其他證據一起交給你。開始吧，你有什麼想問？」

「你為什麼要迷姦我！？」

「這要從我的背景說起，我家境不俗，在美國住大房子，讀大學時不用半工半讀，自小生活無憂。可能是這個原因，讓我變得慵懶不已，每當我想到畢業後要辛苦工作，賺取微薄的收入，我就受不了。於是，我開始尋找致富的捷徑。機緣巧合之下，我加入了一個名為 SB 的犯罪組織。這個組織從事一切犯罪活動，宗旨是賺錢。這宗迷姦案，是我加入組織後的第一個任務。幾個月前，華意國際有限公司委託中間人聯絡 SB，要求我們對付凝寰集團有限公司的未來接班人。」

「真的是華意國際的陰謀？！」

「沒錯。SB 用了幾個月的時間來籌備，決定派我來迷姦你，再誣告你強姦。只要你坐牢，身敗名裂，華意國際就能乘虛而入，控制凝寰集團。」

「為什麼警方找不到你迷姦我的證據！？」

「SB 是專業的，當然不會留下證據。我們有一位成員在美國軍方工作，我迷姦你所用的噴霧就是他在那裡研發的。噴霧針對市面上迷姦藥的缺點來改良，無色、無味，能逃過毒理化驗，所以醫生替你驗血、驗尿也沒法驗出端倪。不但如此，我身上的傷痕都是我故意製造的，是我自己用紮帶反綁雙手。回答你剛才的問題，SB 是專業的，因此金屬探測器只是一種最基本的犯罪工具。」

「那瓶噴霧在哪裡！？」

「案發當天，有一位成員來和我接洽，我把噴霧交給了她。」

「我很想知道你做這些傷天害理的事能賺到多少錢！？」

「華意國際支付我們 2 億美元的委託費，我作為任務的主要執行人，可以獲得委託費的 10%，也就是 2000 萬美元，折合港幣 1.56 億。可能對你來說，1.56 億只是九牛一毛；但對我來說，這筆錢夠用一輩子。」

「既然如此，你為什麼願意自首！？」

「我本來沒打算自首，就算私家偵探長期監視我，寄信、寄影片來騷擾我，希望我露出馬腳，我也沒有上當，甚至反將他們一軍，把他們繩之以法。直到今天早上，SB 的成員通知我，說你佩戴

蘋果手錶，問我案發當天你有沒有戴。我記得你有戴，不過我當時沒有多想，因為我對手錶沒什麼研究，也不知道蘋果手錶會讓我們的佈局露出不可彌補的破綻。我相信你已經知道蘋果手錶的秘密，它能記錄你的心率，這就是你洗脫罪名的證據。因為迷姦噴霧會讓你的心跳減慢。當你遇到性刺激，產生性興奮，甚至射精時，心跳會回到正常水平。這些數據不能證明你強姦我，反而坐實了迷姦的說法。因為男人在強姦女人前，心跳會加速，在強姦過程中，心跳速度是正常的 2 倍到 2.5 倍，因此這些數據不合常理。我們苦思良久，也想不到破解的方法。那時我才知道，原來計劃已經崩潰，千算萬算，就是算漏了這一步。不過，人都是自私的，我也不例外。與其被人識破陰謀，處以重刑；不如選擇自首，供出同夥，藉此博取減刑的機會。」

驀然，莉茲站起來，向他鞠躬，「對於這件事，我鄭重向你道歉，對不起！」

凌聰感到有點突兀，不知該說什麼。過了一會兒，他問：「你說的證據，除了這兩段影片，還有其他嗎！？」

莉茲打開桌上的銀色盒子，說：「已經檢查完畢，請取回你的東西。」

凌聰取回手機、手錶和電腦。接著，莉茲點開隨身碟裡的一個檔案。

「請看看，這是 SB 所有成員的資料。我們有九個成員，每人負責不同的崗位。只要把這些資料交給國際刑警組織，就能把他們繩之以法。」

莉茲點開第二個檔案。

「這是迷姦案的計劃，包括參與者、行動步驟、時間表、工具、預算、預計困難、解決方案等。」

莉茲點開第三個檔案。

「這是迷姦噴霧的資料，包括研發人員、研發地點、配方、實驗報告等。」

莉茲點開第四個檔案。

「這是華意國際與 SB 接洽的資料，包括 SB 和中間人的通訊紀錄、華意國際的要求、委託費的交易紀錄等。」

唐凌聰看得目瞪口呆，此刻的他，深深明瞭「希望」和「曙光」的意義。

「你應該知道，我不會無條件把這些證據交給你。」

「什麼意思！？」

「我叫你把蘋果手錶、手機、電腦、外置硬盤帶來，你應該猜到原因吧。」

「你要我把手錶交給你！？」

「我把證據交給你，條件是：你不能把蘋果手錶呈堂，不能公開心率數據。」

「這不是很矛盾嗎？！既然你願意自首，願意公開你的犯罪證據，那為什麼我不能把手錶呈堂？！

手錶的數據也是你的犯罪證據！」

「我交給你的證據和手錶的證據是大相逕庭的。我會在下次聆訊中自首，並公開這些證據，到時候，審訊就會立即結束，控辯雙方皆沒有勝負。相反，如果辯方把手錶呈堂，到時候控方就會因為這塊手錶而敗訴。當我知道陰謀一定會敗露後，我的心態已經改變了，我不但願意自首，更不想連累無辜的人。檢控官盤鑠年先生，真的是一位很好的律師。提堂後，他約我出來，告訴我應該怎樣面對審訊，要注意什麼。他完全沒有懷疑我，真的相信我是受害人。他對我越好，我就越內疚。他相信我這個罪人已經是一件不幸的事，如果他再因為這塊手錶而敗訴，就更加不幸了！你應該知道，律師勝訴或敗訴都會記錄下來。如果盤大律師敗訴，就會影響他的收入、聲譽、地位和日後的升遷。我真的不想再害他！」

唐凌聰猶豫不決。莉茲再說：「其實我交給你的證據，已經足夠讓你洗脫罪名，根本不必依賴手錶的數據。相反，如果你把手錶呈堂，就會害死盤大律師。你可以恨我，把我當作仇人；但我相信你不會恨盤大律師，你也不希望他的職業生涯增添一個污點。對嗎？」

「你想怎麼做？」

「我想你把手錶的數據，以及手機、電腦、雲端硬碟、外置硬盤的備份資料徹底刪除。」

「我答應你，我不會把手錶呈堂，也不會公開這些數據，但我不刪除資料，可以嗎？」

「如果你食言那怎麼辦？」

「我唐凌聰對天發誓，我決不食言！」

「我會在下次的聆訊中自首，並公開我的犯罪證據。現在，我會把犯罪證據的副本交給你。如果我到時候食言，你就立即公開我的犯罪證據。可是，如果你食言的話，我怎麼辦？我希望我和你的交易，是公平公正的，不會讓任何一方吃虧，明白嗎？」

「好吧。不過你要先把證據交給我，我再刪除資料。」

「沒問題。」

莉茲走向攝錄機，按下停止錄影的按鈕。接着她取出攝錄機裡的記憶棒，再插進手提電腦裡，然後用倍速播放的方式播放影片。

「這是我們會面的錄影片段。」

莉茲把這段影片放進隨身碟裡。

「現在所有犯罪證據都在隨身碟裡。」

莉茲把隨身碟交給唐凌聰。

「以防萬一，你可以用你的電腦檢查一下這些檔案，看看有沒有問題。」

　　唐凌聰把隨身碟插進電腦裡，然後用防毒軟件掃描隨身碟，沒有任何異樣。接着，他逐一點開檔案，仔細檢查一遍，沒有任何問題。

　　「我現在刪除資料。」

　　「慢着。」莉茲取出另一個隨身碟，交給唐凌聰。「以防有人恢復已刪除的資料，所以要把資料徹底刪除。這個隨身碟裡有一個無線網絡，請把外置硬盤連接到電腦，再把手錶、手機、電腦連接這個網絡。然後隨身碟裡的一個程式，就會把手錶的數據，以及手機、電腦、雲端硬碟、外置硬盤的備份資料徹底刪除。」

　　「其他資料怎麼辦！？」

　　「放心，只會刪除與手錶有關的資料，其他無關的資料不會受到影響。」

　　唐凌聰按照莉茲的指示，把相關資料徹底刪除。完成後，他還是不放心，再次檢查隨身碟裡的犯罪證據，確定沒問題後才安心下來。

　　「還有別的事嗎！？」凌聰問。

　　「沒有了。恭喜你，你終於可以洗脫罪名。『天網恢恢，疏而不漏』，我以前不相信，但現在不得不信。」

　　「希望你以後在監獄裡好好面壁思過！」

　　「請你記住，在下次聆訊前，不要向律師透露我們的秘密，我不想節外生枝。」

　　「知道。」

　　「你先走吧，我過一會兒才走。」

　　唐凌聰收拾東西離開。然後，衣櫃的門打開了，阿曼達從裡面走出來。

　　「順利嗎？」阿曼達問。

　　「對着腦殘智障，怎能不順利？」莉茲獰笑。

　　莉茲再次穿上工作服，戴上口罩。

　　「剩下的就拜託你了。」說罷，她向房門走去。

　　此時，58酒店的監控系統又發生故障，所有閉路電視再次失靈，酒店方面又要急召技術人員來幫忙。莉茲在門口召來一輛計程車，回到中大海酒店後面的冷巷。她打開一條門縫，沒看到其他人，便進入布草間，脫下工作服，找回她之前藏身的工作車。她在工作車上面貼了一張叮噹貼紙，然後躲在裡面。

　　陳妓雯收到通知，便致電服務台。

　　「這裡是服務台，有什麼可以幫您？」

「你好！這裡是 602 號房間，剛才你們的房務員清理房間時遺下了一些東西，可以叫他過來取回嗎？」

「沒問題，我們現在派他過去。」

「謝謝，再見！」

過了 5 分鐘，那個輕度智障的房務員來到 602 號房間。

「你……是你叫我嗎？」

「對啊！」陳妓雯搭着他的肩膀。「你看看角落那裡，有一些布草和塑料板。那些塑料板屬於你們的工作車，可能是你剛才拆下來，放在一旁，忘了帶走。」

「哦……是嗎？那我現在拿回去。」

「不行，你要把那輛工作車推過來，把塑料板裝上去，再把布草放進去才行。」

「那……好像有點麻煩。」

「不麻煩！你想想，布草那麼多，塑料板又那麼重，你只有一雙手，可以拿得起這麼多東西嗎？所以，你把那輛工作車推過來就方便得多了。」

「可是，我……我忘了是哪輛車，那裡有很多……很多這樣的車。」

「剛才你來的時候，我看到車上面貼了一張叮噹貼紙。你去找一下，看看哪輛車有叮噹貼紙，就把它推過來。」

「知道，我現在就去。」

看到他傻裡傻氣的模樣，陳妓雯不禁竊笑。他來到布草間，那裡停着幾輛工作車。他一眼就看到那輛貼着叮噹貼紙的工作車，便興奮地推着它離開。雖然工作車很重，但他沒有多想，一直推到 602 號房間。當他正要打開車的櫃子時，陳妓雯喝住他。

「慢着！」她衝過去拉開他。「我想問，那些布草放在那裡一段時間，能不能再用，還是要拿去洗一洗？」

莉茲趁着妓雯引開他的注意時，悄悄打開櫃門，從裡面走出來，再關上櫃門，然後躡手躡腳地走進浴室裡。

「嗯……應該有點髒，不能再用，要拿去洗一洗。」

「好的，你過去拿回布草和塑料板。」

「知道。」

他把塑料板裝回櫃子裡，再把布草放進去。

妓雯撕掉貼紙，說：「工作車不能貼這種東西，會被人罵的。」

「知道。」

他離開後，莉茲從浴室出來。

「萬事俱備，只欠東風。」妓雯説。

「沒錯，現在就等唐凌聰自掘墳墓。」

唐凌聰回到家，再次翻看莉茲的犯罪證據。以防萬一，他把檔案拷貝了副本，放在另一個隨身碟裡。

星期日晚上，饒同鑫和潘艷茹回到香港。凌聰約他們在家中見面。

「這麼晚了，是否有什麼事？」饒同鑫問。

「明天的聆訊中，莉茲·格里芬可能會自首。」

「什麼？！她自首？！」潘艷茹問。

「到底發生什麼事！？」饒同鑫問。

「詳情我不方便説，總之我掌握了她的犯罪證據。如果她明天食言，我就會當庭公開證據。」

「是什麼證據！？拿出來看看！」潘艷茹説。

「她食言？你跟她見過面？」饒同鑫問。

「我不方便説太多，過了明天的聆訊才可以告訴你們。如果她明天不自首，我就會公開證據，到時候請你向法官申請，讓我再次出庭作證。」

「你要出庭説什麼？」饒同鑫問。

「關於證據的內容。」

他們霧裡看花，不知道凌聰在説什麼，也不知道他到底想怎樣，但直覺告訴他們，事有蹊蹺。

4 月 16 日上午 10 時，聆訊繼續。

「辯方律師，唇語專家證人是否準備好出庭作證？」嚴雪蘭問。

饒同鑫面有難色，望向被告席的唐凌聰；唐凌聰望向旁聽席的莉茲；莉茲泰然自若，沒有任何行動。

「法官閣下！」唐凌聰説。「控方第一證人有話要説！」

眾人的目光在唐凌聰和莉茲之間不斷切換。莉茲裝出一副一頭霧水的模樣，不知所措。

「控方第一證人，你是否有話要説？」嚴雪蘭問。

莉茲搖頭。看在眼裡的唐凌聰，怒火中燒。既然莉茲食言，他只好制裁她。

「法官閣下，我要出庭作證！」唐凌聰説。

「懇請法官閣下批准被告再次出庭作證！」饒同鑫説。

「到底怎麼回事？」嚴雪蘭問。

「法官閣下，被告得到新證據，希望把證據呈堂以及出庭作證。」

「檢控官有沒有看過相關證據？」

「法官閣下，控方沒有看過辯方所謂的新證據。」盤鑠年說。

「辯方律師，你應該知道所有證據在呈堂前，都要給控方過目！」

「法官閣下，根據被告的說法，他其實不肯定是否要出庭作證。如果控方第一證人有話要說，他就不必把證據呈堂，也不必出庭作證。換言之，被告的行動取決於控方第一證人的行動。」

「我都不知道你在說什麼！現在休庭半小時，讓控方看看辯方的新證據！」

「起立！」

有的人離開法庭，有的留下。莉茲和陳妓雯當然選擇留下，她們要見證難忘的一刻。唐凌聰把莉茲給他的隨身碟交給饒同鑫，饒同鑫再交給盤鑠年，盤鑠年把隨身碟插進電腦裡。點開文件夾後，凌聰怔住了，裡面除了載有 SB 成員資料的檔案外，其他檔案消失得無影無蹤。凌聰從褲袋取出載有檔案副本的隨身碟。

「試試這個！」他把隨身碟交給盤鑠年。

誰知，和剛才一樣，除了載有 SB 成員資料的檔案外，其他檔案消失得無影無蹤。

「把檔案列印出來。」盤鑠年對見習大律師說。

「莉茲‧格里芬！！！」唐凌聰對着莉茲咆哮。

他衝向莉茲，站在一旁的庭警知道出事了，也衝了過去。莉茲壓根兒沒想過唐凌聰會攻擊她，她嚇得尖叫，立馬站在椅子上，跳到後方的座位去。在凌聰快要碰到莉茲之際，庭警成功制伏他。他們把他按在地上，他不斷反抗，用粗言穢語辱罵莉茲，雙腳不斷踢向庭警。盤鑠年和饒同鑫也衝了過來，圍觀的人很多，眾人亂成一團。書記立即通知法官，過了 1 分鐘，嚴雪蘭來到。

「發生什麼事！？」嚴雪蘭問。

眾人回到自己的座位上去。

「法官閣下，剛才被告突然衝向控方第一證人，想襲擊她，幸好庭警成功制伏他。」盤鑠年說。

「法官閣下，不如盡快讓被告作證，他可以告訴我們事情的來龍去脈！」饒同鑫說。

「被告，你是否要出庭作證！？」

「是！」

「庭警，帶被告到證人席！」

庭警押着唐凌聰來到證人席。

「請被告宣誓！」

凌聰拿着宣誓卡説：「本人唐凌聰謹以至誠，據實聲明及確認，本人所作之證供，均為真實及為事實之全部，並無虛言！」

饒同鑫開始主問。

「唐先生，你聲稱得到新證據，所謂的新證據是什麼？」

「是莉茲・格里芬的犯罪證據！」

「什麼犯罪證據？」

「她迷姦我的犯罪證據！」

「這些證據是誰給你的？」

「莉茲・格里芬！」

「她什麼時候給你？」

「4 月 14 日，星期六！」

「請你説説當天發生的事。」

「那天晚上，我收到一條短訊，是莉茲・格里芬發給我。她説如果我想知道事情的真相，想獲得有利的證據，想洗脱強姦的罪名，就在晚上 10 時半，獨自一人到 58 酒店的 505 號房間見她。」

「請展示相關短訊內容。」

凌聰取出手機，交給書記，書記轉交給饒同鑫。饒同鑫看過短訊後，再交給盤鑠年。

「法官閣下，辯方申請把被告的手機列為呈堂證物。」

「批准！書記，把相關短訊列印出來。」

「知道。」

「請繼續説。」饒同鑫對唐凌聰説。

「我決定赴約，在 505 號房間裡，只有我和她兩人。她拿着金屬探測器，由上至下，把我測了一遍，她説是為了看看我身上有沒有針孔攝錄機、竊聽器或其他可疑的東西。接着又探測我公文包裡的東西，又要求我把手機、手錶、手提電腦放進一個盒子裡，説是為了看看有沒有異樣。後來，她播放了一段影片，是她的自白。她在影片中承認迷姦了我，再誣告我強姦，她是基於某些原因而自首。影片播放完畢，她取來攝錄機，把我們會面的過程錄下來。接着，她告訴我整件事的來龍去脈。她説她為了錢而加入一個叫做 SB 的犯罪組織，這宗迷姦案是她的任務，她能從中獲得 1.56 億港元的報酬。至於幕後黑手，就是華意國際有限公司，它委託中間人聯絡 SB，要求 SB 對付凝寰集團有限公司的未來接班人，也就是我！她還説 SB 有成員在美國軍方工作，她迷姦我所用的噴霧就是在

那裡研發。噴霧針對市面上迷姦藥的缺點來改良，無色、無味，能逃過毒理化驗，所以醫生沒法驗出端倪。那瓶噴霧，她在案發當天交給了另一位成員。她還承認，她身上的傷痕是她故意製造的，是她自己用紮帶反綁雙手。至於她為什麼願意自首，是因為當天早上，SB 的成員通知她，說我有佩戴蘋果手錶。這就是我能洗脫罪名的證據，因為它記錄了我的心率。迷姦噴霧會讓我的心跳減慢，當我遇到性刺激，產生性興奮，甚至射精時，心跳會回到正常水平。因此這些數據不能證明我強姦她，反而能證明她迷姦我。因為男人在強姦女人前，心跳會加速，在強姦過程中，心跳速度是正常的 2 倍到 2.5 倍，因此這些數據顯得不合常理。她說 SB 的成員苦思良久，也想不到破解的方法，我的手錶讓他們的佈局露出不可彌補的破綻，他們就是算漏了這一步。她覺得與其被人識破陰謀，處以重刑；不如選擇自首，供出同夥，藉此博取減刑的機會！」

唐凌聰一口氣說了很多事情，信息量很大，也很天方夜譚，饒同鑫不知道該問什麼。

「有什麼證據證明你所說的？」

「本來有，但現在不見了！」

「好的，後來發生什麼事？」

「她逐一點開隨身碟裡的檔案，有 SB 成員的資料、迷姦案的計劃、迷姦噴霧的資料、華意國際與 SB 接洽的資料。她說把證據交給我的條件就是：我不能把蘋果手錶呈堂，不能公開心率的數據。她會在下次聆訊中自首，並公開犯罪證據，到時候，審訊就會立即結束，控辯雙方皆沒有勝負。相反，如果辯方把手錶呈堂，到時候控方就會因為這塊手錶而敗訴。她說不想連累盤鑠年，因為他是一位好律師，常常幫她，沒有懷疑她，相信她是受害人。如果他因為這塊手錶而敗訴，就非常不幸。因為律師勝訴或敗訴都會記錄下來，如果盤鑠年敗訴，就會影響他的收入、聲譽、地位和日後的升遷。因此她認為她交給我的證據已經足夠讓我洗脫罪名，不必依賴手錶的數據。她要求我把手錶的數據，以及手機、電腦、雲端硬碟、外置硬盤的備份資料徹底刪除。我答應她的要求。最後她把我們會面的錄影片段放進隨身碟裡，把隨身碟交給我。我當時用防毒軟件掃描隨身碟，也再次點開那些檔案，沒有發現任何問題。我離開 58 酒店後就回家，我再次翻看她的犯罪證據，同時把檔案拷貝了副本，放在另一個隨身碟裡。誰知，剛才檢控官打開兩個隨身碟的文件夾時，那些證據不翼而飛，只剩下 SB 成員的資料。我怒不可遏，便衝過去想打她。你們可以聯絡國際刑警組織，叫他們調查一下 SB 的成員，一定可以將他們繩之以法！」

「法官閣下，被告所說的話，我都是第一次聽到，因此辯方難以繼續主問。懇請法官閣下批准暫時休庭，讓控辯雙方蒐集和研究相關證據！」

「批准。現在是上午 10 時 37 分，下午 2 時 30 分繼續。」

「起立！」

唐凌聰、饒同鑫和潘艷茹進入會見室。

「你見她之前為什麼不通知我！？」饒同鑫問。

「我星期五晚上才知道蘋果手錶是證據，我本來打算等你回來後才交給你！她在短訊裡說得很清楚，不能把見面的事告訴任何人，我為了得到她的犯罪證據，所以不敢違抗她的命令！」

「除了剛才在庭上所說的，還有什麼沒說！？」潘艷茹問。

「要說的都已經說完了！」

「你和她見面時，有沒有發現任何奇怪的事？」饒同鑫問。

凌聰沉思良久，說：「沒有。不過我真的不知道為什麼其他檔案會不見了，連另一個隨身碟都一樣！」

唐凌聰當然不知道。因為莉茲給他的隨身碟，裡面有一個隱藏的木馬程式，程式裡有一個倒計時，在 4 月 16 日上午 9 時 55 分，除了 SB 成員的資料外，其他檔案都會被徹底刪除。就算他把檔案拷貝，放在另一個隨身碟裡也沒用，因為木馬程式會同時被拷貝，結果也是一樣。

「要證明她主動約你見面應該不難，傳送短訊的手機位置、中大海酒店和 58 酒店的閉路電視片段、505 號房間裡的指紋、衣物纖維、隨身碟的指紋……凡此種種，都能證明那個女人有問題！」饒同鑫說。

「你不要再那麼衝動，如果你真的傷害了她，她會告你襲擊。」潘艷茹說。

「知道。」

下午 2 時 30 分，聆訊繼續。

「蒐證方面如何？」嚴雪蘭問。

「法官閣下，蒐證工作差不多完成，但需要一些時間來分析。」盤鑠年說。

「需要多久？」

「明天早上可以呈堂。」

「辯方律師，暫時撇開被告作證的事情，繼續傳召其他證人出庭作證，有沒有問題？」

「沒問題。」

「唇語專家證人是否準備好出庭作證？」

「是。」

「現在傳召辯方第八證人。」

辯方第八證人，是精通唇語的專家證人勞萬琛。他來到證人席前，以非宗教形式宣誓：「本人勞

萬琛謹以至誠，據實聲明及確認，本人所作之證供，均為真實及為事實之全部，並無虛言。」

饒同鑫開始主問。

「勞先生，請介紹一下你的背景。」

「我是一名唇語專家，修讀過不同水平的唇語訓練課程。學成後從事與唇語相關的工作，曾經服務過不同機構，至今有六年的工作經驗。去年開始，我受聘於一些教育機構，教授唇語訓練課程。」

「請書記播放證物 E4 的閉路電視片段，並放大黃皮膚女人的嘴巴。」饒同鑫說。

「是。」

「勞先生，請你留意影片中黃皮膚女人說話時的口形。」

「知道。」

影片播放完畢，饒同鑫問：「勞先生，影片中的黃皮膚女人，在什麼時候說出『想要一塊有利偏門行業的陰牌』或『想要一塊有利事業的陰牌』又或意思相同的句子？」

「反對！法官閣下，雖然辯方問證人『在什麼時候』是開放式問題，但後面的『想要一塊有利偏門行業的陰牌』或『想要一塊有利事業的陰牌』，則具有引導性。因此，辯方應該問證人，黃皮膚女人說了什麼。」

「法官閣下，辯方傳召證人作供，並非為了證明黃皮膚女人說了什麼，而是要證明到底是我方證人說謊，還是控方第一證人說謊。把問題的焦點放在這個點子上，能夠更快找到答案。」

「反對無效！辯方律師繼續主問。」

「謝謝法官閣下！勞先生，請回答我剛才的問題。」

「說第一句的時候。」

「請勞先生清楚讀出黃皮膚女人說第一句話的內容。」

「我想要一塊有利偏門行業的陰牌。」

「為什麼不是『我想要一塊有利事業的陰牌』？」

「漢語基本上是一個漢字就有一個音節。舉個例子，『我叫勞萬琛』，這句話有五個漢字，就有五個音節。從口形方面分析，大部分情況下，我們每說一個漢字，口部就會動一次，口形也隨之改變。影片中的黃皮膚女人，她說第一句話時，口部動了十四次，口形也隨之改變了十四次。如果她說的是『我想要一塊有利事業的陰牌』，那麼就和事實相違背。其實，要判斷她說了什麼，一般人也可以做得到。只要慢鏡頭回放，就會發現她確實說了『偏門』二字。另外，『行』和『事』的發音不同，說話的口形也不同，根據我的專業判斷，她說的是『行業』而非『事業』。」

「法官閣下，我沒有別的問題了。」

輪到盤鑠年盤問。

「請書記再次播放證物 E4 的閉路電視片段，正常播放就可以了。」

「是。」

「勞先生，請再次觀看影片。」

「知道。」

影片播放完畢，盤鑠年問：「勞先生，黃皮膚女人身旁有一位白皮膚女人，她是一個土生土長的美國人。根據你的專業判斷，黃皮膚女人當時說了『我想要一塊有利偏門行業的陰牌』；但白皮膚女人在庭上指出：黃皮膚女人當時說想要一塊有利事業的陰牌，沒有說是偏門行業。根據這些資料，能否斷言白皮膚女人在庭上說謊？」

勞萬琛思忖良久，問：「那個白皮膚女人懂不懂中文？」

「不懂。」盤鑠年答。

勞萬琛又沉思了一會兒，說：「不能斷言白皮膚女人說謊。如果在事前，黃皮膚女人對白皮膚女人說，她將會買一塊有利事業的陰牌。但購買時，黃皮膚女人因為某些原因，說了想要一塊有利偏門行業的陰牌，而白皮膚女人不諳中文，自然以為黃皮膚女人說了想要一塊有利事業的陰牌。如果事後黃皮膚女人沒有向白皮膚女人交代清楚，她就一直蒙在鼓裡。因此，不能排除是她們溝通上的問題而產生誤會，不能斷言白皮膚女人說謊。」

「法官閣下，我沒有別的問題了。」

「辯方律師是否需要覆問？」

盤鑠年巧妙地摧毀了專家證人對辯方的優勢，饒同鑫想覆問也無能為力。

「法官閣下，辯方不需要覆問。」

「今天的聆訊到此為止，明天繼續。」

「起立！」

翌日 10 時，聆訊繼續。

「關於被告昨天作證時提及的事情，證據分析工作完成沒有？」嚴雪蘭問。

「已經完成，現在呈上警方的調查報告。」盤鑠年把報告交給書記，書記轉交給嚴雪蘭。「第一，根據中大海酒店的閉路電視片段，控方第一證人莉茲·格里芬在 4 月 14 日晚上 9 時和她的朋友回到 602 號房間，直到晚上 11 時 58 分，格里芬小姐和朋友走出房間，在門邊聊了兩句，然後目送朋友離開。可見，被告當晚不可能和格里芬小姐在 58 酒店見面。現在請書記用三倍速播放證物 E5 的閉路電視片段。」

「是。」

唐凌聰看得目瞪口呆，他難以想像莉茲不離開房間但又能和他見面。影片播放完畢，盤鑠年再說：「法官閣下，調查報告第 2 頁清楚指出，證物 E5 的閉路電視片段並沒有偽造、後期製作的痕跡，因為片段顯示若干住客和房務員經過走廊的情況，警方比較了中大海酒店其他地方的閉路電視片段，得出這個結論。現在呈上 58 酒店的報告。」

盤鑠年把報告交給書記，書記轉交給嚴雪蘭。

「第二，根據 58 酒店的報告，酒店的監控系統在 4 月 14 日晚上 9 時 47 分發生故障，所有閉路電視失靈，經技術人員修復後，在 9 時 58 分恢復正常。從閉路電視片段得知，被告在晚上 10 時 20 分抵達 58 酒店，他在電梯大堂的垃圾桶下取出一張 505 號房間的房卡，然後乘坐電梯前往 5 樓，再進入 505 號房間。直到 11 時 19 分，被告獨自離開房間，再離開酒店。11 時 25 分，酒店的監控系統再次發生故障，所有閉路電視失靈，經技術人員修復後，在 11 時 32 分恢復正常。現在請書記播放證物 E6 的閉路電視片段，有被告的畫面就正常播放，沒有被告的畫面就用三倍速播放。」

「是。」

影片播放完畢，盤鑠年再說：「關於 58 酒店監控系統故障的問題，有一個合理的解釋。被告可能收買了 58 酒店的職員，要求他們令閉路電視失靈。第一次失靈，暗示我們，格里芬小姐進入 58 酒店；第二次失靈，暗示我們，格里芬小姐離開 58 酒店。」

「你含血噴人！！！」唐凌聰咆哮。

「被告，請冷靜！檢控官，有沒有證據證明被告收買 58 酒店的職員？」嚴雪蘭問。

「沒有。」

「請檢控官不要作出毫無根據的推測。」

「對不起，法官閣下。第三，關於被告手機的短訊。這是證物 M1，被告收到的短訊副本。」盤鑠年把文件交給書記，書記轉交給嚴雪蘭。「被告聲稱收到一條來自格里芬小姐的短訊。調查報告第 3-6 頁清楚指出，傳送短訊的電話並不是格里芬小姐在美國使用的手機號碼，也不是她在香港使用的不記名電話卡號碼。警方根據發送者手機的地理位置和相關閉路電視片段，證實有一名戴着手套的神秘女子於 4 月 14 日晚上 7 時 44 分，在香港機場買了一張不記名電話卡，發了一條定時短訊，然後離開機場，不知所終。該短訊在 8 時 30 分傳送到被告的手機。後來，警方在距離機場約一公里的草叢中找到手機。調查發現，手機是簇新的，沒有使用者的資料，機身也找不到任何指紋。第四，關於 58 酒店 505 號房間的調查結果。調查報告第 7-11 頁清楚指出，強姦案發生後一段時間，警方解封了 505 號房間，房務員也把房間徹底打掃乾淨，但酒店為了避免不必要的麻煩，沒有把房間出租。

鑑證科的調查報告指出，505 號房間裡有兩組指紋、毛髮、皮膚組織和衣物纖維。第一組屬於房務員，大概在一個月前留下；第二組屬於被告，是短期內留下的，也就是在 4 月 14 日晚上留下。更重要的是，房間裡沒有格里芬小姐或不知名人士留下的指紋、毛髮、皮膚組織和衣物纖維。可見，自案發後，格里芬小姐沒有再踏足 505 號房間。第五，關於隨身碟上的指紋。被告交出了兩個隨身碟，他聲稱第一個是格里芬小姐給他的，第二個是被告私人擁有的。調查報告第 12-17 頁清楚指出，被告聲稱是格里芬小姐交給他的那個隨身碟，上面並沒有格里芬小姐的指紋、毛髮或皮膚組織。」

唐凌聰不敢相信自己的耳朵。這也難怪，因為 TM 是專業的。當晚，阿曼達花了不少時間清理莉茲留下的毛髮、皮膚組織和衣物纖維。至於隨身碟，莉茲在十個手指頭上貼了肉色的貼紙，防止留下指紋。

「第六，關於隨身碟的內容。兩個隨身碟裡都載有一個檔案，是證物 P15。」盤鑠年把文件交給書記，書記轉交給嚴雪蘭。「昨天被告作證時聲稱是格里芬小姐迷姦他，幕後黑手是一個叫做 SB 的犯罪組織。他聲稱隨身碟裡還有迷姦案的計劃、迷姦噴霧的資料、華意國際與 SB 接洽的資料，卻突然不翼而飛，只剩下 SB 成員的資料。他還叫我們聯絡國際刑警組織，調查一下 SB 的成員。昨天，香港警方聯絡了國際刑警組織，查詢有關 SB 的資料。詳情請參看調查報告第 18-25 頁。誰知，這個舉動卻把香港警方弄得聲名狼藉，幾乎釀成國際大醜聞。國際刑警組織發了封電郵譴責香港警方，知道為什麼嗎？！我想問問各位，有沒有看過一部叫做《領域》的電影？這是一部三十年代的黑白電影，在電影史上不算著名，就算是電影發燒友也未必看過。電影中有一個間諜組織，該組織有八名成員。隨身碟中的檔案顯示 SB 有九名成員，其中一名是格里芬小姐，另外八名就是電影中的那八個演員！只是有人利用電腦把演員的黑白照片改成彩色，再杜撰一些資料，說他們是犯罪分子！國際刑警組織質問香港警方，為什麼要他們調查子虛烏有的犯罪組織！」

唐凌聰的襯衣已被汗水沾濕，彷彿除了激烈的心跳聲外，什麼都聽不到。他知道自己完蛋了。在此之前，他以為那碩果僅存的檔案，是拯救他的最後一根稻草；誰知，原來通通都是錯覺，一瞬間，稻草變成了噬人的毒蛇。

「由此可見，全都是被告為了脫罪而佈的局！被告為此浪費了寶貴的人力、物力、時間，甚至將香港警方的聲譽毀於一旦，法官閣下應該向其追究責任！」

「被告！……」嚴雪蘭說。

「法官閣下！」饒同鑫打岔。「控方的舉證尚有疑點，不應那麼快下定論！」

「有什麼疑點！？」

「當天晚上，中大海酒店的房務員李雲彬在格里芬小姐和她的朋友回到房間後不久，就推着工

作車離開。閉路電視片段顯示，李雲彬首次推着工作車前往房間時，表現得相當輕鬆。當他推着工作車離開時，似乎很吃力。當他稍後再次推着工作車前往房間時，也很吃力。然而，當他再次推着工作車離開房間時，則表現得相當輕鬆。辯方大膽推測：莉茲·格里芬可能藏在工作車裡，藉此離開和返回房間！懇請法官閣下批准辯方傳召李雲彬出庭作證！」

「反對！法官閣下，請看看中大海酒店提供的資料。」盤鑠年把文件交給書記，書記轉交給嚴雪蘭。「李雲彬是輕度智障人士，不是精神健全人士，他沒有能力知道自己在法庭作供，也不明白作供時須要説出實情以及作假口供的嚴重後果！」

「法官閣下，請看看這份報告。」饒同鑫把文件交給書記，書記轉交給嚴雪蘭。「律政司在 1994 年訂定了十七項協助精神上無行為能力人士的出庭措施，以減輕精神紊亂及智障人士在刑事審訊中作供時可能受到的創傷。既然盤鑠年資深大律師作為控方，應該不會反對律政司訂定的措施吧！」

「辯方所説的十七項措施，主要是針對精神不健全的性罪行受害人，這宗強姦案的受害人不是智障人士，不能相提並論！退一步來説，就算批准智障人士出庭作證，陪審團又要如何審視智障人士的供詞？！如果他前言不搭後語，固然不能相信他的供詞；就算他的供詞沒有矛盾，沒有疑點，但他是智障人士，陪審團應否全盤相信他的供詞？！不應該的話，他們應該相信多少才恰當？！當中的準則要如何釐定？！如果這些問題沒有清晰的答案，就不應魯莽傳召他出庭作證！」

「法官閣下……」

「法官閣下！不好意思，打斷辯方律師的發言，我還有一些補充。這是中大海酒店提供的、關於李雲彬的工作報告。」盤鑠年把文件交給書記，書記轉交給嚴雪蘭。「報告指出，由於李雲彬是智障人士，所以他的四肢不太靈活，工作效率比一般房務員低。辯方律師説李雲彬推工作車時顯得很吃力，其實他一直都是這樣，他平日推車時都比較慢，有點力不從心。至於影片中拍到李雲彬推車時表現得相當輕鬆，這要如何解釋？很簡單，眾所周知，智障人士間或會表現得亢奮、激動，這是他們的特質。在這種特質下推車，表現得輕鬆也是理所當然的。辯方律師以此認定格里芬小姐躲在裡面，這應該是本世紀最大的笑話！另外，退一步來説，就算曾經有人躲在工作車裡，鑑證科也很難搜證。因為中大海酒店注重衛生，每天早上 6 時前，所有工作車都要徹底清洗乾淨。因此，就算鑑證科想搜證，也沒法找到相關的指紋、毛髮或皮膚組織。」

「辯方律師還有話要説嗎？」嚴雪蘭問。

「沒有了。」

「對於這件事，本席感到既憤怒又遺憾！被告的所作所為，本席不能視若無睹！本席將會要求律政司加控被告六條罪，第一，藐視法庭罪，被告昨天在庭上企圖攻擊控方第一證人，擾亂法庭秩

序。第二，普通襲擊罪，被告昨天在庭上作出攻擊控方第一證人的行為，儘管他沒有碰到對方的身體，也已構成犯罪。第三，意圖犯罪而襲擊或襲警罪，有庭警向本席報告並提交驗傷報告，說昨天制伏被告時，被告極力反抗，用腳踢向庭警，令他們受傷。第四，宣誓下作假證供罪，剛才控方已證實被告所作的陳述是虛假的，在此不贅。第五，使用虛假文書，被告知道隨身碟中的文件內容是虛假的，卻把文件呈堂，企圖誘使法庭接受該文書為真文書。第六，浪費警力罪，被告的所作所為浪費了警方寶貴的人力、物力、時間，也損害了警隊的聲譽。另外，由於被告曾經企圖攻擊控方第一證人，可見若繼續讓被告保釋，證人可能會受到傷害，因此本席決定撤銷被告的保釋，還押監房看管。」

一條條的罪，對唐凌聰來說，與死刑無異。此時此刻，他已經心灰意冷、心力交瘁。如果他勇敢的話，也許會一頭撞到牆上，又或咬舌自盡，一了百了。至於莉茲，雖然表面風平浪靜，但心坎已翻滾着喜悅的波浪。一條罪變七條罪，足以載入法律史冊，也讓 TM 各人對她刮目相看。

「案件來到尾聲，如無意外，下次聆訊可以進行結案陳詞。」嚴雪蘭說。

「法官閣下，辯方沒料到會加控被告那麼多罪名，頓時束手無策，未必能依時進行結案陳詞。懇請法官閣下把下次聆訊延後，讓辯方有更多時間準備！」

「檢控官意下如何？」

「法官閣下，控方沒異議。」

「本席體諒辯方的處境，決定把聆訊延後。今天是 4 月 17 日星期二，下次聆訊定在 4 月 23 日星期一。今天的聆訊到此為止。」

「起立！」

聆訊結束後，饒同鑫致電唐祿。

「喂，唐先生。」

「什麼事？」

「我要告訴你一個壞消息，請你做好心理準備。」

「到底怎麼了！？」

「唐凌聰……他，被加控六條罪，而且還被撤銷保釋，還押監房看管。」

「你說什麼？！」

「事情很複雜，簡單來說，他被加控藐視法庭罪、普通襲擊罪、意圖犯罪而襲擊或襲警罪、宣誓下作假證供罪、使用虛假文書罪、浪費警力罪。」

電話那邊沒有回答，只有急促的喘氣聲，然後一聲巨響，接着傳來蔣乙華的叫喊聲。

「唐先生？！唐先生？！」

饒同鑫立馬致電蔣乙華。

「饒律師，出事了！」

「發生什麼事！？」

「唐祿暈倒了，我要叫救護車！」

「你別緊張，我現在過來！」

雖然饒同鑫致電唐祿前，也擔心他是否受得了，但沒想過那麼嚴重。幸好，唐祿沒大礙，只是小中風。饒同鑫向蔣乙華說明事情的原委，她聽後說了句：「我恨不得把那個女人碎屍萬段！」然後，又陷入徬徨中。過了片刻，她想起玄學家馮玄，便致電他。

「馮師傅，我是蔣乙華。」

「唐太太您好，有何貴幹？」

「凌聰突然被加控六條罪，撤銷保釋，還押監房看管。另外，唐祿也因此氣得小中風，要住院。你不是說過凌聰有機會洗脫罪名嗎？！為什麼會這樣！？」

「稍等一下，我現在用奇門遁甲來占卜。」

過了半分鐘，馮玄問：「唐太太，你記不記得我跟你們說過一件事？我說令郎雖然是受害者，但同時也是一個貴人。要發揮令郎作為貴人的作用，需要借助一些外力。我叫你們勸令郎不要常常留在家裡，有空的話就約朋友出去。我還叫你們提醒他，不要輕易相信別人，尤其是一些曾經傷害過他的人。你還記得嗎？」

「記得。」

「我說他是貴人，是因為他身上有一件東西，這件東西能扭轉局面，讓他勝訴。不過他沒能力發現這件東西對辯方的價值，需要借助外力。所謂外力，就是靠朋友來告訴他這件東西的價值。我叫他不要輕易相信別人，尤其是一些曾經傷害過他的人，所指的就是那個迷姦他的女人。」

「你說得沒錯，就是這樣！那個女人騙他赴約，假裝把犯罪證據交給他，再誘使他刪除蘋果手錶的數據，那些心率數據可以還原案件真相！」

「很遺憾，令郎還是上當了。」

「那現在怎麼辦！？」

「只剩下一個方法。接下來，你們聘請的私家偵探會想到一個辦法，這個辦法屬於劍走偏鋒的類型，嚴重挑戰法律底線，但派得上用場的話，令郎就有勝算。不過有一點要注意，我曾經說過，叫辯方律師仔細調查控方證人，看看有沒有一個外國的中年光頭男子，有的話一定要想辦法阻止他

出庭作證，否則官司必定敗訴。」

「據我所知，應該沒有。再說，控方已經舉證完畢，應該不會再傳召證人。」

「沒有就好。另外，我想問你一件事，我收到一些消息，說唐先生把大部分財產分給了家人，是不是真的？」

「是。」

「凌聰分到多少？」

「呃……我記得好像是……大概 200 億……不，現在凝寰集團的股價上升，應該是 400 多億港元。其實我忘了，我要回去查一下。」

「如果唐先生在分配財產前詢問我的意見，我一定會叫他暫時不要把財產分給凌聰。因為財星在凌聰的八字裡屬於忌神，財星代表父親、女人和金錢。現在他得到那麼多錢，就是加重了命中忌神的力量，令他的運氣更差。」

「那怎麼辦！？」

「你叫他拿一些錢去做善事，藉此減輕財星的力量。」

「明白。那麼，唐祿的情況怎樣？」

「生死的事，我不方便說太多。唐先生年事已高，希望你有心理準備。」

「聽說種生基可以幫人續命，請你幫幫唐祿吧，錢絕對不是問題！」

「唐太太，其實在玄學界有一個不成文規定，就是如非必要，都不會替上年紀的人種生基續命。如果唐先生命不久矣，就證明他陽壽將盡。若然非要替他續命不可，將會折損子孫的福報、壽元。我接觸過一些個案，曾經有個老人要求種生基續命，法事完成後，他的子孫相繼患上癌症。希望唐太太三思。」

「明白，總之凌聰的事就拜託你了。」

「我會盡力的。」

掛斷電話後，蔣乙華問饒同鑫：「馮師傅多次提到一個外國的中年光頭男子，你肯定控方證人裡沒有這樣的人？」

「我肯定，不過，我猜馮師傅所說的男人應該是控方第一證人，也就是那個女人在美國任職的一家首飾製作公司的老闆。因為在庭上曾經播放過那個女人與老闆開會的影片，那個男人與馮師傅描述的一樣，但他由始至終都不是控方證人，而且那段影片也不是用來證明案件事實，應該沒什麼影響。」

第 27 章：〈劍走偏鋒〉

馮玄說得沒錯，私家偵探有了新的對策。這個對策很極端，也很冒險，但成功的話，就等於把深埋泥土中的真相狠狠地挖出來，放在世人面前，逼迫人們接受。這也難怪，看着剩下兩人的偵探社，大勢已去的悲哀油然而生，加上莉茲對凌聰的致命打擊，讓偵探們義憤填膺。既然對方是小人，那又何必用君子之道待之？

「距離下次聆訊還有一些時間，我想到一個方法讓辯方勝訴。」蔣民恩對程志健說。

「什麼方法？」

「事先聲明，這個方法是違法的，被人知道的話，我們要坐牢。」

「說來聽聽。」

「我前幾天再次調查那個女人，發現了一些蛛絲馬跡。我找到她大學畢業時拍攝的照片。她的父母有出席她的畢業典禮，但奇怪的是，在一百多張照片中，只有一張是她和父親的合照，而且合照中的她，沒有半點笑容，神情冷淡。相反，其他照片中的她，是面露笑容的。由此可見，她和父親的關係不佳。」

「那又如何？」

「珍妮塔的調查報告指出，她曾經被一個神父性侵，她也在庭上承認了這件事。這就是一個問題，根據我的調查，她這麼多年來都主要在家附近的教堂參加宗教活動，為什麼會突然去了另一個地區的教堂，還要和一個陌生的神父見面？我猜，她可能曾經去過那間教堂，發生過不愉快的事，例如被人性侵，所以若干年後再回到那裡，找人算帳。如果我的推測沒錯，她第一次去那間教堂時，應該有人陪伴，否則她不可能獨個兒去那裡。至於陪伴她的人，可能是父親，因為她父親也是天主教徒。」

「就算證明了這些，對辯方又有什麼幫助？」

「試想想，如果她和父親到那間教堂，然後她被人性侵，但父親坐視不理，又或大事化小，不為她出頭，那麼她和父親的關係就會變差。她迷姦唐凌聰，就是因為不愉快的經歷，令她心理扭曲，用誣告男人強姦的方式來滿足報復的心理。如果她父親知道女兒變成一個陰險惡毒的魔鬼，會怎麼想？他一定會阻止女兒繼續沉淪。我找到一些她自拍的影片，可以用她的聲音來偽造一段錄音。」

「可是，警方和聲紋鑑定專家有能力驗證聲音的真偽。」

「應該沒問題。洛洛給我們的程式，有一個語音合成軟件，他聲稱這個軟件經過改良，能百分

之百完美模仿別人的聲音。有聲紋鑑定專家說過，現時的聲紋識別準確率是 99.1%到 99.8%。換言之，用這個軟件，應該沒有破綻。」

「那麼，偽造的錄音是關於什麼的？」

「既然我們懷疑背後有一個龐大的犯罪組織在策劃一切，那麼錄音就是她和犯罪組織成員通電話的聲音。她會在對話中透露犯罪的動機和計劃，到時候她只能被迫招供。」

「我們是不是要把錄音交給她父親，讓他以為女兒加入了犯罪組織？」

「不是。」

「直接把錄音交給饒同鑫，叫他呈堂？」

「當然不行，我們要怎麼解釋在案發前得到這段錄音？！」

「如果是她最近和犯罪組織成員通話又如何？」

「如果是最近的通話，她又怎麼會再次透露犯罪動機和計劃？我們要聯絡她父親，給他一筆巨款，讓他和我們合作。然後，饒同鑫會新增一名證人，到時候，她父親就會出庭作證，那段錄音也會呈堂。」

「她父親要怎麼向法庭交代錄音的來歷？」

「她和父親不和，關係冷淡。作為父親，當然會關心女兒的生活，想知道她的秘密，想知道她有沒有誤入歧途。於是，他就在女兒的房間裡安裝竊聽器，無意中發現女兒加入了犯罪組織，以及實行迷姦唐凌聰的陰謀。」

「可是，她父親怎麼可能幫我們誣衊他的女兒？」

「經濟誘因是唯一的辦法。我查過他的背景，他 45 歲時領取了一筆巨額的退休金，然後提早退休。他老婆沒有工作，那個女人在案發前也沒有工作。這五年來，他們一家就靠退休金度日，我相信那筆錢應該剩下不多。他年紀越大，工作能力就越低，很難再找工作。如果他顧面子，就不可能讓老婆出去工作。至於那個女人，她當採購員，賺的錢也不多。換言之，他晚年會面對經濟問題。我們給他錢，讓他沒有後顧之憂，他應該會答應。」

「我聽饒同鑫說，唐祿剛剛把大部分財產轉讓給蔣乙華、唐凌聰和唐凌熹，只剩下幾十億港幣。我們問他要錢，他會不會拒絕？」

「我預計大概要 30 億港元，唐祿可能沒那麼多，我們問蔣乙華要吧。」

於是，蔣民恩致電蔣乙華。

「唐太太，您好！我是蔣民恩。」

「有什麼事？」

「是這樣的，我們剛剛想到一個方法，能讓唐凌聰勝訴，不過需要一些錢，所以想問你要。」

雖然蔣乙華越來越質疑私家偵探的辦事能力，但馮玄說過，私家偵探會想到一個好辦法讓凌聰洗脫罪名，為了兒子，她不得不投資在他們身上。

「要多少？」

「30 億港元。」

「30 億？！要買飛機還是買軍火？！」

「是用來買一個很重要的證人，這個人一定能讓凌聰勝訴。」

「好吧！我派人把支票送去給你。」

「謝謝唐太太！」

接着，他們利用語音合成軟件，偽造了一段錄音。然後，他們飛去美國，和莉茲的父親見面。這天傍晚，莉茲的母親出去看音樂會，吃了晚飯才回來，家裡只剩他一人。蔣民恩和程志健來到，叩門。過了一會兒，有人開門。

「你是伊凡·格里芬嗎？」程志健問。

「是。」

「我們之前通過電話。」蔣民恩說。

「進來吧！」

伊凡並不如凱特那麼友善，他沒有泡茶給他們喝，雙眸冷冷地盯着他們。

「我之前在電話中和你說過，我們是為了莉茲·格里芬的官司而來的。」蔣民恩說。

「你們想怎樣！？」

「我們受聘於凝寰集團有限公司前董事局主席兼前行政總裁唐祿先生，負責調查案件的真相。」程志健取出名片交給伊凡。

「我老婆說你們之前來過，叫她當辯方證人，指證我們的女兒。現在又來幹什麼？！該不會要我出庭作證吧！？」

「格里芬先生，我希望你明白，這宗案件有很多疑點，被告很可能是被人陷害，而陷害他的人就是你女兒。」蔣民恩說。

「證據呢？！」

「我們可以把所有證據展示給你看，也可以告訴你所有疑點，但需要三天三夜，我相信你沒有這個耐性吧？！」程志健問。

「我女兒被人強姦，你還要我指證她，說她陷害強姦犯，你的血是不是黑色的？！」

「我不知道該怎樣向你解釋，但我希望你明白，世界上有很多冤案，並不是所有強姦案都像表面看到的那麼簡單，也不是所有女人都是無辜。現實可以很悲哀，也許你要學會接受，你的女兒就是一個蛇蠍心腸的人。我們來的目的，是想和你談生意。」蔣民恩說。

「談生意？！」

「沒錯。我們打算給你 30 億港元，大概是 3.8 億美元。然後給你一段錄音，你要聯絡辯方律師，成為辯方證人，到時候把錄音呈堂。」蔣民恩說。

「你以為我會為了錢而出賣自己的靈魂嗎？！」

「格里芬先生，我知道你是一名天主教徒，你拒絕與邪惡同流合污。但現在的問題是，你是局外人，不知道案件的真相，你沒法判斷誰是誰非，誰是天使誰是魔鬼。現在，我們出現在你面前，就是要告訴你，事情的真相是什麼，正義在哪裡，引領你前往正確的方向。你收了我們的錢，替我們辦事，是利用不道德的方式來做正確的事。手段不重要，重要的是結果。試想想，如果你不幫我們，那個無辜的被告就要坐冤獄，到時候，你就真的做了壞事，你的靈魂永遠得不到解脫。」程志健說。

伊凡沒有說話。蔣民恩又問：「我知道你五年前領取了巨額的退休金，可是這些年來，你們一家在衣食住行方面所費不貲，尤其是女兒大學的學費，幾乎佔了退休金的一半。因此，你剩下的錢不多。你年紀越來越大，很難再找工作。難道你要太太出去工作嗎？你女兒從事採購，賺的錢也不多。你晚年的生活怎麼過？雖然我知道美國政府很喜歡接濟窮人，但如果你長命百歲，你往後幾十年都要活在貧窮中，你想這樣嗎？」

天使與魔鬼在伊凡的腦海中交戰。雖然他依然狠狠地盯着他們，但也不得不認真想想現實的問題。

程志健說：「我知道你擔心什麼。你怕被告勝訴後，莉茲會被起訴。沒錯，她會被律政司起訴，控告她施用藥物以獲得或便利作非法的性行為，最高刑罰是監禁 14 年。但你可以放心，很多時候法官都不會判最高刑罰。就像強姦案一樣，最高刑罰是終身監禁，但你上網查一下，很少會判終身監禁，最多十幾年。再說，有很多減刑因素，例如認罪、有悔意、初犯、寫求情信、被迫行為。我們有理由相信，莉茲被犯罪組織操控，被迫迷姦被告。這些減刑因素將會大大縮短刑期，大概坐兩三年就可以了。試想想，她犧牲兩三年的自由，換來一家人下半輩子衣食無憂。她刑滿釋放後根本不用工作，我們給的錢足夠她用一輩子。」

伊凡猶疑了片刻，說：「我……」

蔣民恩打岔：「格里芬先生，雖然你沒時間看所有證據，聽所有疑點，但有件事你一定知道。莉

茲在 2014 年到警署報案，説美國籍天主教神父馬丁‧艾倫性侵她。不過警方調查後認為證據不足，而且莉茲的供詞不可信，所以沒有起訴任何人。莉茲在庭上也承認了這件事。」

「什麼？！有這件事嗎？！她沒有告訴我！」

「她當然不會告訴你，因為你們的關係非常差！」蔣民恩説。

「你……你怎麼知道的？」

「我們是香港最著名的私家偵探，有什麼不知道？格里芬先生，你是不是曾經帶莉茲去過馬丁‧艾倫神父工作的教堂？」蔣民恩問。

「沒錯，在她 11 歲生日那天，我帶她去過，因為我約了一個朋友在那裡見面。」

「後來發生什麼事？」程志健問。

「我和朋友在聊天，她自己去玩。過了一會兒，我到處找她，後來我在一個神父的辦公室外找到她。她慌張地跑過來，説馬丁‧艾倫神父性侵她。我當時不知所措，不想把事情鬧大，就勸她大事化小。從此以後，她就非常恨我，我們的關係降到冰點，話也不多説，一説就吵架。不過，我不知道她再去找那個神父，也不知道神父再次性侵她。」

「格里芬先生，我們説莉茲迷姦被告，並不是無的放矢。試想想，她兩次被神父性侵，神父卻逍遙法外，她除了恨神父，又可以怎樣？難道殺了他嗎？她去報警，警方覺得她説謊，她除了恨警察，又可以怎樣？難道揍警察一頓嗎？你是她父親，但你坐視不理，不肯替她出頭，她除了恨你，又可以怎樣？難道殺了你嗎？她不斷被男人傷害，你覺得她不恨男人嗎？當然恨之入骨！她的怨恨沒法宣洩，便開始鑽牛角尖，最後走火入魔，加入犯罪組織，用邪惡的方式向全世界的男人展開報復。唐凌聰是無辜的第一個，但不是最後一個，如果不阻止她的話，受害者接踵而來。」程志健説。

伊凡的眼眸斂了攻擊性，多了幾分淒慘、悔恨。然後，他擺出祈禱的手勢，開始祈禱。「我們的天主，我將要做一件很重要的事，求你指引我正確的方向。如果我做錯了，求你阻止我、憐憫我、寬恕我，如同我寬恕別人一樣。因父及子及聖神之名，阿們。」

祈禱完畢，他問：「你們想我怎麼做？」

「我們會給你一段錄音，錄音是偽造的，但你放心，絕對不會露出馬腳，因為我們所用的軟件是世上頂尖的黑客研發的。錄音中，莉茲和犯罪組織成員通電話，從中透露犯罪動機和計劃。我們會安排你和辯方律師見面，這段錄音會呈堂，到時候，你要出庭作證，交代事情的來龍去脈。」蔣民恩説。

「你們説給我錢，是不是真的？」

「是。」程志健把 30 億港元的支票交給他。

伊凡看着支票，遲疑片刻，説：「不行，我不能要這張支票。如果我的戶口突然多了這筆錢，銀行和警方都會調查我，到時候就麻煩了。」

他們壓根兒沒想過這個問題，一時不知所措。過了一會兒，蔣民恩想到解決辦法。

「格里芬先生，你有沒有買彩票的習慣？」蔣民恩邊問邊上網。

「你是説強力球？」

「對。」

「我有買。」

「那就好了。強力球的彩池非常大，動輒上億元。下一期的頭獎獎金應該超過 3 億美元，有人中獎的話，我們會聯絡得獎者，用 3 億美元買下他的彩票，然後把彩票交給你，你去領獎，這樣就沒有人懷疑你。至於剩下的 8000 萬美元，就用股票的方式給你。唐祿在商界很有地位，他對於股票市場的內幕消息瞭如指掌。我會叫他把內幕消息告訴你，你藉此購買相關股票，賺回那 8000 萬。」蔣民恩説。

「聯絡得獎者？你們有這個能力嗎？」

「我們是香港最著名的私家偵探，當然有能力。」程志健説。

「可是……我們最好簽合約，這樣能保障我。」

「哎呀！我們一定不能簽約！你想想，我們在收買證人，你在庭上作虛假證供，如果我們簽約，一不小心合約洩露了，我們都要坐牢！」蔣民恩説。

「但是……」

「不用但是了！我告訴你，唐祿和蔣乙華是被告唐凌聰的父母。全盛時期的唐祿，坐擁 2400 億港元。現在蔣乙華繼承了唐祿龐大的財富。他們很愛唐凌聰，就算傾家蕩產都要讓兒子洗脱罪名。這張支票就是蔣乙華開的，他們那麼有錢，難道會吝惜區區的 30 億？！」程志健問。

「那好吧，我相信你們。」

達成協議後，他們為伊凡準備了頭等艙機票，安排他下榻香港五星級酒店的總統套房。一切都太完美，TM 大部分成員都想不到原來莉茲的父親能起到這樣的作用。

4 月 23 日，星期一。休息了幾天的莉茲，心情舒暢，唐凌聰雪上加霜所帶來的喜悦還沒散去。辯方已經用盡所有棋子，剩下的只有在結案陳詞中繼續狡辯。——開庭前的莉茲是這麼想。

「控辯雙方大律師，如果沒有別的事情，就開始結案陳詞。」嚴雪蘭説。

「法官閣下，辯方有新的證據，需要傳召新的證人。」饒同鑫説。

「不是所有辯方證人都已經完成作供嗎？！為什麼還有新證人？！都來到結案陳詞階段，你才

説有新證據？！辯方律師，你事前為什麼不向本席申請新增證人和證據！？還有，檢控官有沒有看過你所謂的證據！？」

「法官閣下，辯方沒有提前申請新增證人，也沒有把新證據交給控方過目，是因為新證人的身分比較敏感，不能提前曝光，否則幕後黑手可能會殺死他。」

「什麼幕後黑手！？請你説清楚一點！」

「這位證人的供詞和呈堂的新證據，足以推翻過去的審訊，能夠百分之百證明控方第一證人莉茲·格里芬迷姦被告唐凌聰，也能證明案件背後涉及外國的犯罪組織！」

「檢控官是否反對辯方傳召新證人和提交新證據？」

「法官閣下，控方不反對。」

「辯方律師，你應該還記得被告上星期在庭上的醜態，請你好自為之！」

「明白。法官閣下，辯方還有一個要求。因為新證據極度關鍵，也極度敏感，所以除了律師外，懇請法官閣下要求其他人在休庭時離場。」

「批准。現在休庭半小時，請不相干的人離開法庭。」

「起立！」

莉茲依依不捨地離開，睽違多時的不安再次湧上心頭。也許辯方只是雷聲大雨點小，但如果新證人和新證據比想像中厲害的話，莉茲真的會崩潰。偌大的法庭裡，只剩下四個人：盤鑠年、饒同鑫、潘艷茹和不知名的見習大律師。

「我真的要感謝你不反對我傳召新證人和提交新證據。」饒同鑫説。

「當然不反對，因為我想看看你如何出醜。」盤鑠年説。

「你應該擔心一下敗訴後如何調整心態。」

「除非太陽從西邊升起，否則，辯方想勝訴的話，要等下輩子。」

饒同鑫把隨身碟交給盤鑠年，是一個音訊檔案。看來這個證據真的很厲害，盤鑠年聽着聽着，臉上不禁泛起絳紅，繼而紅得發紫，最後化為蒼白。

「這是不是竊聽得來的！？」盤鑠年問。

「沒錯！看來你的眼睛不太好，把天使當作魔鬼，也把魔鬼當作天使。」

「待會兒我一定會反對你把證據呈堂，你應該知道非法得來的證據是不能呈堂的！」

饒同鑫拿着一個文件夾説：「你也應該知道世上有很多案例，法官可以行使酌情權，批准把非法得來的證據呈堂！」

「你似乎忘記了，法官也可以不行使酌情權！」

半小時轉瞬即逝，他們的舌劍唇槍從庭上來到庭下，又從庭下回到庭上。

「檢控官對於辯方提交的新證據意下如何？」嚴雪蘭問。

「法官閣下，控方反對辯方提交新證據，因為那是一段透過竊聽得來的錄音，非法所得的證據不應接納為呈堂證物！」

「法官閣下，辯方要呈交兩個案例。」饒同鑫把文件交給書記，書記轉交給嚴雪蘭。「這兩個案例分別來自兩個普通法系的國家：美國和英國。案件中，兩個法官都行使了酌情權，允許一段竊聽得來的錄音和一段偷拍得來的影片成為呈堂證物。辯方需要強調兩點：第一，新證據價值巨大，能避免無辜者含冤坐牢，也能避免幕後黑手逍遙法外。第二，進行竊聽錄音的人，與控方第一證人關係密切，竊聽的理由讓人動容，當中不涉及任何犯罪動機，也不使任何人非法獲利。懇請法官閣下批准辯方提交新證據和傳召證人出庭作證！」

「辯方打算傳召多少名新證人？」

「法官閣下，辯方打算傳召三名新證人。第一名證人會講述錄音的內容。第二名證人是聲紋鑑定專家，他會證明錄音的真實性。第三名證人是法醫語言學家，她會證明錄音中的人所說的話，與控方第一證人的語言習慣相符。」

「本席批准辯方呈交新證物和傳召新證人，現在傳召辯方第九證人出庭作證。」

辯方第九證人，是莉茲的父親伊凡·格里芬。他來到證人席前，舉起聖經，以宗教形式宣誓：「本人伊凡·格里芬謹對全能天主宣誓，本人所作之證供，均為真實及為事實之全部，並無虛言。」

莉茲目瞪口呆，她壓根兒沒想過父親會成為辯方虎視眈眈的獵物，更荒謬的是，他居然助紂為虐，成為辯方證人來指證自己。莉茲慌張地捉着陳妓雯的手，捏得緊緊的。曾經有一刻，她想逃離法庭，然後奔向機場，逃之夭夭。

「沒事，放鬆一下。」陳妓雯說。

饒同鑫開始主問。

「格里芬先生，你和控方第一證人莉茲·格里芬有什麼關係？」

「我是她父親。」

「你為什麼會成為辯方證人？」

「因為我要告訴全世界，這宗案件根本不是什麼強姦案，而是迷姦案，是我女兒迷姦被告，再誣告他強姦！」

莉茲很想咆哮，很想反駁他；但她不敢，因為她怕被控告藐視法庭罪。

「你有什麼證據證明你女兒迷姦被告？」

「我有一段錄音，是她和犯罪組織成員通電話時的錄音。」

「你怎樣得到這段錄音？」

「我在她的房間裡安裝了竊聽器。」

「她的房間是指哪裡的房間？」

「我們美國家中的房間。」

「你為什麼要在她的房間裡安裝竊聽器？」

「我和女兒的關係很差，我們很少聊天，就算我跟她說話，她的態度也很差。作為父親，怎麼會不關心子女？我很想了解她、關心她，但她每每把我拒之門外。我很怕她學壞，認識了壞人，所以我在她的房間裡安裝竊聽器，想了解她更多。」

「你們的關係為什麼那麼差？」

「說來話長，你們有沒有足夠的時間聽我說？」

「當然有，尋求公義的時間是無限的！」

「在她 11 歲生日那天，我帶她出去玩。後來我約了一個朋友在別的地區的教堂見面，我帶她一起去。我們沒有去過那間教堂，那是第一次去。我和朋友在聊天，她就自己到處蹓躂。後來，我去找她，我在一個神父的辦公室外找到她。她神色慌張地向我跑來，接着又有一個神父走了出來。女兒說那個神父性侵她。我當時不知所措，我是一名天主教徒，我不敢罵神父，也不想把事情鬧大，便勸她大事化小。從此以後，她就對我恨之入骨，因為我懦弱，沒有替她出頭。後來，我聽說她在 2014 年回去找那個神父，不知道是為了什麼，但她又被那個神父性侵。她去報警，但警方不相信她的供詞，沒有逮捕那個神父。」

「那個神父叫什麼名字？」

「馬丁·艾倫。」

「法官閣下，辯方現在要播放證物 V1 的錄音。」

「批准！」

書記開始播放錄音。

「你好，是我。」

「嗯，準備好了。」

「任務是什麼？」

「迷姦？！迷姦誰！？」

「唐凌聰？是中國人？」

「明白。但是，世上有多少企業會用這種方法來消滅競爭對手？」

「知道。」

「當然沒問題！對我來説，所有男人都是活該，死了也不可憐！」

「那麼多？！看來我這輩子都不用工作了！」

「你真會開玩笑，我選擇加入犯罪組織，就意味着背叛信仰，哪裡還會擔心自己是不是處女？」

「他在哪裡工作？」

「看來你們的實力不容小覷，連美國軍方都有你們的人。」

「真的有效嗎？據我所知，一般的迷姦藥逃不過毒理化驗。」

「原來如此。」

「不過，迷姦説就容易，實際操作很困難，又要佈局成強姦案。你們要幫我想一個完美的作戰策略。」

「好的，到時候見。」

錄音到此結束。饒同鑫繼續主問。

「格里芬先生，你女兒加入犯罪組織的原因是什麼？」

「我不知道，不過我想應該和過去那兩次性侵有關，導致她痛恨男人，要向男人報復。」

「這段錄音是在什麼時候錄的？」

「我翻查電腦的檔案紀錄，是在 2018 年 2 月 23 日錄的。」

「換言之，你應該一早知道你女兒加入了犯罪組織，即將策劃迷姦唐凌聰的陰謀。為什麼你到現在才公開證據和出庭作證？」

「我之前根本不知道這件事。你要知道，那個竊聽器是 24 小時不斷錄音的。雖然我退休了，不用工作，但我也不是全天候在家裡聽那些錄音，因為這是一件挺無聊的事。直到上個星期，我沒事幹，就想聽聽那些錄音，才發現背後有一個大陰謀。」

「法官閣下，針對這段錄音，辯方委託了電腦鑑證科技公司幫忙，電腦鑑證專員證實錄音的確是在今年的 2 月 23 日錄的。這是鑑證報告。」饒同鑫把報告交給書記，書記轉交給嚴雪蘭。「法官閣下，我沒有別的問題了。」

輪到盤鑠年盤問。

「格里芬先生，『有影片就有真相』，——你同意這句話嗎？」

「不太同意，因為科技日新月異，很多影片都可以偽造。」

「那麼，這段錄音也不是真相，同意嗎？」

「如果僅僅是這段錄音，當然未必是真相；但假如辯方有其他人證、物證，就能證明錄音是真相。」

「如果警方要求你交出所有竊聽的音訊檔案，你願意嗎？」

伊凡嚇得冒出冷汗，不知該如何回答。

「證人，請回答控方的問題。」嚴雪蘭說。

「我不願意，因為其他錄音與本案無關。」

「法官閣下，控方要求證人交出其他錄音。」

「反對！法官閣下，其他錄音與本案無關而且數量很多，在庭上播放的話會浪費時間。」

「法官閣下，辯方不需要在庭上播放其他錄音，只需要證明給控方看，真的有其他錄音。」

「法官閣下，控方暗示證人在說謊，實屬無中生有！」

「辯方律師，為了消除控方的疑慮，你就叫證人把其他錄音交給控方吧。」

「不過……法官閣下，其他錄音在證人美國家中的電腦裡，證人需要回美國一趟。」

「沒關係，就這麼辦吧。」

「法官閣下，我沒有別的問題了。」

「辯方律師是否需要覆問？」

「法官閣下，辯方不需要覆問。」

伊凡離開法庭時，瞥了莉茲一眼，只見莉茲如厲鬼般盯着他。

「現在傳召辯方第十證人。」

辯方第十證人，是聲紋鑑定專家姚可龍。他來到證人席前，以非宗教形式宣誓：「本人姚可龍謹以至誠，據實聲明及確認，本人所作之證供，均為真實及為事實之全部，並無虛言。」

饒同鑫開始主問。

「法官閣下，這是證人撰寫的聲紋鑑定分析報告。」饒同鑫把報告交給書記，書記轉交給嚴雪蘭。「姚先生，辯方之前把一段錄音和四段影片交給你，要求你分析，結果如何？」

「結果證實：錄音中的人的聲音，和另外四段影片中的人的聲音，是百分之百相同的。」

「法官閣下，我沒有別的問題了。」

輪到盤鑠年盤問。

「姚先生，聲紋能不能被模仿？」

「基本上不能，因為每個人說話時的頻譜、聲源、時序動態、韻律、語言學特徵等都有差異。因此，聲紋就像指紋一樣，具有唯一性和獨特性。」

「聲紋識別準確率是多少？」

「大概是 99.1%到 99.8%。」

「換言之，錄音中的人聲有可能是別人利用同一人的語音資源來偽造的。同意嗎？」

「同意，不過機率接近 0。」

「那段錄音是透過竊聽器獲得的，竊聽器安裝在房間某個位置，説話的人並不是對着竊聽器説話，而是和竊聽器有一段距離。另外，錄音中還隱約聽到一些來自自然界的聲音，如風聲、鳥聲。請問這些因素會不會降低聲紋識別的準確率？」

「會，不過影響很小，鑑定結果依然可信。」

「法官閣下，我沒有別的問題了。」

「辯方律師是否需要覆問？」

「法官閣下，辯方不需要覆問。」

「現在傳召辯方第十一證人。」

辯方第十一證人，是法醫語言學家麥婉菁。她來到證人席前，以非宗教形式宣誓：「本人麥婉菁謹以至誠，據實聲明及確認，本人所作之證供，均為真實及為事實之全部，並無虛言。」

饒同鑫開始主問。

「麥小姐，請説説法醫語言學家的工作是什麼。」

「法醫語言學家，又叫做語言鑑證專家，工作主要是通過比較目標文字或目標話語和一個人的個人方言，來鑑定那個人寫了目標文字或説了目標話語的可能性。」

「什麼是個人方言？」

「個人方言是一個人所使用的語言變體，個人方言表現在一個人用的詞彙、語法、發音、語言習慣等方面。每個人的個人方言與別人的都不同，是獨一無二的。」

「辯方之前把一段錄音和一些影片、文件交給你分析，分析結果如何？」

「證實那段錄音中的人的個人方言，與控方第一證人莉茲‧格里芬的個人方言吻合。」

「法官閣下，這是證人的分析報告。」饒同鑫把報告交給書記，書記轉交給嚴雪蘭。「請你詳細解釋分析結果。」

「第一，錄音中的人説話時常常運用反問句和疑問句，有些反問句更包含對方剛剛説過的內容，如『迷姦？！』、『唐凌聰？』。從前文後理來推斷，這兩句反問句的內容，應該是對方剛剛説過的內容，錄音中的人習慣用反問句重複別人説過的話，從而表達驚訝或疑惑之情。其他例子如『那麼多？！』、『真的有效嗎？』，也是同理。我透過另一段影片發現，格里芬小姐與別人交談時，也經常

説一些反問句、疑問句。可見，這是她的個人方言的一大特色。」

「法官閣下，證人所説的另一段影片，是一段賓夕法尼亞大學犯罪學學會舉辦的校友分享講座的錄影片段。講座中有兩名畢業於該大學犯罪學系的校友，他們是嘉賓。講座中有一名主持人，就是控方第一證人莉茲·格里芬，她負責訪問那兩名校友。報告第 42-272 頁，是三人的對話稿，當中用黃色螢光筆標記的部分，是格里芬小姐的問句。雖然她作為主持人負責訪問校友，疑問句必不可少，但反問句也不少。根據統計，疑問句有 44 句，反問句有 28 句。可見，喜歡問問題是她的一大特色，與錄音中的情況如出一轍。請證人繼續解釋分析結果。」

「第二，錄音中的人的價值觀和格里芬小姐的價值觀一樣。請法官閣下看看報告的 15-19 頁和 274-280 頁。辯方律師給了我一些文件，其中一份是格里芬小姐大學時期修讀性犯罪學研究課程的功課。功課要求學生搜集兩宗性犯罪的案件，並加以分析和評論。格里芬小姐選了一宗非禮案和一宗強姦案，她在強姦案的評論部分寫了一句：『所有強姦犯都是活該的，死了也不可憐。』後來，教授批改她的功課時，針對這句評論寫了評語：『學術性的評論力求客觀、理性，應盡量避免主觀、偏頗的言論。』如果把她寫的這句評論和錄音中説的話進行比較，會發現她評論時盡量掩飾自己內心真正的想法，説強姦犯都是活該，而不是説男人都是活該。但到了和信任的人聊天時，就完全釋放自我，説男人都是活該。可見，價值觀相同反映錄音中的人確實是格里芬小姐。最後一點，就是口音和感情的問題。請法官閣下看看報告的 5-14 頁。我比較過錄音中的人的口音和格里芬小姐其他影片中説話的口音，發現口音方面是如出一轍的。至於感情的問題，是指説話者説話時的感情。可以把這種感情視為一個總體，是説話者在不同情緒、不同場合下説話的歸納。我發現錄音中的人説話時的感情，和格里芬小姐一貫説話時的感情是吻合的。」

「法官閣下，我沒有別的問題了。」

輪到盤鑠年盤問。

「麥小姐，透過語言分析來推斷説話者是誰，這種工作是主觀性強還是客觀性強？」

「既有主觀，又有客觀。至於何者比較強，視乎不同情況而定。如果法醫語言學家在分析資料時盡量消除主觀性，以理論、技巧作為分析的前提，那麼主觀性就比較弱；同理，如果相關資料提供了大量提示，這些提示明顯指出説話者是誰，這可歸類為鐵證，客觀性就比較強。」

「那麼語言鑑定的科學性高不高？」

「這要從兩方面來説。從技術層面來説，它的科學性很高。因為語言鑑定建基於理論、方法學、統計學等方面，這些方面與科學有關。換言之，語言鑑定和指紋鑑定一樣，它都是建基於科學。但另一方面，在操作上，語言鑑定又未必具有很高的科學性。因為它不是借助機器來判斷相關語言是

否來自某一個人，而是靠專家的能力、經驗來判斷。從這方面來說，它和依賴機器的指紋鑑定作比較，科學性就不算高。」

「辯方交給你的錄影片段，屬於公開資料；控方第一證人的功課，在某種程度上也屬於公開資料。撇開聲紋鑑定的問題，有沒有可能有人根據這些公開資料，製作一段符合證人的個人方言的錄音，藉此混淆視聽？」

「有這個可能。」

「換言之，語言鑑定在刑事調查和審訊中的價值不大，同意嗎？」

「不太同意。外國有很多案件，執法人員向疑犯提到語言指紋時，疑犯就供認不諱。」

「法官閣下，我沒有別的問題了。」

「辯方律師是否需要覆問？」

「法官閣下，辯方需要覆問。麥小姐，控方剛才問，撇開聲紋鑑定的問題，有沒有可能有人根據這些公開資料，製作一段符合證人的個人方言的錄音，藉此混淆視聽。你說有可能。如果聲紋鑑定證實錄音中的人是格里芬小姐，加上其他人證、物證也證實錄音中的人是格里芬小姐，那麼偽造錄音、混淆視聽的機率又是多少？」

「機率是 0。」

「法官閣下，我沒有別的問題了。」

「辯方是否還要提交新證據和傳召新證人？」

「法官閣下，辯方不需要。」

「法官閣下，控方有一個要求。」

「請說。」

「控方在這次聆訊前並不知道辯方有新證據和新證人，只在剛才休庭時才粗略看了看新證據，未能仔細研究。控方打算在結案陳詞時新增有關辯方新證據和新證人的陳詞，因此，懇請法官閣下取消下午的聆訊，把下一次聆訊延後到明天早上，讓控方有足夠時間撰寫結案陳詞。」

「辯方律師意下如何？」

「法官閣下，辯方沒異議。」

「本席批准。在退庭前，本席需要提醒控方第一證人：如果陪審團的裁決結果是被告強姦罪名不成立的話，律政司將會起訴你，希望你有心理準備。今天的聆訊到此結束。」

「起立！」

走到法庭外，饒同鑫對伊凡說：「我會叫私家偵探偽造大量錄音，從而證明你沒有說謊。現在，

請你回美國一趟，在家裡待一會兒，然後再來香港。明白嗎？」

「明白。」

莉茲和陳妓雯回到酒店房間。

「你回去吧，不用陪我，我想一個人冷靜一下。」莉茲說。

「要不要跟佛朗哥開會？」

「不用。」

「好的。你休息一下，有事再找我。」

「嗯。」

莉茲的心涼透了。那些勸善懲惡的話不斷在她腦中縈繞：「道高一尺，魔高一丈」、「若要人不知，除非己莫為」、「天網恢恢，疏而不漏」、「凡走過必留下痕跡」……

可以的話，她很想立刻拿着護照，奔向機場，逃離這個令人顫慄的漩渦，但她知道不可以。因為她一逃亡，就等於告訴陪審團，是她迷姦唐凌聰。到時候，她就會成為通緝犯，惶惶不可終日。但她留下來也不是辦法，萬一唐凌聰強姦罪名不成立，她就會被起訴，要坐牢。不僅如此，TM 可能擔心莉茲會供出同夥，到時候，雨果可能會派人殺掉她。也因為這個原因，莉茲不想和佛朗哥開會，她怕佛朗哥放棄她，甚至透露殺人滅口的可能性。

她越想越害怕，彷彿偌大的天地間，再沒有人能幫她，讓她依靠。她突發奇想，想起一個傳聞。有人說，歐美國家的一些歌手，本來寂寂無名，但突然蜚聲國際、飛黃騰達，是因為把靈魂賣給了撒旦，藉此換來名成利就。可以的話，莉茲想立即與撒旦進行交易，只要控方勝訴，要她出賣什麼都可以。然而，她身邊似乎沒有相關媒介。沒有《撒旦聖經》，沒有逆十字架，妓雯也應該不諳撒旦教，香港似乎沒有相關團體或聖地。她這才明瞭，原來絕望的極致，是連出賣靈魂也做不到。

「對了……」莉茲自言自語。

她摸了摸脖子。原來，她想把希望寄託在陰牌中，冀望陰靈能保佑她。這時她才發現，陰牌已成為呈堂證物，不在身邊。莉茲大字形的躺在床上，啼笑皆非。最後，淚珠從眼角滑落。她又構想被起訴的情況，構想坐牢的情況，構想命運多舛的情況……直到想起這些日子以來，她的努力全部白費，功敗垂成時，她才深深感受到，她真的很累，很想休息。於是，腦袋不再胡思亂想，眼角不再垂淚，漸漸進入夢鄉。

第 28 章：〈特赦證人〉

天邊泛起魚肚白，漸漸化為青白、蔚藍。——又是新的一天。一隻烏鴉佇立在饒同鑫的家門外，叫了幾聲，然後飛走了。牠又佇立在偵探社的窗外，叫了又叫，直到蔣民恩和程志健耐不住噪音而甦醒時，牠才飛走。

通宵達旦的滋味並不好受，為了工作也是無可奈何。偽造的錄音還沒完成，還要繼續努力。此時，門鈴響起。蔣民恩去開門，嚇得不知所措。

「好久不見。」華亓說。他身後跟着幾名探員。

「有什麼事？」

華亓看着他們，歪着嘴笑說：「終於可以把你們一網打盡！」

「你在說什麼！？」

華亓取出錄音筆，播放一段錄音：「事先聲明，這個方法是違法的，被人知道的話，我們要坐牢。」然後他按下快進鍵，又播放另一段錄音：「可是，她父親怎麼可能幫我們誣衊他的女兒？」

他們怔住了，不敢相信對話居然會洩露出去。

「你……你是怎樣得到這些錄音！？」程志健問。

「要感謝一個人，這個人會以特赦證人的身分出庭作證，揭露你們的陰謀。到時候，還有別的人要坐牢。蔣民恩先生、程志健先生，我有理由懷疑你們觸犯有犯罪或不誠實意圖而取用電腦罪，協助、教唆、慫使、促致他人宣誓下作假證供罪，使用虛假文書罪，管有虛假文書罪，製造或管有用作製造虛假文書的設備罪，賄賂罪，現在正式拘捕你們！」

他們看着冷冷清清的偵探社，知道大勢已去，這次逃不掉了，便乖乖束手就擒。

上午 10 時，聆訊繼續。莉茲本來不想旁聽，但她知道如果缺席，就等於告訴陪審團她有可疑。她別無選擇，只能再次踏進這個鬼地方。除了莉茲，饒同鑫也憔悴不堪，他也很想逃，因為盤鑠年向他展示了新證據，這個證據與他有關，會導致他前途盡毀。更重要的是，控方的新證人讓他想起馮玄說過的話，只要他出庭，辯方就徹底完蛋。

他寫了張便條給潘艷茹：「怎樣？」

潘艷茹用便條回答他：「聯絡不到，他可能已經上了飛機。」

華亓說得沒錯，還有別的人要坐牢。饒同鑫要不要坐牢還不得而知，但伊凡就肯定要。如果他在上飛機前接到律師的電話，也許能逍遙法外，但現在注定成為階下囚。

「檢控官，本席鄭重地問你，你剛剛向本席申請傳召新證人和提交新證據，是不是認真的！？」

「法官閣下，是認真的。」

「本席以為只有辯方律師才會不守規矩，為什麼你也一樣？！你應該知道，控方舉證一早完成了，這個時候傳召新的控方證人和提交新證據是違反規矩的！」

「法官閣下，因為事態嚴重，控方不得不這麼做。」

「本席很想知道，到底有多嚴重！？」

「第一，辯方第九證人伊凡·格里芬作虛假證供。第二，被告父親聘請的私家偵探教唆格里芬先生作虛假證供並偽造證物。第三，辯方律師在知情下任由他們犯罪，甚至教唆他們犯罪，不但違反律師的職業操守，而且犯法！」

「法官閣下，控方的指控均為失實！」

「只要法官閣下批准控方的申請，就知道我說的是否失實！」

「檢控官，本席不希望控辯雙方沒了期舉證，你明白嗎？！」

「法官閣下，如果不是辯方為了勝訴而不擇手段、視法律若無物，控方也不想在這個時候舉證。」

嚴雪蘭猶疑了一會兒，問：「控方打算傳召多少名新證人？」

「只有一名，而且還是特赦證人。」

「特赦證人？」

「沒錯。因為他之前被控告干犯有犯罪或不誠實意圖而取用電腦罪，但他願意和警方合作，所以撤銷控罪，改為特赦證人。這是警方提供的資料。」盤鑠年把資料交給書記，書記轉交給嚴雪蘭。

「本席批准控方的申請。那麼，證人是否準備好出庭作證？」

「準備好了。」

「現在傳召控方第八證人。」

控方第八證人，就是雨果。他穿着一襲黑色的西裝，不徐不疾地走向證人席。莉茲和陳妓雯目瞪口呆，她們不知道雨果來了香港，也不知道他為何被警方控告。他以非宗教形式宣誓：「本人雨果·安德森謹以至誠，據實聲明及確認，本人所作之證供，均為真實及為事實之全部，並無虛言。」

盤鑠年開始主問。

「安德森先生，請簡單介紹一下你的背景。」

「我是一個土生土長的美國人，也是活特首飾製品有限公司的創辦人兼行政總裁。」

「你和控方第一證人莉茲·格里芬有什麼關係？」

「她是我公司採購部的採購員。」

「你之前被警方控告干犯有犯罪或不誠實意圖而取用電腦罪。這件事和本案有什麼關係？」

「相關控罪能夠證明辯方某些人干犯了刑事罪行。」

「警方為什麼控告你干犯有犯罪或不誠實意圖而取用電腦罪？」

「因為我入侵了縱橫私家偵探社的電腦，並竊聽私家偵探的對話。」

「你為什麼要這樣做？」

「一個多月前，有朋友告訴我，有一家公司委託了縱橫私家偵探社，要求偵探竊取我公司新首飾的資料。我本來打算報警，但我沒有證據，警方未必會受理。如果警方受理，最終鬧上法庭，一來會影響公司的聲譽，二來新首飾的資料可能要公之於世，這無疑損害公司的利益。我思前想後，決定入侵偵探社的電腦，竊聽他們的對話，看看他們是否真的接受了委託。」

「你派誰負責竊聽？」

「我親自竊聽。」

「為什麼？」

「如果我聘請私家偵探或黑客負責竊聽，而縱橫私家偵探社又真的接受了竊取新首飾資料的委託，到時候，我聘請的外人也會知道新首飾的秘密。這是商業秘密，外人不能知道，所以由我負責竊聽是最安全的。」

「你從哪裡得到入侵電腦、竊聽的能力？」

「我請教了一些精通電腦的朋友，是他們教我的。」

「經過多日的竊聽，你發現了什麼？」

「看來縱橫私家偵探社並沒有接受相關委託，但我卻無意中發現了強姦案的真相。」

「什麼真相？」

「從偵探的對話得知，他們打算偽造一段錄音，讓人以為格里芬小姐加入了犯罪組織並策劃迷姦被告的陰謀。然後收買格里芬小姐的父親，要求他出庭作虛假證供，並把偽造的錄音呈堂，從而讓被告洗脫罪名。」

「法官閣下，控方現在要播放證物 V2 的錄音。」

「批准！」

錄音記錄了偵探偽造錄音、收買證人、陷害莉茲的事情，就連昨天饒同鑫致電偵探，叫他們替伊凡偽造錄音的對話也一併錄下。錄音播放完畢，嚴雪蘭問：「檢控官，是否需要傳召聲紋鑑定專家出庭作證？」

「法官閣下，沒有這個必要。因為警方今天清晨拘捕偵探時，他們默認了錄音內容的真實性，

而且，在警署錄口供時，他們已承認了所有罪行。證物 D8 和 D9 是兩名偵探的供詞。」盤鑠年把文件交給書記，書記轉交給嚴雪蘭。「除了若干罪行外，警方還加控了他們妨礙司法公正的罪名。因為透過特赦證人提供的、其他未呈堂的錄音得知，兩名剛剛被捕的偵探與楊美容偵探騷擾控方第一證人的事有關，只是當時他們不斷狡辯，才能逃過法網，現在證據確鑿，他們也無從抵賴。」

「明白，檢控官繼續主問。」

「安德森先生，你在什麼時候知道偵探陷害的對象就是你認識的格里芬小姐？」

「大概是 4 月上旬。有一天，我發現偵探打算用偷窺狂的名義偽造偷拍影片，藉此引誘格里芬小姐承認迷姦被告。對我來說，他們的行為很荒唐，也很有趣。我有點好奇，想知道他們陷害的對象是誰。後來，我查閱香港的新聞，發現他們陷害的就是我公司的採購員。」

「為什麼你當時不立即聯絡香港警方，提供相關資料？」

「我當然不能聯絡警方，因為我入侵了別人的電腦，竊聽別人的對話，這是犯法的。」

「那為什麼你現在又願意挺身而出？」

「說實話，其實我在聯絡警方前猶豫了很久。因為我舉報別人的犯罪行為，就意味着要承認自己入侵電腦、竊聽的犯罪行為。我坐牢的話，不但身敗名裂、前途盡毀，還會影響公司的聲譽。我和格里芬小姐只有一面之緣，那次會面還是在視像會議中。對我來說，她只是一名普通的員工，說得難聽一點，她只是一個可有可無的人。就算她被人陷害，從受害人變成階下囚，也與我無關。到時候，我只要聘請別的人來當採購員便行了，我也不用受到法律的制裁。然而，當我知道偵探的陰謀後，我終日坐立不安、夜不成眠。腦海中彷彿有兩個聲音，一個叫我忘記這件事，好好生活；另一個卻叫我向警方舉報偵探的罪行。後來我認真想了一遍，如果格里芬小姐被誣害，含冤坐牢，她的刑罰一定比我的還要重。再說，我犯了罪，就算被捉去坐牢，也是罪有應得；相反，格里芬小姐是強姦案的受害人，卻被人誣衊，說她迷姦被告。如果偵探的奸計得逞，她含冤坐牢，那還有天理嗎？我相信在座的每一位，都不希望世上再發生不公義的事。我也慶幸，自己沒有因為一時的軟弱，而作出抱憾終身的抉擇。」

「法官閣下，我沒有別的問題了。」

饒同鑫坐在椅子上，沒有反應。

「辯方律師，輪到你盤問。」

「法官閣下，辯方不需要盤問。」

此時，莉茲站了起來，淚流滿面地對雨果說：「謝謝你……是你救了我。我非常……非常感謝你！」

雨果向莉茲點頭微笑，莉茲向他 90 度鞠躬。

　　剎那間，旁聽席響起如雷的掌聲。一來是讚揚雨果挺身而出，二來是恭喜莉茲脫離誣陷的困境。莉茲回頭望向眾人，破涕為笑，又向眾人 90 度鞠躬。

　　「辯方可恥！」有人說。

　　「天理難容！」又有人說。

　　「肅靜！如果旁聽席的人再搗亂，本席將控告相關人士藐視法庭罪！」

　　旁聽席滿座，雨果站在一旁。此時，坐在莉茲身旁的一個婦人站了起來，對雨果說：「先生，請坐。」

　　「謝謝。」

　　雨果坐在莉茲身旁，莉茲既緊張又安心。她壓根兒沒想過，雨果居然會參與這個任務，還在關鍵時刻救了她一把。

　　眾人可見，嚴雪蘭怒不可遏，似乎又要罵人，但她盡量控制自己的情緒。

　　「對於辯方的所作所為，本席感到非常憤怒！辯方律師，你有什麼解釋！？」

　　「法官閣下，我無話可說。」

　　「辯方律師，你的行為嚴重違反職業操守，本席會向大律師紀律審裁團提出投訴。另外，你指使偵探偽造證據，教唆證人作虛假證供，屬於刑事罪行，本席相信警方很快會控告你。」

　　「法官閣下，辯方有一個請求。雖然我即將面臨紀律聆訊和刑事檢控，但懇請法官閣下允許我繼續擔任被告的辯護律師，直到本案審結為止。否則，將會影響訴訟的進度，也會損害被告的利益。」

　　「沒問題，本席會和相關部門溝通一下。另外，辯方第九證人伊凡・格里芬在哪裡？」

　　「法官閣下，辯方也聯絡不到他。我相信他已經上了飛機，今天之內抵達香港。」

　　「本席會聯絡警方，叫他們在機場守候。本席在此鄭重警告控辯雙方，不要再節外生枝，不要再破壞審訊的規矩！本席決定取消今天下午的聆訊，讓控辯雙方有足夠時間準備結案陳詞。明天，4 月 25 日，上午 10 時，控方作結案陳詞。今天的聆訊到此為止。」

　　「起立！」

　　饒同鑫致電蔣乙華。

　　「唐太太，出事了！」

　　「怎麼了！？」

　　「控方今天傳召了光頭男子出庭作證！」

　　「為什麼會這樣！？」

　　「我也是今天早上才收到消息。那個男人指控辯方證人作虛假證供，私家偵探已經被捕。不但

如此，我日後也要面對紀律聆訊和刑事檢控。」

「那現在怎麼辦！？」

「你最好聯絡馮師傅，看看有什麼辦法。」

掛斷電話後，蔣乙華致電馮玄。

「馮師傅，出事了！控方真的傳召光頭男人出庭作證，現在怎麼辦！？」

「請稍等一下，我現在用奇門遁甲來占卜。」

過了半分鐘，馮玄說：「我之前說過，要阻止他出庭作證，否則一定敗訴。」

「不能敗訴，否則凌聰這輩子就完了！馮師傅，多少錢都不是問題，你一定要救他！」

「現在唯一的希望，就是陪審團。」

「你要我賄賂陪審團！？」

「不是！我的意思是：要看陪審團怎麼想，是否相信辯方的理據。從卦象來推斷，有兩個陪審員支持辯方。」

「兩個？！肯定不行，至少要五個！」

「稍等一下。」過了 1 分鐘，馮玄說：「不如這樣吧，我教你一個方法，結合奇門遁甲和令郎的命格來佈置一個風水局。」

「怎樣佈置？」

「你家裡有象棋嗎？」

「象棋？好像有……我不肯定，要找一找。」

「你先準備一副象棋，不可以是紙質棋盤，一定要木製棋盤。然後到唐凌聰的房間，站在房間中央，用指南針測量方位，找到北方的位置，在這個方位佈局。象棋分為紅黑兩色。你先把『將』抽出來，那是黑色的棋子。然後把『帥』抽出來，那是紅色的棋子。你要用黑色的筆，把紅色的『帥』塗成黑色。接着，紅色的棋子裡有五枚『兵』，把它們抽出來。佈局時只需要用這七枚棋子。然後，你把『將』放在棋盤中黑色陣營邊線的中間位置，也就是『將』本來身處的位置。接着把『帥』放在『將』的旁邊，左右都沒所謂。之後，把五枚『兵』放在黑色陣營從邊線算起的第三條線上，盡量把它們靠在中間，『兵』與『兵』之間不要存在任何空隙。最後，你要找一些東西來墊高『將』和『帥』，讓它們高於『兵』。還有一點要注意：這個風水局要在 4 月 25 日凌晨 0 時到 1 時之間佈置，佈置後不能碰它，直到陪審團達成裁決為止，否則風水局立即失效。」

「就是這樣？」

「沒錯。」

「它的原理是什麼？」

「是這樣的：我用象棋來佈局，是因為兩軍對壘的局面像陪審團商議的局面。由於官司纏身的是唐凌聰，所以測量方位時要站在他房間的中央，而不是整幢房子的中央。在北方佈局，是因為北方在五行上屬水，唐凌聰的八字以水為用神，但又缺水，所以要補充水的力量。象棋中，『將』和『帥』是最大的，我要用它們來象徵那兩名支持辯方的陪審員。至於支持控方的陪審員，我就用最卑微的『兵』來象徵他們。佈局時以黑色陣營為核心，是因為黑色在五行上屬水，那五枚『兵』是紅色棋子，紅色在五行上屬火。這樣，就構成了水剋火的局面，增強凌聰命中用神的力量，同時克制忌神的力量。墊高『將』和『帥』，是要彰顯那兩名陪審員在討論中的主導地位，增強他們理據的說服力，從而讓其他陪審員改變立場。不但如此，象棋中，『兵』可以吃『將』，墊高了，『兵』就吃不了『將』，那兩名陪審員就不會改變立場。至於佈局的時間，今天是 4 月 24 日，流日的天干地支是丙戌，火和土都是凌聰命中的忌神，流日不利。25 日的天干地支是丁亥，地支有水，比較有利。子時是晚上 11 時到凌晨 1 時，這個時辰水的力量最強。因此，佈局的最佳時間就是 4 月 25 日凌晨 0 時到 1 時之間。」

「明白。」

「還有兩件事要提醒你：第一，你要親自佈置這個風水局，不能叫傭人代勞。雖然我沒有你的生辰八字，但從卦象中看到，你的命格和運勢不俗，由命好、運好的人來佈置，能讓風水局發揮更大的力量。我相信傭人們的命格、運勢和你的不可同日而語。第二，這個風水局不是萬能，我只是略盡綿力、力挽狂瀾，你不要抱太大希望。」

「明白。馮師傅，我稍後派人把 1000 萬港元的支票送去給你。」

「你太客氣了，不用那麼多。」

「要的。我上次致電向你諮詢，都還沒付錢，你就收了這 1000 萬。如果官司勝訴，我再給你 5000 萬，所以請你繼續幫助凌聰。」

「知道，我會盡力的。」

馮玄的風水局能否扭轉局勢，還不得而知；但莉茲等人卻認定控方必定勝訴。聆訊結束後，莉茲、妓雯和雨果回到酒店房間。

「你為什麼會出庭作證？」莉茲問。

「當然是為了幫你。」

「你一早就知道私家偵探會偽造證據來陷害莉茲，所以才竊聽？」妓雯問。

「沒錯。我之前跟莉茲說過，當審訊進入白熱化階段，偵探的時間所剩無幾。為了達到目的，他們會採取激進、不理性的手段。」

「我還記得你説過，假如我遇到一些對我嚴重不利的證據或證人時，一定要冷靜下來，因為私家偵探必定會自投羅網、自掘墳墓。但是……他們之前偽造偷拍影片來引誘我自首，你為什麼不告訴我那是假的？」

「因為我想考驗你。」

「不論如何，我都要衷心感謝你。」

「不必感謝我，我樂於參與其中。」

「樂於？」

「沒錯。你們每個人都有機會參與這個任務，只有我一人是旁觀者，難免有點技癢，想跟你們一起玩。」

「看來你真的把任務當成遊戲。」妓雯説。

「對你們來說，這是任務；但對我來說，永遠都是遊戲。」

如果這是遊戲，那麼莉茲的父親伊凡，就是遊戲中的另一個輸家。晚上 8 時，伊凡抵達香港國際機場，通過安檢不久，華亓就率領一眾探員來到他面前。

「格里芬先生，我是中區警區重案組第一隊督察華亓。我有理由懷疑你作虛假證供、使用虛假文書、受賄。現在正式拘捕你！」

伊凡立馬拔腿就跑，但他身材肥胖，根本跑不快。一眾探員把他按在地上，華亓替他戴上手銬。

伊凡歇斯底里地叫嚷：「神啊！！！我是不是做錯了，所以祢要懲罰我？！我知錯了！！！原諒我吧！！！」

第 29 章：〈結案陳詞〉

儘管案件還沒審結，但一切彷彿已塵埃落定。儘管饒同鑫自身難保，但依然竭盡全力，希望在密不透風的牆壁上，找出一條縫來。

早上 10 時，聆訊繼續。

「如果沒有別的事情，就請檢控官作結案陳詞。」嚴雪蘭說。

「法官閣下、各位陪審員，經過多天的審訊，案件來到結案陳詞的階段。控方將會分析證供和闡釋法律原則。

首先，控方會逐一分析己方證人在庭上的證供，彰顯可信之處。控方第一證人莉茲·格里芬，她是本案的受害人，也是其中一位對案發經過瞭如指掌的人。她的供詞清晰、合乎邏輯，與控方呈堂的證據吻合，能夠還原案件的真相。雖然辯方在盤問中多次刁難證人，證人有時候出現詞窮、支吾其詞的情況，但這不能理解為證人的供詞不可信，也不能理解為證人說謊，而是因為辯方的盤問技巧不俗，『欲加之罪，何患無辭』能夠詮釋這情況。更重要的是，辯方的盤問超過一半都不是針對強姦案。雖然辯方說這是為了找出案件的真相，但陪審員要想一想，這是否辯方為了逃避控方的鐵證而設的藉口？

控方第二證人鍾麗娟，她是 58 酒店的女保安員。她是其中一個最早到達案發現場的人，因此她的供詞在很大程度上能還原案件真相。根據證人的所見所聞，我們不難發現事主確實是被人強姦，因為事主事後的表現與一般強姦案受害人的事後表現如出一轍。更重要的是，證人與事主素未謀面，不可能有串謀的成分，因此作為一個旁觀者，證人的供詞絕對可信。另一方面，辯方在盤問時刻意問證人關於被告的模樣、神情，企圖證實被告當時的反應是真實的，從而證明被告的供詞可信。但陪審團要認真想一想，一般強姦犯在事後都想逍遙法外，被告也不例外。因此，被告反應的真實感能否理解為演技，目的為了混淆視聽？

控方第三證人陸至林，是中區警區重案組第一隊見習督察。在案發後，他陪在事主身旁，對事主的反應、行為瞭如指掌。根據證人的供詞，事主的反應與一般強姦案受害人的反應一樣，行為也沒有異常。另外，辯方透過盤問證人，認為被告因事主的挑釁言辭而想襲擊她的反應不太正常，從而暗示如果被告真的強姦了事主，又怎麼會如此理直氣壯？如果陪審員把被告事後的反應理解為一齣好戲，也許能得到完美的詮釋。

控方第四證人華亓，是中區警區重案組第一隊督察。雖然控方把他列為敵意證人，但他的供詞

絕對可信。第一，他指出法醫對被告的態度不好。撇開法醫對被告的態度好不好這個問題，證人與法醫在工作上沒有不和，因此證人沒必要誣衊法醫。第二，證人坦承法醫曾經賄賂他和要求他作虛假證供。從這方面可以看出，證人誠實可靠。換作是其他證人，就算同樣拒絕受賄、拒絕作虛假證供，也未必願意在庭上披露相關事情。可見，證人直言不諱、誠實可靠。

控方第五證人連小芸，是政府法醫。證人在還原案件真相方面功不可沒，因為她發現事主陰道裡的情況和她的專業知識有點出入，像是女上男下的體位。因此，她要求事主敍述案發經過，證實被告以女上男下的體位來強姦事主。證人機智敏銳，讓真相浮現出來，也避免辯方以此作為狡辯的藉口。雖然辯方證明了證人對被告的態度很差，但不代表活體取證的過程有問題。根據證人的供詞和呈堂證據，活體取證的過程是專業的，沒有差錯，能夠還原案件真相。不過，控方需要向陪審員闡釋一個常見的思維謬誤。辯方曾經問證人：有沒有可能：有人得到利用高端技術生產的、改良後的迷姦藥，用來迷姦被告？證人反問：有證據嗎？！辯方説：沒證據不代表沒疑點！如果陪審團接納辯方聲稱的這個疑點，把疑點利益歸於被告，判被告罪名不成立的話，就會造成司法界的悲劇，讓壞人逍遙法外。因為控方的舉證要達到毫無合理疑點，這句話的關鍵詞是『合理』，而辯方聲稱的疑點並不是合理的疑點。關於如何區分合理疑點和不合理疑點，控方稍後再作説明。

控方第六證人童家寶，是律敦治醫院急症室的急症科專科醫生。證人替事主驗傷，發現事主具備一般強姦案受害人常見的情況，如體內射精、陰道撕裂、流血、被告襲擊事主而造成的傷痕。另外，辯方説如果被告身上沒有傷，就證明有可疑。而控方在覆問時證實了辯方的疑點並非疑點，因為不能排除案發時出現某些情況，沒有讓被告受傷。至於沒有被告的驗傷報告，並不影響陪審團判斷案情，也不損害被告的利益。在永久終止聆訊的聆訊中，辯方也提出相同論點來要求永久終止聆訊，當時控方反駁了辯方的論點，裁判官也認同控方的説法，認為不會導致審訊不公。因此，陪審團不必浪費時間討論這個問題。

控方第七證人趙柏汶，是政府化驗所的高級化驗師。透過一系列嚴密的科學鑑證，證人得出被告強姦事主的結論。雖然辯方在盤問時再次借題發揮，認為法醫不專業，會影響化驗結果。但透過各證人的供詞和大量的呈堂證物，我們發現法醫對被告的態度差，並不代表她在活體取證時會犯錯。證人也指出，他在化驗時不覺得物證有任何問題。可見，活體取證和化驗工作，都是專業無誤的。另外，辯方指出被告的西褲和內褲的某些位置有事主的指紋，認為這是破綻。但證人也清楚指出，外人沒法得知案發的細節，不排除事主在某些情況下接觸到被告衣物的相關位置。

控方第八證人雨果·安德森，是控方第一證人任職的公司的老闆。這位證人之所以會出庭作證，是因為辯方收買證人、作虛假證供、偽造證據、誣衊事主。辯方之所以進行一系列犯罪活動，是因

為他們知道強姦事實鐵證如山，無庸置疑，為了勝訴，只好挺而走險。證人寧願披露自己的違法行為，冒着受到法律制裁的風險，也要出庭戳穿辯方的陰謀，是因為真相一早就放在大家面前。對於任何企圖顛倒是非、指鹿為馬的卑劣行為，只要是心懷正義、義憤填膺的人都會挺身而出、撥亂反正。

現在，控方會逐一分析辯方證人在庭上的證供，指出不可信之處。辯方第一證人唐凌聰，他是本案的被告，也是一個謊話連篇的人。他聲稱是事主迷姦他，但所有證據都沒法證明迷姦存在過。聽他的敍述，就像聽一個天馬行空、天方夜譚的故事。他第二次出庭作證時，語無倫次、瘋瘋癲癲，我就知道他說的都是謊言，為了洗脫罪名而杜撰一切、誣衊事主。總括來說，證人的供詞大部分都沒法證實，陪審團不必過分重視。

辯方第二證人黎承東，是 58 酒店的房務部經理。撇開證人是否被人收買的疑點，他的供詞只能證明被告案發前的行為，不能證明被告沒有強姦事主。至於證人複述被告提及紮帶的事，也沒法證明什麼，因為當時儲物室裡只有被告一人，紮帶一事只是被告的一面之詞，加上鑑證科沒有發現被告的儲物櫃有被人入侵的痕跡，也沒有在那卷紮帶上發現第三者的指紋。

辯方第三證人梁敬倫，是地產商人。陪審團考慮這名證人的供詞時，要思考一些問題：證人是某家上市公司的董事局副主席兼行政總裁，他在公司裡擁有很大的權力。他會不會為了替被告洗脫罪名而做一些違法行為？例如秘書的日程表中的內容，是否證人在事後命令秘書寫的？發展項目的意向書，是否證人說服了一眾董事，在事後撰寫的？控方提出這些疑問，並不是無的放矢。因為控方在盤問時問過證人：『換言之，就算被告沒有任何證據，你也相信是華意國際設局陷害他？』證人回答：『對。』可見，如果被告案發後告訴證人，他被人設局陷害，那麼證人就會相信他，繼而做出一些讓被告有機會脫罪的事。希望陪審團認真思考一下這個疑點。

辯方第四證人范美清，是高級警員。由於證人作證的目的是要證明事主佩戴了佛牌，而事主也承認佩戴過佛牌。因此，控方不分析證人的證供。

辯方第五證人古策賢，是佛牌店的售貨員。由於證人作證的目的是要證明事主購買了佛牌，而事主也承認購買了佛牌。因此，控方不分析證人的證供。

辯方第六證人蔡秀華，是軍裝警員。辯方企圖利用證人來證明事主說謊。針對蟑螂一事，控方在盤問時已指出，不能排除蟑螂因為聽到動靜而趕快逃跑的可能性，所以證人看不到蟑螂。至於紅色噴霧一事，由於證人不是一直監視事主，所以她看不到事主取出噴霧。同時，也不能排除噴霧被衣服覆蓋的可能性，所以證人看不到噴霧，閉路電視也拍不到噴霧。當時辯方提出反對，認為這是控方的主觀看法，但法官裁定辯方反對無效。

　　辯方第七證人邵希琳，是鑑證科罪案現場課督察。辯方一直認為事主用噴霧迷姦被告，但所有證據都沒法證實這一點。案發後，鑑證科人員在現場搜證，證人也在事主的房間裡搜了一遍，依然沒有發現，證明什麼噴霧、迷姦都是子虛烏有。另外，證人懷疑事主的紅色噴霧有陰謀，對事主造成極大困擾。可見，證人的行為不但對還原案件真相一點幫助也沒有，也相當卑劣。

　　辯方第八證人勞萬琛，是唇語專家。他清楚說明了，為什麼儘管事主的朋友確實說了『想要一塊有利偏門行業的陰牌』也不能斷言事主說謊，因為事主不諳中文，不能排除是她們溝通上的問題而產生誤會。

　　辯方第九證人伊凡‧格里芬，是事主的父親。我相信陪審團對於他的荒謬行為還歷歷在目，控方不打算花時間分析一個為了錢而誣衊女兒的渣滓。我想告訴陪審團，他昨晚回到香港時，在機場被捕。錄口供時，已經承認了所有罪行。

　　辯方第十證人姚可龍，是聲紋鑑定專家。既然證實了誣衊事主的錄音是偽造的，陪審團不必理會證人的供詞。

　　辯方第十一證人麥婉菁，是法醫語言學家。和之前的證人一樣，陪審團不必理會她的供詞。

　　接下來，控方會闡釋法律原則。本案的控罪條例是《刑事罪行條例》第 200 章第 118 條，強姦罪。強姦罪有不同的構成要件。

　　第一，行為主體是男子。強姦罪的主體只能是男子，而本罪的受害人亦只能是女子。由於被告是男子，而控方第一證人是女子，所以滿足了這個構成要件。

　　第二，非法性交。性交是指被告的生殖器官插入受害人的生殖器官裡。根據驗傷報告、活體取證報告，以及不同證人的供詞，被告的陰莖確實插入了事主的陰道裡。因此，屬於性交。至於非法，是指未徵得同意的情況下。因此，非法性交是指未徵得同意的情況下與女子性交。事主作證時指出：『他不斷對我上下打量，還說我穿睡衣很漂亮。我當時起了雞皮疙瘩。』僅僅是陌生男子對自己上下打量，讚美自己，事主就已起了雞皮疙瘩。可見，事主根本沒理由同意性交。事主又說：『我感到越來越害怕，想走出房間，可是他居然擋着我。我嘗試衝過去，但失敗了。我不斷逃跑，他就不斷追着我。』雖然在作證時事主沒有說出『我不同意性交』，但從事主的供詞判斷，她根本不同意性交。加上事主案發後精神崩潰，多次說被告強姦，可見，這屬於非法性交。另外，雖然暴力行為不是強姦罪的必要條件，但根據驗傷報告，得知被告使用了暴力，也從側面證明了事主不同意性交。滿足了這個構成要件。

　　第三，與女子非法性交的意圖。強姦罪的犯罪意圖是：與女子非法性交的意圖。這涉及兩種形式：一是明知女方不同意，而企圖與該女子性交；二是不顧女方是否同意，即對女方是否同意持輕

率態度而企圖與之性交。本案屬於第一種形式,即明知女方不同意,而企圖與該女子性交。因為事主説:『我感到越來越害怕,想走出房間,可是他居然擋着我。我嘗試衝過去,但失敗了。我不斷逃跑,他就不斷追着我……』雖然事主在作證時沒有表明她當時有沒有尖叫,或用言語要求被告停止相關行為;但從常理來推斷,事主當時應該有尖叫,有用言語表達出不同意的信息。更重要的是,事主一系列逃跑、掙扎、反抗的動作,被告是看得到的;這些動作反映女方不同意性交,被告是感受得到的。因此,被告明知事主不同意,而企圖與她性交。滿足了這個構成要件。

剛才控方提到,控方的舉證要達到毫無合理疑點的標準。這句話的關鍵詞是『合理』,因此並不是所有疑點的利益都能歸於被告,只有合理疑點的利益才能歸於被告。在審訊中,辯方提出過不同的疑點,陪審團要判斷這些疑點是合理的還是不合理的。舉個例子,辯方盤問連小芸法醫時問:『有沒有可能:有人得到利用高端技術生產的、改良後的迷姦藥,用來迷姦被告?』法醫反問:『有證據嗎?!』辯方説:『沒證據不代表沒疑點!』對辯方來説,這是一個合理的疑點,但對控方來説卻是不合理的疑點。因為沒有證據證明控方第一證人,又或其他人,擁有利用高端技術生產的、改良後的迷姦藥;也沒有證據證明這宗案件與美國軍方或其他國家的軍方有關;更沒有證據證明迷姦的説法。簡單來説,這個所謂的疑點背後牽涉的一系列事情,都沒有證據證明,因此這只是辯方為了勝訴而想像出來的不合理疑點。至於什麼是合理疑點,我又舉個例子,辯方指出在被告的西褲和內褲的某些位置發現事主的指紋,認為這是事主迷姦被告的證據。但證人提出了懷疑的地方,因為外人沒法得知案發的細節,不排除事主在某些情況下接觸到被告衣物的相關位置。證人提出的疑點是合理的,既然沒有第三者在案發現場,誰又可以斷言在被告衣物的某些位置找到事主的指紋,就一定是事主迷姦被告?控方想提醒陪審團,辯方曾經提出過若干疑點,也許他在結案陳詞時還會提出更多疑點,但你們一定要謹慎處理這些疑點,判斷是合理的還是不合理的。如果是前者,就可以把疑點利益歸於被告;如果是後者,就不用理會。

結案陳詞來到尾聲,從法律上來説,陪審團要認真審視所有供詞和證據;但從人情上來説,對於案件的真相,相信大家都心中有數。今年是 2018 年,今天是 4 月 25 日。去年美國發起了一個名為 Metoo 的反性騷擾運動,儘管大多數的受害人在若干年後才指控加害者,但一樣能夠讓加害者繩之以法或受到其他處分。這反映了一個事實:正義也許會遲到,但絕不會缺席。相反,本案的案發日期那麼近,控方的人證物證多不勝數,如果陪審團最終裁定被告罪名不成立的話,只會讓大眾心寒,到時候,我會質疑現存的法律制度能否彰顯公義。因此,控方懇請陪審團裁定被告強姦罪名成立!」

「現在休庭,下午 2 時 30 分繼續。」

「起立！」

下午 2 時 30 分，聆訊繼續。

「現在輪到辯方作結案陳詞。」嚴雪蘭説。

「法官閣下、各位陪審員，這宗案件定義為強姦案，由始至終都不是辯方的立場，辯方認為這是迷姦案。辯方將會分析證供和闡釋法律原則。

首先，辯方會逐一分析己方證人在庭上的證供，彰顯可信之處。辯方第一證人唐凌聰，雖然是本案的被告，但同時也是受害者。根據證人的供詞，他説自己被事主迷姦。儘管沒有足夠證據證明迷姦的説法，但辯方希望陪審團認真思考這些問題：如果被告真的強姦了事主，為什麼會用迷姦來開脱？因為迷姦不存在，也沒有任何證明迷姦存在的證據，被告如何逍遙法外？如果被告真的強姦了事主，他可以對警方説，是事主引誘他發生性行為，與迷姦相比，這個説法更容易開脱罪責，為何被告不這樣説，而堅持説迷姦？辯方相信，一般強姦犯強姦女人後，斷不會説女人迷姦他，因為沒法證明迷姦存在過，而被告由始至終都堅持説這是迷姦，可見，這宗案件並非大家想像的那麼簡單。

辯方第二證人黎承東，是 58 酒店的房務部經理。控方在結案陳詞時暗示證人可能被人收買，這是不可能的。辯方曾問證人關於被告的言行舉止和紮帶一事，如果這方面的供詞是杜撰的，那麼證人就要冒很大風險，因為當時除了證人外，還有其他房務員在場，他們能證明證人的供詞是否真確。至於控方説：『被告以重要會議作幌子，讓人覺得他不可能在開會前還有閒情逸致去強姦別人』，這明顯不合情理，因為這種心計必須是精通犯罪心理學的人才懂得運用，被告在大學時沒有讀過相關科目。可見，控方的猜測非常荒唐。

辯方第三證人梁敬倫，是地產商人。控方不斷指出，證人提交的日程表和意向書都是案發後杜撰。這是不可能，因為杜撰的過程中必定牽涉很多人，包括但不限於：秘書、職員、董事局成員。雖然證人在公司的權力很大，但能否保證所有人都遵照他的命令行事？如果有人把杜撰的行為揭露，他就要承擔法律責任，他有必要為了朋友而做到這個地步嗎？另外，證人在作證時指出，華意國際有限公司和包欣瓊可能與案件有關。證人這樣説，一定會得罪行家，一定程度上影響他在商界的發展。他會為了被告而誣衊別人，從而讓自己惹上不必要的麻煩嗎？可見，證人的供詞和證據都是真確的。

辯方第四證人范美清，是高級警員。證人作證的目的是要證明事主佩戴了佛牌，而事主也承認佩戴過佛牌。辯方希望陪審團重新思考事主的誠信問題。事主在案發時佩戴佛牌，但後來似乎沒有再佩戴。事主把佛牌交給法庭作為呈堂證物時，是從手袋裡拿出來，而不是從脖子上脱下來，看來

事主不想別人知道她佩戴佛牌。

辯方第五證人古策賢，是佛牌店的售貨員。證人作證的目的是要證明事主購買了佛牌，而事主也承認購買了佛牌。可能陪審團在證人作證前不知道佛牌是什麼，但證人作證後，陪審團應該越來越懷疑事主。事主說她應徵了一份採購員的工作，可是家人覺得當採購員沒前途，所以她想盡快做出一些成績，得到晉升的機會，讓家人安慰。因此，她聽朋友介紹，佩戴佛牌。證人說過，佩戴正牌是借助神佛的力量，佩戴陰牌是借助陰靈的力量。事主是一個天主教徒，就算她真的要佩戴佛牌，也應該選擇借助神佛力量的正牌，至少天主、神佛都是正能量的東西，為什麼她選擇借助陰靈的力量？這和拜撒旦有什麼分別？她說為了盡快見到效果，才選擇陰牌。從力量上來區分，陰牌可能比正牌更勝一籌。正常情況下，事主是否應該先佩戴正牌，測試它的效果？如果效果不俗，她就不必佩戴陰牌；如果效果不理想，再佩戴陰牌也不遲。為什麼事主跳了一步，直接佩戴陰牌？更重要的是，證人說過，佩戴陰牌時如果觸犯了一些禁忌，就會有副作用，比如邪靈附體、血光之災、身敗名裂、家破人亡。事主的朋友曾經詢問過相關禁忌，事主也應該知道。是什麼原因導致她寧願身敗名裂、家破人亡也要佩戴陰牌？純粹是為了得到晉升的機會嗎？抑或有更可怕的目的？是否想借助陰牌的力量來進行犯罪活動？

辯方第六證人蔡秀華，是軍裝警員。控方指出，證人聽到事主尖叫後不斷敲門，問她發生什麼事，事主因為擔心證人會把門撞開，所以硬着頭皮去開門。這不合理，因為辯方在覆問時問證人：『在什麼情況下，你聽到事主尖叫，事主沒有開門，而你也不會把門撞開？』證人說：『如果事主大聲告訴我她沒事，我就不會把門撞開。』為什麼事主不大聲告訴證人她沒事，而要去開門？不要忘記，根據環境證據，蟑螂只能從浴室的門離開，但事主害怕蟑螂，她不知道蟑螂是否還在門邊，為什麼還要硬着頭皮去開門？正常的做法應該是大聲告訴證人她沒事，而不會接近門。事主的做法不太正常，是否代表浴室裡有不可告人的秘密？因為根本沒有蟑螂，所以事主的反應與一般遇到蟑螂的人的反應不同，有沒有這個可能？

辯方第七證人邵希琳，是鑑證科罪案現場課督察。辯方希望陪審團注意一個微妙的破綻。雖然證人沒有在事主的房間裡找到與被告描述相符的噴霧和紅色噴霧，但不代表被告所說的噴霧不存在。案發後，事主和被告相繼離開房間，然後酒店職員來到，事主向職員說被告強姦她，被告向職員說事主迷姦他。被告除了說事主迷姦他，還說事主取出噴霧，用噴霧噴他。當時事主和被告身處同一條走廊上，換言之，事主一定聽到被告向別人說出噴霧一事。更重要的是，事主一定知道，警方不會單憑她的一面之詞而相信她，因為警方不能裁定誰有罪，這是法庭的責任。換言之，事主一定知道，警方一定會根據被告的供詞而進行調查，例如看看事主的行李中有沒有被告所說的噴霧。因為

不止香港，其他國家或地區的警方都會這麼做。既然如此，事主為何要在這個敏感時刻把紅色噴霧丟掉？控方盤問證人時問：『你覺得什麼時候丟掉才是正常？』證人沒法準確回答，只說有點巧合。當中的關鍵就是，事主不應在這個敏感時刻把紅色噴霧丟掉，因為警方很可能會根據被告的供詞而檢查那些噴霧。事主這樣做，只會產生誤會，讓人懷疑她，甚至影響警方的調查工作。除非，紅色噴霧內有玄機，事主一定要及時丟掉它。請陪審團認真思考這個問題。

辯方第八證人勞萬琛，是唇語專家。雖然控方說過，儘管事主的朋友確實說了『想要一塊有利偏門行業的陰牌』也不能斷言事主說謊，因為事主不諳中文，不能排除是她們溝通上的問題而產生誤會。但事實並非如此，因為事主第二次出庭作證時，斬釘截鐵地說：『你的證人說謊，她當時說想要一塊有利事業的陰牌，沒有說是偏門行業。』辯方反問她：『肯定嗎？』她說：『當然肯定！』根據證人的供詞，如果事主的朋友在事前說將會買一塊有利事業的陰牌，而事主聽不懂朋友和售貨員的對話內容，那麼事主就不應該斬釘截鐵地說我方證人說謊，而應該說她不肯定朋友是否真的買了一塊有利事業的陰牌。可見，事主的供詞問題多多，似乎想掩飾什麼，絕對不是可靠的證人。

辯方第九證人伊凡・格里芬，是事主的父親。辯方必須向陪審團強調一點：儘管辯方第九證人說謊，但陪審團不能因此否定辯方其他證人的供詞。因為每個證人都是獨立的個體，其中一名證人說謊不代表其他證人也會說謊。

至於辯方第十證人和第十一證人，辯方不浪費時間分析。

現在，辯方會逐一分析控方證人在庭上的證供，指出不可信之處。控方第一證人莉茲・格里芬，對控方來說，她是本案的受害人；但對辯方來說，卻剛剛相反。辯方需要幫助陪審團釐清一個思維謬誤。很多時候，人們會認為證人的供詞清晰、沒有前後矛盾、經得起考驗，就代表證人所說的都是真相。——這是一個思維謬誤。以本案為例，辯方的立場是證人迷姦被告。只要證人在迷姦前審慎計劃每一個步驟，杜撰一份看似完美無瑕的供詞，那麼她的供詞依然經得起考驗，卻沒法讓人得知案件的真相。辯方多次證明證人做了違反教義的事情，如玩塔羅牌、戴佛牌，而且拒絕在香港告解，凡此種種，難免讓人質疑證人對信仰的虔誠度。如果證人不夠虔誠，又或是一個偽天主教徒，那麼她進行的宗教式宣誓就沒法讓她受到良知和道德的約束，相關誓詞對她起不到嚇阻作用。換言之，她很可能作虛假證供。辯方希望陪審團認真想一想證人那些看似合理，實際可疑的供詞。比如在盤問時，辯方問：『從地圖得知，麥卡倫國際機場位於保護區的東南方。既然你的上司說東南西北都可以，你為什麼不去保護區的東南方蒐集樣本，而要去遙遠的西北方？』證人說：『簽訂僱傭合約後，我在網上玩過塔羅牌，想看看我的事業運如何。占卜結果說，西北方這個方位對我比較有利，所以在蒐集樣本時，我就選了西北方。但大家都知道，天主教反對教徒玩塔羅牌，所以我怕說出來

後，別人會質疑我是不是一個虔誠的教徒。』這個答案可以是真相，也可以是證人順水推舟、即席杜撰的藉口。相關例子不勝枚舉，在此不贅，希望陪審團盡量花時間討論證人供詞的可信性。

控方第二證人鍾麗娟，是 58 酒店的女保安員。控方說她是其中一個最早到達案發現場的人，因此她的供詞在很大程度上能還原案件真相。——這是大錯特錯的！因為證人不是在房間裡，沒有看到案發經過，如何還原真相？！控方又說，我們不難發現事主確實是被人強姦，因為事主事後的表現與一般強姦案受害人的事後表現如出一轍。如果案件的真相是事主迷姦被告，那麼事主的事後表現只是演技。辯方並沒有說證人作虛假證供，實際上她也不可能作虛假證供，因為走廊有閉路電視，能拍到證人和事主、被告接觸的情況。辯方想說的是：證人的供詞對還原案件真相一點幫助也沒有。

控方第三證人陸至林，是中區警區重案組第一隊見習督察。正如辯方所說，證人看到事主事後的反應，是否代表他看到了真相？還是同一個道理：如果案件的真相是事主迷姦被告，那麼事主的事後表現只是演技。控方說過，辯方透過盤問證人，認為被告因事主的挑釁言辭而想襲擊她的反應不太正常，從而暗示如果被告真的強姦了事主，又怎麼會如此理直氣壯？沒錯！這是辯方的疑問，也希望陪審團想想這個問題。如果被告真的強姦了事主，那麼用雙方在你情我願之下做愛為藉口，是否比什麼迷姦來得更有效？控辯雙方都說對方的證人在演戲，也許陪審團要認真想一想，到底誰在演戲？

控方第四證人華元，是中區警區重案組第一隊督察。控方把他列為敵意證人，請陪審團想一想為何他會成為敵意證人？因為他說了一些對控方不利的話，換言之，這些供詞能增加辯方勝訴的機率。也許你們會懷疑，他是否被辯方收買了？當然不是，因為證人說過，他拒絕了法醫的賄賂，可見辯方不可能收買他。這衍生一個問題：在沒有被人收買、沒有作虛假證供的情況下，為什麼證人會說出一些間接對辯方有利的話？是否代表案件的真相真的如辯方所說的一樣？

控方第五證人連小芸，是政府法醫。控方指出，證人要求事主敘述案發經過，證實被告以女上男下的體位來強姦事主。辯方必須指出：證實了女上男下的體位並不能證明被告強姦了事主。也許事主知道法醫有能力得知性交的體位，也因為用男上女下的體位來迷姦被告的難度很高，所以才用女上男下的體位。辯方的懷疑是有根據的，不要忘記事主在大學修讀犯罪心理學。如果陪審團把事主想像為一個天真無邪、不諳世事、沒有心計的人，就真的捉錯用神了！至於證人在活體取證時是否專業，以及相關報告是否可信，請你們自行判斷。但辯方要提醒你們，你們可以認為報告有疑點，不接納相關證據，沒有人會向你們追究責任。

控方第六證人童家寶，是律敦治醫院急症室的急症科專科醫生。證人發現事主具備一般強姦案受害人常見的情況，如體內射精、陰道撕裂、流血、被告襲擊事主而造成的傷痕。然而，這些情況

不能百分之百證明被告強姦事主，因為迷姦也可以造成相同情況，事主可以自行製造傷痕。至於被告的傷痕，控方說不能排除案發時出現某些情況，沒有讓被告受傷。這不合理。控方說，如果一個強壯的男人強姦一個柔弱的女人，女人沒有反抗能力，那麼男人身上就沒有傷。但被告不是一個強壯的男人，事主絕對有能力反抗，有能力傷害被告。控方又說，如果男人強姦女人時，用言語恐嚇女人，讓她不敢反抗，男人身上就沒有傷。這也不合理，因為事主從沒說過被告用言語恐嚇她。換言之，如果當時有人替被告驗傷，知道他身上沒有傷，這就是重大的疑點。也就是說，沒有被告的驗傷報告，絕對會影響陪審團判斷案情，也會損害被告的利益。如果陪審團同意辯方所言，請把疑點利益歸於被告。另外，辯方要提醒陪審團，雖然在永久終止聆訊的聆訊中，辯方提出相同論點來要求永久終止聆訊，當時控方反駁了辯方的論點，裁判官也認同控方的說法，認為不會導致審訊不公，但裁判官的裁決不一定正確，香港有很多案例，在上訴後推翻了原審的裁決。因此，陪審團不應把裁判官的裁決奉為圭臬，要有批判性思考。

控方第七證人趙柏汶，是政府化驗所的高級化驗師。雖然證人指出，他在化驗時不覺得物證有任何問題。但你們要知道，化驗師覺得證物沒問題，不代表你們也覺得證物沒問題，你們絕對可以覺得證物有問題，繼而不接納相關證據。因為判斷被告是否有罪不是化驗師的責任，而是陪審團的責任。另外，關於指紋的問題，在被告的西褲和內褲的某些位置發現事主的指紋，這由始至終都是致命的破綻。雖然證人指出，外人沒法得知案發的細節，不排除事主在某些情況下接觸到被告衣物的相關位置。但問題是，那些位置實在太奇怪，正常情況下不可能接觸到那些位置。希望陪審團仔細研究指紋所在的位置，想像案發經過，繼而作出合理的裁決。

控方第八證人雨果‧安德森，是控方第一證人任職的公司的老闆。辯方要強調一點：他出庭作證，是證明辯方第九證人作虛假證供，第十、十一證人的供詞和相關證物不足為據，僅此而已。並不代表辯方其他證人的供詞和證據有問題，也不代表被告強姦了事主。

接下來，辯方會闡釋法律原則。本案的控罪條例是《刑事罪行條例》第 200 章第 118 條，強姦罪。辯方會解釋本案如何不合乎法律條文中控罪的要求。

第一，行為主體是男子。本案被告是男子，而控方第一證人是女子，所以這點無庸置疑。

第二，非法性交。性交是指被告的生殖器官插入受害人的生殖器官裡。被告從沒否認雙方發生過性行為，因此性交是存在的。至於非法，是指未徵得同意的情況下。因此，非法性交是指未徵得同意的情況下與女子性交。辯方的立場是：被告沒有在未徵得同意的情況下與事主性交，而是事主迷暈被告後，強行和被告發生性行為。因此，被告沒有非法性交，滿足不了這個構成要件。

第三，與女子非法性交的意圖。強姦罪的犯罪意圖是：與女子非法性交的意圖。這涉及兩種形

式：一是明知女方不同意，而企圖與該女子性交；二是不顧女方是否同意，即對女方是否同意持輕率態度而企圖與之性交。辯方的立場是：被告沒有強姦事主，而是事主迷姦被告。因此不符合這兩種形式，被告沒有與事主非法性交的意圖，滿足不了這個構成要件。

結案陳詞來到尾聲，辯方想忠告陪審團：刑事訴訟的原則有很多，除了控方舉證必須毫無合理疑點、疑點利益歸於被告外，還有一點很重要，就是寧縱毋枉。如果你們認為控方的舉證有合理疑點，最終裁定被告罪名不成立，請記住，沒有人能夠譴責你們。因此，你們沒有任何包袱，沒有任何壓力。可能你們認為，女人迷姦男人後，再誣告男人強姦，是一件天方夜譚的事。其實，世上有不少同類型的案件，女人誣告男人非禮、性侵屢見不鮮，現在只是一個加強版，誣告男人強姦。控方在結案陳詞時以反性騷擾運動為例，逼迫你們裁定被告罪名成立。辯方想説，這個反性騷擾運動受到不同人士質疑，也衍生不少誣陷、誣告的悲劇。控方報喜不報憂、混淆視聽、居心叵測。對辯方來說，世界上最邪惡的事，不是強姦別人，而是誣告別人強姦。世界不斷進步，人類也要進步。是時候，我們要把目光從強姦轉移到誣告強姦，這是嶄新時代的一個重大課題。請各位勇敢地相信，你們正在審理一宗最邪惡的案件！在此，辯方懇請陪審團裁定被告強姦罪名不成立！」

「明天早上的聆訊，本席會向陪審團作總結，提醒陪審團留意有關證據，並就法律觀點給予指導。今天的聆訊到此為止。」

「起立！」

第30章：〈引導〉

翌日 10 時，聆訊繼續。

「現在，本席會總結案情和引導陪審團。本案是一宗強姦案，控辯雙方的立場迥異。控方認為被告強姦了事主，辯方則認為是事主迷姦了被告。綜觀所有人證物證，似乎控方較能證明被告干犯了強姦罪；辯方未能證明迷姦的存在，所提出的疑點也值得商榷。本席將會詳細説明陪審團需要注意的事項。

第一，根據相關法律條文，強姦罪涉及多個構成要件，控辯雙方早已説明，在此不贅。只有在滿足所有構成要件的情況下，才可以裁定被告罪名成立；如果其中一個構成要件滿足不了，就必須裁定被告罪名不成立。

第二，如果你們需要考慮被告是否相信事主同意性交，在考慮此事時，除了須顧及其他有關事項，亦須顧及被告是否有合理理由相信事主同意性交。

第三，關於事主的供詞，你們要考慮與案情有直接關係的供詞是否完全可信。這涉及三方面：一，你們要考慮事主錄口供時的陳述，是否與其他證據吻合。是的話，供詞的可信性高，反之亦然。二，控辯雙方向證人提出的問題，有一些與警方所問的問題一樣。你們要考慮事主在庭上的回答，是否與錄口供時的答案一致。是的話，供詞的可信性高，反之亦然。三，事主在庭上作證時，控辯雙方問過一些與案情直接相關、但警方沒有問過的問題，你們要考慮事主在這方面的陳述，是否與其他證據吻合。另外，控辯雙方問過一些與案情沒有直接關係的問題，你們要自行判斷這類問題能否間接反映案件的真相。能的話，就要考慮事主在這方面的陳述的真實性；不能的話，則不必考慮其真實性，因為事主在回答一些與案情沒有直接關係的問題時説謊，並不代表強姦不存在。

第四，辯方多次提出證據來質疑事主對信仰的虔誠度，就算你們認為辯方的證據足以證明事主對信仰的虔誠度下降，也不能因此否定事主所有供詞的可信性，你們要認真研究事主每一句的陳述，繼而判斷每句陳述的可信性。

第五，雖然辯方在陳詞時指出，你們要考慮事主的學歷，但你們不能因為事主的學歷而對她產生偏見。

第六，控方第二證人鍾麗娟和第三證人陸至林作證時，描述了他們的所見所聞，假設證人沒有説謊，你們要自行判斷證人的供詞能否反映案件的真相。不能的話，就不必考慮相關供詞。

第七，控方第四證人華亓作證時，辯方質疑證人是否剝削了被告的權益。如被告身處急症室的

一個角落，那裡能否保護被告的私隱；被告等候法醫進行活體取證的時間是否太長。儘管被告的權益被剝削，你們也絕對不能以此作為判斷被告是否強姦了事主的證據。

第八，證人華亓被控方列為敵意證人，你們不能因此認為證人在庭上作假證供。因為控方把他列為敵意證人，只代表控方認為他在庭上的供詞對控方不利，這是控方的立場，並不能以此作為證人說謊的證據。

第九，控方第五證人連小芸作證時，辯方質疑她替事主和被告進行活體取證時不太專業，你們要判斷證人在進行活體取證時是否不專業。是的話，再研究她的不專業會不會影響你們判斷案件的真相。會的話，再研究這方面的影響有多大，能否靠其他證據來消除相關影響。如果影響很大，又不能靠其他證據來消除，那麼這就是合理的疑點，你們要把疑點利益歸於被告，裁定被告罪名不成立。

第十，控方第六證人童家寶，她曾經分析過，女人迷姦男人也會導致與事主相同的結果。你們要判斷有沒有足夠證據證明事主的情況一定是迷姦造成，而不是強姦。

第十一，本案的證物裡沒有被告的驗傷報告，你們要判斷在沒有驗傷報告的情況下，會不會影響你們判斷案件的真相。會的話，再研究這方面的影響有多大，能否靠其他證據來消除相關影響。如果影響很大，又不能靠其他證據來消除，那麼這就是合理的疑點，你們要把疑點利益歸於被告，裁定被告罪名不成立。

第十二，控方第七證人趙柏汶，他負責化驗法醫從活體取證中蒐集到的物證。換言之，法醫是否專業與證人的化驗報告是否可信息息相關，你們在研究證人的供詞和證據時，要結合法醫的情況一併考慮。

第十三，辯方指出，在被告的衣物的某些位置發現事主的指紋，認為這是合理的疑點。你們要判斷這是否合理的疑點，是的話，就要把疑點利益歸於被告，裁定被告罪名不成立。

第十四，控方第八證人雨果・安德森，他的供詞只能證明辯方第九、十、十一證人的供詞不足信，並不能證明辯方其他證人的供詞不足信，也不能證明被告強姦了事主，更不能證明事主迷姦了被告。

第十五，被告在作證時不斷強調是事主迷姦他，你們不能依賴證人的供詞，而是要把焦點放在所有證物上，看看有沒有證物能直接證明迷姦真的發生過。有的話，你們就裁定被告罪名不成立。如果證物只能間接證明迷姦發生過，你們必須同時在控方的舉證中找出至少一個合理的疑點，才能裁定被告罪名不成立。如果沒有任何證物能證明迷姦發生過，同時，控方的舉證沒有任何合理的疑點，你們就要裁定被告罪名成立。

第十六，辯方第二證人黎承東提及紮帶一事，你們不必浪費時間分析，因為鑑證科證實了被告的儲物櫃沒有被入侵過的痕跡，那卷紮帶也沒有第三者的指紋。另外，被告在什麼時候通知證人他要提早離開，以及被告是否以重要會議作幌子，都不必討論。因為前者沒法還原案件真相，後者也難以證實。

第十七，辯方第三證人梁敬倫的供詞對還原案件真相的作用不大，因為被告即將出席一個重要會議，並不能以此證明他一定不會強姦別人。另外，你們不必研究日程表和意向書，因為就算相關證物是案發後杜撰的，也只代表證人為了讓被告脫罪而不擇手段，不代表證人知道案發經過，相關證物也不能反映真相。

第十八，證人梁敬倫在接受辯方覆問時作出了傳聞證供。當時，本席接受證人作出傳聞證供，因為辯方説，他引導證人作出傳聞證供是為了彌補證人在經過盤問後削弱其供詞可信性的過失，並非為了證明傳聞內容的真實性。因此，你們不得以此作為事主迷姦被告的直接證據或間接證據。

第十九，由於事主承認購買和佩戴過佛牌，因此你們不必花時間討論辯方第四證人范美清和辯方第五證人古策賢的供詞。

第二十，證人古策賢在庭上介紹過佛牌，其中提到佩戴陰牌的效果和副作用。你們不能以此作為事主被強姦的證據，也不能以此作為事主迷姦被告的證據，因為佛牌屬於形而上學的東西，難以用科學來解釋。本席之所以允許證人在庭上發表形而上學的言論，是希望你們對相關概念、證物有一定的認識，避免落入霧裡看花的困境。

第二十一，辯方第六證人蔡秀華作證時提及蟑螂一事，你們不必考究當中的真相。正如本席所説，事主在回答一些與案情沒有直接關係的問題時説謊，並不代表強姦不存在。噴霧方面，證物裡沒有被告所説的噴霧，你們不能在沒有證據的情況下，任意揣測噴霧的事。至於紅色噴霧，沒有證據證明為何噴霧消失得無影無蹤，也沒有證據證明事主説謊，你們不要大做文章、胡亂演繹。

第二十二，辯方第七證人邵希琳作證時在控方的要求下向事主道歉，她道歉只代表他們的行動打擾了事主，卻一點收穫也沒有，並沒有其他意思。

第二十三，辯方第八證人勞萬琛作證時指出，雖然購買佛牌的真相與事主所説的不同，但不能排除是她們溝通上的問題而產生誤會，不能斷言事主説謊。事主有沒有説謊，請你們自行判斷。

第二十四，你們在分析案情時，也許會發現當中涉及一些道德問題，但你們不能作道德審判，必須根據在庭上聽到的供詞和看到的證據作出合理的裁決。

第二十五，你們不必接納所有呈堂證據或證人供詞，如果你們認為某些證據或供詞不足信，可以部分接納或拒絕接納。

第二十六，你們商議時，一定要摒除感性的分析和主觀的見解，必須做到理性、客觀分析。

第二十七，也許你們對兩性關係或同類型案件有個人的看法，但你們不應有預設的立場。也就是說，你們不應在事前認為被告一定強姦了事主，或事主一定迷姦了被告。

第二十八，你們商議時，不應考慮自身的經驗、庭外人的看法、傳媒的報道。

希望你們商議的過程順順利利。本席的引導到此為止，現在請陪審團退庭商議。」

「起立！」

第 31 章：〈陪審團〉

退庭後，陪審團在傳達員的帶領下，前往陪審員休息室。在進入休息室前，傳達員要求他們交出手機和其他具通訊功能的器材，他們便逐一把手機放進檔案袋裡。

休息室裡有一張長長的桌子，李嘉如、高寶琳、何耀琦、岑永熙坐在桌子的一邊；呂慧詩、孫立燊、黃石虎則坐在另一邊。他們把文件堆在桌上，寬敞的桌子瞬間變得狹窄。

「我需要提醒你們，如對法庭設施等一般事項有疑問，可以向我查詢。如有任何問題想向法官提出，也可以聯絡我。除此之外，不應與我交談。另外，如果你們不能在今天內達成裁決，便會獲安排在高等法院的相關設施內留宿。如果你們達成裁決，就請首席陪審員通知我。有沒有問題？」

眾人沒有問題。

「沒的話，可以開始討論。」說罷，傳達員離開休息室。

高寶琳說：「我們開始吧！雖然我們以前在陪審員餐廳吃飯時聊過天，但沒有討論過案件內容。不如我們在討論前先投票，看看大家對案件的初步看法是什麼。」

孫立燊問：「你好像不是首席陪審員，為什麼由你來帶領我們？」

高寶琳白了他一眼，說：「那就由首席陪審員黃石虎來帶領我們吧！」她把紙和筆遞給黃石虎。

黃石虎笑着說：「不用了，我的字寫得不好，還是你來帶領我們吧。」

高寶琳問孫立燊：「現在沒異議吧？」

李嘉如問黃石虎：「既然你不想帶領我們，當初又何必要當首席陪審員？」

黃石虎說：「因為你是廣告部總監，我不想所有權力都集於你一身，所以才這麼做。」

李嘉如冷笑了一聲。

岑永熙說：「不要再東拉西扯，還是言歸正傳吧。」

高寶琳問：「我們開始投票，怎樣？」

眾人沒異議。

高寶琳說：「認為被告罪名成立的請舉手。」

李嘉如、岑永熙、呂慧詩、孫立燊、黃石虎舉了手。

高寶琳說：「5 票。認為被告罪名不成立的請舉手。」

高寶琳、何耀琦舉了手。

高寶琳問：「2 票。關於討論的方向，我有個建議。我們先逐一分析控方證人的供詞和相關證據，

再分析辯方證人的供詞和相關證據。好不好？」

呂慧詩問：「是不是和控辯雙方結案陳詞的做法一樣？」

高寶琳說：「沒錯。」

何耀琦說：「我贊同你的建議，這樣討論比較有條理。」

其他人也點頭示意。

高寶琳問：「那麼，我們先研究控方第一證人莉茲‧格里芬的供詞和相關證據。大家有什麼看法？」

孫立燊說：「你提出問題，卻不發表自己的意見，真的很有『王者風範』！」

高寶琳說：「謝謝你的讚美！我只是想讓你們先發言，既然你那麼想聽我的意見，我就先說吧！我覺得她的某些供詞可能是謊言。雖然法官說過，事主在回答一些與案情沒有直接關係的問題時說謊，並不代表強姦不存在，但我不是這麼想。如果真相真的如辯方所言，是她迷姦被告，那麼她一早就有部署，換言之，她在回答一些與案情沒有直接關係的問題時可能說謊。例如辯方問她，為什麼來香港前不問問朋友她住在哪間酒店，然後在網上預訂房間；而是到了香港後，才到酒店租房間。她說沒想過。這不合理，因為她對旅行有要求，一定要住大的房間，但又不能是太貴的房間，為了避免不必要的麻煩，正常情況下，她應該預訂房間，才能保證她可以跟朋友住同一間酒店，而房間又符合她的要求。」

孫立燊問：「說算她真的說謊，那和她迷姦被告有什麼關係？」

高寶琳說：「我有一個推測，如果她知道被告在 58 酒店工作，她要迷姦他，就一定要住 58 酒店。可是，如果她一開始就住 58 酒店，然後發生強姦案，別人就會覺得很巧合，繼而懷疑她。所以她先去中大海酒店，碰巧沒有空置的高級客房，於是就順理成章去了 58 酒店。」

岑永熙問：「有證據嗎？」

高寶琳說：「沒有。」

黃石虎說：「你不當公關可以當作家，想像力那麼豐富。」

高寶琳問：「那麼你覺得她的供詞如何！？」

黃石虎說：「我覺得沒什麼問題，她錄口供的供詞和法庭上的供詞大同小異。其實供詞也是其次，因為可以杜撰，但證據就不能偽造，既然所有證據都證明被告強姦了她，那麼這就是真相。」

何耀琦說：「證據都可以偽造，你不要忘記辯方曾經偽造過錄音。雖然我不知道聲紋鑑定專家是否被人收買了，但如果他說的都是真話，那就證明偽造的證據連專家都可以被欺騙。」

呂慧詩問：「你不是認為被告無罪嗎？為什麼批評辯方偽造證據？」

何耀琦說：「辯方偽造證據是事實，但不能因此認為被告真的強姦了事主。我用這個例子是想說

明，證據可以偽造，不一定能還原真相。」

李嘉如說：「現在有證據證明控方的證據是偽造嗎？我記得好像沒有。」

高寶琳問：「我們暫時不要說其他事，集中討論事主的供詞和證據。其他人有沒有意見？」

李嘉如說：「我不覺得事主的供詞有什麼問題。就算辯方問過一些問題，她支吾其詞，或猶豫片刻才回答，都不能證明她說謊，只能證明辯方的盤問技巧高超。還有，大家不要忘記，證人在庭上回憶慘痛的經歷，對法庭的人、事、物又感到陌生，當然會緊張不安，不能因此說她有問題。」

何耀琦說：「如果你們認真看看她的供詞，就會發現一些蛛絲馬跡。例如當她描述強姦的過程時，她說她抗拒不了被告的淫威，便坐在他身上。又說被告要求她配合，她就真的配合。根據證人的供詞和所有證據，被告當時並沒有取出武器來要挾她，她應該不會有生命危險，換言之，她其實可以抗拒他的淫威。」

岑永熙說：「我不同意。因為被告先用紮帶反綁她的手，再要求事主配合他。事主沒法用雙手來反抗，如果她逃跑，被告只要抱着她的腿，她就立即摔倒，根本逃不了。再說，被告要殺她，根本不需要武器，只要掐死她便可以了。」

何耀琦說：「撇開這個問題，她的供詞有一個致命的破綻，就是手機一事。事主說被告取出手機，想拍攝強姦的過程，但證物 A8 的圖冊證明被告進入房間後，就沒有再打開手機螢幕。後來，事主又說被告用的手機不是警方調查的那一部。辯方問她，被告從什麼地方取出手機，她又說自己的目光不是集中在他身上，所以不知道。辯方接着證明事主所說的那部手機，根本不存在。」

呂慧詩問：「有沒有可能，事主被強姦後心懷不忿，便順水推舟，誣衊被告用手機拍攝強姦過程，目的是想律政司加控被告更多罪名？」

黃石虎說：「沒可能，因為稍有不慎，別人就會知道事主誣衊被告，繼而削弱事主供詞的可信性，風險很大。」

高寶琳發現孫立燊看圖冊看得津津有味，便問他：「你在看什麼？！你還沒發表意見呢！」

孫立燊說：「我正在看暗網影片的截圖。」

高寶琳說：「變態！」

孫立燊說：「最可恨的是，現在沒有手機，否則我一定拍下這些圖片。」

黃石虎笑着說：「你上暗網看就可以了。」

孫立燊說：「這些影片不是上暗網就可以看到，要成為某些網站的貴賓才可以看，換言之，要花很多錢。」

李嘉如問：「你們不要越來越過分，那些受害人很可憐，你們把自己的欲望建立在他人的痛苦之

上，還有沒有良心？！」

孫立燊說：「看來你很喜歡裝聖人，你那麼年輕就成為廣告部總監，如果我沒猜錯，你應該常常陪老闆睡覺，才爬得那麼高！」

李嘉如說：「你再亂說，我就告你誹謗！」

高寶琳說：「夠了！開玩笑也要有個限度，你有什麼意見，快點說！」

孫立燊說：「這宗案件根本就是典型的強姦案！我們不用看證人的供詞，只需要看證據。事主驗傷的就診紀錄，事主、被告的活體取證報告，政府化驗所的報告，全都證明事主被人強姦！至於被告所說的迷姦，由始至終，連一件像樣的證物都沒有！」

高寶琳問：「關於事主的供詞和相關證物，還有誰要發表意見？」

何耀琦說：「我還有意見。證物 U1 是網上流傳的偷拍影片，如果你們認真想想，就會發現背後有陰謀。按常理來推斷，她不可能用手機來偷拍。一來，現場的職員會阻止她；二來，那段影片的拍攝角度除了是平視外，鏡頭很少上下移動，大多是左右移動。證明她一定不是拿着手機來拍攝，因為用手機拍攝的話，鏡頭大多會上下移動。加上鏡頭的位置在眼睛那裡，因此我懷疑她戴了一副有錄影功能的眼鏡。為什麼她要戴這種眼鏡？如果說她是變態，想偷拍一些色情影片，又說不過去。因為警方曾經調查過一名婦女，懷疑是她偷拍，但沒找到任何證據。如果真的是那名婦女偷拍，那麼她的目的是什麼？就是想盡快讓事情曝光，免得有人利用權力來掩蓋事情的真相……」

孫立燊打岔：「慢着！你說的這些東西，有沒有證據證明？我們要以證據為基礎，而不是以你的個人幻想為基礎。明白嗎？！」

高寶琳說：「他只是提出疑點，沒什麼問題。」

岑永熙對何耀琦說：「控方說過，只有合理的疑點才有用，你懷疑那名婦人有陰謀，又懷疑背後有人在操縱，這些都沒有證據證明，不是合理疑點。」

呂慧詩問：「雖然控方舉了例子來說明什麼是合理疑點，但其實我不太清楚該怎樣判斷一個疑點是合理還是不合理。我們能不能說，因為被告強調這是迷姦案，所以不排除背後有黑手，因此何耀琦的疑點並非無的放矢？」

孫立燊問：「喂！喂！喂！你到底是站在哪一邊的？！你不是認為被告有罪嗎？！為什麼現在替他辯護？！你的腦袋是不是被你的大屁股坐壞了？！」

高寶琳問：「喂！你不要人身攻擊好不好？！」

孫立燊說：「我說錯了嗎？！她又胖又遲鈍，知不知道為什麼我們這邊坐了三個人，你們那邊坐了四個人？！因為她大腹便便，一個人佔了兩個位子！」

高寶琳對呂慧詩說：「你不用理他，他就是一個口沒遮攔的人。」

呂慧詩低頭不語。

孫立燊又對呂慧詩說：「我知道你為什麼那麼胖，因為你是漫畫家，常常坐着畫漫畫，不運動。」

李嘉如說：「夠了！」

孫立燊說：「夠什麼夠？！我擔心她的健康，建議她減肥，真是好人當賊辦！」

高寶琳說：「我們的進度已經很慢，再不快點就要在法院留宿！」

孫立燊說：「我們不能趕進度，一定要慢慢討論，否則就是把被告的人生當成玩物。」

李嘉如說：「看來你真的有腦退化症！剛剛才說人家改變立場，你現在又站在被告那邊！」

孫立燊說：「我只是想留在這裡久一點，你們想想，我們多留一天，就可以多賺一天津貼。」

岑永熙問：「你要錢的話為什麼不去工作？」

孫立燊問：「根本不同！工作會被人罵，當陪審員就不會。最重要的是，我當辦公室助理，月薪11000元，一星期工作六天，平均每天460元。但當陪審員，一天就有830元，你不覺得很多嗎？」

李嘉如說：「哼！你目光短淺，看來你這輩子只能當辦公室助理！我當廣告部總監，月薪12萬，平均每天4000元。對我來說，830元只是九牛一毛。」

孫立燊說：「雖然我在公司裡人微言輕，但總比一些喜歡陪老闆睡覺的人光明磊落得多！」

李嘉如笑着說：「我一定會告你誹謗！到時候，你連辦公室助理都不用做！」

高寶琳也笑着說：「到時候我當證人！」

孫立燊問：「你為什麼要幫她？！她根本就是一個虛偽的人！你們應該還記得，上個星期有幾天不用聆訊，我叫你們一起回來看文件，是因為我看過一則新聞，有陪審團在不用聆訊的日子裡自願回來看文件，最後法官稱讚他們，決定給予雙倍津貼。我就是想要雙倍津貼，才叫你們一起回來。你說你月薪12萬，不在乎這些錢，但你也有回來看文件，豈不是自打嘴巴？！」

李嘉如說：「我回來看文件是因為本案的文件實在太多，要花大量時間來閱讀，而不是為了錢！」

高寶琳問：「別再浪費時間了，我們繼續討論好不好？！」

何耀琦說：「事主的供詞還有一些疑點。她說因為玩過塔羅牌，知道西北方比較有利，所以蒐集樣本時，選了西北方。那為什麼她要來香港旅行？根據世界地圖，香港在美國的東南方，她為什麼要去一個對自己不利的地方？所以我認同辯方所說，她回答這個問題時，應該是順水推舟。」

黃石虎笑着說：「就是因為去了一個對她不利的地方，所以才被人強姦。」

岑永熙問：「就算她真的順水推舟，那又能證明什麼？」

何耀琦問：「能證明她去保護區的西北方，是另有目的。辯方懷疑案件涉及一個犯罪組織，那個

組織的基地會不會在西北方？」

孫立燊問高寶琳：「你叫我不要浪費時間，這句話應該對他説！他常常説一些沒有根據的事情，難道我們不用證據，而用天馬行空的幻想作為裁決的依據？！」

眾人沒有説話。

孫立燊説：「退一步來説，就算事主真的迷姦了被告，背後真的涉及犯罪組織，那只能勸被告節哀順變！因為他的辯護律師無能，找不到證據證明事主迷姦他！就算他真的無辜，坐了冤獄，也不是我們的錯！因為我們以證據作為裁決的依據，我們問心無愧！」

「咯咯！」有人敲門，是傳達員。

他進來問：「快到吃飯的時間，你們想在陪審員餐廳吃，還是在這裡吃？」

高寶琳説：「在這裡吃吧，方便討論。」

眾人沒異議。他們把想吃的東西告訴傳達員，傳達員替他們去買。然後，他們繼續討論。

高寶琳對孫立燊説：「我不認為他在浪費時間。你覺得浪費時間是因為在你的立場，你覺得證據確鑿，不必討論。但我們兩人的立場和辯方一樣，覺得背後疑點重重。」

孫立燊聳肩，沒有説話。

高寶琳説：「我們可以從控辯雙方的結案陳詞着手，看看事主是否可信。辯方説事主可以在迷姦前審慎計劃每一個步驟，杜撰一份看似完美無瑕的供詞。我認為這是辯方的猜測，沒有證據支持，不必討論。但我想説説事主對信仰的虔誠度問題，在這方面，辯方的確有證據證明事主不太虔誠。換言之，就算她進行宗教式宣誓，也不能假定她所説的都是真話。」

呂慧詩説：「我不太認同。就算她對信仰不虔誠，甚至是一個偽教徒，都不代表她會作虛假證供。舉個例子，如果一個人在庭上作證時，沒有宣誓，是否代表他一定會作虛假證供？不一定，儘管他沒宣誓，他也可以説真話。」

李嘉如説：「我很同意。天主教的教義是否不准教徒説謊，我不知道。但辯方提出這個論點，並不能證明事主作假證供。因為她玩塔羅牌，並不代表她會説謊；她戴佛牌，也不代表她會説謊。除非能百分之百證明她説的某句話與事實不符，否則沒法證明她作假證供。」

黃石虎説：「很有道理，因為宗教式宣誓的誓詞是叫她説真話，而不是叫她不要玩塔羅牌，也不是叫她不要戴佛牌。」

岑永熙説：「我們可以從法官的引導中看看事主的供詞是否可信。第一，考慮事主錄口供時的陳述，是否與其他證據吻合。這點無庸置疑，因為我印象中，辯方好像沒有説過事主的供詞與證據不吻合。」

高寶琳說：「什麼沒有？！辯方說在被告衣物的某些位置發現事主的指紋，認為有可疑。」

岑永熙說：「但事主在錄口供時，並沒有說太多與衣物有關的事情。大抵只說過，被告解開她的鈕扣，把她的睡褲和內褲脫掉；並沒有說她的手有沒有在什麼時候碰過被告衣服的某些位置。換言之，這方面的描述在事主的供詞中幾乎空白，因此不符合『事主的供詞與證據不吻合』的情況。第二，考慮事主在庭上的回答，是否與錄口供時的答案一致。我認為是一致的，如果不一致，辯方應該會質問事主，為什麼錄口供時說的和庭上說的不一樣，但辯方沒有問過。第三，考慮事主在回答與案情直接相關、但警方沒有問過的問題時，陳述是否與其他證據吻合。這一點可以討論一下，因為高寶琳剛才說的疑點屬於這部分。第四，要判斷一些與案情沒有直接關係的問題能否間接反映案件的真相。我認為不能，就算事主在回答這些問題時含糊其辭，也不能證明什麼。歸根究柢，是因為辯方的問題沒法直接或間接證明事主迷姦。以喝水的問題為例，事主沒有燒水，是怕水土不服，但又喝本地沖泡的飲料。這個問題與案件沒有直接關係，連間接關係也稱不上，儘管事主的回答有問題，也不能直接或間接反映案件真相。」

黃石虎問：「換言之，我們現在要討論指紋的問題？」

高寶琳說：「這個問題留待討論化驗師的供詞時才討論比較好，因為辯方是在盤問化驗師時才提出這個疑點。」

眾人沒異議。

高寶琳說：「那麼，關於事主的供詞還有沒有補充？沒的話，我們討論控方第二證人鍾麗娟的供詞。」

孫立燊說：「還是算了吧！雖然我支持控方，但我認為那個保安員一點作用也沒有。對我來說，她的存在只是為了湊數。」

高寶琳說：「第一，我希望你不要再說什麼『支持控方』、『站在控方那邊』之類的話，因為我們討論的目的，就是希望說服對方，改變立場。第二，我不認為保安員一點價值也沒有。雖然她看到的事情，閉路電視也拍得到；但角度不同，她近距離接觸被告和事主，也許能看到一些閉路電視拍不到的東西。另外，她也能聽到被告和事主所說的話。換言之，透過盤問她，辯方也許能找到蛛絲馬跡。」

李嘉如說：「但事實告訴我們，辯方沒法透過盤問她來找到蛛絲馬跡。準確來說，辯方不可能找到蛛絲馬跡。一來，如果案件的真相是被告強姦事主，那麼所謂的蛛絲馬跡只是辯方的立場和辯辭；二來，如果真相是事主迷姦被告，那麼事主在衝出房間前，就已經準備就緒，不允許自己留下任何破綻。換言之，證人很難提供對辯方有利的證據。」

何耀琦説：「關於證人的供詞，我有個問題。辯方問她：根據你的觀察，紮帶是緊的還是鬆的？
她說：有多緊我就不知道，但一定不是鬆的。這不合理。正常情況下，被告想強姦事主，然後取出
紮帶反綁她的手，那麼紮帶應該綁得緊緊的，這是為了防止事主逃脱。大家想像一下就知道，當雙
手被紮帶綁得緊緊時，紮帶下的皮肉會深深地陷下去，而周邊的皮肉則相對凸了出來。如果保安員
看到這個情況，就會知道紮帶綁得緊緊的，然後回答辯方：紮帶是緊的。但她説有多緊我就不知道，
證明紮帶並非綁得很緊。換言之，不可能是被告綁的，而是事主自己綁的。」

黃石虎説：「我認為證人這樣説很合理，因為緊可以分為不同程度，有一般的緊，有非常的緊。
而且每個人對緊的看法都不同，她不能因為自己覺得緊，就説是緊的，既然她不肯定，就應該説不
知道。」

呂慧詩説：「就算你認為紮帶是事主自己綁的，我們也沒有證據。報告指出，那根紮帶上有事主
的指紋。相關影片也證明，職員替事主剪掉紮帶後，事主觸碰過紮帶。換言之，不能證明事主在觸
碰紮帶前，紮帶上已經有她的指紋。如果有的話，就能證明你的説法。」

岑永熙説：「我也覺得證人的供詞沒什麼分析價值。控辯雙方指出，被告和事主事後的表現可能
是演技，但我們證明不了誰在演戲，證人也不知道他們是否在演戲。」

高寶琳説：「那麼，關於保安員的供詞還有沒有補充？沒的話，我們討論控方第三證人陸至林的
供詞。」

「咯咯！」是傳達員。

他推着手推車進來，上面放滿了食物。他把食物放到桌上，然後離開。文件和食物，桌上再沒
有多餘的空間。他們邊吃邊討論。

高寶琳説：「剛才岑永熙説，不知道誰在演戲，我認為陸至林的供詞能告訴我們到底誰在演戲。
當時，事主哭着對證人説，叫證人帶她去洗澡。如果是十年前，我覺得有可能。但十年後，已經有
很多新聞和性教育告訴我們，女人被強姦後不能洗澡，因為要保留證據，難道事主不知道？更重要
的是，她在大學修讀犯罪心理學，一定知道強姦案受害人事後立即去洗澡的心理狀態是怎樣的，難
道她會犯同樣的錯？很明顯，她在演戲，因為曾經有很多強姦案受害人事後立即去洗澡，她要代入
這個角色，所以才説這些話。」

黃石虎説：「不一定，一個人在情緒崩潰時，感性會掩蓋理性，很容易犯一些不應該犯的錯，事
主可能也一樣。」

何耀琦問：「我認為要認真討論一下辯方提出的問題：如果被告真的強姦了事主，為什麼不用雙
方在你情我願之下做愛為藉口，而要用迷姦做藉口？如果你們平時有留意強姦案的新聞，就會發現，

一般強姦犯的事後反應大抵是：束手就擒、狡辯。如果是狡辯，他們可能會說：是你情我願之下做愛，我酒後亂性，我以為她願意和我做愛，我有精神病，云云。你們什麼時候聽到一個強姦犯說，是對方迷姦我？唐凌聰不是智障，如果他真的強姦了事主，他一定不會說對方迷姦他。因為迷姦需要工具，如果警方找不到迷姦工具，就不能證實是迷姦。另一方面，如果唐凌聰喜歡強姦女人，以他的財力和權力，絕對可以在暗網買一些女人回家強姦，又或聯絡一些來自暗網的組織，去它們的基地強姦女人。這樣，既可以滿足自己的欲望，又不會受到法律的制裁。他現在光明正大地強姦女人，給我的感覺就是自尋死路。如果他真的想自尋死路，大可認罪，又何必用迷姦這藉口來開脫？」

孫立燊說：「如果他用你情我願之下做愛為藉口，根本開脫不了。按常理來推斷，一個住客怎麼會引誘房務員發生性行為？根本說不過去，所以他另闢蹊徑，說事主迷姦他。就算警方找不到迷姦工具，他都可以說被事主藏了起來。」

高寶琳說：「你不要忘記唐凌聰不是普通的房務員，案發前，他是上市公司的執行董事兼財務總監。如果一些不懷好意的女人知道他的背景，就會引誘他發生性行為。一來，也許有機會嫁入豪門；二來，就算進不了豪門，也可以勒索他巨額金錢。為什麼他不用你情我願之下做愛為藉口？是因為他沒有強姦事主，根本不需要任何藉口。」

岑永熙說：「關於被告的犯罪動機，還是留待討論他的供詞時才說吧。至於陸至林的供詞，我覺得不能還原案件的真相，沒什麼好說。」

孫立燊說：「我已經說過，這宗案件只需要看證物，不必理會他們的供詞！什麼保安員、警察，他們都沒有看到案發的經過，再討論也沒意思！」

高寶琳說：「那麼，我們討論控方第四證人華亓的供詞。我認為他的供詞最大的價值就是，讓我們知道法醫對被告的態度很差，從而延伸到法醫的專業性和證物的價值問題。如果沒有他的供詞，法醫否認辯方的指控，辯方也無可奈何。」

呂慧詩說：「雖然我不認為法醫的專業性會影響相關證物的價值，但我認同華亓最大的價值就是證明法醫有問題。」

黃石虎說：「關於他指控法醫對被告態度差的問題，我有一個陰謀論：他可能被辯方收買了。雖然辯方說過，華亓拒絕法醫的賄賂，所以辯方不可能收買他；但我覺得不一定，因為法醫用 30 萬賄賂他，太少了，如果辯方用 3000 萬賄賂他，他一樣會被收買。」

岑永熙說：「沒可能。如果辯方收買華亓，叫他在庭上誣衊法醫，但辯方盤問法醫時，有向她複述華亓對她的指控，假如當中的指控有不實之詞，法醫一定會否認，但她沒有否認，所以辯方不可能收買華亓。」

李嘉如說：「我也認為辯方不可能收買華亓，但有一點我要提醒大家，辯方提出了兩個問題：在沒有被人收買、沒有作虛假證供的情況下，為什麼證人會說出一些間接對辯方有利的話？是否代表案件的真相真的如辯方所說的一樣？辯方這樣問，明顯是在混淆視聽。證人說出一些間接對辯方有利的話，是指華亓指控法醫對被告態度差，這證明華亓沒有隱瞞事實，沒有作虛假證供，沒有可疑的地方。辯方這樣問，似乎想告訴我們：為什麼華亓不隱瞞事實，不作虛假證供？這明顯是歪理。至於另一道問題，我的看法是：華亓指控法醫，並不能還原案件真相。」

孫立燊說：「沒錯！辯方律師根本就在混淆視聽，至於其他證人，又很難判斷誰在說謊，他們的供詞真的越看越磨人！」

高寶琳說：「關於華亓的供詞還有沒有別的意見？沒的話，就討論控方第五證人連小芸的供詞。」

孫立燊說：「進度那麼快，看來你不想在法院留宿。」

高寶琳說：「沒錯，我真的不想留在這裡，我不像某些人對陪審員津貼有一種莫名其妙的執着！」

孫立燊說：「撇開津貼的問題，你們不覺得當陪審員的經歷是難能可貴的嗎？可能一輩子就只有這一次，應該好好珍惜這段日子。」

高寶琳說：「廢話少說！我們繼續討論。」

孫立燊說：「食不言，寢不語。」

高寶琳說：「你不想說可以閉嘴！言歸正傳，法醫透過開放式問題來得知他們以女上男下的體位性交，但我認為這不能否定迷姦的可能性。試想想，女人要迷姦男人，很難採用男上女下的體位，因為男方失去了知覺，女方需要全程控制男方的身體，女方一般沒有足夠的體力。因此，採用女上男下的體位是必然的。」

呂慧詩問：「就算她迷姦被告時採用女上男下的體位，她也可以在法醫問她時，說被告用男上女下的體位來強姦她，難道她知道法醫有能力判斷性交的體位？」

何耀琦問：「她讀犯罪心理學，怎麼會不知道？」

岑永熙說：「她知不知道法醫有這個能力，我們判斷不了。不如我們討論一下法醫的專業性吧。辯方質疑，法醫要求女警員協助她替事主進行活體取證是不專業的。我認為沒什麼問題，因為法醫在場監督，如果警員犯錯，她一定會糾正。另外，呈堂的照片、影片也沒什麼問題，否則辯方一定會指出相關證物有問題。至於她替被告進行活體取證時態度差，我不認為這樣會影響證物的價值。退一步來說，就算進行活體取證的不是法醫，而是普通人，也能證明被告強姦事主。只要抽取事主陰道裡的精液和被告的精液，進行科學鑑證，就能還原真相。」

李嘉如說：「我覺得現在的問題是：法醫在進行活體取證時是否專業，當中的『專業』是指什麼？

如果是技術層面的專業，她似乎是專業的，因為相關證物都沒有問題。而且應該做的她也已經做了，例如拿被告的指甲、血液、面部油脂之類的去化驗。相反，如果『專業』是指情商，那麼她的確不太專業。但我們要想一想，情商方面不專業會不會導致技術層面不專業？我認為化驗師有句話說得好：如果當時沒有其他具法醫專業知識的人在場的話，就沒有人能判斷她是否犯了錯。」

呂慧詩問：「我同意你的說法。另外，辯方問法醫，有沒有可能：有人得到利用高端技術生產的、改良後的迷姦藥，用來迷姦被告？我們要不要討論一下？」

孫立燊說：「還是算了吧！控方都已經解釋過，這是不合理疑點，而不是合理疑點。不要浪費時間！」

高寶琳說：「你不要忘記現在判斷被告有沒有罪的不是控方，而是陪審團。控方認為是不合理疑點，我們可以認為是合理疑點。」

黃石虎問：「你真的以為合理疑點和不合理疑點是沒有標準，可以讓我們自由決定？」

何耀琦說：「反正我們的討論不必錄音，也不用寫報告，只要把裁決結果告訴法庭就行了，根本沒有人知道我們是否以客觀的標準來判斷事情。」

孫立燊說：「你真的很幼稚！你以為我們裁定被告罪名不成立，真的沒有任何後果？！全世界都認定被告強姦了事主，如果他罪名不成立，外人就會認為我們被辯方收買了，暴民會攻擊我們，廉政公署也會調查我們！」

何耀琦問：「你是不是有妄想症？外人怎樣知道我們的資料，怎樣攻擊我們？只要我們的賬戶裡沒有來歷不明的錢，廉政公署調查我們什麼？」

孫立燊問：「我真的不明白，控方的證據如此充分，你為何還要堅持一些證明不了的事情？」

何耀琦問：「凡事不能只看表面，你知不知道有很多女人喜歡誣告男人非禮、性侵，甚至偽造證據？」

孫立燊說：「我當然知道，但女人誣告男人強姦有可能嗎？非禮、性侵和強姦，是兩種不同的情況，誣告男人非禮、性侵比較容易，但誣告男人強姦，難度就非常高，不能相提並論。」

黃石虎說：「舉個例子，去年香港有一位女運動員聲稱被教練性侵，但她所說的事發生在十年前，又沒有證據，因此不能排除是誣陷。但這宗案件不同，不是性侵而是強姦，事情剛剛發生，控方又有大量證據，我相信智商正常的人都不會覺得是誣告。」

岑永熙問：「說起那位運動員，你也覺得她在說謊？」

黃石虎說：「我不知道，但網上有不少人質疑她。」

高寶琳說：「我和網上的人一樣，也質疑她。」

孫立燊問：「不會吧？！你作為女人，不是應該支持反性騷擾運動嗎？」

高寶琳問：「你不要那麼幼稚好不好？！有空的話就看看新聞，你知不知道外國也有一些女權主義者抨擊這個運動？！」

何耀琦說：「這個運動不是不好，只是衍生了不少誣陷事件。運動的發起人沒有想到這個後果，也沒有採取任何措施去挽救，絕對是她們的過失。或者說，她們就是想看到誣陷事件發生，是一種批判男權社會欺壓女性而產生的補償心理。」

孫立燊說：「為何你那麼工心計？這個運動的宗旨是呼籲曾遭受性侵犯的女性挺身而出，說出自己的經歷。」

何耀琦說：「你有沒有聽我說話？我剛才說這個運動不是不好，意思是，出發點是好，但產生了負面的影響。」

黃石虎問：「所以你認為運動的發起人要負責任？」

何耀琦問：「當然！舉個例子，如果你在一家公司擔任項目經理，項目在過程中發生了問題，你是否要負責？你沒有進行風險評估，事後也沒有合適的方案來解決問題，這是不是你的過失？」

岑永熙問：「我們不要越扯越遠，言歸正傳，是否不用討論有沒有人得到利用高端技術生產的、改良後的迷姦藥，用來迷姦被告？」

李嘉如說：「沒錯，沒證據的事不必討論，反正再討論也不會有答案。」

黃石虎問：「我想討論一個問題。辯方在盤問法醫和童家寶醫生時，問過一些與性有關的問題，如『男人的陰莖沒有勃起，是否不會射精』、『女人迷暈男人後，再套弄他的陰莖，陰莖能否勃起』。她們不是性方面的專科醫生，卻在庭上回答一些與性有關的問題，這些供詞是否可信？」

岑永熙說：「既然法官和控辯雙方都沒異議，我相信沒什麼問題。」

高寶琳說：「我覺得沒問題。雖然這些問題與性有關，她們未必擁有相關的專業技術資格；但辯方所問的都是一些醫學常識，並非什麼高深的問題，莫說是醫生，就算是護士也有能力回答。」

何耀琦問：「法官在引導時指出，我們要判斷證人在進行活體取證時是否不專業。這回到李嘉如剛才提出的問題：情商方面不專業會不會導致技術層面不專業？」

孫立燊問：「其實我在想，法官的引導是否有問題？她叫我們判斷法醫在進行活體取證時是否不專業，但化驗師指出：如果當時沒有其他具法醫專業知識的人在場的話，就沒有人能判斷她是否犯了錯。那麼我們有沒有資格判斷法醫的專業性？」

呂慧詩說：「我覺得沒問題。因為法醫在進行活體取證時的專業程度反映在相關報告上，法官是想我們透過證物來判斷法醫是否專業。」

黃石虎問：「但問題是，我們怎樣透過證物來判斷法醫是否專業？」

李嘉如說：「我剛才說過，如果是技術層面的專業，她似乎是專業的，因為相關證物都沒有問題。法醫在控方覆問時指出，照片、影片的質素很好，就算她先入為主覺得被告有罪，也沒有影響取證、化驗的質素。」

一段時間，大家都沒有說話，安靜地吃飯。

過了一會兒，高寶琳說：「關於連小芸的供詞還有沒有別的意見？沒的話，就到控方第六證人童家寶。控方在覆問時指出，如果一個強壯的男人強姦一個柔弱的女人，女人沒有反抗能力，那麼男人身上就沒有傷。又或男人強姦女人時，男人用言語恐嚇女人，女人不敢反抗，男人身上就沒有傷。證人同意控方的說法。不過，控方的說法與案情不符。第一，事主是否柔弱則見仁見智，但被告絕對不是一個強壯的男人，至少他不是那種滿身肌肉的男人，因此事主不會完全失去反抗能力。第二，事主在錄口供和庭上作證時都沒有說過被告用言語恐嚇她。雖然有證據證明被告把她的頭撞到牆上，事主可能因此不敢反抗，但我們想一想，其實事主是有機會反抗的。在被告取出紮帶反綁她前，她能夠攻擊被告，讓被告受傷。另外，她在被告射精後逃離房間。當時，她以女上男下的姿勢坐在被告身上，她起來時，應該用腳狠狠地踩他的陰莖。因為她不知道被告在射精後會不會阻止她離開，她踩他的陰莖，能防止被告進一步傷害她，但她沒有這樣做。換言之，如果被告身上一點傷也沒有，這絕對是疑點。」

孫立燊說：「荒謬！她當然不會踩他的陰莖，如果惹怒了被告，他可能會殺死她。而且，她踩他的陰莖，被告會控告她襲擊。」

何耀琦說：「這是正當防衛，不是襲擊。」

孫立燊說：「如果在強姦前踩他的陰莖，就是正當防衛；但被告射精後，事主起來時踩他的陰莖，就不是防衛，而是報復。」

高寶琳說：「那傷痕方面又怎樣？被告由始至終都沒有說自己受傷。」

黃石虎說：「他當然不會說自己受傷，因為這會間接證明他強姦了事主。」

何耀琦說：「雖然沒有被告的驗傷報告，但我們可以假設被告一點傷也沒有。」

呂慧詩問：「你憑什麼作出這個假設？」

何耀琦說：「辯方在永久終止聆訊的聆訊和正式審訊中都提出了這個問題，認為沒有被告的驗傷報告是對被告不公平，由此可見，辯方律師知道被告由始至終都沒有傷，這是一個疑點。」

李嘉如說：「我有一個陰謀論：可能辯方律師知道被告有傷，也知道沒有被告的驗傷報告，於是順水推舟，利用『沒有驗傷報告是對被告不公平』這一點來暗示陪審團，讓我們覺得，辯方律師知

道被告沒有傷，繼而把疑點利益歸於被告。」

岑永熙說：「其實不用想得那麼複雜，法官說過，我們要判斷有沒有足夠證據證明事主的情況一定是迷姦造成，而不是強姦。綜觀所有證據，都沒有任何鐵證證明事主迷姦被告。」

高寶琳說：「舉證責任在控方，辯方可以選擇是否舉證，就算辯方沒有證據證明迷姦，但只要控方的舉證存在合理疑點，疑點利益就要歸於被告。」

呂慧詩問：「退一步來說，就算有被告的驗傷報告，就算被告沒有傷，那又怎樣？難道你想用這一點來推翻控方其他有力的證據嗎？」

黃石虎說：「雖然你們兩個認為是事主迷姦被告，但要想一想，如果事主真的迷姦了被告，而且做得很完美，她應該會在被告身上製造傷痕，讓人以為這些傷痕是來自事主的反抗。換言之，就算有驗傷報告，被告也不能證明自己清白。」

高寶琳說：「你這句話正好證明了何耀琦剛才的假設。試想想，如果事主迷姦被告時在他身上製造傷痕，那麼，被告事後應該會說自己受傷，或者要求治療，但事實是，被告沒有這麼做。再說，我們也討論過，在案發時，事主理應有機會攻擊被告，讓他受傷，但被告卻沒有受傷。可見，何耀琦假設被告一點傷也沒有並非毫無道理。」

孫立燊說：「我們不要再討論什麼傷痕了！何耀琦的假設並非建基於證據，而是建基於推測，根本沒有討論的價值。」

高寶琳說：「好吧。對於證人的供詞大家還有什麼意見？」

眾人沒意見。

高寶琳說：「接著討論控方第七證人趙柏汶的供詞。我想說的是，就算你們覺得其他疑點是不合理的，但在被告衣物的某些位置發現事主的指紋，就肯定是合理疑點。如果真相是事主迷姦被告，那麼這就是最大的破綻！」

呂慧詩說：「化驗師說過，我們始終沒法知道強姦的細節是怎樣。受害人指出被告不斷按著她的手，有可能在此之前，受害人接觸過被告下半身的部位。」

何耀琦問：「你只要認真想一想，就知道化驗師所說的根本不合理。第一，被告在什麼時候按著她的手？從事主的供詞來判斷，在事主開始逃跑前，被告只是上下打量她，說一些讓她害怕的話。這個時候，被告應該還沒脫褲子。後來，事主感到害怕，開始逃跑。這個時候，被告阻止她離開，不斷追著她。用常理來推斷，被告不可能在這個時候脫褲子，因為他很難一心二用。當事主被他制伏時，他不斷按著她的手，然後用褲帶反綁她雙手。換言之，在被告按著她的手之前，事主沒可能接觸到西褲和內褲的某些地方。另外，化驗師問，有沒有可能受害人忽略了某些細節，而在這些細

節中，受害人因為某些原因而接觸到被告的內褲。這看似有道理，但認真想一想，根本說不過去。因為只有內褲兩側的位置有事主的指紋，為什麼內褲其他地方沒有？為什麼偏偏是內褲兩側的位置？西褲也是同理，為什麼西褲上指紋的位置彷彿告訴我們是事主脫掉被告的西褲？」

高寶琳說：「不但如此，請大家看看聆訊紀錄謄本。辯方律師說指紋存在的位置，彷彿告訴我們是事主脫掉被告的西褲和內褲。然後，檢控官立即反對，說辯方作出毫無根據的推測。接着，辯方律師加以說明。然後，檢控官把焦點放在噴霧和臉部油脂、血液分析上。換言之，檢控官並沒有解釋為什麼辯方作出的推測是毫無根據，而是把焦點轉移到與指紋無關的事情上。由此可見，對檢控官來說，這也是一個疑點，他完全想不到該如何反駁辯方的推測。」

一段時間，大家都沒有說話。

過了片刻，何耀琦說：「我們不必尋找迷姦的證據，只要在控方的證據中找到合理疑點便可以了。被告的西褲和內褲屬於控方的證物，指紋的疑點絕對是合理疑點。」

黃石虎問：「我有一個問題：如果被告最終勝訴，然後被告或唐祿給我們一筆錢，到時候，廉政公署會不會以為我們受賄？」

岑永熙問：「你想改變立場，支持辯方！？」

黃石虎問：「我只是想知道，如果在裁決前，辯方沒有賄賂我們；當辯方勝訴後，相關人士主動給我們錢，這算不算受賄？」

李嘉如問：「我不知道這算不算受賄。但是，你想支持辯方，讓辯方勝訴後給我們錢？」

黃石虎說：「沒錯，我覺得這樣一舉兩得。一來，我承認指紋的確是一個合理疑點；二來，如果辯方為了報答我們而贈送巨額金錢，到時候，我們就可以提早退休了。」

呂慧詩問：「你覺得辯方會給我們多少錢？」

黃石虎說：「每人至少1億港元。」

高寶琳說：「你這個橫財夢應該做不成。如果你是唐凌聰或唐祿，你會不會在辯方勝訴後為了報答陪審團而給他們錢？肯定不會。雖然7億對他們來說是九牛一毛，但勝訴後已經沒有這個必要了。」

孫立燊說：「沒錯，我們沒有橫財命，還是腳踏實地賺津貼吧。」

何耀琦問：「言歸正傳，你們是否認同指紋是合理的疑點？」

黃石虎說：「我認同，但我還是傾向支持控方。」

岑永熙說：「我需要一點時間考慮。」

孫立燊說：「沒意見。」

李嘉如說：「如果我們因此裁定被告罪名不成立，律政司可能會控告事主。假如事主沒有迷姦被

告，那就很無辜了。」

高寶琳説：「律政司不會控告事主，因為被告罪名不成立只代表控方的舉證存在合理疑點，不代表有真憑實據證明事主迷姦被告。」

孫立燊説：「就算律政司不控告她，警方也會調查她，到時候她就很可憐。」

高寶琳問：「如果被告是無辜的，卻要坐牢，那不是更可憐嗎？！」

何耀琦問：「呂慧詩，你會不會改變立場？」

呂慧詩説：「呃……我要再考慮一下。另外，化驗師問過一道問題：這些化學成分能否成為某種迷姦藥的唯一元素？我不太明白這是什麼意思。」

高寶琳説：「他的意思是：如果事主用噴霧來迷暈被告，應該能透過毒理化驗來得知答案。因為噴霧中應該有超過一種化學成分，就算其中一些成分能逃過毒理化驗，剩下的其他成分也應該逃不過。如果事主真的用噴霧來迷暈被告，而化學成分又能逃過毒理化驗，就代表迷姦藥的成分中只有一種化學成分，但問題是，迷姦藥能否只靠一種化學成分來構成？機率很低。」

呂慧詩説：「明白。」

何耀琦説：「我有個想法：如果我們認為指紋是合理疑點，那麼疑點利益就要歸於被告。換言之，我們不必浪費時間討論其他事情，可以去見法官。」

孫立燊問：「你瘋了？！法官、控辯雙方都要我們仔細研究供詞和證物，你卻説不必討論？！」

李嘉如説：「之前不知道是誰説不必看供詞，只看證物就行了？！看來你真的是雙重標準！」

孫立燊説：「我説我不看供詞，只看證物；但不代表你們要和我一樣，你們可以繼續看供詞。」

高寶琳説：「其實你什麼都不在乎，只在乎津貼有多少。」

孫立燊笑着説：「知我者，莫若你。」

何耀琦説：「我們可以繼續討論，但有一個要求：如果最後有五個人認同這是合理疑點，就要裁定被告罪名不成立。」

孫立燊問：「如果只有三個人認同呢？」

何耀琦説：「三個也好，到時候是 4 比 3。如果我們沒法達成有效裁決，法官就會解散陪審團。」

孫立燊説：「你真的很幼稚！你以為解散陪審團，被告就會沒事？！到時候會選出另一批陪審員來重審，被告一樣要受到法律的制裁！」

何耀琦説：「可能吧，但我覺得寧縱毋枉是非常重要的法律原則。」

「咯咯！」是傳達員。

他推着手推車進來，説：「吃飽了嗎？我是來收拾飯盒的。」

他們把垃圾放進袋子裡，再放到車上。

「你們的進度如何？今天能否達成裁決？」

孫立燊說：「我們的進度很慢，看來要在法院留宿。」

「沒關係，我會在 6 時半過來，看看你們要吃什麼。」

傳達員離開後，他們繼續討論。

高寶琳對孫立燊說：「你的臉皮真厚！」

孫立燊問：「怎麼了？！你們不想多賺一天錢嗎？！」

李嘉如說：「我公司裡有一些胸無大志的人，你讓我想起他們。」

孫立燊問：「我很想知道陪老闆睡覺的人能有多大志向？」

李嘉如說：「看來你真的不怕我告你誹謗！」

何耀琦問：「我們繼續討論吧！關於化驗師的供詞，大家還有什麼意見？」

眾人沒意見。

何耀琦說：「我們討論控方第八證人雨果・安德森的供詞。」

高寶琳說：「其實他沒什麼要討論，因為他出庭作證是為了證明辯方第九證人作虛假證供，第十、十一證人的供詞和相關證物不足為據，並不是證明被告有沒有強姦事主。」

岑永熙說：「雖然如此，但我還是很欣賞他。這個年代，很少老闆願意為了一個剛剛入職的員工而犧牲那麼多。」

孫立燊問李嘉如：「如果你是事主，你的老闆會不會像雨果一樣出庭作證？」

李嘉如沒有回答，只用一個虛偽的笑容來敷衍他。

呂慧詩說：「我覺得他有點可憐，為了揭露辯方的陰謀，差點讓自己官司纏身。」

黃石虎說：「你不要忘記入侵電腦、竊聽都是犯法的，就算他要坐牢，也只是自作自受。」

高寶琳說：「當時旁聽席的人都在鼓掌，說實話，我真的沒想過法庭裡會有這樣的一幕，很感人，又很戲劇化。」

黃石虎說：「其實我當時也想鼓掌，不過我是陪審員，要中立。」

何耀琦說：「我曾經懷疑過他所說的到底是真還是假，後來他居然說：『說得難聽一點，她只是一個可有可無的人。就算她被人陷害，從受害人變成階下囚，也與我無關。』那時候我就知道，他說的是真話，因為這是發自內心的感受。如果撒謊，不可能這樣說。」

高寶琳說：「控辯雙方那麼多證人，看來只有雨果是真正讓人佩服的，連我們兩個支持辯方的，都打從心底欣賞他。事不宜遲，我們開始討論辯方第一證人的供詞。被告說醒來後，發現自己的西

褲、內褲、皮鞋都被脫掉。但很可惜，當時只拿了西褲和內褲去化驗，沒有拿皮鞋。如果在皮鞋上發現事主的指紋，就可以肯定是事主脫掉他的皮鞋。」

何耀琦說：「我覺得皮鞋一定有她的指紋，既然褲腳有指紋，而皮鞋又離褲腳那麼近，不可能沒有。」

李嘉如說：「你最好不要說一些沒證據的事。」

何耀琦問：「我說的是合理推測，你們想一想，在什麼情況下，她的手接觸到褲腳但接觸不到皮鞋？」

黃石虎說：「如果被告先脫掉皮鞋，然後事主接觸他的褲腳，皮鞋就不會有指紋。」

高寶琳問：「根本不合理！被告為什麼要脫皮鞋？因為他要脫褲子。換言之，他脫掉皮鞋後一定接着脫西褲，中間不會有時間讓事主碰到褲腳。再說，如果事主沒有迷姦被告，在什麼情況下，她會接觸到褲腳？」

孫立燊說：「如果事主逃跑時，被告一把抱着她的腿，她摔在地上。在這個位置和角度，事主就有機會碰到褲腳。」

高寶琳問：「看來你飯氣攻心，腦子有點遲鈍！如果和你說的一樣，被告應該在事主後面，在事主腳部的位置，事主的手怎樣碰到他的褲腳？！」

孫立燊問：「你才是腦子遲鈍，一點想像力也沒有！如果事主摔倒後，被告走到她面前，事主捉住他的褲腳，求他放過自己，那是不是很容易理解？！」

何耀琦說：「事主沒說過她摔在地上，更重要的是，如果她摔在地上，胸部應該會受傷，但她在驗傷時，沒有對醫生說胸部受傷。」

黃石虎說：「就算摔在地上，胸部也不一定會受傷，因為人有反射動作，摔倒時會用手臂撐着身體。」

何耀琦說：「那就是手臂受傷，但她也沒有說手臂受傷。」

呂慧詩說：「我覺得再討論下去也不會有結論。既然沒有皮鞋的化驗報告，我們就不能假設皮鞋有事主的指紋。」

高寶琳問：「那好吧，我們換一個話題。如果大家心思縝密，就會發現一個問題：假如被告真的強姦了事主，而且強姦是有預謀的，為什麼他會想出一個沒法讓自己洗脫罪名的藉口？這回到何耀琦之前提出的問題，為什麼他不說是事主引誘他做愛？在性方面，西方女人比東方女人開放，用這個藉口更容易讓人相信。為什麼在長時間的預謀中，想出了一個爛藉口？另外，如果強姦沒有預謀，是即興的，不排除他沒時間想一個更好的藉口。可是，如果他案發後仔細思量，就會發現迷姦這藉

口是絕對不能讓他洗脫罪名，為什麼他不更改藉口？從錄口供到正式審訊，他都堅持說是迷姦，為什麼會這樣？」

岑永熙說：「你有沒有想過這是捕捉心理的技巧？他就是要用一個爛藉口，堅持說是迷姦，把自己塑造成一個與別不同的強姦犯，誤導我們，讓我們從這個方向思考，覺得他是無辜。說不定，你已經中了他的詭計。」

何耀琦說：「你說是被告捕捉我們的心理，但我卻認為是檢控官捕捉我們的心理。控方盤問被告時說，如果事主真的迷姦被告，整個行動大概 16 分鐘，她要在 16 分鐘內完成大量事情。控方覺得事主根本沒可能在那麼短的時間內完成這些事。我想告訴大家，一般人做這些事，可能需要更多時間；但假如事主有周詳的計劃，她在行動時就不用猶豫太久，動作會很利落，在 16 分鐘內完成絕對不是問題。」

高寶琳說：「我有個建議，不如我們模擬一下迷姦的過程，看看在 16 分鐘內能否完成。」

孫立燊問：「你想迷姦我？」

高寶琳說：「你的中文是否不及格？！我說模擬！」

李嘉如問：「怎樣模擬？」

高寶琳問：「我們透過模擬看看某些動作需時多久。首先，我們看看事主把被告抬到床上需時多久。根據資料，事主的體重是 51 公斤，被告是 65 公斤。我是 53.5 公斤，由我來扮演事主比較好。誰的體重和被告差不多？」

岑永熙說：「我 76 公斤。」

何耀琦說：「我 61 公斤。」

孫立燊說：「68。」

黃石虎說：「我很久沒有測量體重，我記得好像是⋯⋯58 公斤。」

高寶琳對孫立燊說：「你來扮演被告。」

孫立燊說：「你想迷姦我就直接說，何必問什麼體重？！賤人就是矯情！」

高寶琳立馬拿起一枝筆，擲向孫立燊。

高寶琳說：「大家起來吧！」

眾人站起來。

高寶琳問：「根據 505 號房間的平面圖，迷你吧和睡床的距離不是太遠。我們把桌子當作睡床。根據被告的供詞，事主可能在迷暈他後，衝過去托着他，把他拉到床上。孫立燊，待會兒我會假裝迷暈你，然後衝過去托着你，明白嗎？」

孫立燊不耐煩地點頭。

高寶琳説：「李嘉如，你有戴手錶，你負責計時。何耀琦，你負責記錄時間。」

李嘉如、何耀琦説：「知道。」

高寶琳説：「現在開始。」

高寶琳假裝拿着噴霧，假裝噴向孫立燊。孫立燊叫了一聲：「噢！」然後翻白眼，假裝快要倒地。高寶琳馬上衝過去托着他，她有點吃力，因為孫立燊比想像中重。眾人忍俊不禁，卻不敢放聲大笑，怕被傳達員聽到。高寶琳使勁把他拉到桌子旁。

高寶琳問：「停！時間多少？」

李嘉如説：「15 秒。」

高寶琳在桌上騰出空間，説：「你躺在上面，接着我會脫掉你的鞋子和牛仔褲，但不會脫掉你的內褲。然後我會脫掉自己的上衣和裙子，但不會脫掉胸罩和內褲。」

孫立燊目瞪口呆，他壓根兒沒想過高寶琳要做到這個地步。

高寶琳説：「你給我認真一點，不准笑，大家都不准笑，現在開始。」

高寶琳脫掉他的鞋子和牛仔褲，孫立燊瞇着眼睛看她。然後她又脫掉上衣和裙子。不過，她真的很害怕，她怕傳達員突然進來，到時候就麻煩了。

高寶琳問：「停！時間多少？」

李嘉如説：「1 分 28 秒。」

他們穿上衣服。

高寶琳説：「最後，要模擬用紥帶反綁雙手。」

呂慧詩問：「哪裡有紥帶？」

高寶琳打開門，走向傳達員，説：「不好意思，我們想要一根紥帶。」

「稍等一下，我現在去拿。」

過了不久，傳達員拿來一根紥帶，交給寶琳，她又回到房間去。

高寶琳説：「現在開始。」

對她來説，用紥帶反綁雙手很困難，不過方法大抵只有一個，就像莉茲一樣，她把紥帶套成一個圈，一隻手從後拿着紥帶，一隻手從後穿進圈裡，再把另一隻手穿進圈裡。接着利用手指，一邊拉扯紥帶的尾巴，一邊把紥帶束緊。

高寶琳問：「時間多少？」

李嘉如説：「1 分 02 秒。」

高寶琳説：「模擬結束，大家請坐。」

黃石虎問：「製造傷痕、收藏噴霧，那些不用模擬嗎？」

高寶琳説：「我們可以估計那些事所花的時間。首先，我要調整一下脱衣服的時間。如果事主迷姦被告，她就要脱掉他的內褲和自己的內褲。她解開上衣所有鈕扣的時間應該比我脱掉上衣的長。換言之，脱衣服的時間調整為 1 分 50 秒。其次，迷姦方面，她要讓被告的陰莖勃起，再弄到射精。雖然我們不知道被告多久才射精，但被告在盤問時透露了一些信息：他沒有談過戀愛，沒有和別人發生過性行為，很少自瀆。簡單來説，他是一個處男。我曾經看過一些研究報告，説處男在和別人發生性行為時，容易有早洩的問題。因此，被告被迷姦時，也可能有早洩的情況。換言之，我推斷他的陰莖由勃起到射精大概需時 1 分鐘。」

「哈哈！」黃石虎笑得人仰馬翻。

高寶琳問：「很好笑嗎？」

黃石虎説：「不是，請繼續。」

高寶琳説：「至於製造身體各部位的傷痕，在身上留下被告的皮屑、唾液，也不算太複雜，大概 5 分鐘。然後，把噴霧藏在一個安全的地方。這個地方一定是一早想好的，不需要慢慢尋找，20 秒就行了。最後，用紮帶反綁雙手，我用了 1 分 02 秒。如果是她，肯定有練習，所需的時間比我少，大概 30 秒。換言之，她完成所有事情，大概要 9 分鐘。就算我多送她 5 分鐘，也是 14 分鐘，比控方所説的 16 分鐘少了 2 分鐘。」

岑永熙問：「你説的有點牽強，尤其是被告用 1 分鐘就能射精這一點，根本就沒有證據證明他一定有早洩的問題。再説，1 分鐘是早洩，那麼 2 分鐘、3 分鐘又算不算早洩？」

李嘉如説：「我不認為被告有早洩的問題。雖然我不是男人，不諳相關概念，但我想，早洩時陰莖應該會如常勃起。女法醫替他進行活體取證時，曾經剪過他的陰毛。如果他是處男，沒有性經驗，那麼法醫剪他的陰毛時，他應該感到興奮，繼而陰莖勃起。可是，在華亓和法醫的供詞中，都沒有提到他當時有陰莖勃起的情況。更重要的是，法醫先入為主覺得他有罪，對他惡言相向，如果他當時陰莖勃起，法醫一定會恥笑他甚至辱罵他，但他們的供詞都沒有提到這一點。」

孫立燊問：「為什麼你覺得他是處男，陰莖就很容易勃起？」

李嘉如説：「不是嗎？因為處男沒有性經驗，輕微的挑逗就會勾起他們的性慾，只要輕輕碰一下他們的陰莖，就很容易勃起。」

孫立燊説：「看來你經驗豐富。」

李嘉如立馬將筆摔向他。

何耀琦説：「法醫剪他的陰毛時，他的陰莖沒有勃起，是因為他在短時間內射了精，性慾減弱了，所以不容易勃起。另外，當一個人緊張時，陰莖也很難勃起。」

呂慧詩説：「不如我們換一個話題吧，我不想再討論色情問題。」

孫立燊説：「看來你和高寶琳一樣都是那麼矯情，我就不相信你畫漫畫時沒有畫過女主角的大乳房！」

何耀琦説：「總之，我們得出一個結論：事主有能力在 16 分鐘內完成所有事情。」

孫立燊説：「你這叫做霸王硬上弓，我絕對不同意你的結論！」

何耀琦説：「另一個問題：警方在被告的電腦中發現大量來自暗網的色情影片，那些影片儲存在一個加密、隱藏的文件夾裡。被告説那些影片不是他下載的，而是黑客所為。撇開這個問題，為什麼警方會調查他的電腦？他只是強姦，又不是偷拍女人裙底，也沒有下載兒童色情照片、影片。警方的調查報告指出，因為事主説被告在案發時打算拍攝強姦過程，所以他們才調查被告的電腦。我的看法是：如果那些影片是黑客所為，那麼目的就是要讓我們相信，被告心理變態，他的變態癖好不是一朝一夕的。不過，他只是強姦，警方不會調查他的電腦，不能達到目的。因此，事主對警方説，被告拍攝強姦過程，那麼警方就順理成章調查他的電腦。換言之，如果事主不是黑客，她就是和黑客勾結，被告由始至終都沒有拍攝強姦的過程。」

黃石虎説：「我建議你不要當補習老師，應該當律師，專門替壞人辯護。」

孫立燊説：「錯了，他不應該當律師，應該當作家，想像力那麼豐富。」

高寶琳説：「何耀琦並非信口雌黃，你們可以看看聆訊紀錄謄本。關於被告有沒有拍攝強姦過程一事，並沒有結論，而是不了了之。換言之，事主説被告拍攝強姦過程，可能是為了讓警方發現那些色情影片，再讓我們覺得被告是變態。」

岑永熙説：「假如真的如此，為什麼黑客要把影片放在一個加密、隱藏的文件夾中？我的電腦也有色情影片，但我不會把它們加密，也不會放在隱藏的文件夾中。」

高寶琳説：「可能加密、隱藏更符合人性，更符合被告謹慎的性格。」

孫立燊説：「夠了！雖然我很想在這裡多留幾天，多賺幾天津貼；但我希望我們的討論質素是高的，而不是低的。法官叫我們以呈堂證據作為裁決的依歸，你們卻天馬行空、胡思亂想，常常説一些沒有證據的事。」

高寶琳説：「那不如我們討論他第二次作證時的供詞。」

黃石虎説：「你覺得有意思嗎？控方已經證實了他説的都是謊言。」

呂慧詩説：「如果説強姦案存在疑點，也許合理；但他説什麼和事主見面之類的，根本沒有討論

的價值。」

何耀琦問：「如果和事主見面的事是他杜撰的，那未免太愚蠢，因為只要查看閉路電視片段，就知道事主沒離開過房間。如果他沒有杜撰，那麼問題就是：事主怎樣避人耳目，離開酒店？」

高寶琳說：「你們回憶一下檢控官當時的反應。如果控方認為那是被告杜撰的，事主沒有陰謀，那為什麼他堅持反對李雲彬出庭作證？如果所有事都是被告無中生有，那麼就算他出庭作證，也不會對控方造成任何不利的影響。可見，檢控官也認為事有蹊蹺，他只是為了避免敗訴才反對他出庭。」

李嘉如說：「我不同意。大家想想莉茲父親和私家偵探的事，辯方律師知道她父親作虛假證供，甚至他作為一名律師，也知法犯法，叫私家偵探偽造證據。可見，被告到底有沒有杜撰，辯方律師一定知道。從證據上來看，被告確實杜撰一切，辯方律師也知道，那為什麼他要傳召一名智障人士出庭作證？客觀分析，智障人士的供詞對辯方來說沒什麼作用。除非，辯方曾經要挾他，逼迫他說一些對辯方有利的話；又或催眠他，灌輸一些杜撰的訊息進他的潛意識中。檢控官可能意識到這個問題，知道辯方想用旁門左道的方法獲勝，才堅持反對他出庭作證。」

高寶琳問：「大家可能忽略了一個問題，甚至，控辯雙方大律師也忽略了這個問題。控方說，傳送短訊給被告的，不是事主，而是一個神秘女人。——這是用來推翻被告對事主的指控。但問題是：那個神秘女人是誰？她為什麼要發短訊給被告，而短訊內容又和事主有關？」

孫立燊說：「很簡單，那個神秘女人受僱於被告，用來混淆視聽，讓人以為她和事主勾結。」

何耀琦問：「有證據嗎？」

孫立燊問：「你們常常說一些沒證據的事，為什麼我就不能說？！」

黃石虎說：「如果所有事情都是被告安排，我認為說得過去。他僱用神秘女人，收買 58 酒店的員工，要求他們令監控系統失靈，讓人以為事主在監控系統失靈期間進入和離開酒店，又要求員工把房卡放在垃圾桶下面。」

何耀琦問：「根本不合理！為什麼他只收買 58 酒店的員工，而不收買中大海酒店的員工？！如果中大海酒店的監控系統也失靈，就不能排除事主離開酒店的可能性，那對辯方不是更有利嗎？！」

黃石虎說：「因為瘦死的駱駝比馬大，雖然被告失勢，但他曾經是凝寰集團的高層，而 58 酒店隸屬於凝寰集團，所以他還是有能力收買他們。但中大海酒店與凝寰集團一點關係也沒有，那裡的員工不可能被一個失勢的人收買。」

高寶琳說：「如果是這樣，那為什麼被告不僱用黑客入侵中大海酒店的監控系統？反正他僱用了神秘女人，再僱用一名黑客也沒什麼難度。」

眾人無言以對。

高寶琳說：「還有一個問題。如果隨身碟中，載有電影演員資料的那個檔案是被告偽造的，讓人以為他們是犯罪組織的成員，那不是自掘墳墓嗎？因為被告要求警方聯絡國際刑警組織，調查 SB 的成員，國際刑警組織不可能不知道檔案中的人是演員。被告這麼做，不但洗脫不了罪名，還要面對更多控罪。他為什麼要這樣做？被告不是智障，我也不覺得他是一個笨蛋。但他經常做一些匪夷所思的事，他說事主迷姦他，沒有證據。現在又說和事主見面，又沒有證據。另一方面，他的求生意志又很強，很想洗脫罪名。我們應該想一想，所謂的受害人，是否一點嫌疑也沒有。」

「啊！！！」孫立燊說。「我終於想通了，你一語驚醒夢中人！」

高寶琳問：「什麼？」

孫立燊說：「我知道被告在玩什麼把戲，他想把自己塑造成一個精神病患者。你們應該知道，法官在判刑時會參考精神科報告，如果證實被告有精神病，就會輕判。不過，他並不像一般的被告那樣說自己有精神病，因為別人不會相信。他也不會在庭上做一些精神病患者常做的行為，因為別人會認為他在演戲。於是，他採取高明的策略，經常振振有詞地說一些與證據矛盾的事。久而久之，就有人懷疑他是否有精神病。專家評估他的精神狀況，就會認為他作案時處於病發狀態，控制不了自己，過後又幻想事主迷姦他，再幻想和事主見面。最終，法官認為他有精神病，繼而輕判，這就是他的陰謀！換言之，你們兩人一早中了他的詭計，一直徒廢唇舌為強姦犯辯護！」

高寶琳說：「這是你的猜測，不是證據，我不會被你動搖！」

岑永熙問：「我有一個想法，就是從事主的表情着手，反正陪審員除了研究證物和供詞外，還要留意證人的表情。被告第二次出庭作證時，我有留意事主的表情，她神情凝重。你們有沒有留意她的表情？」

何耀琦打算順水推舟，便說：「我有，我看到她在獰笑。如果是被告誣衊她，她應該憤怒才對；但她沒有，反而在獰笑，證明她覺得被告中了她的詭計。」

孫立燊說：「原來喜歡旁門左道的，除了被告，還有你。」

何耀琦說：「我說的都是真話！」

黃石虎問：「如果她真的迷姦了被告，我不認為她會在庭上獰笑，難道她不怕被人發現嗎？」

孫立燊說：「你不要以為我們是你那些愚蠢的學生，我們有批判性思維。」

李嘉如問：「我認為以理服人才是最重要。如果你認為自己的論據很有說服力，又何必撒謊，透過歪曲事實來證明自己的論點？」

呂慧詩說：「如果她真的在獰笑，為什麼你之前不說，要等到岑永熙提出這個話題時才說？你只是在順水推舟吧！」

　　孫立燊對高寶琳説：「不怕神一樣的對手，就怕豬一樣的隊友。你的隊友撒謊，我們很難再相信你説的話。」

　　黃石虎問：「陪審員説謊，企圖混淆視聽，是不是刑事罪行？」

　　高寶琳很徬徨，但依然故作鎮定地説：「村上春樹説過：『在高牆和雞蛋之間，我永遠站在雞蛋這邊。』我和何耀琦是雞蛋，你們就是高牆。」

　　孫立燊説：「我發現現代人有一個通病，就是名人説什麼，他們就相信什麼。名人説的一定是真理？如果那是一個邪惡的雞蛋，他是否依然站在雞蛋那邊？我從來不覺得弱者就一定是正義，弱者也有壞人，弱者一樣會為了目的而不擇手段，何耀琦就是一個活生生的例子。至於高牆，只代表強者。強者一定是邪惡？強者只代表有力量而已。」

　　高寶琳説：「我不想和你討論哲學問題！」

　　孫立燊説：「自己理虧就説這是哲學問題，剛才好像是你挑起雞蛋與高牆之爭吧！」

　　高寶琳説：「好了！好了！我們換一個話題，討論辯方第二證人黎承東的供詞。」

　　孫立燊説：「雞蛋有一個通病，就是喜歡逃避問題。」

　　「啪」的一聲，高寶琳一掌拍在桌上，盯着孫立燊。

　　孫立燊説：「第二個通病，惱羞成怒。」

　　高寶琳説：「從現在開始，我當你是空氣，不再理你。關於黎承東的供詞，我不認為被告以重要會議作幌子，讓人覺得他不可能在開會前強姦別人。不過，針對這個問題，我們很難有什麼結論。因為我們不是被告肚子裡的蛔蟲，很難揣摩他的思想。」

　　何耀琦説：「其實有一個問題，如果被告的強姦行為是有預謀的，他可以帶一根紮帶在身上，為什麼要把一卷紮帶放在櫃子裡？他這樣做，更坐實了他用紮帶反綁事主的説法。」

　　孫立燊問：「撒謊者説話，我們要不要相信？」

　　高寶琳説：「黃石虎！你替我告訴空氣，撒謊者縱然撒謊，也不會一輩子撒謊，總有説真話的時候！」

　　黃石虎説：「你們的私人恩怨自行解決，不要拖我下水。」

　　孫立燊問高寶琳：「你覺不覺得自己很幼稚？」

　　高寶琳問：「你經常冷嘲熱諷、指桑罵槐、含沙射影，不知道是誰幼稚呢？！」

　　孫立燊説：「其實我留意了很久，其他人發表的言論，你或多或少會反駁；但何耀琦發表的言論，你卻從來不會反駁，是因為他和你的立場一樣，所以你就無條件認同他？就算他故意説謊，刻意誤導我們，你也覺得沒問題？你這種處事方式真的很幼稚。」

高寶琳看了看孫立燊，就望向何耀琦，說：「你說你看到事主在庭上獰笑，我不知道是真還是假。如果是假的話，我希望你檢討一下，不要再說謊。」

她又望向孫立燊，問：「滿意了嗎？」

孫立燊說：「你不但幼稚，還很虛偽。」

高寶琳說：「地球上每個人都有幼稚和虛偽的特質，你也不例外。廢話少說，我認為何耀琦說得很有道理。正常情況下，他不應該把一卷紮帶放在自己的儲物櫃裡。除非他有能力逍遙法外，否則他這樣做只是增加自己犯罪的鐵證。」

李嘉如說：「我不是這麼想。雖然他把紮帶放在儲物櫃裡不太合理，但他向其他房務員暗示過，那卷紮帶不是他的。他可能以為，就算警方找到紮帶，只要有其他房務員的供詞，就能證明紮帶不是他的。」

黃石虎說：「我認為不必再討論他的供詞，法官在引導時已經指出，他的供詞沒什麼作用。」

「咯咯！」是傳達員。

他進來問：「快到吃飯的時間，你們想吃什麼？」

他們把想吃的告訴傳達員，傳達員替他們去買。然後，繼續討論。

高寶琳問：「那麼，我們討論辯方第三證人梁敬倫的供詞。控方針對證人，主要是懷疑日程表的內容和發展項目的意向書是否在案發後撰寫的。關於這個問題，我想問問李嘉如，因為你是我們之中唯一一個在上市公司擔任管理層的人。你有沒有聽到一些小道消息，是關於這兩件證物的？」

李嘉如說：「其實，在梁敬倫出庭作證後，我曾經聯絡過他公司裡的一些人，想查證證物的真偽。相關人士告訴我，他在 2 月的某一天去找梁敬倫商討一些事，當時，他聽到梁敬倫和他父親在吵架。因為梁敬倫的公司想競投地王，但沒有足夠的流動資金，如果向銀行貸款，利息又很高，因此打算和凝寰集團合作。凝寰集團會承擔總成本的 45%，並得到收入的 55%。梁敬倫的父親質問他，為什麼要和凝寰集團合作搞這個項目，因為他覺得不划算。既然相關人士在 2 月時聽到他們的對話，那麼發展項目應該不是在案發後才突然出現的。」

孫立燊說：「那個相關人士靠不靠譜？你要知道，現在的人很喜歡說謊。」

呂慧詩說：「雖然李嘉如這麼說，但我們還是不要參考什麼相關人士的言論，因為在法律上，那是傳聞證供，我們應該專注在呈堂證據上。」

何耀琦說：「我不同意，李嘉如複述相關人士的言論，讓我們知道日程表和意向書都是可信的。」

孫立燊問：「看來你的耳朵有問題，我剛才已經說過，現在的人很喜歡說謊，你憑什麼認為相關人士的言論一定可信？！」

高寶琳説：「你的問題很多餘！我們不必理會相關人士有沒有説謊，甚至不必理會這兩件證物的真偽，因為這些都沒法告訴我們案件的真相。我反而想討論一個問題，梁敬倫説過，包欣瓊在會議中默認是華意國際的人設局陷害被告。我認為這件事很重要，如果是真的，就要裁定被告罪名不成立。」

岑永熙説：「法官説過，我們不得以此作為事主迷姦被告的直接證據或間接證據。」

何耀琦説：「法官的意思是，不得以梁敬倫在庭上作出的傳聞證供來裁定被告無罪。然而，只要我們能夠證明傳聞內容是真實的，這就是間接證據。」

黃石虎問：「怎樣證明？」

何耀琦問：「當然是問問李嘉如。你有沒有聽到一些小道消息，説是華意國際設局陷害被告？」

李嘉如説：「你不要以為我的消息真的那麼靈通。雖然我是廣告部總監，但我不是董事局成員，始終沒法掌握最機密的消息。不過，有一點我可以肯定，包欣瓊是一個卑鄙小人。如果是華意國際設局陷害被告，那麼真正的黑手應該不是大老闆，而是包欣瓊。」

呂慧詩説：「她是卑鄙小人？可是我看過她寫的公開信，她應該是個重情重義的人。」

李嘉如説：「看來你的閱歷還不夠。她那封公開信，大部分內容都是杜撰的。我有一個朋友，她的父親是凝寰集團的董事。包欣瓊加入凝寰集團的那天，開了一個董事會會議。她要挾眾人，如果不允許她成為執行董事，就會公開某董事的私密照片。然後，她拿出唐祿的罪證，把他拉下馬。你們要知道，包欣瓊不是出生在大戶人家，她在大學修讀世界歷史和中國歷史。這樣的一個人，能夠成為坐擁百億財富的商界女強人，靠的不是背景、學歷，而是手段。」

孫立燊問：「所謂的手段是否包括陪老闆睡覺？」

李嘉如狠狠地瞪了他一眼。

孫立燊問：「為什麼這樣看我？我是説包欣瓊陪老闆睡覺，你不要對號入座好不好？」

何耀琦問：「你那個朋友的父親，有沒有説包欣瓊承認是華意國際陷害被告？」

李嘉如説：「沒有，包欣瓊只是默認。」

高寶琳説：「我認為承認和默認沒什麼不同。」

岑永熙説：「話不能這樣説。包欣瓊默認，不等於是她或華意國際陷害被告。舉個例子，就算一個被告認罪，都不代表他真的有罪。因為他可能是替別人頂罪，為了包庇真正的罪人才認罪。」

何耀琦問：「你的意思是：華意國際不是真正的黑手？」

高寶琳説：「我認為你的例子正好説出了重點：就算華意國際不是真正的黑手，黑手另有其人，都能證明被告是被人設局陷害。」

黃石虎說：「但現在沒有證據證明他是被人設局陷害。」

高寶琳說：「包欣瓊的反應就是證據。」

孫立燊說：「都說了這是傳聞證供，你要怎樣證明包欣瓊當時真的有默認？！再說，她對於指控沉默不語，不等於默認，可能她覺得謠言止於智者，不必理會。」

何耀琦問：「李嘉如已經說過，包欣瓊是卑鄙小人。難道你認為卑鄙小人會以『謠言止於智者』作為人生的座右銘？」

孫立燊問：「你怎麼知道李嘉如不是在說謊？！」

高寶琳問：「你不要忘記李嘉如是支持控方的，難道她會說一些對辯方有利的謊言？！」

一段時間，大家都沒說話。沉默對他們來說也許有點尷尬，最後還是由高寶琳打破靜謐。

「還有沒有補充？沒的話，就討論辯方第四證人范美清的供詞。雖然法官叫我們不必討論她的供詞，但我認為辯方提出的問題值得關注。辯方指出，事主在案發時佩戴佛牌，但後來似乎沒有再佩戴。辯方律師說『似乎』，證明他不肯定事主在案發後有沒有佩戴佛牌。我想問：在多次的審訊中，你們有沒有看到事主佩戴佛牌？」

孫立燊問：「你還敢問這種問題？！難道你不怕又有人順水推舟，杜撰故事？！」

何耀琦說：「我沒看到。」

高寶琳問：「其他人呢？」

眾人搖頭。

高寶琳問：「那麼，事主是否不想別人知道她佩戴佛牌？」

呂慧詩說：「可能是，也可能不是。第一，她被人強姦後精神崩潰，應該沒心思理會其他事情。換言之，她可能忘了戴佛牌，或者說，她不想再戴。第二，事主第二次出庭作證時說過，她本來不願意就佩戴佛牌一事出庭作證。雖然她沒說明原因，但我們可以想像得到，她怕出庭後，別人會質疑她對信仰的虔誠度。換言之，她後來不再佩戴佛牌，是害怕別人質疑她對信仰的虔誠度。儘管如此，也不能說她迷姦了被告。」

高寶琳問：「好的。我們討論辯方第五證人古策賢的供詞。我認為辯方的分析很有道理，大家看看辯方在結案陳詞時提出的問題。事主會為了得到晉升的機會而願意付上沉重的代價嗎？」

「咯咯！」是傳達員。

他推着手推車進來，上面放滿了食物。他把食物放到桌上，然後離開。他們邊吃邊討論。

岑永熙說：「第一，我們很難演繹一個人的內心想法。舉個例子，有些人會為了得到片刻的歡愉而吸毒，儘管吸毒要付出沉重的代價。你可能會懷疑他們吸毒背後的真正目的，但其實沒什麼真正

目的，他們的動機很簡單，就是為了得到片刻的歡愉。第二，我認為這個問題可能與控方所説的翻譯、傳意有關。如果你是事主的朋友，得知佩戴陰牌而觸犯禁忌，會被邪靈附體、招來血光之災、身敗名裂、家破人亡，你會不會直接告訴事主？不會。一來，你可能覺得售貨員誇大其詞，後果未必真的那麼嚴重；二來，你可能怕事主不安。換言之，不能排除一個可能性：事主的朋友告訴事主關於陰牌的禁忌時，修飾了言辭，避重就輕，淡化了後果的嚴重性，以致事主覺得佩戴陰牌沒什麼危險。」

何耀琦説：「沒可能。根據證人的供詞，當時是事主的朋友主動查詢佩戴陰牌的禁忌，這證明她有危機意識。她之所以有危機意識，是因為她知道有些人佩戴陰牌後得到副作用，因此她不可能認為售貨員誇大其詞。至於你説她怕事主不安，則更不合理。權衡輕重之下，她怕事主不安，還是怕事主觸犯禁忌後厄運纏身？當然是後者。換言之，事主在清楚知道相關副作用後依然選擇佩戴陰牌，這一點應該不會錯。」

黃石虎問：「你的意思是：事主借助陰牌的力量來進行犯罪活動？」

何耀琦説：「沒錯，她希望陰靈保佑她成功迷姦被告，再誣告被告強姦。」

李嘉如問：「如果真的如此，她應該拜撒旦，把靈魂賣給撒旦來達到目的。為什麼她不拜撒旦，而選擇戴陰牌？」

何耀琦問：「你怎麼知道她沒有拜撒旦？」

李嘉如當場語塞。

呂慧詩説：「如果事主真的借助邪惡力量來進行犯罪活動，我覺得她不會把靈魂賣給撒旦，而是選擇佩戴陰牌。因為把靈魂賣給撒旦，後果很嚴重，死後要下地獄，成為撒旦的奴隸；但佩戴陰牌卻不同，不必出賣靈魂，只要不觸犯禁忌，就沒什麼後果。」

岑永熙問：「我認為陰牌的事不必再討論。我們連案發房間裡發生什麼事也確定不了，怎樣確定一些與案情沒有直接關係的事？」

高寶琳問：「你的潛台詞是：事主可能迷姦了被告？」

岑永熙説：「不是，我的意思是：我們當時不在房間裡，所以對案件的細節不太了解。」

高寶琳説：「那麼我們討論辯方第六證人蔡秀華的供詞吧。」

孫立燊説：「法官叫我們不必討論她的供詞。」

何耀琦説：「你不要亂説，法官只叫我們不必討論蟑螂和噴霧的事！」

孫立燊説：「你是不是自打嘴巴？！蟑螂和噴霧的事就是蔡秀華作證的重點，不討論這些事，就是不必討論她的供詞！」

高寶琳説：「我認為法官在引導時或多或少受到既定立場的影響。除了蔡秀華外，法官還叫我們不必討論范美清、古策賢、梁敬倫、黎承東的部分或全部供詞，看來法官也認為被告是罪有應得。」

黃石虎説：「我不同意，法官叫我們不必討論某些人的供詞，是因為那些供詞與案件的關係不大，不能還原案件真相。」

呂慧詩問：「就算法官有自己的立場，我也不認為她會以既定立場來引導我們，因為她叫我們要客觀、理性，不要有預設的立場，難道她會犯同樣的錯？」

何耀琦説：「這叫做當局者迷，旁觀者清。她以為自己的引導很客觀、很理性；其實，不知不覺滲透了自己的立場。」

高寶琳説：「我看過一些法庭新聞，有些案件因為原審法官引導錯誤，所以被告上訴得直。」

孫立燊問：「看來你們越來越自大！以為自己是誰？！是法律界精英，還是上訴法庭的法官？！」

高寶琳説：「我們只是想帶出一個信息：法官説的話未必全是對的。言歸正傳，第一，控方在結案陳詞時指出：不能排除蟑螂因為聽到動靜而趕快逃跑的可能性，所以證人看不到蟑螂。由於證人不是一直監視事主，所以她看不到事主取出噴霧。不能排除噴霧被衣服覆蓋的可能性，所以證人看不到噴霧，閉路電視也拍不到噴霧。凡此種種，皆帶出了一個重點：巧合。控方認為，由於種種巧合，所以產生了誤會，讓人以為事主説謊，以為事主有陰謀。我想問：一個巧合是巧合，那麼兩個、三個巧合又是不是巧合？世上有那麼多巧合嗎？第二，法官在引導時指出：事主在回答一些與案情沒有直接關係的問題時説謊，並不代表強姦不存在。我想問：她為什麼要説謊？為什麼常常説謊？如果她在回答一些與案情沒有直接關係的問題時説謊，那麼她説謊的事情就包括蟑螂、紅色噴霧、信仰、水土不服，甚至更多。」

李嘉如説：「回答你第一個問題，我認為事情是否巧合，不在於數量的多與少。你不能説一件事是巧合，五件事就不是巧合。事情是否巧合，要從本質上分析。如果你認為相關事情不是巧合，就要拿出證據來證明。第二個問題，事主在回答一些與案情沒有直接關係的問題時説謊，並不代表強姦不存在。我很難評論這句話是對還是錯，但問題是：我們不知道事主在回答一些與案情沒有直接關係的問題時有沒有説謊。她説看到蟑螂，我們證明不了她説謊；她説把紅色噴霧丟掉，我們也證明不了她説謊；她説不喝本地的水，怕水土不服，我們更證明不了她説謊。」

黃石虎問：「事先聲明，我到現在還認為被告有罪。但我想問：你們有沒有在酒店房間裡見過蟑螂？我就沒有。中大海酒店不是二、三星級酒店，而是五星級酒店，事主下榻的是豪華客房，真的會有蟑螂嗎？」

岑永熙問：「你覺得香港首富有沒有在家裡見過蟑螂？」

岑永熙的話確有當頭棒喝之效，黃石虎笑着默認。

呂慧詩説：「我們沒法得知到底有沒有蟑螂，不過，我認為辯方律師所説的不太合理。他説事主的反應與一般遇到蟑螂的人的反應不同，從而認為事主説謊。其實，一般害怕蟑螂的人看到蟑螂的反應是：先害怕，不知所措，繼而鼓起勇氣去殺死牠。換言之，害怕蟑螂的人也會勇敢面對蟑螂，事主也不例外。」

何耀琦説：「我始終認為事主在裝瘋賣傻。根據證人的供詞，事主知道鑑證科人員正要過來，她問是否要做活體取證。就算是一般人，也應該知道活體取證是法醫的工作；更何況她是性罪行受害人，難道會不知道？我有一個大膽的想法：她這樣問是要確定鑑證科人員不會對她進行身體檢查，那麼她就可以把迷姦噴霧藏在陰道裡。」

孫立燊問：「幸好陪審團退庭商議時不必錄音，否則讓人知道我們當中出了一個瘋子，到時候顏面何存？」

高寶琳説：「何耀琦不是無的放矢，你們應該知道，很多運毒的女人都會把毒品藏在陰道裡。」

孫立燊問：「何耀琦所説的有證據嗎？你們常常説，只要一天沒定罪，被告依然是無罪的；但事主由始至終都不是被告，你們卻亂扣帽子、誣衊她、中傷她，這樣公平嗎？」

岑永熙説：「其實，我們可以從一些蛛絲馬跡中窺探真相。當時事主她正打算洗澡，這符合一般性罪行受害人的特質。她們覺得自己很髒，所以不斷洗澡。事主在醫院洗過一次澡，回酒店後依然覺得自己很髒，所以再洗一次。如果她不是受害人，應該不會有這樣的舉動。」

何耀琦説：「如果她在演戲呢？她可能想借此機會把噴霧塞進陰道裡。」

呂慧詩説：「如果是這樣，她不必洗澡，只要上廁所就可以了。甚至連廁所都不用上，當時兩名警員在門外守候，她只要在房間裡把噴霧塞進陰道裡就行了。」

一段時間，大家都沒有説話，彷彿怎樣也沒法説服對方，彷彿所説的都沒法證實。

何耀琦問：「香港有很多強姦案，但有哪一宗像這宗一樣撲朔迷離？你們捫心自問，討論了那麼久，真的沒有懷疑過事主？」

孫立燊説：「我從來不覺得案件撲朔迷離，控方的證據如此充分，真相放在面前，只有你這種陰謀論者才會覺得撲朔迷離。」

呂慧詩説：「説實話，自從當了陪審員，我就感到很大壓力。如果我們裁定被告罪名不成立，外面的人就會遷怒於我們，我不知道他們會做出什麼事，到時候我可能會精神崩潰。」

高寶琳説：「我不認為他們會遷怒於我們，因為香港有很多案件，陪審團的裁決結果與大眾的想法不同，他們也只能尊重陪審團的裁決。」

黃石虎説：「但這宗案件不同。第一，相關影片被洩露，所有人都認定被告是強姦犯。第二，香港人有仇富心理，如果被告無罪釋放，他們就會覺得陪審團站在富人那邊，為虎作倀。」

「噗哧！」高寶琳忍俊不禁。「不好意思，為虎作倀這個成語出自你的嘴巴感覺有點滑稽。其實大家的擔憂都是杞人憂天，大眾只知道我們的名字，但沒有我們的照片或影片。我相信沒有人在法庭裡拍照或錄影，否則法官、庭警一定知道。既然如此，就算他們想遷怒於我們也沒門。」

李嘉如説：「我始終認為以寧縱毋枉的原則判被告無罪，好像有點兒嬉。我有個想法：我們先裁定被告罪名成立，然後被告上訴。如果他上訴成功，那就無罪釋放；如果上訴失敗，那就命該如此。」

岑永熙問：「你的意思是：把責任推卸給上訴法庭？」

李嘉如説：「不是推卸，而是由合適的人來做合適的事。上訴法庭由法官來處理上訴的案件，他們是專業的，能用專業的眼光來決定被告是否上訴得直。相反，我們不專業，不論裁定他有罪或無罪，都未必能還原案件真相。」

何耀琦問：「如果被告不上訴呢？」

李嘉如問：「怎麼可能？普通人也會上訴，難道富豪不上訴嗎？」

何耀琦説：「我不同意你的説法。審慎考慮所有證據，然後作出恰當的裁決，是陪審團的責任；胡亂裁決，把責任推卸給上訴法庭，這不是一個人該做的事。」

高寶琳説：「我們現在能做的，就是繼續分析供詞和證物。關於蔡秀華的供詞，還有沒有補充？沒的話，就討論辯方第七證人邵希琳的供詞。我不知道你們怎麼想，但我對控方的做法感到非常反感。他要求證人在庭上向事主道歉，撇開面子、尊嚴的問題，他這樣做會誤導我們。」

呂慧詩説：「沒錯，我當時也覺得很尷尬，如果我是她，肯定無地自容。」

孫立燊對高寶琳説：「如果你是她，應該沒什麼面子、尊嚴的問題，反正你們當公關的，別人打你的左臉，你要把右臉也伸過去給他打。」

高寶琳問：「你是不是找架吵？！」

何耀琦説：「雖然如此，但幸好法官在引導時也指出：她道歉並沒有其他意思。」

黃石虎説：「其實辯方傳召她出庭作證想證明什麼？既找不到被告所説的噴霧，也找不到紅色噴霧。」

高寶琳説：「辯方在結案陳詞中説得很清楚，他要證明事主在案發後把紅色噴霧丟掉，這種行為是不合常理的。」

岑永熙説：「我認為事主只是一時大意，忽略了後果。由始至終，鑑證科人員都不是要找紅色噴霧，而是要找被告所説的噴霧。他們只是記得曾經有一瓶紅色噴霧，現在不見了，才好奇問問。如

果是別的鑑證科人員，就未必會問紅色噴霧的事。」

何耀琦說：「無論他們問不問，事主都不應該在這個敏感時刻把紅色噴霧丟掉。」

李嘉如問：「舉個例子，如果我是事主，我被被告強姦。案發後，被告不斷跟別人說，我把一顆紅色藥丸放進一杯水裡，然後哄他喝，說這是維他命飲料。他聲稱暈倒後，被我迷姦。鑑證科人員在現場搜證時，拍到一些白色藥丸的照片。後來，我收拾東西時，發現行李中有一些白色的感冒藥，但已經過期了，便把它丟掉。然後鑑證科人員根據被告的供詞來調查，要看看我的行李中有沒有紅色藥丸。他們發現曾經存在過的白色藥丸不見了，便問東問西，甚至懷疑白色藥丸有陰謀。這是不是很荒謬？」

何耀琦說：「當然，你可以這樣演繹，但我始終覺得她有問題。」

呂慧詩說：「辯方在覆問時，蔡秀華建議辯方翻查酒店的資料，看看誰負責倒垃圾，然後安排他出庭作證。如果事主真的有問題，那麼她應該接觸那個倒垃圾的，賄賂他，或者殺死他，但她似乎沒有這麼做。」

高寶琳問：「你怎麼知道事主沒有賄賂他？」

呂慧詩說：「有的話，辯方律師一定知道，應該會在庭上公開這件事。」

何耀琦說：「事主沒有賄賂他或殺死他，是因為她知道辯方不打算傳召他出庭作證。」

呂慧詩問：「她怎麼知道？」

何耀琦說：「因為辯方沒有當庭向法官申請要求新增證人。」

呂慧詩說：「辯方不一定要當庭申請，他可以私下申請。」

何耀琦聳聳肩，無言以對。

高寶琳說：「不如我們這樣想：連警察、鑑證科人員都成為辯方證人，那就證明對她們來說，辯方的理據有一定程度的說服力。」

孫立燊說：「你說來說去，都是想我們改變立場。」

高寶琳說：「改變立場有什麼問題？反正我們的討論就是要說服不同立場的人支持自己的立場。」

孫立燊問：「那為什麼你們兩個不肯改變立場？」

何耀琦說：「因為控方的舉證存在合理疑點。」

黃石虎對孫立燊說：「就算他們不改變立場也沒所謂，只要有五個人覺得被告有罪，他們也無可奈何。」

孫立燊說：「沒錯。」

高寶琳說：「那麼有信心？不要忘記我是當公關的，難保我的三寸不爛之舌不能改變其他人的立

場。」

孫立燊説：「能改變的話，一早就改變了。還沒討論的辯方證人剩下四個，其中三個是垃圾，我很想看看你怎樣説服其他人。」

「咯咯！」是傳達員。

他推着手推車進來，説：「吃飽了嗎？我是來收拾飯盒的。」

他們把垃圾放進袋子裡，再放到車上。

「法官想見見你們，現在去法庭吧。」

他們尾隨傳達員來到法庭，與早上相比，顯得冷清。庭上有法官、書記、庭警和控辯雙方大律師，旁聽席空無一人，記者席只有兩名記者。

「首席陪審員，你們討論的進度如何？」嚴雪蘭問。

黃石虎站起來説：「法官閣下，我們的進度不錯，但還需要一些時間。」

「沒關係，法庭會提供充足的時間給你們。現在是晚上 8 時，你們回去後不要再討論，明天早上才繼續。如果要通知家人你們在法院留宿，可以把一張寫有聯絡人名字和電話號碼的便條交給傳達員。傳達員會帶你們去休息，陪審員書記將通宵貼身保護各名陪審員，避免你們受到騷擾。如果沒有別的問題，可以去休息。」

是夜，莉茲、陳妓雯與佛朗哥透過平板電腦開視像會議。

「我很擔心裁決結果。」莉茲説。

「勝利已經是我們的囊中之物，還擔心什麼？」佛朗哥問。

「如果陪審員的立場一致，應該不用討論那麼久。看來有人支持辯方，如果支持辯方的人成功説服其他人，那就麻煩了。」

「支持控方的人的價值觀是根深蒂固的，要説服他們改變立場不是那麼容易。」

「如果控方敗訴，莉茲可能會被起訴。」妓雯説。

「起訴的機率只有一半，因為控方敗訴並不代表莉茲迷姦他，只代表陪審團覺得控方的舉證有合理疑點，而控方的舉證有合理疑點，並不代表莉茲迷姦他。」

「不過辯方勝訴後，唐凌聰一定會控告莉茲。」妓雯説。

「唐凌聰？不是律政司控告嗎？」莉茲問。

「其實在香港，私人可以向某人提出刑事檢控。不過律政司司長有權介入私人檢控程序並接替進行檢控，取代原來檢控的一方。無論如何，控告莉茲迷姦而勝訴的機率等於 0，因為控方難以找到表面證據，表面證據不成立，審訊難以繼續。退一步來說，就算有所謂的表面證據，控方也沒法勝

訴。因為與強姦案相比，控方在迷姦案中掌握的證據極少。如果在證據確鑿的強姦案中，控方也要敗訴；難道在證據薄弱的迷姦案中，控方能夠勝訴？」佛朗哥問。

「但願如此。」

「還有一件事要告訴你們。我和雨果商量後，決定殺死唐凌聰。」

「什麼？！殺死他？！」

「沒錯。有兩個原因：第一，辯方敗訴後，唐凌聰一定會上訴。如果在上訴法庭上訴失敗後，他會上訴到終審法院。上訴的過程是漫長的，我們當初預計任務大概耗時半年，如果上訴，則超出預期。再說，如果上訴成功，就對我們很不利。第二，法官應該不會判他終身監禁，大概判他十幾年到二十幾年的刑期。根據唐凌聰的性格來判斷，他刑滿釋放後，應該會繼續尋找證據，為自己洗脫冤情。換言之，他是一個定時炸彈，對我們來說具有潛在的危險性，所以一定要解決他。」

「那麼派誰去殺他？齊娜還是阿曼達？」妓雯問。

「我會派阿曼達去。雖然在殺人方面齊娜比較優秀，但殺死唐凌聰並不是太困難，最困難的還是如何潛入監獄，避開所有耳目，這方面阿曼達是專家。她會殺死他，然後佈局成自殺的假象，應該不會惹人懷疑。」

莉茲心坎中泛起不可名狀的情愫。雖然唐凌聰是生是死她都不關心，但現在居然要殺死他，莉茲確實感到錯愕。如果一開始殺死他，也許沒有任何感覺；但故事來到尾聲，他卻要消失，就像失去了什麼。對，就像電視劇，結局時，男主角突然死了。

翌晨 8 時半，陪審團吃過早餐後，跟隨傳達員來到法庭見法官。

「各位陪審員，稍後傳達員會帶領你們回到陪審員休息室，你們可以繼續討論。另外，本席要提醒你們，對於能否達成有效裁決，你們不必抱有任何壓力。如果你們最後也沒法達成有效裁決，請務必通知法庭，本席會根據《陪審團條例》第 27 條解散陪審團。沒問題的話，你們可以回去。」

回到休息室，他們繼續討論。

高寶琳問：「大家昨晚睡得好嗎？」

孫立燊說：「我失眠，只睡了兩小時。」

黃石虎說：「你為什麼不向法庭借一些音樂光碟？聽音樂能幫助睡眠。」

孫立燊說：「聽音樂沒用，就像有些人吃了安眠藥也一樣睡不着。」

李嘉如說：「你精神不好，我擔心會影響裁決結果。」

孫立燊說：「有什麼好擔心？我的立場一直都沒變過。我們要加快進度，今天之內一定要達成裁決。」

高寶琳問：「你不是很想在這裡多留幾天嗎？」

孫立燊說：「我怕法官解散陪審團。」

岑永熙說：「解散也沒什麼影響，反正我們一定有津貼。」

孫立燊說：「當然不是！如果我們被解散了，法庭就會選任新的陪審團。達成裁決後，世人就會把他們奉若神明，覺得是他們制裁了惡魔；而我們就會被歷史埋沒，沒有人歌頌。」

高寶琳說：「說白了，就是虛榮心作祟。但很可惜，這個時代不需要英雄，請收回你的英雄主義。」

孫立燊問：「你帶領我們討論，喜歡當領袖，難道不是虛榮心作祟？！」

高寶琳說：「我本來想把這個任務交給黃石虎，但他不願意做，我只好當仁不讓。說實話，黃石虎你作為首席陪審員，卻不帶領我們討論，只是在法庭上說幾句話，真的很像橡皮圖章。」

黃石虎說：「只要外面的人覺得我不是橡皮圖章就行了。」

何耀琦問：「別吵了，我們繼續討論吧。關於邵希琳的供詞還有沒有補充？沒的話就討論辯方第八證人勞萬琛的供詞。我相信大家都認同，事主的朋友當時說了想要一塊有利偏門行業的陰牌，問題在於：事主知不知道朋友當時說了這句話？」

呂慧詩說：「事主知不知道朋友當時說了這句話，我們找不到答案，因此不能排除事主由始至終都不知道朋友說了這句話。」

高寶琳說：「我不是這麼想。因為陰牌是買來給事主戴的，正常情況下，她的朋友應該按照事主的意願來購買，如果事主需要一塊有利事業的陰牌，她的朋友不可能自作主張，購買一塊有利偏門行業的陰牌。但事實是，她真的買了一塊有利偏門行業的陰牌，這有兩個可能性：第一，事主改變了主意，放棄有利事業的陰牌，選擇有利偏門行業的陰牌。第二，事主由始至終都是要有利偏門行業的陰牌。換言之，事主一定知道朋友當時說了這句話。」

孫立燊說：「你說在正常情況下，那如果這件事是在不正常的情況下發生，你所說的就不是真相。」

何耀琦問：「你憑什麼說是在不正常的情況下？」

孫立燊說：「如果她的朋友是一個喜歡自作主張的人，她就可能在沒有知會事主的情況下購買了別的陰牌。」

高寶琳問：「有什麼證據證明她的朋友是這樣的人？」

孫立燊說：「沒有，但不能排除這個可能性。」

高寶琳白了他一眼，說：「總之我認為我剛才的推論很合理，事主一定知道朋友說了這句話，她在庭上說謊。」

岑永熙問：「就算她說謊那又如何？」

何耀琦説：「那就證明她對信仰的虔誠度下降。」

岑永熙問：「她對信仰的虔誠度下降那又如何？」

何耀琦詞窮。

黃石虎説：「她對信仰的虔誠度下降並不是證據，不能證明她迷姦被告。」

高寶琳説：「沒錯，這不是證據，但這是合理的疑點。控方的舉證要達到毫無合理疑點，才能裁定被告罪名成立。控方的證據除了物證外，還有人證。如果控方的證人説謊，就代表控方的舉證存在合理疑點，我們要裁定被告罪名不成立。」

李嘉如説：「我不同意。事主第一次作證時，控方在主問和覆問都沒有提及陰牌的事，因為控方當時不知道事主有佩戴陰牌，而且陰牌的事與強姦案無關。至於事主第二次作證時提及陰牌，是基於辯方的要求。辯方有這樣的要求，是因為要證明辯方某些證人的供詞是可信的。換言之，事主第二次作證不能視為控方舉證，因為第二次作證並不是要證明被告強姦事主。簡單來説，控方的舉證並不包括陰牌一事，你所説的合理疑點與控方的舉證無關。」

孫立燊鼓掌。「説得好！公關的劣根性就是喜歡玩文字遊戲，我差點中了她的詭計！」

這次輪到高寶琳詞窮。

何耀琦：「好吧，我們暫時撇開這個問題，關於證人的供詞，還有沒有補充？」

孫立燊問：「你該不會想討論辯方第九證人的供詞吧？！」

呂慧詩説：「控方已經證明了他説謊，那段錄音是偽造的，已經沒有討論的必要。辯方第十、十一證人也是一樣，不必討論。」

黃石虎説：「沒錯！討論到此為止，我們再投票，然後去見法官。」

高寶琳説：「慢着！不如看看有沒有什麼地方遺漏了。」

岑永熙説：「沒什麼遺漏，該討論的都已經討論過了。」

何耀琦問：「我們再討論一件事，就是指紋的問題。為什麼在被告的西褲、內褲的某些位置找到事主的指紋？而指紋所在的位置彷彿告訴我們是事主脱掉被告的西褲和內褲，我認為這絕對是合理的疑點。黃石虎，你之前説過你認同這是合理疑點，為什麼不改變立場？」

孫立燊説：「黃石虎，你作為首席陪審員，應該有權禁止討論這個問題！請你立即行使權力，然後命令我們投票，接着去見法官！」

李嘉如問：「首席陪審員有這個權力嗎？」

高寶琳説：「孫立燊，陪審員在退庭商議時有絕對的言論自由，禁止討論等於妨礙司法公正！」

孫立燊説：「我不是妨礙司法公正，我只是覺得這個問題已經討論過，不必再討論，何耀琦這麼

做明顯是在拖延時間。」

高寶琳説：「討論過又如何？！都沒有共識！黃石虎，既然你認同這是合理疑點，請你改變立場，支持辯方！」

孫立燊説：「我以為只有男人才會霸王硬上弓，沒想到女人也會。」

何耀琦説：「謝謝你説出真相！霸王硬上弓的就是那個女人，不是被告！」

黃石虎説：「捫心自問，你們真的覺得是事主迷姦被告？你們不在現場，根本不知道真相。我們也一樣不知道真相，但我們會根據證據來作出一個可能是真相的裁決。很明顯，控方的證據接近真相。」

何耀琦問：「我們根本不必尋找真相，只要控方的舉證有合理疑點，我們就能裁定罪名不成立，就是這麼簡單！你們到底在擔心什麼！？」

高寶琳問：「岑永熙、呂慧詩，我記得你們説過要考慮一下，你們考慮好了嗎？是否認同這是合理疑點？」

岑永熙説：「我有時候在想，那些所謂的合理疑點，是否真的合理？也許是因為我們智慧不夠，才會覺得這是合理疑點。如果是其他陪審團，也許他們能提出具説服力的理據來證明這不是合理疑點。」

何耀琦説：「真相永遠只有一個，也許在上帝眼中，這不是合理疑點。但現在裁定被告有沒有罪的，不是上帝，而是我們，只要我們覺得這是合理疑點就夠了。」

呂慧詩説：「其實我真的很害怕，我怕旁聽席的人知道被告罪名不成立後，會做出一些傷害我們的行為。」

高寶琳説：「你説你怕，難道被告就不怕嗎？如果他是無辜的，卻要去坐牢，我相信他比你更怕。」

何耀琦説：「我奉勸大家一句：看事情不能只看表面，表面看到的不一定是真相。」

孫立燊問：「表面的不是真相，難道你的天馬行空才是真相？！」

何耀琦説：「大家還記不記得 2013 年發生了一宗女嬰被拐案？那個母親發現女兒死亡後，把屍體放進小提琴盒裡，當作垃圾扔掉，然後謊稱女兒被人拐走。」

高寶琳説：「同年還有一宗逆子弒雙親碎屍案，兇手殺人後還叫香港人幫忙尋找失蹤的父母。」

孫立燊説：「你們想説什麼？！那兩宗案件另有內情就代表強姦案也另有內情？！那兩宗案件的主角騙取香港人的同情心就代表強姦案的受害人也是一樣？！何耀琦，你説話完全沒有邏輯，不要再去幫人補習，免得誤人子弟！」

何耀琦説：「我只是想透過例子告訴大家，看事情不能只看表面，這宗案件也一樣。我覺得現在

裁決還是快了一點，我們應該再討論討論。」

孫立燊說：「原來你和我一樣，都想多賺一天津貼。」

黃石虎說：「幸好你是補習老師，不是公司的員工。否則上司說散會，你可能堅持要繼續開會。」

岑永熙說：「我覺得你們舉的例子和這宗案件沒有可比性。對我來說，壞人不可能逍遙法外，因為世上沒有完美的犯罪，警方一定能找出真相，把真兇繩之以法，就像你們舉的例子一樣。但這宗案件，警方找不到證據證明被告所說的是真，只找到證據證明事主所說的才是真相，那就代表沒有內情。」

何耀琦說：「你說得沒錯，世上沒有完美的犯罪！被告褲子上的指紋就是不完美的犯罪！」

黃石虎說：「你那麼固執幹什麼？人家不知道，還以為要去坐牢的是你。」

呂慧詩說：「我沒法接受用這個疑點來推翻控方的鐵證，這樣很兒嬉。除非你能提出多個具有同等分量的合理疑點。」

高寶琳說：「你搞錯了，我們不是要用這個疑點來推翻控方的鐵證。而是要裁定被告罪名成立的話，控方的舉證就一定不能出現合理疑點；一旦出現合理疑點，就算控方有一億個證據，我們都要裁定被告罪名不成立。」

呂慧詩說：「清者自清，我相信沒犯過罪的人絕對不會坐牢。」

何耀琦問：「清者自清的大前提是，世上所有人都是聰明人。當世界充斥大量愚昧無知、不辨妍媸的人，清者如何自清？！」

李嘉如說：「其實不用那麼麻煩，反正你們說服不了我們，我們也說服不了你們，那不如大家都堅持自己的立場吧！」

黃石虎說：「事不宜遲，現在投票！認為被告罪名成立的，請舉手！」

黃石虎、孫立燊、呂慧詩、李嘉如、岑永熙舉了手。

黃石虎說：「認為被告罪名不成立的，請舉手！」

高寶琳、何耀琦舉了手。

孫立燊問：「你們真的不改變立場？」

高寶琳說：「我的力量始終有限，我已經盡力了。雖然我們改變不了結果，但我們對得起自己的良心，做了一個一輩子都不會後悔的決定。至於你們，我不能說你們是錯，你們是世界的縮影，反正大部分的人都覺得被告有罪，你們只是代表他們發言。這樣的結果，可謂一舉兩得。」

何耀琦說：「沒錯。對得起自己的良心才是最重要，希望你們也一樣。」

黃石虎說：「你真的以為自己站在道德高地，可以隨便批評別人？！立場不同並不代表其中一方

沒良心！」

李嘉如對高寶琳、何耀琦說：「我想告訴你們一個事實，就算我們裁定被告罪名不成立，他以後的日子也不會好過。大眾會有兩種想法：第一，辯方收買了陪審團，法律已死；第二，唐凌聰得到撒旦的眷顧，逍遙法外。不論真相如何，對大眾來說，他永遠都是強姦犯。就算過了一百年、一千年，後人都會以強姦犯的名目來稱呼他。無可否認，自案發那天起，他就注定身敗名裂。儘管我們能救他脫離牢獄之災，也救不了他的名聲。」

何耀琦問：「你的意思是：既然救不了名聲，那不如連人身自由也一起失去？！」

李嘉如問：「他坐牢，還可以說服自己，是因為敗訴而身敗名裂。如果他無罪釋放，卻發現自己依然身敗名裂，到時候他要用什麼來說服自己？對他來說是不是更殘忍？」

孫立燊說：「我開始覺得，這兩天沒什麼意義，到最後誰也說服不了誰。」

高寶琳說：「怎麼會沒意義？對你來說，有錢就有意義。」

孫立燊說：「對！我是一個市儈的人，只有你不食人間煙火！」

黃石虎說：「不要浪費時間，去見法官吧！」

10 時，正式開庭。他們尾隨傳達員進入法庭，法庭再次變得人山人海。所有人都注視着他們，彷彿他們才是主角。這天的法庭，有不一樣的光景。旁聽席的第二行坐了四個人，分別是保鑣、蔣乙華、唐祿、保鑣。陳妓雯猜對了，唐凌聰的家人真的在這天現身法庭。不過唐祿小中風後行動不便，拄着拐杖，要人攙扶。人頭攢動的法庭裡，不乏神色凝重的人，但神色最凝重的，都是唐凌聰和莉茲。對前者來說，陪審團漫長的商議是碩果僅存的希望；但對後者來說，卻是夢魘。

「首席陪審員，你們是否已經達成有效裁決？」嚴雪蘭問。

黃石虎站起來說：「是。」

書記主任站起來問：「請問裁決結果是否一致？」

「不一致。」

「裁決結果是什麼？」

「我們以 5 比 2 裁定被告強姦罪名成立。」

剎那間，庭上泛起喝彩、喝倒彩、稱讚、抱怨等聲浪。

「肅靜！在此，本席要衷心感謝陪審團連日來的貢獻。這宗案件與一般的強姦案不同，在大眾的議論紛紛下，你們必定承受了龐大的壓力。儘管如此，你們也努力不懈。上星期有幾天不用聆訊，但你們卻自願回來看文件，無可否認，你們是最勤奮的陪審團。因此，本席決定發放雙倍津貼，換言之，你們可以獲得 19920 元的津貼，以及豁免你們未來五年出任陪審員。另外，由於本案的被告

是公眾人物，加上裁決結果可能讓部分人士不滿。因此，本席已通知了警方，警方會安排警車護送各陪審員離開。關於本案，本席需要聽取辯方的求情陳詞，以及索取被告的背景報告、精神科報告、心理報告和事主的心理報告。因此，本席把下次聆訊定在 5 月 11 日，屆時聽取求情陳詞和判刑。今天的聆訊到此結束。」

「起立！」

眾人漸次離開，但莉茲還要繼續演戲。她淚眼婆娑，衝過去抱着盤鑠年，盤鑠年被她嚇了一跳。

「謝謝你……如果沒有你，我可能……可能已經被奸人所害……」

「莫道因果無人見，舉頭三尺有神明。這個世界有天理，作惡的人不會有好下場。從今以後，你要好好生活，過去的就讓它過去，不要再想。對了，你會不會旁聽 5 月 11 日的聆訊？」

「當然會！我要看看那個惡魔會有怎樣的下場！」

至於唐祿，他目光呆滯，拄着拐杖，在保鏢的攙扶下離開。離開法庭後，唐祿先去一趟廁所，蔣乙華則在庭外啜泣。過了一會兒，保鏢慌張地跑了出來，對蔣乙華說：「出事了！唐祿心臟病發作！」

蔣乙華和保鏢立馬衝進廁所，接着連法院的職員也衝了進去。不久，救護車來了。就這樣，法院變得越來越熱鬧。莉茲和陳妓雯當然捨不得離開，要站在一旁好好欣賞。唐祿心臟病發作，蔣乙華忙得不可開交，把凌聰的事拋諸腦後，自然沒有通知他。但凌聰根本不需要任何人通知，當監獄裡的電視機播放唐祿的死訊時，他自然會知道。

第 32 章：〈黑與白〉

　　黑夜是黑色的，所以凌晨也是黑色的。凌晨過渡到清晨時，顏色開始有了變化，先後次序大抵是深藍、淺藍、灰色、慘白。直到看見陽光，才擁有鮮艷的色彩。然而，這個地方無論陽光怎樣照耀，都好像病入膏肓般繼續慘白，沒有半點生氣。

　　他，是一個徒弟，也是一名員工。對他來說，這個地方根本不需要任何生氣。他拉開鐵閘門，又是一個工作天。店裡只有他一人，安靜地吃着早餐。過了不久，他聽到遠處傳來一些說話聲。從聲音來判斷，好像是兩個人。不，聽清楚一點，應該是四個人，甚至是五個人。對他來說，這個地方、這個時間，有一群人在說話並不是一件常見的事。他側耳傾聽，聲音越來越近。他有點緊張，眼睛緊盯門口。終於，那些人出現在他面前。他一眼就認出，其中兩個是蔣乙華和唐凌熹，另外四個是保鑣。

　　「歡迎光臨！」他說。

　　蔣乙華向他點了點頭，然後環顧四周，看看有沒有她想要的。過了 5 分鐘，她停了下來，眼前的也許是她想要的。

　　「多少錢？」蔣乙華問。

　　「這個……150 萬。」

　　蔣乙華沒有說要不要，她正在和唐凌熹討論。於是，他立即致電師父。可能師父正在睡覺，等了很久才接電話。

　　「喂，師父。看來那副棺材有人買。」

　　「什麼？！」

　　「真的，我沒騙你。」

　　「誰是買家！？」

　　「蔣乙華和唐凌熹。」

　　「我馬上過來！」

　　看來師父很看重蔣乙華和唐凌熹，10 分鐘後他就來到。他喘着氣，滿臉通紅，汗水汩汩而下。他走向蔣乙華和唐凌熹。

　　「你們好，有沒有看中哪一副棺材？」

　　「我們覺得這副不錯。」唐凌熹說。

「恕我冒昧，請問是不是買給唐祿先生的？」

「是。」蔣乙華説。

「我們有兩副這樣的棺材，也是敝店最貴的兩副棺材。」

「你説話小心一點！」其中一名保鑣罵他。

「對不起！對不起！我不是這個意思，我當然知道你們只要一副。」

「這是什麼棺材？」蔣乙華問。

「柳州金絲楠木棺材。」

「150 萬是不是？」蔣乙華問。

「是。」

「我們就要這副。」

「謝謝！」

蔣乙華開了一張 150 萬港元的支票給他，然後離開。徒弟越來越好奇。

「師父，到底發生什麼事？為什麼有人要買它時，就要我立即通知你？」

「你記不記得我什麼時候完成那兩副棺材？」

「其中一副是九個月前，另外一副是半年前。」

「你應該知道棺材匠做棺材前都要劈三斧子。」

「我知道。」

「一年前，我在挑選木材時劈了三斧子。一斧辨善惡。如果第一斧子劈下去時很順利，就代表這人是好人，反之則作惡多端。我劈第一斧子時，也算順利，證明這人還不錯。二斧定貴賤。如果第二斧子劈下去時木屑很多，就代表這人富貴，反之則貧賤。我劈第二斧子時，木屑多得如大雪紛飛，我從沒見過這種場面，證明這人不是一般的富豪，而是富可敵國。三斧斷壽元。如果第三斧子劈下去時木頭飛到很遠，就代表這人還有很長壽命，反之則壽元將盡。我劈第三斧子時，木頭落在我的腳邊，證明這人命不久矣。所以你現在知道，為什麼我那麼緊張，因為我很想知道這副棺材到底是給誰用。」

「另外一副也是一樣嗎？」

「差不多。另外一副，我劈第一斧子時非常順利，證明這人心腸很好。劈第二斧子時，木屑也很多，但和之前那副相比，就比較少。劈第三斧子時，木頭也是落在我腳邊。相信不久的將來，會有人來買它。」

5 月 5 日，蔣乙華替唐祿在世界殯儀館的世界堂設靈。唐凌聰申請外出許可，幸好法律不外乎人

情，讓他能見唐祿最後一面。殯儀館外擠得水洩不通，裡面也是一樣。前來弔喪的人多不勝數，大多是商界名人。因此，他們奉上的帛金與一般人不同，全都金額不菲。當他們以為葬禮會順利舉行時，卻來了一個意想不到的人。

包欣瓊的私家車來到殯儀館門前。這天，她穿了白色的短袖襯衣，黑色短裙、黑色絲襪，依舊戴上 320 萬的蕭邦墨鏡，提着 294 萬的愛馬仕手袋。甫下車，記者便蜂擁而上，問東問西。包欣瓊很享受眾星捧月的滋味，她面帶笑容，向記者揮手，然後步入殯儀館。高跟鞋的噠噠聲清脆悅耳，由遠及近，來到世界堂。看到包欣瓊的那刻，蔣乙華和唐凌聰先是驚訝，繼而露出不悅的表情。

「有客到，來賓請上前！」堂倌說。

包欣瓊沒有收斂笑容，繼續微笑。

「一鞠躬，再鞠躬，三鞠躬，家屬謝禮！」

包欣瓊走向蔣乙華，笑着說：「節哀順變。」

「謝謝關心！」

蔣乙華越看越覺得奇怪。包欣瓊穿的白色襯衣，裡面透出淡淡的紅色。原來她在裡面穿了一件鮮紅色的衣服。

「你為什麼穿紅色衣服！？」蔣乙華問。

「哦！你說裡面那件嗎？是這樣的，我前幾天去了算命，算命師說我今年的運氣非常好，不能出席葬禮，否則會影響運程。我求了他很久，因為唐祿是我的前輩，不能不去。所以他建議我在裡面穿一件紅色的，能夠避免厄運纏身。」

蔣乙華沒理她。包欣瓊從手袋裡取出帛金，交給唐凌聰。

驀然，她的手機鈴聲響起：「恭祝你福壽與天齊／慶賀你生辰快樂／年年都有今日／……」

「呃！不好意思！」包欣瓊拿出手機，然後掛斷電話。「我實在太大意了，居然忘記設置靜音。」

「你是不是來搗亂？！」蔣乙華問。

「我真的不是故意。你看看！」她指着其中一個花圈。「這是我送來的花圈，花了 21 萬 8000 元。這個花圈是我設計的，上面的花都是我親自挑選的。我膽敢說，我是最有誠意的來賓！」

唐凌聰一直摸着包欣瓊的帛金信封，覺得很奇怪。信封裡沒有鈔票，只有硬幣，和其他人不同。他按捺不住，便打開了信封，發現裡面有兩個 10 元硬幣、一個 1 元硬幣和四個 2 毫硬幣。唐凌聰立馬明瞭這是什麼意思，他氣得把硬幣扔向包欣瓊。

「你給我滾！！！」

他想衝過去打她，但被唐凌熹阻止了。

「怎麼了！？」蔣乙華問。

唐凌聰撿起地上的硬幣，説：「她給我們 21.8 元，知道這是什麼意思嗎？！凝寰集團被華意國際入主前的最低股價，就是 21.8 元！」

蔣乙華氣得摑了她一巴掌，嚇得眾人目瞪口呆。包欣瓊本來想回敬她一巴掌，但她知道這樣做的話，一定會被人趕出去。她要多留一會兒，因為她想繼續羞辱他們。

「你剛才説花圈花了 21 萬 8000 元，根本就在撒謊，21 萬 8000 元就是用來暗示 21.8 元！」唐凌熹説。

「你不要再貓哭老鼠，給我滾！」蔣乙華説。

「貓哭老鼠不一定假慈悲，可以是真慈悲。你有沒有看過美國著名的《貓和老鼠》動畫？雖然那隻貓經常去捉老鼠，但如果老鼠死了，牠也一定很傷心。」

蔣乙華狠狠地推了她一下。「滾！！！」

其他人也看不下去，不斷叫她離開。包欣瓊滿意地離開。回到車上，她致電徐鳳瑩。

「喂！是我！」

「包小姐有何吩咐？」

「你替我發三封匿名電郵給蔣乙華、唐凌聰和唐凌熹，內容如下：雖然我曾經説過，唐祿會暴斃於化糞池中，但沒想到他真的暴斃於廁所中。不過，我依然感到很可惜，因為和我預期的有點落差。」

「知道。」

第33章：〈判刑〉

　　這天，依然人山人海。這也難怪，儼如電視劇的結局，每每擁有最高的收視率。這天的旁聽席，依舊精彩。雖然沒有唐祿，剩下蔣乙華和保鑣，但卻多了包欣瓊。她意氣風發，微笑地看着唐凌聰。

　　「首先，請控方陳述被告的背景。」嚴雪蘭說。

　　「這是被告的背景報告。」盤鑠年把報告交給書記，書記轉交給嚴雪蘭。「被告唐凌聰，生於1989年5月12日，到今天為止，他還是28歲。被告生於斯長於斯，是家中的次子。其家庭成員尚有母親蔣乙華和胞兄唐凌熹，而他的父親唐祿則於今年4月27日逝世。被告小學時就讀聖保羅男女中學附屬小學，中學時就讀聖保羅男女中學。中小學時期，學業成績不俗，操行良好。大學時就讀香港大學工商管理學系，期間獲得多個獎學金。畢業後任職於凝寶集團有限公司，擔任財務總監和執行董事。任職期間，被告工作勤奮，經常夜以繼日地工作，成績有目共睹。感情方面，被告單身，未婚，沒有子女，也沒有任何戀愛經驗。刑事紀錄方面，被告於案發前沒有任何刑事犯罪紀錄。」

　　「然後，是被告的精神科報告。」盤鑠年把報告交給書記，書記轉交給嚴雪蘭。「報告指出，被告於案發前和案發時都沒有任何精神病，精神狀況良好。案發後，被告除了有輕微的焦慮外，沒有其他精神病，毋須接受任何治療。」

　　「接着，是被告的心理報告。」盤鑠年把報告交給書記，書記轉交給嚴雪蘭。「報告指出，由於被告沒有任何戀愛經驗，所以他沒法盡情宣洩自己的性慾，以致心理漸漸扭曲，對性產生極端的想法。於是，他沉溺於變態的色情影片中，藉此發洩扭曲的性慾。在日常生活中，被告難以和異性建立正常的關係。對被告來說，異性只是獵物，被告享受擔當獵人的角色。案發後，被告堅稱自己是無辜的，企圖把罪責推卸給受害人，反映被告毫無悔意。」

　　「隨後，是事主的心理報告。」盤鑠年把報告交給書記，書記轉交給嚴雪蘭。「報告指出，事主案發後患上創傷後遺症，出現失眠、情緒困擾、注意力不集中等情況。另外，事主對陌生男子抱有戒心，覺得他們會強姦她。而且，事主每天都頻繁地用探測器偵測房間的情況，擔心有人安裝針孔攝錄機和竊聽器。可見，事主已經處於精神崩潰的狀態，嚴重影響社交和日常生活。換言之，事主的人生已經被被告徹底摧毀。」

　　「接下來，輪到辯方作求情陳詞。」嚴雪蘭說。

　　「法官閣下，這裡有六封求情信，是被告的家人、師長、同學、朋友撰寫的。」饒同鑫把求情信的正本交給書記，書記轉交給嚴雪蘭。然後他宣讀求情信副本的內容。

尊敬的嚴雪蘭法官：

　　您好！我是唐凌聰的母親蔣乙華。

　　對於這宗案件，對於陪審團的裁決結果，我沒法用準確的詞彙來表達我現在的心情。我的心在淌血，除了痛，還是痛。儘管我不認同陪審團的裁決結果，但我依然尊重他們的裁決。

　　可能對法官閣下來說，凌聰只是一個強姦犯，充其量也只是一個有名的強姦犯；但對我來說，他是世界上最重要的人，也是我引以為傲的孩子。

　　凌聰是一個與眾不同的孩子，儘管生於上流社會，卻沒有半點富家子弟的驕奢淫逸，反而生性善良、勤奮。中學時，一般的學生放學後都喜歡到處蹓躂、上網；但凌聰卻不會這樣，每天放學後，他都會乖乖做功課、溫習，從來不用父母操心。凌聰考大學時考了兩次，本來唐祿打算送他去外國留學，因為唐祿曾捐獻巨額金錢予外國大學，凌聰要入讀是輕而易舉的。但凌聰很有骨氣，他拒絕唐祿的好意，堅持要在香港升學。大學時，凌聰沒有怠惰，他依然很用功讀書，放學後常常在圖書館溫習、做功課。大學畢業後，他勤於工作。很多時候，他都通宵達旦地工作，秘書下班了，他依然留在公司加班。凌聰就是一個這樣的孩子。

　　不但如此，他還是一個善良、樂善好施的慈善家。2014 年 3 月，大雨如注。香港又一城商場的假天花被大雨攻破，雨水直灌商場。當晚，凌聰派人尋找流浪漢，接他們到豪宅暫住，還以山珍海味來款待他們。這則美事後來被媒體大肆報道，甚至有網民稱他為德蘭修女。法官閣下，我相信天下間沒有另一個富豪能做到如此地步。更重要的是，雖然凌聰還押監房看管，但他擔心的，不是自己的命運，而是世人的福祉。他委託律師，把 15 億港元貢獻給教育機構。他在母校聖保羅男女中學附屬小學、聖保羅男女中學、香港大學，以個人名義設立了十五個獎學金，嘉惠學子。另外，他還把 35 億港元貢獻給慈善機構，包括樂施會、世界宣明會、香港紅十字會、綠色和平、亞洲動物基金、救狗之家、香港海豚保育學會、香港海洋公園保育基金、香港愛護動物協會、香港保護兒童會、童協基金會、聖公會聖基道兒童院、香港弱能兒童護助會、關注婦女性暴力協會、惜食堂、和諧之家、香港傷殘青年協會、長者安居協會、長春社、世界自然（香港）基金會。可見，凌聰絕對是一個菩薩心腸的人。

　　人非聖賢，孰能無過？縱然凌聰有錯，也希望法官閣下能大發慈悲，從輕發落。他要坐牢，已經很可憐。如果牢獄生涯遙遙無期，豈不是雪上加霜、教人斷腸？因此，懇請法官閣下予以輕判，感激不盡！

　　祝

安好

唐凌聰之母

蔣乙華 謹上

二零一八年五月八日

法官：

你好！我是被告的哥哥唐凌熹。

我的求情信沒有動人的言辭，沒有賺人熱淚的句子。我替被告求情的理據只有一個，就是被告再次犯罪的機率高不高？我認為不高，因為被告是名人，世人的唾罵已經徹底粉碎他再次犯罪的念頭。如果法官認同我的言論，就輕判他。謝謝！

熹

2018-5-9

親愛的法官閣下：

您好！我是被告家中的菲律賓籍女傭人。由於我的中文水平比較低，只懂聽和說，不太會寫，所以我的求情信用菲律賓語撰寫，然後律師找人把內容翻譯成中文。

對於二少爺的官司，我愛莫能助。但我始終不願意相信，少爺會強姦別人。據我所知，二少爺是一個潔身自愛的人，他沒有談戀愛，沒有結婚。雖然我不知道他在外面的生活是怎樣，但這麼多年來，我沒見過他帶女人回家過夜，反而大少爺，我就見過他帶女人回家。平時，二少爺不抽煙、不喝酒、不說粗言穢語。在學校，他是一個好學生；在公司，是一個好員工；在家裡，就是一個好孩子。

雖然我相信二少爺不會做這種事，但既然陪審團覺得他有罪，也許他真的做了也說不定。無論如何，我希望法官閣下可以輕判二少爺，我相信他從今以後，一定會改過自新，好好做人。老爺去世了，家裡少了一人；二少爺要坐牢，家裡又少了一人。我實在有點不習慣。三個月後，就是我的生日。我今年的生日願望只有一個，就是希望二少爺能夠盡快出來，和太太、大少爺一家團聚。

祝

事業順利

女傭人

哈拉娜・克里斯桑托（Harana Crisanto） 敬上

二零一八年五月八日

嚴雪蘭法官閣下鈞鑒：

　　本人是香港大學經濟及工商管理學院的傅文楚教授。懇請法官閣下就唐凌聰先生案件判刑一事，考慮以下陳述。

　　唐凌聰就讀港大期間，曾經修讀過我講授的學科。記憶中，他是一個勤奮好學的學生，他的功課、考試成績不俗。很多時候，他會在下課後請教我學業上的問題。根據紀錄，唐凌聰在學時期獲得多個獎學金，其中一個就是我頒發給他的。

　　對於他的訴訟，我感到惋惜和遺憾。為人師表的，都希望學生能成為一個獨當一面、對社會有貢獻的人。但我知道，並不是所有學生都能走一條康莊大道。有的先成後敗，有的先敗後成；有的規行矩步，有的誤入歧途。

　　我很怕替學生寫求情信，但我知道，為人師表的，難免會有這樣的一天。因此，我現在能做的，就是竭盡所能去替他求情。唐凌聰身敗名裂、被人唾罵、鋃鐺入獄，對他來説，已經是最大的教訓。鐵窗生涯，苦不堪言，他是受不了的。懇請法官閣下從輕發落，讓他盡快回歸社會，用另一種方式贖罪，不勝感激！

　　恭請

鈞安

　　　　　　　　　　　　　　　　　　　　　　香港大學經濟及工商管理學院教授

　　　　　　　　　　　　　　　　　　　　　　　　　傅文楚 謹啟

二零一八年五月四日

嚴雪蘭法官鈞鑒：

　　我是唐凌聰大學時期的同學鄒翠柔。我和他相識於一年級的課堂上，那時候我們一起修讀財務會計概論。凌聰在數學方面很有天分，而我的數學比較差，很多時候都要請教他。

　　我記得有一次，凌聰在我家裡教我做功課。當時，我們兩人在房間裡，房間沒有安裝閉路電視，但凌聰沒有乘人之危，沒有做一些卑鄙無恥的事，整個過程中，他都安分守己，是一個正人君子。

　　看到訴訟的新聞時，我目瞪口呆，不敢相信他會做出這種事。也許有人説，知人知面不知心，時間會讓人腐化。但我聽到一些傳聞，是關於這宗案件的，那是截然不同的版本。雖然我不知道實情，沒有任何證據，但我寧願相信那個版本才是案件的真相。

　　既然陪審團有自己的看法，米已成炊，我也只能接受。我相信凌聰已經有悔意，顧及他是初犯，懇請法官閣下從輕發落，否則他的人生就完了。

　　恭請

鈞安

摩根大通銀行（香港）投資分析師

鄒翠柔 敬啟

二零一八年五月六日

香港高等法院嚴雪蘭法官鈞鑒：

　　我是凝寰集團有限公司董事局主席兼行政總裁暨華意國際有限公司董事局副主席兼副行政總裁，包欣瓊。替凌聰寫求情信，是一件不容易的事，但我一定要寫。

　　我和凌聰有數面之緣，我們聊過天，關係不錯。儘管如此，我卻不知道他心裡有一個陰暗面，儼如定時炸彈，隨時爆炸。如果我知道的話，我一定會引導他，帶他走上光明的道路。我的疏忽，讓凌聰掉入萬劫不復的地獄，是我這位前輩的錯。

　　接下來，我有些話要對凌聰說。凌聰，上個星期我出席令尊的葬禮，當時，我們聊了一會兒。你對我說，

饒同鑫突然停了下來，面有難色。

「辯方律師，為什麼停下來？繼續念下去。」嚴雪蘭說。

「是。」

雖然你強姦了她，但你不會認罪，不會道歉。

「你亂說！！！」唐凌聰尖叫。

「法官閣下！」蔣乙華站了起來。「你不要⋯⋯」

「肅靜！這裡是法庭，豈容你們在吵吵鬧鬧？！」

「不是！法官閣下，⋯⋯」蔣乙華望向包欣瓊，「賤人！你為什麼要⋯⋯」

「住口！本席鄭重警告蔣乙華女士，如果你再擾亂法庭秩序，本席將會控告你藐視法庭罪！」

蔣乙華和唐凌聰不敢造次。

「辯方律師繼續念！」

凌聰，雖然你出生在上流社會，是父母的掌上明珠；但你要知道，這個世界不會以你為中心，你犯了罪，一樣要受到法律的制裁。你之所以那樣說，是因為你還年輕，年少氣盛。其實，我年輕時也

和你一樣，經常恃勢凌人、自我中心；但年紀大了，閱歷深了，就知道自己只是宇宙中的一粒塵埃，渺小且可憐。雖然法律不原諒你，社會不原諒你，但我選擇原諒你。就算你和辯方證人曾經在庭上誣衊華意國際，誣衊我，我也選擇原諒你。我在法庭上向你保證，日後你刑滿釋放，凝寰集團的大門繼續為你而開，那裡將會是你歇息的港灣。

　　法官閣下，上天有好生之德。年少氣盛、年少輕狂是青春的代名詞，凌聰坐上了青春的末班車，即將要推開 29 歲的大門，卻鋃鐺入獄，實在教人垂淚。但法官閣下要想一想，重判他是否正確？雖然強姦罪與其他罪行相比，是比較嚴重；但他只是初犯，這絕對是輕判的理由。鄙人有一個建議：牢，當然要坐，但不必坐太久。這有兩個好處：一來，凌聰嘗試過坐牢的滋味，肯定會洗心革面，不再犯錯；二來，他早日釋放，盡快回歸社會，可以多做善事，藉此為自己贖罪，一舉兩得。

　　法庭選擇在 5 月 11 日判刑，難免有點諷刺，皆因明天就是你的生日了。我知道我沒機會親口對你說聲生日快樂，只好把祝福寫在信上，讓律師替我宣之於口：凌聰，祝你生日快樂！

　　恭請

鈞安

凝寰集團有限公司董事局主席兼行政總裁

華意國際有限公司董事局副主席兼副行政總裁

包欣瓊　謹啟

二零一八年五月十日

　　「辯方懇請法官閣下輕判被告，這是被告捐款的證據，辯方陳詞到此為止。」饒同鑫把文件交給書記，書記轉交給嚴雪蘭。

　　「法官閣下，我有話要說！」蔣乙華說。

　　「第一，任何人要說話，都要在證人席前宣誓，然後才能說。第二，已經來到判刑的時候，除了律師，其他人都不應該說話。第三，你要說的話不是已經寫在求情信上了嗎？」

　　「不是這樣的……」

　　「夠了！你不要以為你是富豪本席就沒你辦法，本席能控告被告藐視法庭罪，一樣能控告你！」

　　蔣乙華無奈地坐下來。

　　「本席有些話要說。第一，蔣女士的求情信，確實賺人熱淚，讓人以為寫信的是一個慈祥溫柔的女人。但剛才蔣女士在庭上大吵大鬧、潑婦罵街，與信中的形象大相逕庭。本席在想，蔣女士是不是一個兩面人？這封信的內容到底有多少是真情，多少是假意？第二，蔣女士在信中強調被告捐了很多錢，把相關機構如數家珍般臚列出來。是否打算功過相抵，用捐款來淡化被告所犯的罪？這

樣做，跟強姦犯強姦受害人後，給她錢，叫她不要報警，有什麼分別？更奇怪的是，被告居然捐錢給關注婦女性暴力協會。作為一名強姦犯，他這樣做是為了贖罪還是幸災樂禍，則見仁見智。第三，蔣女士說，被告要坐牢，很可憐。難道受害人就不可憐嗎？蔣女士的三觀如此不正，難怪她的兒子會做出這種事。被告初犯、沒有犯罪紀錄可以是輕判的理由，但本席會考慮其他因素。強姦罪比一般的罪行嚴重，本案的案情也相當嚴重，被告除了強姦，還傷害事主的身體。被告不認罪，沒法減刑。被告不但沒有與執法部門合作，還作虛假證供，提供偽造的證物，故意誤導執法部門。被告由始至終都沒有悔意，這在包欣瓊女士的信中可見一斑。被告沒有精神病，沒法減刑。被告的心理報告指出，其心理狀況很糟糕，再次犯罪的機率很高。事主的心理報告指出，這件事對她造成嚴重的心理創傷，事主多次在法庭上作供，令她再受打擊，這是加刑的理由。另外，從證物紥帶得知，被告不是一時衝動，而是有預謀犯罪，這也是加刑的理由。本席現在宣布：被告唐凌聰強姦罪名成立，入獄十二年！另外，律政司之前控告被告藐視法庭罪、普通襲擊罪、意圖犯罪而襲擊或襲警罪、宣誓下作假證供罪、使用虛假文書罪、浪費警力罪。案件在區域法院審理，由於被告認罪，所以加快了審訊的速度，案件已經審結。各罪行分別判囚三個月、六個月、一年、五年、七年、六個月。六條罪刑期同期執行，判囚七年。本席要強調一點：那六條罪與強姦罪的刑期並非同期執行，而是分期執行，換言之，被告要入獄十九年。控辯雙方有沒有話要說？」

「法官閣下，控方要求辯方支付控方所有訟費。」

「反對！法官閣下，控方的要求不合理。」

「辯方律師，本席認為控方的要求合理。根據相關法例，倘若被告的抗辯方式使控方招致不必要的開支，或被告故意浪費法院時間，判其支付控方訟費是合理的。被告第二次作證時作虛假證供，提交偽造的證據，令審訊時間延長，浪費法院的時間，增加了控方檢控的成本。凡此種種，都是鐵一般的事實。另外，被告是富豪，絕對有能力負擔訟費。」

饒同鑫無言以對。

「本席宣布：辯方需要支付控方所有訟費！最後，本席有些話要對事主和被告說。格里芬小姐，雖然這件事對你的打擊很大，但你還年輕，以後還有漫長的路要走。希望你能盡快從悲傷中走出來，迎接新的生活。唐凌聰先生，從法律層面來說，你可以上訴。但如果你還有半點良心，就不要上訴，好好在監獄裡面壁思過。審訊到此結束，退庭！」

「起立！」

退庭後，蔣乙華衝過去找饒同鑫。

「你是怎樣當律師的？！為什麼會把包欣瓊的求情信呈堂！？」

「其實我也不知道她是那麼惡毒。開庭前，我在外面遇到她，她把求情信交給我。我當時婉拒了她，因為我們懷疑華意國際是陷害凌聰的幕後黑手。但她對我說，她知道凌聰和其他辯方證人在庭上誣衊她和華意國際，如果她依然替凌聰寫求情信，法官就會覺得凌聰的人緣非常好，連被他誣衊的人都願意替他求情，法官會對他刮目相看，繼而輕判他。我當時覺得很有道理，就接受了她的求情信。」

「那麼你看到信的內容時，不覺得有問題嗎？！」

「開庭前我非常忙碌，根本沒時間看她的求情信。」

「你知不知道她的信有多大殺傷力？！她根本就在撒謊，上個星期她來靈堂，我們沒有聊天，只有吵架！凌聰從來沒說過什麼強姦了她、不認罪、不道歉，全都是杜撰！如果不是那封信，我和凌聰就不會在庭上大發雷霆，法官也不會質疑我的求情信！如果不是那封信，凌聰就不用入獄十二年！」

「真的很抱歉，是我一時疏忽。不如這樣吧，針對刑罰提出上訴時，你可以向律師強調這一點，說原審時的求情信有不實的內容，法官被誤導，所以加重了刑罰。如果上訴成功，刑期會縮減。」

蔣乙華聽後，立即跑了出去。在茫茫人海中，她找到包欣瓊。

「包欣瓊！」蔣乙華跑到她面前。「我有話要跟你說！」

「我們找個地方說。」

她們進入會見室。

「唐凌聰和你有什麼仇，為何你要這樣害他？！」

「他和我沒仇，但我和你有仇！」

「你說什麼！？」

「聽說唐祿分了很多錢給你，你現在坐擁 560 億港元的財富。我就沒你那麼厲害，只有 150 億。不如這樣吧，我和你做個交易。我會寫一封信給你，交代求情信的真相，你拿着這封信去上訴。如果日後需要我出庭作證，我也很樂意。但條件是：我要你 95%的財富，大概 532 億！」

「神經病！你以為我會相信你嗎？！你這種自私自利的人，會為了錢去坐牢？！」

「怎麼不會？！坐幾年牢換來 532 億，所有香港人都會答應！再說，我又不是在宣誓下作虛假證供，只不過是在求情信中杜撰了一些東西，律政司能告我什麼罪？！告我妨礙司法公正？！就算告我這條罪，只要聘請最好的律師，根本不用怕！」

「再多的錢死後也帶不走，你要那麼多錢幹什麼？！」

「誰說我要帶走這些錢？！人生最重要的是過程，而不是結果，只要在過程中有數之不盡的錢

享用就行了！其實你還要考慮什麼？這個交易對你來說一舉兩得。一來，上訴法庭會減刑，他不用坐那麼久；二來，你不是很恨我嗎？如果我受到法律的制裁，你應該很高興吧！」

「我告訴你，我寧願用 532 億聘請世上最優秀的律師，也不會給你這個蛇蠍心腸的女人！」

「看來你真的是個兩面人！平時裝出一副愛子心切的模樣，到了危急關頭，都是愛錢多於愛子！」說罷，包欣瓊打算離開會見室。

「慢着！」

「又怎麼了？」

「是不是你僱用莉茲‧格里芬，叫她迷姦唐凌聰？」

「看來你真的有病，我建議你拿 532 億去治病。」

「你想要錢是不是？！如果你願意向警方交代強姦案的真相，指證莉茲‧格里芬，我願意把 560 億都給你！不僅如此，唐凌熹有 528 億，我叫他分一半給你！」

包欣瓊冷笑了一聲。

「唐凌聰有 461 億，他也可以分一半給你！你不是很想當香港女首富嗎？！」

「你真的很可憐。」包欣瓊搖搖頭說。然後離開了會見室。

第 34 章：〈莉茲與乙華〉

淺水灣的風景總是如此美麗。其實，這個海灣沒什麼特別，只是岸上一幢幢的豪宅，才顯得它如此矜貴。豪宅也是同理，沒有海灣的點綴，就會黯淡無光。兩者互為表裡，互為主角。

莉茲乘坐計程車，看着遠處的海灣、豪宅，和湛藍的蒼穹，心情好不舒爽。這天一定很順利——她心想。計程車停在一旁，莉茲準備下車。

「小姐，你住在這裡嗎？」司機問。

莉茲微微一笑沒有回答，給了錢就下車。莉茲慢慢地走，她覺得這裡的路與市區的不同，地上很乾淨，沒有垃圾，平平無奇的路，卻讓人愛上它。快到目的地，有一個保安人員走了過來。

「小姐，你來這裡幹什麼？」

「您好，我是來找 8 號豪宅的蔣乙華女士。」

「請稍等一下。」保安人員去打電話。

過了不久，他說：「小姐，你沒有預約，不能進去。」

「你告訴她，我是莉茲·格里芬，她一定會見我。」

他又去打電話。果然，蔣乙華願意見她。莉茲來到豪宅前，大門自動打開，有一個女傭迎接她。

「格里芬小姐，請跟我來。」

莉茲環顧四周，真的很宏偉。前院像世外桃源，偌大的游泳池，波光粼粼。雖然她看不到後院，但後院的景致一定毫不遜色。莉茲在想，這次任務她獲得 1.56 億港元，再從蔣乙華手上騙來 7 億港元，也只是 8.56 億，還不夠買這幢價值 18 億的豪宅。莉茲真的很喜歡這裡，與此相比，她在美國的家頓時變成蝸居。走進室內，更加懾人。天花板很高，水晶吊燈掛在中央。開燈的話，肯定光芒萬丈。蔣乙華坐在沙發上，叉着手，翹着腿。

「你來幹什麼！？」

「我有些事想跟你談一談。」

乙華沒說話，站了起來，走向莉茲。突然，她摑了莉茲一巴掌。

「我上個星期才摑了一個賤人一巴掌，沒想到今天又要摑另一個賤人。」

莉茲壓抑憤怒的情緒，她不能生氣，因為要辦大事，就要懂得逆來順受。

「你接受不了真相，認為是我陷害你兒子。你家逢巨變，難免有負面情緒，我不會跟你計較。我這次找你，是要談一談賠償的問題。雖然案件已經審結，但據我所知，辯方還沒支付控方訟費。

換言之，這件事還沒完全結束。我的身分很尷尬，我和你見面也很尷尬。你應該知道，閉路電視不太安全，如果被黑客入侵了，我和你見面的片段就會公之於世，到時候，我和你都要面對一些麻煩，我相信你也不願意。不如我們找個沒有閉路電視的地方聊天？」

「到書房去，那裡沒有閉路電視！我就看看你這個賤人還能耍什麼花樣！」

來到書房，莉茲目瞪口呆。這裡有她的家一半的大。

「坐吧！」

莉茲坐在乙華的對面，乙華依舊狠狠地盯着她。

「你覺得這幢豪宅是不是很大？聽說你誣告凌聰強姦，可以得到 1.56 億。看來你很快就可以買豪宅，雖然沒這幢那麼大。」

「唐太太，如果誣衊我可以讓你好過一點的話，我不介意。」

「你當然不介意，反正你已經勝訴！不過我要告訴你，我不會就這麼算，凌聰一定會上訴！」

「就算上訴成功，也不代表是我陷害他。唐太太，你之所以相信唐凌聰是無辜，是因為他在你心中是一個好人。但你要知道，一個人表面上是好人，不代表骨子裡也是好人。你應該有看過新聞，一些在老師心中是乖的學生，在父母心中是乖的孩子，卻突然做出一些傷天害理的事，讓人大跌眼鏡。雖然你和唐凌聰朝夕相對，但你始終不是他肚子裡的蛔蟲，不能完全了解他。唐太太，與其誣衊受害人，不如勇敢相信一些你以前不敢相信的事。」

莉茲不愧是主修犯罪心理學，輕而易舉就能迷惑人。雖然乙華依然盯着她，但不知不覺中，已經在思考莉茲所說的話。

「你說賠償，看來你打算展開民事訴訟！」

「不是，我並不打算展開民事訴訟。說實話，我現在一聽到什麼法庭、律師之類的，就會怕得毛骨悚然。我出庭作證時，你沒有旁聽，所以你不知道我身在一個怎樣的地獄裡。我明明是受害人，但辯方律師卻把我當成被告，問一些讓我難堪的問題。我當時很徬徨，但沒有人向我伸出援手，我只能硬着頭皮繼續作證。那段痛苦的日子，我一輩子都不會忘記。雖然你不認同我的言論，也未必願意賠償；但我作為受害人，絕對有權追討賠償。」

「賠償的事我會跟律師說！」

「我剛才已經說過，我不想跟律師溝通，否則我會精神崩潰！」

蔣乙華取出支票簿，從桌上的筆筒取來一枝黑色的鋼筆，開了一張支票給莉茲，金額是港幣 100 萬。她很失望，不過失望也是意料中事。莉茲戰意高昂，她要把 100 萬變成 1 億，再把 1 億變成 7 億。她把支票退回給乙華。

「怎樣？！嫌少嗎？！」

「唐太太，請你明白，賠償金對我來說很重要，是用作彌補身體和精神上的創傷，也用作後續的治療費用和日後的生活開支。100 萬確實不是我心目中想要的金額。」

蔣乙華把支票簿和鋼筆摔向她。

「你寫！我就看看你這個貪婪的賤人想要多少！」

蔣乙華這樣一摔，讓莉茲的陰謀成功了一半。莉茲開的支票如下：

／／中國銀行（香港）有限公司	12-5-2018
祈付：Liz Griffin	或持票人
港幣：一億元正	HK$100000000.00

莉茲從手袋取出兩份文件，在文件上寫上金額，然後連同支票一起遞給乙華。

「其實我準備了賠償協議書，一式兩份。」

協議書的內容如下：

唐凌聰案件的賠償協議書

甲方：莉茲・格里芬

乙方：蔣乙華

基於唐凌聰於案件中敗訴，而甲方也是案件的受害人，因此甲方將向唐凌聰的母親乙方追討賠償。賠償的理據包括但不限於：身體損傷賠償、精神創傷賠償、後續的治療費用、日後的生活開支。因此，乙方將向甲方支付一億港元的賠償金，甲方將不會就賠償事宜展開民事訴訟。

甲方簽名：

乙方簽名：

日期：2018 年 5 月 12 日

蔣乙華看着支票和協議書，感到憤怒又可笑。憤怒的是，莉茲真的貪得無厭；可笑的是，這份協議書粗製濫造，貽笑大方。最重要的是，莉茲居然不知道用中文寫的支票，一定要用大寫，否則銀行拒絕受理。蔣乙華本來想重新寫過一張支票，但想了想，還是不好。協議書是用電腦打印的，

上面的「一億」是手寫的，正確來説，應該寫成「壹億」。要改正的話，可以用塗改液修正，然後在旁邊簽名作實，但這樣可能會衍生不必要的麻煩。因此安全的做法是，在電腦上修改，再重新列印。可是，如果莉茲沒有電子檔案在身的話，就要等她回去修改後，再拿來給她簽名，這樣很麻煩。當然，她可以借電腦給莉茲，叫她即席修改，但乙華根本不想她留在這裡多一會兒，只想盡快趕她出去。另外，乙華想給她一個教訓。兌現支票時，銀行會拒絕受理，然後她要再求乙華寫過一張新的支票，如此，就能折騰她，也能乘機再次羞辱她。

「你懂得寫中文嗎！？」

「我只懂寫幾個字。」

「幾個字？！這份協議書怎樣也不止幾個字吧！」

「協議書不是我寫的，是我叫一位懂中文的朋友幫我寫的。」

「1 億，對你來説是天文數字，我想不到為什麼要給你這筆錢！」

「協議書上面寫得很清楚。我的身體受傷，是鐵一般的事實。雖然之前醫院通知我，説我應該沒有感染性病。但你也知道，不同的性病有不同的潛伏期，現在沒有不代表以後沒有。我回到美國後，要再去醫院做檢查。如果我真的感染了性病，例如愛滋病，就會失去工作能力。我今年才 23 歲，怎樣活到老？性病的治療過程是很漫長的，治療費用更是天文數字。另外，我的父母已經退休，他們要靠我贍養。我沒有工作，沒有收入，怎樣贍養他們？不但如此，我的精神嚴重崩潰，檢控官在庭上已經説得很清楚，我的精神狀態嚴重影響社交和日常生活。我回到美國後，要去看心理醫生，接受治療。如果這個病治不好，我都不敢想像我要花多少錢。」

如果蔣乙華有一些美國的名媛朋友，她就會知道，美國人根本沒有贍養父母的習慣。

「你搖尾乞憐的模樣真的很像一條狗。不如這樣吧，如果你願意跪在地上學狗叫的話，我就給你 1 億。」

莉茲沒想過她居然要受這種屈辱，但沒關係，吃得苦中苦，方為人上人。莉茲想了想，蔣乙華這樣羞辱她，也許對她更有利。於是，她跪在地上，開始學狗叫。

「汪！汪！……」

乙華笑得合不攏嘴。

「汪！汪汪！汪汪！……」莉茲越叫越大聲。

「繼續啊！繼續啊！」

「汪汪！汪汪汪！……」莉茲的聲量越來越大。

過了 1 分鐘，乙華叫停莉茲，莉茲回到椅子上。乙華用同樣的鋼筆，在支票和協議書上簽名。

然後，莉茲也用同樣的筆，在協議書上簽名。完成後，乙華把她持有的協議書放進書桌的抽屜裡，再把筆放進筆筒裡。

「還有一件事。到目前為止，我都沒有辯方大律師饒同鑫的名片，你可以給我嗎？」

「你要來幹什麼！？」

「你剛才說，唐凌聰會上訴。換言之，這件事還沒完，我日後還要和律師交鋒，因此我想要他的名片，可能用得着。」

「饒同鑫不會替凌聰上訴。一來，我覺得他沒用；二來，他要面對紀律聆訊和刑事檢控，自身難保。我會委託潘艷茹事務律師替我聘請世上最有名的大律師來幫凌聰上訴！」

「那麼可以給我潘律師的名片嗎？」

「名片在我的睡房裡，你等一下！」說罷，乙華就離開了書房。

莉茲立馬從手袋裡取出手套，戴上。然後，打開書桌的抽屜，取出協議書。接着脫下手套，再從筆筒取來剛才用過的鋼筆，修改兩份協議書和支票的內容。

唐凌聰案件的賠償協議書

甲方：莉茲・格里芬

乙方：蔣乙華

　　基於唐凌聰於案件中敗訴，而甲方也是案件的受害人，因此甲方將向唐凌聰的母親乙方追討賠償。賠償的理據包括但不限於：身體損傷賠償、精神創傷賠償、後續的治療費用、日後的生活開支。因此，乙方將向甲方支付柒億港元的賠償金，甲方將不會就賠償事宜展開民事訴訟。

　　　　　　　　　　　　　　　　　　　　　　甲方簽名：莉茲・格里芬

　　　　　　　　　　　　　　　　　　　　　　乙方簽名：　　蔣乙華

　　　　　　　　　　　　　　　　　　　　　　日期：2018 年 5 月 12 日

／／中國銀行（香港）有限公司	12-5-2018
祈付：Liz Griffin	或持票人
港幣：柒億元正	HK$700000000.00
	___蔣乙華___

最後，把筆放進筆筒，戴上手套，把蔣乙華持有的協議書放進去，關上抽屜。過了 2 分鐘，蔣乙華回到書房，把潘艷茹的名片交給莉茲。

「謝謝。」

「你現在得到 2.56 億，肯定心滿意足吧！不過我要告訴你，我們不僅會上訴，還會繼續尋找你的犯罪證據！有空的話就去算算命，看看自己有沒有福氣享受這些不義之財！」

話音未落，乙華就察覺自己說錯了。因為馮玄幫莉茲算過命，她確實有這種福氣。

「你要尋找什麼犯罪證據，是你的自由，但我想奉勸你一句：回頭是岸。否則，終有一天你會發現，你尋找的，都是虛構出來的幻影。無論如何，你願意替唐凌聰賠償我金錢，我還是要衷心感謝你。」

「不送了！」

莉茲離開後，就立即去銀行，把支票存進賬戶裡。兩天後，蔣乙華發現賬戶少了 7 億，立即向銀行問個究竟。當她知道是莉茲從中作梗後，就立馬報警。警察到中大海酒店找莉茲，要求她到警署協助調查。蔣乙華在警署見到莉茲，想衝過去打她，但被警察阻止了。警察分別把她們帶去不同的會見室，然後錄口供。

「唐太太，你說要控告格里芬小姐偽造文書和詐騙，為什麼？」

「她之前到我家來問我要錢，我給她 100 萬，她嫌少！然後我叫她自己寫，她就在支票上寫了 1 億，最後我給了她 1 億！誰知，我今天卻發現賬戶裡少了 7 億，原來那 7 億去了她的賬戶！她一定是修改了支票的金額，那不是偽造文書和詐騙是什麼？！」

「有沒有閉路電視拍到整個過程？」

「沒有！她當時說她的身分很尷尬，因為凌聰的案件還沒正式結束，我和她是不適合見面的！她怕我家的閉路電視被黑客入侵，我和她見面的事就會公之於世，衍生不必要的麻煩，所以她要求到一個沒有閉路電視的地方，我就帶她去了書房！」

「那麼，你有沒有錄音？」

「沒有！如果她一早預約，說要見我，我肯定會錄音；但那天她突然到我家來，我根本沒想那

麼多！」

「有沒有別的證人？」

「沒有！當時只有我和她在書房裡！」

「根據銀行的紀錄，支票上寫了『柒億元正』，她怎樣修改，把壹億變成柒億？」

「她當時不是寫『壹億』，而是寫『一億』！」

「那麼你為什麼要簽名？你應該知道用中文寫支票，一定要大寫，否則銀行不會受理。」

「我當然知道！我只是想讓她碰釘子，等她再求我開支票，這樣就能折騰她和羞辱她！」

「為什麼要折騰她和羞辱她？」

「因為我恨她，雖然法庭判了凌聰有罪，但我始終認為是她迷姦凌聰！她現在還來問我要錢，還要那麼多錢，我能不恨她嗎？！」

「你覺得她把『一億』改成『柒億』？」

乙華端詳支票的副本。

「沒錯！她就是把『一』改成『木』，再加上上面的部分，變成『柒』字！對了，我書房的抽屜裡有協議書的副本，上面清楚寫了『一億』，能夠證明她犯罪！」

「放心，鑑證科的同事已經在你家裡搜證。你所說的協議書，是誰寫的？」

「是她叫朋友用電腦寫的，再列印出來！一式兩份，我和她各持一份！」

「協議書的內容是什麼？」

「她說她不會透過民事訴訟來向凌聰追討賠償，但要我給她 1 億！」

「協議書上的『一億』是打字還是手寫？」

「是她和我見面時寫上去的！」

「咯咯！」有人敲門。

一名警察進來，把一份文件交給該警察。警察把文件遞給乙華，問：「這是你所說的協議書嗎？」

「是。」

乙華怔住了，她不敢相信自己的眼睛，上面的「一億」居然也變成了「柒億」。乙華閉目沉思，過了片刻，她說：「我終於知道這是怎麼回事。簽完名後，她突然說，要什麼辯方律師的名片，叫我給她。名片在我的睡房裡，我去睡房拿。於是，她就在那個時候耍花樣，用同一枝筆修改支票和協議書的內容。她說要去一個沒有閉路電視的地方，也是這個原因。我一時疏忽，沒有在她離開後檢查協議書，否則她一定拿不到這筆錢！對了，你叫鑑證科人員仔細檢查抽屜，看看有沒有她的指紋！我和她見面時，她沒有碰過抽屜，如果她是在我離開後打開抽屜的話，抽屜一定有她的指紋！」

「放心，鑑證科的同事是專業的。不過我想問，銀行得知你要開 7 億的支票，難道不會打電話向你確認嗎？」

「我經常開一些大額支票，銀行知道這是我的習慣，根本不用通知我！」

「咯咯！」又有人敲門。

一名女警察進來，在警察的耳邊說悄悄話。然後，警察問：「唐太太，你是否曾經羞辱格里芬小姐，叫她跪在地上學狗叫？」

「你……你怎麼知道的？」

「格里芬小姐說你叫她跪在地上學狗叫。我們的同事問過你家裡的傭人，她們說曾經聽到書房裡傳出狗叫聲。她們還說，看到你掌摑格里芬小姐。」

「沒錯，因為我恨她！」

「唐太太，其實你當時開了 7 億的支票給格里芬小姐，可是你恨她，所以誣告她偽造文書和詐騙，對不對？」

「不是！她真的騙了我 7 億！你們去看看抽屜有沒有她的指紋就一清二楚了！」

「放心！我們會做，不過指紋鑑定需要一些時間。」

警署的另一隅，兩名女警員替莉茲錄口供。錄口供前，莉茲哭得如喪考妣，警員不斷安慰她。等到她的情緒平伏了，才開始錄口供。

「格里芬小姐，今年的 5 月 12 日，你為什麼會去蔣乙華的家？」

「她兒子強姦了我，法庭判了他罪名成立。我去她家，是問她要一些賠償金。」

「到了她家後，發生什麼事？」

「她一看到我，就摑了我一巴掌，因為她覺得是我迷姦她兒子。她作為別人的太太和母親，丈夫死了，兒子要坐牢，心情肯定不好，所以我原諒她，沒跟她計較。然後我告訴她，辯方還沒支付控方的訟費，所以這件事還沒結束，我跟她見面可能會衍生一些問題，所以我提議到一個沒有閉路電視的地方，她就帶我去了書房。」

「到了書房後，發生什麼事？」

「她以為我要展開民事訴訟，我告訴她，我不打算這麼做，賠償的事我只想私下解決。因為我有陰影，很怕再去法庭，很怕見律師，我不想再受折磨。然後，她開了一張 100 萬港元的支票給我，我拒絕了，因為我心目中想要的是 7 億。她發脾氣，把支票簿和鋼筆擲向我，要我自己寫，我便寫了柒億元正。同時，我拿出準備好的一式兩份的協議書，在上面寫了柒億。她覺得我很貪婪，不願意給這筆錢。於是，我不斷遊說她。因為我的身體受到傷害，我可能會感染性病，需要龐大的治療

費用。心理報告也指出我的心理狀況出了很嚴重的問題,我要去看心理醫生,需要很多錢。再者,如果我有性病,就會失去工作能力,沒有收入,所以這些錢要用作日常生活開支。總之,我用了很多理由來説服她。最後,她同意給我 7 億,但要我跪在地上學狗叫。我無可奈何,只好順她的意。」

「她要你學狗叫?不會吧?!」

「是真的!不信的話你可以問問她家裡的傭人,一定有人聽到!」

其中一名警察去了打電話。

「然後發生什麼事?」

「學完狗叫,她終於肯簽名。然後,我問她要饒同鑫大律師的名片,因為她説過要替唐凌聰上訴,換言之,我日後可能要再次和律師交鋒。但她説,饒同鑫不會再幫她,她會委託潘艷茹律師聘請別的大律師幫忙,所以我問她要了潘律師的名片。她説名片在睡房裡,要去拿,便離開了。過了大概 2 分鐘,她回來,把名片交給我,然後我就離開。」

「協議書是你寫的嗎?」

「不是,是我叫朋友寫的。」

「支票上的字和協議書上的『柒億』是你寫的嗎?」

「是。」

「你懂得寫中文?」

「不懂,我的朋友教我寫『柒億元正』這幾個字,我和她見面時,就這樣寫上去。」

「既然你一開始就想要 7 億,為什麼打字時不直接打『柒億』?」

「因為我不知道她是否願意給我,如果最後拿不到 7 億,就要修改協議書,非常麻煩。」

「為什麼協議書和支票不用英文來寫?」

「因為我不知道她的英語水平如何。如果我用英文來寫協議書,她可能看不懂,到時候又要找律師,所以用中文比較好。至於支票,所謂入鄉隨俗,她習慣了寫中文、看中文,我尊重她的語言習慣。如果我寫英文,會顯得我高高在上。」

「為什麼不和蔣乙華去律師事務所簽協議書?這樣可以避免很多麻煩。」

「我剛才説過,我很怕什麼法庭、律師之類的,我不想再被人當作被告來盤問。我只是沒想到,原來她比律師更邪惡!她惺惺作態,假裝答應給我 7 億,然後報警,誣告我偽造文書和詐騙!天啊!為什麼會這樣?!」

莉茲緊緊捉住警察的手。

「你告訴我,我到底做錯了什麼?!為什麼要一而再,再而三被人傷害?!我以為她兒子已經

夠邪惡了，沒想到，一山還有一山高，她更邪惡！」

莉茲淚眼婆娑，警察不斷安慰她。

「女人……何苦為難女人？她誣衊我迷姦她兒子……沒關係！我不跟她計較！但為什麼要誣告我詐騙？！是不是要逼到我自殺才肯罷休？！」

那名女警員回來，說：「蔣乙華承認要求你學狗叫。」

「格里芬小姐，雖然蔣乙華說要控告你偽造文書和詐騙，但警方要看看表面證據是否成立，搜證和化驗工作大概需要幾天時間。」

莉茲目光呆滯，盯着角落，說：「我知道她在想什麼。就算法庭判了他有罪，所有證據都證明是他強姦我；但她始終不相信，她只相信她願意相信的。我說要找一個沒有閉路電視的地方，其實是為了保障她，免得她惹上麻煩。誰知，她居然順水推舟，以此誣告我，製造羅生門。」

她又看着兩名警察，說：「我是一名天主教徒。聖經說，撒旦在地獄裡。我現在不相信，我反而相信：地獄空蕩蕩，魔鬼在人間。」

兩天後，警方告訴蔣乙華，抽屜沒有莉茲的指紋。由於缺乏表面證據，所以警方不打算起訴莉茲。她收到結果後，來到中大海酒店的大堂，在那裡等候莉茲。莉茲外出時，碰到蔣乙華。乙華走向她，她非常害怕。

「知道為什麼我不上去找你嗎？因為我怕了你，我不知道你會設置什麼陷阱來害我。你可以放心，我不會在這裡傷害你，不會自掘墳墓。那7億，就當作是獎勵你，獎勵你那麼邪惡，獎勵你不擇手段。不過我要告訴你，你不會一輩子都那麼幸運。你最好夾着尾巴做人，不要讓我找到你的犯罪證據，否則，我要你兆倍奉還。」

說罷，她就離開了。莉茲晚上回到酒店，依然驚魂未定。她透過平板電腦和佛朗哥開會。

「佛朗哥，我今天碰到蔣乙華。她說要找到我的犯罪證據，該怎麼辦？」

「我認為沒什麼好擔心。唐凌聰很快就要死，如果她因為接受不了而瘋掉，就不用擔心。就算她不瘋掉，也可能一蹶不振，不敢再和我們作對。退一步來說，就算她用餘生來尋找你的犯罪證據，都是枉然。警方、律師、私家偵探都找不到你的犯罪證據，難道她可以？」

「但願如此。」

「關於詐騙的事，我要讚揚你。你想得出這樣的妙計，證明你成長了不少，開始有我的影子。不過，我要提醒你一件事。你這次能夠成功，是因為幸運之神眷顧你。」

「什麼意思？」

「安迪入侵了警方的電腦系統，查看這件事的調查報告。正常情況下，警方的專家會分析支票

和協議書的字跡。常用的儀器如靜電檢測儀，用作檢測文件真偽。書寫工具接觸到紙張時會產生磨擦，造成靜電效應。專家會分析書寫的特點，如運筆、方向、力度。以力度為例，可以用儀器來檢測筆在紙張上留下的坑紋有多深，考察書寫者的書寫力度。你寫『一』字和『柒』字的力度應該不同，兩者能否自然契合？你在『1』字旁加上一橫，那一橫應該沒法和『1』字完美連接。在儀器的分析下，這些破綻無所遁形。然而，我們發現商業罪案調查科並沒有分析支票和協議書的字跡。」

「為什麼會這樣？」

「我們猜到一個可能性。警方可能擔心，假如真的發現字跡有異樣，坐實了偽造文書和詐騙的話，那怎麼辦？如果是素人，可以直接檢控。但你是強姦案的受害人，你的事情受到世人關注。如果警方起訴你，世人就會覺得蔣乙華為了報復，於是收買警方，誣陷強姦案受害人，後果將不堪設想。所以你說，是不是幸運之神眷顧你？」

「明白。」

第 35 章：〈白與黑〉

蔣乙華開始覺得，自己像一葉浮萍。丈夫死了，一個兒子坐牢，另一個兒子常常不在家。從出生到現在，她第一次體會到這種感覺。她猶豫片刻，決定致電馮玄。

「馮師傅，您好。」

「唐太太你好，近來好嗎？」

「一點都不好。馮師傅，我有些真心話想對你説，希望你不要介意。」

「我不介意，請説。」

「説實話，我認為你的玄學造詣非常高，不是浪得虛名。不過，我覺得很多時候，你明明知道一些事情，卻不道明；明明可以多走一步，卻戛然而止。我真的很不滿意。」

「唐太太，你説得沒錯，很多時候我知道的事情比我説出來的還要多，但我不能説。我和你們在茫茫人海中相遇，是宿世的緣分。但緣分有深有淺，深的，我可以説更多，做更多；淺的，我只能點到為止。很多時候，我用奇門遁甲來為客人解決問題時，卦象會告訴我，我能説多少，能做多少，到了什麼地步就一定要停止，不能繼續。我們當玄學家的，要遵守規則。我們可以幫客人趨吉避凶，卻絕對不能干擾因果。如果一個人注定今天要死，沒有妥協的餘地；我卻在不允許的情況下，強行延長他的壽命，那麼我就要承擔他的因果，會受到天譴。明白嗎？」

「明白。我打算聘請世上最厲害的律師來替凌聰上訴，你有什麼意見？」

「呃……」

「馮師傅，有話不妨直説。」

「依我看……應該不行。」

「是律師不行還是什麼不行？」

「唐太太，我接下來要説的話，請你有心理準備。凌聰……他……我算到……他應該過不了這個月。」

「你……你説什麼？！」

「他這個月……應該會死。」

「馮師傅，這個玩笑一點都不好笑！」

「唐太太，你知不知道喪事會如何反映在一個人的臉上？」

「不知道。」

「主要看眼肚的位置。喪事快到時，眼肚會隱隱約約出現白色的氣色；喪事來到時，白色的氣色非常濃厚；喪事過去時，這種氣色就會消散。唐先生 5 月 5 日設靈，5 月 6 日出殯。今天是 5 月 18 日。正常情況下，眼肚的白色氣色已經消散。待會兒，你可以照照鏡子，看看眼肚的情況。如果一切正常，沒有異樣，你就當我是神棍，在胡言亂語；如果出現這種氣色，就請你做好心理準備。」

「你告訴我，他為什麼會死！？是自殺還是謀殺！？」

馮玄沒有回答。

「馮師傅，我求求你，你告訴我吧！」

馮玄沒有立即回答，過了兩秒才說：「你就當作是自殺吧。」

「什麼意思！？是不是有人要殺他！？」

馮玄猶疑了片刻，說：「不是，是自殺。」

「自殺？那怎麼辦！？不如……不如你幫他種生基吧！種生基可以續命的是不是！？」

「種生基需要天時地利人和，時間不夠，做不了。」

「你要多少錢都可以！1 億！？5 億！？」

「不是錢的問題。」

「20 億！我給你 20 億好不好！？你幫他種生基！」

「唐太太，你就當我學藝不精，請你另請高明，再見。」

馮玄掛斷了電話。乙華徬徨無助，她站了起來，蹣跚地走向廁所。站在鏡子前，她不敢抬頭，汗水汨汨而下。過了半分鐘，她終於鼓起勇氣，把臉靠近鏡子，不知是心理作用還是真的如此，她發現眼肚的位置好像真的比較白。用手抹了抹，抹不掉。於是洗臉，洗了很久，再看看，還是有一些白色的。她開始歇斯底里，拿出胭脂塗在眼肚上。看着紅紅的眼肚，心情終於平伏下來。

「出殯到今天，只是過了十二天，至少要過三十天，氣色才會消失。嗯，一定是這樣。」她自言自語。

翌日，她到赤柱監獄探望唐凌聰。看到他時，乙華覺得很陌生，不是因為他消瘦了，而是他穿的衣服。乙華第一次見他這麼穿，她想，堂堂一個富豪，為什麼會穿這種衣服，淪落到這種地方？

「凌聰，在裡面過得如何？」

「還好。」

「有沒有人欺負你？」

「我住在獨立囚室。」

「哦。我……我知道你是冤枉的，我一直都是這麼想。」

「你知道嗎？這幾天我想通了一個道理：以最大的惡意去揣測別人，你永遠不會失望；相反，以最大的善意去揣測別人，你的失望將會是萬丈深淵。」

「放心，我會聘請世上最厲害的律師來替你上訴，你很快就可以出來。」

「嗯。」

「凌聰……你……你在裡面，不要浪費時間。你應該報讀工商管理碩士課程，多拿一個學位。我下次來，會帶一些教科書、參考書給你。你出來後，就成立一家公司，你還有很輝煌的未來，明白嗎？」

「明白。」

乙華淚如雨下，「凌聰……無論……無論發生什麼事，你都不要自尋短見，你要鼓起勇氣好好生活下去。如果……如果你死了，那些害你的人只會恥笑你。答應我，不要自殺，好不好？」

「放心，我不會自殺。」

聽到他這麼說，乙華總算放心了。離開監獄後，她到香港大學找傅文楚教授。

「傅教授，您好！」

「唐太太，請坐。」

「你替凌聰寫求情信，我都還沒向你道謝。真的非常感謝你！」

「客氣了，只是舉手之勞。但很可惜，他要坐牢十九年，真的很漫長。」

「我會找律師來幫他上訴。」

「那就好了。」

「其實我有一件事想拜託你。」

「請說。」

「我叫凌聰不要浪費時間，在裡面讀書。他答應了，他想讀港大的工商管理碩士課程。你可以替他安排嗎？」

「據我所知，港大好像沒有為在囚人士提供進修課程，但我知道公開大學有，不如你叫凌聰考慮公開大學。」

「凌聰是香港大學的天之驕子，你要他紆尊降貴，去讀垃圾大學？！」

「呃……那不如，城市大學吧，它和公開大學一樣，都有提供相關服務。」

「不行！香港大學是底線，凌聰是不會讀一些比港大還要差的學校！」

「唐太太，其實……」

「傅教授，你不要忘記，凌聰之前捐了 5 億給港大，這還不夠嗎？！」

「我不是這個意思……」

「沒關係，我會在一星期內再捐 5 億給港大。傅教授，我知道你作不了主，我只是想你跟校長聊一聊，傳達我的意思，不會難為你的。」

「那好吧，我儘管和校長説一説，但不能保證一定成事。」

「真的很感謝你！對了，我打算帶一些教科書、參考書給凌聰，你有什麼建議？」

傅文楚打開抽屜，取出一本小冊子。「這是工商管理碩士課程的課程手冊，裡面有參考書目，你可以買這些書。」

乙華想了想，就從手袋拿出支票簿，開了一張 50 萬港元的支票給他。

「傅教授，這筆錢給你，你替我買這些書，然後送到我家。」

「50 萬？！買書哪裡需要這麼多錢？！現在的書很便宜！」

「剩下的你自己留着吧！」

「不行！我不能……」

「傅教授，你不一定只買手冊裡的書，也可以買一些手冊裡沒有寫的書。總之，買書的事就拜託你。我先走了！」說罷，蔣乙華就離開了他的辦公室。

傅文楚看着這張支票，只好勉為其難地接受。

翌晨，蔣乙華起床後，女傭過來跟她説：「太太，剛才有人送包裹來，我已經替你簽收了。」

「包裹在哪裡？」

「在大廳。」

來到大廳，乙華目瞪口呆。包裹很多，有十個箱子，還有一封信。信的內容如下：

唐太太：

　　您好！你叫我替凌聰買書，我已經買了，有一百本。但是我想告訴你，買書真的不用那麼多錢，這一百本書只花了 4 萬元。剩下的 46 萬，我決定還給你，隨函附上支票，請你務必收下！

　　我知道這 50 萬的意義是什麼，但唐太太這樣做，我可能飯碗不保。總之，我答應你，我會跟校長傳達你的要求，盡力説服校長，讓凌聰修讀碩士課程。有進一步消息，我再聯絡你。再見！

　　祝
生活愉快

香港大學經濟及工商管理學院教授

傅文楚 上

五月十九日

蔣乙華總算放心，傅文楚是否廉潔奉公的人，她根本不關心，只要目的達到就行了。是夜，蔣

乙華睡得不好。凌晨時分，她心悸不斷，冷汗直冒。她喝了一杯水，坐在沙發上。她擔心什麼？為什麼心緒不寧？她不知道，只知道不安、徬徨、恐懼不斷湧上心頭。直覺告訴她，有事情發生。她致電馮玄，電話通了卻沒人接。過了 5 分鐘，她再次致電，還是一樣。一直坐到 2 時半，感覺好了一點，才回去睡覺。

早上 8 時，蔣乙華起床。潘艷茹傳來一條短訊：「快點看新聞，唐凌聰去世了！」

蔣乙華手一抖，手機掉在地上。昨夜的心悸和冷汗再次襲來，她很想休息，但不能休息，她要盡快掌握最全面的資訊。她撿起手機，瀏覽新聞。其中一則是這樣寫的：

【唐凌聰割腕自殺 暴斃於赤柱監獄】

早前被裁定強姦罪名成立的城中富豪唐凌聰，在赤柱監獄服刑，卻在今天（21 日）自殺身亡。

事發於凌晨 4 時，懲教署職員發現唐凌聰倒臥在床上，地上佈滿鮮血。職員立即報警求助，救護人員來到時，證實唐凌聰已經死亡，毋須送往醫院。然後，仵工把遺體舁送殮房。

懲教署表示，職員在巡邏時發現唐凌聰用圓珠筆割腕自殺，由於唐凌聰住在獨立囚室，所以沒有其他囚犯目睹案發經過。該圓珠筆是唐凌聰早前向監獄索取的，用作書寫。警方沒有在案發現場找到遺書，卻在唐凌聰躺臥的床上發現三個血字：對不起。懷疑是唐凌聰割腕後用手指沾血而寫的，但不知道道歉的對象是強姦案的受害人還是他的家人。警方初步調查後，認為死因無可疑，把個案列為自殺案。

囚犯於監獄內自殺的情況屢見不鮮，上個月有一名南非男囚犯於赤柱監獄內割腕、上吊自殺，幸而獲救。懲教署發言人表示，該署一直採取一切可行措施，包括行政安排、改良院所設施、職員培訓、急救護理等，以防止在囚人士自殺或作出自殘行為。

防止自殺求助熱線：

香港撒瑪利亞防止自殺會：2389 2222

生命熱線：2382 0000

明愛向晴軒：18288

社會福利署： 2343 2255

撒瑪利亞會熱線（多種語言）：2896 0000

東華三院芷若園：18281

醫管局精神健康專線：2466 7350

網上的討論區也充斥不同言論:

「惡魔伏法了!」

「有勇氣自殺卻沒勇氣面對自己的罪行。」

「十個割腕自殺的人,有八個是女人。他居然選擇這種方式自殺,根本就是娘娘腔!」

「案發至今,我經常罵他,但今天要稱讚他。香港沒有死刑,他卻懂得以死謝罪,做得好!」

「自殺要下地獄。」

「早知如此,何必當初?現在才說對不起有什麼用?」

「唐祿死了,唐凌聰也死了,不知道唐凌熹和蔣乙華什麼時候死?」

雖然凌聰說過不會自殺,但蔣乙華不肯定他會不會改變主意。雖然馮玄說凌聰會自殺,但他也說過「你就當作是自殺吧」,這句話怎麼看都有問題。蔣乙華本來想把自己的想法告訴警方,叫他們沿着謀殺的方向去調查,但她很快就打消了念頭。警方查不到莉茲迷姦凌聰,也查不到莉茲詐騙,難道能查到自殺的真相?如果是電影,蔣乙華肯定會由一個女富豪,搖身一變,成為浪跡天涯,為調查兒子死亡的真相而孜孜不倦的女強人。然而,現實不是電影。此時此刻的她,真的很累,很想休息。但她知道,在休息前,要好好辦理兒子的喪事。

她和保鑣再次來到同一個地方。這天,師父一早就來到店裡,因為新聞告訴他,那段霧裡看花的緣分已經浮現出來。

「唐太太,你好。」師徒兩人向她打招呼。

蔣乙華逕自走向那副柳州金絲楠木棺材。

「150 萬是不是?」

「是。」

蔣乙華失神似的看着棺材。然後,她望向師父。

「你看看這裡。」她指着自己的眼肚。「是不是很白?」

師父尷尬地看了看,說:「呃……好像是。」

「是不是過幾天就好了?」

「這個……我也不知道。」

最後,她買了那副棺材。

設靈那天,有些問題一直縈繞蔣乙華:如果包欣瓊來到,她要怎麼做?她想過,不如命人揍她一頓。但誰願意做?做了也要坐牢。至於她,則教唆他人犯罪,也要坐牢。她也想過,不如以平常心面對,心如止水,不痛不癢。她說什麼就當作唱歌,她做什麼,只要不太過分,就當作看表演。

但意外的是，包欣瓊沒有出席葬禮。她當然不是笨蛋，她知道蔣乙華肯定會對付她，要是出席，豈不是明知山有虎，偏向虎山行？反正那天她已經羞辱了他們一頓，或多或少也感到滿足，現在只要隔岸觀火就行了。

喪事辦完後，蔣乙華寫了封信給蔣民恩。內容如下：

蔣民恩：

　　你好，好久不見。我不會問你過得如何，因為沒意思。我曾經想過去探望你，但不太方便，就選擇寫信。（關於寫信給囚犯的注意事項，我已經問過律師了。）

　　關於唐凌聰的案件，一方面，我埋怨你，因為你沒法找到證據讓凌聰洗脫罪名；但另一方面，我又很對不起你，如果不是這宗案件，你和其他偵探就不用坐牢，偵探社也不會化為烏有。

　　唐祿去世了，我相信你知道；唐凌聰去世了，我相信你也知道。我蔣乙華這輩子最痛恨兩個人，一個是包欣瓊，另一個是莉茲·格里芬。我想了很久，終於想通事情的來龍去脈。包欣瓊是陷害凌聰的幕後黑手，莉茲·格里芬就是替她實行陰謀。可惜的是，正不能勝邪，正義沒有到來。

　　傷心事，我就不說太多了。這些天，我在網上瀏覽了很多關於暗網的資訊。我現在才知道，原來那是一個完全不同的世界。我不是對暗網有什麼興趣，只是聽說你們在調查凌聰的案件時，也曾經借助暗網的力量，所以我才好奇，想看看那是什麼。

　　換一個話題。我不能一直依賴金錢度日，百無聊賴，我想找些事情做。你們這些私家偵探，應該認識很多人，人脈很廣。你能不能介紹一些人才給我，替我辦事？錢絕對不是問題。一個女人，要活得像樣子，要憑弔去世的親人，就要工作，你說對不對？

　　我期待你的答覆，請務必回信。

　　祝

身體健康

蔣乙華

五月二十七日

過了四天，蔣乙華收到回信。內容如下：

唐太太：

　　您好！我在這裡也算過得不錯。聽到唐太太說要來探望我，我真的受寵若驚。你我之間是雲泥之別，我何德何能要你來探望？

　　關於凌聰的案件，我只有一種情愫，就是對不起你們。食君之祿，擔君之憂，我卻做不到。對於唐先生和凌聰的事，我感到遺憾又難過。無論幕後黑手是誰，我都只能慨嘆一句：世途險惡，正

義難伸！

　　你提到暗網的事，沒錯，我們調查時曾經利用過暗網。我相信你已經知道那是什麼地方，有毒品、假護照、兒童色情，也能聘請殺手。那不是一般人去的地方，你好奇歸好奇，不要再瀏覽了。

　　至於找事情做的問題，我建議你不要這麼做。你也知道，工作不是那麼容易，很容易失敗，失敗的後果非常嚴重。我就是一個活生生的例子，不是嗎？雖然我有人脈，但我不會介紹人才給你，希望你諒解。可是我也知道，你有錢，有名氣，有人脈，就算我不介紹人才給你，你也會自己去找。但還是那句話：我不贊成你去工作。你要活得像樣子，沒問題；要憑弔去世的親人，也沒問題；但可以用別的方法，不一定要去工作。懷念就是最好的憑弔，從事情中汲取教訓，你就能活得像樣子。明白嗎？

　　請謹記我的忠告，不要做一些讓自己後悔，回不了頭的事。有緣再見！

　　祝

否極泰來

蔣民恩

五月二十九日

　　蔣乙華很開心，也很失望。開心的是，儘管她隱約其辭，但蔣民恩心領神會，知道她在說什麼；失望的是，蔣民恩反對她工作。只是懷念，什麼都不做，就是最好的憑弔嗎？她不知道，但她想，如果是唐祿和凌聰，也許和蔣民恩一樣，反對她這麼做。

第 36 章：〈數算〉

當潘艷茹告訴蔣乙華，她要來找她時，蔣乙華就意識到，這件事來到尾聲了。

「唐太太，我這次找你，主要有四件事：第一，收律師費；第二，交代唐先生與 G 公司的協議書事宜；第三，處理保險賠償的問題；第四，處理唐先生和唐凌聰的遺產問題。」

「明白。」

「首先，是律師費方面。唐太太要開七張支票。第一張支票，是饒同鑫處理唐凌聰強姦案的律師費。我在 3 月 5 日聘請他，他每天的收費是 100 萬港元，案件在 5 月 11 日結束，一共六十八天，所以是 6800 萬。」

蔣乙華開了 6800 萬的支票給她。

「第二張支票，是我處理唐凌聰強姦案的律師費。唐先生在 3 月 5 日聘請我，我每天的收費是 50 萬港元，案件在 5 月 11 日結束，一共六十八天，所以是 3400 萬。」

蔣乙華開了 3400 萬的支票給她。

「第三張支票，是強姦案中控方的訟費。律政司在 3 月 6 日聘請盤鑠年，他每天的收費是 70 萬港元，案件在 5 月 11 日結束，一共六十七天，所以是 4690 萬。但訟費除了律師費，還有法院收費、代墊付費用、雜項開支、酬金，所以一共要給 5230 萬。」

蔣乙華開了 5230 萬的支票給她。

「第四張支票，是饒同鑫處理唐凌聰被加控的六條罪的案件的律師費。我在 4 月 17 日聘請他，案件在 4 月 26 日結束，一共十天，所以是 1000 萬。」

蔣乙華開了 1000 萬的支票給她。

「第五張支票，是我處理唐凌聰被加控的六條罪的案件的律師費。你在 4 月 17 日聘請我，案件在 4 月 26 日結束，一共十天，所以是 500 萬。」

蔣乙華開了 500 萬的支票給她。

「第六張支票，是唐凌聰被加控的六條罪的案件的控方訟費。律政司在 4 月 17 日聘請控方律師，他每天的收費是 20 萬港元，案件在 4 月 26 日結束，一共十天，加上法院收費、代墊付費用、雜項開支、酬金，一共要給 282 萬。」

蔣乙華開了 282 萬的支票給她。

「第七張支票，是我處理協議書事宜的律師費。我在 5 月 12 日開始處理，到 5 月 25 日結束，

一共十四天，所以是 700 萬。」

　　蔣乙華開了 700 萬的支票給她。

　　「饒同鑫現在怎樣？」蔣乙華問。

　　「紀律聆訊在 6 月中旬舉行，刑事案件在 7 月開庭。證據確鑿，我相信他凶多吉少，不可能再留在法律界。」

　　「真的很可惜。」

　　「接下來，要交代唐先生與 G 公司的協議書事宜。唐先生為了取得對辯方有利的證據，就和 G 公司簽訂協議書；但唐先生不想履行合約責任，就委託我和饒同鑫處理後續的訴訟。簡單來說，唐先生打算申請合約無效和控告對方違約。由於饒同鑫要面對紀律聆訊，所以在強姦案審結後，只有我一人處理協議書的事。對於這件事，我有自己的看法，但唐先生已經不在，所以我沒法跟他商量。最後，我決定跟 G 公司庭外和解。」

　　「庭外和解？唐祿不是叫你控告對方嗎？」

　　「沒錯，但我覺得勝訴的機率比較低，庭外和解會更有利。」

　　「為什麼？」

　　「是這樣的，雖然在申請合約無效和控告對方違約方面我們都有足夠的理據，但你要知道，協議書在美國簽署，訴訟在美國舉行，而 G 公司又是美國數一數二的國際大企業，G 公司會不會向法院施壓？美國法院會不會偏心 G 公司？這些都是要考慮的問題。審訊結束後的兩個星期，我都在美國跟 G 公司洽談庭外和解的事，過程挺順利。我告訴 G 公司，在申請合約無效和控告他們違約方面，我們都有足夠的理據。他們自知理虧，在權衡利弊後，接受了庭外和解的建議。庭外和解的內容如下：唐先生支付的 200 億港元的誠意金，G 公司退回 50 億。唐先生免費轉讓的 17.8% 股份，不予退還。唐先生毋須承擔 G 公司因授權而衍生的法律訴訟的一切開支。無論強姦案的裁決結果如何，唐先生都毋須支付聲譽賠償金。所以你現在知道，我為什麼選擇庭外和解，因為如果我們敗訴了，就拿不回錢。」

　　「謝謝你，你辦得不錯。」

　　「哪裡哪裡，最重要的股份都拿不回來。現在的股價是 140 元，17.8% 的股份價值 1246 億港元。」

　　潘艷茹取出 50 億港元的支票，交給蔣乙華。

　　「股份什麼的就算了，反正再多的錢，對我來說都是一堆沒意義的數字。」

　　「對了，我忘記問你一件事。控方呈堂的錄音，除了證明私家偵探賄賂辯方證人外，還證明你給了他們 30 億。警方有沒有替你錄口供？律政司有沒有控告你？」

「放心，我沒事。他們沒有替我錄口供，也沒有控告我。雖說是賄賂，但那個證人始終沒有收下我的支票。另外，因為張勇的舅父是警務處助理處長，我和張勇有點交情，所以我拜託他擺平這件事。」

「明白。接着是保險賠償的事。唐先生買了終身人壽保險，你是受益人，所以會獲得 40 億港元的賠償金。另外，唐凌聰也買了終身人壽保險，受益人也是你，你會獲得 12.5 億港元的賠償金。」

潘艷茹把兩張分別 40 億和 12.5 億的支票交給她。

「最後，就是處理唐先生和唐凌聰的遺產問題。你之前申請了遺產管理書，已經是遺產管理人。唐先生大部分財產都在上次分配好了，他的銀行賬戶剩下 17.5 億港元。但是，唐先生沒有遺囑，所以遺產分配方面要依照相關法例。根據法例，唐先生遺下配偶和後裔，配偶可以獲得死者所有的非土地實產，例如傢俱、衣服、裝飾品。換言之，你可以獲得唐先生留下的名錶、名酒、名筆、名畫、古董。另外，配偶可以獲得剩餘遺產中的 50 萬。50 萬分配後，如果還剩下遺產，便會分成兩半，一半給配偶，一半給死者的所有子女。換言之，你和唐凌熹，每人可以獲得 8.7475 億。然後，就到唐凌聰的遺產。唐凌聰沒有遺囑，同時，也沒有配偶和後裔。因此，你可以獲得他所有遺產。他的遺產包括：30 億港元的存款、香港的四幢豪宅，總值 38 億、凝寰集團有限公司 4.7%的股份、華意國際有限公司 1.2%的股份、華意國際有限公司 3200 萬的債券、兩架分別價值 7 億和 6 億的私人飛機、一艘價值 9.5 億的遊艇、四輛總值 7500 萬的私家車。我算了算你的財富，你本來擁有的財富，加上丈夫和兒子的遺產，大概有 1178 億港元。恭喜你，你已經成為了香港女首富。」

「我的丈夫死了，我的兒子也死了，我要這個女首富來幹什麼？」

「唐太太，我知道你很傷心，但日子還是要過，你不能繼續沉淪在悲傷中。」

「你說，為什麼正不能勝邪？為什麼好人要橫死，壞人卻能逍遙法外？」

「這是時代的局限。現在的人，相信非禮是假的，相信性侵是假的，卻從不相信強姦是假的，因為他們覺得強姦的證據不可能偽造。當大部分的人都抱有這種迂腐的觀念時，對真正的受害人來說，這是一個可悲的時代。如果凌聰生於一百年後，一個科學和醫學都更昌明的時代，一個民智已開的時代，也許會有不一樣的命運。」

「聽你這麼說，我都不知道應該怪誰了。怪這個時代？怪世人？怪法律？怪莉茲・格里芬？還是……今年才過了一半，就已經發生那麼多事，我真的很累。對了，我收到消息，聽說你快要結婚。」

「沒錯，我和男朋友打算在 7 月舉行婚禮。」

「適逢重喪，就算你邀請我出席婚禮，我也不好意思，但人不到禮要到。」

蔣乙華開了一張 1000 萬港元的支票給她。

「唐太太，你太破費了！」潘艷茹收下支票。「謝謝唐太太！」

潘艷茹離開後，蔣乙華又在思考人生。她看不透命運之手到底在玩什麼把戲，奪了她的親情，又給了她數之不盡的財富。她知道，往後的日子裡，她將在這條用金錢堆砌的道路上踽踽獨行，身旁有巴結她的人，也有躲在樹叢中，覬覦她的財富的人，但無論如何，她都是孤獨的。

第 37 章：〈晴朗的〉

蔣乙華不但覺得自己像浮萍，她已經認定了，自己根本就是浮萍。然而，她不甘於當浮萍，她把精神寄託在唐凌熹身上。

可是某天早上，她起床後，看到女傭把兩個行李箱、一個大背囊放在大門前。

「這是誰的行李？」蔣乙華問。

「太太，這是大少爺的行李。」

「他要去哪裡？」

「可能去美國。」唐凌熹出現在她身後。

「去美國？為什麼要去美國？」

「唉……我老實跟你說，過去那幾個月，我真的感到非常壓抑。雖然坐牢的不是我，要死的也不是我；但我作為一個旁觀者，也真的很辛苦，我不想留在這個讓我感到壓抑的地方。」

「你想去美國旅行？」

「與其說是旅行，不如說是環遊世界。其實，我不一定先去美國，可能去其他國家也說不定。」

「那麼你什麼時候回來？」

「不知道，可能很久才回來一次，也可能不再回來。」

蔣乙華接受不了失去精神寄託，當唐凌熹背上背囊時，她捉住了他的手。

「不如……不如我和你一起去？」

凌熹看了看她，說：「你還是留下吧，好好當你的女首富。」

乙華深諳他的脾性，便不再強求。

「如果不夠錢花，記得告訴我。」

「我好歹也坐擁 500 多億的財富，怎麼會不夠？」

「你會不會創業？」

「創業？我沒聽錯吧？我這個人沒什麼野心，僅僅是股息和基金的生活費，每年就至少有 4 億港元，對我來說已經足夠。」

凌熹提着行李離開。這天，天朗氣清，萬里無雲。乙華知道，這樣晴朗的天氣，是用來歡送凌熹遠行，而不是用來慰藉她那顆寂寞的心。她回到大廳，坐在沙發上，抬頭望向水晶吊燈。她有點害怕，這盞華麗的水晶吊燈分明是一個夢魘，等待折磨她的靈魂。當夜幕低垂時，她一定沒勇氣開

燈，因為光芒四射的水晶吊燈，映照着的，不是天倫之樂，而是一室的孤寂。

6 月上旬快要結束，妓雯已經回到美國，莉茲也是時候回國。本來 5 月的時候她就可以回去，但她想看清楚形勢。雖然她獲得了勝利，但過程驚心動魄，香港這個地方無疑讓她留下陰影。她不想回去後，又因為什麼岔子而要回來。經過連日來的觀察，所有事情都塵埃落定，是時候替任務的卒章劃上完美的句號。

本來莉茲買了頭等艙機票，但上飛機前，她把機票退了。然後在網上預訂私人飛機服務，對方的報價是 320 萬港元。莉茲笑了笑，莫說是 320 萬，就算 3200 萬也沒問題。翌日，莉茲登上私人飛機。室內燈光柔和，米黃色是主色調。不算太寬敞，但比頭等艙好得多。

「這架飛機多少錢？」莉茲問。

「大概 3.5 億港元。」空姐說。

莉茲坐下來。空姐問：「格里芬小姐，請問你用過早餐沒有？」

「還沒有。」

「那不如我為你準備一份日式早餐，好不好？」

「好的。」

過了一會兒，空姐端來一盤水果。

「格里芬小姐，請先品嚐水果。」

私人飛機上的水果果然不同凡響。一般飛機餐的水果都是放在一個塑膠盒子裡，果肉的顏色暗淡，一看就知道是放了很多天。但這裡的水果卻不同，放在一個精緻的碟子上，水果散發出晶瑩剔透的光澤，還有錦上添花的伴碟。

過了片刻，空姐端來早餐。

「格里芬小姐，這是日本米其林三星餐廳的得獎菜式。請慢用。」

這份早餐確實豐富，有煎三文魚、沙律菜和日本米白飯。還有其他配料，如麵豉湯、納豆、雞蛋、醬菜、玉子、日本蔥花。味道不錯，能百分之百呈現日本的風味。

吃過早餐後，莉茲端詳窗外的風景。碧空如洗，明媚的陽光照進機艙裡。莉茲的心情本來就非常好，現在還有美好的景色加持，讓她的心情前所未有的舒暢。她想起久違的夏威夷，陽光與海灘，是夏天必備的元素。現在來一杯夏威夷水果茶，望梅止渴，也挺不錯。

「麻煩你，我想要一杯夏威夷水果茶。」

「沒問題，馬上為你準備。」

喝着冰凍的水果茶，涼快極了。獨樂樂不如眾樂樂，莉茲想跟別人分享此刻的心情。

「不好意思，我想開視像會議，有沒有適合的地方？」

「前面有一間會議套房，我帶你去。」

會議套房又變得不一樣，以灰色為主色調，切合公務的理性色彩。

「我要和別人開會，沒什麼事就不要打擾我。」

「知道。」

莉茲機警地四處張望，確定沒有閉路電視後，就用平板電腦和佛朗哥開會。

「佛朗哥，我現在回美國。」

「你坐的是頭等艙？好像不是。」

「頭等艙已經滿足不了我，我坐的是私人飛機。」

「口氣真大！是買的還是租的？」

「是租的，但我很快就會買一架私人飛機。」

「你有沒有算過自己賺了多少錢？」

「任務賺了 1.56 億港元，從蔣乙華手上騙來 7 億港元，股票賺了 69 萬，還有證人津貼，賺了 1545 元。噗哧！」莉茲本來很認真，但一說到證人津貼，就破功大笑。「總括來説，大概賺了 1.1 億美元。」

「22 歲就賺了 1.1 億美元，在美國不是很多人能做到。再説，任務從 3 月開始，到 5 月中旬結束，你平均每天賺 147 萬美元，這種賺錢能力確實驚人。」

「你也賺了不少。」

「怎能相比？我們八個人瓜分 2000 萬美元，每人只有 250 萬。」

「你不要以為我不知道，你有充足的資金，又有股票的內幕消息，你買凝寰集團的股票肯定賺了很多。」

「再多也不夠你多。」

「説實話，我到現在都不敢相信我真的成功了，居然能逍遙法外。我以前看很多推理小説，那些壞人全都沒法逍遙法外。」

「你知道為什麼嗎？有兩個原因：第一，那些小説的作者從一開始就不打算讓壞人逍遙法外；第二，受制於社會的價值觀、意識形態，被迫要創作政治正確的結局。其實，逍遙法外的壞人多得是，習慣看推理小説的人是永遠看不到這個真相。」

「就像唐凌聰的案件，大部分的人都把假象當作真相，那一小撮猜到真相的人，又沒能力找到證據。」

「沒錯。你回來後，去活特首飾製品有限公司找雨果。」

「是不是有新任務給我？」

「不是。我們覺得那一小撮猜到真相的人可能會繼續監視你，看看你有沒有原形畢露，加上你現在那麼有名，應該有很多人留意你，如果現在派你去執行新任務，就很危險。因此，雨果安排你在他的公司擔任採購員，為期半年。半年後，所有事情都應該回歸平淡，到時候再派你去執行新任務。」

「明白。」

到了三藩市，莉茲先回家。來到家前面的馬路，她看到母親在門前等着她。那刻，莉茲不知道該如何面對她。如果要演戲，她可以哭着衝過去，緊緊抱着她。但莉茲很累，她演了很多戲，此時此刻，她不想再演戲。她慢慢走向凱特，凱特用憐惜的眼神望着她。很自然，莉茲抱着她，她「哇」的一聲哭了。莉茲也哭了，淚水中，有三分真情，七分假意。

「你瘦了很多。」凱特撫摸着莉茲的臉龐。

「嗯。」

「我真的瞎了眼睛，竟然嫁給了一隻禽獸。當年你被神父性侵，他不肯為你出頭；今天你被人強姦，他居然為了錢而成為辯方證人，誣衊你迷姦被告。天下間哪有如此狠心的父親？！」

「放心，他已經受到法律的制裁。」

「這種狼心狗肺的人，我們不能再跟他一起生活，我委託了律師辦理離婚手續。莉茲，你會不會反對我跟他離婚？」

「無論你的決定是什麼，我都會支持你。再說，我已經過了需要父親的年紀。有沒有父親，對我來說都是一樣。」

莉茲回到自己的房間。剎那間，恍如隔世，所有東西既熟悉又陌生。她記得曾經答應過自己，當悠長的任務結束後，再次回到家時，她必定會肆意地倒在床上，裹着被子，貪婪地睡個一天一夜。但此時此刻，她沒什麼睡意。更重要的是，經過時間的洗禮，她知道自己沒法回到過去。不論是肆意地倒在床上，抑或裹着被子，還是貪婪地睡個一天一夜，都是不諳世事的小女孩常做的事；但她已經不是小女孩，她從人生的轉捩點拐彎，走上另一條道路。這張床已經留不住她，不論是肉體，還是靈魂。

莉茲有了新的計劃，她要買一套大別墅。她在網上看樓盤，看中了一套別墅。同樣的價錢，買不到蔣乙華所住的豪宅，但卻買得到美國的別墅。這幢別墅位於紐約的長島，售價 4500 萬美元，23000 平方呎，比蔣乙華所住的 16000 平方呎還要大。有大廳、客廳、飯廳、廚房、壁爐、酒窖、兩個衣

帽間、十三個臥室、十四個浴室、室內游泳池、室外游泳池、網球場、前後花園、溫室、車庫，還附送私人海灘和私人碼頭。這才是夢想中的家，莉茲滿意得很。

雖然要買別墅，但同時也要努力工作。翌日，莉茲到活特首飾製品有限公司找雨果。

「你好，我叫莉茲·格里芬，來找雨果·安德森。」

「請問有沒有預約？」接待員問。

「有。」

「請跟我來。」

雨果的公司與上市公司的總部相比，面積比較小。他的辦公室也沒有一般總裁的那麼宏偉。

「老闆，格里芬小姐來了。」

「好的，你先出去。」

莉茲上次見到雨果時有點緊張，這次也不例外。

「未來半年，要委屈你當一個無名小卒。」

「沒關係，對我來說這也是任務之一。」

「看來你很喜歡執行任務。」

「那當然，執行一次任務就賺了 1.1 億。」

「其實並不是每個任務都能賺那麼多錢，只是這次的目標是香港富豪。根據之前簽訂的合同，你當採購員的月薪是 3300 美元。我把月薪增加到 3800 美元，你稍後再簽一份合同。」

「謝謝！」

「我帶你去見見同事吧。」

來到開放式辦公室，雨果對眾人說：「大家過來一下！」

他們幾乎都認得出莉茲，用不同的眼神看着她。

「我向大家介紹，這位新同事叫莉茲·格里芬，是採購員。本來她應該幾個月前上班，但發生了一些不幸的事，所以現在才正式上班。我相信大家看過新聞，都知道是什麼事。莉茲，從今天開始，努力工作，忘掉那些不開心的事。」

「知道。請大家多多關照！」

眾人以熱烈的掌聲歡迎她。

半年時間，對莉茲來說，有好有壞。好的是，可以好好休息，因為休息是為了走更長的路；壞的是，她沒法乘勝追擊，賺更多的錢。

9 月 14 日，莉茲天沒亮就起了床，吃過早餐後，就駕駛蘭博基尼到紐約的拉瓜迪亞機場，然後

坐私人飛機到麥卡倫國際機場，再轉乘汽車到保護區。同一個地方，但不同的時間，就有不同的情懷。莉茲肆意享受這濃濃的生態氣息，和煦的陽光，伴隨着微涼的秋風，是這個季節最美麗的風景。

莉茲走進洞穴，來到盡頭，從口袋取出手套，戴上，然後挖掉表層的泥土，按下按鈕。

「TM 法利。」

她沿着左邊的通道進入，來到基地中央。

「佛朗哥。」

「今天是星期五，你不是要上班嗎？」

「你知道我有特權，可以隨時請假。」

「你常常請假，如果你的同事懷疑你，那怎麼辦？」

「只要用那個萬能藉口便可以敷衍過去。」

「什麼萬能藉口？」

「我有創傷後遺症，今天早上又精神崩潰，所以不能上班。」

「為什麼今天有閒情逸致過來？」

「沒什麼，只是半年沒有過來，想來看看而已。」

佛朗哥笑了笑。此時，安迪從房間出來。

「莉茲，你進來一下，我有些事想告訴你。」

莉茲用疑惑的眼神看着佛朗哥。

「進去吧，他不會吃你。」

莉茲來到安迪的房間。

「莉茲，可能你不知道，其實 TM 每個成員都有一個帳戶。你的帳戶名稱是 lizgriffin@topm.onion，密碼是 lizgriffin。當然，你可以隨時更改密碼。」

「這個……有什麼用？」

「你看看這裡，這是 TM 在暗網架設的網站，網址是：http://topm.onion。進入網站，然後按下登入，填寫帳戶名稱和密碼，就會進入另一個空間，這個空間只有 TM 的成員才能進入，你可以把它當成內聯網。裡面有很多 TM 的資料，其中最重要的，就是每個任務的詳細紀錄，有照片、影片、文件等。如果你想翻查資料，可以在這裡搜尋。」

「明白。」

「主要是告訴你這件事，沒其他了。」

「好的，謝謝。」

莉茲離開房間，回到基地中央。

「他以前不是叫我婊子嗎？為什麼現在叫我莉茲？」

「這是雨果的功勞。」

「到底是怎麼回事？」

「當初你還沒來基地，安迪已經叫你婊子。因為雨果打算把迷姦唐凌聰的任務交給你，但安迪反對，他覺得你沒經驗，肯定會失敗，加上任務是迷姦男人，所以他就叫你婊子。雨果對他說，假如你任務成功，他就不能再叫你婊子，安迪答應了，所以他現在遵守承諾。」

此時，有人進來。

「莉茲！」是陳妓雯。

「陳妓雯，好久不見！」莉茲抱着她。

妓雯把一個盒子和一些汽水放在桌上。

「這是……」莉茲問。

「生日蛋糕。」

「你們記得今天是我生日？！」

「當然記得。」佛朗哥說。

「你剛才還問我來這裡幹什麼，明知故問！」

「其實蛋糕不是我叫她買的。」佛朗哥說。

「是誰叫你買的？」莉茲問妓雯。

「是雨果。他今天早上打電話給我，說莉茲請假不上班。然後就叫我買個蛋糕和一些汽水去基地。」

「可是我沒有告訴他我會來基地。」

「你以為雨果浪得虛名？你一說請假，他就猜到你想幹什麼了。」佛朗哥說。

「事不宜遲，我們吃蛋糕吧！」妓雯說。

「安迪，你到底出不出來？！」佛朗哥對着空氣問。

說時遲，那時快。安迪打開房門，不情願地走了出來。妓雯在蛋糕上插滿蠟燭，以冷色調為主的基地，頓時增添了暖意。眾人唱生日歌祝福她。

「23 歲就已經是人生勝利組，有什麼感想？」妓雯問。

「哪有什麼感想？那些富二代一出生就已經是人生勝利組，我現在才做到，算遲了。」

「你有什麼生日願望？」佛朗哥問。

　　莉茲閉上眼睛，雙手交叉，對着蛋糕許願：「我希望，以後執行的任務都會成功，賺很多錢，永遠逍遙法外。」語畢，就吹滅了蠟燭。

　　「你很貪婪。」安迪說。

　　「難道你加入 TM 不是為了賺錢嗎？！」莉茲問。

　　「我是為了賺錢，但不是為了賺很多錢。」

　　「別說了，快點切蛋糕吧！」佛朗哥說。

　　「禮物呢？」莉茲笑着問。

　　「當然有！」妓雯從手袋取出一本書。「送給你。」

　　「謝謝！這是……《撒旦聖經》？」

　　「沒錯。我想了很久，到底要送什麼給你才好。我想過送奢侈品，但你那麼有錢，也不用我送。最後，我選擇了《撒旦聖經》，你不會介意吧？」

　　「當然不會！說實話，我現在跟別人說我是虔誠的天主教徒，連我都覺得很噁心。」莉茲向安迪伸出手掌，「禮物呢？」

　　「我叫你『莉茲』，不就是最好的生日禮物嗎？」

　　「謝謝。」莉茲露出虛偽的笑容。

　　她本來想罵他，但為了避免他又叫自己婊子，還是算了。

　　「你呢？」莉茲問佛朗哥。

　　「我還沒準備，過幾天給你。」

　　「不用過幾天，你現在開一張 100 萬美元的支票給我就行了。」

　　「別開玩笑了，總之過幾天我一定會給你。」

　　「沒問題，但我要兩份。」

　　「聽說你在紐約的長島買了別墅，有 23000 平方呎那麼大。」妓雯說。

　　「對啊！有空來我家坐坐。」

　　「是不是全額付款？」佛朗哥問。

　　「當然！只有窮鬼才要申請按揭貸款。」

　　「你平時去市中心是不是坐你父親的私家車？」佛朗哥問。

　　「那台不堪入目的爛車我當然不會再坐，我用 238 萬美元買了一輛蘭博基尼。」

　　「看來你真的很富貴。你之前說要買私人飛機，買了沒有？」佛朗哥問。

　　「買了一架不算太貴的，3255 萬美元。」

「太誇張了吧！」妓雯説。

「不僅如此，我還買了一艘價值 800 萬美元的遊艇。當一名富豪，這些東西不可或缺。」

「你大肆揮霍，會不會惹人懷疑？」妓雯問。

「懷疑什麼？這些錢是蔣乙華心甘情願給我的，合情合理合法，我又沒有洗黑錢。」

「説起蔣乙華，她已經是香港女首富。」佛朗哥説。

「看來她做夢都會笑醒。」安迪説。

「她應該感謝 TM，要不是我們，她都當不了女首富。對了，包欣瓊有多少錢？」莉茲問。

「她以 165 億港元的財富在香港富豪榜排名第四十。説實話，我覺得過意不去。她是我們的客戶，但在這件事上，好像為蔣乙華作嫁衣裳，就連好吃懶做的唐凌熹也比她富裕。」佛朗哥説。

「唉……我都不知道什麼時候才能買一幢大別墅。」妓雯説。

「你有多少錢？」安迪問。

「加入 TM 以來，我曾經四次協助過其他成員執行任務，大概賺了 70 萬，這次賺了 250 萬，一共 320 萬美元。」

「320 萬也可以買到不錯的房子。」佛朗哥説。

「你以為我不用消費嗎？我的賬戶只剩下 240 萬美元，就算可以買房子都只能買小小的。雖然我也想過申請貸款，但我的收入不穩定，我怕還不了。」

「不一定，240 萬也可以買到大房子。」莉茲説。

「我知道，但那些房子在鄉村，坐車到城市都不知道要多久，根本就是與世隔絕。」

「不如你拿 200 萬去買凝寰集團的股票，然後收取股息。我之前也賺了一些。」莉茲説。

「你不是已經把股票賣了嗎？」佛朗哥問。

「我是賣了，但後來我想，這半年只有採購員的工資，也不是辦法，所以我又拿了 1800 萬美元去買凝寰集團的股票。之前派發了中期股息，每股 1.53 港元，賺了 19.3 萬美元。」

「如果我拿 200 萬去買，豈不是只有 2 萬多元的股息？！根本不夠！」

「其實我也覺得很少，我想來想去，都覺得在股票市場賺不了多少，所以我才希望這半年快點過去，好讓我執行更多任務。」

「不是賺不了多少，而是你不懂賺。如果你沒有買什麼別墅、飛機之類的，直接拿 1 億美元去買股票，你就可以得到 100 多萬美元的股息。」安迪説。

「股價有升有跌，難道有人那麼笨，把所有錢都投資在股票上？！」

「華意國際控制了凝寰集團，當然不會讓股價暴跌。」安迪説。

莉茲不想跟他辯論。安迪又說：「看來你只能當暴發戶，沒法成為真正的富豪。」

「誰說的？！」莉茲從錢包取出一張卡，「這是美國運通簽賬白金卡。只要每年維持高額的消費，我相信在不久的將來，美國運通一定會邀請我使用百夫長黑金卡。」

安迪笑而不語。

「陳妓雯，不如這樣吧，你想住大別墅的話，就住在我家，我每月收你市價一半的租金。反正我家裡有很多臥室，根本用不完。那裡很方便，坐車去紐約市中心大概 1 小時。」莉茲說。

「真的？！那太好了！不過……市價一半是多少？」

「大概……10 萬美元。如果你預付全年租金，我給你打九折，只需要 108 萬美元。」

「陳妓雯，看清楚所謂的好姐妹，到頭來只是想吞掉你的錢。」安迪說。

「你是不是想我把蛋糕砸在你臉上？！」

「不是嗎？！你花了巨款買別墅，交了豪宅稅，每年又要交房產稅，現在又買跑車、遊艇、飛機。這些都需要不菲的保養費，和其他雜費，每年大概 500 萬美元。你剩下的錢不多，又說要維持高額的消費，錢從哪裡來？陳妓雯，如果你住在她家裡，我敢保證，你這輩子都省不了錢。」

「如果我喜歡敲骨吸髓，就不會收市價一半的租金！陳妓雯，他根本就想挑撥離間，你不用理他！」

「108 萬對我來說確實有點貴，我要考慮一下。」

「莉茲，你有沒有想過賣掉別墅和飛機，換一幢 2000 萬美元的房子？這樣就有更多的錢周轉，否則我怕你陷入財務危機。」佛朗哥說。

「我有自知之明，我知道自己花錢如流水，才把大部分的錢換成不動產和其他類型的資產；假如我換一幢便宜的房子，或者賣掉飛機，剩下的錢肯定被我花光。如果你擔心我有財務危機，可以做兩件事：第一，開 100 萬美元的支票給我，當作生日禮物；第二，以後安排我執行一些能賺大錢的任務。」

此時，有人進來。起初，莉茲認不出他是誰，只見這個男人蓄着短短的鬍子，頭髮有點花白。

「佛朗哥，這是終極改良的成品。」他從銀色的手提箱中取出一瓶透明的東西。

「你是喬治嗎？」莉茲問。

「你是……哦！我知道，你是新來的那個叫……」

「我叫莉茲・格里芬。」

「你好，莉茲。」

「這次任務能夠成功，全靠你的迷姦噴霧。」

「哪裡哪裡。」

「這是什麼？」莉茲指着那瓶東西問。

「這是終極改良的迷姦噴霧。你迷姦唐凌聰用的那瓶噴霧，不算完美，還存在一些小問題；但這瓶經過改良，屬於完美的製成品。」喬治説。

「改良了什麼？」妓雯問。

「改良了心率變慢的問題，還可以噴在食物和飲料中。更重要的是，我製作了大量相似的普通噴頭，用作替換和偽裝，這樣就天衣無縫了。」喬治説。

「賣出去的話利潤是不是很高？」莉茲問。

「是的，一瓶大概值 700 萬美元。但除非 TM 虧損，否則一般都不會賣出去。至於噴霧的配方，可能價值 220 億美元。這是 TM 最重要的資產，絕對不能出售。」喬治説。

「其實可以把配方賣掉，我們九個人瓜分 220 億，每人有 24.4 億，然後直接退休，到時候，妓雯你想去哪裡買別墅都可以了。」莉茲説。

「看來你的腦子裡除了錢就沒有其他東西。」安迪説。

「對了，在唐凌聰的案件中，有人懷疑過有迷姦噴霧，還提到美國軍方的事。軍方有什麼動靜？他們有沒有懷疑你？」佛朗哥問。

「放心我沒事，軍方能有什麼動靜？瘋子所説的話根本沒人相信。」

「那就好了。」

「如果沒其他事，我先走了。」

「那麼快走？！先吃塊蛋糕吧，今天是我生日。」

「生日快樂。我不吃了，我還有別的事要做，先走了。」

「我也差不多要走了。」妓雯説。

「你要去哪裡？」

「齊娜在德國執行任務，佛朗哥叫我去協助她，我要回去準備一下。」

喬治離開不久，妓雯也離開了，安迪回到房間繼續工作。

「我也差不多要走了。」佛朗哥説。

「你又要走！？」

「不用那麼緊張。只是留在基地太久，有點鬱悶，所以想出去玩幾天。」

「去哪裡玩？」

「泰勒・斯威夫特（Taylor Swift）下一場演唱會在 9 月 15 日舉行，我今晚坐飛機去印第安納波

利斯。」

「我也打算去看。」

「你買了哪天的門票？」

「還沒買。」

「你應該看不了，因為一票難求。」

「你忘了我有一張簽賬卡嗎？只要我打一通電話，想要多少門票都可以。」

「服了你，連看演唱會都要炫富。」

「在你離開前，我想跟你聊一聊第二個任務。」

「第二個任務？不是到 1 月才安排新任務給你嗎？」

莉茲拿出手機，向佛朗哥展示一張照片。

「知不知道他是誰？」

「他是……性侵你的那個神父，叫馬丁·艾倫。」

「我被人兩次性侵，是因為他；我和父親關係決裂，是因為他；我對男人有偏見，是因為他；我加入 TM，是因為他；我的人生徹底改變，是因為他。總之，我生命中種種的不幸，都是因為他！我曾經說過，我一定會回去找他，我要他受盡世上最可怕的折磨，然後慘無人道地死去，永遠在地獄裡腐爛！因此，我打算為自己設置一個任務，我會去殺死他，但這個任務可能沒什麼錢賺。」

「沒問題，我和雨果商量一下，應該可以做。」

「謝謝。」

「其實，這個任務未必賺不了錢。你想一想，這樣的一個神父，他的醜惡應該不止反映在性方面，還反映在金錢上。換言之，他可能貪了很多不義之財。雖然暫時沒有證據，但這是合乎人性的推論。只要拿到這些錢，對你和 TM 都有好處。」

「聽你這麼說，看來我很快就可以在曼哈頓買一間頂層公寓。」

「不會吧，那麼快就厭倦了那幢別墅！？」

「不是厭倦，只是它不夠高。你想一想，站在曼哈頓的頂層公寓的落地玻璃窗前，用君臨天下的氣勢把美國千千萬萬的蟻民踩在腳下，那種感覺是多麼的爽！」

佛朗哥翻白眼，說：「別做夢了，你以為賺錢那麼容易嗎？不要忘記你還要交房產稅、保養費、雜費之類的。」

「我不一定要買，租也可以，每月大概 10 萬美元就行了。交稅什麼的也不是問題，大不了我再把股票賣掉，或者叫母親把三藩市的房子和爛車賣掉，把所有錢交給我。房子價值 180 萬，爛車大

概值 10 萬，她的賬戶還有 5 萬。換言之，我賬戶的 35 萬，加上她的 195 萬，還有 1800 萬股票，一共 2030 萬美元，可以支撐一段時間。」

「她怎麼可能賣掉車和房子，還把錢交給你？」

「當然是詐騙！你替我想一條妙計，把她的財產騙過來，事成後你可以分一杯羹。」

「那麼她住哪裡？你想她搬過來和你一起住？」

「有病！她住哪裡關我屁事？！我看她只能露宿街頭。」

「雖然我是犯罪組織的成員，但從沒傷害過家人，看來你比我還要狠。」

「第一，她當年收了教會的封口費，不打算替我伸張正義。中國人經常說什麼因果報應，她要露宿街頭，就是她的報應。第二，正如你所說，我的開銷非常大，所以要努力賺錢。」

「那好吧，事成後，你分 80%，TM 分 10%，我分 10%。至於神父的錢，按照一般任務的規矩，你分 10%，協助你的成員分 10%，剩下的 80% 是 TM 的營運資金。有沒有問題？」

「沒問題。」

「如果你真的想賺錢，我教你一個方法。」

「什麼方法？」

「投資比特幣。」

「但據我所知，比特幣今年的價格不斷下跌，前景不太明朗。」

「以比特幣為首的加密貨幣，將會是未來的大趨勢。價格下跌只是短暫的，很快會上升。我建議你把股票賣掉，用 1800 萬美元來投資，最終的收穫一定是天文數字。」

「明白。」

「如果你對比特幣有信心的話，可以把飛機、遊艇、別墅什麼的通通賣掉，用 1 億美元來投資。到時候，你一定富可敵國。」

「人家不知道還以為比特幣是你發明的。」

「所謂人棄我取。TM 有 8 億美元的營運資金，雨果打算用 4 億來投資比特幣，實現利潤最大化。」

「那好吧，我就儘管用 1800 萬來投資，看看結果如何。」

「沒關係，投資多少你自己決定。但我要提醒你，只能進行現貨交易，不能進行合約交易。」

「為什麼？」

「那些因為投資比特幣而自殺的人，全都是進行合約交易。」

「明白。」

佛朗哥正要離開，又對莉茲說：「呃……你有空的話，就進房間和安迪聊聊天。」

「你在說什麼？」

佛朗哥靠近莉茲，悄悄地說：「其實，我覺得，安迪可能喜歡你。」

「他……他不是喜歡齊娜嗎？他說喜歡我？」

「他沒說喜歡你，不過我認識他那麼久，他喜歡哪種女人，不喜歡哪種女人，我大概心中有數。」

莉茲不知道該說什麼。佛朗哥笑着拍了拍她的肩膀，就離開了。基地裡剩下安迪和莉茲。莉茲繼續吃蛋糕、喝汽水，浮想聯翩。

佛朗哥召來一輛汽車，離開保護區後，他就下車，選擇走路。困在基地太久，似乎已經忘了陽光的溫度、風的柔和。雙腳太久沒有運動，走路反而更舒服。

「不好意思！」突然，一輛汽車從後面駛來，有個男人叫他。

佛朗哥一看，怔住了。有兩個原因：第一，他知道這輛車價格不菲，是價值 1.37 億港元的帕加尼 Zonda HP Barchetta，全球只有三輛；第二，這個男人是唐凌熹。

「你叫我嗎？」

「對。」

佛朗哥走了過去。唐凌熹拿着平板電腦，打開電子地圖，指着一條路，「我想問，去拉斯維加斯是不是走這條路比較快？」

「呃……沒錯，從這裡去的話，基本上都會走這條路。」

「會不會堵車？會的話我可能考慮走上面那條路，雖然比較慢。」

「據我所知，這條路很少堵車，除非遇到交通意外。」

「明白。」

「你是來旅行嗎？」

「對，不過我是自駕遊。」

「拉斯維加斯是個不錯的地方，來美國一定要去。」

「好的，謝謝你！」

「再見！」

然後，佛朗哥致電莉茲。

「莉茲，你猜猜我剛才遇到誰。」

「遇到誰？是……我認識的人嗎？」

「你們沒有正式見過面，但你知道他是誰。」

「呃……猜不到。」

「唐凌熹。」

「唐凌熹？！他來這裡幹什麼？」

「他剛才向我問路，他說來美國自駕遊，現在去拉斯維加斯。」

「世界真的那麼小嗎？」

「不知道，我只是覺得，很諷刺。」

　　莉茲也覺得很諷刺，她明明是一個壞人，卻能逍遙法外，在金色年華裡，滿載而歸。這天，天公作美，有人為她慶祝生日，現在又可以優哉游哉地蹉跎歲月。她喝了幾口可樂，暢快無比。雖然在基地裡，但外面的陽光好像透了進來，讓冷色調的基地多了幾分柔和。莉茲躺在一張沒有雜物的桌上，桌子很寬，桌面很涼。她閉上眼睛，嘴角勾起淺淺的笑容，在腦海中想像秋日下午的天空，是怎樣的藍，怎樣的清，一切都很美好。

第 38 章：〈天空〉

這樣的天空，彷彿能穿越時空，想看的時候，就會出現在面前。莉茲盯着湛藍的天空，很久很久。

「莉茲，已經完成了。」帕克説。

莉茲回頭，看着地上。阿曼達的屍體不見了，猩紅的血也不見了，彷彿什麼都沒有發生過。

「找凱蒂和莉莉的事，請交給我去辦。」帕克説。

「佛朗哥是軍師，你去跟他説。」莉茲説。

「誰不知道你的地位僅次於佛朗哥？跟你説和跟他説有分別嗎？」

莉茲叉着手，説：「要在 TM 裡站穩腳跟，不是靠拍馬屁，而是靠實力。」

「現在就看你給不給機會我彰顯實力。」

「好吧，別讓我失望。」

「放心，不會有人發現她們的屍體。」

「我剛剛才説別讓我失望，你那麼快就讓我失望？！」

「？？」

「我當年加入 TM 時，佛朗哥對我説：『你要知道，我們是犯罪組織，不是殺人組織，並非所有任務都要殺人。』我現在把這句話送給你。」

「你反對我殺死她們？」

「殺死她們對 TM 有什麼好處？沒有。但把她們放到暗網上，賣給別人作性奴，就可以增加 TM 的收益。阿曼達今年 35 歲，那個什麼凱蒂，年紀應該和她差不多，可以賣到 28 萬美元。至於莉莉，今年 6 歲。這個世界那麼多戀童癖，應該賣到一個不錯的價錢，大概 80 萬美元。」

「明白。」

「你明白什麼？你到現在還不懂得舉一反三？！」

「什麼意思？」

「你叫他們好好保存阿曼達的屍體，然後放到暗網上出售，反正這個世界到處都是變態，我猜應該可以賣到 15 萬美元。」

「果然精打細算！」

「想不想看看精打細算的極致是怎樣？」

「想啊！」

「我不知道凱蒂家裡還有什麼人，如果還有其他人，男的就活摘器官賣錢，女的和小孩就賣去當性奴。另外，小孩還可以用來提取腎上腺素紅。」

「佩服，佩服！」

「中國人有句話叫做：『死有重於泰山，或輕於鴻毛』，我只是物盡其用，盡量發揮她們的價值。」

帕克離開後，莉茲繼續站在教堂門口，端詳廣袤的天空。這個天空真的很完美，如果是純粹的一片湛藍，反而有點失真；現在有一絲絲的雲絮點綴在天空上，讓人有飛到雲端上的幻想。莉茲浮想聯翩，也許若干年後的某一天，她會走進一個房間，躺在一張床上，然後有些東西注射到她的體內。但在這天來臨前，她的人生依然精彩無比。就像阿曼達一樣，在進入教堂前，也必定曾經抬頭，仰望過同樣的天空，有過短暫而燦爛的幻想。

莉茲看了看手機，現在是早上 10 時。不如找家餐廳，吃一頓豐富的早午餐，也挺不錯。

（全書完）

書　　　　名	｜	魔高萬丈
作　　　　者	｜	楊初升
出　　　　版	｜	超媒體出版有限公司
地　　　　址	｜	荃灣柴灣角街 34-36 號萬達來工業中心 21 樓 2 室
出版計劃查詢	｜	(852)3596 4296
電　　　　郵	｜	info@easy-publish.org
網　　　　址	｜	http://www.easy-publish.org
香 港 總 經 銷	｜	聯合新零售 (香港) 有限公司
出 版 日 期	｜	2024 年 1月
圖 書 分 類	｜	流行讀物
國 際 書 號	｜	978-988-8839-53-7
定　　　　價	｜	HK$168

Printed and Published in Hong Kong